ハヤカワ文庫JA
〈JA1263〉

# 航空宇宙軍史・完全版 四

## エリヌス―戒厳令―／仮装巡洋艦バシリスク

谷　甲州



早川書房
*7924*

挿絵／加藤直之

目次

# 航空宇宙軍史・完全版 四

エリヌス―戒厳令―／仮装巡洋艦バシリスク

# エリヌス——戒厳令——

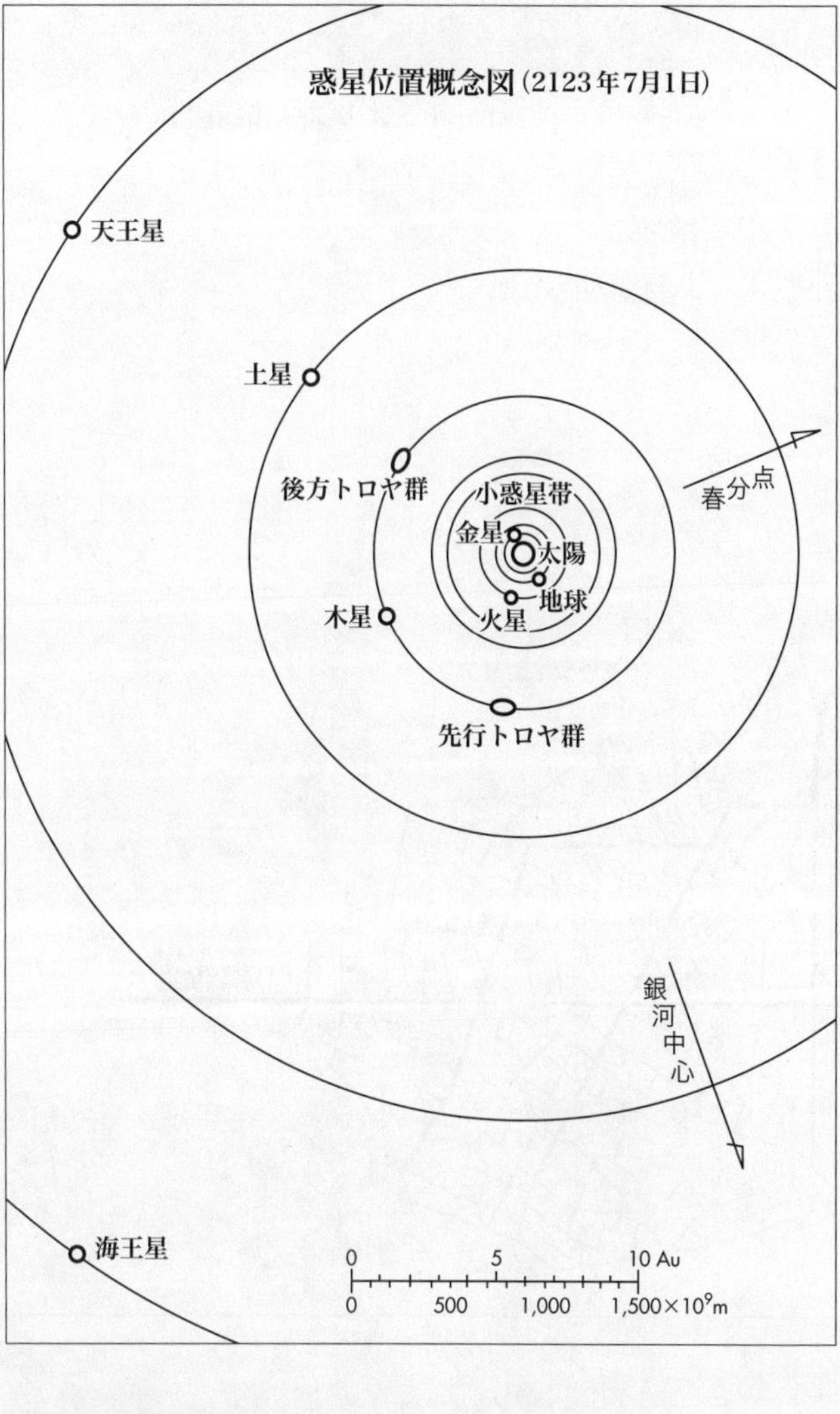
惑星位置概念図（2123年7月1日）
天王星
土星
後方トロヤ群
小惑星帯
金星
太陽
地球
火星
木星
先行トロヤ群
春分点
銀河中心
海王星
0
5
10 Au
0
500
1,000
1,500×10⁹m

# ポート・エリヌス市街図

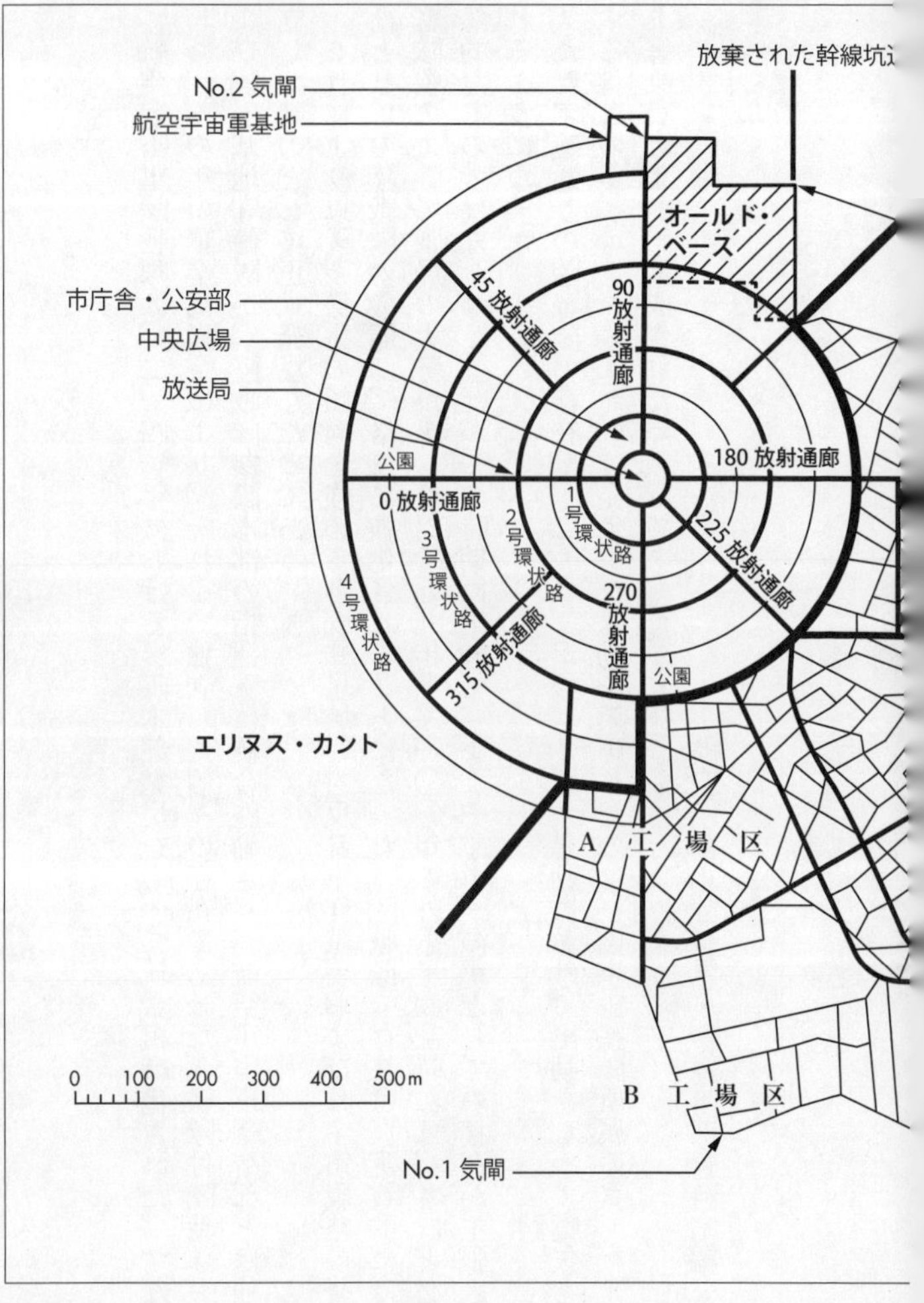

放棄された幹線坑道
No.2 気閘
航空宇宙軍基地
オールド・ベース
市庁舎・公安部
中央広場
放送局
45 放射通廊
90 放射通廊
180 放射通廊
0 放射通廊
225 放射通廊
270 放射通廊
315 放射通廊
1号環状路
2号環状路
3号環状路
4号環状路
公園
公園
エリヌス・カント
A 工場区
B 工場区
0 100 200 300 400 500m
No.1 気閘

航空宇宙軍陸戦隊は、二一四一年における参謀本部発足をもって統合組織化された。すなわち、その年の軍令部指令により、それまで独立した個々の存在であった各艦隊付陸戦隊および陸上基地守備隊が、陸戦隊参謀本部の指揮下に統合整備され、航空宇宙軍軍令部とは独立した戦力として正式発足したのである。

これにより以後多様化の傾向を強める各既知星域の対反乱軍作戦、および外宇宙戦略の後衛としての陸戦隊の機能は、格段に強化されることになった。陸戦隊の存在は、実質的には艦隊戦によって戦局の大勢が決した二〇九九年〜二一〇〇年の外惑星動乱時には、さほど必然的なものではなかった。だがこの時期に至って、ようやく単一の軍としての存在が主張されるようになった。

ただ字義通りの陸戦隊の存在は、二一二三年のエリヌス暴動における出動をもって嚆矢《こうし》とする。この年、エリヌスにおいて発生した暴動を鎮圧したのは、内宇宙艦隊所属のフリゲート艦乗員によって編成された陸戦隊であった。

——航空宇宙軍陸戦隊・参謀本部資料室編

# 1　光帆《ライトセイル》タンカー

その飛翔体が翼を失ったのは、最近のことだ。

かつてその飛翔体は、直径数十キロに及ぶ太陽帆を一杯にひろげ、たくみな操帆で星ぼしの海をわたっていた。だが、いまではその当時の華やかさは残されていない。ただ直径一〇メートル、全長三〇メートルの本体だけが、目的地のない孤独な旅をつづけていた。太陽に近い宙域を通過していた時には、安全限界ぎりぎりにまで上昇した本体の温度も、いまは冷え切っていた。それでも内部温度を一定に保つための軸回転は、木星軌道をこえてからも停止することがなかった。

かつてはこのような光帆《ライトセイル》タンカーが、それこそ数えきれないほど太陽系内を飛びかっていた。だが最近では旧式の光帆タンカーが飛翔することは、めっきり少なくなっていた。翼を失い、用済みになった無数のタンカーが、外宇宙をあてもなく漂流しているだけだ。

この旧式のタンカーは、数百日も前に小惑星のひとつから推進剤を腹一杯つめこまれ、わずかな初速で発射された。そして長い時間をかけて、太陽に向かう落下軌道をたどりつづけた。やがて近日点を通過し、太陽の大質量で軌道を修正したあと、円筒形の無骨な姿を蝶のように変身させた。

直径一〇〇キロに近い帆が、一杯に開かれたのだ。等間隔にスリットの入ったパラシュート型の帆は、ゆっくりと回転しながら太陽からの光と風を受けてまばゆい光につつまれた。だが、それほど太陽に近い所でひろげられた帆も、二〇〇〇トン級のタンカーを一〇〇分の一G以上に加速することはできなかった。

外宇宙にむけて加速を開始したタンカーは、やがて金星軌道をこえた。そのあたりではさすがに太陽の光は力を弱め、加速度はさらに落ちていった。光帆の輝きは衰え、ようやく星ぼしの光を背景にしたシルエットとして、帆の存在がわかる程度になっていた。このころから、帆は違った動きを見せはじめた。スリットで区切られた帆のユニットが、微妙に向日角度を変えてタンカーをプログラム通りの軌道に乗せたのだ。

ほぼ太陽から直線で外宇宙に向かう軌道をとるこのタンカーは、それほど面倒な操帆を必要とはしなかった。そして小惑星軌道に近づくころには、すでに二〇〇キロ／秒まで速度を上げていた。

小惑星帯に入る前に、タンカーは縮帆した。最大時に比べて数百分の一に加速度は減少しており、帆の形を保つこともむつかしくなっていた。小惑星帯の乱反射が問題だったし、微小宇宙塵の多い小惑星宙域を巨大な帆を広げて通過することは危険だった。それに航行船舶の量が多い小惑星帯では、他の宇宙船と帆が衝突する可能性もあった。もちろん帆が再利用できるはずもなく、縮帆のあと放棄された。

二〇〇キロ／秒もの速度に達していたとはいえ、小惑星帯をこえて木星軌道に達するまでには、さらに二〇日あまりの時間が必要だった。翼を失くしたタンカーは、微弱な出力で識別信号を発信しながら、ひっそりと星の海を漂流していった。

そのタンカーが木星軌道をこえた時、すぐ近くにあった後方トロヤ群の宙港から、土星系にむけて一隻の商業宇宙船が出港した。

積荷を満載したそのコンテナ船には、二人の航宙士が乗り組んでいた。彼らは出力の不足しがちなエンジンをなだめすかし、二〇日あまりかけて船を二〇〇キロ／秒まで加速させた。最新鋭の軍用艦なら、数時間で達することのできる速度だったが、旧式のエンジンではそれが精一杯だった。あまり効率のいいエンジンではないため、加速がおわったときには推進剤タンクがほとんど空《から》になっていた。

船には自力で減速するだけの推進剤は、残されていなかった。減速用の推進剤は、タンカーから補給しなければならないのだ。規則では積荷を全部放棄すれば、自力減速できるだけの推進剤を残しておくことになっていた。だが少しでもコストを引き下げることしか頭にない船主は、そんなのんびりしたことはやらせてくれなかった。いつもぎりぎりの推進剤しか、船には積みこませなかった。

この航路では転回点をはさむ慣性飛翔期間が相当に長く、発見のための余裕は充分あった。

それでもタンカーを発見するまでの時間は、何度体験しても気持ちのいいものではなかった。タンカーを見つけそこなったら、外宇宙へ一直線に飛び出すしかない。首尾よく見つけだせたとしても、タンカーとの邂逅《かいこう》に失敗すれば結果はおなじだった。

二人の航宙士には、そんな無様な経験はなかった。いかに推進剤を無駄に使わず、ぎりぎりの線でタンカーと邂逅できるかが、このタイプの船では腕の見せ所なのだ。だからといって、自慢できるような芸当ではない。

タンカーから軌道上で給油する方式は、やたらに推進剤を食う旧式のエンジンのころに開発されたものだ。強力で高噴射速度のエンジンを持つ船が主流となっているいまでは、時代遅れの方法といえる。それに最近この方式が見直されているとはいっても、新世代のタンカーはシステムが桁ちがいに巨大だ。数万トン級のタンカーを、直径一〇〇〇キロの帆で加速するというのだから、実用化されている旧式の太陽帆の一〇倍にもなる。とても現在の技術は通用しない。そんなタンカーが実用化されようとしているというのに、たかだか数トンの推進剤をいかに切りつめるか腐心しているのは意味がなかった。

二人の航宙士は、かなり焦っていた。そろそろ中間慣性飛翔が終わるというのに、まだタンカーと邂逅できないのだ。観測に誤差があったのも事実だが、理由はそれだけではなかった。船主に内緒で積みこんだ予定外の荷が、意外に質量が大きく貨物船の軌道がずれてしまったようだ。その荷は出港直前に、初対面の男が持ちこんできたものだった。うさんくさい話なので一度は断わったのだが、前金で渡された報酬はかなりの額だった。密輸の片棒を担ぐことになるが、目的地のタイタンで通関手つづきをする必要はないという。

　ほんの少し迷ったが、結局は引き受けることにした。出港地の後方トロヤ群は、自由港だった。ここでは何でも手に入るし、中味をあらためられることなく無税で輸出できる。員数外のコンテナを目的地に持ちこむことになるが、この荷はそんなリスクを犯さなくてもすむらしい。旅の途中で邂逅するタンカーに、固定しておくだけでよかった。

　訳ありの品なのは間違いないが、それは彼らの知ったことではない。積荷のバランスも、貨物の総質量に及ぼす影響も無視できる程度でしかなかった。やとわれ航宙士の二人には、ちょっとした余禄といえた。開放船倉の一番外側に積載されている他のコンテナの間に、まぎれこませるようにして荷を固定した。

　コクピットでレーダースクリーンをみていたメカニックが、パイロットの肩をたたいて声をあげた。

「つかまえたぞ！　これならなんとか引っかけられそうだ」

　パイロットも安心した様子で息をついた。

「肝を冷やしたぞ……まったく。思っていたよりも、あの荷は重たかったんだ。もう金輪際《こんりんざい》、こんな危ない橋はわたりたくないもんだ」

　パイロットは出力が不足気味のエンジンをなだめすかしながら、船の軌道をタンカーにあわせた。二人ともこの船のことは知りつくしていたから、それほど深刻にはなっていなかった。いざとなれば耐放射能宇宙服を着こんでエンジン内にもぐり込み、シリンダーやパイプの屈曲部に残った推進剤をかき集めてエンジンに送りこむくらいのことはやりかねなかった。あまり楽しい作業ではないが、その程度の危険は折りこみずみだった。

数時間をかけて、ようやくタンカーとの邂逅は完了した。船体が隠れてみえないほど大量のコンテナを開放船倉に固定した貨物船に比べると、タンカー本体は積荷の一部ほどの大きさしかなかった。

新しい型の船なら、タンカーの本体をエンジンに直接つなぐこともできた。あとは航法コンピュータにバランス計算をまかせ、ノズル調整をするだけでよかった。だがこの旧式船には、そんな便利なものはついていない。船外作業で、給油をおこなうしかなかった。

無重力状態の中で、航宙士たちはコインを投げた。投げたパイロットが勝って、受けたメカニックが負けた。メカニックはぶつくさいいながら、船外作業の準備をととのえた。それでも慣れた動きで気閘を通過した。やがてキャノピの間近にあらわれたメカニックは、パイロットに手をふってタンカーの方へ泳ぎ出していった。

タンカーと船のタンクをつなぐパイプの接続は、すぐに終わった。ただちに推進剤の移送が始められた。いつもはこれで作業は終わりなのだが、今日はまだやっかいな仕事が残っていた。メカニックは体を反転させてタンカーをかるく蹴った。

いったんキャノピ近くにもどり、パイロットに合図して開放船倉に移動した。員数外のコンテナは、積荷の外側に固定されていた。最初にコンテナのロックを解除して、漂いだしたところを体全体で支えた。荷役用のアームなどは装備されていないから、移動は機動ユニットのガス噴射に頼るしかない。

出力を絞ったものだから、コンテナの動きは予想よりも遅かった。だがコクピットで作業を見守っていたパイロットには、出力不足だけが原因とは思えなかった。

「何が一トン足らずだ。この感触じゃ二トンはたっぷりあるぜ」

船外作業を担当していたメカニックの声が、ラジオを通じて伝わってきた。内心の苛立ちを隠そうともしていないが、船内で待機していたパイロットの反応はメカニックと少し違っていた。あやうく遭難しかけたのは、積荷の質量を事前に確認しなかったからだ。責任を負うのは自分たちであり、発進前の慌ただしさは言い訳にならない。

だがメカニックは、際限なく悪態をついている。もしかするとあやうく漂流しかけた原因は、自分たちの初歩的で致命的なミスにあることを認めたくなかったのかもしれない。作業をつづけながら、メカニックはいった。

「あの野郎、今度あったらただじゃおかない。もう少しで、船ごと外宇宙まで飛びだしていたところだ」

メカニックは手ばやく残りの作業を片づけた。員数外のコンテナを空になったタンカーに移動させて固定した。その様子をみながら、パイロットは首をかしげていた。

――どこの何者だ、こんな手のこんだことをするのは。単なる密輸にしては、やることが大げさすぎる。

心当たりのある密輸業者は、いくつかあった。だが可能性としては、どれも低そうだった。

予想されるコストと利益が、釣りあっていないのだ。パイロットは息をついて、業者の特定を断念した。不充分な情報だけで推定するのは、やはり無理があるようだ。

　そう考えて、作業に専念しようとした。ところがそのときになって、ある集団のことを思いだした。密輸業者などではない。地下活動をつづける非合法な軍事組織だった。

　――ＳＰＡ（外惑星連合軍）……。まさか奴らが……。

　顔から血の気が引くのが、自分でもわかった。すぐにメカニックが、船内にもどってきた。減速開始まで、いくらも時間は残されていなかった。メカニックは気閘から抜けだしたときも、まだ悪態をついていた。それを無視して、パイロットはメイン・エンジンに点火した。

一〇〇分の一Ｇという緩減速だから、目的地到着は二〇日以上も先のことになる。それまでは、退屈な飛翔があるだけだ。コンテナを固定した空のタンカーは、標識信号を発しながら急速に視界から去っていった。

「どう思う？　あの荷物」

　シートについたメカニックが、声を低くして問いかけた。パイロットは無視する態度をとったが、まだ若いメカニックは気づいていなかった。さらに身を乗りだして、知らん顔のパイロットに問いを重ねた。パイロットは冷ややかな声で釘を刺した。

「警務隊に密告なんて、考えてるんじゃないだろうな。これ以上は、関わらん方がいい」

「あの荷を俺たちに預けたのは、ＳＰＡだな。そうに違いない」

　さすがにパイロットは、顔をしかめた。それでもメカニックの説得を、断念する気はなかった。辛抱づよくパイロットはいった。

「相手が悪すぎる……。それに、たれ込んだりしたら――」

「こっちの手も、後ろにまわるといいたいのか？　その程度のことは、折りこみずみだ。お縄にならない方法は、いくらでもある。情報の提供と引きかえに、密輸の片棒をかついだことは免責させるんだ。

　考えてもみろ。軍の警務隊にコネを作っておけば、この先なにかとうまみがあるはずだ。雇われ航宙士なんかじゃなく、自前の船で手広く商売するのも夢じゃない。バックに航空宇宙軍がついていれば、ぼろい話がむこうから転がりこんでくる」

　そこまで話したところで、メカニックはパイロットに視線をむけた。同意をえるつもりらしく、わざとらしい愛想笑いを浮かべていた。だがメカニックの作り笑いは、すぐに強張《こわば》った。普段とは違うするどい眼で、パイロットが睨みつけていたからだ。パイロットはいった。

「あの荷のことは、忘れるんだ。ＳＰＡのことも、もう口にするな。もしもこのことを誰かにばらしたら、俺もお前も家族ごと消されるぞ。どこへ逃げても、奴らは追っかけてくる。ＳＰＡなんて言葉は、二度と口にするな。いいな」

　メカニックは戸惑った様子で、パイロットを見返した。納得したとは思えないが、それ以上は何もいわなかった。パイロットの過去――かつて外惑星連合軍後方トロヤ艦隊の乗員として、航空宇宙軍を相手に戦ったことを知っているのかもしれない。だがパイロットは、それ以上の話を避けた。メカニックも問い返そうとはせず、沈黙をつづけた。

だが彼らには、そのことを他人に話す機会はなかった。

二十数日後にエンジンを停止した貨物船は、土星の周回軌道に入った。すでに推進剤は底をついていた。船に近づいたタグボートは、二人の乗員が死んでいるのを発見した。

調査の結果、死因は生命維持システムの故障によるものとわかった。システムが過熱して自然発火し、爆発したものらしい。旧式船にはありがちな事故として、この件は処理された。

だがその事故は、実はしかけられた爆薬が時限発火したものだった。

死体を乗せた輸送船が土星系に到着する一〇日あまり前に、別の旅客船が土星系から海王星系に向かう航路上で消息をたっていた。

その事実は公表されず、事実関係の確認も遅れた。そのせいで輸送船の「事故」との関連に、気づいた者もいなかった。

## 2　作戦会議——ガニメデ

そっけないほど、簡素な印象を与える部屋だった。

照明は暗く、寒々しい感じさえした。どこにでもありそうな部屋だが、部屋の外には武器をかくし持った二人の兵士《コマンド》が立哨していた。部屋に通じる回廊には見張りが配置され、治安部隊の襲撃にそなえていた。

部屋の中には、三人の男女がいた。いずれもSPAの重要人物として、軍の警務隊や地方警察の指名手配を受けていた。二人の男は壮年に達していたが、どちらも年齢を感じさせない強靭そうな体型を維持していた。低重力環境で長く暮らしていた者に特有の骨格だったが、ひ弱さなどは感じられない。いずれも地下組織のリーダーとして活動した期間が長く、死ととなり合わせに生きてきた。そのため全身に、ある種の凄味がただよっていた。

三人めは、若い女だった。動きの少ない女だった。長い髪が、空調装置のわずかな風にゆれている。その緩慢なリズムで波うつ髪の動きがなければ、この部屋が地球の四分の一の重力しかないことにも気づかないほどだ。

その女ジャムナも低重力下で育った痩身だったが、非常に危険なにおいを発散させていた。静かな外見とは正反対の殺気を、内に隠し持っている。鋭い光を放つ瞳は、凍りついたように動きをとめていた。ときおり二人の男から質問されなければ、口を開くこともなかった。彼らの議論に加わる資格がないわけではない。ただ、おそろしく無口なだけだ。

ジャムナには、ふたつの特異な能力があった。ひとつは、極端な口数の少なさだった。これは地下組織に属すものにとっては、有力な武器となりえた。彼らがもっともおそれるのは、逮捕や拘禁ではない。執拗《しつよう》をきわめる当局の尋問だった。もしも誰かが情報をもらせば、そこから組織全体が崩壊することもある。

いままでに人は、さまざまな方法でこの問題に対処してきた。そしてその最高の解決法は、組織内部にさえ情報を与えないことだとまでいわれた。危険を避けるために、細胞のひとつひとつが、自分の役割しか知らされずにおかれるのだ。

しかし、その方法も完璧なものではない。高度に発達した情報処理と分析評価の技術が、断片的な情報からその裏にかくされた事実をひき出せるようになったのだ。それと同時に、尋問の技術自体も向上した。単に自白を強要するだけではなく、逮捕された構成員の表情をデジタル分析した上で、血圧や脈搏などの数値から心理を読んでいた。

ジャムナは、その点では比類のないガードの強さを持っていた。組織の支援者である心理学者が分析したところ、彼女は自己を自分の中に閉じこめておく能力が格段にすぐれていたらしい。

どれほど強靭な精神力の持主でも、長期にわたる独房での拘禁や薬物投与をふくむ尋問に耐えることはむつかしい。だが、彼女は特別だった。かりに捕らえられて自然死するまで数十年にわたって独房に閉じこめられても、そしてその間は外部と接触を一切たたれたとしても耐えられるだろう。

ただ、その能力とひきかえに彼女は自分を殺し、極端な無口で通していた。当局の手配リストにジャムナの名は記されていたが、大雑把な外見的特徴しか記されておらず顔写真や経歴などは把握されていなかった。組織の内部でさえも、ジャムナの存在はあまり知られていなかったせいだ。彼女の無口さが、情報を極端に制限していたともいえる。

ジャムナのもうひとつの能力は、完璧に近い記憶力だった。どんなに複雑なことでも即座に記憶し、いつでも完全な形で思い出すことができた。このふたつの能力のせいで、彼女はSPAの中で重要な地位をしめていた。最初は記録や連絡係としての役割しか与えられなかったが、すぐに兵士としての才能を認められた。現在では指揮官となって、危険な作戦を何度も成功させてきた。

ジャムナは無表情な顔の内側に激しい闘志をひめて、悠然とシートに身をあずけていた。

無言でいる彼女を前にして、先ほどから二人の男が議論をつづけていた。二人の男は外見が対照的で、共通点などないかにみえた。一人は動きの乏しい部屋の空気をかきまわそうとするかのように、たえず大きな身振りと声で自己主張をくり返していた。

いかにも陽気そうな印象を受けるが、実は油断のならない戦略家としての一面を持っている。現在ではSPA——地下軍事組織、外惑星連合軍の作戦主任であるカミンスキイ中佐の名は、外惑星動乱時から敵味方を通して知られていた。ことに動乱の中期から末期にかけて実施された「仮装巡洋艦作戦」では、航空宇宙軍によって厳重に包囲された木星系衛星群から何度も襲撃して戦果をあげていた。おなじ時期に仮装巡洋艦作戦に参加した艦長は多かったが、敗戦時まで生き残ったのは中佐をはじめ数えるほどでしかなかった。

カミンスキイ中佐は動乱の終結と同時に追及を逃れて潜伏し、地下組織の編成に最初から立ち会った。戦後二〇年あまりを過ぎた現在は、SPAの実質的な指揮官として活動をつづけていた。

もう一人の男は、単に教授《プロフェッサー》とだけ呼ばれていた。カミンスキイ中佐は精悍《せいかん》な風貌《ふうぼう》をしていたが、教授は風采《ふうさい》のあがらない中年男でしかない。教授というよりは田舎教師か、あるいは中堅の技術者のようにみえた。もしかすると外見上のそんな印象も、教授にとっては生き残りのための能力なのかもしれない。いずれにしても、特徴のない男だった。林の中で立っていれば、木と間違えてしまうほど個性がなかった。

ただし室内にいる三人のうちで、教授がもっとも危険な存在なのかもしれない。SPAの土星系組織の指導者として、いままで多くの作戦を背後から指揮してきた。そしてその外見からは想像しがたい過酷な命令を下して、多くの人員を消耗してきた。教授とは呼ばれているが、大学や研究機関に籍を置いたことはない。むしろSPAの理論面における指導者として、組織内では重視されていた。

教授はSPAの土星系組織を代表する者として、危険をおかしてこのガニメデまでやって来た。これまでSPAの複数の組織が、合同して作戦を計画することはなかった。だが、今回は異なっていた。今度の作戦は、SPAの全勢力を動員することになる。そしてその成否は、SPAの存続自体にもかかわるはずだった。しかし作戦の全貌を知る者は、この部屋にいる三人だけだった。

「かなり問題が多いようですな……」

淡々とした口調で、教授が所感を口にした。カミンスキイ中佐による作戦の概略説明は、すでに終わっていた。ところが教授は、消極的な姿勢しかみせなかった。真っ向から反対するわけではないが、実行には難色を示している。カミンスキイ中佐は、苛立ちをおさえながらいった。

「念のためにいっておくが、作戦の可否を論じるために会合を持ったわけではない。実現にむけて問題を洗いだし、障害を取りのぞくのが目的だ。つまり多少の無理は、承知の上だ。その上で、計画の実現にむけて検討していきたい」

中佐は熱弁をふるったが、反応は思わしくなかった。中佐はいくらか身をのり出して、さらに言葉をついだ。

「我々には、他に選択肢がないのだ。ことにこの数年は、軍警務隊の締めつけが厳しくなっている。つい先日もカリストの地下出版局が襲撃されて、七人が捕虜になった。これを再建するのに、半年はかかるだろう。このまま手をこまねいていれば、我々は自然消滅してしまう」

「無差別の破壊活動《サボタージュ》を、やりすぎたわけだ。参謀本部の冒険だった。あれは」

冷ややかな口調のまま、教授は応じた。中佐は怒鳴り出したいのを、必死でこらえていた。

正規軍としての外惑星連合軍は、動乱終結時に解体された。だが地下に潜伏するようになってからも、SPAは当時の伝統を守っていた。地下組織にみられがちな分裂や、セクト間の抗争といった事態をいままで避けて来られたのも、組織自体が旧軍時代の人脈と伝統を受けついできたせいだった。

だが、その鉄の規律も最近はあやしくなっていた。すでにSPAが地下に潜って二〇年にもなる。メンバーの過半数は、戦後派の若手が占めていた。当然のように統率力も弱まり、一部では分裂の危機もあった。旧来の戦友であるはずの教授でさえ、例外ではなかった。連絡員として土星派の中に長くいたために、木星系の活動を批判することが多くなっていた。教授がいった破壊活動というのは、若手の行動を参謀本部が押さえ切れなかったために生じたものだった。

ところがSPAの存在を誇示するはずだったそれらの作戦は、たくみな地球側の宣伝によって一般大衆の離反を生じさせていた。その結果SPAは孤立し、組織はさらに弱体化した。さらに航空宇宙軍警務隊による追及は熾烈をきわめ、徹底した組織の壊滅作戦が開始されていた。

いまも外惑星系では根強い支持者を持つSPAだったが、このような事態がつづけば組織全体の存続があやうくなるだろう。いかに前身が公然の軍事組織であったとはいえ、二〇年の地下活動は長すぎた。彼らにとっては盤石《ばんじゃく》ともいえる広範な支持層は、すでに一部が離反しはじめていた。このまま何もしなければ、いずれ組織は内部から崩壊する。

その状況を打破するために、カミンスキイ中佐は今回の作戦を立案したのだ。SPAの全組織をあげた作戦を実施することで、結束を強化するのが狙いだった。もしも成功すれば、航空宇宙軍警務隊による組織の切り崩しにも歯止めがかけられる。

カミンスキイ中佐は、辛抱づよくつづけた。

「我々にいま必要なのは、公然活動ができる聖域といっていい。一日遅れれば、それだけ組織は衰退する。この作戦のために、天王星系は最適だ。エリヌス住民の過半数は、強制移住させられた木星系《ガリレアン》住民だし、これまでに収集した情報によれば新政権の樹立は充分に成算があるらしい。この作戦が成功するか否かは、土星派の君たちにかかっている」

エリヌスは天王星系の第六衛星であり、他の五つの衛星と共に天王星連邦を構成していた。だが他の衛星では住民のほとんどが小惑星出身者であるのに対し、エリヌスだけは木星系の出身者が住民の多数を占めていた。しかも住民の多くは外惑星動乱以後に木星系を追われた戦犯であり、SPAの強力な支援者といえる。

カミンスキイ中佐の作戦はエリヌスを武力で制圧し、新政権を樹立して天王星連邦から分離独立させるというものだった。SPAは新政権の樹立に際して、訓練された武装部隊を武器弾薬とともに投入することになる。いわば外人部隊による政権の奪取であり、現実はＳＰＡによる傀儡政権でしかない。そして独立後は、ＳＰＡに行動の自由を保証することになる。

　教授はそれでも、疑わしそうにいった。

「土星系で惑星間航行のできる航宙船を保有しているのは、タイタンだけだ。だから作戦用の船は、タイタンで『徴用』するしかない。だが我々は、タイタンに有力な細胞を持っていない。したがって、この段階でかなりの危険が予想される。最悪の場合には『徴用』に失敗して、部隊が壊滅的な打撃を受けるかもしれない。そんなことになれば、我々は土星系の全戦力を一気に失うことになる。

それに……エリヌスでの政権樹立が成功したとしても、維持はむつかしいのではないか。政権樹立を確認された時点で、航空宇宙軍の艦隊が急派されるだろう」

　教授の危惧は、的はずれなものではなかった。外惑星連合軍を名乗ってはいるが、ＳＰＡの実質的な構成員は木星系の住民がほとんどだった。土星系でＳＰＡの下部組織が存在するのは、動乱後に開発が開始された新しい国ばかりだった。いずれも木星系から強制的に移住させられた住民が、人口の大部分を占めていた。

　しかし土星系最大の衛星タイタンでは、ＳＰＡの支持者は少なかった。かつて外惑星連合の主要国だった事実に反して、タイタン人には木星系人《ガリレアン》に対する根強い反感があった。タイタン人にとって外惑星動乱は、他国に引きずられてはじめた戦争と認識されていた。歴史上の汚点であり、忘れてしまいたい過去でもある。したがって武装したＳＰＡの部隊が、タイタンから出撃するのはかなり無理があった。

　ようやく教授の意向を理解したカミンスキイ中佐は、嘆息して説明をくり返した。

「エリヌスの政権維持については、時期さえ選べば不可能ではない。作戦の決行は、六ヵ月後の七月一三日に予定している。この日はどんな日か、いうまでもないと思うが」

　教授はうなずいた。この日は二三年前に外惑星動乱が終結した日であり、現在では太陽系内の各所で式典が予定されていた。しかし木星系人《ガリレアン》にとっては、戦後長くつづいた地球‐航空宇宙軍による支配が始まった屈辱の日でもある。SPAはこの日、各地で反地球、反航空宇宙軍のデモや集会などの行動をおこすと公言していた。

　ところが今年にかぎって、航空宇宙軍は例年にない計画を発表していた。航空宇宙軍内宇宙艦隊のほとんど全勢力を動員した大演習、オペレーション・タルタロス‐23が実施されるのだ。この演習は、太陽系内にちらばった内宇宙艦隊戦闘艦のほとんどを、木星宙域へ急速集中させて行なわれる。その真意がガリレアンに対する無言の圧力だということは、誰の眼にもあきらかだった。

　ただ威嚇の効果があるのは、木星系に対してだけだろう。天王星方面の警備は、かえって手うすになると考えられる。中佐の作戦は、その隙をつこうというものだった。

　カミンスキイ中佐はいった。

「我々に必要なのは、一〇日間だけだ。それだけの日数があれば、新政権を内外に認めさせることができる。既成事実さえ作ってしまえば、軍の動きはすべて内政干渉になるからだ。

ところで君の『ガリレオ衛星群解放要綱』は、実にすばらしい研究だった。あれを実行すべき時ではないのかね」

自分の論文を持ち出されて、教授はいささか鼻白んだかにみえた。実はエリヌスにおける今回の作戦は、教授の研究を参考にしていた。ただし研究の舞台となっているのは木星系のガリレオ衛星群で、四カ所の政府機関を同時に襲撃して政権を奪取する計画だった。したがって計画の基本構造はかなり異なっているが、新政権を樹立するまでの過程とその後の秩序回復、そして行政の基本方針などは共通していた。さらに航空宇宙軍の反攻に対する戦略も、教授の研究から基本的な方針を流用していた。

「知っての通り、あれはガリレオ衛星群の解放戦略を研究したものだ。天王星系に流用できるものではない」

戸惑った様子で、教授はいった。カミンスキイ中佐は、内心でほくそ笑んでいた。教授がこちらの話に、乗ってきたからだ。中佐は教授に視線をすえていった。

「君らしくもないな……。よく考えてみれば、わかることだ。地勢的な条件その他を勘案すると、天王星系エリヌスの方が圧倒的に有利だ。残念だが我々が保有する戦力では、ガリレオ群を同時解放するのは困難といわざるをえない。かといって、時間をかけて戦力の回復を待つ余裕もない。それ以前に、航空宇宙軍が持久戦を許さないだろう。しかしエリヌス程度の小衛星なら、現有の戦力だけで作戦は可能だ。しかも政権樹立後は聖域として、ガリレオ群解放のための後方基地にすることもできる」

そこまで話したところで、カミンスキイ中佐は言葉を切った。教授の反応を、確かめるためだ。悪くなかった。教授はその気になっている。そのことに満足して、中佐は最後の仕上げに入った。

「タイタンの協力がえられないのであれば、シリウス部隊単独で作戦を実行させる」

「それは無茶だ！」

教授は珍しく大きな声をあげた。シリウスの暗号名《コード・ネーム》を持つ指揮官は、まだ若いがSPAでは屈指の行動力を有していた。最近では地球系の商業旅客船を、四隻同時にハイジャックするなど大胆な行動で知られている。

しかし教授は彼らを評価していなかった。理論的な裏づけのない犯罪者集団であり、無差別攻撃をしかけるテロリストだと公言していた。シリウスの部隊はハイジャックのあと逃亡に成功し、いまは小惑星帯のどこかに潜伏していた。

「あんな若造に、作戦を主導させるのは避けるべきだ。戦争はできても、その後の行政で失敗するのは眼にみえている。困難なのは政権奪取それ自体ではなく、奪取した政権を防衛することだ」

教授は興奮を隠そうとしなかった。ただしカミンスキイ中佐にとっては、予想された反応だった。中佐は一気にいった。

「だから君が、指揮をとるべきなのだ。しかも君自身が、エリヌスへ乗りこまなくてはならない。新政府樹立後は、航空宇宙軍によるエリヌスの封鎖は避けられないからだ。君はその後もエリヌスにとどまり、政権を安定させて我々の後方基地を建設する。そこで充分に訓練された戦闘部隊を編成すれば、ガリレオ衛星群の解放も可能になるはずだ」

教授の心中は、すでに実行を決めているらしい。そうカミンスキイ中佐は判断した。だが教授は慎重だった。言葉を選ぶ様子をみせていった。

「シリウス部隊の協力が、必要だとは思えない。私の部隊だけでも可能だ」

中佐にとっては、予想された反応だった。即座に中佐は応じた。

「君らしくもないな。冷静に考えればわかることだ。正直にいうが、君の部隊だけでは戦力不足だ。初期の戦闘だけならともかく、航空宇宙軍との防衛戦闘を想定すればシリウスの投入は欠かせない。政権樹立後の戦力強化にも、彼らは必要だ」

教授は即答しなかった。無言のまま、中佐を見返している。それから、短くいった。

「了解した」

カミンスキイ中佐は、笑みを浮かべてそれに応じた。教授が同意しなければ、作戦を根本的に見直すつもりだった。シリウス部隊の参加に固執したのは、戦力不足だけが理由ではなかった。教授の指揮する土星派だけで、作戦を実行させたくなかったのだ。実行部隊が教授の部隊だけでは、新政権が土星派寄りになるおそれがある。単なる派閥意識からではなかった。SPAの内部分裂をおそれていたのだ。

おそらくそのことは、教授も気づいていたはずだ。あえて口にしなかったのは、合意を反故《ほご》にしたくなかったからだろう。中佐はジャムナに声をかけていった。

「連絡員のジャムナだ。警務隊にはマークされていない。優秀な戦闘員だ。口のかたさと記憶力は保証できる」

ジャムナは口の端をかすかに曲げて、教授にうなずいてみせた。それで笑ったつもりらしいが、教授に伝わったとは思えなかった。

## 3　天王星系第六衛星・エリヌス

エリヌス（Ur－6）が発見されたのは、一三七年前のことだ。

したがって人類にとってのエリヌスの歴史は、その時に始まったといっていい。この衛星の開発が開始されたのは、太陽系の中でも比較的新しい方だった。エリヌスにかぎらず、天王星系以遠に都市が建設されたのは外惑星動乱以後といっていい。

外惑星動乱よりも以前の二一世紀終わりごろには、地球外に一億をこえる人間が生活していた。だがそのうちの九〇パーセント以上は、地球周辺宙域の住人だった。これに小惑星帯の複合構造物や火星地表上の諸都市、それに木星のガリレオ衛星群にある都市国家を加えれば、九九パーセントが木星軌道以内に住んでいたことになる。範囲を土星軌道にまでひろげれば、この値はほとんど一〇〇パーセントになった。

動乱の終了から二〇年あまりの間に、状況は大きく変化した。だが二一世紀の終わりごろには、土星軌道がひとつの限界点だった。それをこえると、人類は自立できなかったのだ。

観測基地ならさらに遠くの惑星にも建設されていたが、独立した都市として存在するのは難しい。太陽のもたらす光と熱の庇護から、人類はまだ脱けだせなかったといえる。

人間が生活するためには、適温に保たれた居住空間が必要だった。その温度維持のためのエネルギー量が、外惑星では内惑星とは比べものにならないほど大きくなる。太陽から離れるにしたがって単位面積当たりの受熱量は減少するが、必要なエネルギー量は級数的に増大する。かりに海王星の衛星トリトンに都市を建設すると、維持に必要なエネルギーは月面都市の数十倍に達するという。外惑星やその衛星は、それほど冷え切っているのだ。

さらに食糧生産の問題があった。宇宙における食糧生産サイクルで、もっとも低コストなのは太陽熱を利用した農場だった。太陽熱という無償のエネルギーを前提にした農業システムが、商業的に採算がとれるラインは火星軌道までだった。無論、太陽熱のまったくない所でも食糧生産は可能だ。エネルギーの供給さえ充分であれば、完全閉鎖系の食糧自給システムを作りあげることはできる。ただしそのような閉鎖系のシステムは、大量のエネルギーを必要とした。

太陽から遠くへだたるにつれて、居住条件が格段にきびしくなるのはこのためだ。開発に見合う生産力が期待できるのは、太陽からのエネルギーに依存するなら火星軌道まで、現地で供給が可能な重水素を利用するなら土星軌道までだといわれていた。

採算を度外視した観測基地なら、太陽系外の小惑星でも人は生活できる。観測基地や有人航宙船のような半閉鎖系のシステムであれば、それほど太陽熱には依存しなくてすむ。航宙船は系内で消費するエネルギーが、桁ちがいに少ない。宇宙都市のような大規模な居住人口があるわけではないから、恒星間宇宙を航行する船のエネルギー消費量はさして多くないと考えられる。

そんな観測基地と宇宙都市との決定的な違いは、前者が消費する系であるのに対し後者が生産する系であるという点にある。エネルギー収支がプラスとなる一方で、建造コストに見合うだけの生産能力を持たなければ、宇宙都市は存在価値がない。

二一世紀の末までに、人類は土星系にまで生産の場を拡大した。だがその先に進出するには、あらたなエネルギー源が必要だった。さらに大規模な巨大惑星の軌道プラントや、惑星や衛星の自転エネルギーを直接とり出す方法が提唱されていた。しかし二一世紀末までには、それらの技術は実用化されなかった。

むしろ、必要がなかったといってよい。宇宙は二一世紀以後の人類が獲得したあらたな利権であり、手つかずのフロンティアではあった。だが新技術の開発には、気の遠くなるほど資金と労力を投入しなければならない。それほどまでして、土星軌道以遠に領土を拡大していく必要にせまられていたわけではなかった。

二〇世紀の後半、人類は爆発的な人口増加にあえいでいた。それまで生産地としては見むきもされなかった砂漠地帯の緑化をこころみるようになり、氷におおわれた南極大陸を新しい生産地帯として認識していった。だが同じ変化は、二一世紀末までの太陽系内にはあらわれなかった。そして開発前線《フロンティア・ライン》は、長いあいだ土星軌道どまりだった。

ただ外惑星動乱期以前に一度だけ、変化があらわれかけたことがある。二〇八〇年代になって行なわれた天王星系の開発が、それだった。

天王星系には現在、都市の存在する衛星は六つある。外側からオベロン、タイタニア、ウンブリエル、アリエル、ミランダ、そしてエリヌスだった。それらの衛星は、天王星の赤道面にその軌道があった。よく知られていることだが、天王星の赤道は黄道面に対して九八度の角度をなしている。つまり他の惑星とは違って、ほとんど横だおしの状態で公転軌道をめぐっていた。横だおしになっているのは、主星の天王星だけではなかった。主要な衛星すべてと、五重の環《リング》ごとそうなっていた。

そして主要な衛星は、いずれも自転周期と公転周期が一致している。つまり常時天王星に同じ面をむけていた。これはそれほど珍しいことではない。天王星による潮汐効果が衛星の内部に摩擦を生じさせ、次第に自転速度を低下させていく。そしてついに、自転と公転の周期が一致してしまったのだ。同じ理由によってこれらの衛星群は、いずれも離心率がきわめてゼロに近い――つまり真円といってよかった。

ただし例外はある。もっとも内側の軌道をめぐる二つの衛星――ミランダとエリヌスは、ほかの衛星にくらべると無視できないほど離心率が大きかった。そしてエリヌスの公転周期は〇・七七三標準日で、ミランダの半日に相当する。このためエリヌス地表には、絶え間なく地震が発生していた。公転軌道が楕円であるために生じる衛星内部のひずみが、一気に解き放たれるのが地震だと解釈できる。しかし内側の二つの衛星だけが、特異な軌道をとる理由を説明した者はいない。

エリヌスの開発は、地震エネルギーに着目して開始された。これは外惑星動乱以前に天王星系以遠でおこなわれた惑星‐衛星開発の、ただひとつの例だった。

エリヌスは他の惑星や衛星にくらべて、際だった特徴を有しているわけではない。太陽のもっとも近くをめぐる水星や、木星の潮汐力をつよく受ける衛星のイオにも地震は多かった。

水星は自転周期が公転周期の三分の二で、その離心率は実に〇・二〇六にもなっていた。この奇妙な性質のために、水星地表では地震が頻発していた。そのせいで地球から比較的近い天体にもかかわらず、開発はかなり遅れていた。だが水星では、地震のエネルギーを利用する必要はなかった。そんなものにたよらずとも、太陽からの光と熱は満ちあふれている。だから水星上の都市では、居住空間の保温よりも冷却の方が切実な問題だった。

イオにおけるひずみの解放は、さらにダイナミックな形であらわれていた。内部のひずみが、火山活動を引き起こしていたのだ。だがイオの持つ内部エネルギーは、この衛星において太陽のかわりを充分に果たすものだった。だがイオに建設されたエネルギー・プラントは、それほど技術的には新しいものではない。地球上のかつての地熱発電と、原理的にはおなじだった。その程度の技術で運用できるほど、イオもまたエネルギーの面では富んだ星といえた。

だが天王星系エリヌスは、より太陽に近いイオや水星にくらべてエネルギー的には貧しかった。エリヌスにも内部エネルギーはあったが、イオで行なわれているような粗雑なプロジェクトでは実用性は期待できない。エリヌスの質量は、イオの千分の一しかないのだ。利用できるエネルギーの量は、格段に少なかった。したがってエリヌスでエネルギー開発を成功させるには、かなり効率のいいシステムを実用化させなければならない。

動乱以前に手がけられた初期の開発プロジェクトは、航空宇宙軍による観測基地の整備からはじまった。だが工事がすすむにつれて、単なる観測基地の建設ではないことが明らかになった。この時点で航空宇宙軍は、エリヌスの全面的な開発をはじめようとしていた。人々はその事実と、別の噂をむすびつけて考えた。航空宇宙軍は新しい外宇宙艦隊の根拠地を、天王星系に作るのではないかと推測されたのだ。このとき小惑星帯センチュリー・ステーションの外宇宙艦隊根拠地は、拡充をつづける内宇宙艦隊との共同使用で手狭になっていた。あらたな根拠地が必要とされる状況になっていたが、それは外宇宙艦隊による次の探査計画と連携しているはずだった。それまでに外宇宙艦隊は、三つの探査プロジェクトを実行していた。はじめて恒星間宇宙の深淵をこえて他の恒星系に到達した無人のダイダロス・シリーズ、第二世代となる有人恒星間宇宙探査船のイカロス・シリーズ、そして史上はじめて他の恒星系に足跡を残すことになるオディセウス・シリーズだった。そしてその成果をさらに推し進める計画を、外宇宙艦隊はたてているものと期待された。

ただし計画の実現にむけた世論のたかまりは、かならずしも学術的な探求心が動機となっていたわけではない。通常は航空宇宙軍による探査計画が、宇宙産業に及ぼす影響に注目していたのだ。それまでの外宇宙探査計画が、宙域経済にもたらした波及効果は大きかった。単に景気の刺激にとどまらず、新たな先進技術のスピンアウトも多かった。

だから航空宇宙軍が主導する天王星系の開発が具体化したときには、誰もが外宇宙艦隊の次のプロジェクトに着手したのだと考えた。エリヌスの開発が始動した二〇八〇年当時は、オディセウス級の一番艦が発進して三〇年がすぎたころだった。それまでの実績を踏襲する形で、新たな探査計画に着手してもおかしくない時機だった。

ところがそのような推測は、結果的に実現しなかった。八〇年代が終わるころになって、航空宇宙軍は天王星系の開発から手を引いたのだ。前後して公表された天王星系開発の修正案は、外宇宙艦隊による探査計画とは無関係だった。あたらしいエネルギー供給体制を有する都市を、外惑星に建設するというだけだった。そして開発計画の主体は航空宇宙軍ではなく、外惑星開発局へ移行された。そして開発の実行部隊は航空宇宙軍の現役将兵から、予備役に置きかえられた。

開発はつづけられたものの、大きく後退したのは間違いなかった。航空宇宙軍が手をひいた直接的な理由は、計画を効率よく遂行するためだとされた。開発計画の主体を軍から官へ移行することで、効率のいい作業が可能になるはずだった。ところが実際に送られてきた予備役兵は、どれも他に行き場のないあぶれ者たちだった。

地球‐月周辺の宇宙都市にすむ下級エンジニアが、生活と技術力を向上させようとすれば航空宇宙軍に志願するのが常道だった。軍で身につけた専門技術は、退役後の職さがしに役だった。しかし最初から要領の悪い者などは、退役しても選択の幅は広くなかった。むしろ職がえられないまま、犯罪にはしる者も多かった。人口にしめる割合は多くないとはいえ、この時期にはそんな退役兵の存在が社会問題になりかけていた。外惑星開発局が天王星系に送りこんできたのは、そんな職にあぶれた予備役兵の集団だった。

天王星系の開発方針が大きく変化した二〇八〇年代末は、航空宇宙軍の外宇宙進出が停滞した時期と重なっている。二一世紀の初頭から順調につづけられてきた宇宙開発は、この時期を境に足踏みをすることになった。それ以後は内宇宙と外宇宙の両方で、宇宙におけるフロンティア・ラインは後退をはじめた。

それまで不自然なほど急速に拡大されてきた宇宙開発のひずみが、このころになってようやく顕在化したといえる。内宇宙の開発が土星軌道に達したところで、物理的な障害に遭遇したのは必然だったのかもしれない。

技術革新には流行がある。もしも二一世紀の初頭に宇宙への進出が方向づけられていなかったら、この時期に人類が入手した領土は月周辺までだったかもしれない。それほど、この時期における宇宙開発は強引だった。その結果ここまで宇宙開発を主導してきた惑星開発局は弱体化し、それを支援していた航空宇宙軍は戦略の転換を余儀なくされた。

二一世紀に入ってから続々と建設された宇宙都市群は、次第に実力を持ちはじめ発言力も増していた。そしてこの時期にはあらたな開発を目的とした生産力の供出を、拒否する動きをみせはじめた。人類の宇宙に対する進出を一時的に停止してでも、既存の施設を充実するべきだという声が主として外惑星からあがりはじめた。その声を惑星開発局は、抑えることができずにいた。

すでに宇宙都市群の多くは実質的に独立を果たし、自治を達成していた。そのうちのいくつかは惑星開発局の方針を公然と批判し、次の開発に必要な機資材の供出を拒否するまでになっていた。そしてそれまで航空宇宙軍内宇宙艦隊が担当していた宇宙空間における警察行動を、制限あるいは廃絶するよう主張した。

さらに都市国家の中には、各都市がそれぞれ固有の宙域に対して領有権を有すべきだと、主張するものもあった。宙域内部の警察行動は各都市の艦隊にまかされるべきであり、航空宇宙軍内宇宙艦隊は解体すべきだとさえ公言していた。彼らにとって内宇宙艦隊による戦力の独占は、宇宙都市群の武力統治を目的としたものに他ならなかった。

無論、彼らの主張がすべて正しかったわけではない。外惑星の都市群が地球‐月連合の宇宙都市や、内宇宙艦隊に搾取されていたわけではない。内宇宙艦隊は系内では唯一の警察力を持った艦隊ではあるが、この当時は武力統治が可能な戦力は有していなかった。それどころか年々増えつづける物資・人員の輸送をバックアップし、救難サービスや違法行為の監視をおこなうだけで手一杯の状態だった。結果的に外惑星側の過激な主張が、内宇宙艦隊を増強させるという皮肉なことになった。

とはいえ各宇宙都市群の中でも開発されて間のない外惑星の都市には、惑星開発局の徹底した計画経済指導や航空宇宙軍の警察行動に対する反発は根強かった。公平な見方をすれば航空宇宙軍による警察力の独占は合理的な選択といえたが、現実はそのような状況を追い越していた。たとえば新しい宇宙都市が完成すると、定期航路が開かれる以前に非合法の密輸船が出現するとさえいわれていた。内宇宙艦隊の警備が及ばない辺境の星域では、密輸業者を公然と認める都市自治政府まであらわれていた。

さらに二〇九〇年代に入ると自治権の拡大や経済活動の自由化を要求する外惑星連合と、武装艦隊の拡充をはかる内宇宙艦隊の対立の時代となった。このような状況下では二〇九五年に第一陣が帰還したオディセウス探検隊のニュースも、かすみがちになっていた。そのころには外宇宙探査をつづけられるほど、航空宇宙軍に余力はなくなっていたのだ。予算の大部分は内宇宙艦隊の拡充にまわされ、外宇宙艦隊の支援機能も内宇宙艦隊のために転用されていった。

ある面でこの時期は宇宙開発が足ぶみしていた反面、開発の不均衡が是正された時代だといえる。それまで合理性を欠いた速度で進展していた宇宙開発は、各宇宙都市の意志を無視した上で成立していた。だが二一世紀末の一〇年間は、各宇宙都市群が独自の意志をもちはじめた時期だといえた。そして地球‐月連合主導の宇宙開発を拒否しはじめた宇宙都市群は、そのために生じた余力を国力の充実にむけようとしていた。

主として外惑星系都市の動きに対して、内惑星系の都市は反発した。開発の初期には地球周辺の宇宙都市を建設するための機資材やエネルギーは、すべて地球から運びあげていた。そして地球‐月連合の宇宙都市がようやく実力をたくわえたあと、乏しい生産力の中からわずかずつ余剰のエネルギーを供出して、次の小惑星帯や火星それに金星の長期開発計画へと歩を進めていったのだ。

だから次は外惑星系が全太陽系のために不自由をしのぶべきだ、という単純な論理はさすがに表には出てこなかった。地球-月連合などの公的な主張は、宇宙開発戦略は長期的な展望を持つべきであり、外惑星側の言い分は目先のことにとらわれた利己主義であるというものだった。だがそんな建前の裏には、いつも単純きわまりないがわかりやすい反発が見えかくれしていた。

そのような状況の中で、エリヌスの開発計画は次第に縮小された。プロジェクト自体は続いていたが、開発主体が航空宇宙軍から惑星開発局に移行したころから、計画は決して楽観的なものではないことがわかってきた。場合によっては、衛星全体の改造が必要になる可能性もあった。

開発局によるエリヌスの第一次観測が終了した時、建設計画はおそろしく長期的なものになることが判明した。少なくとも衛星の中心にまで達する隧道《ずいどう》を、何本も掘削しなければならない。技術的な問題も山積していた。状況は予断を許さなかったが、詳細な計画をたてるために第二次観測及び資源調査が着手された。

ところが第二次調査が始まってから数年後には、調査計画のための人員は減少しはじめた。皮肉なことに入植した予備役兵が、内宇宙艦隊の増強によって続々と現役に復帰をはじめたのだ。最盛期にはエリヌスだけで五千人を超した要員の数が、開戦直前の二〇九九年には他の衛星をあわせても二千人足らずに減少していた。残された人員はプロジェクトを進展させるためではなく、メンテナンスのために配置されているにすぎなかった。放棄された開発拠点も多く、最小限のメンテナンス機材さえ供給が滞《とどこお》りがちになっていた。

そんな状況の中で、外惑星動乱は勃発した。

動乱の勃発と同時に、天王星系は忘れ去られた。ある意味では、軌道の封鎖によって飢餓状態におちいった木星系よりも、さらに過酷な条件下に天王星系は放置された。人口あたりの死者数は、外惑星連合のそれをはるかに上まわっていた。一年にわたった戦争が終了した時には、天王星系の人口は半減していたという。

さらに辺境の海王星系では、かえって状況はましだった。海王星の基地には、百数十人の人員しかいなかったからだ。彼らは手持ちのエネルギー源を温存し、不完全な閉鎖環境下で息をひそめて乗り切ろうとした。その一方で航宙船を整備し、一人も残すことなく脱出した。そして土星宙域を航行中の航空宇宙軍艦艇に救出された。

しかし天王星系の住民には、そのような選択肢はなかった。彼らはありったけの機材を流用して、生存のための努力をつづけた。航宙船の生命維持システムから、エンジンまで解体して閉鎖系システムを作ろうと試みた。そして、戦いが終わるまで持ちこたえようとした。

彼らにとってさらに不運だったのは、二一〇〇年当時、天王星系には戦略的な価値がなかったことだった。

それは単に、後方基地としての生産力を持っていなかったというだけではない。生産力がなければ、軌道をめぐるだけの星系など役にたたないのだ。物資の集積をするだけなら、太陽系内のどこにでも適当な宙域《エリア》を設定してやればいい。地球上では洋上に浮かぶ島嶼《とうしょ》群を、嵐を避けるための避難所や不沈空母として利用できた。だが軌道上の天体は、そのような使い方ができないのだ。

たとえ天王星系が後方基地としての生産力を持っていたとしても、この時期の天王星系は戦略的に無価値だった。二一〇〇年当時に主戦場となった木星と土星は、太陽からみて天王星の反対側にあった。戦場から遠く離れた位置にある天王星は忘れ去られ、歴史には残らぬ地獄をしいられていた。

その上にエリヌスでは、たえず地震が発生していた。通常ならさして問題にならない地震でも、最小限の備蓄エネルギーしか持たない状況では致命的な事故につながりかねない。それにもかかわらず、彼らは耐えるしかなかった。天王星系の他の衛星に脱出することもできず、地震に怯えながら地下での生活をしいられた。そして、戦争は終結した。

開戦前に天王星系から召集された予備役兵は、戦後もほとんど帰還しなかった。老練な航宙艦乗りだったから最前線に送られ、戦死者が多かったことは否定できない。だが実際には戦争が終わっても、帰還を望まない者が多かったからだといえる。誰もがこの酷寒のフロンティアに帰ることをきらい、条件が悪くとも安全が保障されている内惑星系への再入植を希望した。

戦後二三年がすぎた現在では、エリヌスの住民は一万人をこえている。だが戦前からこの衛星に住んでいる者は、数百人にすぎなかった。残りの大部分は戦犯や戦後のパージで木星系や土星系を追われた人々であり、小惑星帯からの移住者だった。

二〇八〇年代に航空宇宙軍の主導で開発がはじまってから、開戦までの間に全長二万キロにおよぶ坑道が掘削されていた。それが、プロジェクトの残したすべてだった。観測や資源探査のための坑道だったが、現在では半分ちかくが地震で寸断されて巨大な迷路と化していた。そのうち地表ちかくに構築された基地跡と周辺の一帯が、この衛星では唯一の都市であるポート・エリヌスだった。

いまではほとんどの住人がこの都市に住んでいるが、中には迷路のように錯綜した坑道を生活の場としている者もいた。彼らのほとんどは戦争以前からの生き残りで、坑道内部に散在する未発見の鉱床を探しだして生計を立てていた。天王星系ではエリヌスだけが高い密度を持っているため、重金属の鉱床が掘りあてられる可能性があった。

彼らのような山師《マイナー》と採掘権を買い取った会社の技術者以外に、坑道に入りこむ者はいなかった。かつてのエネルギー・プラント建設計画は、事実上放棄されていた。航空宇宙軍が戦時に開発した大規模な核融合炉が、外惑星におけるエネルギー事情を劇的に変化させたのだ。

歴史は皮肉に満ちている。平時では採算がとれないとして、見向きもされなかった技術開発が戦時には最優先でおこなわれることがある。戦争が総力戦であるかぎり、このようなことは珍しくない。土星系のタイタンを攻略し、木星系の包囲網を完成させたのは新兵器である核融合炉だった。そのおなじ技術が、いまでは海王星軌道の外側にまで新しいフロンティア・ラインを押しひろげていた。

このような状況の中で、エリヌスは辺境の衛星として忘れ去られようとしていた。戦前の開発計画では除外されていた他の衛星にも、新たな都市が建設されていた。むしろエリヌスよりも、大規模な都市として整備されつつあった。

# 4　オグ——エリヌス赤道帯

危険を感じて、オグはエンジンの出力を絞った。

速度をおとした軌条車の、ききの悪いブレーキに油断なく足をおいて前方の闇に眼をこらした。ライトに照らされた側壁と軌条が、闇の中にぼんやりと浮かんでみえる。ゆるやかにカーブをえがく坑道の向こうに、異常を発見して急いでブレーキを踏みこんだ。ひどいきしみが作業服を通して伝わり、軌条車はずるずると滑ったあと停止した。

——まただ……。

オグは運転席から身を乗りだして前方をみた。一時間ほど前に、比較的大きな地震を体に感じていた。その時に予想はしていたが、状況はそれよりも悪かった。落盤が完全に坑道を埋めつくしている。反動を利用して、オグは前方に体を放り出した。軽々と彼の巨体は宙を飛び、落盤の少し手前に着地した。見たところ、そのあたりの支保工はしっかりしていた。少なくとも、いま以上に崩れる可能性はなさそうだ。

地球上なら装備を身につけた体は、二〇〇キロ以上の重さがあるはずだ。だが、ここでは数キロ程度にしかならない。しかし低重力下であっても、修復不可能なほど坑道は破壊されていた。

オグは舌打ちをした。とても彼一人の手におえるものではない。ここには重機械も、手動の修復工具もないのだ。ポート・エリヌスにある鉱山局に補修の請求をしたところで、この坑道が再開されることはないだろう。さんざん待たされたあげく、形だけの調査がおこなわれるだけだ。修復されることは滅多になく、必要があれば坑道閉鎖の公報が出される程度だった。もう二〇年も前から、同じことのくり返しだった。オグは自力で坑道を修復することをあきらめ、軌条車にもどった。

再びシートに体を置いて、迂回ルートをいくつか検討した。だが、どれも満足できるものではなかった。天王星系の最内軌道をめぐるエリヌスの表面積は、四〇万平方キロに満たない。直径三五〇キロそこそこのちっぽけな星に、総延長が二万キロに及ぶ坑道が張りめぐらされていた。

そのうち現在でも使用が可能なのは、半分くらいだろう。地震で破壊された坑道が修復される可能性は皆無にちかく、荒れるにまかされていた。だが地下にめぐらされた迷路のほとんどを、オグは記憶していた。彼自身の脳だけではなかった。エリヌスに来て以来ずっと使っている軌条車の車載航法システムには、坑道の幅員《ふくいん》から工事担当者のデータまでが記録されている。ただし膨大なデータを検索したことは、ここ数年来なかった。古い坑道のひとつが閉鎖されることはあっても、新しい何かがつけ加えられることはないからだ。

現在でこそ迷路のように複雑な構造になっているが、最初は単純なものでしかなかった。そしてオグは初期の工事から数えて三〇年あまりも、坑道を生活の場としてきた。したがって坑道の地理は、自分の家のように知りつくしていた。たとえ使えない坑道があったとしても、迂回ルートのいくつかを記憶の中からとりだすことができた。

ただしこれまでに限っては、という条件つきでだが。落盤によってふさがれた坑道は、幹線級の大きなものだ。迂回路はあるが、どれもかなり遠まわりになる。

——何かいい方法はないか。

オグはシートの中で、そのことを考えていた。ひとつの可能性に気づいたのは、その直後だった。だがそれは、あまりに突拍子もない思いつきだった。本気で検討することさえ、馬鹿らしく感じられた。

発想自体は単純なものだった。現在いる坑道を少しもどると分岐《ジャンクション》があり、そこから枝わかれした斜坑を数キロ登れば地表への開口部に出る。その開口部からそれほど遠くない地点に、放棄された基地跡があるはずだった。かつて衛星の改造プロジェクトが、まだ実現の可能性を持っていた時代に使われていた施設だった。物資集積所として、あるいは試掘坑道の工事拠点として利用されていた。ただし現在では、基地跡に至る坑道はすべて閉鎖されている。したがって、存在を記憶している者もいなかった。

その基地跡には、射出機《マス・ドライバ》があった。これを利用して弾道飛行をおこなえば、わずかな時間でポート・エリヌスに到達する。さすがに軌条車を飛ばすわけにはいかないが、次の調査にそなえて置いておけばよい。どうせ自分の体以外には、大した荷があるわけではなかった。岩石のサンプルが少々と、自分用にカスタマイズした工具類くらいだった。ただしサンプルといっても、あまり期待できる代物ではなかった。苦労して採取したが、採掘権を設定しても採算はとれそうにない。マス・ドライバで飛行するのであれば、ここに残していってもよさそうに思えた。

オグはかすかに笑った。いつの間にか自分は、基地跡のマス・ドライバを利用する気になっていた。先ほどまでは計画自体が無意味だと思っていたのに、いまは迷うことなく具体的な方法を考えている。そのことも可笑しかったが、ポート・エリヌスへの帰還を忌避する思いまでが消え失せていた。オグにとっては迷路のような坑道が自分のいるべき場所であり、ポート・エリヌスにもどっても疎外感を味わうばかりだった。できることなら誰にも会わずにすむ坑道の中で、残された時間をすごしたいとさえ思っていた。

手慣れた動きで、オグは軌条車を後退させた。ほんの十数分で、めざす物はみつかった。注意していなければ見逃してしまいそうなほど、めだたない分岐《ジャンクション》だった。馬蹄形の断面をもつ幹線坑道の天井に、作業員ひとりが入れるほどの小さな人孔《マンホール》が開いている。その奥は斜坑になっていて、闇の奥にのびている。作業坑として設計されたらしく、一見したところ落盤の形跡はなかった。

開口部からは、何本もの太いケーブルが垂れ下がっていた。そのうちの何本かは切断され、持ち去られていた。オグ自身が補修工事の材料として、とりはずしたのを思いだした。こんなケーブルでもジャンク屋に持ちこめば、いくらか収入がふえる。眼につくケーブルを根こそぎ持ちだせば、それなりの実入りにはなりそうだった。だがオグには、そこまでする気はなかった。山師の仕事にこだわりはないものの、ケーブルを拾い集めることが恥だという認識はあった。いよいよ食えなくなれば手を出すかもしれないが、いまのところは無視する程度の分別はあった。

サンプルの入ったバックパックを背負って、軌条車から飛びあがった。そのままゆらゆらと上昇し、頭から人孔に入りこんだ。屈曲している個所はあるものの、地表まで障害になるものはなさそうだ。ヘッドランプの光度を最大にして前方の闇を照らし、一気に体を押しあげた。こんな動作には慣れているものだから、意識しなくても手足が自然に動いた。ときおり把手を下方に押しやるだけで、オグの体は斜坑を上昇していく。坑道の側壁には、ふれる必要もなかった。

前方に円形の空がみえてくるまで、それほど時間はかからなかった。そして一気に視界が広がった。オグは星空の下に飛びだしていた。たくみに速度をコントロールしていたから、無様な空中浮遊をすることもなかった。短時間で開口部横の地表に着地できた。

久しぶりの地表だった。前に坑道を出てから、もう何年もたったような気がする。人生の大半をこの星ですごしたが、その間に地表の風景は変化していない。青白い光におおわれた大地は、数十億年にわたってそこにあり続けたのだ。オグがこの星で生活するようになった数十年など、とるに足りないつかの間の出来事でしかなかった。

坑道の開口部は、この星では珍しい平原の縁にあった。地平線までの距離は、数百メートル程度しかない。その先の地形は不明だが、平原はそれほど広くはないはずだ。地平線の向こうには、クレーターの鋭い山稜がわずかに見え隠れしていた。これほど地平線が近いのに、平原と呼べる地形はこの衛星上にはほとんどなかった。

地平線の逆方向には緩斜面が広がっているが、視界はクレーターの外縁で断ち切られていた。太陽は地形のかげに隠れているから、平原の大部分は闇に閉ざされていた。地平線ごしに突出した稜線が、背後からの太陽光を受けて輪郭を白く縁どっている。

もしもエリヌスが地球なみの重力を持っていたら、地表を移動するのは相当な困難をしいられるはずだ。数キロ以上の深さに穿《うが》たれた長大な谷や、幾重にも重なった大小のクレーター群が、地表を錯綜した迷路にかえていたからだ。地球の数十分の一という表面重力も、この複雑きわまりない地形を突破する助けにはならなかった。エリヌスのすぐ外側をめぐる第五衛星ミランダと、天王星の潮汐作用が地震を頻発させて地表の安定を崩しているのだ。

だが周辺の地殻構造に限定していえば、いまのところ安定しているとオグは感じていた。先ほどの局地的な地震が、地下にたくわえられたエネルギーを放出したからだ。

静寂につつまれた平原には、もうすぐ太陽が昇りはじめるはずだった。太陽が姿をみせるあたりには、すでに夜明けの予兆があった。さきほどの地震ではねとばされた微細な岩くずが、現在も浮遊しているらしく繊細な光の幕を形成していた。背後から太陽光に照らされて、淡い光を放っている。太陽系の辺境ともいうべきこの星でさえ、太陽は全天を圧して明るかった。だが背後の緩斜面は、いまだに太陽光を受ける位置にはなかった。周囲を満たしている淡い光は、天王星光だろう。オグのいる平原の端は、天王星光も届かない影の中に沈んでいた。

オグはゆっくりと緩斜面を登っていった。低重力に慣れた体なら、ほんのひととびで登りきってしまえる斜面だった。だが急ぐ必要はない。クレーターの外縁は、さして高くはなかった。それでも登るにつれて視界がひらけ、地平線は遠くに移動した。

見上げると、ほぼ天頂に近い位置にミランダが浮かんでいた。上弦だった。エリヌスの外側をめぐるミランダが、完全に満ちるまでに一〇年以上かかる。それまでは、上弦をはさんで一七時間周期で四分の三から四分の一へと満ち欠けをくり返すだけだ。その間は完全に満ちることも、欠けることもない。

オグは斜面を登りながら、時計と頭上のミランダを見比べていた。この場所の経度と緯度を、計算するためだ。坑道内での概算どおり、ここは赤道にちかく経度は九〇度付近であるらしい。

斜面を登り切ったところで、巨大な天王星が前方の地平線上にあらわれた。正面から天王星光を受けて、オグの全身が青白く浮かびあがった。ほとんどの時間を坑道内ですごしているため、オグの姿が他人の眼にふれる機会は少ない。オグ自身も少数のサイボーグ仲間以外と、接触するのは避けていた。

オグにかぎったことではないが、エリヌスの初期入植者は例外なくサイボーグ化手術を受けている。極低温で真空の作業環境でも、呼吸補助具なしに行動できるとされていた。過酷な作業に耐えうるための改造ではなく、事故発生時の生存性を高めるためだという。

通常サイボーグは筋肉が強化されているから、身体の改造前よりも体格が大きくなる傾向にあった。ところがエリヌスの開発がはじまった当初は、外見上の差違を意図的に小さくしていた。作業時に使用する工具や機器類を、常人と共用するためだ。

ただしそれは表向きの理由で、本当はサイボーグ化された入植者の社会的な孤立をふせぐためだといわれていた。体格に歴然とした違いがあると、入植事業を終えても一般的な社会への復帰が困難になりかねない。もしも事業が破綻したら、大量の社会不適合者が生まれる可能性があった。

そのような事態を回避するために、サイボーグ化は極力めだたない形で実行された。だが実際にはサイボーグ化されると、予想外の歴然とした差が生じていた。常人との違いは、様々だった。オグの場合は表情を失っていた。何十年にもわたって涙を流すこともなく、笑ったこともない。顔の左半分が、火傷跡で引きつっているせいかもしれない。そして表情を失ったとき、感情も失われたようだ。

信じていたものに、何度も裏切られた人生だった。そのたびに大事なものを失い、感情がひとつずつ擦り切れていったような気がする。最初に遭遇したのは、搭乗していた航宙艦のエンジンが暴走した事故だった。再起不能の重い火傷を負ったオグは退役か、それともサイボーグ化による延命の選択をしいられた。

オグは躊躇することなくサイボーグ化を選んだ。結婚したばかりの妻とは、軍法務課を介して離婚の手続きをとった。事故のあと、かつての妻とは一度も会っていない。それどころか、手紙を受けとったこともなかった。選択の機会を与えなかったことが、オグにできる唯一の愛情表現だといえる。

そのころ天王星系の開発プロジェクトは、初期の華々しさを失っていた。航宙艦乗りの墓場と呼ばれ、他所《よそ》に行き場のない将兵の吹きだまりともいわれていた。サイボーグ化によって廃兵をまぬがれたオグのような将校も、珍しくなかった。

オグにとっては生きる屍《しかばね》となって退役後の生活を送るよりは、天王星系に赴任する方を選んだ。たとえ墓場のような土地であっても、開発プロジェクトは新しいフロンティアであるはずだった。

だがオグの着任直後に、プロジェクトは縮小をはじめた。機材や人員が補充されることはなく、事故死者の数だけが増えていった。サイボーグとなったオグは、次の一〇年間を生き抜いた。そして死に場所も失った。外惑星動乱の直前に予備役として召集されたが、ここから離れることはなかった。エリヌス仕様でサイボーグ化された体は、航宙艦乗りとして使いものにならなくなっていたのだ。

開発プロジェクトは、戦後しばらくしてから再開された。だがオグのような旧式タイプのサイボーグは、すでに時代遅れになっていた。あたらしいプロジェクトでは、非サイボーグ体でも作業のできる環境がととのえられていた。この衛星でさえ、オグは厄介者になっていた。スペアパーツの供給もとどこおりがちな中で、わずかに残った仲間とともにひっそりと生きていくしかなかった。何度も裏切られて大事なものを失いつづけたオグには、もはや表情など必要ないのかもしれない。

正面から射しこむ天王星光が、オグの全身を青白く浮かびあがらせている。

久しぶりにみる天王星だった。以前にみた日のことなど忘れてしまったが、その間に変化があったとは思えない。入植が開始された数十年前までさかのぼっても、天王星の放つ冷たい光にかわりはなかった。しかも公転と自転の周期が一致しているから、空の一点から動くこともない。岩塊の積みかさなった地平線から、半分ほど姿をみせた状態で静止していた。エリヌスが天王星にいつも同じ面をむけるようになった何十億年も前から、かわることのない風景だった。

緑色がかった青の半球は、視野の半分ちかくを占めていた。半球左端の縁にそって四分の一ほどが欠けている。暗く沈んだ闇の弦は、衛星ミランダと同様に一〇年あまりは満ちることがない。太陽光は遮《さえぎ》られているが、恒星の光を受けて欠けた部分もかすかに存在が確認できた。そのせいで、天王星が作る半球の形は把握できる。

まるで衛星地表に巨大なドーム都市が出現したかのようだが、隕石が頻繁に落下する地表に都市構造物が建設されることはない。その上に人工の構造物とは、明らかに違う点があった。外惑星には普通に存在する環《リング》が、半球を断ち切る糸となって屹立《きつりつ》していた。天王星系屈指の景観といえるが、地下都市に居住する戦後入植者には縁がなかった。

天王星《ウラヌス》は——天空《ウラヌス》の神は、不思議な光に彩られていた。暗い青と緑の縞紋様が、明暗の境界線付近から極方向へ等緯度線のように重ねられている。暗く淡い色だった。絶対温度は一〇〇度に満たない。それでもこの辺境では、周辺の宇宙に輝きを送るのに充分だった。

不意にオグの背後から、光が射しこんだ。

かすかな熱を感じて、オグはふり返った。地平線よりも遠くにあるクレーターの稜線が、金色に縁取られていた。明るく輝く縁取りは、みるまに地平線弧を走って視野全体に広がった。それが黎明の瞬間だった。眩い光点でしかない太陽は、すでに姿をみせていた。足もとに長くのびたクレーターの影も、短時間のうちに退いていった。太陽系の最外縁をなす衛星上でも、太陽は全天を圧倒する光度があった。黎明の前には数多くの星々がきらめいていたが、太陽光に圧倒されていまは光を失っていた。

オグは現実に引きもどされた。正面の天王星から、眼下の谷間に眼を転じた。まだ陽光が射しこんでおらず、谷間は闇に沈んでいる。記憶を頼りに基地跡を探した。あった。高く突出した構造物の先端部分が、曙光《しょこう》を受けて明るく輝いた。

オグは安堵した。基地跡までは、それほど遠くなかった。これなら数分で到着するだろう。そう見当をつけて、オグは斜面を下っていった。

## 5 アクエリアス——地球周辺軌道

　アクエリアスが予定をくり上げて出港したことに、乗員たちは不満をつのらせていた。本来なら地球と月のラグランジュ点に構築されたゾディアック・ステーションに、あと一週間は停泊するはずだった。直前まで実施されていた通常任務の哨戒航宙では、半年あまりも入港する機会がなかった。主エンジンをはじめ搭載装備のオーバーホールが必要だから、少なくとも一週間は停泊しなければならない。その間は上陸が許可されるから、乗員たちは思いきり羽をのばせると期待していたのだ。

　安井《やすい》一曹も、その一人だった。急に出港が決まったものだから、慌ただしく積みこまれた乾燥食材のカートンが眼の前で山をなしていた。手ばやく整理して片づけなければ、アクエリアスは軍港宙域を離れて本格的な加速を開始する。整理に必要な労力や筋力は、比較にならないほど増大するのがわかっていた。

　それにもかかわらず、カートンのひとつに腰を下ろしたまま動こうとしない。後ろ姿をみただけで、不機嫌さが伝わってくる。烹炊所《ほうすい》に隣接する兵員食堂《クルーズ・メス》で、様子をみていたタマン三曹は途方にくれた。主機を全力噴射する第二次加速――本格的な加速の開始まで、あまり時間は残されていなかった。片づけるべき仕事は山ほどあるし、そのほとんどは烹炊所に集中している。

逃げることはできないが、かといって上官である安井一曹に帰艦の報告をするのも躊躇《ためら》われた。事情があって集合時刻に間にあわず、あやうく連絡艇に乗り遅れるところだった。運よく補給物資を積みこんだ輸送艇に便乗できたから、乗艦時の点呼はなんとか誤魔化せた。物資搭載の立ち会いと称して乗艦したのだが、艦内の整理は安井一曹に押しつける格好になった。おそるおそる烹炊所まできたものの、それ以上は進めなくなってしまった。

艦内は狭く、余分な空間は一切なかった。烹炊所と兵員食堂も例外ではなく、艦の与圧区画を貫通する通路にもなっていた。出港直後の現在は、どの科も作業に忙殺されている。タマン三曹の間近を、恐ろしい速度で兵がすり抜けていった。あやうく衝突しかけて、罵《ののし》り声をあげながら飛び去った者もいた。

その騒ぎに、安井一曹も気づいたらしい。ゆっくりとふり返って、タマン三曹に視線を据えた。雷が落ちるかと思ったが、表情に変化はなかった。仏頂面《ぶっちょうづら》のまま、三曹を睨《ね》めつけている。開き直るしかなかった。二人の他に主計科員はいないのだから、他の者の取りなしには期待できない。さりげなく視線をそらして、烹炊所に移動した。怒鳴られる前に謝罪の言葉を口にして、大いそぎで作業に着手した。

安井一曹はそれを横眼で、じっとみている。手伝う気はないらしい。放りだされていたカートンから、ひとつを選びだして無雑作に開いた。タマン三曹にとっては、気になる状況だった。作業に没頭するふりをしながら、一曹の様子をうかがっていた。

開梱されたカートンには、大量の野戦用レーション・パックが詰めこまれているようだ。一体どんな状況を想定しているのか、地上戦闘や警備出動にも対応できる物品がそろっている。安井一曹がとりだしたのは、緊急用の医療キットだった。

セットになっている消毒薬の主成分は、薬用アルコールらしい。他科の下士官兵は水や栄養飲料で割って飲んでいるようだが、安井一曹は生《き》のままで勢いよく喉の奥に放りこんだ。かなり苦かったらしく、表情がさらに険しくなった。

出港直後から大酒を飲むわけにはいかないから、あえて苦いまま飲んだのだろう——そうタマン三曹は、見当をつけた。すると安井一曹は、それほど不機嫌ではないのかもしれない。むしろ愚痴をこぼす相手を、探しているのではないか。

案の定、安井一曹の沈黙は長つづきしなかった。かすかに含み笑いをもらした一曹は、普段の陽気さを取りもどしていった。

「楽しみにしていたデートに、間にあわなかったようだな。違うか、ランバハドール」

タマン三曹は、いくらか緊張をといた。この上官が官姓名で自分を呼ぶ時には、注意が必要だった。ろくでもない話を、延々とつづける癖があった。しかしファーストネームで呼ばれたら、警戒の必要がないことは経験的に知っていた。

ゆらゆらと立ちあがった安井一曹は、そのまま勢いをつけて宙を飛んだ。タマン三曹が投げあげたカートンボックスを、壁面の収納庫に片づけていく。無雑作な作業のようだが、闇雲に放りこんでいるわけではなかった。出港から一〇日後までの消費計画にしたがって、順序よく収納していった。

不慣れな者がやると、足りない食糧品を探して炊事のたびに収納庫をひっくり返すことになる。消費物資の管理ツールもあるが、タマン三曹の知るかぎり使う機会は少なかった。当座の食糧計画さえ把握しておけば、それほど苦労せずにカートンを仕分けすることができた。酔いがまわったらしく、安井一曹は饒舌だった。手ばやく作業をこなしながらいった。

「上官としてではなく、経験者としていうのだが……。あの女は、やめた方がいい。アメリカ女は尻ばかりでかくて、お前のような気弱な男は尻に敷かれることになっている」

——また、その話か。

うんざりした気分になったが、タマン三曹は黙ったままだった。弱みがあるせいばかりではない。月面都市で生まれ育った三曹には、地球上の出自にこだわる安井一曹の言葉が理解できなかったのだ。しかも一曹は、国籍と民族を混同していた。「アメリカ女」というのは白人女性のことで、アジア系や黒人はふくまれないらしい。

その上に安井一曹は思いこみが強く、根拠のない偏見を公言してはばからない。放っておくと歯止めがきかなくなるので、それとなく話をそらそうとした。

「一曹どのは、地球の出身でしたね。あの、ええと……」

「日本だ。美しい国だ」

藪蛇だった。日本という国については、以前から何度も話を聞かされていた。それにもかかわらず、すぐには国の名を思いだせなかった。安井一曹は憮然としていたが、それも長くはつづかなかった。一度は片づけた野戦用の医療キットを、無雑作にとりだした。

本格的に腰をすえて飲むのかと思ったが、そうではなかった。いくつかある栄養飲料のひとつを、タマン三曹にトスした。アルコール分はないが、あとに残らない苦味と喉ごしのよさからビールの代用にはなる。消毒薬を生のままで飲むと胃をやられるから、通常は栄養飲料で割ることが多かった。

タマン三曹は礼をいって、開封した飲料パックを口にくわえた。安井一曹自身は飲む気がないらしく、黙ったまま作業をつづけている。この状態で二杯めを口にしても、気分がすさむだけだ。それどころか際限なく飲みつづけて、正体をなくす可能性さえあった。荒れることはわかっていたから、自制したのだろう。

そう考えることで、タマン三曹は納得した。不可解な点があるとはいえ、安井一曹は信頼できる上官だった。配下の下士官兵を何よりも大事にするし、面倒見もいい。そのかわり、私生活にも遠慮なく踏みこんでくる。わずらわしく思うものの、無視することはできない。ただし判断基準が曖昧で、場あたり的な印象さえ受けた。

さらに人づきあいを円滑にするには、アルコール分が欠かせないと信じている節があった。しかも格上の人物にすすめられた酒を断るのは、考えられない非礼であるらしい。悪いことにタマン三曹には飲酒の習慣がなく、特に酒好きでもなかった。体質的に受けつけないのではなく、育った環境が飲酒に不寛容だったようだ。

安井一曹にとっては、判断に困る状況だったと思われる。おそらく一曹の基準では、タマン三曹は下戸《げこ》に分類されているのだろう。飲めないのではなく飲まない人間が、この世に存在すること自体が理解できないらしい。

飲酒量を基準に人の価値まで決めてきた安井一曹には、予想外の事態だったはずだ。無論、一曹自身の価値観からは逸脱している。整合性をとるために、代用ビールを渡すという強引な解決方法を選択した。たぶん自分でも、説得力がないことに気づいている。そんなところではないのか。

二人は言葉をかわすことなく、作業に集中した。いそぐ必要があった。出動自体は急だったが、その後の手順は通常どおりに進行している。主エンジンを全力噴射する第二次加速までは、五〇分の一G程度で低加速移動することになる。整理すべき補給物資の重量は無視できるが、上下感覚は充分に把握できた。

その間を利用して艦内の担当区画内を、全力加速にたえうる態勢に移行しなければならない。ぐずぐずしていたのでは、あらゆるものに重さがもどってくる。物理的には作業を続行できるが、低加速時とはくらべものにならない重労働になる。

脇眼もふらずに作業した結果、なんとか終わりがみえてきた。未整理の補給物資は、あとわずかだった。そして最後のひとつになるカートンを、安井一曹は勢いよく放りあげた。区画の反対側あたりで作業していたタマン三曹が、体を回転させてそれを受けとった。

熟練を要する作業だった。無重量は感覚的には理解できるが、質量は変化していない。慣れないものがやると、無重量と無質量をとり違えて思わぬ怪我をすることがあった。投げあげるのにも、受けとめるにも地球上と同等の力が必要だった。

いそぐ作業は、それで終わりだった。タマン三曹は息をついて、額の汗を拭った。安井一曹が口を開いたのは、そのときだった。淡々と一曹は話した。

「俺が生まれ育ったのは、日本海に面した小さな村だった……。能登半島の先端ちかくで、いまでも思いだすことが多い。六歳まで暮らしただけなのに、海辺の美しい風景を忘れることはなかった。だから俺にとって日本とは、能登のことだと考えていい。能登の持つやさしさや美しさが、日本全土の印象と重なっているともいえる」

タマン三曹は首をかしげた。はじめて耳にする話だった。少なくとも、記憶には残っていなかった。聞き流していたのかもしれないが、たしかめる方法はなかった。記憶は曖昧で、断片的にすら思いだせない。安井一曹はつづけた。

「能登の記憶は、六歳で途切れている。予備役だった親父が航空宇宙軍に復帰したのを機に、俺たちの一家は能登を離れた。もともと先祖から受けついだ田畑を、守りつづけてきた百姓じゃない。田舎暮らしに興味を持った両親が、都会から移住したというだけだ。

さもなければ大切な記憶の残る村の暮らしを、簡単に捨てられたとは思えない。親父の配属先が艦隊や軌道上の基地なら、もとの村に住みつづけるという可能性もあった。ところが実際に配属されたのは、地球上の支援施設だった。ネバダ州だったから、俺と母親も近くの街に移り住むことになった」

「ネバダって……アメリカの、ですか？」

思わずタマン三曹は、声をあげていた。安井一曹は平然と応じた。

「他のどこに、ネバダがある。軍に志願が可能な年齢になるまで、現地の公立校に通った。結局アメリカには、日本の倍以上いたことになる」

そう話す一曹の表情は、暗く沈んでいた。おそらくアメリカで暮らした日々は、安井一曹にとって楽しいものではなかったのだろう。そう考えて、言葉を返さなかった。ところが一曹が口にした次の言葉は、今度も予想外のものだった。

「先にいっておくが、アメリカの学校では差別やいじめはなかった。英語もろくに話せない俺を、教師ばかりか同級生も仲間として受けいれてくれた。ただし価値観の違いは、最後まで埋められなかった。宗教の違いを理由に差別されることはないが、一定の距離を維持したまま近づこうとしない。自分の正しさに、絶対の自信を持っているからだ。

だから日本的なやさしさが、通じることはなかった。自己主張せずに普段の行動で思いを伝えようとしても、溝が埋まることはなかった。だから、お前をみていると危なっかしくて仕方がない。あの女性とは、本気なのか。結婚する気があるのか？」

即答できずに、タマン三曹は黙りこんだ。安井一曹は詳細を語ろうとしなかったが、思いは伝わってきた。彼女との結婚には、自分でも不安を感じていたからだ。中流家庭に育った平均的なアメリカ人とはいえ、彼女はすべての点でタマン三曹とはかけ離れていた。社会的な地位や教育水準の高さなど、生まれたときから三曹とは差があった。太陽系の全域に人類が居住するようになっても、この差が埋められることはない。いまはまだ違いが気にならないが、いずれ二人の生活は破綻するのではないか。安井一曹の言葉は、漠然と感じていた不安を指摘するものだった。

――いずれにしても次の帰港まで、棚上げにするしかない。

そう結論をだして、タマン三曹は考えるのをやめた。無性に酒を呷《あお》りたい気分だったが、作戦中は飲酒が禁じられている。かわりにパックの飲料を、思いきりよく飲みほした。無論、酔うことはできない。それでも多少は、落ちつきを取りもどした。

そして、ほろ苦さが口の中に残った。

アクエリアスの発令所は、艦のほぼ中央部にあった。艦長の武田《たけだ》大佐は先ほどから発令所で、待機をつづけていた。異例の事態だった。すでにアクエリアスは係留を解除し、宙港を離れて第一次加速に入っている。それにもかかわらず、航宙計画が届いていなかった。急な出港だったが、艦長でさえ事情は知らされていない。

防諜上の配慮から航宙計画の通達が遅れることはあったが、その場合でも出港以前に予定軌道が指示されていた。第一次加速が終了する間際なのに、目的地さえわからないのだ。出動命令自体が幻だったのかと思うほどだが、その点については念入りに確認している。

第一次加速は通常、艦内のハードウェアを最終点検するためにおこなわれる。航空機にたとえれば、滑走路に向けてタキシングしている状態にちかい。したがって遅くとも第一次加速の終わるまでに、作戦行動のデータが入電していなければならない。ところが艦隊司令部は予定軌道を示すことなく、第一次加速の開始と将校の乗艦を通達してきた。

――一体、何があったのだ。

武田艦長は、思いつくかぎりの可能性を検討した。地域紛争の発生にともなう武力行使や、遭難した商業航宙船の救難行動とは思えなかった。そんな大事件が発生していれば、複数のメディアが報道しているはずだ。だがこれまでのところ、関連のありそうなニュースは眼にしていなかった。

それとも内宇宙艦隊が警備している宇宙都市で、暴動が発生したのかもしれない。その鎮圧に出動するのであれば、辻褄があいそうな気がした。だが検討を重ねるにつれて、それも不自然な気がしてきた。外惑星動乱が終結して二〇年あまりになるが、いまだに破壊活動《サボタージュ》が絶えないのは事実だった。

しかし破壊活動や暴動の鎮圧なら、隠密行動に近い出港はしないだろう。むしろ威嚇効果をねらって、派手な政治宣伝をおこなうのが自然だった。アクエリアスが出港したという事実だけで、都市住民に対する威圧になるのだ。戦闘艦の出動は、中立的な都市群にとってかなりの脅威になるらしい。

新しい何かが起こりつつあることを、武田艦長は実感していた。過去に例をみない歴史上の新しい事件を、自分たちは体験することになるのかもしれない。

自分を呼ぶ声に気づいて、武田艦長はふり返った。艦長つきの副官《ルテナン》だった。一隻の連絡艇が、アクエリアスに接近しつつあるようだ。発令所内の空気が、微妙に変化した。すぐに通信文が入電した。艇には連絡要員が同乗しているらしい。要員は艇をドッキングさせた上で、移乗する意向のようだ。

――一人だけか……。

ほんの少し拍子抜けした気分で、艦長は乗艦の許可を伝えた。あえて港外で乗艦しようとするのは、人眼につくのを避けるためだと考えられる。ということはかなりの大人数が、乗りこんでくるものと予想された。かりに一人や二人であっても、大量の機材を携行しているのではないか。

そう考えていたのだが、案に相違して乗艦を求めているのは一人だけだった。しかも携行機材はなく、持ちこまれたのは外挿型の端末程度らしい。このような人物の資質は、二通りにわかれるといわれていた。切れ者のエリートか、仕事熱心な無能者のどちらかだ。正体を見抜くには、実際に仕事をさせるしかない。本物のエリートか否かを、初対面で見抜くのは困難だった。

数分後に姿をみせた乗艦者は、ヴェルナー大佐と名乗った。黒を基調とした警務隊の乗艦時軍装を、隙なく着用している。アクエリアスの乗員は例外なくコバルトブルーの内宇宙艦隊艦内服だったから、ヴェルナー大佐だけが浮いていた。軍装の警務隊将校が珍しいのか、しきりに視線をむけている乗員もいた。

それも無理はなかった。航空宇宙軍は三系統の実施部隊で構成されている。内宇宙艦隊と外宇宙艦隊そして警務隊だが、たがいに接点はない。ことに警務隊は、もっとも謎めいた組織だった。単に軍内部の犯罪捜査にとどまらず、太陽系内宙域全般の警察行動を実施している。宇宙都市内における犯罪は各自治政府内の保安組織が担当するが、複数の自治政府間にわたる犯罪や宙域における犯罪は警務隊が捜査していた。

警務隊には裏の顔もあった。外惑星動乱に代表される反地球、反航空宇宙軍の動きを未然にふせぐ治安警察の顔だ。警務隊の軍衣が黒いのは、裏の顔を象徴したからだとまでいわれていた。発令所にいた乗員の多くが、同じことを考えていたようだ。

だが武田艦長は、動じる様子もなかった。階級はおなじ大佐だが、ヴェルナー大佐より一〇年は長く軍の飯を食っている。その貫禄で、一気に押していった。

「最初に緊急出動の目的を、説明していただきたい。アクエリアスは傭船ではないのだから、軌道のデータだけ伝えて終わりでは困る」

威圧するつもりはなかったが、自然に声が低くなっていた。武田艦長は乗員の誰よりも、急な出港に不満をもっていた。居住性の改善によって、アクエリアスは長期間の作戦行動が可能だった。だが艦の中核は乗員なのだから、配慮は必要だろう。何の説明もなく休養期間を無視するようでは、士気にかかわる。

艦長は大佐に視線をすえたまま、返答を待った。ヴェルナー大佐の評価が、返答だけで定まるとは思っていなかった。正真正銘の切れ者かエリートを装った無能者かを、見極めるのは容易ではない。

かといって、時間をかけて判定している余裕はなかった。武田艦長の経験と周辺状況から、この大佐の力量を推しはかるしかない。最初に外見から年齢を推定して、大佐の階級が妥当か否かを検討した。警務隊の内規には詳しくないが、大佐の階級にしては若くみえた。だが実際には、四〇歳をこえているはずだ。とはいえその年齢で大佐なら、かなり優秀な将校といわざるをえない。

任官したのは戦後になるから、人員や艦艇の大幅な整理が断行された時期と重なる。将校の昇進は、武田艦長の時代より困難だったはずだ。それでもヴェルナー大佐は、若くして現在の階級に上りつめた。実戦経験がない点を考えあわせると、異例の速さといっていい。あとは現実の情勢判断をもとに、判定するしかなかった。

ヴェルナー大佐は艦長を直視していった。

「出港の理由は密輸船の追跡および臨検、拿捕《だほ》と考えていただきたい。予定された邂逅軌道をとるには、現時点で出港する以外に選択肢はなかった」

「出港時刻が限定されるということは……航路上で対象船舶との邂逅を？」

怪訝《けげん》に思って、艦長は問いただした。密輸船の取り締まりは、アクエリアスの主要な任務のひとつだった。だがそれは宇宙港に接近しつつある商船や、出港直後の船舶のみを対象とする。あるいは登録なしに軌道速度で飛翔する物体――大部分は軌道をふらついて出た小惑星を、交叉軌道から観測する程度だった。

通常は密輸船といえども、軌道の登録はまぬがれない。未登録のまま航行することは可能だが、かなりの確率で航空宇宙軍の監視システムに察知される。そして観測された軌道要素から目的地が推定されて、パトロール中の航空宇宙軍艦艇に不審船として通報される。密輸船が長期間の航宙を終えて目的地に接近しても、待ちかまえていたフリゲート艦の臨検を受けるだけだった。

かといって、高速船で監視システムをすり抜けるのは問題外だった。運航コストが高くつきすぎて、密輸に成功しても利益が出ないのだ。同様にフリゲート艦が不審船を、航路上で捜査した例はなかった。物理的に不可能ではないものの、推進剤を大量に消費するからだ。したがって通常は入港直前の時間帯に、関係国の主権がおよばない宙域で捜査がおこなわれることになる。

ヴェルナー大佐は、艦長の問いに答えようとしなかった。自明のこととして、明言を避ける方針らしい。逆に大佐の方から、質問をむけてきた。

「この艦および搭載機器について、いくつか確認しておきたい。ことに通信システムの交信限界と、防諜体制に関しては現状に即して解説をお願いする」

——知りたいのはカタログ・データではなく、この艦の現状ということか。

ヴェルナー大佐に突きつけられた質問の意味を、武田艦長はそう解釈していた。何度もくり返された改装工事や、搭載機器の更新によってアクエリアスの性能はわかりづらくなっている。古参の下士官でなければわからないこともあるが、艦長はよどみなくこたえた。

「システムによりますな。軍用のデータ回線を使えば、海王星軌道を限界線として母港ゾディアック・ステーションとの交信は可能です。ただし中継局を経由して通信ファイルを転送していく方式なので、限界線を越えて太陽系外に出ると感度は急速に落ちると考えた方がいいでしょう。太陽や人工構造物が発する電波雑音は、基本的にブロックされるので通信状況は安定しています。限界線を大きく越えないかぎり、通信事故は発生しないと考えていい。

ただ防諜対策を重視するのであれば、中継局を使わずに直接ゾディアック・ステーションと交信する選択肢もある。戦時と違って大がかりな傍受の可能性はないが、少人数による不正な侵入までは阻止できないからです。ただし緊急時専用のシステムなので、安定性に問題がある上に限界線も不明です。主砲のレーザを通信に転用した場合、理論的には外宇宙圏からでも交信は可能と考えられます」

話しながら武田艦長は、ヴェルナー大佐の表情を確かめていた。大佐が本当に有能な人物なら、アクエリアスの実情を知っている可能性があった。乗員しか知らない事実であっても、しらべる方法はある。あえて疑問点を口にしたのは、艦長の質問を封じるためではないか。そう考えて反応をうかがったのだが、ヴェルナー大佐は隙をみせなかった。表情をかえることなく、予想外の言葉を口にした。

「私が知りたいのは、ゾディアックとの連絡方法ではない。中継局に頼らず、アトランティック・ステーションと直接交信する手段を知りたいのだ」

武田艦長は、かすかに息をのんだ。するとこの大佐は、軍令部直属の調査官ということになる。大西洋上の同期衛星軌道をめぐるアトランティック・ステーションは、平時における航空宇宙軍の最高意思決定機関である軍令部の別称だった。漠然とゾディアック・ステーション所在の内宇宙艦隊司令部から派遣されたのだと思いこんでいたが、さらに上の機関がからんでいるらしい。すばやく考えをまとめて、武田艦長はいった。

「基本的には先ほどと同様の数値になります。アトランティックが地球や月の陰に入っていなければ、海王星軌道までは直接交信が可能です。限界線をこえても通信はできますが、レスポンスが遅くなるので注意が必要でしょう」

「了解した。間もなく艦隊司令部から、今後の軌道をふくめて命令ファイルが届く。それと……第二次加速を開始した時点で、本艦は一切の通信連絡を封鎖するものとする。通信機材の封印はもとより、センシングにおける電波発信も制限される」

事情はわからないものの、何か途方もなく異常な事態が起きつつあるようだ。ところがヴェルナー大佐が次にたずねたのは、あまり関連性のなさそうな事項だった。ヴェルナー大佐は、あいかわらず無表情で質問した。

「アクエリアスの航宙能力および戦闘時の実力、そして人員構成について聞きたい」

――昇進試験のつもりか。

内心で辟易《へきえき》していたが、最新の情報は乗員に確かめるのが最善の方法だった。とはいえ、基礎知識はあるはずだ。そう判断して、簡潔に説明した。

アクエリアスは外惑星動乱の直前に竣工したゾディアック級フリゲート艦の、三番艦だった。動乱の終結後に大改装されて、汎用フリゲート艦として生まれかわった。改装の主な点は、兵装関連だった。主機である核融合エンジンは換装されたものの、大幅な推力の増加はない。増大した艦体乾質量にあわせて、二五パーセントほど推力を強化しただけだ。したがって、単位質量あたりの推力に変化はない。それを変化させてしまうと、艦の構造自体を全面的に変更することになるのだ。

改装によって兵装の主軸は、艦載機群に移行した。それまではレーザ兵器と爆雷が武装の中核だったが、改装とともに半数以上が撤去された。かわって柔軟性の高い多用途艦載機群が搭載されて、アクエリアスの投入局面は格段に広がった。搭載機群の定数は、無人機が一機種二機、有人機が二機種四機の六機編成だった。

ヴェルナー大佐は艦載機群の運用に関心があるらしく、これまでの使用実績について的確な質問をむけてくる。艦の乗員構成についても同様で、全乗員の戦闘時配置や戦闘時の主力となる海兵隊の装備を詳細に知ろうとした。

その間にもカウントダウンは進み、発令所つきの乗員は発進の準備に忙殺されていた。本格的な加速開始にむけて、各部署からの報告が入ってくる。予想外の出来事が起きないかぎり艦長の出番はないが、状況の把握を怠《おこた》ることはできない。どのような状況下でも危機を回避できるように集中力を維持しなければならなかった。

艦長としての責務を、ヴェルナー大佐も理解しているようだ。本格的な加速を前にして、艦長からの聴取を終えた。時間切れで打ち切ったわけではない。あらかじめ確認事項を整理しておいて、予定の枠内におさめたのだろう。怜悧で人を寄せつけない印象はあるものの、相当な切れ者と考えて間違いなかった。

武田艦長は状況の把握をいそいだ。このとき発令所には、艦長をふくめて六人の要員が配置されていた。艦長つきの副官《ルテナン》と三人の科長——機関長《チーフ・メカ》、砲術長《チーフ・ファイア》、航法長《チーフ・ナビ》そして先任の通信員《トラツカー》だった。武田艦長は専用端末を操作して、すべての部署が第二次加速態勢に移行したことを確かめた。問題はなかった。このときまでにアクエリアスには、最初の軌道投入に関する指示が届いていた。武田艦長は短く伝えた。

「航路は二七A遷移軌道。通常加速」

水星にむかう旅客航路だと、艦長は判断した。おそらく偽装航路だろう。地球－月近傍のレーダー網をすり抜けたら、本来の軌道に遷移すると思われる。動乱の際にはよく使われた手だが、艦長にとっては意外だった。てっきり外惑星のどこかに、出動するものと思っていたのだ。一瞬の間をおいて、航法長《チーフ・ナビ》が艦長の命令を復唱した。

「二七A遷移軌道。通常加速。カウント・イン」

発令所に緊張が走った。航法長がデータを専用端末に入力した。その直後に、艦長専用端末の表示が変化した。「総部署待機」を示す黄色の発光点が、一瞬の間に緑の表示に入れかわったのだ。「すべて異常なし《オール・グリーン》」だった。発令所につめていた要員が、次々に状況を申告していった。

「正副砲塔よし《メジャー・マイナー・キューポラ・ゴー》」
「機関制御室正副よし《エンジン・コントロール・ダブル・ゴー》。運用制御室よし《ダメージ・コントロール・ゴー》」
「航法管制所よし《ナビゲーティング・ゴーイング》」

どことなく緊張感を欠いた合成音声がつげた。軌道の設定で手が離せない航法長にかわって、艦内に分散配置された航法員《ナビゲータ》の報告を統合した声だった。乗員による報告と区別はつかないとされていたが、システムの運用に精通している乗員には明確な違いがあるらしい。それを意識したのか、副官《ルテナン》が最後の申告をおこなった。

「艦載機隊よし《アクエリアス・スコードロン・ゴー》。医療班準備よし《メディカル・チーム　スタンバイ》。主計科準備よし《メス・オルソー》」

カウント・ダウンがゼロになった。かすかだったエンジン音が、にわかに大きくなった。それとともに床面からの震動が、猛々しさを増した。それまで無視できる程度だった重さの感覚が、急速にもどってくる。だが艦内に、混乱はなかった。予告どおりの加速開始だから、変化を受けいれる準備はできている。端末画面のカウント・ダウンが、カウント・アップに切りかわった程度だ。

すぐに加速度が、一Gあたりで安定した。乗員の一人が艦内服の皺を直し、別の一人が胃のあたりをおさえて空咳をした。艦内に重力はもどってきたが、それとともに緊張感はうすれていった。艦長は艦内放送を通していった。

「第一次加速態勢をとく。これより半舷当直《ハーフ・ワッチ》。時程は標準恒星時。別命あるまで通信封鎖とする。以上」

地球なみの重さがもどった発令所から、非直の要員が退出していった。ただ一人の非乗員であるヴェルナー大佐は、身じろぎもせずに突っ立っている。一G相当の重力下でも、まったく負担を感じていないようだ。だが武田艦長としては、放置しておくことはできない。ヴェルナー大佐を呼んでいった。

「専用の居住区画を用意する余裕がなかったので、さしあたり艦長公室を利用してください。直の交代時までに、専用空間を一区画つくっておきます」

「休息が必要なほど疲労してはいないが……」

怪訝そうに大佐は切りだした。記憶をたどる様子をみせているのは、誤解をまねきかねない微妙な話題に触れざるをえないからだろう。わずかに間をおいて、大佐はつづけた。

「小官の記憶が間違っていなければ、この艦は艦隊司令部としての機能を有していたはずだ。艦隊旗艦としての機能はもとより、司令部要員の専用居住区画もあったのではないか。軍令部との交信には機密事項が多いから、そのうちの一区画を利用させていただきたい」

ヴェルナー大佐の言葉は正しかった。艦長が公室を明け渡さなくても、アクエリアスには個室として使用が可能な空き部屋があるはずだった。大佐はその点を指摘したのだが、艦長は平然としていった。

「艦内に空きスペースは、一切ありません。ことに出港直後は、多数の消耗品が未使用の状態で積みこまれています。使用する予定のない居住区画を、遊ばせておく余裕はないのです。いずれも現在は倉庫として使用しているので、片づけるには少しばかり時間が必要だと理解いただきたい」

感情をまじえずに話しているが、言外に「突然の乗艦は迷惑至極」という本音が感じとれた。アクエリアスにかぎったことではないが、航空宇宙軍の戦闘艦は艦内空間に余裕がなかった。与圧された空間を切りつめることで、構造材の質量を低く抑える設計方針になっている。ただし大型艦の場合は、居住性との両立も求められる。大きな航宙能力を生かして、長期のパトロールに出動することが多いからだ。さりげなく、ヴェルナー大佐から機密事項をききだすのであれば、この点を衝くしかなさそうだ。武田艦長は切りだした。

「ご存知だとは思うが、艦の任務は常に複数の指揮官が把握しておかなければなりません。内宇宙艦隊では、一応そういうことになっています。目的地が曖昧なまま加速したのでは、推進剤を無駄に消費したあげく漂流することになりかねないので」

艦内空間と同様に、推進剤にも余裕はないと艦長はいっているのだ。大佐は黙りこんでいるが、無視する気はなさそうだ。むしろ艦長の要求を予想した上で、応じる心がまえをしていた節があった。口ごもっているのは、他の者の存在が気になるせいだろう。発令所内には、艦長以外に数人の士官が残っていた。あるいは彼らを介して、機密が漏れるのを恐れているのかもしれない。

それが事実だとしたら、武田艦長にとっては心外な事態といえた。通信封鎖されている点を無視しても、指揮下にある要員を疑うことになるからだ。ただ艦長には、その点を指摘しないだけの分別はあった。ヴェルナー大佐に視線をむけたまま、じっと返答を待っている。

ややあって、大佐は重い口を開いた。

「標的B－二一二三として登録されている飛翔体の追跡です。ただし我々の行動は、一切この標的に知られてはなりません。もしも我々の追跡に気づかれたら、その事実を発信されることのないよう万全の態勢を取るべきだ」

「SPAですか？　その対象物《オブジェクト》は」

無遠慮に艦長はたずねた。ヴェルナー大佐は肯定も否定もしなかった。それで充分だった。艦長は推測が正しかったことを確信した。しかし大佐が、それ以上の情報を口にするとは思えない。期待もしていなかった。大佐本人の意思とは無関係に、組織の方針は運用されるからだ。

武田艦長は情報端末に登録番号を入力した。大佐が口にした飛翔体のデータは、すぐに表示された。武田艦長は身を乗りだして、表示された数値をみていった。一見したところ、特に妙なところはなかった。登録された番号の先頭にあるBは、航行中の商船から遺棄されたデブリ（軌道上の廃棄物）を意味する。

空になって捨てられた外部推進剤タンクの可能性が高いが、それにしては速度が不自然なほど大きかった。太陽系からの脱出速度を、大きく上まわっている。同時に表示された母機——デブリを投棄した航宙船のデータも、やはり不合理なものだった。

最初は特異な軌道であることに気づかなかった。外部推進剤タンクを使用している点からして、足の速い有人旅客船だと考えていた。ところが登録された船種は、無人の貨物船だった。積荷は小惑星帯で製造された軌道発電プラントだというが、子細に軌道をみていくとそれも疑わしかった。

軌道の特徴は明らかに有人の旅客船で、無人船には不釣りあいな大加速で巡航速度に達している。その後は不要質量となった標的B‐二一二三を切り離し、順調に航宙をつづけているかにみえる。だがこれが無人の貨物船なら、推進剤を無駄にしているとしか思えなかった。無論、あえて不合理な軌道をとることはある。所要時間を短縮するために、コストを度外視した軌道が設定される可能性もあった。

しかし無人の輸送船となっている母機の積荷に、それほど価値があるとは思えなかった。軌道上の発電プラントでは採算がとれそうにないし、この時期に違法だが利益の大きな物資の話もきいていなかった。

むしろ標的B‐二一二三を所定の軌道に乗せるのが目的で、母機を発進させたのではないか。つまり空の推進剤タンクと思しき物体が実際の航宙船で、母機はそのブースターと考えるのだ。

武田艦長は、あらためてデータを確認した。小惑星帯を発進した母機は、太陽の間近をかすめて地球にむかう軌道をとっている。無論そのこと自体は、さして奇妙ではない。発進地と目的地の位置関係によっては、充分にありうる軌道だった。

それよりも気になるのは、標的B‐二一二三の最終軌道が「未確定」になっている点だった。巡航時の速度は四〇〇キロ／秒にも達するから、太陽系の最外縁まで飛翔しても大きく減速することはない。軌道をふらつかせる大規模惑星も、軌道周辺には占位していなかった。いまの段階で、なぜ「未確定」なのか。

事情はすぐにわかった。標的B‐二一二三は、太陽の間近をかすめる軌道をとっていた。巧妙に軌道を選択したらしく、太陽面に突っこむ危険はない。ただし少しでも軌道を逸脱すると、高密度の太陽風にあおられて墜落する可能性もあった。かりに墜落をまぬがれたとしても、軌道は大きく変化している。

これが「未確定」の意味だった。太陽表面の危険な領域に踏みこむことで、標的B‐二一二三は記録から抹消される。逆にいえば太陽圏内を無事に通過できれば、航空宇宙軍による監視態勢をすり抜けることは可能だった。熱と磁場から船体を防護した上で近日点距離を小さくとれば、推測が困難な軌道に遷移できる。

太陽によるスイングバイが、軌道を大きく変化させるからだ。ごく大ざっぱな計算では、太陽を中心にした頂角一二〇度ほどのコーン状宙域が離脱軌道の範囲に入る。ただし太陽に近づきすぎると危険だから、実際にはこれより小さな範囲に限定されるだろう。

しかしその場合でも、目的地は特定できない。目的地の可能性があるのは土星系と天王星系、それに後方トロヤ群をはじめとする小惑星のどれかになる。つまり目的地の特定は、実質的に不可能といっていい。

しかも近日点の通過後は軌道が不確定だから、標的B‐二一二三の再発見は不可能といってよかった。解像度の高い光学望遠鏡で走査するしかないが、太陽面と視野が同方向になるためそれも難しい。

武田艦長は息をついた。姿のみえない敵は、おそろしく切れる人物らしい。

# 6　オグ——ポート・エリヌス

わずか二五分ほどの小旅行だった。

赤道帯にある基地跡から北極点付近のポート・エリヌスまで、衛星を四分の一周するための所要時間といえる。速度は毎時六〇〇〇キロを上まわる程度だから、高速で飛翔したといえるほどではない。航空宇宙軍の現役士官だったころには、その何千倍もの高速で果てしない星の海を航行していた。

それでもオグにとっては、別種の感慨があった。かつての航宙は機械《メカニズム》によって移動していただけだが、今回はむき出しの体でじかに宇宙空間をこえていた。そのせいで二五分程度の小旅行は、予想外に刺激的で新鮮なものになった。

基地跡に放置されていた五〇〇メートル級固定式の射出機《マス・ドライバ》は、かなり時間をかけて整備する必要があった。しかし、それだけの価値はあった。ドライバはわずか五秒半の加速のあと、オグの体をポート・エリヌスへの弾道軌道にのせた。

射出の直後から、急速に遠ざかっていく基地跡の全貌が視野に入った。かなり大規模な基地だったから、かつては複数のドライバが運用されていた。オグが使った南北方向のドライバ以外に、ことなる軌道へ物資を射出するためだ。エリヌスの他の地区ばかりではなく、天王星系の他の衛星にも物資は送りだされていた。

すでに太陽は、高く昇っていた。オグが離陸した時には、高度を落としはじめていた。遠い太陽光やエリヌス地表の反照に眩惑されて、星の数はかなり少なくなっていた。だがオグは勢いを失った星空よりも、時間がすぎるにつれて次第に広がりをみせる眼下の地形に気をとられていた。

発射直後は、地形にそった低空飛行がつづいた。クレーターや平原などの顕著な地形であっても、眼下を風のように流れていくばかりで識別は困難だった。しかし時間がすぎるにつれて、立体感をともなって俯瞰できるまでになった。

オグは丹念に前方の地形をみていた。気がかりなことが、あったせいだ。エリヌスは変形した球体だから、高地帯では軌道が地表よりも低くなることがある。軌道にかぶさる地形は開削されているはずだが、ときおり崩壊した土砂で埋められている可能性があった。

オグの懸念は、間もなく現実になった。高くつらなる稜線が、前方に姿をみせたのだ。オグの進路を遮るようにして、高々とそびえている。規模の大きなクレーターの、外輪高地らしい。稜線の頂部は、あきらかに軌道高度を上まわっていた。このままでは、時解決策をみつけだせないまま、オグは接近しつつある稜線をみていた。

速六〇キロでクレーターの斜面に激突する。かといって、自力で減速するには足場が悪すぎた。ドライバの整備に気をとられて、地表の状況確認を怠っていたのだ。

どうなることかと思ったが、問題はあっさり片づいた。視野が広がるにつれて、荒っぽく掘削された人工の谷があらわれた。マスドライバで射出された物資の、通り道らしい。ただしオグは低速の弾道軌道に乗っているから、場合によっては底面に接触する可能性はある。

緊張に身をかたくしたが、何ごとも起こらなかった。瞬間的に視野が暗く閉ざされただけで、オグは隘路《あいろ》を通過した。切り通しの斜面に、触れることもなかった。人工の谷を通り抜けたオグは、高地帯の上空を飛翔している。

それまで地表にばかり気をとられていたが、上空は広く開けていた。太陽は射出から一〇分もたたずに高度を落とし、地平線下に没していた。それとともに、天王星も急速に欠けていた。オグの周囲は、勢いを取りもどした星ぼしで満たされていた。エリヌスの北半球を縦断する軌道をとっているから、天王星は依然として半球が地平線から突出している。

現在では青緑に輝く昼の部分よりも、影の方が大きくなっていた。欠けてゆく天王星にかわって、一筋の光条が屹立している。天王星をとりまく環《リング》だった。ただでさえ存在感がとぼしいのに、真横からみる格好になるため一本の細い糸のようだ。オグが移動をつづけるにつれて、次第に傾斜をましていく。

すでに対地高度は十数キロに達していた。地表は闇に閉ざされていたが、星ぼしの光を受けてかすかに存在が感じられる。衛星エリヌスの北半球は、四〇年にわたる「夜」の季節に入っている。北極点ちかくにあるポート・エリヌスに、ふたたび太陽の光が射しこむのは三〇年も先のことだ。

エリヌスの北極星は、オリオンの腕の中にあった。星座でいえば、おうし座に近いあたりといえる。欠けた天王星の淡い光と地表の反照で、七等星以下の星ぼしは視認できない。そのせいで、かえって星座が際だってみえた。飛翔するオグの眼前で、オリオンが剣をふりかざして天頂に駆けのぼっていく。そしてプレアデスの乙女たちは、ひっそりと寄りそって光を放っていた。

このとき天王星の環は、地平線に触れそうなほど傾いていた。眼下の地表面が足もとに迫り、地平線から新しい光点があらわれた。ポート・エリヌスの、エネルギー受信アンテナらしい。小旅行は終わりに近づいていた。目的地は間近に迫っている。減速手段は基地跡でみつけた軌道ユニットだけだ。装着する前に簡単な作動確認をしていたとはいえ、肝心なときに動かない可能性はある。

制御機能に問題はなさそうだが、ロケットエンジンが正常に作動するとはかぎらなかった。発進前に時間をかけて予熱《プレヒート》したものの、その後は低温環境にさらされていた。点火しなければ地面に激突するが、不思議に恐怖は感じなかった。過去に何度か失った命だから、別に未練もない。

投げやりな気分で点火栓を引いたら、その途端に衝撃がきた。あとは勝手に体が反応して、飛翔姿勢を制御していた。手もとの操作を、確認するまでもなかった。視線は地平線上の目標に、固定されたままだ。あらかじめプリセットしておいたロケットエンジンは、六〇秒で噴射を停止した。

エンジンが噴射をやめたとき、オグは空中で停止していた。ほんの少し行き足が残っているらしく、ゆらゆらと前方に流されていく。対地高度は一〇〇メートルを、わずかに下まわっていた。

欠けた天王星の放つ淡い光で、地表の目標物を探した。着陸の適地と考えていたところだが、それほど苦労せずにみつけることができた。基地跡でみつけたロケットエンジンに、もう用はない。宙に浮かぶエンジンの地表側にもぐり込んで、思い切りよく蹴り飛ばした。反動でエンジンは高々と跳ねあがり、オグの体はゆるやかに回転しながら地表にむけて落下をはじめた。放置しておいても自然に着地できるのだが、最後の一〇〇メートルを降下するのに三〇秒以上もかける気はなかった

数秒後にオグは着地した。短縮された二十数秒は、放棄されたロケットエンジンに受け継がれた。ふらふらと高度をあげて、次第に遠ざかっていく。そして短時間のうちに、視野から去った。

オグは周囲をみまわした。着地したのは、ポート・エリヌス宙港の端だった。整地された宙港の着陸フラットは、ほんの数十メートル先にある。まれにしか便のない宙港で、わずかな地上施設に人気《ひとけ》はなかった。

この惑星唯一の都市であるポート・エリヌスは、地下に作られている。地表から市街に入

りこむには、いくつかある気閘のひとつを通過するしかない。どの道を選択するべきか、オグは少し迷った。

サイボーグたちが居住するオールド・ベースに、もっとも近いのは№2の気閘だった。だがそのルートを選択すれば、宙港を管理している航空宇宙軍基地の前を通過せざるをえない。別に宙港経由でも違法ではないのだが、見咎《みとが》められると厄介なことになりそうだ。

オグが宙港に通じる気閘から、入ってきた事情を問いただされるかもしれない。そのこと自体が億劫《おっくう》だったし、航空宇宙軍の要員と顔をつきあわせるのにも抵抗があった。深い理由はない。基地跡の現状にかぎらず、彼らに有用な情報を伝えたくなかっただけだ。

それよりも、別の通路を探さなければならない。だがダウン・エリアの№1気閘にも、同様の問題があった。気閘からオールド・ベースまでは、ガリレアン（木星系人）たちの住む迷路のようなダウン・エリアを抜けていかなければならない。オグにとって、ガリレアンたちの暮らす街は異境だった。

結局、一号幹線坑道に通じる支通廊を経由することにした。そこなら、人眼につくことがない。サイボーグ以外の住民と、顔をあわせる可能性もなかった。

与圧されていない支通廊の、狭い斜坑をオグは下っていった。間もなく合流した一号幹線坑道は、軌条車がすれ違えるほどの幅があった。オグが常用する坑道だった。そのまま幹線坑道を進むと、坑道気閘にでた。気閘の先は、ダウン・エリア中央通廊になっている。オールド・ベースまではダウン・エリアを通過する必要があったが、生活空間とはことなる中央通廊を通れば住民と顔をあわせる可能性は少ない。

軌条車ごと通過できる大型の気閘には、使用された形跡が残っていなかった。ガリレアンたちが利用することは滅多になく、オグのようなオリジナル——サイボーグ化された第一期入植者が、ときおり使うだけだ。

ただ、軌条車ごと気閘を通過するには相当な手間がかかる。内外の気圧差ばかりではなく、急激な温度変化にも対応しなければならない。そのため通常は幹線坑道に軌条車を残して、市街に入ることが多かった。

気閘の外扉は型式が古く、不必要なほど大きく頑丈にできている。中に入って外扉を閉鎖すると、閉鎖不完全を示す警告灯が点滅をはじめた。

——かなりガタがきている。

諦観とともに、オグは嘆じた。閉じた外扉を開きなおして、接合部につまった砂を丹念にとりのぞいた。今度は問題なく閉鎖できた。たぶん最後に出ていった奴が、外扉を開けっ放しにしていったのだろう。すっかり砂をかんでいる。

すぐに音をたてて混合気が流れこんできた。気閘内の容積が大きいものだから、気圧の上昇がうんざりするほど遅かった。それでも地表仕様の気密対応作業服が、乾いた音をたてて少しずつ収縮していく。

循環器系と血流を、戸外活動用から屋内用に切りかえた。そして久しぶりに深呼吸した。何よりも、吸いこんだのは油くさい混合気だったが、酸素分圧は地球なみに調整されている。

制限なしに吸入できるのがよかった。

サイボーグとしては旧式だが、オグの環境適応能力は高い。簡易な作業服を装着していれば、酸素供給が途切れた状態で一〇〇時間をこえる連続行動が可能だった。ただし限界はある。エリヌス地表の環境で補給なしに生存できるのは、公式には二〇〇時間までとされていた。より実態に近い訓練時の説明でも、その倍をこえることはない。

歯の浮くようなきしみ音を立てながら、内扉はゆっくりと開いた。モードを切りかえれば多少はましだが、無理をするとモーターが焼き切れる可能性があった。かといって、開ききるのを待つ気はなかった。なんとかすり抜けられる程度の隙間が開いたところで、作動を停止して中央通廊に入りこんだ。

与圧された市街に入ったにもかかわらず、通路の印象はほとんど変化していなかった。そのはずで市街を縦貫する中央通廊は、もともと幹線坑道として建設されていた。オグたちの入植から時を置いて送りこまれてきたセカンダリー（第二期入植者）のために幹線坑道を与圧し、中央通廊としてダウン・エリアの中核としたのだ。

ただ、実際に建設されたダウン・エリアは無秩序の極みだった。いくつか建設された支通廊自体が計画性にとぼしく、動乱直後の混乱に輪をかける結果になった。開発の基本方針も定まっていないのに、島流しと大差ない状況で入植者が次々に送られてきた。

彼らを収容する具体的な方策を、少しでも早く実行する必要があったと考えられる。その場しのぎの突貫工事で、帳尻をあわせる以外に選択の余地はなかったといえる。処理を誤れば、入植者たちの大量死という事態をまねきかねない。

そんな状況だから、中央通廊に足を踏み入れる者は少なかった。不用意に居住地を離れると、犯罪に巻きこまれることさえあった。そのせいで通路としての利便性は高いのに、人か

げをみることは少なかった。ダウン・エリアの喧噪は伝わってこず、オグの足音だけが通廊

の壁面に反響している。

中央通廊の人通りは少ないが、周辺のダウン・エリアはこの都市最高の人口密集地だった。

一万人ちかいセカンダリー（第二期入植者）のうち、七割をしめるガリレアン（木星系出身

者）がダウン・エリアに居住している。

残りの三割はベルター（小惑星帯出身者）で、こちらの居住区域はほぼエリヌス・カント

に集中していた。カントは本来、軍営地区をあらわす言葉だが、ここでは単に住宅をふくむ

官庁街の意味で使われていた。これに対しオリジナル（第一期入植者）——サイボーグ化さ

れたオグやその仲間たちは、数の上からもマイノリティでしかなかった。

オグは足音をおさえて、中央通廊を進んだ。何度かガリレアンと遭遇したが、誰もがオグ

の異様な姿に気づくと慌てた様子で視線をそらした。

だがオグは、そんなことには慣れていた。気にもとめず、無造作に足を運んでいく。すで

にオグはダウン・エリアを通りすぎて、エリヌス・カントとの境界に達していた。

混沌としたダウン・エリアにくらべると、エリヌス・カントは都市としての外観を維持し

ていた。市街地の照明はダウン・エリアよりも明るく、地区の中心部は小規模ながらドーム

構造になっている。

足ばやに地区の中心部を通過しながら、オグは頭上の「空」を見上げた。さして高くもないドーム天井に、変化のない「空」の映像が投影されている。しかしオグには、しらじらしさしか感じられなかった。

造りもの然とした「空」ばかりではなく、オグはエリヌス・カント自体が嫌いだった。普段なら、滅多に足を踏み入れることはない。何故なのか、自分でもよくわからなかった。もしかすると日中でも凍りつくほどの寒気が支配するダウン・エリアが、性にあっていただけかもしれない。

カントの中央部にむかう通廊を避け、ドーム外縁をめぐる還状路を伝ってオグはオールド・ベースに急いだ。もとは開発の拠点だったせいか、オールド・ベースに都市らしさは残っていなかった。というよりは、開発拠点そのままだった。

カント地区から二重になったドアを抜けると、冷えびえとした風がどっと押しよせてくる。寒気に怯《ひる》むことなく、その中に足を踏み入れていった。錯綜した迷路のような通廊が、冷えきった空気の中にのびている。

この地区が冷えびえとしているのは、他所者《よそもの》の侵入を拒む排他的な空気のせいばかりではなかった。実際に他の区画より、十数度も低いのだ。開発の初期に入植あるいは長期派遣された者たちは、程度の差はあっても大多数がサイボーグだった。

乏しいエネルギーを少しでも有効に使おうと、非人間的なほど平均気温が低く抑えられたのだ。氷点下まで下降しなかったのは、他地区の人間もこの地区に入ることがあったからだ。さらに開発装備のいくつかは、生身の人間と共通のものだった。

狭い通廊の壁には、何本ものダクトやパイプラインがむき出しのまま設置されている。建設から半世紀近くがすぎた年代の深みは、蜘蛛の巣を思わせる壁面のクラックにもあらわれていた。

その寒冷なオールド・ベースに、四〇〇人あまりのオリジナルたちが暮らしていた。ただし常時この地区にいるのは、半数たらずでしかない。あとの半数はオグと同様に、坑道を這いずって暮らしを立てている。中には坑道や基地跡などに生活の基盤をおいて、ポート・エリヌスにもどって来ない山師《マイナー》もいた。

安全規準など無視したかのような、荒っぽい施工の通廊だった。何度も小規模な増設をくり返し、拡張の余地がなくなって地下に街区を広げていったらしい。そんな通廊のうす暗い突きあたりに、古びたハッチドアがあった。

もとは自動ドアだったらしく、来客の存在を探知するセンサが取りつけられていた。だが装置は数年前に故障したまま放置されていた。オグは無言でドアを押し開き、承諾もえずに入りこんだ。作業場を兼ねた殺風景な部屋だった。

床には工具類や大型の測定器が散乱しているが、一応は整理してあるらしい。部屋の主とおぼしき男は、オグに背をむけたまま作業をつづけている。その男の肩が、不意に動いた。体をぐるりと転回させて、オグを正面から見据えた。

表情に変化はなかった。片方の眉を、わずかにあげただけだ。だがオグには、それで充分だった。男にとっては、これが最高級の挨拶らしい。男は無愛想にいった。

「よう。景気はどうだ、オグ」

オグも表情をかえることなく応じた。唇の端をわずかに歪めて、微笑らしきものをみせただけだ。それ以上は、必要なかった。長いつきあいだから、たがいのことは知りつくしている。オグと同様に、男もサイボーグ化によって表情を失っていた。

開発がはじまった初期の時代には、基地の代理判事《デピュティ・ジャッジ》をまかされていた。そのとき以来、男はジャジと呼ばれていた。本名はわからない。一度だけ聞いた記憶はあるのだが、使う機会もないまま忘れてしまった。もっとも本人自身も、おぼえていない可能性がある。

サイボーグ化されてはいるものの、ジャジの体つきはどことなく弱々しかった。事故で片足が不自由になってからは、無意識のうちにかばう癖がついていたようだ。その上にジャジは、エリヌスに入植したあと外の世界に復帰したことがある。

ところが外惑星動乱時に重傷を負い、修復不可能と判定されてエリヌスに送り返されてきた。エリヌスの低重力環境でしか生きられず、しかも極低温に耐えられるサイボーグとしての能力が選択肢を狭めていたようだ。

それだけをみれば、きわめつきに運の悪い男といえる。エリヌスに舞いもどったはいいが、低重力下でも自由に動けず山師《マイナー》仕事は無理だった。仕方なく現在は、マイナー相手に代理人《エージェント》をやっていた。

だが考え方次第では、ジャジは運がよかったのかもしれない。小惑星帯で作戦中に乗り組んでいた砲艦が奇襲攻撃を受けて、一瞬のうちに撃破された。生存者はジャジだけだった。撃破から救出まで、二〇〇時間以上にわたって宇宙空間を漂流していたのだ。エリヌスでの作業用にサイボーグ化されていた体が、ジャジを生還させたといえる。

オグにとってジャジは、数少ない友人だった。先ほど経験した弾道飛行のことを話しても、他のマイナーに情報として売りわたされる気遣いはない。だが漂流の過酷な体験は、ジャジを広場恐怖症《アゴラフォビア》にしていた。そればかりではなく、星空にも恐怖を感じているらしい。弾道飛行の話をしても、喜ぶはずがなかった。

「何かニュースは？」

挨拶がわりに、オグがたずねた。数カ月ぶりに会ったにしては、無愛想すぎる問いかけだった。だが応対するジャジは、気にする様子もなかった。無造作に放り出されているがらくたの中から、古びた椅子を引っぱり出してオグにすすめた。

――またか。

この星では、ごく限られた住民だけが椅子を常用している。エリヌスの低重力環境では、椅子など不要だった。たぶんジャジは自分の愛用していた椅子を、オグに使わせようとしたのだろう。この低重力下でも、突っ立ったままでは負担が大きいらしい。

ほんの少し迷ったが、ジャジの好意を受けいれることにした。窮屈な姿勢をとらざるをえず、しかも関節を痛める可能性があった。それでもオグは、立ちあがろうとしなかった。深い訳などない。ただ単に、ジャジの好意を無視できなかっただけだ。ジャジはいった。

「いいニュースはないな。ミランダをでた軍の連絡艇が、ポート・エリヌスに入港したらしいが俺たちには縁のない話だ。航空宇宙軍基地の交代要員と、軍の物資しか運んでこなかったという話だ」

軍の連絡艇は、不定期にミランダとの間を往復していた。辺境宙域では軍がそのような航路サービスや、通信業務をおこなうことは珍しくなかった。衛星間通信や航路標の維持管理、そして観測のための小規模な基地はエリヌス・カントの一画にあった。常駐隊員が一〇人程度の小さな基地だから、オグのような帰還兵とは交流がない。

「頼まれていた軌条車のパーツは、手に入ったよ。ただ……現在生産されていない型式だから、適合するように改造しておいた。少しばかり割高になるが」

ジャジの示した金額は、オグの予想とそれほど違わなかった。仕事は丁寧だから、取引業者としては良心的といっていい。オグはその金額を受け入れた。

「ニュースというほどではないが……選挙法改正の請願集会がエリヌス・カントの市庁舎前で開かれたはずだ。そろそろ詳細が入ってるんじゃないか」

選挙のことなど、オグには興味がなかった。無論オグにも選挙権はあるはずだが、行使したことはなかった。いまでは、やり方も忘れてしまった。

オグとしてはしらけた気分だったが、ジャジは無視して壁に埋めこまれたラジオをオンにした。居住区の規格化された部屋なら、標準装備されている有線専用のラジオだった。ただし放送局は公営が一局だけで、カント地区から一日に六時間ほど放送している。規格をみたしたアンテナを張れば、天王星のノイズに負けないかぎり受信できる。条件さえよければ、ミランダやアリエルの全方位放送も受信できるらしい。

ラジオからは、眠そうな音楽が流れている。オグは大げさに驚いてみせた。

「何だ？　いまは夜中か」

ジャジの口角が、ほんの少しゆがんだ。笑ったつもりらしい。

「時計の見方を、忘れちまったのか？　いまは一九時だぜ。宵の口ってところだ」

オグは肩をすくめてみせた。他人と会う機会がないものだから、時間の感覚が劣化していたようだ。ラジオから流れだす音楽は、いかにも眠そうだった。

エリヌスでは地球標準時を、そのまま使用している。天王星にいつも同じ面をむけているエリヌスの一日と一年が、いずれも一七時間であることは最初から無視していた。ただしほとんどの住民は地下生活を継続しているから、星や太陽の動きは関係なかった。

さらにエリヌスでは、赤道にそって五〇キロも行かぬうちに一時間の時差が生じる。それほど小さな衛星では、星の動きに忠実な地方時を作ったところで意味はなかった。

「眠くなるような音楽ばかり流すときには、住人連中が相当に熱くなっていると考えていい。集会が大荒れで、逮捕者が何人かでているはずだ」

すでにラジオの音楽は途切れ、ニュースの時間になっていた。興味を引かれて耳を傾けたが、集会にはまったく触れることがなかった。放送の大部分は配給品の受領方法や、電力供給の制限など当たり障りのない事項をくり返している。

ラジオは汎用通信ユニットが有する機能のひとつで、この部屋に必要な情報がユニット本体に自動蓄積されている。外出時には出先で情報を引きだすことも可能だから、使い方によっては有用なシステムといえる。ただし情報源は、政府系の一局だけだった。ジャジでなくとも、鵜呑みにはできないだろう。

情報を伝えおわったラジオは、ふたたび眠そうな音楽を流しはじめた。ジャジは聞きとりにくい声で「御用放送局が」と悪態をついた。無表情の上に感情もこめられていないものだから、余計に強い鬱屈が感じとれる。ジャジは抑揚のない声でつづけた。

「先週にやった集会の時だった……。調子に乗ったどこかの阿呆が、政庁の市長執務室めがけて燃料罐を投げつけた。中身は入ってなかったが、公安部が集会に割って入って大変な騒ぎになった。

さすがに御用放送局も無視することができないと踏んで、ニュースの時間を待っていたら……例によって欠片も報じられなかった。平穏無事な一日でしたってわけさ。

まったくもって、とんだお笑いぐさだ。この街に住む者なら、誰だって翌日には一部始終を知っていたはずだ。どの警官がどいつを何発ぶん殴ったかってことまで、知らん奴は一人もいないってのに」

義憤めいたことを口にしているが、ジャジはただの野次馬でしかなかった。自由に出歩けないものだから、余計に外の様子が気になるのだろう。オグはそう考えたが、口にする気は無論ない。相槌をうとうとも思わなかった。話題をそらすつもりで、当たり障りのない返答をした。

「警官隊《やつら》はならず者ぞろいさ」

オグは断じた。この星の開発史や現在の人口構成をみれば、自然にわかることだ。市政府の職員や公安部の常勤警官は、ほとんどがベルターで占められている。そして集会に参加するのは、セカンダリーのガリレアンと決まっていた。

ベルターとガリレアンは反目していたから、両者の間で小競り合いが発生しても不思議ではない。二〇人しかいない常勤の警官はまだしも、集会のあるときだけ呼び集められる非常勤警官は無法者そのものだった。

同じベルターでも非常勤警官は、一般の政府職員などとは歴然とした違いがあった。少しでも実入りのいい仕事をもとめて、ついには辺境宙域に流れついたあぶれ者たちだった。問題を起こせばこの街を去るだけだから、非武装の市民が相手でも見境なく暴力をふるう。

ただしオグは当事者ではない。セカンダリー同士の抗争だから、それ以上の言葉を重ねる気はなかった。ところがジャジは、まだ話したりないようだ。むしろ核心に触れるのは、これからだと考えているらしい。勢いこんで、言葉をついだ。

「もしも選挙法が改正されれば、政権の主役は確実に変化する。社会構造が逆転してガリレアンが政権をとったら、今度はいままでぶん殴る側だった奴がぶん殴られる方にまわるわけさ。どっちにしたって、俺たちには縁のない話だが」

いまの状況を、楽しんでいるとしか思えなかった。だが政権の主が変化しても、自分たちの生活に影響がないのは事実だろう。この予想が、はずれることはないはずだ。

オグは耳をそばだてた。唐突に音楽が途切れたのだ。ラジオの故障かと思ったが、そうではなかった。わずかな間をおいて、放送は再開された。乱暴な操作で回線が切りかえられたのか、ひどい雑音がつづいた。ようやく雑音が停止しても、音楽は再開されなかった。かわりに聞こえてきたのは、無骨な印象を受ける男の声だった。

「通常警報。ポート・エリヌス公安部長発令。現在までに一部隣接区域で、許容限界をこえる気圧低下が観測された模様。一般市民はただちに最寄の居住区画に避難せよ。居住区画内においては、危険はないと考えられる。緊急要員以外の市民は、警報が解除されるまで居住区画内にとどまること。正当な理由なく区画外に出ると、罰せられることがある。

くり返す……」

「馬鹿が」

なおも警報をつづけるラジオに、ジャジが悪態をついた。そのことに不審を感じて、オグは問いただした。

「何の騒ぎだ? いつからポート・エリヌスは、生命維持システムも満足に作動しない街になったんだ」

「捕り物だよ。御用の筋だ」

そういって、ジャジはうなずいてみせた。だがオグには、事情が理解できなかった。首をかしげていると、ジャジは記憶をたどる様子をみせたあとでいった。

「そうか、お前はまだ知らないのか。最近、公安部人事に異動があったんだ。前の公安部長が退職したのを機に、部の幹部が大幅に入れかわった。もっとも最初は後任の公安部長だけを決めて、あとは適当に調整するつもりだったらしい。

ところが新任のロペス部長という野郎が相当な切れ者で、公安部の幹部を根こそぎ入れかえたらしい。古株だが無駄飯食いの幹部を左遷させたり、逆にひらの警官でも有能なのがいれば抜擢したという話だ」

クーデターでも起こすつもりなのかと、オグは思った。公安部の警官隊を再編して私兵とすれば、エリヌスでは最強の部隊となる。よく市政府が許可したものだが、その点を指摘するとジャジはあっさりといった。

「ロペス部長に、政治的な野心はない……と思う。たぶんな。ついでにいっておくと、エリヌスの実権を掌握しても苦労を背負いこむだけだ。何の益もないだろう。かりに野心があったとしても、それに気づかれるようなドジは踏まないはずだ」

オグは口を挟まなかった。皮肉屋のジャジがここまで評価するのだから、ロペス部長は本当に優秀な人物なのだろう。無論だからといって、鵜呑みにする気はない。いまは話の腰をおらずに、しばらく様子をみるべきだった。ジャジはつづけた。

「さっきの『気圧低下』というのも、ロペス部長の得意技だ。防災訓練や通常警報などと称して、住民を居住区画に押しこんでおく。その上で、大がかりな捕り物をしかけるんだ。区画の外にいるのは、取り残された犯罪人だけだ。生け簀《いす》の水を抜いておいて、底に残った魚を手づかみにするようなものだ。

　これが普通の外出禁止令なら、住民たちの反感を買うことが多い。反政府感情に野次馬根性が重なって、収拾がつかなくなる。だが気圧低下で警報が出たのなら、避難するのが先だ。暴徒の大部分は散る。うまい手を考えたもんだ」

　オグはわずかに身を乗りだした。ロペス部長という人物に、興味を持ちはじめていた。自分とは無縁の世界で起きつつある出来事とはいえ、好奇心は抑えられない。そう考えて、ジャジの言葉を待った。ところがジャジがつづけて口にしたのは、予想外の言葉だった。

　通信ユニットを操作しながら、ジャジはいった。

「ロペス部長は隙をみせない野郎だが、弱点はある。自分で決めた行動基準に忠実で、原則から逸脱することはない。ということは行動基準さえ把握すれば、以後の動きはすべて予測できると考えていい」

　オグは反応しなかった。ジャジ自身は納得しているようだが、そんなことが可能だとはとても思えない。人の心は現在も未知の領域であり、他人が予測できるものではないはずだ。普段から論理的な思考をするジャジが、何故こんな強い思いこみをするのか。

　理解できずにいたら、ジャジはジャンクの山から小型の電子機器を引っぱり出した。軍用の無線機《ラジオ》らしいが、何カ所か改造された形跡がある。記憶はすぐに戻ってきた。公安部の警官が、装備している個人端末に似ていた。ただし型式が違うらしく、細部のデザインが記憶と一致していなかった。

たぶん仕様のよく似た無線機を改造して、公安部の署内通信を傍受する気なのだろう。公安部の動向や情報は、高値で取引される。公安部に追われている犯罪者はもとより、非合法な領域に手を出しかけた堅気衆まで需要は多い。

しかし情報だけを商品にしたのでは、あまり大きな儲けは期待できそうにない。ジャジのことだ。なんらかの付加価値をプラスして、情報の値をつり上げようとするのではないか。そう考えて、ジャジの説明を待った。

オグの読みは的中した。さして広くもない部屋を横断して、ジャジは通信ユニットの本体に近づいた。本来は市政府の財産だから、改造や機器の増設は禁じられているはずだ。ところが官給の施設にもかかわらず、ユニットには多数の機器が組みこまれていた。

先ほどの通信機も、手ばやく接続された。つながれたケーブルや電子機器類で、通信ユニットの本体がみえないほどだ。これも増設したらしいディスプレイを前に、ことさら芝居ががった身ぶりを加えてジャジはいった。

「マックスだ。公安部の動向を知るために作りあげた。ハードウェアは市販品やジャンクを流用しているが、基軸となるシステムは完全な自家製だ。俺がこれまでに開発した技術は、ひとつ残らず組みこんである。

だからマックスは、単なるコンピュータなんかじゃない。人格を持った思考シミュレータといっていい」

——また始まったか。

内心で辟易しながら、オグはジャジの長広舌《ちょうこうぜつ》を聞いていた。ジャジは以前にも同じことをやっていたから、この先のことは見当がついた。公安部とガリレアンの抗争について解説したあと、ロペス部長の捜査方針を予想してみせるのではないか。

金儲けのために、やっているのではなかった。生の情報と違って、総合的な情勢判断は需要が少ない。市場が成熟していないからだ。ジャジ自身も、その点は承知しているのではないか。野次馬の延長線上にあるのだから、単なる道楽とかわらない。

呆れて言葉も出なかったが、ジャジは気づいていないのか勢いこんで話をつづけた。

「さっきの無線機《ラジオ》は警官たちが標準装備している通信端末と、同等の能力を有している。単純化していえばマックスが頭で、組みこんだラジオは耳の役割を果たすことになる」

そういったあとジャジは、通信ユニットに接続された端末を操作した。それまで何も表示していなかったメインディスプレイに、地図らしきものが浮かびあがった。ポート・エリヌスの地図らしいが、詳細はわからない。見慣れない記号が、画面を埋めている。主要道路の交差する地点や重要施設の付近には、ことなる記号が置かれていた。

「理解できたかな……これがマックスの仕事だ。公安部専用の通信回線を、ひとつ残らず傍受した上で総合的に評価している。結果はみての通りだ。ポート・エリヌス市街に設置された封鎖線や、警官隊の配置状況が図に表示されている。動員された警官たちが、誰を追っているのかも推測可能だ」

　オグにとっては、意外な展開だった。そして、ひそかに認識をあらためた。専用周波数帯の傍受だけで、ここまでやれるとは思わなかったのだ。それでもまだ半信半疑のまま、ジャジを問いただした。

「警官隊の街路封鎖を、どう細工したら捜査目的の特定につながるんだ」

「単純化していえば、シミュレーションと事実確認のくり返しだ。今日みたいな騒ぎがあった日には、できるかぎり情報収集をして起きつつあることを把握するのが第一歩だ。情報源は公安部系の通信傍受にかぎらない。ネットに流布している噂のたぐいにも、丹念に眼を通しておかなければならない。

　情報源として使うには、信憑性に問題があるのはわかっている。ただ一件ずつ裏をとって、整合性を高めておく努力を忘れなければ充分に利用価値がある。面倒くさい作業だが、裏をとるのに苦労するのは最初だけだ。二度めからは信憑性ばかりか、他の情報源との関連性も明らかになっている。

　無論、有力な一次情報は少ない。受け売りや主観の入りこんだ情報源を除外していけば、自然と信憑性の高い情報源があとに残る。だが本格的な事実確認の作業は、騒ぎが終わってから開始することになる。

　ここで大事なことは、命令系統の把握と実施されるまでの時間差だ。さっきもいったように、ロペス部長は自分の決めた基本方針を逸脱することがない。だから警官隊の動きを正確に把握できれば、ロペス部長の考えも自然に読める。その上でいうんだが、ロペス部長が警官隊を動員して出動させたのは警備が目的なんかじゃない。騒ぎにかこつけて、反政府運動の活動家をお縄にする気だ」

オグは驚きを隠さなかった。だが、思いあたる節はあった。ジャジが現役の航空宇宙軍士官だったころ、無線傍受や情報分析を担当していたことを思いだしたのだ。ジャジに促されて、オグはディスプレイを注視した。いつの間にか街区の一部が、クローズアップされている。ダウン・エリアとエリヌス・カントが、接するあたりらしい。

輝点で示されているのは、通りを遮断する封鎖線のようだ。画面中央に位置する街区だけが違う色で表示されているのは、封鎖によって孤立しているせいだろう。封鎖された街区は、時間がすぎるにつれて縮小していた。封鎖線がじりじりと移動して、網がしぼられていくのが一目瞭然だった。

一見しただけで、誰かが網に追いこまれたのがわかった。だが追われている者の正体を、図から読みとることはできない。ジャジにもわからないらしく、しきりに個人端末の表示をみている。充分に時間をかけたあと、ようやく問いに答えた。

「こいつは……かなり大きな捕り物だ。常勤警官のほとんど全員と、登録されている非常勤警官が根こそぎかき集められている。マックスのデータによれば、警官たちの交信にSPAの単語が多数あらわれているらしい」

SPAという略称には、記憶があった。たしか外惑星連合軍の残党による地下軍事組織だったはずだが、自分たちとは縁のない話だと思っていた。なによりも、こんな辺境の衛星にあらわれた事情がわからない。その点をただすと、ジャジはさらりといった。

「今日の集会に、SPAの幹部が顔を出したらしい。航空宇宙軍の警務隊に追われる身だが、それを逆手にとって集会を盛りあげようとした。おたずね者とはいえ雑魚《ざこ》の部類だから、警務隊が乗りこんでくることもない。

高をくって集会にもぐり込んだら、情報が事前にもれていた。集会の終わるころには、警官隊が中央広場を完全に包囲していたというんだが……」

失笑するしかなかった。もしもオグが表情を失っていなければ、大笑いしていたところだ。それほどSPAの手口は間が抜けていた。中央広場と呼ばれてはいるが、実際にはただの地下空間でしかなかった。出入口を封鎖されれば、集会の参加者は身動きがとれなくなる。

その上に衛星エリヌスで唯一の宙港が封鎖されると、ポート・エリヌスからの脱出は無理になる。ジャジも同様に考えていたようだが、反応は冷ややかだった。

「最近ではダウン・エリアのガリレアンにも、SPAは浸透をつづけている。だが今度の公安部長を、客観的に評価できなかったのは致命的なミスだ。馬鹿な連中だ」

ジャジは言葉を切った。ディスプレイの表示に、割りこみが入ったようだ。予想外の事態が発生したのか、それまで表示されていた地図の上に新たな情報が重ねられていく。

それをみたジャジは、珍しく興奮した様子でいった。

「封鎖されていたはずの区域から、脱出した奴がいるらしい。警官二人を射殺したあと、A－14地区に向かって逃走中となっている。ただし同時に封鎖線を突破しようとした市民一人が、負傷した状態で身柄を拘束された……か。警官に銃撃されたとしか思えないが、これについて公式発表はない。えらい騒ぎになったもんだ。

逃げた奴の名前は『オライオン』というらしいが、たぶん本名ではないだろう。暗号名と考えて、情報を処理しても混乱は生じないと考えられる」

そういってジャジは、ディスプレイの表示を切りかえた。画面の大部分は元の街路図が占めているが、図示範囲は先ほどよりも広くなっていた。いまではポート・エリヌス全域が、くまなく表示されている。

二人はディスプレイを注視した。警官の配置を示す複数の輝点が、連携して移動しつつあるようだ。その動きが次第に速く、そして大きくなっていく。それをみるかぎり、マックスの情報収集システムは正常に作動しているようだ。興味をひかれて、オグはたずねた。

「逃げきれると思うか？　その……オライオンは」

「それはオライオン自身の、今後の行動による。大人しくしていれば、当面は居場所に踏みこまれることはない。たぶんオライオンは、ダウン・エリアに複数の隠れ家を確保している。そのうちのひとつに潜伏すると、たとえ公安部でも容易には捜しだせないはずだ。

ただし潜伏が長引くと、オライオンが油断する可能性がある。追っ手の気配がなくなった程度で、逃げ切れたと判断するのは危険だ。公安部は執拗で、決してあきらめない。今回は逃げきったオライオンの勝ちだが、公安部もそれに見合う程度の得点をあげている。

わかるか？　暗号名の『オライオン』が判明しただけで、捜査は格段にやりやすくなると考えていい。時間をおくことなくカントの情報サービスセンターにアクセスすれば、オライオンの文字列が発見できるかもしれない。

時間がすぎれば自動消去される類《たぐい》のデータだから、裁判の証拠としては弱い。それでも警官殺しの捜査を口実に、SPAの協力者を何人かひっくくることはできる。あとは簡単だ。たとえオライオン本人を捕らえられなくても、SPAの関係者とおぼしき集団を一掃することは可能だ。オライオンや協力者の居場所が不明なら、燻《いぶ》りだせばいい。

公的機関のデータでオライオンがヒットしなくても、方法はある。非常事態か、それに次ぐ事態だと宣言すればいい。一般には非公開のデータベースも、独占的に閲覧できる」

「その……オライオンという暗号名は、捕まった奴がばらしたのか」

ようやく公安部の動きを理解したオグは、空恐ろしさを感じながらたずねた。ジャジの返答は、予想どおりだった。ジャジは淡々と事実を伝えた。

「常識的に考えれば、捕まった奴が口を割ったとしか思えない。怪我人は心理的に不安定だからな。弱みにつけ込まれて、あっさり心が折れた。たぶん尋問中に、加減を間違えて傷口をえぐる結果になったんだろう」

――大怪我をして口を割ったのではなく、手加減なしに責めつづけて体が壊れたのか。

ジャジの言葉を、オグはそう解釈した。だが現実は、少し違っていたようだ。陰気な声で、ジャジはつづけた。

「そいつはSPAには違いないが、オライオンほど名は通っていない。新入りの、アマチュアだ。勝手にSPAを名乗っているだけだから、公安部もマークしていなかった。いたぶったところで、重要な情報は入手できそうにないからな。

しかも捕らえられたときには、負傷していた。命にかかわる深い傷ではなかったというが、公安部の尋問には耐えられないと判断されたようだ。以前なら、ここで話は終わっていた。怪我人は応急手当てをして、できるだけ早く解放していた。

それがロペス部長の着任で一変した。以前はまがりなりにも人権に配慮していたが、いまでは頭から無視している。逮捕された者は過酷な尋問にたえきれず、釈放されたときには廃人同様だったという噂もある。頭に穴をあけて記憶をかき出すような手荒い尋問が、日常的におこなわれているというからな。怪我人にとっては、命取りになりかねん」

「信じられんな……。公安部では捕まえた連中を、使い捨てにしているのか」

思わずオグは、そんな言葉を口にしていた。本能的な嫌悪感を伝えたつもりだったが、現実はさらにおぞましいものだった。ジャジによれば尋問を開始する前に、まず逮捕された者の心をへし折るらしい。反抗的な言動がめだつ者には、容赦のない制裁が加えられる。

捕らえられたときに抵抗した者には、さらに容赦がない。逮捕時の負傷が原因で、命を落としたように偽装できるからだ。心理的に追いつめてしまえば、暗号名オライオンは容易に聞き出せる。あとは利用価値に応じて、処分方法を決めるだけだ。

他に何の情報も持っていなければ、事故死にみせかけて命を奪われる。口封じのためだ。死体を引き取った家族は困惑する。めだつ外傷はなく死に顔が予想外に穏やかだからだ。ただし内臓の多くは抜きとられている。移植用に保管するのだとも、尋問中につよい圧力を受けて破裂したともいわれている。

まれに外傷が完全に治療されて、釈放される者もいる。精神的な被害は受けておらず、内臓ひとつ欠けていない。だがこれは、公安の手先になったことを公言しているようなものだ。公安に対する根本的な恐怖があるから、意外にあっさり寝返るのではないか。

オグはディスプレイに眼をむけた。先ほどの情報が表示されたところだった。封鎖線が突破されて警官二人が殺されたことは、専用回線を通して拡散しつつあるようだ。オグにとっては、落ちつかない状況だった。彼らにとってエリヌスは、最後に残された唯一の居住地だった。ここ以外に生活の場は考えられず、日々の暮らしも維持できない。

ところがエリヌスの生活環境は、公安部長の意のままに動いているらしい。その事実がオグを、不安な気持ちにさせていた。不安を抑えきれないまま、オグはたずねた。

「その……何とかいう公安部長は、警官が殺されることを予想していたのか」

つまり警官の殺害は、公安部長の仕組んだ謀略かもしれない――そんなことさえ考えたが、さすがに言葉にするのは躊躇した。いくら非道な部長でも、配下の警官が殺害されるのを容認するとは思えない。あえて曖昧にしたのだが、ジャジの言葉は辛辣《しんらつ》だった。

「予想ではなく、予定していたと考えられる。亡くなった二人は非常勤警官で、普段は定職についていなかった。たまに頼まれて、小遣い稼ぎをする程度だ。二人とも札つきのワルだが、警官仲間の評判は悪くなかった。汚れ仕事を一手に引き受けていたからな。

ただしロペス部長としては、二人が殉職しても痛痒《つうよう》を感じない。素行不良を理由に、解雇することを考えていた形跡がある。もしSPAに撃ち殺されたら、渡りに舟だ。SPAに対する敵愾心《てきがいしん》をあおって、警官の士気を向上させることもできる。この二人が警備上の弱点に配置されていたのだから、ロペス部長は最初からその気だったと考えていい。

これで理解できたか？　今度の公安部長が危険なのは、主義主張や大義名分とは無縁な存在だという点にある。公安の職人《プロ》として、職務を遂行しているだけだ。ロペス部長がどんな奴か、だいたいの見当はついたか」

「よくわからんが、あんまり関わりにならん方がよさそうだな」

市街地に足を踏みいれなければ、公安部と接触する機会はない。そうオグは考えていた。

# 7　アクエリアス——太陽近傍

地球‐月系の管制域を脱して数時間後に、アクエリアスは軌道を大きくかえた。それまでの水星にむかう軌道を離脱し、さらに何度か修正をくり返したあと「標的」の太陽側を慣性飛翔する軌道に乗った。太陽の大質量を利用した双曲線軌道であり、近日点通過後の速度はアクエリアスがわずかに下まわっている。

この軌道で太陽の周囲をめぐると、標的に気づかれることなく接近できる可能性が高かった。標的からアクエリアスは常に視認できるが、太陽面と重なっている船体を識別するのは困難だった。標的とアクエリアスは次第に接近し、近日点付近で両者の軌道は重なる。

ただし軌道要素に多少のずれがあるため、アクエリアスと先行する標的との距離は次第に広がる。したがって標的を襲撃するには、近日点における最接近時をねらうしかなかった。

ゾディアック・ステーションとの通信回線は封止されていたが、アトランティック・ステーション経由の情報は断続的に入っていた。ただ観測環境が基準を満たしておらず、標的の軌道を正確に知ることは困難だった。そのため目的地を絞りこむことができない。

目的地の推定が困難な事情は、他にもあった。実はこちらの方が重要なのだが、最終的な軌道の先には三系統の星系があった。後方トロヤ群と土星系、そして天王星系だった。つまり太陽から天王星にいたる線上に、後方トロヤ群と土星がならんでいたのだ。したがって標的の目的地は、太陽をのぞく三天体のどれかになる。

ところが標的の軌道を正確に割りだして、目的地を絞りこむ試みは成功しなかった。推定される推進剤の残量を有効に使えば、いずれの星系にも到達できた。無論、偶然ではありえない。目的地を秘匿《ひとく》するために、このような軌道を選択したと考えられる。結果を知った武田艦長は、あらためて敵の狡猾《こうかつ》さを実感した。それとともに、任務の困難さを認識できた気がする。

ところがヴェルナー大佐が伝えた注意点は、さらに過酷で容赦のないものだった。可能なら標的を拿捕した上で目的地を探りだし、証拠となる記録類を押収しなければならない。それが不可能な状況にかぎり、標的の撃破も可能とされた。ただしその場合も、残骸に移乗して調査を完成させることになる。

さらに拿捕または撃破の事実は、目的地に通報されてはならなかった。すべては秘密裏に実行しなければならない。そうすると、自然に方法はかぎられてくる。標的が物理的に通信できない時に、拿捕あるいは撃破するしかなかった。

現実的にいって、標的が近日点を通過する前後にかぎられる。通常なら太陽の強烈な磁場と光エネルギー輻射で、長距離通信は途絶する。時間は限られているが、他に選択の余地はなかった。標的が抵抗さえしなければ、それほど無理なミッションではないはずだ。

気がかりな点は、いくつかあった。それほど太陽に近接して戦闘行動をとれば、艦の冷却システムに過剰な負荷がかかる。艦長がもっとも警戒しているのは、艦内温度の異常な上昇だった。処理を誤ると戦闘に勝利しても、生存者が皆無ということになりかねない。

巡航状態のアクエリアスは、艦外に突出した放熱翼で余剰熱を宇宙空間に捨てる。しかし戦闘状態になると放熱翼は艦内に収納され、排熱は艦内の推進剤を利用したシステムに切りかわる。液体状態の推進剤に余剰熱を吸収させ、戦闘終了後に時間をかけて放出するのだ。戦闘時の機動や被弾から、構造的に脆弱《ぜいじゃく》な放熱翼を保護するためだ。

ただし熱を吸収した推進剤のタンクは、戦闘時にもっとも脆弱なポイントとなる。しかもアクエリアスは標的との戦闘宙域を、太陽系近傍と想定していた。ここでは太陽からの強烈な輻射に、たえず曝《さら》されている。少なくとも普通の方法では、放熱できそうになかった。推進剤の温度が上昇しすぎると、内部圧でタンクが破壊されることもあった。

そんな状況になれば、すべてが終わりだった。構造的な損害だけに、留まるとは思えなかった。強力な火器の直撃を受ければ、隔壁の融解や内部圧による爆発をおこしかねない。最悪の場合、炉外核融合反応を起こす可能性もあった。

すでにアクエリアスは、標的の軌道前方に占位していた。エンジンを消火してから数十時間がすぎている。アトランティックからの情報に頼らなくても、アクエリアスに搭載された光学センサで標的の位置を確認できるまでになっていた。標的との距離は、数万キロ程度に近づいている。逆探知を恐れてレーダー観測は控えていたが、受動的なセンサだけでも所在は確認できた。

アクエリアスの存在に、標的が気づいているとは思えない。いまのところ、通報された形跡はなかった。

予定を前倒しにして、作戦を実行するべきかと武田艦長は考えていた。

巡航態勢に移行しているため、発令所内の人数は少なかった。艦長の他には当直士官で副官のチュー大尉と、通信員がいるだけだった。長くつづく無重力状態の中で、アクエリアスの軌道と標的の動きを監視している。定時観測が途切れたわずかな時間を利用して、チュー大尉は艦体温度の定時計測を実施するようだ。すぐに作業は終わり、チュー大尉がふり返った。艦長は短く「よろしく」とだけ伝えた。わずかな間をおいて艦長専用の端末にデータが転送されてきた。

艦長の表情が変化した。眉間に深い縦皺があらわれている。艦体の温度は、予想より高くなっていた。最初の着信から少し遅れて、電磁波の傍受記録が届いた。標的の通信手段は不明だが、この状態で通報されるとは思えない。太陽表面の動きは活発化しているから、よほど大出力の通信システムでなければ雑音で使いものにならないだろう。

――やるか……。

艦長がそう考えた時、開いたハッチからヴェルナー大佐が姿をみせた。ぎこちなさが残るものの、不安を感じさせない動きで武田艦長に近づいてきた。端末のデータを大佐に示したあと、艦長はいった。

「みての通りの状況です。予定をくり上げて、行動を開始するべきでしょう」

形の上では提案しているかのようだが、実際には決断を伝えただけだった。大佐もその点は承知しているらしく、短く「了解した」とだけいった。

実際の行動をどうするかで、ほんの少し艦長は迷った。兵力を集中して投入するのであれば総員戦闘配置をとるべきだが、あまり長い時間つづけると艦の日常業務が停滞しかねない。乗員の負担も増大する。現在の態勢を強化する程度なら第二哨戒配備でも充分だが、不測の事態が発生したとき兵力不足に即応できない可能性があった。

迷っていたのは、短い時間だった。彼我《ひが》の位置関係と現在の状況から、戦闘状態がつづくのは三時間程度だと見当をつけた。武田艦長は、副官に意思を伝えた。

「総員戦闘配置。私が操艦する」

同時に端末を操作して、全乗員に艦内配置の変更をつげた。一瞬の間をおいて、断続的な警報が響きわたった。艦内を緊張が走った。部署ごとに設置された大規模情報表示画面から、それまでのデータ表示が一掃された。かわって表示されたのは、秒をきざむカウント・アップだった。必要以上に大きな文字で、コントラストも強調されている。

容赦なく増えていく経過時間に追われて、乗員の居住区画から非直のクルーが飛びだしてきた。決して誇張ではなく、全員が猛禽類のような勢いで狭い通路に飛びこんでくる。移動用に設置されたハンドレールはもとより、ハッチの把手や壁面の突起まで手がかりにして体を推進している。充分に訓練された乗員たちの動きに、無駄はなかった。あやうく衝突しそうになりながら、きわどいところで回避していた。

断続的に鳴っていた警報が、唐突に高音域へ移行した。警報の開始から一定時間がすぎると、甲高い音域にはね上がって乗員たちに時間の経過を知らせるのだ。いちはやく部署についた乗員は、格納場所から取りだした艦内気密服を装着している。手際はよかった。遅れて配置についた乗員には、先着の者が気密服をトスしていく。

警報の開始と同時に艦内気密服の装着をはじめた艦長は、ヘルメットの接続を終えたところでヴェルナー大佐に眼をむけた。意外なことに、大佐も同時に装着を終えていた。艦長ほど機材の扱いに慣れていないようだが、装着の所要時間は大差なかった。

だが大佐の経歴からすると、艦隊勤務の経験は長くなかったはずだ。あるいは皆無ということもありうる。しかし任務の性格から、対艦戦闘や漂流といった事態もありえた。

それにそなえて、必要な機材の取扱いに習熟したのだろう。武田艦長は低い声で「問題は？」と声をかけた。ヴェルナー大佐は「順調」とだけいった。それで充分だった。武田艦長は、すばやく次の行動に移った。端末に状況を入力したあと、副官につげた。

「艦長終了《キャップ・シャット》」

一時的に艦長業務を代行していた副官が、それを聞いてただちに反応した。気密服のベルトを両手でつかんで空中に放り投げ、次の一呼吸で両足を突っこんだ。体を反転させたときには、全身が気密服の内部におさまっていた。すでに発令所では戦闘幹部——機関長《チーフ・メカ》や砲術《チーフ・》長《ファイア》、そして航法長《チーフ・ナビ》らが配置についていた。

　いずれも艦内気密服を着こんだ上でヘルメットを装着しているが、フェースガードは跳ねあげたままだった。緊急時自動閉鎖機構が組みこまれているから、被弾等によって艦の気密が破れるとフェースガードは閉じる。配置についた戦闘幹部らは、端末に閉鎖の完了を入力しながら口頭で申告した。

「両機関室閉鎖《エンジン・シャット》完了」

「両砲塔閉鎖《キューポラ・シャット》完了」

　発令所内の全員が気密服の装着を終えたのをたしかめて、副官が発令所に通じる気密扉《ハッチ》をすべて閉鎖した。さらにロックを確認して、艦長に報告した。

「発令所閉鎖《ヘッド・シャット》完了」

　間髪をいれずに、発令所外の部署からも申告があった。

「艦載機指揮所閉鎖《アイランド・シャット》完了」

　武田艦長は無言のまま、画面上のカウント・アップをみていた。最後の配置完了と気密扉の閉鎖が申告されたあと、発令所の航法長《チーフ・ナビ》から報告が入った。

「放熱翼《ウィング》、戦闘位置格納《ギア・アップ》完了」

　カウント・アップが停止した。訓練時の最高タイムに近い記録を出したようだ。だが、そのことに満足している余裕はない。ただちに艦長は次の命令を発した。

「減速態勢をとれ。標的B-二一二三の並進軌道、距離一〇〇〇で太陽側に入れ。軌道遷移のパターンは——」

艦長の意図を理解した航法長が、了解の言葉で応じた。そのときには艦内支援システムが、艦の機動を察知していた。担当乗員の許可をえたあと、過荷重シートを収納位置から押しだした。副官のチュー大尉が、ヴェルナー大佐に予備のシートを割りあてようとした。本来なら司令部要員のシートだが、単艦で出動したため現在は固有の乗員しか搭乗していない。したがって司令部要員のシートを、使用する者はいなかった。

——おそらくヴェルナー大佐は、自分のために用意された席がどれか知っている。

二人のやり取りをみていた武田艦長の、それが正直な感想だった。そして武田艦長の推測は正しかった。ヴェルナー大佐は司令部要員の席について、アクエリアスの動きを監視しようとしている。そしてすぐにアクエリアスは、姿勢制御を開始した。シートに固定された全員の体が、横Gを受けて振りまわされた。同時に獣の咆哮を思わせる全力加速警報が、艦の奥深いところからわき上がってきた。

加速開始を予告するカウント・ダウンが、ほとんどの端末画面で表示されている。武田艦長は、専用端末の表示をたしかめた。明滅するカウント・ダウンの数値に、標的の軌道要素が重ねられている。艦載機の攻撃圏内に標的が入るのは、攻撃開始の三〇分前だった。

すぐに警報が途切れた。そしてアクエリアスの主機が、全力噴射を開始した。立ちあがりの鋭い加速が、全員の体をシートに押しつけた。最大でも一Gをこえることのない巡航加速とは、比較にならないほど強大なGだった。

ただし戦闘時には、さらに複雑な機動が加わる。攻撃正面に対する姿勢制御や、砲軸安定と熱攻撃を分散させるための艦体スピンが重なるのだ。状況によっては敵の照準をそらすのを目的に、乱数加速が連続することもある。その間シートに固定された乗員は、たえず体を揺さぶられる。だがそれは、まだ少し先のことだ。

「標的は識別信号を発信しているか」

武田艦長が確認するようにいった。指定された宙域を航行する船舶は、識別信号をたえず発信することになっている。もしも違犯した場合は、無警告で攻撃されることもあった。問われた通信員は、わずかな間をおいていった。

「発信しているようですが、きわめて微弱です。標的B‐二一二三の識別信号らしい」

つまり規則は遵守しているとはいえ、出力が小さすぎて意味がなかった。実質的には発信していないも同然だが、攻撃側を躊躇させる効果があった。

すぐに映像が同定された。識別信号の発信源周辺を、光学センサでとらえた映像だった。だが標的らしき光点は確認できず、星ぼしが点在しているだけだった。センサの倍率は最大に設定してあるから、もう少し接近しなければ明瞭な映像はえられないだろう——そう考えたとき、標的の所在を示す矢印《アロー》があらわれた。予想どおりの位置だが、詳細を読みとることは困難だった。

「コ《C》スモホ《H》ークで、海兵隊を乗りこませますか」

チュー大尉がたずねた。密輸船の取りしまりにしては、慎重すぎるのではないかという顔をしている。しかし武田艦長は、画面から視線をそらすことができずにいた。何かが妙だった。通常の手順にしたがって兵を移乗させると、予想外の損害を出すような気がする。

それなのに、理由がわからない。慎重すぎるかもしれないが、距離をおいて様子をみることにした。武田艦長は艦載機指揮所《アイランド》を呼びだして指示した。

「バンブルビー《BB》・Ａをコスモホーク《CH》・Ａに背負わせて発進。標的からの距離三〇〇でＢＢ・Ａを分離の後、標的に近づけさせる。ただしＣＨ・ＡはＢＢ・Ａの分離点をこえて、標的に接近してはならない。いまから二〇分後、本艦が並進軌道に入る三〇分前にＢＢ・Ａを標的に最接近させる。

原則として本艦の磁場カタパルトは、これを使用してはならない。特に指示のないかぎり、艦載機は自力発艦とする」

それが「距離をおいて様子をみる」具体的な方法だった。大型の有人汎用機コスモホーク・Ａを母機にして、無人の偵察機バンブルビーを標的の間近に移動させるのだ。

無人機バンブルビーによる偵察行動の詳細を指示したあと、武田艦長は第二段階の行動方針を決めた。そして艦載機指揮所に追加指示した。

「ＣＨ・Ａ発進後に、スターファイター《SF》・Ａを発進甲板へ移動。対艦攻撃装備。海兵隊Ａ小隊をＣＨ・Ｂに搭乗させた上で、本艦の航跡にそって加速発進。海兵隊Ｂ小隊は武装して艦内待機。武装はＡ編成」

前部格納甲板では、にわかに動きが慌ただしくなっていた。整備員が大車輪で、それぞれの作業をこなしている。コスモホーク・Aのペイロード・ベイにバンブルビー・Aが搭載され、その一方で指揮所付航法員《アイランズ・ナビ》が標的への接近軌道を算出していた。パイロットとナビゲータは、すでにコクピットで待機を開始していた。閉鎖されたキャノピーの外部点検を終えた整備員が、作業の終了を機内の乗員に伝えたあと待避所《ピット》に入った。

それを確認した発進指揮官は、コスモホーク・Aをパレットごと移動させた。格納甲板はこのとき与圧されていなかった。機体は発進甲板に押しだされ、パレットごと発艦位置についた。

外壁の扉が開いたのは、ごく短い時間だった。艦内温度の上昇を、最小限に抑えるためだ。しかも艦載機を引きだすための開口部は、太陽による照射を避ける形で態勢をととのえている。それにもかかわらず、強烈な熱輻射が格納甲板に充満した。整備員たちは、冷却システムに期待していなかった。「作業開始可能」の表示が出ると同時に、格納甲板に飛びだしていた。次に発進するスターファイター・Aを、支援するためだ。

格納甲板の外壁を通して、噴射ガスの擦過音が伝わってきた。

その直後に、艦体がかすかに動揺した。コスモホーク・Aが、発艦したらしい。だが海兵隊A小隊長のテムジン中尉には、それを確かめている余裕もなかった。コスモホーク・Bの兵員輸送モジュールに、多数の装備とともに搭乗しなければならない。わずかでも手順を間違えると、装備を積みこむ空間がなくなってしまう。

テムジン中尉は運がよかった。搭乗の支援を担当した整備員が古参の下士官で、充分な余裕をもってハッチを閉じてくれた。ただし原則として小隊長は、移動中も休むことができない。輸送機の機長や移乗指揮官との間には、たえず通信回線を開いておく必要があった。一般隊員が居眠りをしているときでも、彼らの状況を把握しておかなければならない。

熟練した整備員が支援するのは当然だし、小隊長の責任はそれほど重いともいえる。ただし、いつも運がいいとはかぎらない。まれに人手が足りず、要領の悪い新米整備員が作業することもあった。ことに訓練時には、その種の「不運な出来事」が珍しくなかった。ときにはヘルメット周辺のわずかな空間まで、装備品で埋められることがあった。押しこまれた装備品で身動きがとれないまま、想定された「戦場」に移送されたのだ。

さすがに今回は実戦だから、それほど無茶はしないようだ。しかし携行する装備品は、過剰に思えるほど多かった。これまで想定されたことのない戦闘だから、あれもこれもとリストに加えていったのだろう。その結果、自力では搭乗できないほどの量になった。それでもシートに体を固定したことで、いくらか気が楽になった。

ところが機長からの連絡で、そんな気分は吹き飛んだ。コスモホーク・Bのナビゲータで兵装オペレータでもある機長は、ことさら事務的な口調でいった。

「逆発進になる。念のためにつけ加えると、この方針が変更されることはない。初期加速には物理的な上限があるから、母艦を離脱しても一〇秒程度は加速方向の逆転が生じる。できるだけ早く解消するつもりだが、確約はできない。幸運を祈る」

唐突な言葉のせいで、すぐには状況が把握できなかった。驚きは、わずかに遅れてやってきた。彼らの搭乗するコスモホーク・Bは、加速中の母艦から後方に射出されるらしい。通常では考えられない事態だった。母艦の進行方向に射出される正規発進なら、同一方向に加速するだけだ。合成加速度が七Gか八G程度だから、耐えられない環境ではない。

ところが逆発進になると、母艦自体の加速を打ち消す方向に射出される。したがって発進の直前には、機内の全員がシートごと逆さづりで待機するしかなかった。その事実が、テムジン隊長の苛立《いらだ》ちをつのらせた。これほど重要な情報を、一方的な通報だけですませようとする神経が理解できない。カウント・ダウンがゼロに近づいていなかったら、操縦席に怒鳴りこんでいたかもしれない。

テムジン中尉が冷静さをとりもどしたのは、格納甲板で作業する整備員たちの姿をみたからだ。小隊長シートに設置された観測窓は小さなものだったが、兵たちの動きは充分に確認できた。過酷な環境下で、前例のない作業を黙々とこなしている。その動きを目撃したのは一瞬だったが、彼らの士気が低下していないことは間違いない。

発進までの残り時間を確かめたあと、テムジン隊長は配下の海兵隊員につげた。

「時間がないから、一度しかいわん。母艦からの離脱は逆発進になる。シートから転げ落ちないよう、両足と腰を使って踏んばれ。以上だ」

反応はなかった。だが配下の下士官兵が、喜んでいるとは思えない。あからさまな不満を口にする者はいないが、不穏な状況からは抜けだせないでいる。何かきっかけがあれば、たちまち反抗的な動きが具体化しそうな怖さがあった。

テムジン隊長にとっては、指揮官の資質を問われる時間帯といえる。わずか六人の小隊だった。小隊を掌握しているという自負はあるものの、発進を控えた時期は心理的な不安定さがめだつ。形をなさない不安や、漠然とした悪い予感にとらわれていた。

発進までの辛抱だと、自分にいいきかせた。母艦を発進してしまえば、自然に兵たちの不安は消える。それは過去の経験からも予測できた。いまはただ、耐えるしかない。なかば開き直った気分で、そう考えた。そして機長から「発進」の声がかかった。

変化は唐突に起きた。短い警告音のあと、機体が反転して加速が停止したのだ。そうとしか、思えなかった。実際には海兵隊員を乗せたコスモホーク・Bが、パレットに固定されたまま機体を回転させただけだ。その間テムジン隊長は窓から外部の様子を確かめていたが、視野が限定されているものだから起きたことを感覚的に理解するのは困難だった。

むしろ窓のないシートに固定されていた下士官兵の方が、状況を正確に把握していた。それまで体を押さえつけていた荷重が一瞬で消え失せ、自由落下状態に移行したのだ。このときコスモホーク・Bは、アクエリアスに搭載された状態で加速していた。ところが機体の反転と同時に、格納甲板との連結がとかれて落下をはじめた。

加速のせいで格納甲板の床は、垂壁にちかい状態だった。それが一八〇度の転回を終えたことで、ささえを失って艦尾方向にずり落ちたともいえる。正規の手順にしたがえば、転回を終えた時点で停止するはずだった。発進直後の軌道遷移を確認するためだが、機長は手順を飛ばして発進をいそいだらしい。

たぶん海兵隊員に、負担をかけないためだろう。アクエリアスは発進時にも加速をつづけている。コスモホーク・Bが反転後も艦内で待機していたら、機内の全員が逆さづりになる。積みこんだ大量の装備品が、荷崩れを起こす可能性もあった。

機長か発進指揮官の裁量で、変則的な手順をとったのではないか。最大の問題点と考えていただけに、手順の省略はテムジン隊長を安堵させた。これなら士気が低下することもなく、標的――国籍不明船に移乗して捜査できそうだ。そう思った。ところがその直後に、テムジン隊長の楽観は打ち砕かれた。

最初は熱射だった。一カ所だけの観測窓から、熱の塊が流れこんできたのだ。そうとしか思えなかった。テムジン隊長にとっては、予想外の出来事だった。落下をつづけるコスモホーク・Bは、このとき格納甲板を出て発進甲板に移動していた。太陽は間近にあったが、アクエリアスの艦体が楯になって直射を防いでいるはずだった。

それにもかかわらず、熱射がモジュール内に入りこんできた。この熱は一体、どこからくるのか。

事情はすぐにわかった。反射光だった。アクエリアスとコスモホーク・Bの外壁に太陽光が反射して、一瞬だけ光の射入路が形成されたらしい。だがそれは、つかの間の現象だった。過大な紫外線の流入を探知した防護システムが作動して、透明だった窓が黒く変色した。そのときには、反射光の射入路がそれていた。それでも窓は黒く変色したまま、透明度を取りもどそうとしなかった。

その事実に、テムジン隊長は戦慄した。偶然に形成された射入路から、瞬間的に反射光が射しこんだだけなのだ。ところが機内では、一瞬とはいえ不快な熱気が充満した。こんな状態でさらに困難な非合法船への移乗や、船内捜索が本当に可能なのか。任務が終了するころには、海兵隊の半数が熱射で倒れている可能性があった。

悲観的すぎるのかもしれないと、心のどこかで考えていた。だが現実はテムジン隊長の予測よりも、さらに過酷で危険に満ちたものだった。

発令所の大規模情報表示画面には、コスモホーク・Aからの映像が表示されていた。

正確にはコスモホーク・Aに搭載されたバンブルビー・Aが、映像を送信していた。これまでにアクエリアスを発進した艦載機は、あわせて三系統四機あった。搭載されている機体は三機種六機だから、半数以上が発進したことになる。ただし実質的には、全力出撃に近かった。不測の事態が発生した場合にそなえて、予備機を待機させる必要があるからだ。

武田艦長には慎重にならざるをえない事情があった。ヴェルナー大佐が真実を残らず話したとは思えないが、想像以上の危険をともなうことは間違いない。発進した機体の自力帰還が困難な状況になれば、予備機を救援にむかわせるしかなかった。ヴェルかりにアクエリアスが被害を受けても、救難信号を発信することは無意味だった。

ナー大佐が同意するとは思えないし、それ以前に救助を要請する航宙船自体が周辺宙域には存在しない。太陽からの輻射に常時さらされているから、なんらかの重大な錯誤がないかぎり普通の航宙船が入りこむことはなかった。

コスモホーク・Aはバンブルビー・Aを背負って、標的に近づきつつあった。バンブルビーは本来、艦の保守点検作業や通信中継用の無人機だった。そのため高出力のエンジンは搭載されておらず、自力で遠く離れた目標に近づくことはできない。無人偵察機として使われるときには、有人機のコスモホークに積みこまれて加速されることが多かった。充分に加速した上で分離し、高速で危険な領域に接近するのだ。

発令所の情報表示画面には、二機の現在位置に加えて標的の映像も表示されていた。すでに観測所からの映像は、標的の輪郭を判別できるまでになっていた。アクエリアスが近接軌道に遷移するための減速は終了し、いまは小刻みな軌道修正を重ねている。だが標的の正体を判定するには、まだ解像度が不足していた。アクエリアスの主機が停止しなければ、噴射された推進剤にさえぎられて不明瞭な映像しかえられないのだ。

コスモホーク・Aのやや後方を、近接した軌道で別の艦載機が飛翔していた。スター《S》ファ《F》イター単座攻撃機だった。コスモホークよりもさらに攻撃力が大きく、最大加速は二〇Gに達する。ただし不用意に機動をつづけると、たちまち推進剤を使い切ってしまう。コスモホークをタンカーにして推進剤を補給するか、搭乗員だけを救助するという無様なことになる。

「BB・A、分離します」

コスモホーク・Aからの連絡が入った。音声通信だったが、太陽近傍にもかかわらず雑音は少なかった。艦長は即座に情報源の切りかえを命じた。それまで観測所からの映像を表示していた画面が、急に明瞭さをました。視野をさえぎっていた推進剤ガスが消えて、外見上の特徴が明らかになった。

画面を注視していた者たちが、同時に声をあげた。残骸やデブリの類ではなかった。どうみてもそれは「生きて」いた。軌道上に捨てられた外部推進剤タンクではありえない。

「BB・Aは減速しつつ接近中。減速率、距離、表示に連動」

艦載機指揮所からの声が、発令所に伝わった。すでにバンブルビー・Aは、独立した飛翔体として登録されていた。

「貨物船をベースに、違法改造した武装船らしい……。船籍は確認できるか」

ヴェルナー大佐がたずねた。艦長は気のない様子で応じた。

「無理でしょう……。艦籍を抹消したスクラップを、ジャンク屋で拾って組み立てたようなしろものだ。密輸船なら、その程度のことはやります。

……警告信号は出しているか」

最後に艦長は、艦載機指揮所を呼んでたずねた。すぐに返答があった。バンブルビー経由で発信しているようだが、まだ応答はないようだ。

接近するにつれて、標的の映像が次第に大きくなった。やがて画面一杯になったところで、映像は安定して鮮明さをましていった。

標的は「捜査の手がおよばない程度にありふれた量産品のスクラップ」を、拾い集めて形を整えたような航宙船だった。与圧区画と思われるモジュールに、急場の間にあわせとしか思えない支持架が溶接されている。その先端には無骨で頑丈そうだが、実際には規格どおりの出力も発揮できそうにない核融合エンジンと、推進剤のタンクが取りつけられていた。

あれでは推進剤を消費するたびに、重心位置を修正しなければならない。船体と同様に推力も不足気味の貧相なエンジンだから、手動でなんとか調整しているとしか思えなかった。

――だが、それにしても……。

正気の沙汰ではないと、艦長は考えていた。外惑星までの長い航宙どころか、太陽の近傍宙域を通過することさえ難しいのではないか。このような状況下では必須の放熱翼は、船体のつくる太陽の影に一枚だけ不安定に張りだしている。よほど強引な加速をやったのか、何カ所か破損していた。中の乗員は熱さで参っているか、全員が死んでいるのかもしれない。

バンブルビー・Aは、標的まで数キロの距離に接近していた。そしてさらに近づきながら、船の映像を送りつづけていた。船の乾質量はおよそ一〇〇トンほどで、与圧区画は既製品の旅客コンテナを流用したようだ。それに気づいた艦長は、副官にカタログデータとの照合を命じた。旅客コンテナとエンジンの型式が特定できれば、状況はかなり明らかになる。

画面を詳細にみていったが、大きな改造の跡や火器らしいものはなかった。かなり急いで作業したのか、雑な仕上げで外面が塗装されていた。おそらくレーダー波の反射を、低く抑えるための塗料だろう。レーザ照射を無効にする技術は軍の極秘事項だから、こんなところで使われているとは思えなかった。

隅々まで丹念にみていったが、最初の印象にかわりはなかった。ジャンク屋から入手したかのような材料で完成させたものの、ここまでたどり着いたのが不思議に思えるほど雑な仕上がりの航宙船だった。レーダー対策だけは実施した形跡があるものの、レーザ攻撃や船内の温度上昇の対策までは手がまわらなかったようだ。近日点付近のこのあたりでは、船内の熱気はすさまじいものになる。

艦長はそう考えたが、機関長の見解は少しばかり違っていた。

「断言はできませんが……表面処理の塗料は、熱で化学変化を起こして昇華するようです。ガスの形で熱を逃がすようにしているらしい……」

そういったあと、機関長は遠慮がちにつづけた。

「とはいえ、地球の古い諺《ことわざ》でいえば『焼け石に水』ですね」

航宙船に動きはなかった。本当に全乗員が、焼け死んだのかもしれない。しかし艦長には確信があった。船内では乗員たちが、じっと息をひそめて様子をうかがっている。あれほど巧妙な偽装航路をとった敵が、温度上昇ごときで死ぬとは思えないのだ。気になって通信員にたずねたが、警告に対する応答はなかった。

慣習法では軍の警告を受信した船は、即座に応答して気閘外扉をすべて開放することになっている。それが了解の意思表示だった。ところが現在までに、そのような動きはなかった。

「CH・Bを接舷させますか？」

チュー大尉が、艦長にたずねた。非武装の船を相手に消極的とも思える対応をつづける艦長を、なじっているようでもあった。艦長は問いかけに応じず、不審船の映像をじっとみている。バンブルビー・Aは敵船の周囲をめぐりながら、各部の映像を送信してくる。移動するにつれて画面は次第に変化し、与圧区画や主エンジンの各部がクローズアップされた。そして艦長がいった。

「『標的』との通信回線開け。主回線はレーザ。バックアップは略。CH・AからBB・Aを経由。共通周波数帯で送れ」

発令所の端で通信機器を操作していた通信員が、怪訝そうな顔でふり返った。逆探知を回避するための手順であることは、理解しているようだ。だがスクラップも同然の不審船を相手にするには、対応が大げさすぎると考えているのかもしれない。しかしすぐに通信員は復唱した。そして機器の操作をはじめた。

艦長は毅然とした態度を崩さなかった。確信があったからだ。アクエリアスの現在位置を、不審船の乗員たちはまだ把握していないはずだ。大がかりな軌道の遷移は、遠く離れた宙域ですでに終了していた。現在アクエリアスは不審船のさらに太陽側を、近接した軌道で飛翔している。軌道の把握どころか、存在にも気づいていないのではないか。

艦長は通信機器の接続を、確認していった。

「標的B‐二一二三の船長、航法士に告ぐ。ただちに投降の意思表示を行なえ。三〇秒以内に応答なき場合は、貴船を攻撃する用意がある」

すでにバンブルビー・Aは、標的の後端ちかくに達していた。主エンジンのノズル部分を、斜め後方からのぞき込む格好で軌道上を浮遊しているようだ。艦長は通信回線の切断を確認した上でいった。

「BB・Aを、ノズル中心線方向に移動」

「危険です！」

チュー大尉が驚いたように叫んだ。だが艦長の鋭い視線に圧倒されて、副官は沈黙した。

「了解……。BB・Aを、ノズル軸線に移動」

一瞬の遅れのあと、艦載機指揮所が応答した。

バンブルビー・Aからの映像が、わずかにぶれたあと横移動を開始した。そしてノズルを真正面にみる位置に移動した。その直後に、いきなり画面が眩い光で満たされた。そして次の瞬間、画面はブラックアウトした。

「モニタ切りかえ。CHにつなげ」

ごく短い時間、画面が不安定に揺れ動いた。安定を取りもどしたときには、コスモホーク・Aからの映像に切りかわっていた。バンブルビー・Aによる映像と違って、かなり遠くから撮影したらしい。映像は不明瞭で、細部がみわけづらかった。

このときまでに、不審船のエンジン噴射は停止していた。コスモホークに搭載されたカメラは、まだ不審船の動きに同調していなかった。不審船は画面の中を、ゆっくりと移動していく。反対方向に流れていく光点は、噴射炎をもろにあびたバンブルビー・Aだろう。すぐに光点は、視野の外に消えた。

「CH・Aはランダム通信を流せ。救難信号もだ。できるだけ派手にやって、敵に傍受させろ。BB・Aは放棄する。CH・Aは現在位置から太陽側へ加速移動。近接軌道をとって、敵と太陽の間に割りこめ」

事前に打ちあわせておいた動きだった。あらためて艦内の各部に、状況説明をする必要はない。ただし、ここから先は即断が求められる。わずかでも処理を誤れば、重大な結果をまねきかねない。

端末に表示された彼我の位置関係などを確認したが、予想に反した動きはなかった。そのことを確認したあと、すばやく今後の方針を決めた。命令は口頭で伝えた。具体的な行動については各部の長にまかせるが、判断材料や関連情報は共有しなければならない。武田艦長は、矢継ぎ早に命令を下した。

「航法長、指示座標にむけて全力加速。砲術長、一群二群レーザ主砲同一点目標に照準、ピンポイント全出力射撃用意。スターファイター・Aのセンサを正砲塔《メジャー・キューポラ》へ、観測所のデータを副砲塔《マイナー・キューポラ》へオンライン。正は一群、副は二群をコントロール」

その言葉が終わらないうちに、艦体姿勢制御の不規則なGが体をゆさぶった。同時に低く叫ぶような警報が、艦内に響いた。全力加速を開始するまでのカウント・ダウンを、警報の音質で代行していた。警報が高音域に達したところで、艦内は耐G態勢に移行している。入力されたデータは戦術指揮中枢で処理されたあと、最適な攻撃パターンに形をかえる。

ただ方針を選定するのは、最適解の出力を確認してからでも遅くはない。その前に、片づけておくべきことがあった。画面を注視していた武田艦長は、視線をヴェルナー大佐にむけた。そして抑えた声で問いただした。

「貴官はまだ、すべての情報を我々に知らせていないようだ。任務の確実な達成のためにも、そして無用の危険を回避するためにも一切の情報を提供していただきたい」

それまで甲高く響いていた警報が、ぴたりと停止した。姿勢制御は終了し、アクエリアスは戦闘宙域に全力加速をはじめた。ヴェルナー大佐は、聞きとりにくい声でいった。

「あの船に乗りこんでいるのは『シリウス』部隊だ……。一年ほど前にハイジャック事件を起こしたあと、小惑星帯に潜伏していたSPAの部隊が動きだしたらしい。彼らは外惑星のどこかで、あらたな作戦を実行しようとしている。詳細は不明だが、貨物船を改造して武装勢力を送りこむ気らしい。

これが私の知るすべてだ……。それ以上のことは、聞かされていない。誓ってもいい」

「この艦の乗員は、全員が仏教徒《ブッディスト》です。誓われても困りますな」

精一杯の皮肉をこめて、艦長はいった。ヴェルナー大佐の言葉を、信用する気はない。まだ何か隠しごとをしているのかもしれないが、これ以上の追及は無意味だった。それよりも先に、片づけておくことがある。武田艦長は音声出力を切りかえていった。

「艦長だ。本艦は現在、敵対行動をとる航宙船と接触しつつある。現在までにCH・AとBB・Aによる観測で、当該船舶の構造および規格を確認した。現在までに有力な搭載火器は発見されていないが、我が方の警告にしたがう意思はみせていない。

逆に接近したBB・Aをエンジン噴射炎で攻撃し、これに損傷をあたえた。これにより我が方は諸法にしたがって当該船舶を拿捕し、これを強制的に捜査するものとする。これまでに判明した事実を総合すると、計画の実行グループはSPAシリウス部隊の可能性大」

発令所内にいた者たちが、それを聞いて驚きの声をあげた。武田艦長はスターファイター・Aからの映像と、急速に減少していくカウント・ダウンの数値を確認した。映像には接近しつつある不審船の動きが、カウント・ダウンはスターファイター・Aが不審船と最接近するまでの時間が示されている。艦長はつづけた。

「我々の任務は困難なものではあるが――」

敵は情報の漏洩をおそれて自爆する可能性がある、といいかけて艦長は口を閉ざした。いまの段階で、不用意に推測を話すべきではなかった。危険の存在は知らせるべきだが、時期を間違ってはならない。微妙な問題だから、士気にも影響する。

「ただ……当該船舶の武装およびセンサは、貧弱なものでしかない。そしてシリウス部隊は、すでに錯誤をおかしている。我が方のBB・Aおよびコスモホーク・Aを、それぞれ艦載機および母艦となる大型巡洋艦と誤認した可能性が高い。その上でBB・Aを攻撃した」

発令所内の雰囲気が、微妙に変化した。緊張感は維持しているものの、どことなく弛緩《しかん》した印象を受ける。乗員に油断させてはならないと、艦長は考えた。その上で艦長はつづけた。

「BB・Aの被害は軽微で、修理すれば再度の実戦投入も可能だ。おそらく敵シリウス部隊はBB・Aが救援を必要とする程度に損傷させて、我々の戦力を分散させようとしている。このためBB・Aを放棄し、ただちに次の攻撃を加えることとする。以上」

武田艦長は言葉を切った。専用端末に手をのばしたところで、入力があった。副官に命じておいた不審船の同定作業が終わったらしい。ファイルに眼を通した艦長は、即座に結果を共用の表示画面に転送した。副官は期待どおりの仕事をしたようだ。外観からエンジン等の型式を割りだした上で、経年劣化による性能諸元の低下を推定していた。

その一方でBB・Aに噴射炎をあびせた際の加速度を計測して、船内に残された推進剤の量を推定していた。与圧区画内の改造状況が不明なため、推定にはかなりの誤差がみこまれた。それでも、大雑把な状況は把握できた。不審船には推進剤の余裕がなさそうだ。

その事実が、艦長の決断をうながした。最初にやるべきことは、BB・Aを吹き飛ばした核エンジンの破壊だった。単に接近しつつある艦載機を、攻撃するだけではなかった。状況次第ではアクエリアスを道づれに、自爆する可能性もあった。船舶用の核エンジンとしては旧式化しているが、それでも攻撃のために接近するアクエリアスを破壊する能力はあった。

それらの点を踏まえた上で、艦長は決断した。そして命令した。

「対レーザ攻撃回転に入れ。砲術長、攻撃ポイントは敵船のエンジン支持架。会敵四秒前から加速停止、砲撃態勢に移行する。本艦会敵二〇秒前より、SF・Aのセンサを発令所の中央情報表示にオンライン。SF・Aは本艦会敵九〇秒前から、最大加速で敵船に突入。敵船の側方五〇〇の地点を通過する軌道をとる」

「五〇〇……メートルですか？」——

当惑したように、艦載機指揮所《アイランド》が聞き返してきた。艦隊運動時には、一キロ未満の距離をあらわす単位はすべてメートルになる。だが普段なら間違えようのないこの使いわけも、戦闘時の対敵距離としては非常識すぎた。ほんの一瞬、アイランドからの声は途切れた。それでも、すぐにその意味を理解したようだ。律儀に復唱して通信を終えた。

スターファイターが不審船から五〇〇メートルの距離を通過する瞬間に、アクエリアス自体も三〇キロの最接近位置を通過する。その時の対敵速度はアクエリアスで毎秒約五キロになる。そしてスターファイターでは毎秒二〇キロ近くにもなる。スターファイターには、それほどの至近距離と対敵速度でピンポイント攻撃を加える能力はない。期待される役割は「囮」でしかなかった。危険きわまりない役割だった。

発令所の情報表示画面には、敵船の三面図が示されていた。バンブルビー・Aがとらえた映像と、カタログからの情報を解析して作成した三面図だった。それをみながら、艦長は考えていた。不審船の核融合エンジンと推進剤のタンクは、船体の与圧区画から突出した三本の支持架で固定されている。すでに敵船は、対レーザ攻撃の不規則な姿勢制御を行なっていた。そのエンジン部分を一撃で与圧区画から分離、あるいは制御不能にしてしまわなければならない。

単に敵を撃破してしまえばいいだけの対艦戦闘に比べて、実に歩の悪い戦闘だった。敵船は、武装や加速性能において劣るものの、アクエリアスにはない強みをもっている。アクエリアスの目的は、無傷の船内からＳＰＡの作戦に関する情報を得ることだから、無条件に撃破されるはずはないと知っているのだ。

だが彼らにも弱点はある。アクエリアスの追跡をふり切って逃げのびられるほどの、加速性能はなかった。無理に加速すれば、減速するための推進剤が不足しかねない。

艦長の専用端末に、情報の割りこみがあった。艦体各部の、温度上昇に関するデータだった。その温度上昇は、艦長の予想をかなり上まわっていた。すでに、危険ラインをこえたユニットもある。副官が艦体緊急冷却システムの稼動許可を求めていた。艦長は即座にそれを却下した。事情は理解できるものの、時期が悪すぎた。いまそんなことをやれば、敵にこちらの位置を知らせるようなものだ。

アクエリアスの位置は、絶対に知られてはならなかった。敵はこちらの意図を、すでに見抜いているはずだ。砲撃によって敵船のエンジンを使用不能にする以外、とりうる方法はないのだ。まともに接近したのでは、成功するはずがなかった。下手をすれば、死にものぐるいで反撃してくる。位置を知られずに接近して、奇襲するしかなかった。

艦長はアクエリアスの位置を秘匿しつづけることで、敵船の反撃を封じようとしていた。スターファイターは太陽光を側面に受け、自身の位置を暴露しながら敵船に突っこむ。その役割は、囮と弾着観測だ。敵の攻撃をスターファイターにむけさせて、アクエリアスが砲撃をおこないやすい姿勢をとらせるのだ。アクエリアス自身は敵の太陽面側から接近して、スターファイターの弾着観測をうけながら敵船のエンジンをピンポイント射撃する。だからアクエリアスの位置だけは、絶対に知られてはならなかった。

艦長は再び温度表示を見た。艦内乗員区画は適温に保たれているが、他のユニットはじりじりと上昇しつつある。たった一回の砲撃まであと数分もなかった。ただし、それ以前に推進剤タンクが熱的な限界を超えるかもしれない。

——太陽風か。

唐突に艦長は、予想を上まわる温度上昇の原因に思いあたった。周辺宙域の太陽風濃度が、平均値をかなり上まわっているのだ。その濃密な太陽風の中を、アクエリアスは毎秒四〇〇キロの高速で通過しつつある。温度上昇は、さらにつづいていた。

だが原因がわかったところで、意味はない。推進剤タンクは、いまにも熱で爆発しそうだった。艦長は副官に命じた。

「緊急冷却システムは、スタンバイしておけ。余剰熱を分散させて、なんとか持ちこたえろ。あと一分と少しだ。乗員区画へ熱をまわしてもかまわん」

副官は了解した。対応は早かった。熱をあちこちへ分散させる前に、緊急警報を発令させた。いきなり艦内にかん高いブザーが鳴りひびき、ヘルメットのフェースガードが次々に閉鎖された。閉鎖されたヘルメット内に、全員の荒い息づかいがもれ出た。気密服の閉鎖が完了するまでに、シールドでストップされていた熱がどっと発令所にも押しよせた。気密服内はまだ適温に保たれていたが、それもいつまでもつかわかったものではなかった。下手をすると、食糧庫のレーションがみなやられてしまうかもしれない。

会敵予想時間までのカウント・ダウンが、三〇秒を切った。同時に情報表示画面の、敵船の三面図が一瞬ゆらめいて消え、すぐに以前より不鮮明な映像に切りかわった。アクエリアスの観測所が、光学望遠鏡の映像をそのまま流しているのだ。その不鮮明な映像は、ぐんぐん鮮明さを増していった。しかし敵船の対レーザ回転が複雑なために、画面はさきほどの三面図と同定できずにいた。

すでに戦闘は、人間の手を離れていた。マイクロセコンド単位で行なわれる戦闘をコントロールするのは、どのような天才でも不可能だ。あらかじめプログラムされた作戦行動が、数十分の一秒のうちに実行されるだけだ。

艦長は無意識のうちに、額の汗をぬぐいかけた。だがすぐに、その動きは停止した。ヘルメットにさえぎられて、流れる汗に触れることもできないのだ。すでに発令所内の温度も、急速に上昇しはじめていた。この状態がつづけば、回路がショートするかもしれない。

次の瞬間、通信システムに息をのむ気配が伝わった。敵船の映像が、唐突に鮮明さをましていた。敵船の軸回転は、停止していた。エンジンノズルをスターファイターの最接近予想点に指向している。太陽側から接近するアクエリアスには気づいていないらしく、無防備で長大な横腹をさらしていた。

その事実に気づいたとき、艦長の頬がわずかにゆるんだ。そしてカウント・ダウンが、四秒前になった。艦内のGが、すっと消えた。停止したメイン・エンジンに代わって、バーニア・ノズルが出力をあげて艦体を小きざみにゆさぶった。アクエリアスは突入姿勢から、対敵防御姿勢へと移行しはじめていた。その直後に艦長は、情報表示画面に出現した光点に気づいた。敵船から射出されたようだが、すぐに視界から去った。即座に艦長は命じた。

「緊急冷却開始。メイン・エンジン乱数噴射」

いいおわらないうちに、レーザ主砲発射の振動が艦体をゆるがした。副官の復唱をさえぎるかのような勢いで、中低音のうなりが長く尾を引いて艦体を伝わった。

戦闘が終了するのに、数十分の一秒もかからなかった。その戦闘をもっとも客観的に観測できる位置にいたのは、コスモホーク・Aだった。戦域から遠く離れた軌道で、離脱してくるスターファイターを回収するべく待機していたのだ。だがコスモホークの高解像光学センサを用いても、三つの戦闘単位は点として把握できるだけだ。

そんな状況だから、肉眼では視認さえも困難だった。遮光フィルタの濃度を最大限にあげたコスモホークのキャノピごしにみえるのは、視界の大部分を占める太陽光球だけだ。これほど太陽に近い宙域で、戦闘がおこなわれた例は過去にもなかった。戦闘どころか耐熱構造の特殊観測船以外は、通過すること自体が危険だった。コクピットから肉眼でみえる星は、ただひとつだけだ。強烈な光と熱を放つ太陽に幻惑されて、星の光はすべてあせていた。

近傍の小宇宙に生命をもたらした太陽は、この距離からみれば地獄だった。白く輝く巨大な光球に白熱した炎が渦を巻き、その存在を宇宙に向かって誇示するかのように壮大なプロミネンスがのびあがっている。紅蓮の炎には、ゆるやかだが一切の抵抗を拒否する力強さがあった。わずかに闇を容認しているかのような太陽黒点も、暴力的な磁場をあたりに放ちつづけていた。

その光と熱で自らの存在を秘匿しながら、アクエリアスは敵船に忍びよった。そして最大対敵速度で敵船に肉薄した瞬間、別な角度から第三の光点――スターファイターが自位置を暴露しながら突っこんできた。スターファイターが敵船に重なった直後に、すべての戦闘が始まり、短時間で終了した。

敵船は同時に二つの行動をおこしていた。長大な核融合の炎が、至近距離をすり抜けようとしたスターファイターの軌道上に放たれた。その直前には黒く塗装された小物体を、忍びよるアクエリアスの近傍宙域に射出していた。ミサイルとは異なる動きだった。射出された物体は、攻撃態勢をとっていたアクエリアスの無防備な側方にまわり込んだ。そして長大な側面に、レーザを照射したのだ。

攻撃を受ける直前のアクエリアスに、変化があった。動きをとめていたメイン・エンジンが始動し、同時にレーザ主砲が敵船を直射した。そして艦体が、白濁した気体につつまれた。艦首ちかくの供給口から、推進剤を放出したのだ。推進剤は瞬時に気化し、加速しつつあるアクエリアスに引かれて艦尾側に流れていった。

それでも物体は、執拗にレーザ攻撃をつづけた。ところが噴射された推進剤が艦体を包みこんでいるものだから、攻撃の効果は著しく減殺《げんさい》された。むしろアクエリアスによるレーザ砲撃の方が、激しかった。気化した推進剤の尾を長く後方に引きながら、彗星のように戦場を駆けぬけていく。

不審船から分離した物体は、電力供給が底をついたらしい。レーザによる照射は、すでに停止していた。そのころにはアクエリアスも、攻撃を終えていた。ただ一機コスモホーク・Aだけは、戦闘の結果を見定める余裕がなかった。被爆してスピンしながら戦域を離脱するスターファイターの、回収に忙殺されていたのだ。

アクエリアスの発令所で、状況を正確に把握していたのは限られた要員だけだった。敵船の駆動部をささえる支持架は、見事な切り口で切断されていた。この状態では加速して逃げるどころか、自爆さえ不可能だった。艦内温度も充分に低下しているから、危険は去ったと考えてよさそうだ。

そのことに安堵して、艦長は命じた。

「メイン・エンジン停止。緊急冷却システム停止。各部被害状況知らせ」

艦自体に被害はなかった。被弾したスターファイターのことが気がかりだった。だが遅れて着信した艦載機指揮所からの報告によれば、パイロットは無事だということだった。しかしスターファイターの制御機構は、ひどく破損しているという。艦長は息をついた。少なくとも敵船に対艦戦闘を行なえる能力はない。艦長は即座に次の行動を決めた。

「艦体の対レーザ回転停止。コスモホーク・B発進。海兵隊A小隊は敵船に移乗。抵抗がある場合のみ、銃器の使用を許可する。SF・Bも発進。海兵隊の移乗を援護。艦内気密服閉鎖をとけ」

不規則な加速で翻弄されていた艦内から、疑似重力が消えた。気密服のラジオを通して、数人がそろって息をつく気配が伝わってきた。ヘルメットのフェースガードを開放すると同時にラジオの回線が切れて、艦内の雑多な騒音が耳に届くようになった。

「あの……直前に飛びだした兵器は、何だったのです。小官には独立したレーザ砲のようにみえましたが――」

ヘルメットをはずしたヴェルナー大佐は、ほとんど汗をかいていなかった。艦長はヘルメットのフェースガードを、はねあげただけでいった。

「大佐は本質を把握しておられるようだ……。独立したレーザ砲――独立側砲に、間違いありません。ミサイルは予想していたが、まさかあんなものを持っているとは思わなかった。緊急冷却と乱数加速が遅れていたら、あぶないところでしたよ。この艦は発火寸前まで温度が上昇していましたから。我が方の主砲に比べれば豆鉄砲みたいなものだが、あの状況でもろに照射されていたら、こっちがやられていた」

「同様の攻撃が、くり返される可能性は？」

脱いだヘルメットを不安そうにみながら、ヴェルナー大佐はたずねた。

「おそらく、一機だけでしょう。持っていれば、一度に全部発射しているはずです。それがもっとも有効な使用方法だから」

独立側砲は元来、陸戦兵器として開発されたものだ。陸上部隊の待ち伏せや、機甲部隊の奇襲兵器として主に利用される。敵の進撃路にあらかじめセットされ、攻撃の直前に発射機から射出される。そして上空に跳躍《ポップ・アップ》して、戦闘車両群のもっとも防御の薄い後方上空から、レーザ攻撃をかける。

しかし指揮システムさえととのっていれば、この兵器は宇宙空間の戦闘にも使用できる。陸上戦闘ではレーザ兵器の使用は制限されるが、宇宙空間では逆に自由度は増大する。敵の予想軌道上に待ち伏せ兵器としてばらまいたり、戦闘側面に射出して無防備な敵の横腹に攻撃をしかけることもできる。おそらく敵船は、予想戦域を近日点付近のこの宙域にしぼって準備していたのだろう。

アクエリアスにとって幸運だったのは、急速冷却システムに敵のレーザ攻撃を減殺させる効果もあったことだ。作動によって余剰熱を吸収した推進剤は、艦外に放棄されてガスの層を作る。そして急速に膨張した推進剤ガスは、さらに冷却されて艦の外壁を伝いながら再び艦体の温度を奪う。そのガスの層が、敵レーザのエネルギーを吸収したのだ。

「CH・B発艦」

艦載機指揮所からの声が、発令所に伝わった。そしてかすかな振動が、それにつづいた。

「SF・B発艦まで二〇秒」

航法員が告げた。艦長が航法長にたずねた。

「艦を回頭させて、敵船の邂逅軌道に乗るまでどれだけかかる？」

「二〇分はかかります」

すでにアクエリアスは毎秒五キロで敵船から離れつつあった。

「わかった。ただちに減速、回頭。接近軌道に入れ」

そしてふたたび艦内にGがもどった。

そのときコスモホーク・Bは、全力で敵船に接近していた。狭い兵員輸送モジュールでは機関短銃で武装した六人の海兵隊員が、激しいGで体を押さえつけられていた。テムジン中尉は、そんな中でも全員の状況を見るのを忘れてはいなかった。高加速のGだけならどうということもないが、抵抗の予想される敵船への強行移乗という任務は全員の緊張を高めているはずだ。これほど太陽から近い軌道上では、抵抗がなくても非常な危険がつきまとう。だが、部下の士気は高そうだった。

――心配しても始まらんか。なるようにしかならん。

そう結論を出したテムジンの耳に、コクピットからの声が届いた。陽気な声でパイロットはいった。

「接舷まであと四分と少しだ。SF・Bがいま追い越していった。奴の偵察次第じゃ、接舷はもっと先になるかもしれない」

――接舷だと。太陽の直射をもろにあびて泳いでいかなきゃならんというのに、何を暢気《のんき》なことをいってやがる。

テムジンは、ひそかに悪態をついた。だが、それは口に出さずパイロットにいった。

「外の天気の具合はどうだい。波が高くて接舷しそこなうとこまるぜ。俺は金槌なんだ」

輸送モジュール内は、たったひとつの窓もない。暗い照明に照らされたシートまわりが、世界の全部だった。パイロットは、テムジンの皮肉な口調を気にすることもなくいった。

「いい天気だ。からりと晴れあがって、雲ひとつない。少しばかり太陽がでかすぎるようだがな。この分じゃ今日も暑くなるんじゃないか」

通話ラインが、小隊長の俺だけにつながっていてよかった、とテムジンは考えていた。パイロットは気のきいた冗談のつもりかもしれないが、他の隊員がそれを聞いたら彼をしめ殺すかもしれない。だがパイロットは、その直後にテムジン自身でさえ顔をしかめるようなことをいった。

「SF・Bからの報告だ。奴ら、まだやる気だぜ。エンジンをもぎ取られたのに、与圧区画の小出力レーザ銃で、SF・Bをねらい撃ちしたとさ」

「当たったのか？」

テムジンはそれだけ聞いた。だが内心では、スターファイターが撃破されれば攻撃は中止になるかもしれないと考えていた。ただし、そのことは口には出さなかった。

「当たるわけがないだろ。肉眼で視準するレーザ銃が束になっても、全速のSFにかすりもしないさ。いま、そっちに偵察した画像を送る」

——人間相手なら、当たらんこともないだろうよ。

そういいかけたが、当然すぎることを口に出す気にもならなかった。小隊長座席の前にとりつけられた情報端末に、敵船の姿がうかびあがった。駆動部をもぎ取られ、与圧区画だけのみじめな姿をしていた。その敵船の映像に、カタログから入手した船内構造が重ねあわされた。パイロットの声が、全員のイアホンに伝えた。

「艦長からの通信だ。そっちへまわすぞ」

回線を切りかえるかすかな音と共に、少しノイズの混じった艦長の声がきこえた。

「艦長より状況を説明する。敵船は依然として警告を無視している。気閘外扉の開放も認められない。さらにSF・Bによる強行偵察の結果、なおも敵船は抵抗の意思があるのを認めた」

要領のいい戦争のやり方だと、テムジン隊長は考えていた。徹底的に出血を強いておいて、これ以上は無理だと判断したら捕虜になって助かろうとする。徹底したゲリラ戦法だから、正規軍にとっては最もやりにくい相手といえる。それからテムジンは、艦長がどこまで辛抱するのか考えた。だが結論は出なかった。考えるまでもなかったのだ。艦長はつづけた。

「……よって移乗作戦は、敵船の与圧区画外壁を破壊して行なう。健闘を祈る。以上」

画面の中に一本の矢印があらわれ、敵船への移乗予定点を示す点滅を開始した。ほとんど自転していない敵船自身の作る影の部分に、移乗地点は設定されていた。だが視直径の大きな太陽の影は、充分とはいえなかった。小さなコーン状の影からはみ出せば、通常の船外気密服では中の人間が蒸焼きになるだろう。船内の構造をもう一度確認しようと眼をこらした時、いきなりその部分に光芒が走った。先行したスターファイターが、雷撃で外壁を吹き飛ばしたのだ。

——艦長《おやじ》め、意外に短気だったな。

急速に内部の空気を噴出させている敵船を見ながら、テムジンはそんなことを考えていた。

敵船はぐんぐん近づき、開口部から装備品と共にいくつかの人影までが放り出された。人影は破孔の縁にあたって回転しながら視界から去った。よく確認できなかったが、その人影は気密服を着ていなかった。

すでに映像は、開口部を正面近くに見る位置にまで移動していた。そのころには、Gはほとんど消えていた。兵員輸送モジュール内が急速に減圧されていくのが、気密戦闘服の膨張から感じられた。

数秒後に、船内の真空を示す赤い標示灯が点灯した。そしてモジュールの天井ハッチが、ぱっくりと開いた。影になっているはずの敵船から、強烈な熱輻射が放たれていた。気密服を通しても、それとわかるほど強烈な熱だった。シートベルトが自動的にはずれ、のたうちながらシートの中に巻きこまれていった。敵船は頭上を流れていく。そして破孔と開かれたハッチが一致した瞬間、かすかな振動と共にコスモホークの行き足は停まった。

「GO!」

テムジンの一声で、全員がシートをけって跳ね上がった。数秒のうちに、全員が破孔から船内に移乗をおわっていた。それを見届けてから、ハッチを閉じたコスモホークは離脱した。

破孔は二人が並んで通過できるほど大きかった。突入と同時にヘルメットのヘッドランプが点灯し、船内を照らした。わずかな時間、黒く変色していたバイザーは、すっかり透明に色を落としている。破孔付近を中心に、かなり船体温度が上昇しているようだ。彼らは即座に気密服の冷却効率を上げた。早くきり上げないと危険だった。

入りこんだ場所は、操船のための区画だった。貧弱な操船機器が、急場の工事らしい様子で取りつけてある。動く人影はなかった。

――どうみても、戦闘艦艇じゃない。

テムジンはそう考えていた。船内は、嵐がすぎ去ったあとのようだ。ざっと見たところ、シートは一〇座ほどあった。そのうち人間がすわっているのは半分ほどだった。もちろん、生存者らしいのは見あたらない。破孔近くの何体かは、原形を残さぬほど損傷していた。どの死体も、気密服は着ていない。

テムジンは死体に視線を走らせた。視線が一番奥のシートにうつったとき、反射的に行動を起こしていた。開孔部からもっとも離れたシートに、無傷の人影を見つけたのだ。まだ間に合うかもしれない。シートの背をけってそちらに飛び出し、その人影に手をかけようとした。だがのばしかけた手は、途中で凍りついたように動きをとめた。

若い女だった。

ほどけた長い髪が、蒼白な顔のまわりで花のように開いている。そのせいで、白い顔が小さく見えた。ゆらめく黒い髪がライトの光できらめき、女の顔を壮絶なほど美しく見せていた。だがきつく結ばれた唇や閉じられたまぶたには、まったく生きている気配はない。

気をとりなおしたテムジンは、素早く処置をはじめた。ベルトにつけたエマージェンシー・バッグをひろげ、小柄な女を手荒くその中につめ込んだ。ジッパーを閉めて内部に空気を充填すると、バッグは直径一メートル足らずのボール状にふくらんだ。船内が真空状態になってから一分ほどしかたっていないはずだ。蘇生する確率は五分五分というところか。

処置をおわったとき、船の航法コンピュータを操作していた隊員がテムジンの名を呼んだ。

「このメモリーバンクですが……かなり中身が消えています。消去中に攻撃を受けたらしくて、物理的なダメージもあります」

「残っている分だけでもいい。全部ひろい上げて、その分から本艦へ転送しろ」

「もうやっています」

「よし」

それ以上、女にかかわっている余裕はなかった。まだ船内に敵がいるかもしれない。その区画内にあるシートのいくつかは、大急ぎで予備を取りつけたものらしい。いくつかは、壁面や天井のあいたスペースに無細工につけられていた。空席分の人数が、船内のどこかにひそんでいるはずだ。視線をはしらせると、破孔からもっとも離れた位置にあるハッチに気がついた。カタログの構造図によれば、そのハッチの向こうは船倉部分になっているはずだ。

すでにそのハッチには、隊員がとりついていた。その隊員が、テムジンにいった。

「内側からロックされています。爆破しますか？」

「やれ」

テムジンは、女を入れたバッグをひっつかんで飛んだ。破孔近くまで引っぱって来て、シートの端にバッグと自分の体を固定した。終わったと同時に、爆破準備の完了がつげられた。

全員がシートのかげに身をひそめた時、まばゆい光がハッチの端でひらめいた。ハッチが勢いよく開き、爆風と鈍い爆発音が押し寄せてきた。爆風と共に雑多なものが飛び出し、壁に衝突して回転しながら破孔の外に吸いこまれていった。音はすぐにやんだ。船倉内の空気がすっかり洩れ出したのを見届けてから、テムジンはホルスターから機関短銃を抜き出して右下腕の射撃位置に固定した。

テムジンは、開いたハッチの奥に一連射をたたき込んだ。無反動銃は、猛然と銃弾を送りつづけた。ひじから後方につき出した排ガス管が、無色の発射煙を吐き出してテムジンの戦闘服を激しく波打たせた。いくら無反動銃でも、これだけ近距離から発射されれば跳弾することなく外壁を貫通したはずだ。床からの弾着共鳴音が、気密戦闘服を通して伝わってくる。それがおさまらないうちに、早くも隊員の一人がハッチの向こうに飛びこんだ。テムジンもマガジンを交換してすぐあとにつづいた。

船倉内には、死体しかなかった。ハッチが強引に開けられた時には、すでに死んでいたようだった。しかし死体の他にぎっしりと船倉内につめ込まれていたものを見て、彼らは顔を見合わせた。大量の銃と弾薬、そして小型ミサイルまでが貯蔵されていたのだ。機関短銃の高速弾頭が貫通しても、爆発するようなものではない。この高温で、よく暴発しなかったものだ。

だが状況を見たテムジンは、いますぐに弾薬が爆発する危険はないと判断した。弾薬やミサイル弾頭をしまい込んだケースは、冷却剤の泡をかぶっていた。おそらくここにいる死体は、弾薬の暴発を防いでいる時に攻撃を受けたのだろう。

——自爆した方がまだましだ。こんな状態で死ぬよりは。

テムジンはそう考えていた。もっともどんな有能な指揮官でも、自爆などという方法は考えたがらないものだが。

「ガス中毒だな、これは」

一人がそういって、ミサイル本体を指さした。本体の推進部分からは、白いガスが吹き出している。たぶん推進剤は、化学燃料だろう。高熱で変質し、冷却に気をとられている彼らを殺したのだ。みじめな死に方だ。

「このミサイルは、地上戦用だ……」誰かがいった。それから、不思議そうにつぶやいた。

「こんなミサイルを、どこに持ちこむつもりだったんだ」

「これを見ろよ」

別の一人が、宙をただよっていた気密服をつかんでいった。テムジンたちの気密戦闘服とは違って、やたらに無骨な外観をしている。海兵隊員の気密服は、行動性を重視した軽快なものだ。軽量化のために、携行酸素量まで切りつめてある。しかしその兵が手にした服は、長時間の真空中での行動に耐えられる性能を持っているらしい。そのような大型気密服を着ていては、狭い船内で身動きがとれない。そして、それが彼らの命とりになった。

「撤退だ。その気密服だけ持って帰ろう。あと、写真を撮っておけ。この分じゃ、いつ爆発するかわからん」

テムジンのその判断は正しかった。彼らがコスモホークでそこを離れて一〇分後に、船は爆発して消えた。

# 8　ロペス部長――ポート・エリヌス

窓の外では、さきほどまでの騒ぎはすでに終わっていた。

市政庁をとりかこんでいたダウン・エリアの住民たちは、警官隊に追い払われていた。政庁前の広場に残っているのは、公安部員だけのようだ。この地下都市で、市街と呼べるだけの構造をもっているのはエリヌス・カントだけだった。そのカント地区の中心部にある市政庁の執務室で、市長はさきほどから人気のない広場をながめていた。三階建ての政庁はカント地区ではもっとも高い建築物だった。その最上階の執務室からのながめは、ここが地下都市だということを忘れさせた。

もっともデュクレ市長は、これまで地下都市以外に住んだことはなかった。生まれてから大学卒業まで生活したケレスの都市は、どれも地下都市か半地下式の与圧都市だった。ただしその都市の規模は、ここことはくらべものにならない。ひとつのブロックだけで直径一〇〇〇メートル以上あったし、青空と白い雲を投影する天井ドームも、一〇階建てのビルよりずっと高かった。

しかしこのエリヌス・カントは、そんなに規模が大きくない。それでも市政庁のあるカント地区の中心部は、ドームの天井がもっとも高くなっている。市政庁の屋上から思いきり飛び上がれば、並みの筋力をもつ人間なら「空」に衝突してしまう。そんな小規模なドーム構造でも、このポート・エリヌスでは唯一のものだった。

一歩カント地区を離れてダウン・エリアに踏みこめば、そこには幻影の空さえ存在しない。規格通りに作られた回廊と、窓のない合理性のみを追求したユニット設計の居住区だけだ。オールド・ベースに至っては、まさに基地《ベース》そのものだ。こと市街の形状に関していえば、ポート・エリヌス市は辺境以外の何ものでもなかった。

窓の外では、プログラムされた夕暮れがはじまっていた。いかにも作りものじみた夕焼けがドームに投影され、それにあわせて街区の照明が落とされていく。投影される像に変化はとぼしく、何日おきかに同じパターンがくり返されていた。

――この都市は、これからどんどん発展して行くはずだ。

デュクレ市長は、夕暮れの街区を見ながらそう考えていた。エネルギーや潜在的な工業力に、問題はなかった。必要なのは時間だけだ。あとは、政治的な手腕だ。この都市にもやがて、ケレスやタイタンのような大規模なドームが建設されるだろう。時間がかかっても、それは決して夢ではない。

子供たちには、充分な広さの公園や運動場が必要だ。ダウン・エリアの狭くて暗い地下室ばかりの街に、子供たちを住まわせるのは犯罪的ですらあった。戦後に入植が再開されてから生まれた子供たちは、あと数年で次々と成人していく。だがそんな子供たちの中に、広場《アゴラ》恐怖症《フォビア》に似た精神障害が目だちはじめている。エリヌス・カントの小さな空間ドームにさえ、おそれて入れない子供があらわれているのだ。

何とかしなくてはならないと、デュクレ市長は考えていた。ポート・エリヌスが国際都市として経済的に自立していこうというのに、そんな現実は容認できなかった。問題の存在が行政の責任だといわれても、反論はできなかった。

——それにしても、あのSPAを名乗る馬鹿どもの破壊的な行動は度しがたい。彼らの行なおうとしていることは、単なる破壊だ。ポート・エリヌスが発展し、すべての住民が健康的で豊かな生活を送るための大前提を否定し、この衛星全体を破壊しようとしているのだ。

市長は、理解しがたいというように深く息をついた。彼らの主張は、現実を無視している。本気でそんなことが可能だと、信じているのだろうか。よりによって彼らは、エリヌスの天王星系からの分離独立を主張していたのだ。天王星連邦を脱したあとは、土星や木星と同盟を結ぼうとしていた。政治家や経済学者でなくとも理解できるはずだ。十億キロ以上もへだたっているそんな天体と結んでも、得るものはなにもない。もっとも近いミランダなら、最接近距離は五万キロに満たないのだ。しかも彼らは、暴力的にその主張を認めさせようとしている。とても正気の沙汰とは思えなかった。

——この衛星の進歩に関して、基本的な問題は何もない。あるとすれば、無責任な反政府運動をやめさせることだ。

デュクレ市長は、窓の外を見る姿勢をくずすことなく、くり返してそう考えていた。そのためには強力なリーダーシップの確立を、まず第一に行なわなくてはならない。それは、どうしても避けることのできない問題だった。無責任な一部の扇動者のために、一万人のエリヌス住民の未来を狂わせてはならない。

この危機を乗り切ったあと、連邦議会議員や連邦大統領の座に進出することをデュクレ市長は考えていた。市長は自分を野心家と呼ぶ知人の顔を思い出して、心の中で苦笑した。何とでもいうがいい。天王星連邦の中で、エリヌスはその中心的な存在となるはずだ。だから彼の野心は、決して私利私欲のためではない。エリヌスの発展は天王星系全体の発展につながる。そしてそれをやりとげられるのは自分なのだと、デュクレ市長はひそかに考えていた。

不意に聞こえたノックの音で、市長は我にかえった。返事をすると、音もなく開いたドアから一人の背の低い男が入って来た。うす暗い部屋の中で、市長は露骨に顔をしかめた。その男、公安部長のロペス氏は、遠慮がちな声で照明を明るくしていいかとたずねた。市長は鷹揚《おうよう》にうなずいた。照明を明るくしたロペス部長が、あらためて向きなおった時には、市長はすでにシートに体を沈めていた。大きな執務デスクの向こうにいてさえ、市長の姿はまるで絵のように見栄えがした。

「警備状況の説明にあがりました――」

貧相な印象のする男だった。低重力下で育った者の多いこの都市の住民の中では、異常なほどの短軀だった。デュクレ市長が立ちあがれば、ロペス部長の背は市長の胸にやっと届くほどだろう。この時代の政治家は誰もがそうであるように、市長は外見には気をつかっていた。豊かな身長とトレーニングで鍛えられたたくましい体つきは、低重力下で育った者に見られるひよわさを感じさせなかった。かといって、地球で育った者のような不格好な骨格でもない。有権者たちを安心させるのに、充分な外見だった。

その市長の端正な体つきとは、ロペス部長はことごとく対照的だった。地球で生まれて少年時代をすごしたために、彼の身長はエリヌスで一番といっていいほど低かった。長いこと火星上の都市で公安関係の仕事についていたが、持病の心臓病のために火星の重力下でさえ住むことができなくなり、何年か前につてをたよってエリヌスにやって来た。そのせいで、ひどい短軀でしかもがに股だった。市長のように筋力を強化させる運動などしていないから、不要な肉を体中にぶら下げたひどいプロポーションをしていた。頭髪もうすくなりかけていて、いかにもくたびれたという形容詞がぴったりの、風采の上がらぬ小男だった。

デュクレ市長は、ロペス部長の能力は認めていた。だが、その存在を必要悪と思っていた。内心では憎み、馬鹿にし切っていたといってもいい。現在、このポート・エリヌスは深刻な政治危機にある。場合によっては非合法活動を続けるガリレアン——ことに最近になって加わったSPA派に対しては非常手段をとるのもやむなしと考えていた。そのための、もっとも汚ない仕事をやるのが眼の前の小男なのだ。

市長のそんな心の動きとは無関係に、ロペス部長は突っ立ったまま現在の状況を説明した。

そして二人の警官が射殺され、一挺の銃が盗まれたあたりまで説明した時、市長は不機嫌な顔で部長の報告をさえぎった。

「結局、犯人の一人を取り逃がしたというのかね」

わずかに声が上ずっていた。この小男を相手にしている時は、いつもそうだった。うわべは従順な顔をしているくせに、心の中では自分が正しいと信じ切っている。そんな公安部長に、市長は生理的な嫌悪感をいだいていた。ロペス部長は、別に気にする様子もなく報告を続けた。

「逮捕した犯人たちから、逃亡中のもう一人の犯人の暗号名『オライオン』が判明しました」

「暗号名だと」

市長はあからさまな軽蔑の色をみせていった。

「一体それが何だというのだ。本名がわかったのならいざ知らず、そんな子供の遊びもどきの暗号名がわかったからといって、犯人を取り逃がしたことの言い訳にはなるまい」

いつもの穏健な印象を周囲に与える市長とは、まったく違う刺々しい言葉だった。ロペス部長は市長が不機嫌そうに彼をなじるのを、辛抱づよく聞き流した。そしてそれが終わってから、市政庁の中央コンピュータを捜査する許可を求めた。その情報サービスの記憶領域を検索して、オライオンの名を掘りおこすつもりだった。だが部長は、市長がそれに反対することを予測していたようだ。

予想通り市長は市民に対する影響を理由に、部長の申し出を断った。だが部長は、辛抱づよく許可を求めつづけた。実は政庁の司法部長の令状があれば、市長の許可など必要なかったのだ。だがこんな時に市長の存在を無視すれば、あとの捜査がやりにくくなる。長い時間をかけた交渉のあと、ようやく市長は許可を出した。

なるべくしてなった結論だとは思いながらも、市長は心の中で苦々しく思っていた。ロペス部長が慇懃《いんぎん》に礼をいって退室したあと、市長は今回の政治危機を乗り切りさえすれば公安活動の行きすぎを全部ロペス部長におっかぶせて更迭《こうてつ》すればよいと考えて溜飲を下げた。

しかしロペス部長は、市長の許可を得る前から行動をおこしていた。一時間前、司法部長からの捜査令状を手にした時には、あらかじめ待機させておいた腕っこきの部員数人に捜査を開始させていたのだ。いまごろは情報サービスの記憶領域から『オライオン』の名は洗いざらい引き出しおわっているはずだ。公安作戦に、時間をかけることは許されない。公安部が『オライオン』の名を知ったとわかれば、SPAはすぐに関連した記憶の消却をはかるだろう。のんびりかまえている余裕などなかったのだ。

本当は令状が出る前に情報サービスへ踏みこませたかったが、さすがにそれはやめにした。その程度なら時間的なロスは致命的なものではないし、公安部がそんなことをしたとわかれば、あとあと厄介だ。市の情報サービス検索は、市民のプライバシーにかかわる問題なのだ。ロペス部長は、それほど馬鹿ではなかった。

ロペス部長は、政庁に隣接した公安部のオフィスに入った。そのころにはすでに、市長の前で見せていた愚鈍な表情は消えて、油断のない顔つきになっていた。

公安部オフィスは、狭苦しかった。市長公室のようなゆったりとした雰囲気はない。機能だけが優先された低い天井の部屋で、内装材もいまではすっかりくすんだ色になっていた。そんな壁の何カ所かに、誰かが癇癪《かんしゃく》を起こして投げつけた飲物のとびちった跡が見事なフラワー・パターンを残していた。

部屋には個人用の情報端末や通信用ラジオ、キイボードやプリンタなどが乱雑に載ったデスクが、全部で八つ並んでいた。無論、公安部長の専用室などはない。刑事課や警備課の職員などと同室だった。机の上や天井には、食べかけのパック食品や、代用コーヒーのチューブが磁性テープでべたべたくっつけられ、中にはダスト・シュートへ放りこむ手間さえおしんで、ゴミの山を上へ上へと積み上げて、まるであぶなっかしくかしいだクリスマス・ツリーをたてたようなデスクさえあった。

部屋には、ほとんど人はいなかった。刑事課の職員が一人、所在なげに残っているだけだった。

「報告は来ているか？」

たずねられた刑事は、部長用の端末に入っていると答えた。ロペス部長は、大儀そうにシートに体を落ちつけた。部長にとってエリヌスの低重力は、火星に比べればずっと楽だった。だが体のあちこちがだぶついてきたいまでは、それさえ苦しく感じるようになっていた。そのうちに、ここでも住めんようになるかもしれんな、と彼は考えていた。

情報サービスに踏みこんだ職員の報告は、無駄のないものだった。

「『オライオン』に関する項目、一七カ所発見。データ転送ずみ。現在、各項目について調査中。要注意人物との関連を最優先に調査を継続中。作業終了予定時刻は――」

ロペス部長は、デスク上の情報スクリーンから眼をあげて時計を見た。あと一時間ほどで結果は出るだろう。そう考えた時、通信機にとりついていた刑事が部長に声をかけた。

「警備課の隊長からです。予定をしらせてほしいということですが」

デスクの通信機をとり上げたロペス部長は、低い声で今後の予定を伝えた。

「そうだ……B、C、Dの各小隊は、新しい検門所で引きつづき待機してほしい。集会の警戒任務は終了したが、非常勤の部員にはもうしばらく超過勤務してもらうよう、確認しておいてくれ」

通信機の向こうの声は、やや興奮した声で答えた。

「仲間を殺した野郎を引っとらえるまで、朝まででも頑張るって、みんないってますよ」

「頼むよ。あとA、E小隊は、ダウン・エリアに入ることになる。どちらにしても、一時間後だ」

それがどれほど危険なことかは、警備隊長もよく知っていた。公安部隊に反感を持つダウン・エリアには、たとえ警官隊でも入りこむのは危険だった。ロペス部長は、緊急動員体制のいまのうちに、一気に決着をつけようとしていた。

通信を終わったあと、ロペス部長は残されたひとつの問題を考えていた。それは、ダウン

・エリア地区の強制捜査の市長に対する事後承諾ではなく、殺された警官たちのことでもなかった。緊急動員した非常勤警官の、超過勤務手当てをどうやってやりくりするか、そのことだけに頭を痛めていたのだ。

彼には、SPAに対する憎悪や思想的な反感などまったくなかった。そつなく任務をこなして昇進しようという野心も、持ちあわせていない。ただ彼は与えられた任務を限られた条件の中でやりとげるには、どうすればよいかということにだけ関心を持っていたのだ。

## 9　アクエリアス——水星軌道内宙域

　ようやく放熱翼の放出する余剰熱が、艦内で発生する熱と均衡を保つようになった。すでに戦闘終了から二〇時間以上が過ぎていた。近日点を通過してから、艦は無防備な状態のまま慣性飛翔を続けていた。敵船のとった偽装航路を忠実にトレースするだけで、アクエリアスには軌道を変更する余裕はなかった。傷ついた艦載機を収容し終わったあと、アクエリアスの主機は沈黙を守っている。どのように注意深く設計されたエンジンも、一〇〇パーセントの効率を出すことはできない。エンジンが出力を発揮しているかぎり、熱は発生する。宙戦史上、これほど太陽に近い宙域での戦闘が行なわれたことはなかった。戦闘自体だけではなく、終了後にこれほど艦が無防備な状態で漂流したこともない。ひたすら内部熱の発生を抑えて、慣性航行を続けるだけだ。通信はもとより食事や艦内の移動まで制限され、暗くおとされた照明の中で乗員は息をひそめていた。

　そして近日点を三〇〇〇万キロ以上も過ぎてから、ようやく機関を動かせるだけの余裕が生じた。彼らが最初にしたのは、冷却システムの効率を上げることと、食事だった。誰もがひどく憔悴《しょうすい》していた。水や食事も満足に与えられない中で、二〇時間もの間じっと身をひそめていたのだ。

だが、ようやく熱制限体制はゆるめられた。四舷配置巡航体制をとっていた艦の乗員のうち、非直の者がまちかねたように兵員食堂《クルーズ・メス》に殺到した。それほどキャパシティのあるわけではない兵員食堂は、むらがった乗員たちでたちまち長い列ができた。艦内温度は、ゆっくりとだが確実に低下していた。そんな中で士気をとりもどした兵たちは、口々にわめき立て、たった二人しかいない主計兵は、さらに馬鹿声をはり上げた。

「こら、誰だ俺のトレイを持ってく奴は」

「うるせえ。早くしろ」

「何だこりゃ一体。やっとまともなメシだというのに、こいつは戦闘食レーションじゃないか！　手を抜くなこの野郎。まともなメシを食わせろ」

砲術科の古参下士官が、手わたされたトレイを一眼見て文句をいった。

「こいつは『準戦闘食』だ。胃薬にもなるけっこうなコーヒーだけは、飲み放題のありがたいメシだ。いやなら食うな」

いきなり受けわたし口からぬっと上半身をつき出して、安井一曹がそうわめいた。いまだに無重力状態の艦内で、上半身をつき出した安井一曹と、逆に烹炊所に首を突っこもうとする下士官が、それぞれ逆さまに顔をつき合わせる格好になった。下士官は、いきなり飛び出してきた主計兵の剣幕におどろいて、言葉を失っていた。その間に、安井一曹はさらにまくしたてた。

「俺だってまだメシ抜きのままだ。あとがつかえてんだ。メシが食いたくないんなら、さっさと帰りやがれ」

顔をまっかにした下士官は、加勢を求めて乗員たちの列をふり返った。だが期待に反して、自分を支持する者がまったくいないのに彼は気付いた。兵員食堂の床や壁に立ったり、中には天井にはりついている誰もが、この古参の下士官と主計一曹のやりとりを、しらけ切った顔で見ていた。顔は上下左右、およそ統一のとれない方向にちらばっていたが、全員の表情は同じだった。面白い見せ物より、何でもいいから早く食事にありつきたいという顔をしていた。鼻白んだ下士官は、引き際を失って絶句した。そのとき、艦内放送のアナウンスがひびいた。

「達する！　一五分後に、四舷配置を二舷配置に変更する。第一、第二舷は直交代用意」

それを聞いて下士官は、レーション・パックをひっつかんで退散した。同時に艦内各所で歓声が上がった。直についている第四舷の兵は、いまだに食事にありついていないのだ。

ごった返している兵員食堂とは対照的に、ミーティング・ルーム兼用の狭い士官食堂では、非直の艦長以下数人の士官がテーブルについていた。もっとも慣性飛翔中なので、食事といってもシートの腕木に無重力レーションを固定しておくという味気ないものだった。それでも、居住区のバンクや兵員食堂の壁にコウモリのようにへばりついて、かぎられた時間内に戦闘食をつめ込んでいる下士官や兵よりは、よほどましだった。

「捕虜の状態はどうかね」

艦長がそう軍医に聞いた。捕虜というのは、たった一人の生存者である女性のことだ。軍医は、捕虜の健康状態はまったく正常だと答えた。しかし、と彼は続けた。

「精密な検査はまだしていませんが、ショックがひどいようです。意識ははっきりしていますが、まったく口をきこうとしません。外傷その他は見られませんが」

「尋問には耐えられるか？」

ヴェルナー大佐がそう聞いた。軍医は、鼻をならした。

「肉体的にはね。私は外科医だから、それは保証する。精神的に尋問に耐えられるかどうか、責任はおいかねる」

いままで捕虜の尋問など、艦内で行なわれたことはなかった。軍医は、そんなことは愚問だとでもいいたげな顔をしている。

「別に私は拷問を行なおうというわけではない」ヴェルナー大佐は、軍医の方に向きなおっていった。「いずれにしても、艦は地球‐火星軌道のどこかで別動の艦と邂逅し、捕虜と私はそちらへ移乗することになるだろう。本格的な質問はそれからだ。ただ、それまでの間に一般的な質問をしておきたい。ドクターには立ち会っていただく」

あいかわらず、きめつけるようなヴェルナー大佐の口調だった。何事かいいかけた軍医をさえぎって艦長はいった。

「通信が回復するまでには、あとどれくらいかかるか」

「アトランティックと中継なしなら、あと一〇時間後、ほとんど水星軌道にまで出てからですな。地球は、ちょうど太陽の後ろに入りこんでいますから。それくらい太陽と距離をとったとしても、主砲レーザで全出力を出したりすると、危険はつきまといます。どこか中継点があるなら、問題はないわけですが」

砲術長の答を聞いて艦長は、ヴェルナー大佐に聞いた。

「それまで軌道は現在のまま、ということですかな?」

「そういうことになる。我々が移乗したあとは、この艦は通常任務にもどるはずだ」

艦長たちは顔を見合わせた。通常任務といっても、この艦の本来のスケジュールでは、ゾディアック・ステーションでの休養のあと、木星宙域で行なわれるはずの内宇宙艦隊の大演習、オペレーション・タルタロス－23に参加することになっていた。艦の現在の軌道を考えれば、アクエリアスがふたたびゾディアック・ステーションにもどることはあり得ない。艦の軌道上にちょうど演習宙域があるのだ。彼らは、休養をそっくり取り消されたことになる。

艦内放送が直交代二分前を告げた。艦長は、シートベルトをはずしながらいった。

「失礼、私は少し艦の状況を見て来る」

艦内の被害状況や消耗品の調査は、熱制限体制の中で手つかずのままだった。艦長はつけ加えた。

「それと……戦闘記録と、データを整理してみよう。来られますか?」

その質問は、ヴェルナー大佐に向けられたものだった。いや、とヴェルナー大佐はかぶりをふった。

「その捕虜に対する基本的な質問を、すませておきたい」

そういって大佐も、軍医をうながしてシートから離れた。他の士官たちもそれにならって、担当部署の状況を見るために腰を上げた。

直交代でごった返す通路の中を器用に泳ぎながら、航法長が艦長に追いついて声をかけた。

「何をやらかすつもりだったんですかね、あの船は。一体、どこで？」

艦長はちょっとふり返り、ヴェルナー大佐が通路の反対側に消えるのを確かめていった。

「軌道上にあるのは、後方トロヤ群、土星系、天王星系で、目的地はそのどれかには違いないが……」

艦長は声をひそめてそういった。だが艦長にも、あの船の目的地については見当がつかなかった。軌道だけでは、目的地は判定のしようがない。

彼らは発令所に頭から入りこみ、それぞれのシートについた。敬礼し、下直する副官のチュー大尉に答礼しながらも、艦長はずっとそのことを考えていた。

艦の各部から、被害状況が報告されていた。漂流していた間には、それほど大きな問題は発生していなかった。心配していたハードウェアの損傷にも、重大なものはない。戦闘時に失われたバンブルビー一機は取りもどせないが、スターファイターは艦内で修理が可能だった。ほかには近日点の通過前後に何度か行なわれた緊急冷却で、さらに推進剤が失われたことくらいだ。だがそれも、重大な問題ではなかった。作戦時の戦闘艦には、最初から余裕をもって推進剤を積載してある。

それらの報告を戦闘記録領域に入力したあと、艦長は標的B－二一三の軌道について検討をはじめた。

発令所の一方の壁を独占している大規模情報表示画面を全部ワイプアウトし、艦の進行方向の映像を投影させた。画面には、あまりに多くの星がちりばめられていて、一眼見ただけではどれがどの星か区別がつかなかった。太陽光は光学的にカットされて、さえぎるものの何もないありのままの虚空が映し出されていた。太陽光の及ばぬ外軌道からなら、これが肉眼で見える実際の星空に近いのだが、見ていてあまり心は落ち着かない。

艦長は入力ボードを操作して、画面を変化させた。すぐに画面は、第六等以上の星のみ表示、そして肉眼と同一の視野角を持つ有深度画面に調整された。それは地球上で、人々が何万年、何十万年にもわたってながめて来た星空そのものだった。青白く輝く星も、赤く、やっと識別できる弱々しい光の星も、そっくりそのまま投影されていた。多くの民族がそれぞれの星に物語を作り、そして詩人たちが歌ってきたのと同じ星空だった。

艦長はわずかに操作するのをためらったが、感傷にひたっている余裕はなかった。たちまち表示面に銀経・銀緯を示すメッシュが走り、惑星や小惑星群には、その存在を示す矢印とシンボルが重ね合わされた。

そしてさらに映像は修正を加えられた。太陽の重力場によってスイング・バイした敵船の軌道方向が、経緯線メッシュの交点とは違う色のクロス・シンボルであらわされた。そして、その点をスクリーンの中央にすえて画面が再構成された。アクエリアスの進行方向と、敵艦の軌道は重なりあっていた。そして映像の中心近くに三つの点――後方トロヤ群、土星系、天王星系がみえた。そのうちどれかが、あの船の目的地であるはずだった。

目標宙域は、ふたご座とかに座のほぼ境界近くにあった。三つの星系の離角は、もっともはなれている天王星と土星でさえ、四度角に満たない。画面に見入っていた航法長がいった。

「この他にもいくつか、小惑星の植民都市が軌道上にありますが……」

「否定的だな」

艦長がいった。艦長シートの専用端末には、主画面とは別にデータが写し出されている。

「その小惑星はどれも小規模すぎるし、それに軌道からはずれている。あれだけの武器を持って、乗りこむ所とは思えない」

「一体、あの武器で何をやらかすつもりだったんでしょうな」

航法長は、さきほどと同じ質問をした。艦長は息をついた。それを正確に知る者は、ほとんど死んでしまった。ただ一人残された女も、ショック状態だという。

状況だけから考えると、目的地の候補としてあげられた三つの星系は、どれも政治的に不安定だった。武装部隊が乗りこむだけの条件は、そなえている。木星のガリレオ衛星群と、その前後方に位置するトロヤ衛星群は、ほんの数年前に完全独立を達成したばかりだった。

戦後、長く航空宇宙軍による軍政が続けられてきたのは、これらの星系が地球に武力で対決し得る工業力を持っていたことによる。

　歴史はパターンを持っている。一度反抗することを運命づけられた勢力は、敗れても、たたきのめされても、再び力をたくわえて台頭する。戦後、もっとも重要な政治課題となったのは、この木星系の処分問題だった。地球側の望むのは、いかにして木星系を援助を必要としないまでに経済復興させ、なおかつ再び地球‐月連合に反旗をひるがえすことのない政治体制を作り上げるかということだった。

　そして、現在までのところそれは成功していた。戦後一〇年たたないうちに、軍政は木星人《ガリレアン》の手による民政へと移管され、そして数年前にようやく完全独立を達成した。だが独立したガリレオ衛星群は、かつて地球と武力衝突した時の外惑星連合とは、異質のものだった。四つのガリレオ衛星群と軌道都市群は、さらに分断されてそれぞれに主権を持った小国家の寄せ集めになっていた。

　そして、そんな小国家のどの一つをとっても、地球に対して総力戦を挑めるほどの力はなかった。木星系の国家は、いまでも高速旅客船をはじめとする長距離宇宙船の建造や保有が、制限されている。

　そして木星の周回軌道には、航空宇宙軍の外惑星最大の基地であるガリレオ・ステーションが、外惑星における要石《かなめいし》としてにらみをきかしていた。

　しかしどんなに押さえつけ、戦後の占領下で大量の粛清を断行したとはいっても、歴史の中にきざまれた血痕は忘れ去られることがない。現在でも、反政府、反地球‐月連合を叫ぶ地下組織は多いが、中でも独立前から着々と勢力をのばしていた最過激集団『外惑星連合軍（SPA）』は、現政権を地球の傀儡《かいらい》ときめつけ、武力による真の独立を叫んでいた。SPAは根強い支持を持っており、動乱時に勇名をはせた航宙艦乗員の多くも加わっていた。

だが小国家のそれぞれの政権と、それを支持する多数派の人々には、かつての悲惨な戦争の記憶だけが強く残されており、再び戦火を招くことになるSPAの主張には、消極的な反応しか示さなかった。そしてそのガリレオ衛星国家群の一般的大衆に、さらに無言の圧力をかけるべく行なわれるのが、オペレーション・タルタロス－23だった。

あの船が軌道をそのまま慣性飛翔し続ければ、大演習の約一カ月ほど前に後方トロヤ群に到着することになる。そこは今回の演習の一つの拠点になっていた。彼らが破壊活動《サボタージュ》を企てていたとしても、不思議ではない。だがもしそうだとしても、その作戦は航空宇宙軍に対する示威運動《デモンストレーション》以上の意味はないはずだ。全軍が動員される演習の最中には、あのオンボロ船一隻でできることなどたかがしれている。だとすると、後方トロヤ群はあまり有力な候補地ではない。

土星系では、ガリレオ衛星群と状況が少し異なっている。ここもまた戦後は同じように軍政が続けられていたが、木星系に比べると戦後の復興はずっと早かった。一年近くにわたって包囲を受けた木星系と異なり、トロヤ群やタイタンには、それほど深い戦争の傷跡が残っていたわけではない。むしろガリレオ群攻略の兵站《へいたん》基地として大量の物資が投入されたことで、戦前よりも経済状態は良好なほどだった。

もしもいま、かつての外惑星連合軍に匹敵する軍事勢力が出現するとすれば、それはタイタンからのはずだ。この太陽系最大級の衛星上には戦前から衛星大気を利用したプラントが存在し、潜在的な工業力や技術水準は充分航空宇宙軍の脅威となり得た。

だがタイタンの住民は、木星系に根強い勢力を持つSPAを容認していなかった。むしろ、強い反感を持っていたといってもいい。タイタンの現政権は、無謀な戦争にタイタンを巻きこんだかつての木星系の戦争責任を追及しており、逆にSPAの方は動乱時にあっけなく降服したタイタン軍の弱さを責めていた。もしも占領下のタイタンで強力な抵抗運動《レジスタンス》を行なっていれば、戦争の帰趨《きすう》もわからなかったというのだ。

そして、最後が天王星系だった。この星系も、たしかに軌道の延長線上にはある。しかし、到着までには八〇日以上もかかることになる。大演習の終わった一ヵ月近くもあとのことだ。物理的に到達は可能だが、あの船がそんなに長期の航宙を行なえるとは思えなかった。データを整理しなければ正確なことはいえないが、三〇日か、せいぜい四〇日で船内の食糧や動力は底をつくだろう。これは、土星系までなんとかたどりつける日数でしかない。

状況からいえば、天王星系もまた目的地として可能性はある。住民の多くは小惑星帯から戦後になって入植した者たちだが、木星系の「戦争犯罪人」も相当数が混在している。SPAが眼をつけたとしても、不思議はない。

——だが、天王星系は除外してもいいだろう。

そう艦長は考え、あらためて映像を見た。存在を示す矢印とシンボルがなければ、天王星を見分けるのはむつかしかった。それほど遠くの星に、演習が終了したあと到着したとしても、意味がないだろう。結局、もっとも可能性の高いのは、土星系、それもヤペタスかS-15あたりということになる。

艦長は、首をふりながら航法長にいった。

「我々がいくら状況を検討しても、それは時間の無駄だとは思わんかね」

航法長は、艦長の言葉に同意した。あの捕虜がそれを明かせば、解決してしまう問題なのだ。それに彼らには、判断するためのデータが少なすぎた。情報組織である警務隊本部の、総合的な評価とはくらべものにならない。彼らの詮索など、うわさ話とあまりかわらなかった。

「ともかく、政治的な背景など我々がいくら考えても意味はない。もう少しデータを整理して、物理的な面から考えてみるべきだ。君は戦闘時の記録から、あの船の質量と推進剤残量を計算してみてくれ。私は拾い出した航法コンピュータの記録を、あたってみる」

艦長は壁面の情報表示画面から眼をおとし、専用端末に向かった。敵船から海兵隊員が転送してきたデータは、いずれも断片的なものでしかなかった。攻撃直前に記録の大部分は消去されていたらしく、重要なデータはすべて失われていた。わずかに復元できた部分には、船内の日誌らしいものが途切れがちに残されていただけだった。それにしたって、乗員の誰と誰が船外活動をして外壁の修理を行なったという類のもので、しかも乗員の名はみんな暗号名《コード・ネーム》で記されているといった徹底ぶりだった。

彼らは、合法的な入港などまったく考えていなかったようだ。そうでなければ、これほど暗号の羅列を連ねるはずはない。航宙日誌を暗号で記すというのは、宇宙法違反だ。つまり官憲によって日誌を閲覧される可能性を、まったく考えていなかったことになる。逆にいえば、航宙日誌が第三者の眼にふれる時には、計画の全部が崩壊したあとだと考えていたようだ。とすると彼らは、どこかに非合法な着陸、あるいは接舷をする予定だったのかもしれない。

だが、艦長の推測はそこまでだった。その暗号の海の中に、いくつかくり返しあらわれる単語は発見できた。しかし暗号の専門家でない艦長に、それ以上のことがわかるはずもなかった。ただ、そのうちの二つ、X－六という固有名詞らしい単語と、Dという時間をあらわすらしい単語だけはなんとか判別できた。ところが、それ以上はさっぱり見当がつかなかった。あるいは、D時間にX－六に到着するということかもしれないが、もしそうだとしても何もわからないことと大差ない。

「とてもこれは、我々の手におえるものじゃないな。アトランティックに送って、分析をまかす他はない。まったくもって見事だ」

ため息まじりに、艦長はそういった。げんなりした顔で、航法長もうなずき返した。

「こっちも同じです。一体、あの船はどこに行くつもりだったのか……」

「君の方もさっぱりわからんということか」

「いや……」航法長は、手元の専用端末に視線をおとしていった。「確認できたことは二つ。船内の写真から総合的に判断すると、あの船の航宙能力はあと三〇日ないし三五日というところです。食糧、酸素、動力のどれ一つをとっても、それ以上の航宙は無理です」

「そんなところだろう。もう一つは？」

「推進剤残量と船体乾質量は、推定できましたが……これから計算すると、どれほど多く見積もっても、あの船の追加速度は四〇〇キロ／秒くらいです。ついでにいうと、これは、あの船が日心双曲線軌道の漸近線に近づいた時の速度に一致します。これは、水星軌道を横切るころには、ほとんどこの速度になっています」

「つまり、減速に必要なぎりぎりの推進剤しか、もっていなかったということか。ということは、奴らが手持ちのカードだけで勝負するなら、行きつく先は後方トロヤか、土星系ということになるな。ちょっと待て……おい、土星系までこれ以上加速しないと仮定したら、四〇〇日はかかる計算になるぞ。すると、残されたのは後方トロヤか？」

「そういうことになりますが……」

自信のなさそうな声で航法長はいった。艦長は首をかしげた。

「あり得ないことではないが、馬鹿げた計画だ。集結中の我々の艦隊を相手にして、あの陸戦兵器で何ができるというんだ」

しかし航法長は、陰気な顔でいった。

「それが……現実的に考えれば、後方トロヤでもありません」

「しかし君はさっき――」

「物理的に、不可能ではないといっただけです。四〇〇キロ／秒というのは、最大に見積もってもそれだけ、ということです。実際には、これを大幅に下まわるはずです。あの武器類を艦外投棄して身軽になったりせずに、後生大事にかかえて行ったとすれば。つまり全力で減速したとしても、あの船は停止できずに外宇宙に飛び出して行きます。あの形状と高速では、惑星大気による減速も無理でしょう」

「計算に、間違いはないのか？」

「推進剤タンクは外部にとりついていたんだから、間違えっこありません。質量の計算も、間違ってはいないはずです」

「どうもわからん。どこに行くつもりだったんだ。奴らは」

航法長は、投げやりな調子でいった。

「あの船を、帆かけ船にでも仕立てるつもりだったんですかね」

その言葉で艦長は、わずかに解決の糸口をつかんだような気がした。だが、すぐに艦長は気のない声でいった。

「本気でそんなことをいってるわけではないだろうな、航法長《チーフ・ナビ》。現在でさえ、この艦は太陽風速を上まわる速度で巡航しているんだ。光帆《ライトセイル》などひろげれば、逆にパラシュートを引きずっているようなものだぞ」

航法長は鼻を鳴らした。

「厳密には、太陽風速がわずかに上まわっている所もあります。おおむね当方の速度の方が、勝ってはいますが。いずれにしても、パラシュートにもなりませんな。この状態では」

# 10　ＳＰＡ——ポート・エリヌス

部屋の中は、野戦病院のようにごった返していた。警官隊に殴られて負傷した者が、片っ端からこの部屋に運びこまれていたのだ。ダウン・エリアの規格型の部屋を二つぶち抜いて改造し、何とか診療所の形をととのえていたのだがいまは混乱して収拾がつかなくなっていた。入りきらない負傷者が、となりの区画や通廊にまではみ出している。

重傷者は少なかったが、今日の集会に参加した者のほとんどが、どこかに傷を負っていた。この部屋の主であるソンタグ医師の、何人かの助手が救急セットを手に軽傷者の手当てをしている。当の医師《ドク》は部屋の隅で行なわれていた手術を、たったいま終えたばかりだった。チューブ入りの飲物に、ようやく口をつけるだけの余裕ができてドクは息をついた。

すでに修羅場のような忙しさは、ピークを過ぎていた。通廊にまではみ出していた負傷者たちも、順に自分の部屋に戻っていった。そして目のまわるような忙しさがすぎていくにつれて、ドクは腹立ちをおさえきれなくなった。ほとんど無菌のポート・エリヌスだったが、こんな状態で手術などあまりやりたくなかった。これほどひどい状況になったのは、あの戦争以来だった。

通廊に寝かされていた負傷者は、おおむね片づいていた。順番を待っている者は、軽傷者ばかりになっていた。あとは、助手にまかせておいても大丈夫のようだった。

ドクはチューブの端を口につっ込んだまま、部屋を出た。そして巨体をゆすりながらゆっくりと通廊を進んだ。公安部の出した警報のせいか、通廊に人影はほとんどなかった。夜のサイクルに入っているために、照明は暗く落とされている。オールド・ベースほどではないが、この街区も相当古びていた。通廊の床材や壁は、くすんだ色をしている。ソンタグ医師は、二〇年近くこの街に住んでいる気安さで、のっしのっしと歩いていった。この狭い街区には不釣合いなほど、ドクの身長と横幅は大きかった。

数ブロックも行かないうちに、めざす部屋についた。ドクはノックもせずに、いきなりドアを開けた。部屋にいた二人の男が、おどろいたように顔を上げた。そのうちの一人は、手にしっかりと銃を握りしめていた。銃をもった男は、ドクの顔をみて銃口をそらせた。

「気でも狂ったのか？　ドク。もう少しで撃つところだったぞ」

「気でも狂ったか、だと？」

ドクの顔が、みるみる真赤に染まった。それから、大声でどなり返した。

「それはこちらのいうことだ。お前らは我々が二〇年かけて作った組織を、一日でぶっこわそうとしているんだぞ！　今日一日で、この二〇年間にわしが治療した怪我人全部より、たくさんの怪我人が診療所にかつぎ込まれた。一体、どういうつもりだ！ それだけじゃない。そんな物騒なものを盗み出してきて、何をする気だ。公安《やつら》に人殺しをさせる口実を作ってやるつもりか？」

ドクはダウン・エリアができた当初から、SPAエリヌス細胞の指導者をつづけてきた。だがその間に一貫してとってきた方針は、暴力にたよらず合法的に自分たちの政府を作ろうというものだった。ドクの長年にわたる努力の結果、ポート・エリヌスにはそれが可能な組織ができつつあった。広範な住民の支持をとりつけるために、最近ではあえて地下戦闘組織のイメージの強いSPAの名を用いることもさけていた。そのようにして、公然政党に近い組織へと細胞を作りかえていたところだった。ところがSPA参謀本部からこの男——オライオンが派遣されてきた途端、一挙に組織の行動は戦闘的なものへと変わりはじめた。このままでは、政権をとる前に組織は崩壊してしまう。

だがオライオンは、怒りのしずまらないドクを見て平然といった。

「その議論は、すでに終わったはずじゃなかったかね、ドク。この都市を武力で天王星系から分離独立させる計画は、すでに決定されている。それに武装した我々の部隊が到着するまで、あと五〇日しかない。すべてがスケジュール通りに進んでいるのだ。いまさらそのような議論は、無意味だ」

ドクは、オライオンの言葉を無視した。そして、部屋の中にいたもう一人の若者に向かっていった。

「自分のしていることがわかっているのか、ジョー。子供のくせに、銃なんかふりまわしおって。どこから盗んで来たんだ。銃をふりまわして政権がとれるものなら、お前たちがまだ赤ん坊のころにわしらがやっている。銃を持っていれば、その場で奴らに殺されるぞ。わかってるのか」

ジョーと呼ばれた若者は、一瞬この初老の医師に気圧《けお》されて下を向いた。だが、すぐに顔をあげて正面からドクを見すえた。

「ドクが俺のことを子供だというんなら、俺はあんたのことを老いぼれって呼ぶぜ」

「何だと……」

言葉を失ったドクに、若者はさらにいった。

「この二〇年間に、あんたたちは何をやって来たんだ。公安部にぶん殴られても、へえへえと頭を下げてきただけだろう。このまま一〇年たっても、あんたたちのやり方じゃ政権はとれやしないよ」

「いいか、ジョー」

ドクは、気をとりなおして一歩ふみ出そうとした。ジョーはオライオンの手から銃を取って、銃口をドクの心臓に向けた。ドクは、信じられないという顔でジョーを見た。何かいおうとして口を開きかけたドクに、ジョーは上ずった声で叫ぶようにいった。

「老いぼれはすっこんでろ！　政権は俺たちがとる。あんたは、安全な所にいて怪我人の面倒を見てりゃいいんだ」

興奮し切っているジョーの前で、ドクはショックで青ざめていた。実の子供に銃を向けられた父親でも、これほどの取り乱し方はしなかったろう。ドクは、それでも何かをいいかけた。だが何をいっていいものか、自分でもわからないまま黙りこんだ。やがて肩を落としてふり返り、よろめきながら部屋を出ていった。

ドアが閉じてからも、ジョーは銃を握りしめたままだった。すぐにオライオンが、ジョーの手の中から銃を引き抜いた。そのはずみで、ジョーの体は前につんのめった。不意に手の中から銃が消えてしまったかのように、ジョーはおどおどしていた。オライオンは、そんなジョーに静かな声でいった。

「それでいいんだ。ジョー」

安全装置がかけられたままなのをたしかめて、オライオンは銃をわきにおいた。

「だがな、今後は仲間うちであんなことをするんじゃない。やるべき時には私がやる。特に、他人が見ている時には気をつけろ。いま、一番重要なのは同志の結束だ。それがうわべだけのものでもな。ただしあのドクみたいに感情的に異議をさしはさもうとする人間は、たまにああやって制裁を加えてやるべきだ。もちろん、私が判断するがね」

そういって彼は、ジョーの肩をたたいた。ジョーはいまだに興奮がさめないらしく、青ざめた顔をしていた。オライオンは何事もなかったかのように、警官からうばった銃を壁にかけられたパネルの裏側にかくす作業を再開している。ジョーはそれを手伝いながら、やっといった。

「何で銃をかくすんですか？　公安部員のほとんどは丸腰だから、これ一挺だけでもかなりのことをやれるんじゃないですか」

パネルをもとどおりにして、ジョーがたずねた。オライオンはジョーにとって兄貴そのものだった。大物めいた微笑をうかべて、オライオンは答えた。無論オライオン自身は、ジョーに与える印象を充分に計算していた。だがほかの誰かがみれば、吹き出したくなるほどのくさい演技だった。だがジョーは、そんなことに気づきもしなかった。

「たった一挺の銃で、この街全部の警官相手には戦えないさ。次の作戦まで、こうやって隠しておくんだ」

せきこむようにジョーは聞いた。

「次の作戦までの間にやることは？」

「戦略的撤退と、宣伝活動だ。今日の公安部隊との衝突は、この街中に反政府感情を盛り上げる。その間に、こっちは地下に潜って次の作戦準備をする。と、こういうところだ」

そういいながら、オライオンは別のことを考えていた。

新政権がもし樹立できれば、その政府首班にはドクがなるはずだった。それが暗黙の了解だったし、ドクの人望から考えればそれは妥当な人選だった。しかし、この分ではドクの利用価値はそれほどないかもしれない。どうせ政権を取ったあと、適当なところで政府首班の首をすげかえるつもりだった。しかしそれまでは、ドクをかついでおく必要があると考えていた。だが現実的に考えれば、もっとあつかいやすい人物に乗りかえるべきかもしれない。

オライオンはジョーの信頼を得るのと同じように、この衛星の未来を自分の思いどおりにするにはどうすればいいか、考えをめぐらしていた。

その頃、ダウン・エリアから外部に通じる通路は、公安部によってすべて封鎖されていた。ポート・エリヌス公安部の正職員は、刑事課や警備課、それに機材担当や経理まで一切を集めても、四〇名そこそこだった。武装した治安部隊ともいうべき警備課も、二〇名しかいない。それが、今日は非常勤の部員にも総動員をかけ、一〇〇人もの大部隊に仕上げている。もっとも、かきあつめられた者たちは訓練の度合も低く、中にはカント地区で定職にもつかず、ぶらぶらしているならず者まがいの者まで混じっていた。普段は公安部の倉庫に眠っている制服、武器を引っぱり出して増援部隊に支給したのだが、それでも火器を携行している者は半数にしかすぎなかった。

全員にゆきわたるだけの武器がないというのがその理由だが、もしも充分な武器があっても、ロペス部長は全員に武装させなかっただろう。正規部隊ならともかく、よせあつめの部隊の全員を武装させて実弾まで支給するのは、危険この上ない。暴徒に銃をうばわれるという失態も、実際におきたのだ。だから、武器などわたさない方がいい。ロペス部長は、そう考えていた。銃をわたした者にも、最小限の実弾しか支給しなかった。本来ならそれも持たせたくないほどだったが、まったく丸腰の部隊では格好がつかない。

だが武装した治安部隊というのは、そんなものだとロペス部長は考えていた。全体の五分の一が実戦に使えれば、あとはなんだってかまわない。制服さえ着ていれば、人形でもいいのだ。要は用兵の問題だ。

すでに情報サービスにはりつかせていた刑事は、オライオンの所在地を割り出していた。その報告が入ると同時に、ロペス部長は封鎖地点のひとつに向かった。その場所が、オライオンのいる地区にもっとも近かったのだ。所在がわかっても、うかつには踏みこめなかった。公安部隊にとってダウン・エリアは、猛獣の歩きまわるジャングルに等しい。下手に踏みこめば、訓練の充分ではない混成部隊では逆にやられてしまう。

そこはダウン・エリアの中央通廊と、カント地区が接する地点だった。中央通廊とはいっても幅員が五メートルほど、高さも三メートルそこそこしかない。床と壁は、プラスチック・コンクリートで荒く仕上げてあるだけだった。この通廊から直角に分岐している二次・三次の支通廊になると、まがりなりにも表面仕上げをほどこしてある。それに比べれば中央通廊は、古い坑道跡を改造しただけなのは歴然としている。充分ではない照明が不規則にならんでいる通廊には、人っ子一人みあたらなかった。もっともこの通廊の見通しは、一〇〇メートルほどしかない。その先で通廊はゆるやかに左に曲がっていて、視界はそこで途切れていた。

ロペス部長は、それまでに命じておいた封鎖線の配備をもう一度確認した。誰にも知られていないが、集会の時は犯罪者にわざと封鎖線を突破させた。だが今度はそんな穴は作らなかった。何カ所かの非常通廊や通気孔にいたるまで、完璧に封鎖を完了してあった。場合によっては、通廊の気密ゲートを閉鎖する用意までととのえてあった。

すでに特別編成の、一〇人のチームが到着していた。そのうちの二人は刑事課の捜査班で、オライオンがいるはずの地区を強襲させる準備はととのっていた。もしも強襲部隊が危機におちいった時のために、救出班を二チーム編成して配置してあった。もっとも、その班は必要ないだろうと部長は踏んでいた。ロペス部長にとって信頼できる人間は、二〇人ばかりの常勤警官と、刑事課の一〇人だけだった。動員された非常勤警官は、かざりの役割しか果たせないと考えていた。

これは捜査というより、戦争に近かった。すでに刑事課の二人も警官と同じ制服と装備を身につけていたから、外見からは他の警官と区別はつかない。そして彼らの任務は、敵の支配地域に侵攻し、拠点を破壊して帰還するという、コマンド部隊に近いものだった。実はロペス部長にとって警官殺害の犯人を捕らえることなど、二の次だった。敏感な彼の嗅覚は、暴動化した今回の政治集会に、いままでにはない反政府・反天王星連邦の動きを感じとっていた。ＳＰＡ中央の幹部級が、集会に姿をみせたのがそのあらわれだったし、銃の強奪という事態もこれまでに例がなかった。

――奴ら、近いうちに何か大きな作戦をやるつもりなのかもしれん。

知らない者がみれば愚純としか思えないが、ロペス部長の頭の中は高速で回転していた。今回の作戦では犯人をあげることよりも、ダウン・エリアに警官隊と刑事を踏みこませるという事実が重要だった。そうすればこれまで捜査の手が及ばなかったダウン・エリアも、聖域ではないと思いしらせることができる。それだけでも、強制捜査の目的は充分に果たせる。

もしも余力があれば彼らの計画をさぐってもいいし、さらに余裕があれば奪われた銃を回収する。犯人の逮捕など、ついででいい。何なら適当な人間を犯人だとでっちあげて、帳尻をあわせておけばいいのだ。

ロペス部長は警官隊の隊長や刑事たちに、くどいほど念を押しておいた。もちろん、他の隊員には決して口外しないようにとつけ加えて。本当なら自分が直接指揮をとりたかったが、彼の鈍重な体ではとても彼らについていくことはできない。

警備課長が部長に、封鎖線はすべて異常なしとつげた。部長がうなずくと、待機していた部隊は封鎖線をこえて飛び出して行った。飛び出すとしか、いいようのない勢いだった。狭い中央通廊を縦列の隊員たちが体を回転させ、天井と床そして壁を交互にけりながら獣のように突進していった。よく訓練された彼らの肉体は、五〇分の一Gの重力下では無重力と同様の動きが可能だった。

すぐに最初の一人が支通廊の入口に達し、その曲り角で援護の態勢を取った。後続の警官隊は、壁をけって続々と支通廊に突っこんでいった。その様子をバリケードのかげから見ていたロペス部長は、つき出た自分の腹を見おろして小さなため息をついた。

出されたままの通常警報のため、通廊にはほとんど人がいなかった。たまに警報を無視して通廊に出ていた者もいたが、武装警官隊が一団となって突進してくるのを見て、あわてて逃げ去った。そして指示された居住区画に到着すると同時に、彼らは分散した。通廊の屈曲点や分岐点に散って、一帯を制圧する態勢をとった。

マルコーニ刑事はドアのナンバーを確認したあと、オープンスイッチを押した。だが身構えた二人の前でドアは開かず、かわりにインターカムから男の声が聞こえた。

「誰だ……」

「ここを開けろ、公安部だ」

インターカムの奥で、息をのむ気配がした。二人の刑事は眼で合図しあったあと、無造作に発砲した。ドアのロックに弾丸をぶち込んで、手間を省いたのだ。無反動拳銃の派手な噴出ガスが二人の鼓膜をふるわせ、音もなくドアが開いた。マルコーニ刑事は、半開きになったドアを力まかせにこじあけた。その眼の前に、大型拳銃がぬっとつき出された。反射的に刑事は宙を飛んでいた。拳銃を握りしめている男の両腕に、弾丸を撃ちこんだ――つもりだったが、空中でバランスをくずして銃口がそれた。弾丸は男の頭を貫通していた。至近距離で発射されたため、跳弾《ちょうだん》となるのをさけるため、警官用の拳銃は軟弾頭を使用していた。弾丸は男の頭蓋骨の中で四散し内部を引き裂いた。あおりをくらって、男の体は空中にふきとんだ。無反動銃といえども、これほど近くから発射されれば威力はすさまじい。男の体は、破壊された頭にひっぱられるようにして空中をただよった。数秒間、空中を浮遊したあと壁にぶつかって妙な形にねじまがった。しばらく壁にへばりついていたが、やがてずるずると床にずり落ちた。

――弾丸《たま》くらい、まともなやつを支給しやがれ。

ゆらゆらと空中をただよいながら、マルコーニ刑事はぼやいた。予算が大幅に削減されたらしく、毎年のように装備品は劣悪になっていく。ロペス部長に悪態をつきたいところだが、着地したマルコーニ刑事は硬弾頭でも頭を貫通すれば命はないなと思いなおした。

「こいつは、そのオライオンじゃないな」

手早く室内の写真撮影をはじめたもう一人の刑事が、ぼそりといった。たしかに射殺された男は、広場にあらわれたオライオンとは人相も体格も違っていた。だがマルコーニは、気にせずいった。

「そんなことわかってるさ。奴はこんな若造じゃない。だが、ちょうどいい。こいつを犯人にしたてちまえ」

それからマルコーニ刑事は、生前はジョーと呼ばれていた死体の手から拳銃をもぎ取った。その直後に、おどろいて声をあげた。

「なんだ、こいつは。よっぽど焦ってたのか、安全装置をかけたままだぜ」

写真撮影をおえた刑事が、こじあけられた壁面のパネルを指さしていった。

「お客が来たんで、かくしといた場所からあわてて引っぱり出したってところだ。アマチュアだな。この坊やは」

その時、警官隊の隊長がドアから首をつき出していった。

「引き上げようぜ。まわりの住民が銃声を聞いている。集まりだしたら面倒だ。早いとこずらかろう」

「わかってるさ。わかってるから手伝えよ」

手あたり次第に磁気カードや印刷物の類をバッグにつめ込みながら、刑事がそういった。そして到着から五分とたたないうちに捜査は終了し、来た時と同じ迅速さで彼らは引き上げていった。

オライオンは殺到する警官隊と、通廊に出たところですれ違った。とっさに、銃はあきらめるしかないと判断した。通廊の屈曲点に身をかくした彼は、警官隊の人数と練度の高さを感じとった。たぶんジョーはとらえられるか殺されるだろう。オライオンは歯がみした。銃もジョーも、失って惜しいものではない。だが市民の公安部に対する反感をあおりたててきたのに、これでは水をかけられたのも同然だ。ＳＰＡ武装部隊の侵攻までに市民を武装蜂起の方向に導こうとしていた目論見《もくろみ》は、これで大きく後退する。ソンタグ医師は彼の路線を非難し、闘争の主導権を取りもどそうとするはずだ。そうなればＳＰＡ中央の精鋭部隊が進攻しても、作戦は最初からつまずくことになる。だが打つ手はなかった。痛い失点だ。

——医師《ドク》？　まてよ？　何か方法があるかもしれない。この失点を補う何かいい方法が。

突然、彼の頭にひとつの可能性がひらめいた。やってみる価値は、充分にあった。ただちに彼は、行動を開始した。数ブロックを飛ぶようにして移動したが、さいわい誰とも出会うことなくドクの居住区画にたどりつけた。そこについたのと、通廊の向こうで銃声がひびいたのが、ほとんど同時だった。

——たぶん、ジョーは殺されたな。おそらく銃も奪い返されただろう。

冷酷にそう考え、オライオンはドアを開け放った。

この夜の彼には、幸運がいくつも集っていた。ドクは部屋にたった一人でいた。銃声を聞いてドクが顔をあげたのと、オライオンがドアを後ろ手に閉めたのがほとんど同時だった。オライオンの手に握られたナイフを見て、ドクは一瞬あっけにとられ、すぐに怒りに顔を真っ赤にした。

「この悪党め。ジョーをたきつけてこのわしに銃を向けさせるだけでは足りずに、そんな物でわしをおどす気か！　いくらおどしたところで、わしは貴様のいいなりにはならんぞ」

だがオライオンは、ナイフでドクを殺す気はなかった。警官はナイフで切りつけたりしないものだ。すばやく室内を見まわしたオライオンは、部屋の隅に大型の冷凍庫が据えてあるのを見つけた。医療用らしく、低重力下でもすわりのいいように、頑丈に重く作られている。人間一人の背よりも大きな冷凍庫は、たっぷり一トンの質量があるだろう。

そう思った時、戦車のような勢いでドクが突進して来た。だが巨体のドクは、オライオンから見ると滑稽なほど鈍重だった。充分引きつけておいてオライオンが体をかわすと、勢いのついたドクの体は宙をつかんでドアに激突した。オライオンが体勢をたて直している間に、ドクはドアから外へ逃げることもできたはずだ。しかし怒りで逆上していたドクは、逃げようとしなかった。それが命とりになった。二度めの攻撃をかわした時、オライオンの手刀がドクの首筋にうちおろされた。その一撃でドクは昏倒した。

オライオンは肩で息をしていた。部屋の中は家具や備品がひっくり返され、まるで爆弾でも放りこまれたようだ。時間に余裕はなかった。ドクは部屋のまん中で、長くなってのびている。オライオンはドクのまわりに散乱している家具をかたづけて、たいらな床を作った。それから部屋の隅にすえてあった冷凍庫を、満身の力をこめて持ち上げた。静止していれば二〇キロの重さしかない冷凍庫でも、動かすときには一〇〇キロの質量があるという事実に変化はない。おそろしいほどの重労働の末に、ようやくオライオンは冷凍庫を頭上高くさしあげた。

ドクは、まだ失神したままだ。その体の上に、細心の注意をはらって冷凍庫を運び、そして手を放した。冷凍庫は、ゆっくりと落下をはじめた。その緩慢な動きで天井と冷凍庫の間に充分な空間ができた時、彼は床をけってとび上がった。そしてすき間に体を押しこみ、渾身の力でそれを押し下げた。冷凍庫の落下速度はみるみる増して、二秒足らずで床に達した。

体を押しつける異様な圧迫感で、ドクは息を吹き返した。それから、自分が冷凍庫の下じきになっているのを知って悲鳴をあげた。両腕を使って冷凍庫の重みをささえようとしたが、それは着実にドクの体を押しつぶしていった。

たしかに質量一〇〇キロの物体は、この衛星上では二〇キロの重さしかない。だがそれは静止状態でのことだ。オライオンによって充分な運動エネルギーを与えられた冷凍庫は、長い絶叫を上げつづけているドクの体を完全に押しつぶしたあと、バウンドして上昇をはじめた。その時には、叫び声は途切れていた。

警官隊が撤退を終わった時、オライオンも自分の仕事を片付けていた。ただオライオンにはドク殺しを警官のせいにするために、舞台をととのえる仕事が残っていた。

# 11 ジャムナ――アクエリアス

ジャムナは、自分の殻の中に身をひそめていた。

こんな時はじっとしているのが一番なのだと、彼女の経験はおしえていた。下手に動かなければ、敵に情報をもらすこともない。捕虜になったのは失策だが、生きているかぎり戦いが終わることはなかった。そのためには、沈黙を守りつづけることが一番だ。単に言葉だけではなく、表情や脈搏という形でさえ、外部に自分の内面をさらしてはならない。ほんのわずかでも心の動きを察知されれば、敵はそこから強引に侵入してくる。そして頭の中をからっぽにするまで、情報を引きずり出そうとするだろう。決して心をゆるしてはならない。彼女はそう自分にいいきかせていた。

彼女にとって、敵の捕虜になったことはこれが最初ではなかった。だが、今度ばかりは逃亡できそうになかった。彼女が閉じこめられているのは、閉ざされた敵の戦闘艦内なのだ。しかも周囲数千万キロに、生きた味方はいなかった。いまはただ、沈黙を通す以外になかった。そうすれば、機会は向こうからやってくる。

ジャムナはあの戦いのことを、くり返して心の中で思いだしていた。遠い過去のような記憶だった。耐えがたい熱気と、爆発寸前にまで加熱された弾薬庫。そして最後まで希望をすてず、勇敢に戦っていった同志たち。彼らは死の直前まで、戦うことだけを考えていた。あのとき後部船倉でガスの発生がなかったら、敵の海兵隊とも互角以上に戦えたはずだった。

すでに敵艦を破壊することは不可能だったが、敵の何人かは殺せただろう。やり方をまちがえていなければ、同志はもっと多く生き残っていたはずだ。だが、生き残ったのは彼女だけだった。閃光と共に破壊された外壁から、猛烈な勢いで空気がもれ出していく恐怖は忘れることができなかった。口や鼻腔から、そしてすぐに肺からも空気が抜きとられ鼓膜が破れそうに痛んだ。それから同志が声にならない叫びをあげ、破孔から宇宙空間へ放り出されていった。眼の中から光が失われていくのに声も出ず、体中が異様にふくれ出していくあの感覚は忘れることができないだろう。

ジャムナは、わずかにまばたきをした。それが、感情を表にあらわした唯一の仕草だった。視線も動かさなかった。部屋に閉じこめられてすぐに、彼女は壁に隠された監視カメラを発見していた。それ以後は感情を外に出すような仕草を一切せず、部屋の隅でうずくまって組んだ膝の上に顔をのせていた。ここで不用意に情報をもらせば、すべての計画が発覚する危険がある。ジャムナはこれからの作戦の成否が、すべて自分の意思ひとつにかかっていることを実感していた。

　――だが、これからどうすればいいのか。

　考える時間は、充分にあった。自分のおかれている状況は、ある程度まで正確に知っていた。医療室にいるときに軍医や衛生兵の会話から、生存者が彼女一人だということを盗み聞きしていた。自分たちの乗って来た船――暗号名J・I――の航法コンピュータは記憶ごと破壊しておいたから、敵はこの作戦の全貌はつかんでいないはずだ。もっとも記憶を完全に復元できたところで、何も得るものはないだろう。軌道のデータは全部彼女の頭の中におさめられていたし、目的地を知っていたのは彼女とシリウス隊長だけだった。他のメンバーには、作戦の概要すら知らせていなかった。

　おそらく『教授』の指揮する別動部隊の動きは、敵につかまれないはずだ。つまりこの作戦は、シリウス部隊の単独行動であると考えているにちがいない。そして敵が知りえた情報は、J・Iの交戦前までの軌道要素だけだ。J・Iの目的地として、敵は三つの星系、後方トロヤ群、土星系、天王星系のどれかだというところまでは、判断できたかもしれない。あるいはそれぞれの到着予定日を算出し、警報を発した可能性もある。しかしそれなら、かえって好都合だ。J・Iの到着予定日は、あの軌道をそのまま延長するより、はるかに早いからだ。J・Iに残されていた推進剤は、減速のためではなく、加速のためのものなのだ。

　J・Iは、四〇〇キロ／秒で太陽をめぐる双曲線軌道に乗った。それ以上の高速で進入すれば、近日点通過後の軌道は目標から大きくはずれてしまう。それを避けてなおかつ高速で太陽近辺を通過しようとすれば、近日点距離をさらに小さくしなければならない。しかし、それでは船が太陽の熱で焼きつくされる。そうならないためのぎりぎりの選択が、J・Iのとった軌道だった。

四〇〇キロ／秒の速度で進入軌道に乗った場合には、太陽の質量によるスイング・バイで近日点をすぎてから所定の軌道に乗ることができた。そして脱出して漸近線に近づいたところで、七〇〇キロ／秒にまで加速する予定だった。そのようにして軌道を変更し、教授の部隊が乗りこんだ船――暗号名J・II――と邂逅する軌道に乗るはずだった。最初からその速度を出さなかったのは、そんな理由があったからだ。そしてタイタンから発進するJ・IIは、J・Iの武器や兵員を積みこんでも、充分に減速できるだけの大出力を有していた。

これはきわめて危険な作戦だった。現実にJ・Iは撃破されて、部隊の半数と武器の全部を失ってしまった。急いでこのことを教授に知らせなければ、J・IIが発進してしまう。そんなことになれば、彼らは軌道上で武器を受け取れないままエリヌスに向かい、その場で逮捕されることになる。

だが、いまならまだうつ手はあった。さいわい教授の部隊が存在することは、まだ敵に知られていない。だから、何らかの方法でJ・Iは失われたことを教授に知らせることができれば、作戦を立て直すことはできる。作戦中はJ・IからJ・Iからの無線連絡は、いっさい行なわない計画だった。だからJ・Iから何も連絡がなくても、教授たちは不審に思わないはずだ。

ただ、J・Iが木星軌道を通過するときに、一度だけ作戦続行の確認を行なうことになっていた。後方トロヤ群から光学望遠鏡で飛翔中のJ・Iを観測し、無事に通過したことをタイタンの教授やエリヌスのオライオンに知らせるのだ。その日まで、一〇日が残されている。教授の部隊がタイタンを発進するのは、それからさらに一〇日後のことだ。だから彼女が何の行動もおこさなければ、自動的にこの作戦は中止される。

だがそれでは、SPAの存続をかけたこの作戦は二度と実施できない。残された方法は、ひとつしかなかった。教授に時間的な余裕を与えるのだ。後方トロヤ群がJ・Iの異常を知る以前に、教授にこのことを知らせるしかなかった。そうすれば、教授は新たに武器を調達してエリヌスに向かうことも可能だ。

しかし、それには非常な危険がともなう。行為自体の危険は別にしても、もっと別種の危険が存在するのだ。ひとつまちがえば、その行動が敵に教授の部隊の存在を知らせることになりかねない。だが彼女は、あえてその危険をおかすつもりでいた。

わずかな時間のうちに知り、記憶した艦内の構造をジャムナは思いだしていた。救出された直後、エマージェンシー・バッグの中で彼女はすでに蘇生していた。しかし艦の与圧気閘でバッグから引き出され、医療室に入れられるまで、そのことを気づかれないようにした。だが眼だけはしっかりと開けて、艦内各部の配置を記憶しておいたのだ。医療室からこの部屋に移送される時にも、それをくり返した。内宇宙艦隊きっての大型艦とはいっても、せいぜい五〇人が乗り組んでいるだけだ。機関区画や艦載機関系を別にすれば、それほど内部が複雑なわけではない。彼女の並はずれた記憶力にたよるまでもなく、艦内の構造はその頭の中にしまいこまれていた。

具体的には、この艦の通信系を一時的に占拠して、非常発信を行なうしかない。やるとすれば、この艦にいる間だ。警務隊の本部に連行されれば、チャンスはまずない。それに警務隊の特殊尋問を受ければ、いくらジャムナでも秘密を確実に守れる保証はない。麻薬から古典的拷問に至るまで総動員して、彼らは彼女が心の奥に押しこめた情報の最後の一片までしぼり出そうとするだろう。この作戦が完全に終了するまで持ちこたえたとしても廃人となった自分しか残るまい。

だが、この艦の中にいるかぎりは安全だ。尋問に耐えるのも、この艦にいる間ならむつかしくない。そのためには、この艦に乗り組んでいる警務隊員はどんな人間か、この艦が今後どのような軌道をとるのかを、知らなければならない。いまのところこの艦は、はっきりそれとわかる軌道変更はしていなかった。

そして……もしもできるなら、敵から情報を引き出したかった。なぜ彼らは、J・Iの偽装軌道を見破ることができたのだ。太陽系内を航行する商業航宙船など、それこそ無数にある。その中からなぜJ・Iだけをマークし、拿捕しようとしたのか。

いまだにショックから脱し切れていないような青ざめた顔のままで、彼女は作戦計画を練っていた。

テムジン中尉は連絡通廊のハッチから漂い出して来た二人の将校に気づいて、急いで敬礼した。あいかわらず無重力状態のままだが、直立して敬礼することは忘れない。下手をすれば直立した勢いで天井に頭をぶつけることになりかねなかったが、中尉はそんな無様なことはしなかった。流れるような動作で、ピシリと決めた。二人の将校――ヴェルナー大佐と軍医は、テムジン中尉ほど型が決まっていなかった。それでも床にそれぞれの艦内靴を貼りつけると同時に答礼した。

ヴェルナー大佐は、部屋の隅にある監視モニターを見ていった。

「なぜモニターを使用しないのか。中尉」

テムジン中尉は、少しむっとした。敵船から中尉が連行してきた女は、中尉の後ろの小部屋に入れられていた。監視カメラは設置されていたが、それでのぞき見する気にはなれないでいた。直立した姿勢のままで、テムジン中尉は答えた。

「このモニターでのぞき見をするのには、艦長の許可が必要です」

「なぜ許可を得なかった」

間髪を容れずにヴェルナー大佐が問いただした。

「必要を認めなかったからです」

若い海兵隊長は、腹の底でこの警務大佐をうさんくさく思っていた。それに自分が命がけで救出した女を、この黒服の大佐が尋問しようとしていることが腹立たしかった。だがそんなことを口にせず、皮肉っぽい調子でいった。

「それに戦時捕虜のとりあつかいを定めた宇宙法では『相互性のない監視』は認められていません。艦長にしたって、許可は出さんでしょう。ついでにいうと、若い御婦人の部屋をのぞき見するというのは、軍人として――」

「あれは戦時捕虜などではない。海賊行為を行なった犯罪人だ。犯罪人の管理は、艦長ではなく私の責任と義務の範囲内にある。性別によって温情を加えるというのは、軍人として恥ずべき行為とは思わぬのか」

ヴェルナー大佐はそう決めつけた。テムジン中尉はぶすりとしたまま、宙の一点をにらんで直立姿勢をとっている。軍医がなだめるようにいった。

「隔壁ではなくて鉄格子にしておけば、問題はなかったと思うんだがね」

この場の雰囲気をやわらげるというより、かえってしらけさせたらしい。だが軍医は、気にする様子もなくつづけた。

「医学的にいって、あの女性に監視が必要なことは確かなようだ。これは、軍医としての意見だ。中尉の潔癖なのは我々が知っているよ。楽にしてくれ。中尉」

そういって軍医は、モニターに画像を写し出した。殺風景な小部屋の隅に、女はうずくまっていた。濃緑色の船内作業服を着ているが、彼女には大きすぎるようだった。長い髪はまとめられて、はみ出した何本かが白い顔のまわりでゆらめいていた。焦点が定まらないかのように、うつろな眼をしている。

「あの女の服は、この艦で支給したものか？」

ヴェルナー大佐は、画面を子細に観察しながらそう聞いた。他の二人は顔を見合わせた。虚をつかれたようにテムジンはいった。

「たしかあの船内で見た時と、同じ服装のようですが……。医療室で着換えさせました か?」

軍医は、首を振った。

「そんなことはしていない。被服は与えていないと思う」

ヴェルナー大佐は、小部屋に通じるハッチを開け放った。そのままジャムナの監禁されている部屋に、足をふみ入れた。つづいてそのあとから入った二人は、一瞬部屋の中からジャムナが消え失せたような錯覚をおぼえた。モニターを見て気づくべきだったのだが、彼女は床ではなく天井を下にしてうずくまっていたのだ。ヴェルナー大佐は、二人に鋭い視線を向けていった。

「所持品のチェックは、まだすんでいない。そういうことだな」

ジャムナは、いきなり入って来た三人を、無表情な顔のまま正確に観察していた。若い海兵隊中尉と軍医には、見覚えがあった。いずれも自分に対しては、疑いをいだいていない。しかし第三の黒服の男、警務隊大佐は危険なにおいがした。だぶついた作業服のポケットに押しこんだ通信変調器に、ジャムナは意識を集中した。この作戦が始まった四カ月前から、ずっと身につけていたものだった。教授に早急に送信するとなると、これは不可欠だ。変換機を緊急モードにしてこの艦の通信システムにつなげば、太陽系内にちらばったSPA細胞のどこかが受信するはずだ。だがこの油断のならない警務隊大佐は、まっさきにそれを見つけ出すだろう。もう少し艦の状況をつかむまで、時間をかせがなくてはならない。

　ヴェルナー大佐は、そんな彼女の心の動きを見すかしたようにいった。

「チェックはまだなのだな。この女の」

「そのようですな」

　テムジン中尉は、およそ上官に対するのにふさわしくない態度でいった。大佐は、ジャムナに視線を向けたままいった。

「中尉。君の責任において、所持品の検査を行なえ」

「武器は持っていませんでしたよ。しらべたけれど」

「自殺用の毒物、暗号表、記録メディア、一切所持していなかったと断言できるのか？」

　テムジンは、ますますむくれていった。

「この女を裸にひん剝《む》けってんですか」

「具体的にはそういうことだ」

　ヴェルナー大佐は、物をみる眼つきでジャムナを注視していた。あるいは蛇が獲物を見る時の眼が、それに近いかもしれない。大佐は、視線をゆっくりとテムジン中尉にむけていった。

「命令に反抗する気ではないだろうな、中尉。警務隊将校といえども、作戦中は君の上官だということを忘れん方がいい」

　ぞっとするほど冷たい眼だった。テムジンは露骨にいやな顔をした。かといって、選択の余地はない。天井にはりついているジャムナにいった。

「いい子だ。規則だからこっちへ来な。別にとって食おうってわけじゃない。ポケットの中を、俺に見せてくれっていってるだけだ」

そういいながらテムジン中尉は、彼女の体を抱きかかえるようにして天井からひきはがした。ジャムナは、おびえた眼で三人を交互に見た。

「いや……いや！」

彼女のブーツが、天井の吸着材から音を立ててはがれた。体勢を立てなおそうとしたテムジンの手から、するりとジャムナがすり抜けた。そして胎児のように体を丸め、ゆらゆらと部屋の中を漂った。彼女の視線は、テムジンに向けられたままだった。その視線にたじろぎながら、テムジンはいった。

「すぐにすむんだよ。俺をそんな眼でみないでくれ。規則なんだから」

テムジンはそういって、空中に浮かんでいるジャムナの腕をとった。ところが引き寄せようとした直後に、ジャムナは激しく抵抗をはじめた。泣きさけびながら手足を振りまわし、爪をテムジンの顔につき立てようとした。その剣幕に、思わずテムジンは手を離した。ジャムナは部屋の隅へさがって、両手で胸を抱きながら凄味のある眼でテムジンをにらみつけた。ほどけた髪が、テムジンがはじめて彼女を見た時のようにゆらめいていた。あの時と違って、両眼は憎悪に燃えていた。テムジンは、ふり返るなり吐きすてるようにいった。

「たくさんだ！　俺は戦闘訓練は受けているが、強姦のやり方なんか知らん！　軍法会議にかけられても、これ以上はやらんぞ」

　そういうと、彼はくやしそうに顔の引っかき傷をこすった。何かいおうとしたヴェルナー大佐をさえぎって、軍医がいった。

「医師として、これ以上の尋問は認められませんな。この婦人が、戦時捕虜であろうと海賊であろうと。これ以上続けると、一切の尋問は不可能になるおそれがあります」

　ヴェルナー大佐は、あいかわらずジャムナに冷たい視線を向けていたが、やがていった。

「いいだろう。監視をおこたるな。尋問は後日おこなう」

　そういって彼は部屋を出た。軍医もそれに続き、最後にテムジンが出てハッチを閉じた。

　——第一ラウンドは取ったわ。

　再び表情を消した顔の奥で、ジャムナはひとりほくそ笑んでいた。

# 12　公安作戦――ポート・エリヌス

　ロペス部長は、呆けたような顔で専用端末の小さな画面に見入っていた。同じ部屋で勤務する刑事課のスタッフは、部長がそんな間の抜けた顔でいる時には声をかけないことにしていた。変に声をかけようものなら、たちまち思考を中断されたロペス部長が、別人のように怒り狂ってカミナリを落とすからだ。こんなときには、ささやき声をかわし合って遠くから見るしかなかった。

　ダウン・エリアの強行捜査が行なわれてから、三日がすぎていた。痴呆としか見えないような顔でロペス部長は、さっきから画面に示された情報に見入っていた。その頭の中では、猛烈ないきおいで情報が飛びかっていた。あの日情報サービスで収集した『オライオン』ファイルと、それに関連したメモリー、それに強行捜査で押収した記録類を全部ふるいにかけて検討していたのだが、結果はどれも同じだった。不確かな推論の入りこむ余地もなく、その結論は導き出されていた。このままでは、あと一ヵ月後か、最大限二ヵ月後にエリヌスの現政権は崩壊する。おそらくSPAは、武装部隊を投入してくるはずだ。エリヌスを制圧して、意のままになる傀儡政権を樹立するためだ。武力侵攻の確たる証拠はなかったが、ロペス部長はそのことを疑わなかった。

だがそれを未然に防ぐのに、充分な戦力はなかった。彼の権限の範囲内で行なえる対策では、これを止めることはできない。予算も人員も不足していた。この前の政治集会と、強行捜査の時に動員した非常勤警官の手当ても、未払いのままだった。いまのうちに手を打ちたいのに、ほとんど権限は与えられていなかった。緊急時の動員態勢を取るだけで、市長の許可が必要なのだ。

――予算をけちったためにたおれた政権は、いままでにあったかな。

考慮すべき点がまったくなくなってしまったために、意識の空白が生じていた。ぼんやりとロペス部長は考えていた。

――とにかく、市長を説得して警備態勢を強化してもらうしかない。残念なことだが。

そう結論を出して、彼はのろのろと通信ユニットに手をのばした。市庁舎の秘書を呼び出し、至急に市長と面会したい旨を告げた。

残念だというのは、別に市長に頭を下げることではない。ロペス部長にとって、公安の仕事は一種のゲームだった。限られた駒を、有効に使って相手をうちまかすことに、楽しさをおぼえていたのだ。だから悪い条件で仕事の実績をつみ上げていく苦労は、他人が考えるほどつらいことではなかった。むしろ手持ちの駒が少なくて相手が強いほど、仕事を楽しんでしまうのだ。

だから市長に状況がさし迫っていることを説明して、自分の権限を拡大してくれとたのむことは、善戦していたゲームの途中でハンデを下げてくれと頼むようなものだった。だが部長は自分のやるべきことがゲームではなく、犯罪者相手の仕事だと充分に認識していた。堂々とゲームに負けるよりは、少々フェアプレイではないと感じつつも、市長に面会して確実にゲームに勝つ方法をとろうとしたのだ。ゲームの帰趨にも興味はあったが、自分の職のかかった政権の安定の方が、もっと大事だった。

ゆっくりと、弛緩していた顔に緊張がもどってきた。普段でも大してしまりのない顔だったが、いまにもよだれを流さんばかりの現状よりは多少ましだった。部長の思考が現実の方に戻って来たのを知った部員たちが、一斉に彼のまわりに集まって未決になっている問題を持ちかけた。それらのほとんどは、前の動員の後始末に関することだった。使用した銃の事後承諾書とそのレポートや超勤手当て認可が、制服姿の警備課長やマルコーニ刑事の手に握られていた。部長は、うんざりしたようにいった。

「市長にかけあってくるから、後まわしにしろ。ついでに、そんな面倒な手続きがなくても、銃をぶっ放せるようにいってきてやる。だから、それまで待ってろ」

部員たちは、一斉に喚声をあげた。誰もが手続きの面倒臭さに、いや気がさしていたのだ。

だが、ことはそれほど簡単ではなかった。至急だと念を押したにもかかわらず、ロペス部長は市長公室の待合室でたっぷり一時間ほど待たされた。秘書に何度も催促したが、陳情団と面会中だとのことで、取りつぐ気配もなかった。市長が部長を嫌っているのを知っていた若い秘書嬢は、あからさまに彼を無視した態度を取りつづけていた。極端な短軀だから、そうしていると彼の足は床にとどかず宙に浮くほどだった。置物みたいな格好で椅子に腰かけていると、いきなり市長公室のドアが開いた。にこやかに微笑をふりまく市長は、数人の男女をともなって部屋からあらわれた。デュクレ市長はロペス部長を見て一瞬けわしい顔つきになったが、すぐに陳情団を送り出すための社交的な笑顔にもどった。

しかし陳情団の男女は、ロペス部長の顔を見るなり、一様にこわばった表情を浮かべた。中には、敵意にあふれた眼で彼をにらみつける者もいた。ロペス部長は相かわらず眠そうな眼で彼らの顔を見ていた。ねぼけているかのようだが、実際には全員の顔を記憶のファイルと照合させていた。

陳情団のメンバーは、ダウン・エリアのガリレアン穏健派のようだった。一応はリーダー格ばかりだが、それほどの大物はいなかった。公安部からもノーマークの、いわば下っぱばかりだ。

――一体、奴らが何で陳情なんかに来るんだ？　しかも、市長がじきじきに面談するような、どんな用件があったのだ。

ロペス部長は首をかしげていたが、見送りを終えた市長が公室の中に入るのを見て、あわててあとを追った。

市長は、いつになく機嫌がよかった。いつもはロペス部長と二人きりになった時は、不快そうな顔でこの小男を見ているのだが、今日はなぜか得意の笑顔を部長にまでふりまいていた。ロペス部長は、いやな予感がした。そんな部長の態度を、緊張でかたくなっているものと勘ちがいしたらしい市長が陽気な声でいった。

「たったいま、私は彼らの代表団と合意に達したところだ。これで今度の政治危機は、九〇パーセントを乗り切ったも同然だ」

「代表団……合意……」

ロペス部長は、ぽかんと口をあけていた。市長は、いつものように大きなデスクの向こうでふんぞりかえっていた。

「彼らは、ダウン・エリアの住民自治組織の主要メンバーだ。彼らは私に会見を申しこみ、いくつかの有意義な提案を行なった。それによれば、今後彼らは一切の暴力的な政治集会、ストライキ等を行なわず、合法的な闘争を推し進める用意があるとのことだ。それに対して我々の譲歩すべき点は、ダウン・エリア内の公安権力行使時には、彼ら代表団に事前に通告し、彼らの指名した自警組織の立ち会いを求めると、こういうところだ」

――市長の任期がおわるのは二カ月後だ。奴らが約束を破って行動を起こすのは、たぶん一カ月以内だろう。それまで、あの約束でダウン・エリアを聖域にしておくつもりだ。この馬鹿な市長がだまされたことに気づいた時には、奴らは自分たちの聖域の中で、準備万端をととのえているはずだ。

ロペス部長は、一瞬の間にこれだけのことを考えた。この馬鹿市長は、あっさりそれに引っかかったってわけだ。まるで生娘《きむすめ》のように。

——SPAは、ものの見事にこの俺の先手をとりおった。

期待どおりの反応を示さないロペス部長に、デュクレ市長は怪訝《けげん》な顔からやがて不快の色を見せはじめた。そんな市長に向かって、無駄だと思いながら部長はいった。

「三日前の捜査の結果、彼らSPAの武装部隊が一カ月後ないし二カ月後に、このエリヌスに降下することが確実との結論を得ました。我が公安部の現有勢力では、この武装侵攻を食い止めることは不可能です……」

市長は、最初茫然としていた。それから、怒りに満ちた表情へと変わっていった。だがロペス部長は、市長の変化を無視するように続けた。

「我々の取り得る対策は、いくつかあります。ひとつには、現在の常勤警官を一時的に増員して常時一〇〇人体制にし、ダウン・エリア内のパトロールを強化すること。次に、天王星連邦公安局に要請し、特にSPA部隊降下の可能性が強い前後二〇日間、ミランダやアリエルから訓練された公安部隊の増援をたのむこと。第三に軍警務隊にこの情報を通告し、SPA侵攻部隊の摘発を要請すること。それから——」

「いいかげんにしたまえ！」

市長は大声で怒鳴った。いままでに支持者はもちろん、反市長派の人間にも、決して見せたことのない形相だった。

「君は一体、何の根拠があって、そのような反動的なことをいうのだ。せっかく政治的に危機を回避できる道がひらけたというのに、君はなぜ暴力で解決を求めようとするのか」

そのときになって、ようやくロペス部長はそのことに気づいた。どうしてあのガリレアン穏健派の連中が、代表団などといって市庁舎にまで入りこめたのか。

――オライオンか。

ロペス部長は、SPA中央から派遣されてきたという男のことを、思いだしていた。気になるニュースを、部長は耳にしていた。強制捜査が行なわれたのと同じ日に、彼らのリーダーであるソンタグ医師が、何者かに殺されたというのだ。そしてSPA側は、ソンタグ医師を惨殺したのは公安部のテロル部隊だと、宣伝をくり返していた。もちろん、公安部がそんなことをするはずがなかった。しかし、部長は事件のことを深く考えていなかった。

だがいまになって、部長は確信をもった。ソンタグ医師を殺したのは、まちがいなくオライオンだ。彼はソンタグ医師を殺すことで穏健派の勢力を一掃し、自分の意のままに彼らをあやつっているのにちがいない。おそらく代表団だと名乗った者たちは、オライオンが送り出したのだろう。ロペス部長は、はじめて自分が孤独で救いのないゲームを強いられていると、気がついた。

とにかく、いまは市長をなんとかなだめなくてはならない。市長は怒り心頭に発していた。このままでは、市長はこの場でロペス部長を解任しかねない勢いだった。だが怒り狂っている市長に、犯罪学の計量推理学の初等講義からはじめて、SPAの武装部隊の降下は確実だと信じさせるのは、どう考えても無理な話だった。だから、とりあえずは市長に言いたい放題、いわせておくことにした。そして強い調子でなじるのを辛抱強く聞き流したあと、部長は控え目な調子でいった。

「市長閣下は、私の解任をお考えでしょうか」

市長は、不機嫌な顔のまま何も答えなかった。専制君主なら突っ立っているロペス部長に、何かを投げつけて退室させるところだ。だが、市長であるという理性がそれをやめさせていた。部長は、感情のこもらない声でいった。

「もし閣下がそうお考えでしたら、いまから一五日間の猶予をいただきたいです。私の考えでは、あと一カ月近く彼らはおとなしくしているでしょう。それまでの間、地下組織をオライオンの思い通りに編成し直すと思われます。そしてそれが終わったあと、以前よりも大規模な暴動や破壊活動《サボタージュ》を起こすでしょう。そうやって政権にゆさぶりをかけ、SPA降下部隊の侵攻を援護しようとするはずです」

市長は、黙ってロペス部長のいうことを聞いていた。説得されていたわけではない。ただ、淡々と説明するロペス部長の言葉が、無気味なものに聞こえていたようだ。部長は続けた。

「だが、彼らは一カ月の間、まったく沈黙を守りつづけることはしないでしょう。彼らに必要なものは、ダウン・エリア住民の憎しみをあおりたて、爆発寸前まで扇動することです。公安部のダウン・エリア立ち入りを制限しておいて、組織の編成をはかると共に、外部に行動《アクション》を起こして宣伝に利用しようとするでしょう。その時間的な限界は、いまから一〇日ないし二〇日後。小規模な破壊活動かテロルを仕かけて、ダウン・エリア住民の間に緊張を持続させようとするでしょう。それが、一ヵ月後の暴動につながるはずです。

もしも、二〇日後になっても状況が変化しなければ、私を解任されて結構です」

ロペス部長は、それだけいって静かに退室していった。

——賽《さい》は投げられた、か。いよいよ命がけのゲームに引きずりこまれたわい。

そんなことを考えている部長を、不愉快そうに市長は見送っていた。

秘書嬢は、あいかわらず彼のことを無視しっ放しだった。その前を通り過ぎる時にも、ロペス部長はまだ気づいていなかった。文字通りゲームは命がけだということを。

# 13　アクエリアス――地球軌道通過

　ジャムナは、じっと心を閉ざしていた。

　救助されてから、すでに一〇〇時間以上が過ぎているはずだった。定期的にはこばれる食事の回数も、それを裏づけていた。官憲は時おり逮捕あるいは拘禁した者の時間感覚を狂わせるために、不規則に食事を与えたりまったく与えなかったりする。だがこの艦内の待遇は、彼女がいままでに経験したどの拘禁よりも楽だった。出される食事の間隔は、自分自身の脈搏で計測するという辛抱強い方法で裏づけた。それから、艦内時間は二四時間のサイクルを採用していることもわかった。さらに定期的に壁から伝わる振動から、四時間ごとの直交代、一二時間おきの配置交代のローテーションも知った。

　この艦に移動してから、加速らしいものは感じなかった。ということはJ・Iの初期軌道を、忠実にたどっていることになる。この前提が正しければ、艦はいま地球軌道を横切っているはずだ。もっとも、地球自体は太陽をはさんで反対側に近い位置にあるから、この周囲には自然の天体は存在していない。だから艦は、軌道前方に位置する演習予定宙域に向かっているはずだ。おそらくジャムナとあの警務隊大佐を他の艦か小惑星のどこかに移したあと、演習宙域に直行するのだろう。決行するなら、いまだ。ジャムナはそう結論を出した。

ジャムナは、じっと機会をうかがっていた。出される食事は、体力を維持できる程度に、最低限の量をとった。いざとなればさらに一〇〇時間の絶食を通したあとでも、数人を相手に格闘できる自信があった。

定期的に姿を見せる乗員は、二組いた。ひとりは一日のうち三回、食事を運んでくる人のよさそうな若い兵士。もう一組はその食事の中間、午前と午後のそれぞれ一回ずつ入ってきて、定期検査をする軍医か衛生兵。どちらの場合も、となりの部屋で監視している海兵隊員が立ち会っている。海兵隊員と衛生兵はそのたびに違っていたが、食事を運んでくる兵はいつも同じだった。ジャムナは、タマンという名のその主計兵に眼をつけていた。ローテーションに変化がなければ、次に食事を運んでくる時には、テムジンという海兵中尉ではなく若い海兵隊員が立ち会うはずだ。この二人が相手なら、彼女一人でなんとかなりそうだった。テムジン中尉が立ち会っていれば、チャンスはまずないといっていい。

ジャムナは、ヴェルナー大佐のことが一番気がかりだった。いま、この瞬間にも、監視カメラで見張っているかもしれない。だが彼女は、その可能性は少ないと考えていた。最初の一回だけ、食事がハッチの受け渡し口から突っこまれたが、ジャムナはそれを無視した。すると二回めはタマンが海兵隊員と一緒に入ってきて、彼女のすぐわきの床や壁にトレイを固定していった。そして三回めからは、いたわるように二言か三言、声をかけたあと、ほとんど手をつけていない前のトレイを悲しそうな顔で持ち帰るのだ。ヴェルナー大佐が監視していれば、そんなことは絶対に許すはずがなかった。

そのタマンが次に食事を持ちこんでくるまで、まだ二時間あった。それまでは身動きひとつせず待つだけだ。屈強な兵士でも耐えるのはむつかしい沈黙と孤独の時間を、彼女は独自の方法ですごしていた。いままでに何十回となくくり返して来たこと——他人には決して話したことのない自分の過去を、自分自身に対して語るのだ。

ジャムナの母は、彼女が五歳の時に死んだ。外惑星動乱が始まって数ヵ月後のことだった。父親の顔を、ジャムナは知らなかった。この時代、それはそんなに珍しいことではなかった。だが保護者のいない少女が、航空宇宙軍の包囲を受けるガニメデで生きのびるのは、容易なことではなかった。そして彼女の生まれて育ったガニメデは、ガリレオ衛星群の中でも最大の包囲攻撃を受け、破壊された。永遠に続くかと思われる持久戦の中で、ジャムナの母親は死んでいった。栄養失調で見るかげもなくやせ、幼ないジャムナの手を握りしめて死んだ。すでに母親の涙は涸れていた。ジャムナに何も残してやれないと、死ぬ寸前まで五歳の幼女にあやまりつづけていた。ジャムナには想い出だけが残された。美しい女性だったという印象は、消えることがなかった。母親ゆずりの黒い髪と茶色の瞳からして、ジャムナの母はアジア系だったのだろう。だがそれ以上のことは、ジャムナも知らなかった。

その当時、そんな風にして親を亡くした孤児は珍しくなかった。だから彼女も特別あつかいはされなかった。収容施設に放りこまれ、もっと小さな、泣くこともできないほどやせこけた子供たちの子守りをし、年長の子供たちが工場や作業のためにかり出されていくのを見送りながら、みじめな日々をすごした。そして彼女自身も栄養失調で死にかけたころ、戦争は終わった。だが、それで状況が特によくなったわけではなかった。子供たちのことを考えられる余裕のなくなっていた収容施設の大人たちが、地球軍の兵隊に入れかわっただけだ。相変わらずやせこけて、いつもひもじい思いをしたまま時がすぎていった。

戦争が終わって一年近くがたったころ、彼女の母親の消息を尋ねて来た航空宇宙軍の将校が、ジャムナを孤児収容施設から引き取った。だが彼女の母親がその将校の捜していた女性なのかどうか、証拠はなかった。記録や戸籍バンクといったものが、戦乱で一切失われていたのだ。ジャムナの容貌がその女性と似ていたことや、断片的なジャムナの記憶でそうと決められただけだ。彼女にとっては、ある意味では迷惑な話だった。

その将校は動乱で戦死した友人の、別れた妻子を捜してガニメデにまで来たといっていた。だがジャムナの養父となったその将校は、くわしいことは話してくれなかった。彼女の父かもしれない戦死した将校のことも、なぜ彼女の母がガニメデなどにいたのかということさえも、ついに聞けなかった。ジャムナは一四歳でこの養父を殺し、ＳＰＡのメンバーになった。

養父に引きとられてからの八年間は、ガニメデの地球人子弟のかよう学校に入れられた。彼女は地球人とガニメデ人の両方の社会から受け入れられず、両方を憎みながら育った。このころから彼女は、極端に無口な少女になっていった。いつも殺意を胸の奥にかくしたまま、生きていた。彼女の並はずれた記憶力は、そのころから培《つちか》われたものだった。だが無口すぎて彼女のその能力に、気づく者はいなかった。彼女は、その時期に彼女をしいたげた教師や悪童、上べばかりの博愛主義でよそおいながら、決して彼女を心から受け入れない大人たちの顔を、一人残らず憶えていた。いつかは彼らに復讐するのだと、心の中で思いつづけながら。

そして一三歳になった時に、まったくの偶然から憎むべき対象は個人から地球人そのものに変わった。彼女の母の過去を知ったからだ。政庁の戦没者記録バンクの中に、母の若かったころの写真を見つけた時、彼女の手はふるえた。めったに感じたことのない興奮の中で、ジャムナはその簡単な記録を読んだ。それによれば、母は『配偶者有り』の分類に入っていた。記録上は、死亡当時も離婚は成立していなかった。

夫が生活費の支給と共に離婚を宣言し、母はそれを拒否していたのだ。だが、事実上の離婚も同然だった。

その記録には、彼女の夫の詳細はなかった。ただ、航空宇宙軍内宇宙艦隊退役士官とだけ記されていた。そしてその母親の記録の最後の項に『出生地、ガニメデ。外惑星連合軍情報局員（一級時限部外秘）』とあった。おそらく母は捨てられ、故郷のガニメデで死んだのだろう。そうとしか、思えなかった。

ジャムナは、記録のすみずみまで記憶し終わったあと、そっとその記録をバンクの中から抹消した。その日から彼女のＳＰＡへの接近が始まり、漠然とした他への憎しみは、次第に母を死においやった航空宇宙軍・地球人への憎悪へと形をとりはじめていた。

そして一四歳の時に、巧妙な方法で養父をテロに見せかけて殺し、養父の年金の支給を受けながら学業を続ける一方、着実にSPA内部で頭角をあらわしていった。彼女は、その若さにもかかわらずSPA地下組織の草創期からのメンバーであり、幹部の地位を占めていた。

壁の一点をじっと見つめながら、自分の殻に閉じこもっているジャムナは、その華奢な外見からは想像もつかない激しい闘志を秘めていた。

タマン三曹は眼で安井一曹に合図して、トレイにセットした無重力食をとりあげた。ちらりと腕の時計に眼をおとした安井は、眠そうにあくびをしていった。

「まだ早いんじゃないか。いまから持ってっても、メディカル・チームの検査は終わってないぜ。せっかくの飯が冷えちまうよ」

そして彼はたてつづけにあくびを連発して「ま、どうせ今度も手をつけやしないんだろうが」とつけ加えた。

仕方なくタマンは、レンジから出したトレイをもとにもどして、烹炊所の作業用ストゥールに腰をおちつけた。当番でもないのに、捕虜の食事をきちんと用意して持っていこうとするタマンを、安井はじっとみていた。それから、めんどうくさそうな声でいった。

「SPAってのは、よっぽど人手不足と見えるな。何も女にまで戦争をやらせることはなかろうに。航空宇宙軍で戦闘艦乗りに、女がいたって話を聞いたことがあるか?」

あたりをはばからない安井一曹の大きな声に、タマンは居心地悪そうな顔でもじもじとしていた。いまの時間は、烹炊所に大した仕事はない。ときおり士官食堂に姿をみせる非直士官に、飲物をはこぶ程度だ。もちろん、兵員食堂には人影もない。いつもならこの時間には人に出会うこともないのに、どういうわけか今回にかぎって安井が烹炊所にいたのだ。タマンは小さな声でいった。

「医学的には、戦闘艦勤務で要求される耐高G性、判断力、持久性など、どれをとっても性別による差異はないということが証明されています。実際、動乱時には外惑星連合軍将兵の中には、相当数の女性がいたということですが——」

「だから奴らは負けたのさ」安井はあっさりとそういった。「医者でもわからん男と女の違いってのは、たしかにあるんだ。女に戦争をやれってのは、どだい無理な話だ。女は、一人だけ生き残って戦いつづけることなんてできん。女まじりのチームを組めば、それが原因でチームワークがぶっこわれる」

——また始まった。この調子でこの上官は、いかに戦争に女は不要なのかということの長広舌をふるうのだ。そして、いつもいきつく先は自分の女房の自慢とのろけと決まっている。これさえなければいい上官なんだが。

内心でそう思ったが、話の腰を折るわけにもいかなかった。タマンはこれ見よがしに、腕の時計とレンジに突っこんだトレイを交互に見た。ところが安井は、別に気にするでもなく話題をあの捕虜の方に持って来ていた。

「日本人だな。あの女のルーツは。韓国系かもしれん気はするが、たぶん日本人だ。少なくとも、半分以上は日本人の血が混じっている。あの色の白さと、黒い髪がその証拠だ。俺の嬶《かあ》ちゃん以外の全財産を、そいつにかけたっていい。うん」

いきなり話題をそちらに向けられて、タマンはどぎまぎした。ストゥールに腰をおろして壁に背をもたせかけ、首の後ろで両腕を組んだ格好の安井一曹は、狼狽《ろうばい》したタマンをじっと見ている。いつの間にか、顔から笑いは消えていた。やがて、ぼそりと安井はいった。

「お前、あの女をどうにかしようなんて、思ってるんじゃないだろうな」

「違います！」

タマンは、むきになっていった。だがじっと彼の方を見ている安井は、いくら否定しても決して納得しないという顔をしていた。どうにも腹立たしかった。死体同然でかつぎ込まれ、衰弱し切っているのに食物に手を出そうともしない彼女の、かたく閉ざされた心をなんとか開いてやりたいと思っているだけなのだ。死ぬほどの恐怖にうちのめされ、その後は敵の捕虜になるというひどい状況に落ちこんでいる彼女に、ほんの少しでもやさしい言葉をかけてやりたいと思っただけだ。それをこんなにあけすけにいわれ、しかも否定の余地なく安井一曹はそれを信じている。こんな男には、何をいってもわかるものか。

むくれているタマンに、安井は一言ずつかみしめるようにいった。彼には珍しく、真面目な口調だった。

「女ってのは、男をだますようにできてるんだ。きれいな女ほど要注意だ。お前の気持ちはわからんでもないが、このことは忘れん方がいい。女は男に甘えたり、信じたり、やさしさをねだったりする。だが、最後には必ず男をだます。ハッピーエンドってのは、男が女にだまされたことにも気づかない状態をいうんだ。女ってのは……。

そうか。もう時間だな」

タマンは口をへの字に結び、トレイを持って烹炊所から出ていった。その後ろ姿を見ていた安井は、なんとなく後味のわるさを感じていた。悪い予感がしてここへ来たものの、結局は何もいってやれなかった。そのことが、どうも気がかりだった。しばらくぼんやりとしていた安井は、やがてぽつりといった。

「ま、奴も場数を踏めば、わかるようになるさ」

だが、タマンはそのことをいやというほど思い知ることになった。

タマンはハッチから体をつき出し、両手にトレイを持ったままくるりと体を回転させた。床に船内靴を貼りつけると、監視モニターを退屈そうに見ていた海兵隊員が顔を上げた。

「なんだ、もうそんな時間か。メニューは何だ?」

タマンは気のなさそうな態度をよそおいながら、トレイを彼の方に向けた。海兵隊員は口笛を吹いていった。

「こんなディナーを食わしてくれるのなら、捕虜になるのも悪くないな。もっとも——」

彼はモニター画面の、微動もしないでいるジャムナにあごをしゃくった。

「例によって、ほとんど食い物はとっていない。ダイエットか、監視されてるんでトイレに行きたくないってのか、とにかくよく死なんもんだ。当直中、ずっと静止したままのあの女を見つづけで、退屈でたまらん」

ぼやいている海兵隊員に、タマンはたずねた。

「医者は何といってる？」

「ショックのせいで、一時的な幼児退行現象のなんのかんのといわれたが、何のことかさっぱりわからん。栄養注射も考えたそうだが、ほんの少しだが食い物もとってるからやめにしたそうだ。してみると、この豪華なディナーも少しは役に立ってるってわけだ」

そういって海兵隊員は、シートから体を浮かせた。艦内靴が床からはがれる音を交互にたてながらハッチに歩みより、無造作にロックを解除して開けた。

ジャムナは、ゆっくりと顔を上げた。予想通り、いつもの若い主計兵がトレイをもち、大柄だがどことなく鈍重な印象を与える海兵隊員が、それにしたがっていた。警戒はしていないようだが、海兵隊員のベルトには拳銃が突っこんであった。

ジャムナは、ゆっくりと間合いをとっていた。

タマンは、ぎくりとしたように動きをとめた。いつもとは違っていた。ジャムナの視線に、それまでのひ弱さはかけらもなく、獣のような光を放っていた。たじろいだタマンが、うろたえたように海兵隊員の方をふり向いた。

ジャムナは全身で跳躍した。海兵隊員の眼が一瞬、おどろきに見開かれた。その直後、海兵隊員の両眼から鮮血がほとばしった。頭蓋の奥にまで達したかと思えるほど、深々と両眼にジャムナの指が突き立てられている。海兵隊員の体がのけぞって床をはなれ、ボールのように回転をはじめた。海兵隊員は、何が起こったのか理解できないようだ。必死で血の噴出する両眼を押さえようとした。回転する海兵隊員の顔を、ジャムナは軽くけとばした。その反動で突き立てられたままの指を引き抜き、指と足とを梃子にして体をひねった。そして一動作で海兵隊員のベルトから拳銃を抜き取った。だが一度はジャムナの手の中におさまったかに見えた拳銃は、血ですべって宙に飛びだした。

とっさに何の対応もとれないまま、タマンはあせって腰を沈めようとした。だが急ぎすぎたために、艦内靴の底が床からはがれた。タマンは宙に体を浮かしたまま、じたばたと手足を泳がせた。無重力状態の白兵戦闘では、運動エネルギーを持った方が、静止している方に比べて圧倒的に有利だ。ジャムナが拳銃を取り落としたにもかかわらず、タマンは不利な体勢になっていた。無様な格好で浮いているタマンに、いったん体を引いたジャムナが壁をけった反動でおそいかかった。タマンの頭蓋に、全身の筋肉を投入したジャムナのけりが入った。

タマンには、少しだけ幸運が残っていた。漂っていた海兵隊員の体が、偶然にジャムナの足先とタマンの間に入りこんだ。ジャムナの一撃は、ほんのわずかに勢いをそがれてタマンの肩先に命中した。体勢をくずしたジャムナは、一瞬敵を見失った。タマンは体を回転させながら壁にぶつかり、宙を漂っている拳銃めがけてジャンプした。拳銃はタマンの両手にすっぽりとおさまった。眼の前に、ジャムナの顔があった。手をのばせばとどくところで、彼女の挑戦的な眼が光っていた。安全装置をはずし、銃口をぴたりとジャムナに向けた。タマンの指先に力が入った。

ほんのわずかな時間、ジャムナの眼から憎しみの光が消えた。引き鉄《がね》にかけたタマンの指から、力が抜けた。撃つつもりがないことに気づいたタマンは、何事かいおうとして口を開きかけた。言葉にならなかった。二人は、じっと見つめ合っていた。

つかの間の沈黙は長く続かなかった。緊張に耐えかねたタマンが視線をそらした時、ジャムナの一撃が彼の顎をなぐり飛ばした。ジャムナはひったくった拳銃を手に、ハッチの向こうに飛び出していった。遠のいていく意識の中で、タマンはジャムナの後ろ姿を眼で追った。だがそれも、長くはつづかなかった。それっきりタマンは気を失った。

ジャムナの四肢は、まったく無駄のない動きで体を移動させていった。放り投げられたボールのように、艦の連絡筒をたくみに通過してゆく。人と出会ったら、即座に射殺するつもりだった。だが到着するまで、誰にも会うことはなかった。彼女にとって幸運だったのは、艦尾近くの拘禁室から運用制御室《ダメージ・コントロール》まで他の区画を通過せずに行けたことだった。

運用制御室《ダメージ・コントロール》のハッチに手をかけてスピードを落とし、同じ動作でハッチを引き開けた。その向こうへ、銃口をつき出したまま頭から突っこんだ。中には誰もいなかった。通常航宙体制をとっている艦内では、この区画が一番の弱点になる。破壊工作員を内部にかかえているような場合には。

ジャムナは息をつき、ハッチを閉じてロックした。心臓は爆発寸前だった。行動を起こしてから数分しかたっていないが、さすがに体力の限界近くまでしぼり出してしまった。大きく肩で息をして、失神しそうになるのを必死でこらえた。その一方で、すばやく室内を見まわした。めざしているものは、すぐに見つかった。銃をベルトに突っこんで、壁に格納されていたツール・ボックスを取り出し、制御卓のユニットを引っぱり出した。それから、ポケットに入れたままの通信変調器をとりだした。変調器を指定モードにセットしてユニットに組みこみ、細工したあとがわからないようにユニットをもとにもどした。

これでこの艦が無線通信を行なう時には、常に低い雑音が入り混じることになる。普通なら雑音としてしか認識できないが、傍受したSPAのメンバーがそれを同じ変調器に通せば『J・Iは撃破された』と理解できるはずだ。だが、彼女には休んでいる余裕はなかった。次は偽装工作《カムフラージュ》だ。

そう考えて彼女が行動を起こしたとき、拘禁室にはタマンの帰りが遅いことに気づいた安井一曹が姿を見せていた。そして室内の惨状をみて声をあげた。

発令所にいた武田艦長は、安井一曹の緊急通話を怪訝そうな顔で受けた。おそろしい早口でまくしたてる安井は、言葉で伝えるよりもっと実際的な方法で事態を艦長に説明した。いきなり彼は、拘禁室内の映像を発令所のスクリーンに送ったのだ。室内の状況を一目で理解した艦長は、ただちに非常警報を発した。同時に、通話を艦内放送に切りかえて矢つぎ早に命令を下した。

「こちらは艦長である。艦内に拘禁中の俘虜《ふりょ》一名が脱走した。現在、武装して艦内に潜伏中。当直衛生兵は、ただちにAブロック拘禁室に向かえ。負傷者二名。うち一人は重傷」

艦長は画面に眼をむけた。タマン三曹を介抱している安井一曹と、血まみれのまま漂っている海兵隊員が映し出されていた。その様子からして、海兵隊員は助かりそうになかった。周囲のしずくをのみこんで、握りこぶしほどにふくれあがった血の球が、ゆらゆらと漂っていた。血の球はそのままレンズにへばりつき、画面は赤く汚れた。警報を聞きつけた副官と機関長が、勢いよく発令所内に飛びこんで来た。それを横眼でみながら、艦長は続けた。

「海兵隊員は、他に優先して現在位置を発令所チュー大尉に申告せよ」

副官のチュー大尉が専用端末に眼をおとしたまま、手をあげて了解の合図をした。

「他は別命あるまで待機。気密扉全閉鎖」

機関長が、同じように手をあげて答えた。連絡通廊や各区画のハッチが、遠隔操作で次々に閉鎖されていく。その振動が、重なり合ってひびいた。表示画面は、血でよごれたレンズごしに拘禁室を映しつづけている。艦長はその画像を消したあと、艦内構造の透視図を表示させた。副官と機関長に命じるまでもなく、それぞれの端末にリンクされた情報が、次々にその図に重ね合わされた。

「運用制御室《ダメージ・コントロール》か!」

誰かがいった。ジャムナがそこに侵入したのはあきらかだった。その時、発令所に突然緊急報告の声が割りこんだ。

「ブレーク！　ブレーク！　主機関室より緊急。一号主機の炉心温度が上がりはじめている。このままだとエンジンが自然発火し、爆発暴走のおそれがあります」

全員の顔色が変わった。機関長が怒鳴るようにいった。

「エンジン発火がどうして起こるんだ。炉内プラズマのメインコントロール、いや、そんなことより推進剤供給システムは――」

艦長は処理を機関長にまかせた。艦内図からすばやく海兵隊員の位置を確認すると、もっとも近くにいたテムジン中尉とその部下に運用制御室《ダメージ・コントロール》の制圧を命じた。

前部艦載機格納甲板で装具の点検作業をしていたテムジン中尉は、いきなり鳴り出した警報に眉を寄せた。だが艦長の放送を聞いても、状況がよくつかめずに首をひねるばかりだった。あの小《こ》兎《うさぎ》みたいな女が、そんなことをやらかしたなんて、とても信じられなかった。何かの間違いとしか、思えなかった。

だがそんな中尉の疑問も、次々と入って来る情報で次第に疑う余地のないものになった。心の中から最初のおどろきは消えて、やり場のない腹立たしさがこみ上げてきた。あっさりとだまされた自分に対する腹立たしさは、そのまま憎しみとなって彼女にむけられた。テムジン中尉は、怒り狂っていた。

――あのあばずれめ！　この手でしめ殺してやる。

中尉は武器と通信機をひっつかんで、現場に急行した。

発令所では、パニック寸前にまで緊張が高まっていた。放っておけば、主機である核融合エンジンは一〇分以内に暴走をはじめる。突然の加速で艦内の設備に損害が出るかもしれないし、構造材が加速度に耐えられないかもしれない。だが、二次的な損害は大したことではない。炉心温度が安全限界を超えて炉壁の融解が始まったら、手の下しようがない。乗員全員が焼死するか、爆発で死体も残さずに四散するかだ。

二カ所の機関室は、必死にそれをくいとめようとしていた。だが、運用区画が占拠されたために、制御のためのこころみはことごとく妨害されていた。運用区画にたてこもる工作員の操作によって、二重の安全機構であるはずの正副機関室がふりまわされているのだ。炉心温度は、じりじりと上がっていった。

艦長は運用制御室《ダメージ・コントロール》の制御機構をそこなわずに、彼女をとらえる方法を考えていた。だがどれもいい方法ではなかった。区画内を真空にしたり、ガスを通気孔から送りこむ方法も考えたが、室内に緊急用酸素マスクがあるかぎり無意味だった。それに、どちらの方法も時間がかかりすぎた。結局、テムジン中尉の正面攻撃に、すべてをかけることにした。現場に到着した中尉に、艦長は困難な任務を命令せざるを得なかった。

「時間がない」

そう艦長は切り出した。テムジン中尉の、激しい息づかいが通話機の奥で聞こえる。

「第一に区画内の制圧を考えろ。敵が内部の機器、特に制御系を破壊するおそれのある場合のみ射殺だ。銃弾が体を貫通して機器をこわすことのないように、腹をねらえ。発砲の判断は君にまかせる。責任は私だ。まず制御系、次に君たちの安全を優先しろ。その範囲内で逮捕できるなら、殺さず捕らえろ。以上だ」

いつの間にかシートにいたヴェルナー大佐を横眼で見ながら、艦長は通話を切った。

ジャムナには、この艦ごと自爆するつもりはまったくなかった。そんなことをすれば、肝心の無線発信が実現しないまま終わってしまう。それに航空宇宙軍は、この艦が失われても事故として処分するだろう。つまり、宣伝効果はまったくない。それよりも、できるかぎり損害を与えることの方が、いまは重要だった。だから彼女は一連の破壊工作が終わったあと銃口をハッチに向け、飛びこんでくるはずの兵士を殺そうと身構えていた。

だが彼女は、小さな予測のずれがあることに気づかなかった。テムジン中尉はどんな時にも冷静だった。いきなりハッチのロックとヒンジが、同時に外からの銃撃で吹きとばされた。最初に手動で開くかどうか外から操作するだろうと予測していたジャムナは、完全に虚をつかれた。しかもロックだけを破壊するのではなく、ヒンジごと吹き飛ばした。ハッチがそっくりはずれて大穴が開いていた。その穴から、海兵隊員がすごい勢いでおどりこんできた。

ジャムナが銃を構えなおしたときには、もうその海兵隊員は眼の前に迫っていた。

銃声がつんざいた。ジャムナの発射した弾丸は、テムジンの肩に命中した。だがそんなことは一切かまわずに、テムジンは無傷な方の腕でジャムナの首をひっつかんだ。そして体ごと壁に押しつけて、力まかせにしめ上げた。

ジャムナの手から銃がとんだ。眼は恐怖に見開かれ、それでも自由な手足でテムジンを殴り、蹴りつづけた。だが怒りに燃えたテムジンは、おそろしい力で彼女の首をしめ上げつづけた。すぐにジャムナの首が、がくりとのけぞった。半分開かれた口から、息のもれるかすかな音がした。テムジンにつづいて飛びこんだ海兵隊員が、無理矢理テムジンの手を引きはなした。そうしていなければ、失神した彼女の細い首はねじ切られていたかもしれない。

ようやく銃創を受けたことに気づいたらしく、テムジンは傷口に手をあてて顔をしかめた。そんなテムジンにかわって、あとからきた隊員が、通信機で衛生兵を呼んでいた。大した傷ではないというテムジンに、その隊員はあきれたような声でいった。

「あの女のために呼んだんです」

死者一名、負傷者二名。これがアクエリアスの受けた被害だった。この艦が就役してから経験したどの戦闘よりも、多い死傷者だった。だがその被害よりも、もっと大きな損害をアクエリアスは受けていた。暴走寸前にまで高まった主機の炉心温度のために、メイン・エンジンがかなりの損傷を受けていたのだ。艦内で点検と修理をやっていては、何十日もかかる作業だった。それまで主機は使用不能のまま、アクエリアスは漂流するしかない。

この演習前に、救援は望みうすだった。それでも一応、艦長は救援要請を発信した。

――あの小娘のせいで、軍法会議は免《まぬが》れんな。

老練な武田艦長は、ひとり苦笑いをした。

# 14　教授《プロフェッサー》——タイタン

淡い照明につつまれたタイタン・オービティング・2宙港の長距離船待合所で、その男は天井近くに設置されたディスプレイに見入っていた。搭乗手続き《チェック・イン》をすませてからすでに三〇分近くの間、彼はずっとそうしていた。とり立てて目立つ男ではなかった。待合所の中の、ずらりと並んだシートの片隅で、ありふれた旅行着にありふれた旅行用バッグ、そしてここではもっともありふれた姿勢で、狭いシートに腰を落ちつけていた。もしもタイタンの公安当局が彼にP（パスポート）・カードと出国カードの提示を求めたら、彼の身分や旅行の目的が、いかにもありふれていることに面くらうかもしれない。長年の仕事の汚れが骨の中までしみ込んだ、仕事の他には何の取り得もなさそうな印象を与える、そんな男だった。

P・カードと出国カードによれば、彼は登録地がカリストの低重力建設機械のエンジニアとなっていた。カリストで長らく働いたあと、次の職につくために定期船を乗りついで、次の船で海王星のトリトンへ向かうところだった。P・カードには無論、彼が乗り継ぎのために立ち寄った宙港の通過証《トランジット・スタンプ》が記録されていたし、最終目的地であるトリトンでの労働許可証——査証のかわりになる書類もあった。最近海王星系では、熟練した技術者を大量に必要としている。彼はそこに行く途中の、ごくありふれた旅行者としか見えなかった。顔つきでさえ、この待合所の中では印象がうすかった。

しかしP・カードに記載された彼の名は偽名で、トリトンでの労働許可証も偽造されたものだった。この一カ月の間に、彼は三度名前を変えた。どこにでもいるような五〇がらみの中肉中背のエンジニアという外見とは異なり、彼の正体は実に危険な存在だった。

彼はかつて航空宇宙軍警務隊をはじめとして、一〇に余る自治政府の公安警察から指名手配を受け、それに数倍する刑事警察条約の加盟国から追われていた。それらの公安組織の記録から、彼の名が抹消されて一〇年近い。巧妙なトリックで事故死をよそおい、追及の手をのがれたのだ。いまでは彼の名を覚えている者さえまれだった。だが、最近ではかつて本名で呼ばれていた時よりも厳しい追及を、この一〇年来の呼び名である「教授《プロフェッサー》」として受けていた。

待合所の中で教授は、似たような労働者や技術者の中に埋没していた。この時刻に発進する定期船は、彼の乗ろうとしている長距離便しかない。観光旅行者や、家族連れの姿はまったく見られなかった。

教授は壁面の時計を注視していた。チェック・インと税関検査は終わっていたが、搭乗直前の最終検査《ファイナル・チェック》が残されていた。その検査の開始まで、あと一〇分ほどが残されているばかりだった。

　教授がそうしていると、小ざっぱりした身なりの紳士がぶらぶらと歩いて来て彼の前で立ち止まった。そして、となりのシートに座っていいか、とたずねた。教授が承諾すると、紳士は大儀そうに腰をおろし、にこやかな笑顔と共に話しかけた。

「いやいや……小惑星から来た身には、このタイタンの重力はつかれますよ……」

　紳士の大きな声は、ざわついた待合所の中でもよく通った。もちろんこの宙港はタイタンをめぐる軌道上にあって、重力といっても回転運動によって発生させたものだ。だが宙港施設の重力は、どこでも所属する宇宙都市と等しく調整している。あいまいにうなずいている教授に、その紳士は続けていった。

「タイタンには降りられましたか？　タイタンの大気層から抜けて、周回軌道に乗る時の土星の景観は、素晴しいと聞いています。もっとも――」

　教授は、ディスプレイから紳士の方に視線をむけていた。

「地球から見る月の、一〇倍の大きさだといったところで、テチスから見る土星よりは見劣りしますが。もっと充分な時間があれば、環《リング》の中を突き抜けるというツアーにも参加したいところですが、あいにく今回は無理なようだ」

　その時、待合所の片隅の旅客カウンターの方で、ちょっとした騒ぎが起こった。紳士は話を中断して、そちらの方を見た。カウンターの前で何人かの客が、航宙会社のスタッフを相手に抗議の声を上げていた。紳士が苦い顔をして、誰にいうともなくいった。

「超過予約《オーバー・ブッキング》だな……。さもなくばエンジン・トラブルで積載間引き《ペイロード・カット》だ。よくやるんだ。あの会社は。何人かは次の便まで積み残しをくらうな……。大丈夫ですか？　あなたの搭乗券《ボーディング・パス》は」

紳士が最後の言葉を、黙ったままの教授にいい終わった時、ディスプレイの情報が入れかわった。そして、映し出されたのと同じ内容を、アナウンスが伝えた。

「ネプチューン・ライナーズ七〇二便海王星系ダイレクト便にご搭乗のお客様は、ファイナル・チェックをお受け下さい。くり返し御案内申し上げます……」

そのアナウンスを聞いて、二人の周囲にいた旅行者が次々に席を立った。カウンターの前にいた積み残し客が、うらめしそうな視線でみまもる中を、技術者風の男女が指定されたゲートの前で列を作った。その列の長さと、ファイナル・チェックのあまり能率的ではない様子を見て、教授は立ちあがらずに待っていた。すでにさっきまでシートに座っていた人々は、いまはほとんどその列にならんでいた。二人の周囲には座っている者は、もうほとんどいなかった。紳士は教授のそばに体を寄せ、低い声でいった。

「大丈夫だ。君をマークしていた刑事は、ガセネタをつかんでヤペタスに飛んだ。いまごろは、地だんだ踏んでくやしがってるだろうよ」

「J・Iについて、何か新しい情報は入ったか」

目立たぬ技術者から「教授《プロフェッサー》」の顔になった彼が、ほとんど口を動かさずにそう聞いた。

紳士も、にこやかな表情をくずさずにいった。

「なにもない。やられたことは確実だ。内宇宙艦隊のアクエリアスが、その当時行方をくらましていた。たぶんそれにやられたんだ」

「他のゾディアック・フリートの動きは？」

「変化なしだ。演習は予定通り行なわれるようだ」

　黙りこんでしまった教授に、紳士は重ねて声をかけるかどうかためらっていた。やがて意を決したように紳士はいった。

「決行か？　教授……。以後、一切の連絡はとれない。『Ｘ‐六』に合法政権ができるまでは。……時間が、もうない」

　教授はショルダーバッグを引き寄せ、かなり短くなった列の方に視線を向けていった。

「『ゴー』だ。支援体制の方はたのむ。カミンスキイ中佐によろしくいっておいてくれ」

　それから彼は、勢いよく立ち上がって紳士にいった。

「いい御旅行を《ハヴ・ア・ナイス・トリップ》。私はこれで」

　紳士もおだやかな笑顔をくずさず、それに答えていった。

「ボン・ボヤージュ。またどこかでお会いしましょう」

　そして紳士は教授から視線をそらし、たったいま聞いたばかりの指令を伝えるために、待合所のすみの通話ブースに向かった。

　ＩＤカードを制服の胸にとめたイミグレーション・オフィサーは、列の最後尾の男に視線を移した。黙ってＰ・カードと出国カードをさし出したその男に、とりたてて特徴はなかった。どちらにせよ、このファイナル・チェックは主に書類上の不備がないかどうか見ることの方が重要で、それほど厳しいものではない。カードを偽造した犯罪人の逃亡や、一年ほど前に続発したSPAによるハイジャックを防止するためには違いないが、オフィサーが眼を光らせる必要などないのだ。

オフィサーはあくびをかみ殺しながら、最後の男がつき出したカードを受け取り、ちらりと視線をおとした。男と同様に、きわめて平凡なカリスト発行のP・カードと、搭乗券を兼ねた出国カードだった。オフィサーはそれを、カウンターの下に埋めこまれた端末のスリットに押しこんだ。同じ端末の小さなスクリーンに、男の正面と横顔の写真がうかびあがり、身長やひとみの色などの身体的特徴も示された。同時にその男を立体《ホロ》カメラが上から下までなめまわし、P・カードの所有者と同一人物であることを確認した。条件は、すべて満たされていた。記載事項に不備はなかったし、武器も所有していないことが確認された。

——要するに俺がここにつっ立っているのは、旅行者からカードを受け取って、機械の中に突っこむためだけじゃないか。

オフィサーは、両どなりのカウンター・ブースを見ながらそう考えた。どちらもすでに列がなくなっていて、オフィサーは引き上げたあとだった。

——つまりオフィサーは、ただのかざりというわけだ。馬鹿げた手続きだ。

そう考えてオフィサーは、二枚のカードをスリットから引き出し、顔も見ずに男に返した。

実際、オフィサーの考えは正しかった。チェック・システムが教授のカードを偽造だと見

破れなかったのだから、オフィサーがいてもまったく意味はなかったのだ。紳士は、

待合所の片隅では、例の紳士がゲートの中へ消えて行く教授をじっとみていた。次の連絡時間までどうやって時間をつぶすかを考えていた。

教授が足もとに示されたマーカーにしたがってゲートをすぎ、経路をたどってシャトルに乗りこむと、教授が最後の乗客だということを確認したオペレーターが気閘を閉鎖した。シャトルの乗客は、年齢はさまざまだがいずれも技術者風の男女だった。全員がシートについたあと、数十秒間、間の抜けた待機時間があった。それから、すっとシャトル内の重量が消えた。音もなくすべり出したシャトルは、微妙な姿勢制御と軌道修正を加えながら、前方に係留された旅客専用航宙船に向かって進んでいった。

ローカルな宙港にふさわしく、シャトルはかなり旧式であちこちにがたがきていた。もっとも、騒々しい振動と共にドッキングした旅客船の方も、シャトルに負けないほどくたびれていた。その船には、登録番号の他に名前もなかった。ローカル線専用の航宙会社がチャーターした船で、ひどいオンボロ船だった。会社自体もいいかげんな状態だったが、船の方もスクラップ寸前の旧式船だった。ときおりエンジンが整備不良のまま、予定どおりの運航をおこなうものだから、いつもトラブルをおこしていた。エンジンの推力不足から積載間引き《ペイロード・カット》をせざるを得なくなり、それに超過予約《オーバー・ブッキング》が加わって、予約したのにもかかわらず乗れないことなど珍しくなかった。

それにもかかわらず、この船はいつも予約で満席だった。民間の航宙会社連盟にも加わっ

ていないために、旅客運賃が破格の安さだった。それに、たとえエンジンの推力が低下していたとしても、安全上に問題があるわけでもない。旅客定員を切り捨てて消費物資を減らせば、予定通りちゃんと目的地に到着できるのだ。無理に予約客を全部乗せようとするよりは、よほど良心的といえた。

そんな事情から、航空宇宙軍の保安局から何度も安全上の勧告を受けているにもかかわらず、いつも無事故で通していた。小さなトラブルはたえなかったが、大事故だけはおこしたことがない。

教授は連結されたドッキングトンネルをくぐり、無重力状態の客室内へ漂い出た。先に乗船をすましていた乗客たちは、すでに所定のシートについていた。さして広くもない平床の客室だった。定加速飛翔タイプのための人工重力発生装置はついておらず、シートは同じ方向を向いて配置されていた。客室は三層のデッキにわかれていたが、今日は積み残しが特に多かったらしく空席が目立っていた。

船内には不要な施設は一切なかった。六〇日間にわたる航宙なのに、個室《キャビン》は全然ない。もともとが近距離航宙のために建造された船なので、冷凍睡眠《コールド・スリープ》といった高度な技術には縁がなかった。ペイロード質量比はこれほどの長距離航路なのに、異常に大きかった。乗客のクラスはエコノミーのオープン・シートのみで、三層の旅客デッキに芸もなくシートがならべられているだけだった。積み残した乗客を差し引いてもまだ五〇人もの旅客がいるのに、客室乗員は三人しかいなかった。まともな会社なら、乗員のストが起こるところだ。だが乗客たちは文句をいうこともなく、不愛想な客室乗員の指示にしたがって、所定のシートに体を固定していた。

この旅客船の形状は、いまではほとんど見られない旧式のタイプだった。ずんぐりした円筒型の本体後尾に馬鹿でかいノズルが突き出していて、ひどく鈍重な外観をしていた。幹線航路で勤務する一線級の航宙士《アストロノート》は、この名前をもたない旅客船をドラム罐《かん》と呼んであざけっていた。

実際、それは無細工な船だった。耐用年数はとっくに過ぎていたが、何度も改装を行なってなんとか持たせていた。搭乗する乗員《クルー》も、戦後の人員削減であぶれ出した航空宇宙軍の航宙艦乗りが、そのまま居座っているという程度だった。

ドラム罐の操縦セクションは、円筒型の頂部に突出して配置されていた。操縦席の、二つならんだシートの一方に体を固定した船長《キャプテン》は、すでに五〇歳を過ぎていた。次席航宙士《セカンド・オフィサー》も、軍役についていたことがあるらしいというだけで、前歴のよくわからない男だった。そしてその後ろの航宙機関士《エンジニア》席には、満足な航宙経験のないもぐりの乗員が腰を落ちつけていた。

この船をタイタンから海王星系まで飛ばすのに、たった三人の航宙乗員しかいないのだ。ただし航宙機関士《エンジニア》をのぞく二人の航宙士は、経歴こそ汚れてはいるものの、いずれも一人で六〇日間の航宙をやりとげられる腕を持っていた。

会社は、人件費や管理費を徹底的に切りつめていた。航空宇宙法ではこのタイプの旅客船に、二組六人の航宙乗員の勤務を定めていたが、それでは多すぎると勝手に判断していた。

短距離航宙用の例外規定をかなり強引に拡大解釈し、三人の客室乗員を航宙乗員なみにあつかうことで、書類上の形だけはととのえていた。これだけ長距離の航宙にもかかわらず、乗員は客室と航宙の両方をあわせても六人しかいなかった。

次席《セカンド》のソコロフは、後部シートのデュラン航宙機関士をちらりと見た。デュランは、面倒なチェックを全部押しつけられて、てんてこ舞いをしている。船長は宙港管制所《ポート・コントロール》との回線を開きっぱなしにして、管制官相手にさっきからずっと長話を続けていた。船長のしゃべる言葉しか聞こえないが、どうせ最近きたばかりの女性オフィサー相手に、おしゃべりでもしているのだろう。

二人の様子を確かめたあと、ソコロフは船内通話のラインをオンにした。船の舷側にはりついていた荷役船作業員の大声が、すぐにイアホンに飛びこんできた。

「ハロー、次席《セカンド》か？　船倉には注文通り荷を並べといたぜ。これだけ荷が少ないと、バランス配分も楽でいいや。リストアップをやっとこうか？」

「そちらでやってくれりゃいいよ。船倉内のインプットに突っこんどいてくれ。大した客数じゃないから、間違いようもないだろう」

ソコロフは、視線を前方のマルチスクリーンにうつした。分割された大画面のひとつに、最後の乗客を運んで来たシャトルが、連結を解除して船から離れていくのが見えた。推進剤や船内消費物資を補給したサービス船は、すでにポート本体に去っていた。

ソコロフは船長の様子をたしかめた。船長は自分が口にした下らない冗談で、笑い転げていた。ソコロフは声をひそめた。

「で、どうなった」

作業員も声を落としていった。

「『ゴー』だ。教授《プロフェッサー》は、ノーマークでこの船に乗りこむのを確認した」

「わかった。最終データは？」

「積荷リストにまぎれこませて、一緒にインプットしといた。それじゃ、な。切るぜ」

「了解」

何か気のきいた言葉がないか、ソコロフは一瞬の間考えた。だがすでに通話回線は切られていた。船倉内を映しているスクリーンの中で、その作業員が小さく手を振った。やがてその画面から彼の姿は消え、船倉内の照明が落とされた。次に船倉外扉が閉ざされたことを示すサインが点灯した。スクリーンに、ドッキングをといた作業船がゆっくりはなれていくのがみえた。

定時に緩加速で、ネプチューン・ライナーズ七〇二便は係留位置から離れた。まだ、主機には点火していない。いくらポンコツ船のガタの来たエンジンでも、宙港のエリア内で主機をふかせば、あたりの宙港設備を全部吹き飛ばしてしまう。最新式の宇宙船なら、バランス測定を兼ねたタキシング用のバーニアノズルが装備されているのだが、この船にはそんなものはついていなかった。かわりに二隻のタグボートが、船体中央部両側のジョイントに鼻先を突っこんで船を押し出している。宙港の管制所から見ると、まるで二匹のセミがドラム罐を押しているようにも見えた。

この手順は、係留位置から移動するためだけにあるのではない。船体の加速度と、タグボートとの連結部の応力を測定しているのだ。その値から船体の出港時質量が計算され、出港地の宙港管制所に記録として残される。

タグボートは、充分な加速を七〇二便に与えたあとドッキングをといて去った。そしてタグボートが影響圏外に出たのを確認したのち、七〇二便は主機に点火した。この時点でもまだ全力加速の状態ではない。タイタンといえども、軌道構造物や係留された宇宙機は多い。惑星間航行の大出力のエンジンを点火する宙域は、宙港ごとに定められているのだ。

そんな宙域であるタイタン周回軌道に遷移しながら、タグボートの推力と加速度で計算された船体質量を、さらに主機のスラスタ偏流、バーニアノズルの点検をかねながらチェックし、船体質量とそのバランスを測定していくのだ。そして船内では可動物の固定作業が行なわれ、主機全開、全力加速にそなえる。

数時間後、主機を所定の場所で噴射した七〇二便は、タイタンの引力圏をはなれて、土星を周回する長円軌道に乗っていた。

# 15　エリヌス・カント――オールド・ベース

　この十数日の間、ロペス部長は孤独な戦いをつづけていた。市長は次々に彼の権限を封じる命令を発し、ロペス部長が見栄を切って市長の部屋を出て一〇日後あたりから、さらにそれがひどくなっていた。ロペス部長があらためて公式に提出した計画は、ことごとく却下された。天王星連邦公安局への増援部隊の要請も、現有の公安部警備部隊の増強も、実現しなかった。

　残る一つの計画、航空宇宙軍警務隊への警告も、市長名で出すことはできなかった。仕方なくロペス部長は、警務隊に流す情報通信ファイルに、オライオン情報をまぎれこませておいた。だが、それを発信してからすでに一〇日以上たっているが、いまのところ何の反応もなかった。

　八方手づまりだった。ダウン・エリア内の捜査は、事実上禁止されたも同然だった。手つづきを踏めば不可能ではないと市長はいうが、そんな捜査に意味はない。被疑者にこれから逮捕しに行くと予告しておいて、しかも被疑者の片割れを道案内に立てていけというようなものだ。逮捕が成功するはずもない。だから、その後の捜査は公然とは行なえなかった。ダウン・エリア内に潜りこませた諜者から内部情報をさぐり、エリヌス・カントに出て来た何人かのSPAシンパらしい者を拘禁し、拷問まがいの方法でオライオンの動向をつかもうとした。

これらの捜査は、ほとんど非合法な方法で行なわれた。市長に知られれば即座に免職ものだ。だが何もせずにいて政権が倒れれば、新政権が真っ先にロペス部長を処刑するだろう。そのことは自分でわかっていたから、どんな汚ない手でも使うつもりだった。そのひとつが、特別班《ヒットチーム》の編成だった。公然とダウン・エリア内の捜査が行なえなくなったときから、ロペス部長は以前から眼をつけておいた非常勤警官数名で、チームを編成させた。彼らはいずれも定職のない不良やごろつきだったが、公安部が公然と行なえない仕事をやらせるにはちょうどよかった。もしもなにか問題が起これば、彼らを切り捨てればいい。そのためにロペス部長は、口のかたい者ばかりを選んだ。彼らの役割は、いまのところ監禁、尋問といったおとなしいものばかりだったが、そのうちに誘拐や脅迫、さらには暗殺も加わるだろうと考えていた。

これとは別に、普通の時には定職についている八〇人ばかりの非常勤警官とたえず連絡をとり、緊急時に即応できるようにしていた。だが本当にSPAが武装部隊を送りこんでくれば、確実に集まるのはせいぜい半数だろうと予想していた。数日前にも市長は、非常勤警官の制度は廃止する方向で検討中であると発表した。これでは士気の上がるはずがない。前の動員時の手当ても支給が完全に終わってはいないのに、この市長の声明は彼の足を引っ張るのに充分だった。

それどころか、本当に政権が崩壊しそうになれば、常勤の警官や刑事たちの中にも逃亡する者がでてくると、ロペス部長は予測していた。逃亡しないまでも、命令にしたがわなかったり、適当に無視したりして様子をうかがおうとするだろう。ひそかに彼は、そんな人物のリストを作り、彼らを重要なポストからはずしはじめていた。

だが部長にとって最大の問題は、予算不足だった。諜者やヒットチームに対する報酬にもこと欠くありさまで、小規模な非常勤警官の動員でさえ行なえない状態だった。デュクレ市長は政治危機はおさまりつつあると、ことあるごとに公《おおやけ》の場で語り、セカンダリー住民間の和解ムードを盛り上げるのにつとめていた。だから公安部の支出請求は、却下されることの方が多かった。

ロペス部長は、いざとなればこの点でも非合法にことをはこぶ覚悟を決めていた。弱味をつかんでいるプログラマーを脅迫して、市政庁の行政コンピュータから予算をだまし取らせるのだ。何ならもっと直接的に、ヒットチームに強盗をやらせてもいい。何事も起こらなければ部長は更迭されるが、非常事態になってしまえば何とでもごまかしはきく。

だがこれほど手をうっているのに、オライオンは尻尾を出さなかった。

――わしが市長の前で大見栄を切ったのを、奴は聞いてたのかもしれんな。

苦笑いと共に、彼はそんなことを考えていた。二〇日以内に何も起こらなければクビにしてもかまわないといった期限まで、あと数日しか残されていなかった。その間、SPAは市長の信じるとおり合法的な政治活動に専念しているかに見えた。あれからオライオンが公然と姿を見せたことは一度もなく、ダウン・エリア内の諜者たちからも、つかまえたSPAのシンパからも、オライオンに関する何の情報も得られなかった。

——まあ、いい。いざとなったらヒットチームにSPAの仕業と見せかけて、サボタージュかテロでもやらせればいいだろう。

ロペス部長がそう結論を出し、いつもの考えこんでいる顔つきからしまりのある顔になったのを見て、マルコーニ刑事が近づいて来た。公安部のオフィスには、二人しかいなかった。

「基地の司令官とは、コンタクトはとれました。あんまり反応は、よくありませんな」

マルコーニ刑事課長は、ロペス部長がもっとも信頼している部下だった。部長は、寝入りばなを起こされたような顔で眼をしょぼつかせている。マルコーニ刑事は、エリヌス・カントの一画にある航空宇宙軍の駐屯基地でひろって来た情報を伝えた。

「我々が何をつかんでいるかは話さずに、それとなく基地司令にさぐりを入れてみたんですがね。例の、武装部隊がここに降下して来た場合に、それを阻止できるかどうかということです。結論を先にいうと、そういう事態が起こっても、お手上げのようです」

——そんなことだろうと思った。

部長はやっと眼がさめたような顔をしていたが、特に期待していなかったから落胆もしなかった。もともとエリヌス駐屯の航空宇宙軍は、衛星間通信や航路標の管理が主任務で、辺境都市のサービスのために派遣されている。常駐隊員はせいぜい一〇人程度しかいない。軍の名は持っていても、有力な武器はほとんどなかった。まして武装部隊の侵攻を阻止するような兵力など、皆無といっていい。ロペス部長は不気嫌な顔で先をうながした。

「それから……このポート・エリヌスが暴徒に占拠されたあと、籠城《ろうじょう》できるかどうかという点ですが、こいつもむつかしいようです。あれは、基地という名はついているが、早い話がオフィスみたいなものですから。包囲攻撃を受ければ、一日と持ちません。しかし——」

マルコーニ刑事はそこで声を落としていった。

「ここだけの話ですが、あの馬鹿な市長をそこまでして守ってやる必要があるんですかね。あの阿呆がいまやっていることは、自分で自分の首をしめているのと同じです。あんな奴をかついで逃げるよりは、我々だけでずらかった方が賢いんじゃないんですか」

ロペス部長は苦笑した。いよいよ万策がつきて暴動が発生し、武装部隊が侵攻して現政権が崩壊したら、市長をかついで基地に逃げこむことを考えていた。天王星連邦公安局か軍警務隊が、鎮圧のための部隊を送りこんでくるまで籠城するつもりだった。だが部長は別に、市長に対する忠誠心からそんな計画を思いついたのではない。

「市長というのは、チェスでいうキングみたいなものさ」

ロペス部長はそういった。それから、実現の可能性のなくなった計画を話して聞かせた。

「我々は救援船が来るのを待つために、基地に逃げこむわけじゃない。奴らに反撃するために、市長をかつぎこむことにしただけだ。逃げる間に立ち寄るためだけなら、このオフィスだってかまわんのだ。

そうじゃなくて市長と共にあの基地に入りこめば、連邦公安局がミランダやアリエルから部隊を派遣する立派な大義名分ができるわけだ。市長がポート・エリヌスにおける暴動の、鎮圧要請を出しさえすればな。市長がこちらの手中になければ、我々は単に新政権下で政治亡命を求める者たちにしかすぎなくなる」

「基地に立てこもることは、航空宇宙軍を巻きこむためですか」

部長は無邪気な顔で笑った。

「えらいぞ。その通りだ。この衛星にSPA寄りの政権ができて一番困るのは、地球・航空宇宙軍だ。駐屯部隊と一緒に軍の基地に入りこんでしまえば、孤立した軍部隊の救援という名目で航空宇宙軍も部隊を送ってこられる。

……だが、駄目なら仕方がない。別の手を考えるしかないな。どっちみち航空宇宙軍が部隊を派遣するとなると、演習宙域からの急派になる。すると、到着までに二〇日以上かかってしまうだろう。エリヌス宙港も奴らが封鎖することが予想されるから、別の方法を考えなきゃならん」

マルコーニ刑事は、妙な気分になっていた。彼にとっては、現政権が倒れるということ自体、いまだに現実のものとして理解できていない。それなのにこの部長は、そうなった場合の対策について、チェスか何かの話でもするように淡々と話している。本当にそんなことが起こるのかどうか、マルコーニは部長に聞きたくなったが、それはやめにした。たぶん部長はいうだろう。起こるかもしれない。しかし、起こらないかもしれない。そんなことはどうでもよくて、必要なのはあらゆる状況を考えて対策をたてておくことだ、と。

部長は教師が生徒に質問でもするように、マルコーニ刑事に聞いた。

「さて、基地で籠城という案が駄目だとすると、次善の策は何だと思うね」

マルコーニは、面くらって黙りこんだ。ロペス部長のように先のことを考える能力など、持ち合わせていない。あっさりと彼はいった。

「参ったな。わかりません」

部長は息をついていった。

「わしにもわからん」

それから部長は、デスク上の端末に表示されていた数字を読みあげていった。

「目星だけはつけてある。これからちょっと、当たりをつけに出ようと思っていたところだ。君も来てくれ」

そういって部長は、よたよたと部屋の隅のロッカーに歩いていった。そして、ぶ厚い防寒服を引っぱり出した。めったに使われることのないその服は、ほこりっぽかった。部長は適当なサイズの防寒服をもう一つ取り出し、マルコーニ刑事に投げた。まだ若い刑事は眼を丸くした。ポート・エリヌスの中で、こんな服を着て行く所といえば、一カ所しかない。オリジナルたちが住むオールド・ベース地区だ。一体、部長は何を考えているのだろう。そう思いながらも、マルコーニはだぶだぶの防寒服を着こみ、部長のあとにしたがった。

市庁舎前の中央広場には、午後の光が満ちていた。光線と共に調節された温度と湿度が、その小さな広場を本物らしく感じさせていた。子供たちが大勢で、最近小惑星帯あたりから伝えられた新しい遊び、バード・ボールに喚声を上げながら興じていた。もっともこのゲームをするには、中央広場は狭すぎた。だから正式ルールでは遊べないのだが、遊ぶことにかけては天才的な子供たちの工夫でルールを変え、両腕につけられた色あざやかな翼をたくみにあやつり、羽根のついた小さなボールを追っていた。子供たちの軽やかな動きは、本物の鳥よりも鳥らしく、誰もがスタープレイヤーのように華麗に空を舞っていた。

そんな広場の隅のベンチで、ぼんやりと子供たちの遊びをながめていた一人の男がいた。ずっと前から男はそこにいたが、男があらわれる前には別の男が座っていた。そうやってずっと待っていたものが、ようやくやって来たことに男は気がついた。広場をへだてた向かい側の、政庁と隣接する公安部のオフィスから、一目でそれとわかるロペス部長が姿をあらわしたのだ。ただでさえ背が低いのに、どういうつもりか厚ぼったく着ぶくれしているものだから、まるでボールのように見えた。

男はベンチから体をうかし、油断なく上衣の上からかくし持ったナイフの感触をたしかめた。だが彼は、続いて出て来た長身の刑事らしい人影を見て、手を引っこめた。刑事には、ロペス部長のような無防備さはなかった。すらりとした長身は、訓練の行き届いた兵士のように引き締まっていた。しかも着こんだ防寒服の上からみても、拳銃を持ち歩いているのがわかった。

――あの格好なら、行く先はひとつしかない。

そう考えなおして男は、二人が連れだってオールド・ベースの方に歩いて行くのを確かめたあと、足早に歩き去った。


エリヌス・カントから、オールド・ベースに通じる通廊に足をふみ入れた途端、ぞっとするほどの寒気が二人をつつんだ。まるで冷蔵庫に入りこんだかのようだ。ゲートを開けて内部に踏みこむと、ダウン・エリア側から入りこんだ暖気がたちまち白い霧となってあたりに立ちこめた。だがそのゲートを閉じ、気閘のような二重扉を通り抜けると、それよりも厳しい寒気が彼らをしめつけた。

設計上は、オールド・ベースの気温は決して氷点下に下がることはない。それでも、一年中快適な気温の中で過ごすのに慣れていた二人には、この寒気は気を滅入らせるのに充分だった。しかも、歩くにつれて喉が痛みはじめた。この地区を効率よく維持するために、気温だけではなく湿度も低くおさえられていたのだ。乾燥し切った冷たい空気は、たえず彼らの皮膚を刺した。

通廊は、カント地区やダウン・エリアのどれよりも狭く、暗かった。わずかでも温度を周囲の岩盤に逃がさぬように、全体の形は二重壁にとりかこまれた円型構造になっていた。しかし、それは最初のうちだけだった。すすむにつれて、削りとられた岩盤に、断熱表面処理をほどこしただけの通廊が目立ちはじめた。さらに開発が進むにつれて次々と拡張された通廊は、冷えきった岩盤を掘り進めるのを避けて既設の区画に接するようにして建設されたらしく、全体が収拾のつかない迷路になっていた。場所によっては乾燥し切っているにもかかわらず、びっしりと張りついた霜が厚い氷に発達していた。何度もロペス部長は足をとられて宙に浮き、あわててマルコーニ刑事がそれをささえた。

ほとんど規格らしいもののない狭い通廊の壁に、太いコードの束やパイプラインが走っている。照明は点灯していない方が多いくらいだった。この衛星のエネルギー事情が好転したいまでも、暗く狭いオールド・ベースが改装される可能性はなかった。居住区画や生命支援システムのすべてが、低温乾燥状態で設計されていたせいだ。システムを改変するよりは、新しい区画を作った方が早かった。だがこの地区の住民は、誰も他の区画に移り住もうとはしなかった。この衛星の、もっとも古い部分にあわせて体を改造してしまったオリジナル・サイボーグたちは、耐用年数がつきて死ぬまでこの地区を離れようとはしないだろう。

通廊は、ほとんど人通りがなかった。たまにここの住民であるサイボーグとすれちがっても、他所者《よそもの》に冷たい視線を向けるだけで言葉を口にする者はいなかった。マルコーニにとっては、不思議な光景だった。ついさっき通り抜けて来た政庁前広場の明るい照明と、子供たちのはしゃぎ声のすぐ近くに忘れ去られた地区のあることが実感できずにいたのだ。この地区に足をふみ入れたのは、はじめてではない。それにもかかわらず、ここが同じ都市内だとはどうしても思えなかった。

先に立って歩くロペス部長は、そんなことは一向に気にしていないようだ。マルコーニからは見おろす位置になるロペス部長の、うすくなった頭髪が歩くたびにひらひらゆれている。

そして部長は足をとめた。オフィスで読みあげた数字と、区画の番号を見比べ、マルコーニをふり返ってうなずいてみせた。

マルコーニが前に出て、自動装置のこわれたハッチドアをノックした。そして返事もきかずにそれを開け、するりと体を中に入れた。部長が続いて中に入ると、室内にいた二人の住人が顔を上げたところだった。

「公安部ってのは、マナーも知らんらしいな」

サイボーグ化された二人の住人のうち、小柄な方がそういった。それから、もう一人の大柄な、顔の半分がケロイド状にひきつった男の方をみていった。

「な、俺のいった通りだろう？　俺とマックスのいうことに、間違いはないのさ」

それを聞いたもう一人の男は、黙ったままうなずいた。ロペス部長は、愛想笑いをしながらいった。

「何の話をしてるんだ？　客を突っ立たせといて内輪話か。笑うかもしれんが、この衛星でも立ってるのはきついんだよ」

そういって部長は、床の上にころがっていたがらくたのひとつに腰をおろし、ポケットから両手を抜き出してもみ合わせた。吐く息は白く、いかにも寒そうな顔をしていた。マルコーニの方は、油断なく入口近くに突っ立っていたが、寒さのせいで無意識に防寒服の前をかき合わせた。

「客だとよ」

そういって小柄な男は、相棒に向けた顔をわずかにひきつらせた。笑ったつもりかもしれない。マルコーニは思わず視線をそむけた。

「別に俺は、お前さんたちを招待した覚えはないぜ。もっとも、いやだといっても押しかけてくるんだろうが。違うかね。ロペス公安部長殿。そっちの若いのは、マルコーニ刑事さんか」

ロペス部長は破顔していった。

「お見知りおきとはありがたい。君たちは、ええと……」

部長は戸惑った様子で、ポケットをさぐった。二人の名だけは、メモを持ちこんだのかもしれない。小柄な男がさえぎっていった。

「ジャジでいい。いまはそれで通っている。こっちは、オグだ」

「わかった、ジャジ。それから、オグ。ちょっとばかり、聞きたいことがあって来たんだ。手間はとらせん」

「条件によっちゃ、乗ってもいいぜ」

いきなりオグがそういった。ロペス部長は話の腰を折られて、いうべき言葉を失った。相手の考えを読み取ろうとしたが、二人には表情らしいものはほとんどなかった。そんな部長に、おっかぶせるようにジャジがいった。

「このポート・エリヌスの政権がぶっつぶれたあと、巻きかえしの時間かせぎにこのオールド・ベースに逃げこむつもりなんだろ。そのために、オリジナルの間で顔のきく代理人業《エージェント》の俺に、口ききをやらせるってわけだ。俺たちオリジナルを盾がわりにして、援軍が来るまでなんとかふんばるって算段なんだろうが、あいにくこっちはセカンダリーの誰が次の市長になろうが、知ったことじゃない。お前らの喧嘩に巻きこまれて、これ以上ひどいめに遭いたくはない。どうだ。図星だろう」

一気にまくしたてたジャジの前に、ロペス部長の思考はまったく停止してしまった。どんな時にも彼は相手の先手をとって、それと気づかぬうちにこちらの思い通りに動かすことができた。だが、今度ばかりはちがっていた。こちらの手の内を全部読み取られて、パニックに陥ってしまったのだ。相手に優越感を持たせて油断させるのに役立った貧相な顔つきや短軀も、ここでは無意味だった。サイボーグの二人に比べれば、ロペス部長の方がまともな体だったのだ。

手の内を相手に読まれたことなど、部長にとってこれまでなかった。老練な政治家であるデュクレ市長でさえ、ロペス部長の前では子供同然だった。部長は、狼狽《ろうばい》し切っていた。それは、そばで見ているマルコーニ刑事にとっても滑稽なほどだった。あごがガクリと落ち、口の端からよだれがはみ出して、落ちることもなく大きな水滴を作っている。いつもならそれは、部長が考えにふけっている時のポーズなのだが、今度だけはそうでないことがマルコーニにもわかった。

何年も前からジャジは公安部専用回線を盗聴し、政庁の情報サービス部門のプライベートデータを引き出して、マックスに入力していた。そしてそれらのデータから情報推測と事後評価などの学習をくり返し、何度もフィードバックしてマックスを育ててきた。そのマックスが、公安部長の行動を予測したのだ。だが、部長はそんなことを知るわけもなかった。最大の弱点に、もろにパンチをくらったようなものだ。うろたえている部長にかわって、鈍感だが普通の人間であるマルコーニ刑事がたずねた。

「さっきおたくがいってたな。『条件によっちゃ乗る』って。どういうことだ。条件てのは」

「ここで戦争をやられるのは迷惑な話だが、他でやるつもりなら手伝ってもいいってことだ」

「他の場所だと?」

マルコーニは妙な顔をして聞き返した。ロペス部長も、少し興味を持ったらしく顔を上げた。あいかわらずひどい顔をしていたが、入って来る情報はとりあえず何でも呑みこんでしまおうとする貪欲さが部長を立ち直らせていた。ジャジは、そんなロペス部長の見せた興味に気を良くしていった。

「要するに旦那方はポート・エリヌスが奴らの天下になったあと、連邦公安局から加勢が来るまでの間、隠れる場所がほしいんだろうが。しかもその場所は、兵隊と武器が一杯おろせて、しかもポート・エリヌスを攻め落とすのに楽な所で、もひとつあの市長をかかえてずらかりやすい場所なんだろ。それなら、こんなオールド・ベースなんかじゃだめだ。カントから追っ払われて、ダウン・エリアにも当然行けんとなると、逃げ場はここしかない。奴らだって馬鹿じゃないから、必ず追いかけてくるってわけだ」

「ここ以外に、そんな条件を満たした所があるというのか？」

ロペス部長が、勢いこんでそう聞いた。ジャジがどうしてそんなことを知っているのか不思議には思わないようだ。完全に打ちのめされてしまったものだから、教師にものをたずねる子供のように従順だった。

「宙港はポート・エリヌスだけじゃない。三〇年以上も前に捨てられて、放ったらかしのままの宙港が、いくつもこの衛星上にある。そのうちの半分以上は、記録にも残っていない。作業用の小規模宙港ばかりだが、中にはでかいのもある」

それまで黙っていたオグがそういった。身を乗り出して部長は先をうながした。ジャジがそのあとを引きとった。

「そんな古い宙港のどこからでも、このポート・エリヌスまで坑道を伝って入って来られる。お望みとあらば、カントの政庁の地下を通っている作業坑の天井をぶち抜いて、政庁前広場に飛び出してやるぜ」

これはジャジのはったりだった。だがロペス部長は疑おうともしなかった。彼らのペースに引きこまれてしまった部長を見て、マルコーニが割りこんだ。

「それが必要だと決まったわけじゃないぞ。いまの政権は安定しているし、最近はポート・エリヌスも平静なもんだ。お前たちは、本当にそんなことが起こるんだと思っているのか？」

「俺に聞かずに、旦那のボスに聞きゃいいだろ。あいさつもなしに押しかけて来たのはそっちだぜ」馬鹿にしたように、ジャジがいった。「俺たちは、旦那方のどっちが政権を取ろうが知ったこっちゃない。SPAが旦那の首をかっ切ったって、俺たちは痛くもかゆくもないんだ」

むっとしたようにマルコーニは一歩を踏み出した。ロペス部長は片手を上げてそれを制した。どうやら、こいつらの思惑が読めて来たわい。そんな思いが部長の心に余裕をもたせたらしい。小ずるそうに部長はいった。

「よかろう。何だ。条件というのは。金か？　それとも物か」

「何もいらん。人間としてあつかわれたいだけだ」

ぼそりとジャジがいった。オグは考えていた。いくら説明してもこの二人には理解できないだろう。人間として認められたいというのが、どのようなことなのか。航宙艦乗りになるはずだったオグが、辺境の地下坑道で何十年にもわたってはいずりまわることを強いられ、そして忘れ去られた。いまでは無駄に終わった苦闘の時代など存在しないかのように、人々は快適な生活を送っている。多くの仲間の屍《しかばね》の眠る土地で。

そのことを想い出してほしいと、オグは思っていたのではなかった。とどこおりがちなサイボーグ体の交換パーツをきちんと供給しろとか、危険の多すぎる、むくわれることのない坑道内調査ではなく、採掘プロジェクトをやらせろともいうつもりもなかった。彼のみにくい顔を見て泣き出すセカンダリーの子供たちや、物を投げつける悪童たちに不平をいう気もない。彼らの望みは、ただ棄民としてしかあつかわれていない自分たちを、人間として認めてもらいたいということだけだった。

「つまり、行政上の同等の権利を与えろということか?」

マルコーニが無愛想にいった。

――違うんだ。この若造は何もわかっちゃいない。そんなことはどっちでもいいんだ。俺たちを人間と認めさえすれば、権利だの何だのはあとからついてくる。頼むから、俺たちを気味の悪い時代遅れのサイボーグだと思わないでくれ。俺たちだって、同じ人間なんだ。

ロペス部長は、ゆらりと立ち上がり、じっと押し黙っているサイボーグたちにいった。

「とにかく、今日のところは引き上げよう。悪いようにはせんから、我々の方についてほしいものだ。また、連絡する」

挑戦的ににらみつけているマルコーニ刑事をうながして、ロペス部長は出て行った。

ハッチドアが閉じられ、たっぷり一分が過ぎてから、オグがやっと口を開いた。

「かかわりにならん方がいい。あのでぶの小男は、信用しない方がいい」

「誰が信用なんぞするものか」ジャジは吐き捨てるようにいった。「だが、いまさらあとには引けん。奴らにとって俺たちは、知りすぎた存在ってところだ。俺たちをSPAに寝がえらせるほど、奴らは甘くはない。それよりどうするんだ? オグ。ことがおさまるまで、また山に入るのか。かかわりを持ちたくないってんなら、とめやせんが」

オグには、ジャジの気持ちがわかっていた。彼は死に場所をさがしているのだ。死ぬ間際に、いままで自分を無視して来たセカンダリーたちを、ほんの一時でも眼の前ではいつくばらせたいのだ。

オグはいった。

「いや、もうすこし出発はのばすことにする。ここにいて、マックスのアウトプットを見るだけで、退屈せんからな」

「そういうと思ったぜ」

ジャジはうれしそうにそういった。


「気に食わん奴らですな」

凍てついた通廊を歩きながら、マルコーニ刑事がそういった。寒さのために、手足の先がかじかんでいた。突っこんだポケットの中で、さかんに手を握りしめては開いていた。

「化け物どもめ。一体、何だって奴らはあんなに正確な情報を握っていたんだ。このことを知っているのは、部長と私だけのはずなのに……。

ヒットチームを使って、しめ上げさせますか？」

「少し黙っててくれんかね」

ふり返りもせず、不気嫌そうな声でロペス部長はいった。マルコーニ刑事はあわてて口をつぐんだ。こんな状態の部長は、何も頭の中に入らないのだ。

通廊を進む二人は、部屋を出た時から一人の男が影をひろいながら後を追って来るのに、気づかなかった。

マルコーニ刑事が足をとめた。カント地区に通じるゲート近くに、人影がつっ立っていた。背後から淡い光を受けているために、顔が影になっていてよく見えない。狭い通廊で、二人をさえぎるようにこちらを見ていた。

――サイボーグではないな。

吐き出される白い息が、わずかな光できらめいていた。それをみるだけで、人影が生身の人間なのがわかった。人影はゆっくりと身を沈め、襲いかかろうとする獣のように身構えた。その手にナイフが握られているのを見た時、マルコーニは行動を起こしていた。ベルトから拳銃を抜き出し、銃口を向けた。その時、いきなり人影は身をひるがえして逃げ去った。逆光のせいでマルコーニには、男の動きが逆にみえた。逃げたのではなく、飛びかかってきたように錯覚したのだ。そのために、動作が遅れた。気がついた時には、人影は通廊の角を曲がって消えていた。はじかれたように、マルコーニも飛び出して行った。拳銃をつかんだまま壁を蹴って男を追っていく。あとには茫然としているロペス部長だけが残された。

ロペス部長の背後に、さきほどから尾行を続けていたもう一人の男が忍び寄っていた。男の武器はナイフではなかった。手製らしいスリングショットをコートの下からとり出して、弾丸をつがえた。小さいが、破壊力の大きい爆弾らしい。ロペス部長の二〇メートルほど後ろにまで近寄った男は、スリングを引き絞って弾丸を放った。

弾丸がスリングショットを離れた時、追跡をあきらめたマルコーニ刑事が通廊の向こうに姿を見せた。凍った床に足をとられたロペス部長の体が、倒れそうにかしいだのがほとんど同時だった。部長めがけて飛ばされた弾丸が、わずか数センチの差でつき出た腹をかすめて飛び去った。飛んで来る弾丸を見たマルコーニには、それをよけるだけの余裕があった。あわてて物かげにかくれた時、弾丸は壁に当たって大音響と共に爆発した。バランスをくずしてほとんど床近くまで倒れかけていた部長の体が、爆風をまともにくらって吹き飛んだ。その体の上を飛び越えるようにして、マルコーニ刑事は二人めの暗殺者に襲いかかった。

暗殺者は予想より早く戻って来たマルコーニにとまどいながらも、二つめの弾丸をつがえた。だがスリングショットは、銃撃戦には不向きだった。ロペス部長の体を飛び越し、マルコーニ刑事はたて続けに拳銃を発射した。そのうちの一発が、暗殺者の手にしていた弾丸を爆発させた。

爆発のガスが散り、ようやく周囲の状況が見えるようになった。暗殺者の死体は、片腕が吹き飛んでいた。

マルコーニ刑事は、倒れたまま手足をばたつかせている部長を起こしながら聞いた。

「大丈夫ですか？　あやうくやられるところでしたよ」

ロペス部長は、すり傷のついた額からうっすらと血をにじませながら、おかしくてたまらぬというように笑いころげていた。

「SPAは馬鹿だ。あと三日も放っておけば、わしはクビになっていたのに。あせって殺そうなどとするもんだから、わしに居座る口実をくれたみたいなもんだ」

彼の笑い声は、通廊の奥に際限なくこだました。

# 16　ハイジャック――土星周辺軌道

操縦席の表示画面のひとつに、遠ざかっていくタイタンが映し出されている。すでに出港から一〇時間が過ぎていた。タイタンは土星の環と重なりはじめ、標準倍率では、それを見分けるのはむつかしくなっている。七〇二便は、〇・二Gの定格加速で目的地に向かう軌道に乗っていた。

ただし、初期加速は一〇〇時間ばかりで終わってしまう。船の最終速度は一五〇〇キロ／秒しかなく、軌道の大部分は慣性飛翔だった。もともと近距離航宙のために建造された船なので、そんな中途半端な軌道をとっていたのだ。船を改造して船外推進剤タンクを増設し、構造を補強してやれば航宙日数を短縮することも技術的には可能だった。だが船会社は、航宙が長期間にわたっても現状を維持する方を選んだ。その方が経済的であり、旅客もその方を好んだ。

すでに土星磁場の影響をうけて、タイタン・オービティング・2宙港との交信状況は悪くなっていた。どのみち船籍識別信号の送信先を、出港地であるタイタン・2から、土星系全体の航路管制を行なうヤペタスに変更する時機になっていた。だが七〇二便の航路では、四日後にはヤペタス自身も土星の裏側にはいってしまう。そうなったあとは、副管制《サブ》システムであるフェーベに発信は向けられることになっていた。フェーベは、この星系の最外縁をひっそりとめぐっていた。土星の巨大な質量にとらえられた小惑星は、五〇〇日あまりの長周期で仮の軌道を逆行していた。

識別信号の送信先を、タイタン・2からヤペタスにきりかえようとした船長は、背後に異様な気配を感じてふり返った。船長は度を失った。航宙機関士が、船長の頭に拳銃を向けていたのだ。

「いったい何の冗談だ。デュラン」

機関士の手に握られている拳銃は、ハイジャック防止用のものだった。船内に一挺だけそなえられている拳銃は、船長用シートの下におさめてあるはずだった。機関士はポケットから、これも船内装備の手錠を引っぱり出していった。

「シートベルトをつけたまま、ゆっくりとこちらに両手をさし出していただきたい、船長《キャプテン》。抵抗すれば射殺するが、おとなしくしていれば目的地で無事に釈放すると約束しますよ」

船長は顔を真っ赤にしていった。

「いまなら、このことを軍の警務隊には黙っといてやる。変な冗談はやめるんだ」

そういって船長は、となりのシートに座っているソコロフ次席の方をちらりと見た。だが、ソコロフはいらいらした声でいった。

「言うとおりにするんだ。船長。あなたを死体にして船外放棄した方が、我々には手っとり早くていいんだ。面倒をかけさせないでくれ」

船長は、信じられないといった顔で二人を見比べた。それでも自分がおかれた状況に、ようやく気づいたようだ。

「SPAか……お前ら」

それだけいって茫然としている船長の両手に手錠をはめ、機関士がシートから船長を引きずり出した。

「後部シートにくくりつけておけ」

拳銃を受け取って油断なく見張っていたソコロフは、そう機関士に命じた。それから、船内通話で客室を呼び出した。

「……そうだ。こっちは完了だ。……わかった。すぐに次の行動にうつれ」

通話を切ったソコロフは、セットされていた海王星航路のデータを、航法コンピュータから抜き出した。そして、シートポケットに突っこんであったケースから、別のデータディスクを取り出してセットした。小さな画面上に『J・II』とだけそのタイトルがあらわれた。

「こんなことが、うまくいくと思っているのか」

予備シートにしばりつけられた船長が、いまいましそうにいった。最初のショックからようやく立ちなおって、なんとかまともに口をきけるようになっていた。

「ハイジャックなど、成功するはずがない。どこの星系の都市でも、犯罪者を受け入れてくれるものか。それどころか目的地につくよりも先に、軍のフリゲート艦がこの船を追ってくるぞ。予定軌道の変更を行なったりすれば、数時間でこの船のまわりは軍艦だらけだ」

旅客区画とのハッチが勢いよく開き、客室乗員の一人が顔をつき出した。かすかな期待をこめてふり返った船長は、ようやく事態の深刻さに気づいた。

「発射準備は完了だ」

そう乗員はいって、デュラン機関士からいくつか手錠を受けとり、制服のポケットに突っこんだ。どうしても事前に入れかえることのできなかった残りの客室乗員と、キャンセルしきれずに乗りこませた一般乗客を拘束するために、それは必要だった。教授をはじめとして、ほとんどの乗客はSPAの兵士だったのだ。

「捕虜は全部、第三客室デッキに集めた。この旦那を入れて、一一人だ」

そういって手錠と拳銃を受け取った乗員が、悪態をついている船長をシートから連れ出し、ハッチの向こうに放りこんだ。そして二人に白い歯を見せて笑いかけると、自分もその中へ飛びこんでいった。

操縦セクション内の制圧が完了したころ、船倉に近い気閘から小型救命ボートが射出されようとしていた。何度もくり返されたリハーサルどおりに、SPAの二人の兵士が作業をこなしていた。射出される救命ボートには、二種類の識別信号発信機を積みこんであった。ひとつは近距離用の全方位発信機であり、もうひとつは宙域管制所向け識別信号の発信システムだった。近距離用のものは、数時間で出力を低下させ、ヤペタスやフェーベからは受信できなくなる。この発信機は交叉軌道をとる他の宇宙船や宙港施設に、自船の位置を教えるためのものだから、時間とともに管制所で受信できなくなるのは自然だった。

第二の、識別信号を指向性電波に乗せて送りつづける発信機は、七〇二便がヤペタスからフェーベに発信先をきりかえる四日後まで作動する。そして二種類の電波は、いずれも七〇二便の加速度にあわせたドップラー・シフトに似せて周波数を変化させ、宙域管制所をあざむく。

だが、この方法で七〇二便の幻影を送れるのは、ヤペタスに対してだけだった。七〇二便の軌道延長線上からはずれたフェーベに識別信号の発信先がきりかえられる四日後、七〇二便は電波的に消失する。だが、小規模で補助的な通信性能しか持たないフェーベの基地では、ローカルな民間船の識別信号をとらえそこなうことなど珍しくない。七〇二便が本当に行方不明になるのは、さらに七日後、土星系の宙域管制所を脱し、木星系の宙域管制所の外縁をかすめる時になってからだ。

ソコロフは、船内通話で気閘内にいた二人の兵士に救命ボートの射出を命じた。同時にタイタン・2宙港にあてて、ヤペタス管制所の管轄に入る旨を打電し、本物の識別信号の発信を停止した。

それから船内放送を通じていった。

「外惑星連合軍航宙艦J・IIは、二分後に回頭し、天王星第六衛星エリヌスに向かう。姿勢制御、回頭が完了するまで、各員はシートにつくことをJ・Ⅱ艦長ソコロフ大尉より要請する。以上」

教授を隊長とするSPAの兵士たちが、一斉に声を上げ、顔をかがやかせた。しかし、ソコロフ大尉は回頭の準備に忙殺されていて、同志たちと喜びをわかち合う余裕がなかった。

七〇二便が、SPA武装部隊によって制圧され、外惑星連合軍航宙艦J・Ⅱとして天王星系に向けて転針した時、二つの飛翔体が同じ軌道を後方から追っていた。

ひとつは、数百万キロ余り後方を二〇〇キロ／秒の速度で追尾し、小惑星帯か土星軌道ラインまであと数時間と迫ったJ・Ⅲと呼ばれる物体だった。J・Ⅲは、光帆タンカーとして小惑星帯から射出されて以来、すでに二〇億キロもの距離をわたってきた。本来なら、光帆タンカーとしての使命を、後方トロヤ・タイタン間の宙域で終えたあと、二〇〇日余をかけて太陽系を突っ切り、太陽や諸惑星の質量で速度エネルギーを減衰されることもなく、恒星間宇宙をはるかな星ぼしに向けて渡っていくはずだった。

だがタンカーとしての使命を終え、識別番号のみの物体として虚空に消えていくはずだったこの物体は、SPA兵士の手によってJ・Ⅲの名を与えられ、ふたたび人間の制御下におかれようとしていた。後方トロヤ群で輸送船に積み込まれた火器や弾薬類が軌道上でタンカーに移しかえられ、三十数時間後にJ・Ⅱにより回収されるべく、いまも微弱な識別信号を発しながら邂逅の時を待っていた。

人間の手をはなれたかつての光帆タンカーは、ふたご座に向かって今度こそ長く孤独な旅をはじめる。

もうひとつの飛翔体、アクエリアスは、J・Ⅲのはるか後方、ようやく木星軌道ラインに達する位置――ほとんど後方トロヤ群をかすめる宙域を、エンジンに損傷を受けたまま慣性飛翔していた。地球軌道を通過するときに受けた主機の損傷は、いまだに修復を終えていなかった。自力修復の目処はたったものの、予想したとおり救援はこなかった。だがアトランティック・ステーションからは、現速度を保持したまま土星系に向かえという新しい指令がきていた。ヴェルナー大佐の乗艦ではじまった特別任務は、まだ終わったわけではなかった。太陽系近傍で非合法船の拿捕、臨検という任務の他に、その船の目的地における暴動鎮圧の任務が、あとからつけ加えられたのだ。

すでにアトランティックも、あの船の役割は軌道上の三つの宙域、後方トロヤ群、土星系、天王星系のいずれかで、SPAが引き起こす暴動の支援だと認めていた。暴動の支援ではなく単独で破壊活動を予定していた可能性もあるがエリヌス地表の動きと連動していないのであれば無視してもかまわないだろう。だが暴動の支援なら、まだ安心はできない。あの船が到着する時にあわせて、暴動が発生するかもしれないのだ。

もちろんフリゲート艦であるアクエリアスに、宇宙都市の暴動を鎮圧する実力はない。ただ暴動が発生しそうな時に武器を満載した船があらわれず、アクエリアスが出現して周辺宙域を制圧すれば暴徒に無言の圧力をかけることはできる。どの宙域でそんな事態が発生するのかつかめぬまま、アクエリアスは慣性航行をつづけていた。そのような状況がつづくかぎり、どの宙域で暴動が発生してもすばやく対応できるはずだった。アクエリアスは、あの船の軌道をたどって航行しているのだから。

すでに三つの宙域のうち、後方トロヤ群の可能性は除外された。現地からの報告では、暴動の兆候はまったくないということだった。残された二つの宙域のうち、天王星系も暴動の可能性少なしと判断された。爆発した船の予想軌道を延長すれば、天王星系には大演習が終了した一ヵ月もあとになって到着することになり、意味はない。それにあの船の航宙能力も、それほど長くはなかった。

これらのことから、あの船の目的地は土星系だったと断定された。すでにタイタンをはじめとして、木星系出身者の多いヤペタスやS－15にも、公安部隊や、軍警務隊の集中移動が開始されていた。アクエリアスはこれらの部隊を支援するべく、約二〇日後の土星系到着を予定して慣性航行をつづけ、木星軌道を横切りつつあった。

このような事態の中でも、一ヵ月後のオペレーション・タルタロス－23は、予定通り行なわれることが決められていた。ただ、主機の修理が終わっていないアクエリアスだけは、例外だった。すでに外惑星動乱終結のこの日に向けて、木星系の外衛星や軌道都市群に、不穏な動きが出はじめていた。もしも演習が中止されれば、今度はそちらの収拾がつかなくなる。

だがアトランティックやアクエリアスのこの判断は、決定的に間違っていた。SPAの船は一つだけではなかった。J・ⅡそしてJ・Ⅲは、この時点ですでに土星軌道を越えて天王星系に向かいつつあった。そしてJ・Iも、アクエリアスに遭遇しなければ加速したJ・IIと邂逅すべく、やはり土星軌道を越えていたはずだったのだ。

アクエリアスの船内で、ただ一人このことを知るジャムナは、今度こそかたく閉ざされた自分の殻の中で、じっと沈黙をつづけていた。ジャムナには、常時二人以上の監視がつけられていた。それでも彼女は、手錠で固定された腕で膝をかかえ、何日もあきることなく壁を見ていた。その体からひ弱さの仮面は消えて、本来の強靭さをのぞかせていた。彼女は、母親と遊んでいた子供のころの自分を、これまで何万回もそうしていたように、また思い出していた。

## 17

# カミンスキイ中佐——ガニメデ

敵に情報を与えぬための、最良の方法は味方にも情報を与えないことだ。カミンスキイ中佐は、このもっとも単純でかつ矛盾する原則を、バランスをとりながら実践することに成功していた。彼が指揮するイオ、カリスト、エウロパ、そしてガニメデのSPA組織の中で、エリヌス侵攻作戦の全貌を知っているのは、中佐だけだった。土星系には作戦宙域が天王星系だということに気づいた者は何人かいるかもしれないが、木星系にはそれさえいない。

だがカミンスキイ中佐は、ひとにぎりの人間が作戦の全部を知っているという危険も、充分承知していた。このため複数の組織が共同で行なう今回の作戦では、各細胞を他の細胞がたがいにバックアップする複合組織体を作り上げてあった。単に組織体を組み上げただけではなく、作戦行動の細部にわたるプログラムも、同時に作り上げていた。

したがってたとえひとつの細胞が全員逮捕されたとしても、それと連絡する別の細胞が、かわって任務を代行することになっていた。しかも逮捕された細胞の供述から、それを支援する隣の細胞に逮捕の手がおよぶことはない。つまりカミンスキイ中佐のようなリーダーが指揮をとって全組織を意のままに動かすのではなく、あらかじめプログラムされた作戦行動に従って組織の各細胞が任務を遂行していくのだ。組織の損害が許容範囲内であれば、状況の変化や人員の損失によって細胞は自動的に変質し、組織全体として機能に変化はないはずだ。

この『指揮官を持たない軍隊』の思想は、以前から中佐によって提案されていた。だが本格的に組織されたのは、今回の作戦がはじめてだった。大部隊がぶつかりあう戦場のように機動力を要求される戦いなどでは、各級指揮官の情報処理能力とすばやい決断が勝敗を分ける要因となる。だが地下の闘争では、この図式はあてはまらない。そこでは戦場とは異なり、一瞬の間にすべてを判断しなければならない即応性は必要なかった。そして、起こりうる状況の変化も、ほとんど事前に予想できる。

あるいはこの『指揮官を持たない軍隊』のシステムは、個人の判断に多数の人命をゆだねる現在の軍隊組織よりも、進んだシステムなのかもしれない。将来、もっと優れた情報処理即応ハードウェアが開発されれば、正規軍の組織もそのように変質していくのではないか。もしも将官たちが戦場で戦況をまったく把握できず、一兵卒と同等に扱われることに異議をとなえなければ。

だが、このように組織された地下組織にも弱点はある。それはこの作戦を企画し、組織したカミンスキイ中佐自身であり、あるいは教授やジャムナだった。中佐はそのことをよく承知していたから、作戦が始動してからは警務隊や公安組織の追及を逃れるために、いっさい作戦からは手を引いていた。作戦の進行状況も、正確にはつかんでいなかった。土星系や両トロヤ群なら、それほどでもなかった。しかし中佐の本拠地であるガニメデでは、公然と街路を歩くこともできないほど追及の手は厳しかった。

――あと一二日間だけだ。作戦を秘密にしておく必要がなくなるまで。

カミンスキイ中佐は状況が全然つかめないことにいらだちながらも、残された日数を数えて自分の気持ちを抑えた。

一二日後に部隊がエリヌスに降下してからは、作戦は新たな段階をむかえる。組織はそれまでの『指揮官を持たない軍隊』から、一気に公然と自己を宣伝する行動に移る。もはや、隠す必要がなくなってしまうのだ。その時にはエリヌス新政権が、天王星系連邦から分離独立を宣言しているはずだ。そしてその新政権の支援を、SPAは行なうはずだ。そうすることで、木星周辺に集結している航空宇宙軍内宇宙艦隊を牽制するのだ。地下に潜伏するのも、それまでだ。一二日後には、中佐は指揮官としてふたたび状況を自分の眼で見ることができる。

カミンスキイ中佐はここ五日ばかり、ガニメデ・3シティ・エクステンション・エリア――通称NASAキャンプの、簡易宿泊施設に潜伏していた。ドーミトリイと呼ばれる宿泊施設の狭苦しい寝棚の中で、天井を見つめながら考えごとをめぐらしていた。

NASAキャンプは、一〇〇年以上も昔にはじめてガニメデに基地が作られたころの古いブロックだった。もともとは基地跡だったのが、最近になって急に増えはじめた地球からの入植者を、一時的に滞在させるために整備されていた。だが計画段階から予想されていたように、そこはスラムと化している。ガニメデの他の都市のように整然とした街区はなく、NASAキャンプだけがガニメデでも異様な雰囲気がただよっていた。

ガニメデに戦前から住んでいるガリレアンたちにとって、反地球の感情はいまでも根強い。だが最近のガニメデ政府の政策は、それを逆なでするものだった。政府は地球からの移民を大量に受け入れて、エネルギー事情の向上したこの衛星の生産力を上げようとしていた。この政策には、ガニメデ政府と地球‐外惑星開発局の、それぞれの思惑がからみ合っていた。ガニメデ政府は、地球人の移住者を受け入れることで、地球側から開発援助や資本導入を取りつけようとしていた。これに対して地球側は、反地球の空気の強いガニメデに地球系住民を送りこむことで、ガニメデ、ひいては木星系を現在の地球‐月連合のように、ひとつの体制に組み入れようとしていた。

NASAキャンプは、そのためのいささか強引な移住政策のあらわれであり、あまり質の良くない地球系移民による犯罪も多発していた。ガリレアンたちにとっては、もっとも憎むべき存在である地球人たちの大量入植は、受け入れられるものではなかった。これまでにも、何度か住民同士の小ぜり合いがくり返されていた。そのNASAキャンプが、カミンスキイ中佐の潜伏場所だというのは、いささか皮肉な話だった。しかし彼個人としては、ガニメデ政府や外惑星開発局の政策を阻止すべきだと考えていたが、すでにやってきた地球からの貧乏移民たちと、敵対する気にはなれなかった。むしろ彼らもSPAの戦列に引き入れるべきであり、今後さらに増える移民との連帯なしには、SPAの存続はあり得ないと考えていた。——今度のエリヌス作戦が終了したら、次は『ガリレアン純血主義』を捨てて、新入植者と連帯するキャンペーンをはる必要があるな。遠くない将来には、ガリレアンの方が少数派となる時代がくるだろう。ここで住民同士の抗争をくり返していては、地球側の思うつぼだ。SPAは自然に消滅してしまう。

そう考えながらカミンスキイ中佐は、寝棚からすべりおりた。彼の体格は、地球生まれのようには見えなかった。目立ちすぎるというほどではないが、地球からの移民が多いこのキャンプでは、それだけで疑いをもたれるかもしれなかった。そのために中佐は月面生まれで長く軍役についていたあと退役して、次の仕事を見つけるために滞在していると称していた。軍の退役兵にこのキャンプで出くわすことなど滅多にないから、そういっておけば身分がばれる気づかいもなかった。

そろそろ別の潜伏場所に移動するべき時だと考えて、カミンスキイはほとんど所持品のないバッグを肩にかけた。下の段に寝っころがっていた男が、そんな彼をみて声をかけた。

「出かけるのかね?」

ほとんど老人といっていいその男は、歯ぐきをむき出して笑いかけた。しわだらけで黒光りしている顔は老人のようだが、実際の年齢は四〇歳前のはずだ。さもなければ、厳しい移民の年齢制限に引っかかってしまう。男は、なまりの強い標準英語でいった。

「行っちまうのかい？　もしも帰ってくるつもりなら、ベッドを取っといてやるが、帰ってこんのならそういってくれ」

カミンスキイは、少し考えこんだ。帰ってこないといえば、この男——たしか中央アフリカだか東アフリカから来たといっていた男は、しつこく行き先をたずねるだろう。寝棚にばかりいると、かえってめだつから一日に一度は外出することにしていた。キャンプの外に出るつもりはない。通常の生活必需品は、キャンプにみなそろっている。その中をひとまわりするだけで、たいていの用は足りる。ところがカミンスキイにとっては日常的な行動だったが、敏感なこのアフリカ人はいつもとは違う様子に気づいたようだ。あいまいに中佐は答えた。

「いつもと同じさ。帰って来るつもりだが、いい話があればそっちへ行く。ベッドは取っておかなくてもいいよ」

そういって中佐は、ふり返らずに部屋から出ていった。しばらくの間、じっと男はその後ろ姿を見ていたが、やがてするりと床におりてカミンスキイのあとを追いかけた。

男の名は、オロイクルミといった。彼は少年の時まで牛を追ってサバンナを移動し、国境線を何度も越え、いつもキリマンジャロを見上げて生活をしていた。彼の父はいつも、少年だった彼に聞かせた。

——私が若かったころは牛の数がもっと多く、大地はめぐみに満ちていたと。動物たちも数え切れぬほどいて、さらに私の祖父の頃には牛を襲うライオンを相手に槍で戦ったものだと。眼をかがやかせるオロイクルミに、父は何度もその話をくり返して聞かせた。

だが彼が一〇歳になった時、少しずつ減っていた牛の最後の一頭が死んだ。その年は悪い年だった。牛の死とともに、いままで自由に行き来できた国境も厳重に封鎖され、彼の部族はキリマンジャロの見えない所にあるキャンプに入れられた。そこで彼らは、キャンプ内の農場で労働することを強いられた。大人たち、特に戦士たちは農作業をひどくきらったが、働かなければ食糧を与えられず、仕方なく彼らは慣れない百姓仕事をはじめた。戦士たちの脱走はあとをたたず、二度と帰ってこない者も連れもどされた者もいた。

父親は、彼が一四歳の時に死んだ。晩年の父親は酒ばかり飲んでいた。だが少年だった彼は、キャンプでの生活にすぐに慣れていった。彼にとっては大人たち、特に戦士たちのいうように、放牧やサバンナでの生活を最上とは考えていなかった。牛の世話をするよりは農場のトラクターやトラックを整備する方が面白かったし、どろで固められた家より小ぎれいなキャンプの方が快適だった。

少年特有の好奇心から、見よう見まねでトラックの修理や運転を覚えた彼は、一八歳の時にナイロビに出た。そこで経歴をごまかして中学校にもぐり込み、職を転々としながらも、学校に通うことだけはやめなかった。そして、気がついた時には三〇代の半ばをすぎていた。

彼が機械工としてガニメデに来ることになったのは、まったくの偶然からだった。かつての栄光はなく、弱小民族になってしまった彼の部族でも、努力次第では宇宙の都市に移住することができるというサクセス・ストーリィを、生まれ育った国の政府は求めていたのだ。

ほとんど遊牧民として暮らした記憶はなく戦士でもなかったが、空罐《あきかん》がすっぽりおさまるほど大きく開いた耳たぶの穴が、彼の出身部族を物語っていた。その他には彼の部族のことを語るしるしは、何も残っていなかった。精悍な風貌も、筋肉の束のような肉体も、キャンプから都会の生活を続けるうちに、すっかり失われていた。

あるいは三〇代の半ばという短い人生のうちに、放牧生活から宇宙で生活する技術者への変化が自分をあともどりのできない道に引きこんだのかもしれない。

オロイは地球からの移住者として、NASAキャンプの狭い通廊を歩いていた。ガニメデの他の地区のような、オープン・タイプのドーム市街ではない、居住するためだけに、作られたような街区だった。建設されて間のない新しい街区の、プラスチック・コンクリートで壁面を仕上げた通廊に、カートンボックス一つ、ショルダーバッグ一つに全部の商品がおさまってしまいそうな露店が、ずらりとならんでいる。どれも非合法なルートから入手した品物ばかりで、キャンプ内で職につくことを禁じられている入植者たちの、この露店自体も違法なものだった。

計画された都市の集合体であるガニメデ・3シティに、突然出現した闇市の雑踏を長身のカミンスキイは足早に歩いていた。不定期に違う場所からSPA細胞の一つと連絡を取っていたのだが、今日はキャンプの中にある給食所から電話するつもりだった。以前にも使ったことのある場所だった。人の出入りが多い場所だから、怪しまれる心配はなかった。

通話ブースに入り、人ごみの中に警官の姿がいないのを確かめ、番号を打ちこんだ。すぐに回線は通じ、早口で異常なしのサインを送った。だが、今日はいつもとは違うサインが返って来た。カミンスキイは眉をひそめた。通話相手は、その返答の意味もわかっていないはずだった。中佐にそのことを伝え終わると、すぐに回線を切った。その暗号化された通話の意味は『予想された状況以外の突発事件が発生した。ただちに通信細胞と連絡をとれ、番号は以下の通り——』というものだった。

彼はためらった。他の星域の組織と連絡をとることが主任務の通信細胞に、直接出向くのはまずい。危険すぎた。かといって暗号を使って連絡をとる余裕もない。ほんの数秒間ためらったあと、彼は通信細胞の番号を打ちこんだ。カミンスキイは、給食所のすみでじっと自分を見ている者がいるのに気づかなかった。

オロイクルミにとって白人はいつも偉大で、しかも尊大な存在だった。キャンプにいた少年の頃には、同じ人間としてキャンプで働く白人の技術者や教師を見ることができた。だがその後の二〇年間に、別の事実に気がついた。白人は決して自分たちを同等の者として見ない。それは、単純に白人の優越感という言葉であらわされるようなものではなかった。たとえば、部族の痕跡である大きく垂れた耳たぶを見る時に、彼らは二通りの反応を示す。無邪気にそのことをたずねるか、ことさら視線をそちらの方に向けないようにするかだ。オロイクルミにとって、視線をさける奴の方が信用できなかった。やさしさと裏返しの残酷さを、その視線に感じとっていたのだ。

通話ブースで話しこんでいるカミンスキイを、じっと見ていたオロイクルミは、やがて身をひるがえして給食所の外に飛び出した。

――奴は、手配書にあったSPAの幹部に違いない。奴らはまた、キャンプをおそうつもりで、ここにもぐり込んでいやがるんだ。

仲間を集めようかとも考えたが、NASAキャンプと市街の境界あたりに、いつも黒人の警官が詰めていたのを思い出して、そちらの方へ走った。

カミンスキイは動揺していた。航空宇宙軍の主要な艦はほとんど動きをつかんでいたが、ただ一艦だけ所在がわからなかった艦があった。その艦――アクエリアスが、四〇日ぶりに土星系に姿をあらわし、ヤペタスの周回軌道に入ったというのだ。

これは一体、何を意味しているのか。このことから、エリヌス作戦が漏洩しているとは思えなかった。しかし土星系からエリヌスまでは、アクエリアスのようなフリゲート艦なら、一〇日足らずで行ける距離だ。エリヌスのオライオンやJ・IIの教授は、この情報をつかんでいるだろうか。

「情報源はどこか」

短く区切るような言い方で、カミンスキイは聞いた。盗聴や逆探知されているのではないかと、たえず通話音に気を配った。

「ヤペタス・1シティの細胞からです。しかしその直後に一般回線は全部封鎖されました」

「タイタンとは連絡はとれるか。もしもとれれば――」

「できません」通話相手は、抑揚のない声でいった。「土星系は全部駄目です。一般回線では連絡はとれません。理由は不明ですが、回線がすべて閉鎖されています。手続きをとれば軍用回線を利用できるらしいですが、かなり待ち時間が長いようです」

独自の通信組織を持たないＳＰＡの弱味だった。だからといって、検閲のおそれがある軍用回線では通信などできない。カミンスキイは歯がみした。

「Ｘ‐六との回線は確保できるか？」

「どこですって？」

エリヌスの暗号名を知らない通信員が、そう聞き返した。カミンスキイは自分の迂《う》闊《かつ》さをのろった。天王星系と言い直そうかと思って口ごもった時、かすかなノイズがまじり込んでいるのを聞いた。

「逆探だ。切れ！　ラインが盗まれている」

どなるようにいって通話を切った。ブースから転がり出たカミンスキイは、通話に気をとられていて、外に注意を払っていなかったのに気づいた。給食所の入口付近に制服警官がいるのを見て、あわてて奥に逃げこんだ。コックのあげるののしり声の中を、食器の山をはね飛ばして通廊へと飛び出した。銃声が彼を追った。雑踏が、一斉に床にふせた。その中を逃げる彼の姿は、射撃場の標的のように目立った。

——ここで逮捕されてたまるか。警務隊の特殊尋問に三日以上耐えられた奴はいない。逮捕されるくらいなら、射殺の方がまだましだ。

息せき切って通廊を跳躍するカミンスキイが、最初の支通廊まであとわずかに迫った時、一発の弾丸が彼の胸を撃ち抜いた。動きをとめたまま前方に放り出され、ようやく床に肩先が達した時、彼はすでに死体になっていた。

土星系の一般通信回線は、この後十数日にわたって閉鎖されたままだった。だがそれも、その後さらに拡大した回線封鎖の、ほんのはじまりでしかなかった。

# 18

## テロル――ポート・エリヌス

この三週間ばかりの間に、ポート・エリヌスでは爆破テロが五件も発生していた。公安部の対策は、そのたびに後手にまわっていた。まるで爆発の跡始末を、しているようなものだった。

ロペス部長は、自分の暗殺未遂からはじまった一連の爆破テロは、無視することにしていた。とてもそれらの捜査や、カント地区の警備を行なう余裕はなかった。それらの対策などは形だけでいいから、SPA武装部隊が実際に降下し、現政権がたおされたあとの対策を練ることの方が重要だった。爆破テロなど一種の陽動作戦だから、放っておいても実害はない。

だがこれに対して、市長やダウン・エリア住民の代表団の反応は早かった。テロの発生と同時に代表団から会談の申しいれがあり、市長もこれを受け入れた。だが、実質的な対策は何も立てられなかった。もっともロペス部長にいわせれば、そんな会談はオライオンの時間かせぎにしか過ぎなかった。事実、予定された会談は何度も代表たちの方から延期を申し渡され、ようやくひらかれた会談でも、代表たちは爆破テロは一部の過激派の起こしたものであり、一般住民や代表団とは無関係だとくり返すばかりだった。

最初のうちは市長もそれを理解しようとしていたが、やがて一向に進展しない会談に業《ごう》を煮《に》やして反発した。さらに同じようなテロが続発すれば、ダウン・エリア内での公安部の現在の制限を撤廃して、強硬手段に出ることも辞さずとの意を表明したのだ。これは単に事態の深刻さを代表団に伝えるための、いわばはったりに近いもので、具体的な考えがあっての発言ではなかった。しかし、代表団は実はこの市長の発言を待っていた。彼らは呆気にとられている市長をあとに、会談の決裂は市長に全責任があると宣言して退席していった。この時になって市長は、ようやくロペス部長のいっていたこと——代表団は単なる時間かせぎだという説を、信じる気になった。

会談の決裂後、デュクレ市長は深刻な顔で事態を把握しようとした。どう考えても、結論はひとつしかなかった。市長はロペス部長を呼ぶために、通話機に手をのばした。

ロペス部長は、このところオフィスにずっと泊まりこんでいた。忙しいことも事実だが、暗殺者が徘徊《はいかい》している街中に出ていく気にもなれなかったのだ。もっとも、暗殺者を怖れていたわけではない。それでなくても人手不足なのに、外出のたびに部下を護衛につける気になれなかっただけだ。もっとも続発した爆破事件は、ロペス部長の暗殺未遂を重要なものと見せないための、いわばつけ足しのようなものだ。したがって市民の不安をあおりたてる騒ぎ以上の意味はないと、部長は見ていた。

事実、その後の四回のテロ――市庁舎ゲート、公安部のドア付近、航空宇宙軍の連絡基地、そして放送局オフィスの爆破は、いずれも音ばかり大きい爆発の割には実際の被害はなかった。おそらく近いうちにSPAの行動は、合法的なものから暴動へとエスカレートしていくだろう。あの爆破テロは、その前の打ち上げ花火みたいなものだ。部長は、そんなふうに事態を読んでいた。

部長の端末には、この衛星上の地下坑道と放棄された基地の図が表示されっ放しになっていた。ただし、部長自身はデスクの前にはいない。床にしいたマットレスの上で、大いびきをかいていた。夜明け前まで古い資料を検討したあと、そのまま眠りこんでしまったのだ。

この都市に新政権ができたあとの逃走ルートを考えるつもりで記録を引っぱり出したのだが、地下にはりめぐらされた坑道はとんでもない迷路になっていた。記録にはあっても寸断されて使えない坑道や、記録からも抹消された基地などはいくらでもあった。

夜明け近くまでそれらの配置を検討したあと、とても記録だけでは状況をつかみ切れないことがわかった。朝になったらもう一度ジャジとオグをたずねて協力を頼むつもりで、作業を中断していたのだ。ジャジが自分たちの手の内を全部読んでいたことも、前から気になってはいた。だが忙しさと外出できないことが重なって、放ったらかしにしたままだったのだ。

市長オフィスから呼び出しがきた時、ロペス部長はまだ気持ちよさそうに眠っていた。刑事に激しくゆり起こされた部長は、あわてて飛びおきた反動で、床から一メートル近くもはね上がった。部長は、空中で手足をばたつかせながら刑事のさし出した通話機をとった。叱りつけるような口調で、例の秘書嬢が命令を伝えた。眼をしょぼつかせながらそれを聞き終えた時、部長はまだ床上一〇センチに滞空していた。

着地のショックでようやく眼がさめたらしく、部長はちらりと画面に眼をむけた。そちらの方は、あとまわしにするしかなかった。急いで上衣をひっかけ、公安部に隣接した市庁舎に向かった。

ジャジは、自分の仕事部屋兼居住区にすえたマックスで、公安部の動きを全部つかんでいた。市長とダウン・エリア代表団のことはよくわからなかったが、ロペス部長の考えさえ読みとることができれば、市長など無視してもよかった。おそらく市長は、ロペス部長の計画など知らないだろう。政権が倒れたらポート・エリヌスを脱出し、それから反撃の機会をうかがうという計画だ。代表団はオライオンのいいなりで、自分たちの意思を持っているわけでもない。これも、無視してさしつかえあるまい。

ジャジはマックスを通じて公安部の動きを確認しながら、数日内にまたあのロペス部長がここに来ると確信していた。前にここに来てから二〇日が過ぎていたが、とてもそれだけの日数で複雑な坑道の現状などわかるはずがない。そろそろ音《ね》を上げて、ここに来るはずだ。その時には、適当にあしらいながら小だしに情報を与えてやればよい。もちろん、その時にそなえてマックスは隠しておくべきだった。この前は気づかれなかったが、こんなものを見つけられれば大変だ。

ロペス部長は食えない男だが、味方にしておいて損はない。それにあの尊大ぶったお上品なデュクレ市長を、一時的ではあっても自分の指揮下におくことができるのだ。市長を叱りとばしながら坑道の中を這いずりまわらせ、この衛星の開発にどれほど犠牲がはらわれたか、理解させてやることができるのだ。

もしもロペス部長がこなくても、SPA側につく気はなかった。新しい政権に尻尾を振ったところで、生活がかわるわけではない。

背後で、ハッチドアが音もなく開いた。

「誰だ……。オグか？　お前なのか？」

ふり向いたジャジは、開かれたドアごしに見なれぬ男が立っていることに気づいた。男は他の二人を従えて部屋の中に入り、後ろ手でドアを閉じた。ジャジの知らない顔だった。どう見ても、公安部の正規職員ではなかった。ジャジは体をかたくした。ヒットチームか！

男はゆっくりとした口調でいった。

「君の友達じゃなくて残念だな。だが、君の友達がかえってきても、この部屋から追い出すなんてことはしないから、安心してほしい」

ぞっとするほど、冷たい声で男はいった。必要なら、あっさりと人を殺すこともいとわない、そんな類の男だった。男はつづけた。

「外に出ている友達がオグなら、君はジャジの方だな。違うかね」

「先にお前の方から名乗ったらどうだ。ロペス部長でさえ、入って来る時はノックしたぞ」

男は大げさにおどろいて見せた。

「これはこれは。あの公安部のちびよりも、下品だと思われてるわけか。そいつは困る。理由《わけ》があって本名は名乗れんが、私はオライオンと呼ばれている」

――ＳＰＡか！　えらいのに見こまれた。

ジャジは体中の血が逆流するのを感じた。オライオンは、ゆっくりと足を踏みだした。

「寒い部屋だな。用件を手っとり早くすませよう。二〇日ほど前に、この部屋にロペス部長とマルコーニ刑事がたずねて来た。違うか？」

ジャジは答えなかった。だがオライオンは気にする様子もなかった。

「隠さなくてもわかっているさ。あの、ロペス部長の暗殺が失敗した日に、彼らがこの部屋から出て来たのを私の部下が目撃している。もっとも、目撃した本人は爆死してしまったがね。だから、おじゃまするのもこんなに遅くなっちまった。おっと、こんなことは君にはどうでもいいことか」

オライオンは言葉を切って、ジャジにぐいと顔をつき出した。

「そこでだ。彼らが何のために、こんなに寒い部屋まで出張《でば》ってきたか、そこのところを教えてもらいたいんだが」

「知るもんか！　そんなに知りたきゃ、ロペスに直接会って聞きゃいいだろ。悪党め！」

オライオンは、芝居がかったしぐさで身を引いた。そしてポケットからメモをとり出して、それをゆっくりと見ながらいった。

「一応は訪問先の下調べをしなければ礼儀に反すると思ったから、こっちでできるかぎり君のことを調べさせてもらった。ええと……外惑星動乱時には航空宇宙軍の電子戦、特に無線傍受、情報分析の担当として艦隊勤務についていた、と。しかし、戦闘時に乗艦が撃破され、約二〇〇時間にわたって宇宙空間を呼吸保護具なしで漂流——」

「やめてくれ」

ジャジはやっとそういった。二十数年ぶりの恐怖がよみがえっていた。彼がふたたびエリヌスに住むようになってから、忘れていたはずの恐怖が心を乱していた。いつの間にか背後にまわった二人の男が、ワイアで彼の手足をシートに固定した。それを見ても抵抗することができなかった。ジャジがしばりあげられたのを見届けてから、オライオンはつづけた。

「——その後遺症で軍を退役、か。後遺症は足の負傷と、強度の広場恐怖症、というより空間恐怖症か」

そういってオライオンは、かたわらのデスクほどの高さの機械に、尻を乗せた。いきなりジャジが声を上げた。

「マックスにさわるな！」

オライオンは怪訝そうな顔で、ガラクタの寄せ集めとしか思えないハードウェアのかたまりをみた。それから視線をデスク上の端末にうつした。表示の意味を理解したオライオンは、驚いていった。

「これは……たまげた。公安部の配置が手にとるようだ。これは君の作品か？　まったく、どえらいものを作り上げたものだ」

オライオンはジャジの金切声を無視し、年代もののキイボードから次々に入力して公安部の装備や武器の性能、警官の給与明細まで表示させた。オライオンは、感嘆の声を上げた。

「これをみるだけでも、わざわざ出向いて来たかいがあったよ。このシステムのソフトウェアと、情報インプットのハードだけ、いただいて帰ろう」

彼が合図すると、部下の一人がマックス本体からメモリーユニットを引っぱり出し、コネクタを乱暴に引き抜いた。それから警察無線の受信機や、情報サービスにオンラインされたプローブ回路《サーキット》を、乱暴にバッグにつめ込んだ。ジャジは茫然とそれを見ていた。そんな彼に、オライオンはたたみかけるようにいった。

「星空はきらいかね？　ジャジ」

ジャジは、びくりと体をふるわせた。表情にはあらわれていなかったが、おびえ切っているのがはっきりとわかった。

「もしも、君が私たちに協力してくれないなら、非常に残念なことだが君に死んでもらわなくてはならない。君も知っての通り、この衛星での第一宙速はたかだか毎秒一七〇〇メートルとすこしだ。勢いをつけて放り出せば、君は星空の中に飛び出して行くことになる。君のタイプのサイボーグなら、補給なしに二〇〇時間はもつとのことだが、老朽化しているから半分も無理じゃないかな。もっとも先に心臓がつぶれるかもしれないが」

「お願いだ！　やめてくれ。何でもいう。たのむから、それだけはやめてくれ……」

哀れっぽく訴えかけるジャジに、満足そうな顔でオライオンはうなずいた。

「この機械は君が作ったのか？」

ジャジは、ゆっくりとうなずいた。

「ロペス部長がここに来たのは、この機械と関係があるのか？」

今度はジャジは首を振った。

「ほう、それでは君に一体何の用があったのだ。これに関係がないとするなら」

口ごもっているジャジに、いまはスクラップ同然のマックスを軽くたたきながら、オライオンは重ねて聞いた。

「我々は、君が死んだところで何の損もない。死にたいのかね。君は」

「早く殺せ」ぼそりとジャジがいった。開き直ったような態度で、ジャジはつづけた。「俺が何をいったって、どうせ殺すつもりなんだろう。だが、俺はお前らのいうような殺され方はせんぞ。地表に引っぱり出される前に、お前らの首をへし折ってやる。やれるものならやってみろ」

――タイミングを間違ったか。

オライオンは内心でくやんだが、こうなった以上、ジャジは絶対に口を割りそうになかった。しかし、このマックスとかいう機械だけでも収穫だ。ただし、このことをロペス部長に通報されるのはまずい。そう考えながらオライオンは、ゆっくりとジャジの背後にまわりこんだ。そして腰のベルトからナイフを引き出すと、無造作にそれをジャジの耳の下から脳に向かって突き通した。

——この型《て》のサイボーグの急所は、ここでよかったんだったかな。

ナイフを引き抜いた時には、眼を見開いたままジャジは死んでいた。オライオンは、マックスから引き出したメモリーユニットや、外部情報入力ハードを入れたバッグを手にして、二人の男にいった。

「お前たちはここにいろ。オグが帰って来たら、ロペスが何しに来たか吐かせてから口を封じるんだ。無理なら殺してかまわん。外の見張りは引き上げる。この機械は完全に壊しておけ。たぶん夕暮れまでには帰ると思うが、それまでに帰らない時は爆薬をドアにセットして引きあげだ」

残された二人は、マックスを再使用不能なまでにたたき壊しはじめた。

市庁舎最上階の市長執務室に着いた時にも、ロペス部長の眼は完全にさめきっておらず、ひどい顔をしていた。もともと、あまり寝起きのいい方ではない。起こした相手が市長でなければ、どなりつけるところだ。しかしそうもいかないので、たたき起こした張本人の秘書嬢を、通りすがりににらみつけるだけにしておいた。もちろん彼女は、ロペス部長を無視した。

市長は、いつものようにデスクの向こうに腰をおろしていた。例によって部長はつっ立ったままだった。市長は沈痛な表情でいった。

「ダウン・エリア代表団との交渉が決裂した。そのような事態はできるだけ避けたいが、君の以前いっていた、その……『大規模な暴動』の対策というのを、考慮する必要があるようだ」

——いまごろやっと気がついたのか。馬鹿市長が。遅すぎるんだ。いまごろ対策だといっても、やれることは何もない。

事務的な声で、ロペス部長はいった。

「これから起こるはずの大規模な暴動や、破壊活動、ストライキは、その後のSPA降下部隊の侵攻を援護するためのものだと、申し上げたはずです。対策は、このことを理解した上でなされるべきです。失礼ですが閣下は、事態の認識が充分でないようだ」

市長はむっとしたが、それは顔に出さずにいった。

「あの時、君は三つの対策があるといったな。それを実行にうつすには、どうすればいい」

「結論から先にいうと、いまとなっては手おくれです。航空宇宙軍警務隊への通報は、非公式ながら私の指名手配犯捜査報告の中に入れておきました。しかし、これまでに何の返答もありません。もっとも、いまから市長名で出動要請を出したところで、木星周辺に集結しつつある艦隊が演習を中止し、部隊をここまで急派するのに最低一八日から二〇日はかかるでしょう。実際はもっとかかると思います。これはあまり意味はありません。

二番目の、天王星連邦の公安局、具体的にはミランダかアリエルから、増援部隊を送ってもらう件ですが、これも無理なようです。理由ははっきりしませんが、公安部隊のかなりの部分が土星のヤペタス、S‐15に派遣されたとの情報を得ています。実は、ポート・エリヌスの公安部にも、非公式に人員派遣を打診されたのですが、これは私の一存で断っておきました。そんなわけで系内の公安各部は、通常業務で手一杯の状態です。とてもいまからでは、応援は実現しそうにありません。

それから三番目の――」

「もういい！」

市長は、ついにおさえていた感情を爆発させた。

「結局は無策だといいたいのかね、君は」

ロペス部長は、市長に負けないほどの不機嫌な声でいった。

「公開をはばかる記録は、いまのうちに処分しておいた方が無難ですな。貴重品や私物も身につけているべきだ」

「何だって？」

市長は部長の言葉を理解できなかったらしい。虚をつかれたような顔をしていた。部長は気にせずに言葉をついだ。

「一カ月以内にいまの政権は倒れます。しかも暴力的に。だから、この部屋から逃げだす用意をしておいた方がいいといっとるのです」

市長は、次第に怒りで声がうわずってくるのを感じながら、なんとか応じた。

「君は、自分が何をいっているのかわかっているのか？　私はこれまでにこれほど乱暴な言葉を、しかも公職にある者から聞いたことがない。君は……」

いいかけた市長の言葉を、デスクに埋めこまれていた通話器の呼出音がさえぎった。市長は眉をしかめたまま通話器をとったが、話の内容を聞くうちに次第に当惑の色を浮かべ、通話が終わったあとも信じられないというように手の中の通話器を見ていた。

「彼らが……会談の決裂に抗議する集会を、今日の午後に市庁舎前広場で開くことを通告して来た。動員される人数は約五〇〇〇人だという。信じられない……。代表たちが帰って、まだ三〇分とたっていない。そんなに急に、どうやって五〇〇〇人も動員できたのだ」

いまとなっては手遅れかもしれないが、それでもロペス部長はいった。

「非常勤警官を至急動員する必要があります。それから、事態が収拾する目処が立つまで、非常勤警官の動員体制を続けたいと思います。予算枠からはみ出しますが、これを認めてもらえないと今後の事態の推移に対応しきれませんが」

たぶん、動員体制を続けたところで時間かせぎにしかならないだろう。そうロペス部長は考えていた。いまからでは、非常勤警官の訓練が行きとどかぬうちに、ガリレアンの動員は拡大していく。いきおい過剰警備になり、ＳＰＡにそのことを宣伝材料にされるだろう。火に油を注ぐ結果になるのは、眼に見えている。ＳＰＡの思うつぼだが、他にどうしようもない。動員しなければ、現有の公安部勢力ではひとたまりもない。市長は、威厳をとりつくろうようにしていった。

「緊急動員は認める。しかし、群衆を刺激するような行為はさけなければならない。話し合いが再開される可能性が少しでも残されている限り、その試みは続けられなければならない。今日の集会のあとに、今後の動員体制をどうするか検討しよう」

ロペス部長は、市長の言葉を最後まできかずにさっさと部屋を出た。市長が何といおうと、非常勤警官はこの先解散させるつもりはなかった。忙しくなってきた。部長の頭の中からオールド・ベースのジャジやオグのことは消え失せていた。


ハッチドアに手をかけようとして、オグは動きをとめた。何かが妙だった。ドアは閉じたままだったが、いつもとはどこか違っていた。それが何なのかがわからないまま、オグはハッチドアを静かに開けた。機械類がいつものように床の上に散乱し、ジャジはデスクの前でむこうを向いてシートに座っている。だが、オグは一眼で部屋の中の異常に気づいた。

マックスが壊されていた。オグは不審に思って部屋の中に足をふみ入れた。中に入ると同時に、ドアが背後で閉じられた。

「両手を肩の上にあげろ。そのままゆっくりとふり向け」

ドアの閉じる音とともに、声が聞こえた。オグがふり返ると、二人のセカンダリーがそれぞれ大きなナイフを持って立っていた。オグはじろりと彼らを見たが、二人を無視してジャジに近寄った。肩に手をかけてふり向かせるまでもなく、死んでいるのがわかった。両手足は、ワイアでシートに固定されていた。

「いわれた通りにしろ!」

セカンダリーの一人が怒鳴った。そしてふり返ったオグの顔を、いきなりナイフの背で殴りつけた。乾いた音がして、肉厚のナイフがはね返された。男は気味悪そうにオグを見返したが、すぐに威圧的な声でいった。

「床にふせろ。うつぶせになって両手を後ろにまわすんだ」

オグはじっと二人を等分に見ていた。何の感情もあらわれていなかった。物でも見るような眼をしていた。口から言葉がもれ出た。

「お前らが殺《や》ったのか？」

「お前も殺されたいのか！」

かん高い声でもう一人が怒鳴った。しかしオグは、それを無視してマックスの残骸に手をかけた。

「これをやったのも、お前らか？」それから首をふりながらつけ加えた。「いい奴だった。本当に」

一向に従う気のないオグに、業をにやした二人はナイフをきらめかせて、にじり寄ろうとした。その瞬間、オグの体がマックスの残骸を持ち上げ、かかえたまま体を折って跳躍した。そして空中でマックスをけとばした。目標を失ってつんのめった男の一人は、いきなりうなりをあげて飛んできたマックスともろに衝突し、からみ合いながら壁まで吹っ飛んだ。マックスをけとばした反動で壁まで後退したオグは、壁をけってもう一人に跳躍した。死角から突然おそいかかったオグに、男はやっと体勢をたて直してナイフを突きだした。ナイフは深々とオグの体に突き刺さった。その直後に、ナイフ使いの男が悲鳴を上げた。腕にナイフを突き立てたままのオグが、激突したのだ。二人はそのまま壁にぶつかった。骨の折れる音がした。二〇〇キロ近い体重のオグが、壁に男を押しつける勢いで首の骨をへし折ったのだ。

首の骨を折られた男は、ずるずると床に沈みこんでいく。オグはもう一人の男の方に向き直った。マックスを叩きつけられた男は、軽い脳震盪をおこしたらしい。焦点の合わない眼をしていた。その眼が次第に大きく見開かれ、起こったことを理解した。眼が恐怖のために、ますます大きくなった。ゆっくりとその男に近寄ったオグは、ナイフを握りしめている男の手首をつかんだ。

「俺は鉱業用のサイボーグだ。ジャジとは違う。しかも、自分で使いやすいように改造してある」

オグは腕に突き立てられたままのナイフを片手でつかみ、無造作に抜き取った。

「急所を突けば、ナイフでも殺せんことはない。ただし。はずすとお前の仲間みたいにつぶされるぞ。何にしても、こんな物はふり回してもらいたくないな」

そういってオグは、男の手首をつかんでいた腕に力をこめた。オグの手の中で男の手首は握りつぶされ、ナイフが落ちた。男は激痛のあまり涙を流した。

「言え。誰にたのまれた。ジャジに何をした」

オグは握りつぶした男の手首に、さらに力をこめた。男は、悲鳴を上げながら哀願しようとして顔を上げた。その眼の前に、表情を欠いたオグの顔があった。男は必死にいった。

「俺じゃない。オライオンが殺《や》ったんだ。俺は見ていただけだ。宇宙に放り出すとおどして奴を吐かせたのも、オライオンだ」

オグは少し力をゆるめた。

「オライオンだと？　ＳＰＡの方か。公安部ではなくて」

それからオグは少し考えこんでいたが、手の力を抜いて男を解放した。ほっとしたような顔でいる男の喉頸《のどくび》に手をかけ、ゆっくりとしめ上げながらオグはいった。

「お前らは、死んだ方がいい」

男は信じられないというように、眼を見開いている。そして一〇秒とたたないうちに死んだ。

# 19　侵攻部隊と公安部隊

J・Ⅲの武器を回収してからのJ・Ⅱでは、エリヌス到着までの間に武器の取り扱い訓練がくり返して行なわれていた。後方トロヤ群で輸送船に積みこまれ、さらに転回点でJ・Ⅲに移しかえられた武器の半数以上が、個人携行火器だった。量は四〇人を武装させるのに充分だった。エリヌスの全公安部隊を圧倒し、なおかつその後の治安行動をとれるだけの弾薬類も持ちこまれていた。

それらの武器は量の上でも公安部隊より優っていたが、質においても比較にならないほど強力だった。エリヌスにおける公安部の制式火器は、三〇口径の無反動拳銃だけだった。だがJ・Ⅱによって持ちこまれた個人携行火器は、すべて航空宇宙軍の制式無反動機関短銃だった。使用実砲は、公安部用の拳銃と同じ三〇口径無反動弾だが、公安部とは異なって硬弾頭軽量型だった。弾倉は三〇連箱型で、銃一挺につき五つのマガジンが用意されている。もちろん、弾薬はそれらの全部を何度も充填できるほどあった。これらの銃はいまでは旧式だが、それだけに高い信頼性を持っている。しかも後方トロヤ群あたりのブラックマーケットなどでは、それほど入手は困難ではない。旧式化した武器類は、航空宇宙軍の装備改変にともなって制式をはずされつつあったが、いまでも各自治都市の公安部隊には有用だった。

これらの銃器の他に、J・IIには歩兵装備のほとんどが準備されていた。小型通信機や各種手榴弾、全員に支給されるヘルメットや戦闘服までが予備品をふくめてそろえられていた。さらに四〇着の気密服も積みこまれていた。これは、もはやゲリラ部隊の装備ではない。正規軍として立派に通用する。

さらに彼らは、迎撃レーザシステムまで持っていた。電力供給は外部からたよらなければならないが、地表基地の低軌道防空には威力を発揮する。

個人携行火器の取り扱い訓練は、機関短銃の分解と組み立てを何度もくり返すことから始まった。J・IIに乗りこんでいた四〇人余りのSPA戦闘員は、少数の例外をのぞいてほとんどこの種の銃をあつかったことはなかった。何度も彼らは銃を分解して組み立て、再びオイルを塗布するためにそれをくり返した。その段階で空撃ちを手順の中に入れて、作動不良を起こすことのないようチェックがくり返された。

これと同時に、戦闘部隊の編成が行なわれた。レーザシステムの据えつけを担当する数人と、操縦セクションにいる二人——ソコロフとデュランをのぞいた全員が、歩兵として三人ずつの『組』に編成された。この三人ずつの組が最小戦闘単位で、兵士全員に受信専用ラジオがわたされた。そして三組に隊長を加えた一〇人で、一小隊を編成する。組長と小隊長には通信機が支給される。こんな小隊が三つと、教授の直衛および情報収集を受け持つ部隊本部、およびレーザ班に全員は分けられた。

航路の途中で、J・Ⅱの加速度はエリヌスの重力と同じ五〇分の一Gに設定された。そして船内で、組単位の演習がはじめられた。三層の客室デッキから与圧倉庫、気閘まで全部を使っても船内は狭い。しかし彼らの主戦闘は、同様に狭いポート・エリヌスでの市街戦になるはずだった。弾倉を空にした銃を小脇に手榴弾を携行し、ヘルメットと戦闘服姿の彼らが緩加速中の船内を鳥のように飛びかった。視程の短い市街地での戦闘を想定し、各客室デッキのシートやハッチを遮蔽物にみたてて、相互援護しながらの組演習が交代で行なわれた。

別の組では、銃の照準調整が行なわれた。この段階でも実弾の射撃は行なえない。各射撃姿勢での射点と銃身線がレーザで調整され、一発の弾丸を撃つこともなく射撃訓練が行なわれた。それをくり返しながら、各人の射撃姿勢が矯正された。

ポート・エリヌスの市街戦では、ショートレンジの戦闘が主になる。そう教授は考えていた。だとすれば、長距離の狙撃能力はほとんど必要ない。弾薬の量も火器の威力も、圧倒的にこちらが優っている。だから戦術的には、射撃の練度が劣るのを、弾幕の濃密さでおぎなうことになる。四〇人もの部隊が作り出す機関短銃の弾幕の前に、三〇挺ばかりの拳銃しか持たない公安部が、持ちこたえられるはずもない。日ごとに激しさを増す訓練の中で、そのことが全員の確たる自信となり、士気を高めていった。

訓練のローテーションの中に、気密服の着脱が加わった。携行酸素量の少ない、しかし低温用の大型気密服は、着脱だけでかなりの手間がかかった。迅速に着脱できるようになるまで、何度もあきるほど訓練はくり返された。そしてそれが終了すると、加速を停止したJ・IIの船外で、実作動チェックをかねた実射の訓練と、気密服を着ての船外機動戦訓練が行なわれた。

すでに艦内では組単位の訓練は終了していた。現在では小隊ごとの訓練へと移行していた。狭い艦内に飛びかう無線命令を受けた各組が、混乱なく一つの生き物のような軽快な動きを見せていた。

そして、降下五日前から〇・二Gの長い減速が始まった。天王星はすでに、太陽をのぞいた全天でもっとも明るい星になっていた。最後の船外訓練の時には、いまだに肉眼で環の形を見分けることは不可能だった。それでも太陽側から直線的に近づくJ・IIから、満ちているはずの天王星の青く緑がかった光点が次第にその姿を拡大させつつあった。

減速の始まった船内では、再び感じられるようになった体重で感覚を狂わせることをおそれ、組織的な訓練は行なわれなかった。かわって、最後の銃器類の点検がくり返された。そして、ポート・エリヌス市街の地図を暗記することが全員に命じられた。

ゆっくりと、だが確実に彼らは目的地に近づきつつあった。この太陽系の中で、彼らの行動を知る者は、ほんのひと握りの者だけだった。教授はすでに占領後のエリヌスにおける施政上の問題点を考えていた。

ポート・エリヌスでは、この一カ月余りの間に政情不安が急激に高まりつつあった。内面ではそれほど本質的な変化はないものの、さまざまなうわさが街に飛びかっていた。

ダウン・エリアにすむリーはカリスト生まれで、すでにこの衛星に入植して二〇年余りになる。彼は典型的なガリレアンであり、SPAのシンパだった。五三歳という彼の年齢は、決して老齢というわけではなかった。ただ彼の唯一の話題は外惑星動乱時に従軍した時のことだけだったので、何となく周囲には偏屈な老人という印象を与えていた。実際、最近では外惑星動乱で勝利していれば、現在は航宙艦の艦長をつとめているはずだと言いはじめて周囲の眉をひそめさせていた。

そのリーが、この一カ月ほどの間に若者のように張りきりはじめた。殺されたソンタグ医師にかわって反政府運動のリーダーとなった男が、積極的に組織力の強化につとめはじめたのだ。ソンタグ医師の穏健な路線をリーは以前から苦々しく思っていた。SPAの鉄の規律と組織を以てすれば、この衛星の政権などいつでもくつがえせると公言していた。とりわけ合法的な闘争をおしすすめるために、組織からSPA臭をとりのぞこうとしていたソンタグ医師の最近の主張は、絶対に許せなかった。

だからソンタグ医師が基礎を作った組織のリーダーの多くが強硬派にとってかわられ、さらにここ一週間ばかりのうちに毎日のように反政府集会や抗議行動が行なわれるようになった時には、心の底から快哉《かいさい》を叫んで積極的にそれに参加した。頻繁に回されてくる地下出版物やさらに原始的な壁新聞の類には、明日にでも現政権が倒れて多数派であるガリレアンの独立政権が誕生するといった記事が、くり返し掲載されていた。

もっとも、具体的な戦略や日程などはどこにも記されていなかったが、そんなことはリーにとってはどうでもよかった。大切なのは、そんな動きの中でいままで彼の昔話――何度もくり返されたくどい話を聞こうとしなかった者が、近ごろは一応は耳をかたむけるようになったことだった。

――これでいいのだ。あの戦争に従軍した者は、たとえ敗け戦《いくさ》であったとしても英雄であり、決して忘れ去られてはならないのだ。あの栄光の戦いは、親から子へと語りつがれなければならない。

もちろん、中にはそんな動きに反対の者もいた。最近の反政府運動のような不自然な行動は長つづきするはずがなく、地道だが確実なソンタグ医師の路線を踏襲すべきであって、ふたたび航空宇宙軍を相手に戦争を仕かけかねない新しい路線は、空論にすぎぬというのだ。だが集会の場でそのようなことをいおうものなら、たちまち激しい言葉でやじり倒された。たとえ裏でそう主張しても、リーのようなＳＰＡシンパに聞きつけられてなじられるか、公の場でつるし上げられるかだった。

わずか一カ月余りの間に、ソンタグ医師の穏健路線はすっかり影をひそめていた。だが大部分の人々にとっては、それはどちらでもよかった。

――世の中が変わっても、自分たちの生活に変化があるわけではない。

それが、もともと政治にはあまり関心のない大多数の人々の感覚だった。いまのところ食糧や電力は普通に供給されているし、物価が上がったなどという話もない。集会やデモに動員される回数が増えたくらいで、ダウン・エリアでの生活にそれほど変化はなかった。余計なことをいってリーのようなうるさ方につるし上げを食うよりは、騒ぎがおさまるまで頭を低くしていればいい。ごく当たり前の一般市民は、そんなふうに考えていた。

この日リーが聞いたうわさは、彼らの生活をおびやかす最初の兆候だった。

――カント地区に用事で出た組織の幹部が拉致され、拷問されたあと釈放されたそうだ。釈放された時は廃人同様だったらしい。

――幹部だけじゃなく、ガリレアンと見たら片っ端からリンチにかける『自警団』が、カント地区をうろついているらしい。ベルターたちが勝手に作ったごろつきの集まりで、カント地区を歩いているガリレアンを見つけたら、片っ端からぶん殴ってるってことだ。同じガリレアンでも背が高くてひょろ長い奴は、ベルターと間違えられて無事だったそうだ。

――俺の聞いたのは、その『自警団』の話じゃない。公安部は、非公式な『ヒットチーム』を作って、汚ない仕事は全部奴らにやらせてるらしい。

――しかもヒットチームは市の生活管理システムに細工をして、ダウン・エリアの空気循環を狂わせることもやるらしい。

――まさか、いくらなんでもそこまで……。

――気がつかんのか？　この間から集会のたびに警報が出て、居住区画からの外出禁止措置がとられてるだろう。あれと同じだ。

――しかし……。

――とにかくカント地区に出かける時は、一人じゃ絶対に駄目だ。何人かで集まって行くことだ。できれば、ベルターのような体型の奴以外は行かん方がいい。

リーは、そんな話を聞きながら考えていた。やられたらやり返せばいい。戦争をやったことのないベルターを相手に、我々が負けるはずがない。それにはまず、ダウン・エリア内のベルターどもを、奴らの巣へたたき返してやることだ。新参の奴らに、我々の街を明けわたすことはない。

彼はまるで少年のように興奮していた。

ザカリアの本職は、ダウン・エリアにある食糧再生産工場の工員だった。職場はダウン・エリアにあったが、居住区はエリヌス・カントにある。ポート・エリヌスには、あとになってから入植した小惑星帯の出身者――ベルターだったが、職場の彼の上司はガリレアンだった。もっとも、同僚はほとんどベルターばかりだ。一般には、ダウン・エリアの工場区域で働く工員は、ダウン・エリアに住んでいるガリレアンが多かった。三年前に市議会を通過した法案では、市が指定する工場や事務所、それに重要産業施設では、ポート・エリヌス市の人口に比例して、ガリレアンとベルターを雇用することが義務づけられていた。

この法律は、ダウン・エリアの工場主にはすこぶる評判が悪かった。この法律で利益を受けるのは、あとから入植して来たベルターばかりだったし、古くから働いてきたガリレアンが職を失うこともあったからだ。

法律の主旨は単一のエリヌス市民としての意識を高め、二種類の住民の融和をはかるためということだった。ただしその裏には少数派のベルターが、経済面で力を持つ多数派ガリレアンの勢力をそぐという魂胆が見えていた。その証拠に、もっとも古くからいるオールド・ベースのオリジナルたちのことを、この法律はまったく無視していた。

ザカリアはその法律が制定された年に、ミランダから職を探してエリヌスまで来た。しかし、ミランダにも長く住んでいたわけではない。小惑星帯から流れて来てミランダに落ちつきかけたが、エリヌスでは小惑星帯の出身者なら職を得るのが容易だと聞いたので市民権を取って移り住んだのだ。彼はここで職と妻を同時に得た。本当はもっと多くの星系をあちこち移り住んでみたかったのだが、何となくここに落ちついてしまった。

――いままでは、なんとかやってこれた。だが、いつまでこんな状態でやっていけるのか。

ザカリアは明日にでもいまの自分の生活が崩れ去るのではないかと、最近はそのことばかり考えていた。本職は工員だが非常勤警官でもあったから、社会の動きは敏感に感じとっていた。選挙法の改正や、エリヌスの天王星連邦からの分離独立ということになれば、すぐに自分は職を失う。下手をすればガリレアンからリンチを受けるだろう。あまりやりすぎずに、適当にガリレアンとも仲良くしといた方がいいのかもしれない。

このエリヌス以外には行く所のない彼は、そんなふうに考えていた。自分一人だけなら何とかなるが、二人の子供と妻のことを考えると、無茶なことはできなかった。せめて同じ天王星系内に親戚でもいれば何とかなるのだが、二〇代半ばというのに彼には身内と呼べるものはいなかった。

それにしても、この街はこの先どうなってしまうんだ。ザカリアは寝不足の眼をしょぼつかせて、ぼんやりと集会を見ていた。彼ら非常勤警官に総動員がかけられたのは、一週間前のことだ。それ以来、家に帰れたのは二度だけだった。それも警備の途中でほんの一時間ほど帰っただけだ。最初の時のような大規模な動員は、それ以後なかった。だがほとんど毎日のように街のどこかで小集会が開かれ、決まって市政庁前までデモして来る。多い日には一日に三度も違う方向からやって来た。いまのところ、そんな集会やデモはほとんどが平静に解散しているが、時には警官隊と小ぜり合いを起こしている。

総動員された警官隊には、以前のように暴徒化しかけた集会を実力で解散させる力はなかった。市政庁や放送局といった拠点を、警備するだけで手一杯だった。彼の属す一〇人ばかりの班は、正規職員であるムハンマド班長が拳銃を装備しているだけで、あとは警棒しか支給されていない。制服は着こんでいても、何倍もの群集が一斉に襲いかかってくれば、逃げるしかなかった。市庁舎前に作られたバリケードの背後で、不安な彼らの気持ちを隠すように班長はいっていた。奴らにそんな度胸はないよ、と。

しかしザカリアには、その言葉が空虚に聞こえた。以前の政治集会とはまったく感触が違うのだ。以前の彼らは暴徒化することはあっても、公安部隊に対してある種の畏怖を持っていた。それが、近頃はなくなった。一度はずみがつけば、際限なく彼らは暴走するだろう。

彼にとって、不安の原因は他にもあった。常勤の警官や刑事課職員の姿を、最近ではほとんど見かけないことだ。一体、彼らはどこに消えてしまったのだ。彼はいまの体制がはじまってから、政庁前のバリケードに張りついたままだった。それでも他の拠点がどうなっているのか、状況は把握していた。家に帰ったときに見た拠点では、どこでも非常勤警官で編成された班に常勤警官が一人か二人まじっているだけだった。しかもさらに不安をつのらせるうわさが、非常勤警官の間に流れていた。

――ダウン・エリアに住むベルターが、次々にカント地区へ避難してきているらしい。

――いままでにも何度か、ダウン・エリアのベルターの家がおそわれたらしい。

――略奪や暴行だけではなく、殺人事件もあったそうだ。それでみんなカントに逃げ出したって話だ。

――昨日は、カント地区の銀行にまでガリレアンが押しかけたっていうぞ。

――本当か？　どこだ、その銀行は？

――で、どうなったんだ。

――昨日の午後にBブロックで大きな騒ぎが聞こえたが、あれがそうか。

一度にあちこちから質問を浴びせかけられたその警官は、当惑したようにいった。

――詳しいことは知らん。さっき昼飯を持って来た奴がそういっていただけだ。

それっきりその警官は沈黙した。ムハンマド班長が部署にもどって来て、その話題は途切れた。

ロペス部長は、極端に睡眠時間を削っていた。そのせいか、長いこと変わることのなかった体重がいくぶん減ったような気がしたが、とても測るだけの余裕はなかった。

もっとも急いでやらなければいけないのは、カント地区に住むベルター系住民の組織化だった。すでに紛争は公安部対SPAテロル部隊の段階から、ダウン・エリア大衆行動と公安部との対決へと移っていた。これに対するためには、総動員をかけた公安部だけではとても足りない。カント地区の住民を組織して自警団を作り、暴動に備えなければならない。彼らを公安部現有勢力に組み入れられれば、戦力は増大する。だが、そのために残された時間は絶望的に少なかった。

数日以内、遅くとも一週間以内に暴動は発生する。そうロペス部長は読んでいた。現在のように、毎日どこかで集会を開くというSPAの行動は、長つづきするはずがない。いまのところは、以前からの組織力で何とかそんな大規模動員も成功しているが、一ヵ月と続かないだろう。すでに工場区域では、生産力が落ちこみはじめている。まだそれらは社会的な影響を与えるまでには至っていないが、そんなに先のこととは思えない。やがて物価の上昇や、再生産工場からの食糧供給が低下して市民の間に不安が広まる。それ以前にSPA――オライオンは、一気に勝負をつけようとするだろう。それは遅くとも一週間以内に始まるはずだった。

自警団の組織と訓練が、間に合うとは思えなかった。

彼の手許には常勤警官や刑事課員で構成した精鋭部隊があったが、すぐに使えるのは三班、総勢二一人のうち一班だけだった。他の二班のうち、B班は自警団の組織化と訓練にあたらせ、マルコーニ刑事の指揮するA班には気密服戦闘訓練をやらせている。作業用に作られた気密服を改造して全員に着用させ、真空中での戦闘を想定して訓練させていたのだ。彼らはもっとも信頼できる部隊だった。SPA武装部隊の侵攻を、水際で食い止める任務は彼らにまかされていた。だがロペス部長は、SPA部隊の兵力がどれくらいのものかまったく知らなかった。知っていれば、拳銃しか持たないわずか七人の部隊に、そのようなことはやらせなかったろう。

マルコーニの班には、もう一つの任務が与えられるはずだった。カント地区が占領されたあと、市長を護衛してポート・エリヌスを脱出するのだ。

あれから何度もオールド・ベースに人をやったが、オグとジャジは消え失せていた。行方をさがしてオールド・ベースの住民にたずねても、おそろしく無愛想な沈黙が返ってくるばかりだった。誰か他に地下坑道の道案内をする者が必要だったが、オリジナルの誰もがそれを拒否した。そのこころみはいまも続けられていたが、いざとなれば、記録から作り出した地図だけで行くしかなかった。非常に危険なことではあるが、他に方法はない。

それより彼にとって気がかりなのは、ジャジの部屋にやった刑事からの報告だった。その部屋には格闘のあとがあり、血痕も残されていたというのだ。それが何を意味するのか、ロペス部長にはまったく見当もつかなかった。そして部長の手の中には、それを捜査する余裕は残されていなかった。

ヒットチームも、いまでは解散させていた。非常勤警官の数が足りなくなっていたし、すでに彼らの役割はおわっている。しかしそれでも、人手不足は深刻だった。もし暴動が発生しても拠点の防衛が精一杯で、とてもカント地区の一般市民を保護することはできない。それは、自警団にまかせるしかなかった。

心配の種は、ほかにもあった。ダウン・エリア工場区域にある生活管理システムの存在だ。少数の工作員がそこを占拠し、カント地区の電力供給を停止すれば、非常にやっかいなことになる。もしもそんなことになれば、暴動よりも破壊的な打撃をカント地区は受けるはずだ。彼らはただダウン・エリアとカント地区のゲートにバリケードを築き、市長が降服するのを待てばいい。

彼らがゲートを封鎖して、カント地区の空気循環が停止される可能性は考慮しなかった。現実的な作戦でもないし、技術的に無理だとの結論を調査から得ていた。

しかし給電ストップという戦術は充分に可能性があった。そのような事態にそなえて、緊急時には最後の精鋭部隊であるC班を投入して占拠させた上で死守させるつもりだった。本当はすぐにでも部隊を常駐させたかったが、C班をそこにしばりつけておく余裕はなかった。それに市長が反対することは、わかりきっていた。いまでは市長はロペス部長にかなり大幅な行動の自由を与えていたが、法律上の問題を無視して工場を占拠することを許すほど、部長に全権を与えているわけではない。

生活管理システムの工場は民営であり、起こってもいない暴動にそなえて公安部が管理することなど、できるはずもなかった。

――法律などに頭を痛める必要のない全能の力があれば、しかも充分な兵力があれば状勢はずっと有利になるのだが。

そう思うロペス部長の心に、ひとつの単語が浮かんだ。

戒厳令。

公安部長の私が？　ロペス部長は、いきなりそんな言葉を思い浮かべたことがおかしくなって、少し笑った。部長の心の隅では、まだこの政治危機はゲームのようなものだという意識があった。戒厳令だって？　ルール違反だ。それは。

# 20
## 暴動――中央広場

三日後にひかえた七月一三日の外惑星動乱終結記念日に向けて、緊張は次第に高まりつつあった。リーには、ひそかな計画があった。今日、市政庁前広場で彼の所属する細胞組織が集会を開く。三日後に予定されているダウン・エリア全域のゼネストと、最大限の動員を行なう大集会の、いわば前哨戦ともいえる集会だった。その時に彼は市政庁の前庭に立てられたポールの天王星連邦旗とポート・エリヌス市旗を引きずりおろし、外惑星連合軍旗を掲げようとしていたのだ。

最初のうちリーは、何人かの仲間とそれをやろうと考えた。だが考えたあげく、やはり一人でやるべきだと思いなおした。彼と同じ従軍経験のある者は誰もこの危険な行為には同意しそうになかったし、従軍経験のない若造に手伝わせる気にはなれなかった。外惑星連合軍旗を掲揚できる者、その資格のある者は自分以外にはないと彼は信じていた。

服の下に旗をかくし、彼は集会に参加するためにカント地区に入った。そこが死に場所になってもかまわないと、覚悟を決めて。

——本当にあと三日でこの騒ぎはおさまるのだろうか。

ザカリアは汚れのめだつ制服姿でつっ立ったまま、ぼんやりと考えていた。この一〇日の間に彼がしたことといえば、ただ市政庁正面ゲート前のバリケードの後ろで立っていただけだ。班長の話では一三日の記念日が終われば、それ以上の騒ぎは起こらず下火になるだろうとのことだった。何でも経済状態の関係で、ヤマを越したあとは自然に収束していくらしいというような説明だったが、理屈はどうでもよかった。早く家に帰って、のんびりしたかった。スチームバスでさっぱりして、あとは思いきり睡眠を取る。この動員でたっぷりと手当てが出るはずだから、少しは暮らしもましになるだろう。

連続した動員の中で緊張は高まっているというのに、奇妙な空白の時間を彼はもて余していた。そのせいか自分がここにいるのが、ひどく場違いな気がした。起こりもしない襲撃に備えて、一〇日も立ちっぱなしだったのかもしれない自分が、ひどく滑稽なものに思えた。

また夕暮れが迫っていた。いつもの通り、同じパターンを数日おきにくり返すだけの味気ない夕暮れだった。しかも一年中くらくなる時間は同じだった。バリケードの後ろの定位置に立っていると、いつもと同じ雲がゆっくりと流れてゆく。そして市庁舎の前庭のポールの先をかすめる。暇にあかしてザカリアは、その瞬間に時計を見るのが日課になっていた。このまま警備があと何日か続けば、雲の位置から正確な時刻を知ることもできるかもしれない。

退屈な一日の、ささやかな時間つぶしだった。

　そしてこの時刻からが、彼の一日の中で忙しくなる時だった。昼休みの時間にも行なわれることがあったが、いつも一日の仕事が終わるこの頃から、政庁前の中央広場で集会が行なわれる。ザカリアの仕事は、制服を着て立っているだけだ。すっかり習慣になってしまって、ザカリアたちにも群集の方も、緊迫感はない。最初のうちは無気味な存在だった群集も、いまでは人混みにしか見えなかった。

　どっちみち群集が暴走をはじめたら、防ぎようがない。市政庁の建物自体は厳重に閉じられていたが、前庭や周囲の敷地のまわりには、腰までの高さのフェンスがめぐらしてあるだけだ。低重力のこの衛星では、そんなフェンスなど意味がなかった。

　かなり周囲はうす暗くなっていた。もっとも完全な闇には真夜中でもなることがない。「夜」の間は、ドームの天井は星を映し出したりはしない。淡い光の照明が、街灯がわりに光るだけだ。

　ザカリアは、もう一度時計を見た。日没時には、前庭の二本のポールの天王星連邦旗と、ポート・エリヌス市旗を降納することになっていた。今日は土曜なので、市政庁の職員はすでに退勤していた。いつもは一人だけの常駐警官の仕事だったが、動員中はザカリアがその仕事を引き受けている。ちらりと広場の方をふり返ると、そこには集会に参加する人々が少しずつ集まり出していた。

　――中程度の集会だな。今日は。

そう思いながらザカリアは、ポールの下に近づいた。すでに地上のライトが点灯されて、人工的な微風でのんびりとはためいている二枚の旗が照らしだされていた。根本で縛っておいたロープをほどいて旗をおろし、それをたたみ終わった時、背後で叫び声を聞いたような気がした。

ふり返った時、彼の体に何かが激突した。そのままポールのようにはね飛ばされて、ポールに脇腹をいやというほどぶつけた。見ると、ガリレアンらしい一人の男が、眼の前に転がっていた。状況がさっぱりわからぬまま、当惑して仲間の方をふり返った。一人が倒れていた。暗くなってはいたが、その警官の顔から血が流れているのがはっきりとわかった。あわてて周囲をみまわすと、彼に激突して転がっている男の手に、べっとりと血のついたナイフが握られていた。

「そいつをつかまえろ！」

負傷した警官の傍にいた一人が、男を見つけて怒鳴った。数人の警官が、男に向かって一度に跳躍した。

ザカリアに激突して転がったリーは、痛む体で起きあがった。眼の前にポールがあった。腰のベルトから警棒を抜き出したザカリアが、ナイフを握ったリーの手に鋭い突きを入れた。だが、頭上に跳ね上がったリーのために警棒は空を切り、ザカリアはつんのめった。するするとポールによじ登ったリーが、服の下から布のようなものを引っ張り出していた。

広場の群集からどよめきが上がった。リーのとり出した外惑星連合軍旗が、照明を受けて夜目にもはっきりと見えた。群集の中の興奮した何人かは、前庭に侵入しようと高く空を舞った。

「一人も中に入れるな。叩き出せ！」

班長が怒鳴った。警官たちは、フェンスを飛び越えた者を片っ端から警棒で下から突き上げた。着地した時には、無防備な彼らはほとんどの者が体を二つに折ってうめいていた。その体を、警官たちが次々とフェンスの外に投げ返した。フェンスを越える者はなくなった。

群集が再びどよめき、今度は長く尾を引いて次第に高まった。ポールの先端にとりついたリーが、しっかりと旗を結びつけたのだ。鮮やかな色の外惑星連合軍旗が風にはためき、リーはポールにしがみついたまま拳を頭上にかざして群集にこたえた。その時には、すぐ下にザカリアが迫っていた。すでに数百人にふくれあがっていた群集の眼の前で、二人の男は奇妙な格闘をはじめた。仲間がすぐ近くにいるにもかかわらず、二人とも助けを求めることはできなかった。形ばかりのフェンスをはさんで、警官隊と群集はにらみ合っていた。

空中での格闘は、ザカリアの方に分があった。若さと、警棒のせいだった。足場の悪いポールにしがみついていては、リーのナイフもふるいようがなかった。これに対してザカリアの警棒は、無重力用に作られたもので、突き攻撃専用のものだった。やがて群集の中から失望の声がもれ出た。警棒でこっぴどく殴られたリーが、もんどりうって落下したのだ。旗は、あっけなくひきちぎられ、ザカリアも飛びおりた。

ポールの下でリーを取りおさえていた警官の一人が、降りてきたザカリアに歯をむきだして笑いかけた。もう一人が興奮した声を上げながら、何度も彼の肩をたたいた。それで騒ぎはおさまったかに見えた。だが、一人の警官がやったことが、おさまりかけた火に油を注ぐことになった。引きずりおろされた外惑星連合軍旗にかわって、天王星連邦旗がするすると上がり、高くひるがえったのだ。

　再び何人かがフェンスを飛び越えた。しかし今度は前よりもずっと人数が多く、さらに興奮していた。ザカリアは青くなった。とても一〇人ばかりの警官で押さえきれるものではない。かといって、群集に包囲されたこの前庭から、逃げる道もなかった。狂ったように警棒をふりまわす警官が、次第に群集の中に呑みこまれていった。

　銃声がひびいたのは、その時だった。咄嗟《とっさ》にザカリアは、もう駄目だ、と感じた。続けて何度か銃声を聞いた。信じられないことが起こっていた。あれほど怒り狂って押し寄せて来た群集が、冷水をぶっかけられたように後退をはじめたのだ。その動きはゆっくりと群集の中を伝わり、壁のようにびっしりと市庁舎を取りかこんでいた人垣が崩れはじめた。後ろから突き飛ばされるようにして前に出た男も、銃口を向けられて恐怖の表情をうかべ、群集の壁の中にもぐり込もうとした。一度はずみがついてしまうと、制止するのは不可能だった。群集は先を争って逃げはじめた。誰もが他の人間を押しのけて逃げようとし、それもできないとわかると群衆の上を飛び越えようとした。

　茫然とザカリアたちが見守る中で、群集は消え失せた。あとには負傷者だけが残されていた。銃創を受けた者はほとんどいなかった。怪我人の多くは、突きとばされたり、群集の圧力でつぶされた者だった。軽傷者はほとんど逃げ去っていて、あとに残されたのは重傷者ばかりだった。最初にポールによじ登った男、リーの姿はどこかに消えていた。

「メディカル・サービスはまだか」

興奮し切っている班長が、拳銃をホルスターにもどしながら聞いた。リーにナイフで刺された警官は、混乱の中で袋叩きにされ、意識不明になっていた。何ヵ所も傷口が開き、血だまりが傷口の上で大きな球を作っていた。すでに呼吸は浅く短くなっていた。巻かれたバンデージにも血がにじみ出していた。

その時になって、ようやくメディカル・サービスが到着した。しかし、エマージェンシー・ビークル——この街区内で唯一使用をゆるされたエア・カーは、ひどくたよりなげにかしいで走ってきた。

「こいつはひどい！」

ビークルから飛びおりた白い制服の隊員が、あたりの惨状をひとめみていった。手早くあたりに眼をむけて、血まみれの警官と二人のガリレアンを指さした。

「この三人が先だ。他は放っといても死にはせん。一〇分で病院へ放りこんで帰ってくるから、あとは応急手当てだけやっといてくれ」

ムハンマド班長は、ビークルに警官を積みこもうとしているザカリアと、もう一人を呼びとめていった。

「お前たちは、これに乗って病院までついて行け。奴のそばを絶対にはなれるな。あいつらが病院まで押しかけてくるかもしれん」

「そんなに乗れんぞ！」

救急隊員が彼らの間に割りこんだ。班長は眼をむいて怒鳴った。

「二人くらいどうってことないだろう！」

「エンジンが修理中なんだよ。そんなに乗ったら、床をこすっちまう。ドクターも積まずに、なんとかここまで持って来たんだ」

「何で予備のビークルを用意しとかんのだ！　一台じゃどうしようもないだろう」

まけずに救急隊員もどなり返した。

「そんなこと俺が知るか！　市長に文句をいってくれ。……とにかく、怪我人三人で一杯だ。言い合ってる間に行ってもどって来るから待ってろ」

「そうは行かん」

班長はシートにつきかけた救急隊員の肩をぐいとつかんだ。そして、広場の向こう端に集まって、じっと様子を見ている群集を指さしていった。

「一人で奴を病院においとくのは、危険すぎるんだ。一〇分で往復できるんなら、さっさと行きな」

そういって彼は、ザカリアに乗れと手で合図をした。救急隊員もしぶしぶそれに従ってシートについた。

自分でもどこをどう通ったかわからないうちに、リーは広場の端にまで逃げのびた。周囲の誰もが興奮で息を荒くしていた。ついさっきまでパニック状態で逃げまどったことなど、すっかり忘れていた。そして、何かを期待するような眼で市庁舎の方を見ていた。安全地帯にまで後退したのだという安心感が、彼らを再び大胆にしていた。

　必死の思いでここまで逃げて来たのに、誰もダウン・エリアに帰ろうとはしなかった。それどころか、人数は逆にふえつつあった。遅れて集会に参加しようとして集まった人々は、何が起こったのか事情がまったくわからず、誰かれかまわず質問を浴びせかけた。だが最初から事件を目撃した者でさえ、満足に状況を説明できなかった。ただ警官隊の無差別な殴打だけが、彼らのあいまいな、そして主観の入り混じった記憶の中で共通していた。

「奴ら……仲間だけを病院に送り出すつもりだぞ。見ろ、ガリレアンの怪我人は放ったらかしだ」

　群集の中から誰かが声を上げた。見ると、たしかに市庁舎前に停められたエマージェンシー・ビークルに、警官の制服を着た負傷者だけが積みこまれていた。他の重傷者は、一度運びあげられかけたが、すぐに前庭に置かれた。そして二人の警官を乗せてビークルは去った。

「ひどい……」

　誰もが同じように声をあげた。一番前で座りこんでいたリーは、それを見て自分のやるべきことに気づいた。彼は立ちあがり、大声でいった。

「銃を持っているのは一人だけだ。我々は負傷者を救出しなくてはならない。いまからもう一度、あの警官隊を包囲しに行くぞ。皆、わしについて来い！」

それを聞いた誰もが顔を見合わせた。ためらっているらしく、足を踏み出す者はいなかった。その様子を見たリーは、さらに大きな声で怒鳴った。

「誰も来る気はないのか！　この卑怯者ども！　さっさと家に帰ってかくれていろ」

そういうと彼はくるりとふり返り、市庁舎に向かって歩き出した。

――よう、がんばれよ。じいさん。

そんなひやかしの声が、人垣の一番後ろから聞こえた。だが、誰も笑わなかった。そして、広場を半分ほどリーが横断した時に、何人かが群集の中をぬけ出してリーにしたがった。それを見たさらに多くが、市庁舎に向かった。かなりの人数が移動をはじめた時に、一番後ろから野次馬連中もぞろぞろと歩き出した。エマージェンシー・ビークルがもどってきた時には、広場は群衆で埋まり、とても乗り入れることはできなかった。

ロペス部長は、オフィスの中にまで聞こえてくる騒ぎではね起きた。口の端にべっとりとついたよだれを手の甲でぬぐい、眠そうな眼を何度もしばたたいて頭をはっきりさせた。オフィスの中には、一人だけ刑事が残っていた。いつもの集会にしては、様子がおかしかった。その刑事に様子を見にやらせてから、デスクの端末に警官隊の配備状況を表示させた。部長は顔をしかめた。すぐに使える部隊は少なかった。現在、警備についている班は、どれも動かすわけにはいかない。マルコーニのA班は、ポート・エリヌスから離れた坑道へ訓練に出ている。すぐに呼びもどしても、帰りつくだけで一時間はかかる。B班は、分散して自警団の訓練にあたらせているが、集合させるまでにやはり一時間はかかる。残るのはC班だけだ。これはカント地区をパトロールしているだけだから、一〇分もあれば呼びもどせる。

そう思ってC班に連絡をとろうとした矢先に、様子を見に出ていた刑事が帰って来た。その刑事から状況を聞くうちに、ロペス部長の顔は真っ赤になった。

「早すぎる……」

いうなり部長は絶句した。彼の考えていたタイムスケジュールより、二四時間も早かった。こんなに早く暴動が起こるとは、考えてもいなかった。だが刑事から暴徒の数を聞いた部長は、ほっとしたような声でいった。

「三〇〇ないし四〇〇人というんだな」

刑事はうなずいた。それから、少しずつふえつつありますとつけ加えた。

「かまわん、それならまだうつ手はある」

ロペス部長は素早く頭の中で計算をしていた。ダウン・エリアの人間に総動員をかけたとしたら、群集の数はいまの一〇倍近くにまで増えるだろう。パニック状態ならどえらいことになるが、いまのままなら群集を散らしてしまえる。ダウン・エリアの方へ群集を押し出して、カント地区との境界を封鎖すれば、次の四八時間は持ちこたえられる。そうなれば、こちらの方が完全に有利だ。

ロペス部長は、ポート・エリヌスの平面図をじっくりとながめた。政庁前の中央広場から、ダウン・エリアに通じる通路は三本あった。そのうちA工場地区に直接はいる二七〇放射通廊には、群衆をいれるべきではない。ダウン・エリアの境界近くにある公園に、群集が留まるおそれがあるからだ。だから残った二つ、一八〇通廊か二二五通廊にそって、群集を誘導しなければならない。

　そこまで考えた時、通話器が鳴った。コールをかけておいたC班の班長が、応答してきたのだ。地図に視線をおとしたまま、通話器をとり上げて部長はいった。

「ロペスだ。いま、どこにいる」

「Kブロックを、二号環状路にそって〇放射路に出るところです。中央広場で暴徒の動きを目撃しましたが、急行しますか」

「行くな。君の班は、二七〇放射路にある公園で待機しろ。中央広場は通るな。急げ」

「公園に……ですか？」

　とまどったように班長は聞き返した。部長はいらいらとしていった。

「そうだ。説明している時間はない、急げ」

　いうなり部長は通話器をオフにし、つっ立ったままの刑事にいった。

「AブロックとBブロックをまわって、自警団の幹部に伝えろ。ありったけの人数を集めて、ブロック内の通路に立たせるんだ。環状路や放射路なんかには必要ない。そっちは公安部がやるから、自警団には路地や小通路をかためさせろ。ただし、ダウン・エリアに向かうガリレアンは無条件に通せ。その逆は、殴りとばしてかまわんから阻止するんだ。それがすんだら、他のブロックをまわって、自警団は全員、自分の街区に出ているようにいってまわれ。

自警団以外は居住区から出させるな。何もしなくていい。自警団だとわかるような格好で、街区につっ立ってるだけで充分だ。それと……B班は、全員このオフィスに集合させろ。わかったか」

刑事はその命令を復唱しようとしたが、ロペス部長は片手で早く行けと若い刑事をせかした。すでに部長は通話器をとり上げて、刑事のことなど忘れたかのようだ。刑事は、はじかれたようにオフィスを飛び出していった。

「マルコーニか？　すぐに帰って来い。いまどこだ。どれくらいで来れる」

少しノイズの混じった遠い通話の奥で、マルコーニの声がいった。

「訓練をもう終わろうとしていたところですから、一時間半、もしこの訓練がこの先できないのなら、装具を捨ててもう少し早く帰れますが」

「捨ててかまわん。一時間で帰って来い」

そういってロペス部長は、質問させる余裕も与えずに通話を切った。それから、市政庁を警備しているムハンマド班長を呼び出した。

「ロペスだ。一時間だけなんとか持たせろ」

すぐに眼と鼻の先にいる班長からは、明瞭な声がかえって来た。あきらかにほっとしたような声で、彼はいった。

「おそろしく勢いのいいじいさんがいるんですがね。いまのところはにらみ合いってところです。丸一日このままで持つかもしれないし、一分しか持たないかもしれない。先頭に立ってるじいさんが火つけ役なんだが、自分が死んでまでここを攻め落とそうという気はないようです。いまのところ、演説をぶちまくって間を持たしてるというところです。手配のファイルにある顔じゃありません」

「わかった。一時間後に暴徒をそこから叩き出す。かまわんからその親父の好きなようにしゃべらせておけ」

——一時間も間が持つかな。

ムハンマド班長は、延々としゃべりつづけているリーを見ながら通話を切った。実際、危ないところだった。二度めに彼らがこの市庁舎を包囲した時には、今度こそ駄目かと胆を冷やしたものだった。だが、あわやという時にエマージェンシー・ビークルが、群集をかきわけながら鼻先を突っこんで来たのだ。ムハンマド班長とやりあったあの救急隊員だった。いまにも爆発しそうなその場の雰囲気などまるで気にせず、群集をただの野次馬だと勘ちがいして、車両を無神経に突っこませた。そして、呆気にとられているガリレアンにまで手伝わせて重傷者を無造作に積みこむと、さっさと走り去った。

毒気を抜かれた群集を前に、リーは演説をはじめていた。だが、支離滅裂な内容を誰も聞く者はおらず、かえって場をしらけさせていた。しかし、自分が率先して市庁舎敷地内に突っこもうとする者はないものの、はずみがつけばまたなだれ込む可能性は充分にあった。そんな中で、最初に行なわれる予定だった集会が始まりつつあった。聴衆の反応のないままに、リーの声だけがやたらに高くなっていた。

――早すぎる！

それが第一報を聞いた時の、オライオンの反応だった。彼の予定では明日日曜の昼ごろから散発的なゲリラ闘争をはじめさせ、その翌日にはそれをエスカレートさせる気でいた。七月一三日は終日ポート・エリヌスに騒乱状態を作り出して、夜半に降下するJ・II――教授の部隊のために準備をととのえるつもりだった。こんなに早く暴動が発生してしまっては、丸三日も持続させるのはむつかしい。あのロペス部長のことだ。この小さな暴動をうまく収拾して、以後の集会に締めつけを加えてくるだろう。

かといって、オライオンには打つ手がなかった。すでに中央広場に集まっている群集を支援しようにも、いまから動員をかけても間に合わない。大衆暴動では戦線を整えることなど、不可能に近かった。

オライオンはマックスを組みこんだ計算機の、端末画面を見ながら唇をかんだ。公安部隊の動きは手にとるようにわかるのに、彼には何もできないのだ。

常勤警官と刑事たちによって編成された精鋭部隊が、赤い三つの光点として画面上を移動していた。ひとつは、二七〇放射路を中央広場に向かって動き出したところだ。もう一つは、九〇放射路をやはり中央広場に近づいてくる。さらにもう一点が、一八〇放射路から動き出したところだった。中央広場に立てば、三方向から道路一杯に横隊を組んだ武装警官隊が、迫ってくるのが見えるはずだ。烏合《うごう》の衆《しゅう》でしかない群集は、算を乱して〇放射路ないしは二二五放射路に逃げこむだろう。後方からさらに追い立てれば、環状路に入りこむこともなくダウン・エリアに追い出されてしまう。浮き足だってしまえば、暴徒などみじめなものだ。態勢をたてなおす余裕もなく、カント地区から叩き出されるだけだ。

もしもオライオンが五〇人の兵を投入できれば、二七〇放射路を逆に中央広場に向けて押しかけ、警官隊の背後を突くことができる。追撃が中途半端なものに終われば、追っ手の来ないのに気づいた群集の暴走は、そこでとまる。さらに別の群を環状路伝いに背後にまわらせれば、少数の公安部隊は孤立し、大混乱に陥るだろう。

だが、その時になってはじめてオライオンは、自分が途方もない勘ちがいをしているのに気づいた。しばらくは自分の馬鹿さ加減にあきれて、開いた口を閉じるのも忘れ、それから腹をかかえて笑いころげた。おかしくておかしくて、息が止まりそうなほどだった。

——俺は、何という阿呆だ。俺は、教授の部隊のことを、すっかり忘れていた。教授の部隊とこの情報処理機があれば、他に一体何がいるというのだ。俺は、暴動だけで政権を倒すつもりで、真剣に悩んでいたぞ。

彼はひとしきり笑いころげたあと、ようやくそれをやめて、再び画面に眼をやった。今日のところは、ロペスの勝ちだ。しかし、あと三日の命だ。

そう考えながら、彼は次の行動をどう起こすべきか、画面をじっと見つめながら対策を練っていた。彼には絶対の自信があった。

同じ画面を、ロペス部長はオフィスのデスクで見ていた。しかし暴徒がダウン・エリアに向けて逃げ出したという報告を聞いてからは、シートの上でこくりこくりと居眠りをはじめていた。

# 21

## 二一二三年七月一三日

J・Ⅱは、途中で何度か減速度をかえ、最終軌道修正も終えてエリヌスまであとわずかに迫っていた。エリヌスへの到着は、標準時で七月一三日一九時二〇分と決められていた。これにはわけがある。七月一三日というのは、外惑星動乱終結の日として航空宇宙軍の艦艇が木星系に集結し、なおかつポート・エリヌスにおけるゼネストを偽装しやすい日でもあった。そしてそれ以上に、タイタニアの航路監視レーダーの死角から、J・Ⅱが接近できる日でもあった。

天王星系の惑星間航路監視システムは、外側から二番目のタイタニアにあった。天王星系の主要な惑星間航路は、ほとんどこのタイタニアから発着している。だから天王星系に接近する惑星間航路の飛翔体は、すべてタイタニアにある管区ステーションの管制をうけている。

普通、商船はあらかじめ決められた軌道にしたがって飛翔し、軌道上から管区ステーションに向けて識別信号を発信する。そして宙港側では、惑星間航路上を指向性のあるレーダーで監視し、誘導を行なう。Ｊ・Ⅱは土星・天王星間の経済航路を飛翔して来たが、当然のことながら識別信号は発信していない。だからタイタニアのレーダーで発見されれば、識別信号なしの飛翔体として航空宇宙軍に通報されるおそれがあった。それをさけるためにＪ・Ⅱは、タイタニアとエリヌスが最大の離角を持ち、しかもエリヌスが太陽側にタイタニアが外宇宙側に位置するこの時期を選んで、接近する軌道をとったのだ。そうすれば、タイタニアの長距離レーダーには発見されずに、エリヌスに接近できる。

タイタニアは天王星の周囲を二〇九時間の周期でめぐっており、Ｊ・Ⅱは天王星衛星群の軌道面に対して四五度の角度で太陽側から接近してくる。だからこのタイミングをのがせば、エリヌス到着は八日間もずれてしまう。

だが、このような軌道をとって惑星間監視レーダーの死角にもぐり込んだとしても、衛星間軌道の航路監視レーダーは避けられない。それは、惑星間航路のような長距離の指向性レーダーではなく、有効距離はせいぜい一〇万キロほどだ。Ｊ・Ⅱが五分の一Ｇで減速してエリヌスに接近すれば、到着の三時間前からその範囲内に入る。

しかしエリヌスやミランダが、それほど有力なレーダーを持っているとは考えられない。そうソコロフは考えていた。よくて半分の距離だろう。彼らが対応するよりずっと前にＪ・Ⅱはエリヌスに到着し、ポート・エリヌスを制圧しているはずだ。

エリヌスの北極に位置するポート・エリヌスへの接近軌道は、最短ルートをとることがすでに決められていた。エリヌスのように大気のない小質量の衛星では、複雑な軌道をとる必要はなかった。しかしJ・Ⅱの降下予定地点は、太陽方向からみて裏側になるため、エリヌスを八分の一周だけめぐる周回軌道に乗らざるを得ない。約一三分間ほどは、地表すれすれの周回軌道をとることになる。そして、ポート・エリヌス宙港上空に達したところで、メイン・エンジンで逆噴射《リバース》をかけ、空中に静止した船から気密服を着た戦闘員が船外に飛び出す。船内に残るのは、一一人の捕虜だけだ。武器類は大きなものをのぞいてすべて携行し、そのまま市街にはいる。

宇宙空間の飛翔のために設計されたJ・Ⅱは、地表降着装置など持っていない。一度着陸してしまうと、エリヌスのような小質量の衛星からでさえも、離陸は不可能だ。それどころか地上に落下したショックで、船体は押しつぶされるだろう。戦闘員が飛び出したあとのJ・Ⅱは、数十秒で地表に達し、船体を押しつぶしながらかしいで、横だおしになるはずだ。

計算では外壁の一部が損傷するだけで、それほど重大な構造破壊が起こることはないと推定された。だが何しろとてつもない旧式の船だ。あるいは船体が二つに折れるかもしれない。そうなれば、船内に残されるはずの捕虜は死んでしまう。だが教授がそんなことに注意を払ったりしないことを、ソコロフは知っていた。

J・Ⅱのコクピットでは、正面のスクリーンに天王星の姿がうつし出されていた。すでに到着まで、六時間が残されているだけだった。エリヌスまでの距離は五〇万キロ足らずになっていた。天王星はすでに圧倒的な質感を持って近づいており、リングや星自体の縞模様も充分見わけることができた。

――美しい星だ。

天王星を見ながら、何の脈絡もなくソコロフはそんなことを考えていた。

正午をすぎたころのポート・エリヌスの状勢は、混沌としていた。騒然とした市街の中で、状勢を正確に把握している者は、ほとんどいなかった。三日前の中央広場での騒乱状態以後、公安部と自警団によってカント地区とダウン・エリアの境界線は封鎖されていた。だがダウン・エリアでゼネストが行なわれたこの日の午前中から、ゲリラ的に封鎖線付近で小ぜりあいがあり、午後に入って各工場や居住区で集会を開いていた群集が、続々とカント地区に向かって移動をはじめていた。数百人単位の集団がいくつも発生し、小集団をのみこみ、あるいは分裂をくり返しながら、封鎖線に圧力を加えはじめた。

そして一カ所の封鎖線が破られると、あとは市街のほぼ全域が無警察状態になった。カント地区のAブロックやBブロックでは略奪や破壊が起こり、これに対してダウン・エリアの一部でも、ベルターによる襲撃が行なわれた。そしてそんな情報が人々の口から口へ伝わると、それに従って群集は移動し、また分裂した。

だが公安部のオフィスに陣どったロペス部長は、事態をそれほど深刻にはとらえていなかった。市庁舎、放送局、公安部オフィス、銀行、航空宇宙軍の通信基地といった拠点や、ダウン・エリア内の生活管理システム工場は、いち早く派遣した常勤部隊によって制圧されていた。ダウン・エリアから押し寄せた暴徒は、カント地区をひろく制圧したように見えたが、重要拠点はまったく手に入れていなかった。ロペス部長が総動員をかけた非常勤警官と少数の常勤警官で、拠点防衛の任務は実行されていた。強力な常勤警官ばかりで編成された三班のうち、市内に投入したのは生活管理システムを制圧するための一班だけだった。他の二班は、いまだに予備兵力として待機していた。

——暴動に関しては、予備兵力を使うこともないまま、自然鎮静するだろう。

ロペス部長はそう見ていた。たしかに、カント地区からダウン・エリア工場地区にかけては無警察状態だが、その中を徘徊している二〇〇ないし三〇〇人の暴徒のうち、本当に破壊的な者は一〇分の一以下だ。他は積極的な破壊や略奪行為などしない。この都市の人口がいまの一〇〇倍もあれば結果はまるで違うものになっただろうが、現状は放っておいても重大なことにはならないはずだ。もうじき夕暮れだが、その後にでも放送を通じて呼びかけてやれば、群衆の動きはかなり下火になるはずだ。

「市長からまた連絡が入ってますが」

オフィスに詰めていた刑事が、そういって部長の思考を中断した。手に通話機を持って、どうあつかうか、と部長に眼でたずねた。さっきから何度も同じことをくり返していた部長は、仏頂面で首を左右にふった。うんざりした顔で刑事は通話機をとり直し、部長はいま手が離せないとか何とかこたえた。そのまま数分間も話したあとに、また困ったような顔で部長の方をふり返った。

「急ぎの用で、どうでも部長を出せっていってます。さもないと俺をクビにするっていきまいてますが」

苦い顔で部長は、自分の通話機をとり上げた。興奮した市長の声が、いきなりとび込んで来た。

「現在の状況はどうなっているのだ。ロペス君」

何が急ぎの用事だ。ロペス部長は怒鳴り出したいのをこらえて皮肉っぽくいった。

「ご自分で行って見て来りゃいいでしょう。市長公室は見晴らしがいいんじゃないですか」

市長公室の窓は、暴徒の投げつけたパイプで、ものの見事に蜘蛛《くも》の巣が走っているはずだ。

通話機の向こうの声は一瞬絶句したが、やがて前にも増した不機嫌な声でロペス部長の失態をなじり、現在の警備状況と対策についての説明を重ねて求めた。部長はひと通りの市長の長広舌を聞き流したあと、おもむろにいった。

「そのことについては、一ヵ月半ほど前にいっておいたはずです。いまさら、新しくつけ加えることはありませんな。このままなら、間もなく暴動は終息します。しかし、SPA武装侵攻部隊が降下すれば、政権は無条件に倒されます。だから、一時的に市庁舎から撤退する必要があります。市庁舎をSPAに明けわたす期間は……正確なことはいえませんが一週間以内でしょう。逃げる時にかさばる物は置いていっていいが、洗面道具は忘れんようにしておいて下さい」

それだけいって部長は一方的に通話を切り、外線入力をロックした。切ってから彼は、あのチャーミングな秘書嬢のことをちょっと思い出したが、彼女もやっぱりかさばる荷物だろうと結論を出した。

部長と市長との通信は、一般回線を通じてかわされたものだった。その通話は、ほかのものと同じに無条件で傍受されていた。

人間によってではない。ジャジが作りあげ、いまはオライオンの手にわたったマックスが、新しいハードウェアの中でそれを傍受し、整理してメモリーの中に記録したのだ。マックスは、部長の言葉から情報をこんなふうに整理していた。

〈ロペス部長はSPA武装侵攻部隊の存在と降下を予想し、デュクレ市長に市庁舎からの一時撤退と逆侵攻を示唆した〉と。

だが手をのばしてシステムを操作すればすぐに表示されるその情報も、ソフトウェアを充分知りつくしていないオライオンには、引き出すことができなかった。

オライオンは時計を見た。J・IIの到着まで、あと三時間足らずだった。彼は、アジトに集合していた数人の仲間をうながし、自分も気密服を手にして腰を上げた。ポート・エリヌス宙港に、着陸誘導を行なうために出発する時刻になっていた。

アジトから出ようとしてハッチドアに手をかけたオライオンは、ふと気になってふりかえった。部屋のすみに放置されている端末の画面に、ポート・エリヌスの市街地図と警官の配置が表示されていた。オライオンは、急いでそれをオフにした。公安部に踏みこまれてこんなものを見つけられれば、えらいことだ。表示を消したスクリーンを軽くたたいて、彼は部屋を出た。

マルコーニと彼の部下六人からなるA班は、カント地区の端の航空宇宙軍基地で待機していた。基地といっても小規模なものだ。カント地区のドーム最外縁を走る四号環状路に出入口をもち、その奥に岩盤を掘り抜いて作られていた。カント地区でも、ドームの外縁のそのあたりでは天井が低く、天井に投影された雲の形もいびつにみえた。一応は防衛すべき拠点ということになっているが、このあたりまで押しかけてくる暴徒などなく、入口の前にバリケードを築いている五人ほどの非常勤部隊も、退屈そうな顔をしていた。

だがマルコーニの部隊は、基地の防衛のためにここにいるわけではなかった。彼らは朝からずっとここに詰めていて、レーダー担当の航空宇宙軍兵士が「お客」を見つけるのを待っていた。

——部長《おやじ》の野郎め。本気でそんなことが起こると考えてるのかね。いくらなんでも破天荒すぎる。SPAの部隊が、それも武装した部隊がこの太陽系のはずれまで、宇宙をこえて攻めこんでくるなんて。

そんなことをマルコーニは考えていたが、部長のいったことではずれたことはなかった。これまでは。

緊張感を欠いたまま、マルコーニは時計を見た。部長と定時連絡をする時間になっていた。改造した気密服を引き寄せ、ヘルメットに取りつけられた通話機をオンにしようとした時だった。レーダーにとりついていた兵士がふり向いていった。

「南極点のレーダーサイトの映像なんだが……どうも、さっきから変な点がうかんでいる。雑音《ノイズ》にしちゃおかしいし、かといって航宙船だという確信も持てない。一応無線でコールしてみようと思ってるんだが」

「ちょっと待ってくれ」

マルコーニは急いでその兵士に近より、肩ごしにスクリーンをのぞき込んだ。ポート・エリヌスとは反対側の極にあるそのレーダーの、有効範囲ぎりぎりの距離にひとつの輝点があらわれていた。スクリーンに連動したデジタル表示には、その点のデータが示されている。しかしそのデータは誤差の多いもので、その輝点が現実の存在なのか、機械雑音なのか、判断することはむずかしかった。マルコーニは、この輝点に対してコールを行なわないように兵士に念を押し、通信機でロペス部長を呼んだ。

「『お客』です。不確実ですが」

ロペス部長の声はすぐに返って来た。

「確認できしだい、知らせろ。『お出迎え』の用意をしておけ」

「了解」

マルコーニは、部下を集めて気密服の着用を命じた。ポート・エリヌス宙港に通じる気閘は、基地のすぐ外にあった。

同じ時、J・IIのコクピットでは、ソコロフがすでに気密服の着用を終わっていた。ソコロフは、エリヌス南極点にあるレーダーサイトの逆探知に成功していた。レーダー波の逆探知で自分の正確な位置を知れば、あとはポート・エリヌス宙港まで一直線だ。ソコロフは、長い航宙がようやく終わりかけているのを感じた。

# 22　リーとザカリア

　地平線の向こうに、巨大な半球がのびあがっている。視界のかなりの部分を占める天王星は、いまはほとんど欠けていた。星空にのびあがったその半球の形は、背後にきらめいている星空の中に、黒いシルエットとなってようやくそれとわかるほどだった。いまの時期には、この北極点には決して太陽が昇らない。地平線下をめぐっているだけだ。ごつごつとした岩のつらなりが重なる地平線から、次に太陽が姿を見せるのは二〇年以上も先のことだ。

　太陽光がさし込まない天王星の影の部分は、星ぼしの掩蔽《えんぺい》でようやくその存在がわかる程度だった。天王星が最大限に満ちた時でも、半球のさらに下半分を弱い光で満たすだけだ。わずかばかりの青い光の弦は、ほとんど影の半球の中に消え入りそうになっている。

　マルコーニはヘルメットのフェースガードごしに、その光景をながめていた。ほんのわずかばかりの天王星光と、星の光がぼんやりと彼の姿をうかびあがらせていた。彼のいる宙港施設の構造物は、平らに整地された着陸ポートから少し離れた高地にあった。だがほとんど闇の中に沈んでしまった眼下の着陸ポートには、その存在を示すものは何も見ることができない。アリエルからの連絡艇が来る時は標識灯や照明灯が全部ともされるが、いまはひっそりと死んだように宙港機能は動きをとめている。

南極点のレーダーによって存在が確認された船籍不明の宇宙船は、数分前にレーダーの視界から姿を消していた。しかし、ポート・エリヌス宙港のレーダーには、反応はあらわれていなかった。ということは、エリヌスに墜落したのでなければ、地表すれすれの周回軌道に入っているはずだ。こっちに向かっているなら、一〇分以内に上空に姿を見せるだろう。

マルコーニは、周囲を見まわした。六人の部下は、闇の中にひそんでいるはずだ。ヘルメットに内蔵されたラジオは、全部受信状態で封鎖してある。もしもその船が部長のいうようにSPAの武装船なら、それを誘導する者もこの闇の中にいるはずだった。マルコーニはふたたび地平線にそって、ゆっくりと視線をめぐらした。星空が美しかった。そんな星ぼしが、闇に沈んだ地表と空とを区別し、ほとんど影となった天王星の輪郭をきわだたせている。天王星の環は、起伏の激しい地平線から見えかくれしていた。エリヌスの公転 - 自転にしたがって、天王星はゆっくりとそんな地平線の上を滑っていった。それにつれて光の糸のような環の先端が、ごつごつした地平線の重なりの中からあらわれ、そしてまた消えた。

不意に眼下の闇の中で、三つの光点があらわれた。眼をこらすと、その光点は大型の携行フラッシュライトなのがわかった。気密服を着こんだ三人の人影が、それぞれそれを保持しているのがわかった。光点は、宙港着陸エリアの三方向の端に分散していた。明らかに、着陸誘導のための灯火だ。

マルコーニは、ほんのわずかな間、部下に命令を下すのをためらった。公安部波長帯が傍受されていれば、こちらの存在を暴露してしまう。だがそのためらいは、天王星とは逆方向の地平線から、いきなり跳ね上がった光点を見て消し飛んだ。その船――J・IIは、主機を全力噴射して彼らの頭上に迫ってきた。

――冗談じゃない。放射線被曝で殺されちまう。

さもなければ噴射ガスでこの衛星から吹き飛ばされるかだと思ったが、マルコーニの心配は的はずれだった。その船のパイロットは、着陸灯を手にしているSPA部隊のことを、気づかうだけの技量を持ちあわせていた。地平線から高々と跳ね上がったJ・IIは、地上に影響を及ぼさない高度で最後の逆噴射をかけ、放物線を描いて落下をはじめた。そして完全に軌道速度を殺した船は、地上から数百メートルの所をゆらゆらと落下していた。落下しながら、降下速度を消すために、側方バーニア・ノズルが小さな炎を上げていた。

マルコーニは茫然としていた。考えていたより、敵はずっと大部隊だった。ロペス部長でさえ、この船がそれほど重武装した兵士を満載していたとは、思わなかったろう。知っていれば、まっさきに着陸誘導灯を破壊していたはずだ。J・IIを不時着させて、すぐにでも戦闘をはじめてしまうべきだったのだ。彼らを逮捕しようなどと考えたために、ひどい眼にあいそうだった。

J・IIは、地表から十数メートルの高度で完全に行き足をとめ、全エンジンを消火して再びゅっくりと落下をはじめていた。マルコーニは肝をつぶした。落下してくるJ・IIから、機関短銃をかかえた兵士たちが次々に飛び出していた。どう考えても、勝ち目のない戦闘だった。ライトで照らし出された兵士の動きは、彼らが充分に訓練を受けていることをうかがわせた。

ただマルコーニは、冷静に状況を判断していた。降下に移ったSPA兵士の群を見た時、最初に彼がしたことは、拳銃をその中に向けて発射することだった。同時に彼は、ラジオをオンにして命令を下した。

「撃ちながら撤退だ。マガジンの中に一発だけ残してぶっ放せ。狙撃せんでもいい。あの中に叩きこんだら、一発くらいは当たる。奴らの気密服に穴をあけるだけでいいんだ。五分で俺の所に集合しろ」

奇妙な戦闘がはじまった。低重力の中で手足をばたつかせながら降下する兵士たちは、まるで標的だった。無防備な姿のまま、突然の敵襲に反撃もできずにもがくだけだった。しかし彼らを闇の中から浮かび上がらせていたサーチライトは、すぐに方向を転じて狙撃手のひそむ岩かげを照射した。そしてその移動する光の輪を追って、猛烈な弾幕が張られた。

マルコーニはサーチライトの動きを眼で追いながら、敵兵の密集している点に火線を集中した。銃口炎がわずかに見える拳銃だが、この混乱の中ではまず発見されないだろう。そんな状態の中で、闇の中に散開していた警官たちが一人ずつ集まって来た。その一人ひとりを確認しながら、マルコーニはロペス部長に戦況を報告した。

「……そうです。えらい数です。まるで軍隊の降下作戦です。損害？　わかりません。いま、集合させていますが、何人かやられたようです」

ラジオを通して、相変わらずねむそうな声のロペス部長が、もぐもぐといった。

「わかった。こっちも撤退だ。すぐにオフィスまで引き返してこい。時間かせぎに手を打っておく」

部長との通信を切ったマルコーニは、集合した部下の名を呼んだ。三人が返事をしなかった。星あかりの下で、なんとか部下の数を数えたが、何度やっても同じだった。彼の部下は半減していた。出力を絞ったラジオで、マルコーニはいった。

「誰かその三人のことを知っているか」

「ライアルは死にました……」

ぼそりと一人がいった。

「一連射をもろにくらって、すっ飛んでいったのを見ました。即死していなくても、あれじゃ――」

マルコーニは彼の言葉をさえぎった。

「ウォルデは？」

その男のことは誰も知らなかった。

「スコットは？」

やはり誰も答えなかった。絶望的な気持ちでマルコーニは着陸エリアの方を見た。すでにサーチライトは全部消され、弾幕が岩を削りとる断続的な振動も消えていた。早くここから撤退しなければ危険だ。あきらめられぬまま、彼はラジオの音量を最大に上げた。彼の動作を感じとって、他の三人も同じことをした。マルコーニの手が、急停止した。弱々しい声が、ラジオの奥から聞こえていた。

「誰か……誰かいないのか……俺だ……足をやられた……」

「ウォルデだ！」

一人がいった。マルコーニは大声でコールした。その場にいた全員の鼓膜を破りそうな大声で、呼びつづけた。

「ウォルデ！　聞こえるか？　返事をしろ。俺たちは基地に通じるトンネルの近くにいる。いまどこだ」

しかし、声は急速に弱まっていった。

「足をやられた……空気がもれていく。血ですべって開いた穴の……。胸が苦しい。俺はここだ。ここにいるんだ。誰か来てくれ。誰もいないのか」

ほとんど聞こえなくなったラジオの奥で、激しくウォルデはあえぎ、咳きこんだ。そして、ふっつりと声は途切れた。

足もとから低い振動が伝わって来た。J・IIの着地した地ひびきだった。

「行くぞ」

立ちつくしている部下の肩をたたいて、マルコーニはもと来た道を基地に引き返した。他の者も、無言でそれにしたがった。

　小隊長の一人から、兵士の一人が負傷したという報告を聞くまで、教授は襲撃を受けたことにさえ気づかなかった。そのあとは、収拾のつかない大混乱に陥った。このような戦闘が起こることなど、誰も予想していなかった。降下作戦自体が、戦史上に前例のないことなのに、その作戦中に戦闘が起こったのだ。しかも、実質的な夜戦だった。攻撃された側が、混乱に陥らないはずはない。

　しかし、最初の打撃による衝撃がおさまるにつれて、船内でくり返し行なわれた訓練の成果があらわれはじめた。地上に降り立った兵士は、組ごとに散開して岩かげに身をひそめ、J・IIのサーチライトで照らし出される場所に銃弾を送りこんだ。そして全員が地上に降り立った時、射撃停止命令が下された。誰もが戦闘にふりまわされて状況をつかめず、遮蔽物の陰でじっと息をひそめるだけだった。

　すでに狙撃は停止していた。闇の中で、J・IIの着地した重いひびきが伝わった。そして、J・IIからもれ出た空気が着陸エリアの砂をまき上げ、白い霧となって広がるのが、星あかりをうけてぼんやりと見えた。白い霧は、拡散しながら息をひそめる兵士たちの体をすり抜けていった。そしてJ・IIの押しつぶされるきしみが、気密服を通じて不気味に聞こえた。

　四人が戦死したことが、小隊長からの報告でわかった。全員が降下中に銃創を受け、それに続く混乱の中で窒息死したらしい。あるいは、そのうちの何人かはまだ生きている可能性があった。しかしあとのことは、防空レーザ班にまかせるしかない。本隊は、ただちに市街に入る必要があった。教授は、事前に打ち合わせておいた周波数帯をさぐっていた。そのうちのひとつから、いきなり自分を呼ぶ声が聞こえた。

「オライオンだ。聞こえるか？　教授。こちらはオライオン。応答してくれ」

「教授だ。どこにいる。オライオン？」

ほっとしたようにオライオンはいった。

「フラッシュライトを振っている。俺は味方だから撃つなよ」

教授は岩かげから首をつき出して、周囲を見まわした。オライオンの振るライトは、彼のすぐ背後の岩かげにみえた。まぶしさに顔をしかめている教授のすぐ横にオライオンは近づき、あいさつ抜きで切り出した。

「すぐに市街に入った方がいい。奴らは、すでに市街に逃げたようだ」

「気閘で待ち伏せされることはないのか？」

「大丈夫だ。ダウン・エリアに通じる気閘は確保してある。その区画に公安部はいない。市街はいま、暴動が起きていて、ほとんどの公安部隊は拠点に釘づけになっている」

教授は部隊に移動を命じた。闇の中で、小隊ごとにライトがともった。オライオンたちを先頭にして、縦列を作った彼らはトンネル開口部の方に移動していった。

「まず、公安部のロペス部長というのがいる。こいつは要注意だ。非常に切れる男だ。だが、公安部全体の戦力は大したことがない。武器は拳銃だけで、それもせいぜい二〇ないし三〇挺だ」

　トンネルを下りながら、オライオンは教授との特定周波数帯を通じて説明した。かいつまんだ説明だったが、教授はすぐにそれを理解したらしく不機嫌な声でいった。

「その『貧弱』な兵力で、我々の兵士はすでに四人失われた。それをその部長のせいだといいたいのかね」

　準備工作の不備を、つくようなロぶりだった。オライオンは、それを無視していった。

「シリウスはどこだ？　小隊長周波数で呼べるか？」

「J・Iは消息を絶った。おそらく、シリウスは戦死したと思われる」

　オライオンは足をとめた。すでに気閘のすぐ近くにまで下っていた。信じられないというように、オライオンは聞き返した。

「シリウス部隊が消息を絶ったって？　全員か？　誰も生存者はいないのか」

　それがいかに馬鹿げた質問か、いってからオライオンは気がついた。彼は気まずそうに何度も、信じられないとくり返した。彼らはトンネル最奥のゲートから気閘内に入り、外扉を閉鎖した。空気の注入が終了し、ヘルメットを脱ぐころになって、ようやく気をとり直したオライオンがたずねた。

「この武器はどこから持ちこんだんだ。まさか警戒の厳重なタイタンで、積みこんだわけでもないだろう」

　教授は即答しなかった。気閘には、一度に一〇人しか入れない。最初の集団が通過したあと再び内扉が閉じた。そこは工場B区になっていた。修理中の重機械や、メンテナンスのためにはこびこまれた宙港施設の機材が、通廊にまではみ出していた。人影はみあたらなかった。最初にあらわれた小隊が気閘ゲートを防衛する配置につき、そのあとからも続々と兵士たちが気閘を通り抜けた。

「武器類は、後方トロヤから輸送船で積み出した。J・Ⅱでタイタンを出てすぐあとに、軌道上で武器をつめ込んだカプセルと邂逅して回収した」

兵士たちの動きを眼で追いながら、教授はそういった。そして、油断なく周囲を見まわして気密服を脱いだ。兵士たちの脱ぎ捨てた気密服が、通廊のすみに積み上げられていた。

「よく間に合ったものだな。これだけの装具と武器を集めるのに」

オライオンは感心したようにいった。次々と気密服を脱ぎ捨てる兵士たちは、公安部の部隊よりも充実した装備を持っていた。通廊の壁の色に合わせた戦闘服とヘルメット、ベルトの予備弾倉や各種手榴弾は、立派に軍隊として通用する。三度目にゲートが開いて、最後の兵士たちが吐き出された。オライオンはいった。

「現在、カント地区は騒乱状態だ。公安部は総動員をかけて各拠点の防衛体制をとっているが、そのほとんどは非常勤警官をかり集めたもので、拳銃は全員に行きわたっていない。ただ、ダウン・エリア工場A区の、生活管理システム工場を警備している部隊だけは、常勤警官による精鋭部隊だ。積極的に攻める必要はないが、彼らを釘づけにしておかないと、背後をつかれるおそれがある。大した火力を持っているわけではないが」

「市庁舎と放送局を警備している部隊はどうなんだ」

「どちらも非常勤警官ばかりだ。ただ……」オライオンは口ごもった。鋭い教授の視線にうながされて先をつづけた。「常勤警官の部隊は全部で三班ある。一班は生活管理システム工場の警備、そしてもう一班はさっき宙港で我々を攻撃した部隊だ。だが、もう一班は動きをつかめていないんだ。カント地区のどこかをパトロール中だとは思うが」

オライオンはアジトにある公安部無線傍受装置と、その分析のための機械のことを話そうとした。だが、二人の会話は突然起こった銃声で中断した。二人がふり返ると、中央通廊に半身をつき出した兵士の一人が、腰だめにした機関短銃で通廊の向こうを掃射していた。銃撃はすぐにやんだ。油断なく銃をかまえた兵士が中央通廊に全身をさらし、銃口を見えない敵に向けてかまえた。あわてて中央通廊にとび出したオライオンは、不自然な格好で床に転がっている死体をたしかめた。死体は銃撃のあおりで、まだ血をまき散らしながら床を転がっていた。ずっと遠くに逃げていく人影をちらりと見たが、すぐに支通廊の中に消えた。オライオンは、我を忘れてその兵士を怒鳴りつけた。

「この馬鹿野郎！　あれはガリレアンじゃないか。ダウン・エリアにはベルターはいないとくらい、気がつかんのか！　お前の殺したのは味方なんだぞ」

憮然としてその兵士はいった。

「味方がこんな物を投げつけたりするかね？」

足もとの床に、短かく切ったパイプが転がっていた。両端がつぶされた不細工な作りだが、それが不発の爆弾だということは、一眼でわかった。今回の暴動のために作って、少数だけ信用のできる細胞に配ったものだった。

「同士討ちだ……」

力なくオライオンはそういった。当の兵士がむくれていった。

「俺たちの来ることを、ダウン・エリアのガリレアンたちには知らせてなかったのか？」

「そんなことをやってみろ。内宇宙艦隊が全部この星域に集まってお前らを出迎えてたぞ。そんなこともわからんのか。それにしても……えらいことをしてくれた」

兵士はそれでも不満そうに何かいおうとしたが、教授が間に入っていった。

「あとにしろ。こうなった以上、できるかぎりすみやかに市庁舎を攻略するべきだ。それよりも先に、放送局だ。我々のことを、市民に知らせる必要がある」

だが、彼らが行動を起こすより早く、ダウン・エリアからカント地区へ情報は伝わっていった。『航空宇宙軍武装部隊がダウン・エリアにあらわれ、戦闘が行なわれている』という情報が。この暴動に加わっていたガリレアンは、二通りの反応を示した。恐慌におちいって自分の居住区に帰ろうとするものと、何らかの武器をとって、ダウン・エリアにあらわれた「地球軍」と一戦まじえようという者とに。

教授は、部隊の主力を放送局にむける気でいた。だがロペス部長は、マルコーニ刑事からの第一報を受けた時に、待機させていたB班を放送局に急行させていた。オライオンが動きをつかみそこねていたその部隊は、できるかぎり抵抗して時間をかせげと命じられていた。

そのため放送局では、たったひとつのニュースを流しつづけていた。

「航空宇宙軍武装部隊は、暴動を鎮圧するためポート・エリヌスに降下。現在暴動は鎮静しつつあり、全市民は各居住区内から外出することを禁ずる。違反する者は無条件に逮捕。あるいは射殺。くり返す……」

ロペス部長は政権を奪還した時に、この強引なデマの言い訳をどうしようかと考えていた。

リーは『地球軍があらわれた』という情報を、カント地区の行政サービスエリアで聞いた。いつの間にか彼は、数人の暴徒をひきいて破壊を行なっていた。カントの一区画で、ベルターや天王星連邦に関係のありそうな物を片っ端から破壊してまわった。それらのほとんどは、標識や建物の壁につけられたペナントの類だった。それらを引きはがし、たたきこわすことで、彼はこのポート・エリヌス全域がガリレアンの支配下におかれたように感じていたのだ。すでに「夜」の時間になっていたが、カント地区の騒乱状態は一向におさまる気配がなかった。

幸か不幸か、リーはベルターたちの居住区画には足をふみ入れなかった。居住区に入りこんでいれば、ベルターの自警団と衝突していたはずだった。ところがリーたちのいる行政区画にはほとんど人がおらず、彼らのような小グループに荒らされ放題だった。そんな状態だったから、リーは市街全域がガリレアンによって制圧されたと錯覚していたのだ。だからその情報をきいたとき、迷わずにこれを待ち伏せして殲滅《せんめつ》しようと考えた。武器を奪いとれば、市庁舎やその他の拠点にこもっている公安部の「残党」を、一気に片付けてしまえる。彼にとって侵攻した「地球軍」とは、たった一挺の銃と警棒で市庁舎を警備していた非常勤警官たちと同じものでしかなかった。

おそろしいほどの楽観だが、彼に率いられていた暴徒もリーの迫力に負けていた。どう考えても無茶な計画だが、実行可能だと信じこんでしまったらしい。彼らの持つ武器は、資材倉庫から引っぱり出したプラスチックパイプに、鉱石屑を詰めこんだ棍棒だけだった。慣れない彼らが振りまわすと、自分の体が逆にふりまわされるようなやっかいな代物だった。それでも不安は、まったく感じてはいなかった。これまでにたたき壊してきた標識や、姿を見ただけで逃げ出したベルターを相手にするだけなら、充分有効な武器だった。

ソコロフは、宙港で戦死した兵士の穴を埋めて、エリヌス・カント侵攻部隊に加わっていた。彼のA小隊は放送局を制圧するべく、他の二小隊と共にダウン・エリア中央通廊を駆けていった。ソコロフ自身、デュランともう一人の兵士からなる一組をひきいている。一瞬も気が抜けなかった。彼らはすでに二度、小型爆弾による襲撃を受けていた。いずれも被害はなかったが、三度目は彼の命を奪うかもしれない。

ダウン・エリアの狭い通廊を抜け、カント地区の二二五放射路に出た時、彼らは戦闘隊形に散開した。市庁舎に向かうB小隊と、航空宇宙軍基地制圧に向かうC小隊も、同じ二二五放射路を進んでいた。ソコロフの組は、通廊の両わきに立ちならぶ建物の屋上に飛び上がった。そのまま眼下の通廊を低く跳躍して前進する本隊を援護して、高さが一定に決められている屋上を伝いながら、側方の警戒を行なっていく。反対側の屋上にも、同じような側方警戒の三人が縦列を作って跳躍していく。その姿が、「夜空」を背景にしたシルエットになって見えていた。

彼らが中央広場まであと二〇〇メートルに迫った時、いきなり「夜空」が消えた。淡い光を発していたドーム天井の光量が見るまに増して、のっぺりした天井のカーブが一杯に上げた光量で輝き出した。反対側の屋上を移動していた人影が、ソコロフたちに向かって手を振った。ソコロフの耳の通信機から、ダウン・エリア工場地区にいるはずのオライオンの声が聞こえた。

「戦闘が完全に終結するまでは、市街全域に現在の光量で照明を維持する予定だ。こちらの防備は固めてあるから、夜戦の不利は解消されたと考えてよい」

それを聞いて、眼下の通廊を進む本隊からも歓声が上がった。誰もが地理に不案内な市街地での夜戦に、漠然とした不安を感じていたのだ。何年もあきることなく雲と青空を映しつづけ、その実体を見せたことのないドームが、むき出しの天井として彼らの頭上にひろがっていた。その広い空間の、かえって現実感のない天井の下を、彼らは突き進んだ。

いきなり周囲に光が満ちた時、リーは自分たちがあまりにも不用意な地点で待ち伏せしているのに気づいて周囲を見まわした。そこは「夜」の照明下なら格好の闇だまりになる通廊のすみだったが、あたりに光が満ちてしまうと滑稽なほど目立つ場所だった。しかも彼らの隠れ場所に向かって、圧倒的な武装と編成の部隊が突進して来る。それを見て、一緒にいた若者たちはふるえあがった。とても棍棒などでかなう相手ではない。しかも遠くから見てもその進撃は、ゲリラ的な待ち伏せを警戒しているのがわかった。前衛が支通廊の交叉点に達すると、そこで停止して側方からの襲撃にそなえ、その間に本隊が通過していた。そして、屋上にも何人かの兵士が見えかくれしていた。

迫って来る武装部隊を見て、リーといっしょにいた暴徒は算を乱して逃げ出した。とめる間もなかった。一瞬のうちに投げ捨てられた棍棒とリーを残して、彼らは支通廊の奥へ去った。

——情けないやつらだ。

憤懣《ふんまん》やるかたないというように、リーはその後ろ姿をにらんでいた。やがて意を決したように、二二五放射路に足をふみ出した。先頭部隊はすでに数十メートルの距離に近づいていた。

——死んでもここは通さんぞ。

そう決意して、手にしたパイプを頭上高く振り上げた。

ソコロフは、原則として一般市民には発砲するなという命令を受けていた。武装した市民については適用されないが、それでも威嚇以上の射撃はするなといわれていた。だが眼下の通廊に立ちはだかっている男を見て、反射的に銃をかまえて発射した。パイプ爆弾を投げようとしていた男は、その三点射の全弾を体に受けてはじき飛ばされた。

ひょっとしたらあれは、爆弾ではなくてただのパイプだったのではないかとソコロフは思った。しかしはじき飛ばされたその男が、通廊を進んでいた兵士からも銃撃されて、背中から貫通弾が血の糸を引いて飛び出すのを見て考えるのはやめた。

即死したリーのわきを、兵士の集団が駆け抜けた。そのうちの何人かが宙をただようリーの死体に衝突しそうになったが、他の者はもう見向きもしなかった。

ＳＰＡ部隊が中央広場に向かって進んでいる時、公安部オフィスにはマルコーニ刑事と三人の警官が帰りついていた。彼らは気密服を着たままで、ポート・エリヌスを脱出する準備をすっかり終えていた。ところがデュクレ市長の姿が、どこにもなかった。

自分も気密服を着おえたロペス部長は、通話機に向かって怒鳴りちらしていた。

「まだ、そんなことをいっとるのか！　かまわんから拳銃をつきつけてでも引っぱって来い」

オフィスのすぐ近くにある市庁舎に派遣した刑事は、意気のあがらない声でいった。

「私の拳銃は作動不良なんですよ。どうせかざりだからって、ムハンマド班長のと取り替えさせられたんです。……とにかく市長は、最後まで彼らと交渉するつもりで――」

うなり声を上げて、ロペス部長は通話を切った。そしてマルコーニにいった。

「全員で市庁舎に押しかけて、市長を引っぱって来い。殴りとばしてもかまわんから、気密服の中につめ込むんだ。早くしろ！　時間がない」

それから彼は、カント地区の各拠点にいる警備部隊に、公安部周波数帯でコールした。マルコーニたちが、ばらばらとオフィスから飛び出していくのを背後で聞きながら、低い声で全公安部隊に呼びかけた。

「常勤職員は、全員Lブロックの航空宇宙軍基地に集結せよ。臨時に市庁舎を、基地に移動する。非常勤警官は——」解散せよといいかけて、部長は声を呑みこんだ。ほとんど非武装の彼らでも、多少は時間かせぎにはなるだろう。そう思いかえして、あとを続けた。「非常勤警官は、現在位置にてひきつづき待機。くり返す。常勤職員は、Lブロックの基地に集合。非常勤警官は、現在位置のまま待機」

「航空宇宙軍基地に逃げこむってのは、あんまりいい考えじゃないな」

いきなり後ろから野太い声がした。おどろいてロペス部長がふり返ると、入口のドアにつかえそうな大男がつっ立っていた。装具をぶら下げた体や、表情のまったくないひきつれた顔を見るまでもなく、それがオリジナルだということがわかった。職員を全部外に出さずに、一人くらい残しておけばよかったと後悔したが、すぐにその男が敵ではないのに気づいて部長は相好をくずした。

「君は、ええと……すまん、ジャジの方だったか、それとも——」

「俺はオグだ」ぶすりとそういった。

部長は愛想笑いをしながら応じた。

「そう、オグだったな。何度も人をやったんだが、居なかった」

「少しばかり用事ができたんで、ポート・エリヌスにはいなかった。赤道帯にある古い基地に出ていてな」

ロペス部長の顔から笑いが消えた。何かいおうとするのを押しとどめて、オグはいった。

「要するに、連邦公安局の加勢が来るまで、隠れる場所を確保したいんだろう。基地にたてこもったって、一時間と持たんよ。それに説明してる時間はないが、お前らの動きは全部奴らに筒抜けだ。基地の防御体制を整える前に、奴らが踏みこんでくる」

実は基地に常勤警官を集結させるのも、時間かせぎのつもりだった。市長をかついで、古い資料から作り上げた地図をたよりに、基地跡のひとつに入りこもうとしていた。しかしそれは口に出さずに、オグの提案を受け入れることにした。そう思って口をひらきかけた時、オフィスのドアからマルコーニが顔をつき出した。彼はオグを見て顔をしかめたが、とりあえず無視することにして部長にいった。

「準備できました。『荷物』は眠ってますんで、少しやっかいですが」

「私も荷物になるな。誰かにかついでもらわなきゃならん」

そういってロペス部長は腰を上げた。はち切れそうにつき出した腹が、気密服のコーティングされた材質につつまれててらてら光り、まるでボールに手足をつけたかのようだ。

「荷物が二つか」面倒くさそうにオグがいって、部長のベルトをつかんで持ち上げた。「気密服よりは、エマージェンシー・バッグを改造した方が、体に合うんじゃないのか」

彼らはオフィスを飛び出した。それから、九〇放射路をオールド・ベースに向かってかけ出して行った。ＳＰＡ部隊が中央広場に達したのは、それからわずか数分後だった。

ザカリアは常勤警官の移動命令を聞いた時、不安を感じてムハンマド班長を見た。情勢は混沌としていて、市庁舎の警備にはりついているザカリアには、見当もつかなかった。ダウン・エリアに地球軍部隊があらわれたというニュースも、信用できるものではなかった。時間がたつにつれて、公安部が暴徒を牽制するために流したデマのような気がしてきた。そうでなければ、市庁舎を臨時に航空宇宙軍基地へ移動するなんてことが、あるわけはない。本当にそんな部隊が来たのなら、ダウン・エリアではなくて中央広場と市庁舎のまわりにうろついている暴徒を一掃するはずだ。

家族のことが心配だった。自警団が組織されたから心配はないと説明されていたが、暴徒の襲撃を受けているのに他人の家族を命がけで守る人間なんているわけがない。せめてわずかでも、様子を見るために家に帰りたかった。今日の午前中からは、そんな余裕もなくなっていた。それどころか拠点を離れて制服のまま一人で歩くことなど、危険きわまりなかった。彼らの配置されている位置からは、中央広場と放射通廊の一部しか見えず、どの地区が危険でどの地区がそうでないかということなど、まったくわからなかった。

常勤警官の集結命令が出されたと同時に、ムハンマド班長は去っていた。視線を合わせるのを避けるようにして、ザカリアに班の指揮をまかせてバリケードから出ていった。あとに残された彼らには、警棒しか武器は残されていなかった。

そして班長が去った直後に、マルコーニ刑事と三人の常勤警官が、彼らを押しのけるようにして市庁舎に飛びこんでいった。その格好を見て彼らはおどろいた。全員が気密服に身をかためていたからだ。

そんな混沌とした状況の中で、いきなりドーム全体が強い照明で照らし出された。その直後に銃声が聞こえた。彼は同僚と顔を見合わせた。公安部の拳銃ではなかった。点射の乾いた銃声が重なって聞こえ、それに追っかぶせるようにもう一点射がつづいて、ドームの天井に反響した。銃声が聞こえた方に眼をやったが、彼らの位置からは死角になって見通せなかった。

「一体、どうなってるんだ。あの銃声は……」

彼は同僚にそういいかけたが、市庁舎から飛び出してきたマルコーニ刑事たちを見て口をつぐんだ。

「見たか。いまの」警官の一人がそういった。

「奴らがかかえていたのは、どう見てもデュクレ市長だったぞ。市長をかかえて気密服を着こんで、一体何をやらかすつもりなんだ」

「要するに、この市庁舎を捨てて常勤と市長は逃げたってことだ」

ザカリアはぶすりとしていった。全員の視線が集中した。一人がとがった声で聞き返した。

「じゃ一体、何だって俺たちはここにいるんだ。拳銃のひとつもない俺たちなんて、木偶《でく》と同じだぞ」

ザカリアは少しのあいだ思案していたが、やがて感情の抜け落ちた声で言った。

「ずらかろう。どうやらガリレアンどもが、この街を取りしきることになりそうだ。いまのうちに制服を脱いで逃げた方が、かしこいみたいだ。クビになってもいいから、俺は女房と子供の所に帰るぜ。とめないでくれよ。喧嘩はしたくないから」

「誰もとめやせんよ」

制服を脱ぎかけたザカリアに、他の一人がいった。それをきっかけに全員が常勤警官やロペス部長の悪口をいいながら、サッシュベルトや警棒を捨てて制服を脱いだ。

「部長《おやじ》の野郎め。安い給料でこき使いやがって。この前の動員の時から、手当ては滞りっぱなしだぞ」

「命を張って警備してるのに、拳銃も渡しやがらん。警棒だけじゃ自分の命も守れるもんか」

最初の一人がそういって制服の前をはだけ、バリケードを乗り越えようとした。その時、銃声が中央広場にひびき、飛来した銃弾が男の頭を貫通した。何が起こったのかわからないまま男は即死し、弾丸に体ごと吹っとばされた。死体は回転しながら宙を舞い、市庁舎の壁にぐしゃりと叩きつけられた。あわててバリケードのかげに身を伏せた彼らの上に、大量の銃弾が撃ちこまれた。バリケードの破片と血があたりに飛びちり、市庁舎の白い壁が一瞬のうちに赤く染まった。SPA兵士の一人が広場を横切り、市庁舎の開かれたドアに機関短銃の連射を叩きこんだあと突入した。散乱した肉片や血のしずくは広場のあちこちに漂い、死体の投げだされた一画では赤い霧が立ちのぼっていた。ザカリアは、子供の名を呼ぶこともなく息絶えた。

　市庁舎が制圧されて、外惑星連合軍旗がほこらしげにひるがえった時、ソコロフの小隊は九〇放射路の方に転進していった。ダウン・エリアのアジトを部隊本部とした教授とオライオンから、放送局の敵はすでに逃亡したことが伝えられていた。そして彼らが到着するよりも早く、ダウン・エリアから急行したガリレアンたちの手によって、放送局は占拠されていた。ただちにエリヌスの新政権樹立が宣言され、なお戦闘状態の続くカント地区では、一般市民の外出禁止令が出された。

# 23　脱出

ソコロフのC小隊は、航空宇宙軍基地に近いゲートからオールド・ベースに突入した。誰もが自分の機関短銃に、絶対の信頼を持っていた。くり返してJ・IIの船内で行なわれた訓練の成果で、銃が作動不良を起こすことはなかった。どんな体勢からでも正確に弾丸は発射され、敵を圧倒した。

しかし本格的な銃撃戦というものを、まだ彼らは経験してはいなかった。あの宙港での戦闘は別にしてもだ。そしてそのような乱戦になれば、部隊演習の少ない彼らはたちまち弱点をさらけ出すことを、ソコロフは知っていた。まず、この部隊は無駄弾を撃ちすぎる。射撃の練度不足を弾幕の濃密さで補なうという戦術はいいとしても、降服勧告もなしにいきなり銃撃するというのは、あらためる必要があった。相手が有効な武装を持たない場合ならいいが、たった一挺でも拳銃が敵の手にあれば、死にもの狂いの抵抗をさせることになる。

オールド・ベースの錯綜した狭い通路を進みながら、ソコロフはそんなことを考えていた。

カント地区内の戦闘では、あっけないほど簡単に勝利を手にすることができた。それは、戦闘ともいえない一方的な殺戮だった。通信機から伝えられる指令にしたがって、所定の場所で待ち伏せしていれば、敵は向こうからやって来た。本部からの通信は、敵の人数や武器の有無まで正確に教えたから、いつも余裕を持って待ち伏せをすることができた。

だがそんな優位も、カント地区の中だけだった。公安部の残存部隊が、デュクレ市長と共にオールド・ベースに潜伏中であり、これを逮捕すべしという命令を下したまま、通信機は沈黙した。今度はどこに敵が何人いるのかという情報は、与えられなかった。それどころか、オールド・ベースに足をふみ入れた途端に、通信機の感度が悪くなりはじめ、ほとんど聞きとれなくなった。

――それにしても寒い所だ。

無秩序に掘りすすめられた通路は、おそろしく見通しが悪かった。この迷路の中に、他にも機関短銃を持った兵士たちが徘徊しているというのは、あまり気持ちのいいものではない。白い息を吐きながら、かじかむ手で銃を握りなおした。屈曲している通路の向こうから、いまにも機関短銃の銃口がつき出されそうな気がして、敵の存在よりも恐ろしかった。拳銃ならまだなんとかなるが、見さかいなく敵を射ちまくるSPA兵士が相手では、下手をすれば蜂の巣にされてしまう。そしてそんな無気味さとは別に、何となくこのエリア全体に人をよせつけぬものが感じられた。狭苦しい通路やうす暗い照明、そしてしのびよる寒気が気を滅入らせていた。

おそるおそる曲り角から首をつき出したソコロフは、その向こうを見て当惑したように後ろのデュランをふり返った。オールド・ベースの居住区とおぼしき区画だった。比較的平坦で幅のある通路の両わきに、ずらりとハッチドアが並んでいた。その区画だけでも、ドアは十カ所余りあった。人口二〇〇人ないし四〇〇人のオールド・ベースには、他にも何百か同じドアがあるはずだ。

ソコロフは、油断なく銃をかまえて通路を進んだ。見たところドアのほとんどは、何年も開けられたことがなさそうだった。そのうちの、いくらか出入りの跡のありそうなハッチドアに手をかけ、そっと押した。ところがドアは、ぴくりとも動かない。少し力を入れて、またやってみた。駄目だった。三度目に力を入れると、派手なきしみ音とともにドアは開いた。同じことだった。内部にも、使われた様子はなかった。

「この区画は、もう五年も前に捨てられたぞ」

不意に聞こえただみ声で、ソコロフはとび上がらんばかりにおどろいた。彼だけではなく、他の二人の兵士も同じだった。一斉に向けられた視線の先に、一人の大男が立っていた。いきなりあらわれた男に肝を冷やしたものの、のんびりした態度から追っている公安部員でないことだけはわかった。

落ちついてよく見ると、その大男の風体は彼らとはかけ離れていた。

――これがその、オリジナルという奴か。

そう思いながらソコロフは、まじまじと相手の顔を見た。表情を欠いてはいるが、サイボーグとなる前の人間性がそのまま焼きついたような人なつっこい薄笑いがすけて見えた。

　向けられた三つの銃口をひとわたり見まわしたあと、笑みをへばりつかせた男はいった。

「俺を殺すんなら殺してもいいぜ。しかし、一体お前らは何のためにそんな物騒なものを持ち出して、俺たちの領分まで出てきたもんだか、そいつを聞かしてくれんかな」

　組長のソコロフが、ようやく口を開いた。

「人を追っている。公安部員が数人。もちろんベルターだ。そして市長が一緒だ。彼らを見かけなかったか」

　あきれたような表情を、男は作ろうとしたらしい。だがとってつけたような笑顔をまったく動かせないまま大げさな仕草でそれを表わした。

「要するに、セカンダリーを見なかったかというわけだろ。市長だベルターだといっても、俺たちに区別はつかんよ。セカンダリーなら、さっき血相かえてあっちの方へ、五、六人ほども走っていった」

　男は自分の来た通路の奥を指さした。ソコロフはそちらをみながら聞いた。

「どれくらい前だ？」

「さて、一五分ほども前だったかな」

「その方向には何がある？」

「別に。ここと同じ古い居住区、機械区、気閘、それと山師《マイナー》が二、三〇人住んでる区画があったと思うが、俺もよく知らん」

「気閘だと?」デュランが後ろから聞いた。「オールド・ベースには、地表に通じるトンネルなんかないはずだ。少なくとも、いまでも使われてるやつは」

「宙港行きじゃない」のんびりと男はいった。「幹線坑道に通じてるんだ。ダウン・エリアの中央通廊も元は同じ幹線坑道だったが、エリヌス・カントを作る時につぶされちまった。いまでも山師は、こっちの坑道を使ってるはずだ。それにつながってる気閘だ」

妙な顔をしてソコロフは聞いた。

「もしかして……彼らは気密服か何かを持ってなかったか？」

「持ってなかったよ。着こんでた」

「何でそれを早くいわん！」

デュランがいきまいた。だが、男は相変わらずひきつったような笑い顔でいった。

「聞かれりゃそういってたよ」

何かいいかけたデュランを制してソコロフがいった。

「その気閘は、一度に何人が通過できる？」

少しばかり考えてから男はいった。

「せいぜい三人だな。エリヌス・カントの工事の時にメインの気閘がつぶされて、それで作った小型のやつだから」

ソコロフは素早く計算した。彼らが、その気閘から市外に脱出しようとしているのはまちがいない。三人が入って気閘の空気を抜き出すのに五分。それをもう一度入れなおして、二番目の組が入れるようになるまでもう五分。再度五分かけて空気を抜き出すと、全部で一五分かかることになる。手間どればもっとかかる。

「行こう。まだ間に合うかもしれん。そこまで我々を案内してくれ」

男は、自分につきつけられた三つの銃口を見て、皮肉っぽくいった。

「それで頼んでるつもりかよ。……いいだろう。ついて来な」

いうなり男は背中を向けて跳躍し、通路の向こうに消えた。男の動きは小さかったが、ソコロフたちが追いつくのがやっとという早い速度だった。重量のある体をたくみにあやつって角を次々と曲がり、床や壁をけって進みながら、時折りとまっては兵士たちの追いつくのを待っていた。

ソコロフは息せき切って走りながら、それでもぴったりと男のあとをついていた。

「何て名だ？」

遅れがちな二人を気づかいながら、ソコロフは眼の前を飛んでいく男に声をかけた。男は、疲れた様子も見せずにいった。

「そんなの失くしちまった。他の野郎と話すことは、めったにないんだ。なんでだ？」

「呼ぶ時に困る」

「ラファーでいい。いつもしまりのない面をしてるから、そんなあだ名がついた」

先にたって進んでいたラファーが、いきなり停止した。はずみで追突しそうになりながら、ソコロフは壁を走っていたパイプをひっつかんで停止した。後方の曲り角から、二人の兵士が姿をあらわした。ラファーは、すぐ先の通路の分岐を指さしていった。

「あの曲がった左側が、気閘になっている」

ソコロフは時間を無駄にしなかった。二人の兵士に合図すると、銃をかまえてその分岐に飛び出した。同時に銃声が響いた。分岐の向こうにひそんでいたオグが、ソコロフを銃撃したのだ。弾丸は、ソコロフの腕を貫通していた。オグの立っている気閘の入口まで、一〇メートルと離れていなかった。続いて飛び出した二人の兵士の眼の前で、いきなり何かが爆発した。彼らの体が舞った。壁に何度もぶつかりながら、二人の兵士がぽっかりと開いた暗闇の中に吸いこまれた。耳のすぐ近くで、狂ったように警報が鳴りひびいているのが聞こえた。

——奴ら、気閘のゲートを両方同時に開けやがった。

ソコロフの体は、いきなり襲ってきた嵐で引きこまれそうだった。壁を走っているコードの束を必死につかんでこらえようとしたら、眼の前で緊急気密扉が閉じていくのがみえた。

ソコロフは、声にならない悲鳴を上げた。

——こちら側にとり残されてしまう……。誰か俺を、向こう側に運んでくれ。くそ！　何だってあんなところに、気密扉を作りやがったんだ。

非情な正確さで、気密扉は閉鎖された。重く響くその音とともに、やかましく鳴りつづけていた警報がぴたりとやんだ。彼の周囲の気圧が急速に落ちはじめていた。鼓膜が猛烈に痛み、肺から空気が暴力的に抜き去られていった。口や鼻からもれ出る空気がたちまち白煙になり、爆発的に膨張して霧となった空気と融け合いながら、気閘の方へ流れていった。腕の傷から噴出した血がたちまち四散し、信じられない勢いでほとばしり続けた。コードをつかんでいなくても、彼の体が流されることはなかった。ソコロフは、完全な真空の中に放置されていた。大きく開けた口から、たてつづけにおくびがもれ出て、暗くとけ出した視界の中で白い霧になって散った。それでも、異様にふくれ出した腹はもとにはもどらなかった。

誰かが、乱暴に彼の手から銃をうばった。助けを求めようとして手をのばしたが、むなしく空をつかんだだけだった。とまることのないおくびを、なんとか口の中に留めようとした。だがいくら唇をかたく結んでも、もがくたびにあっさりと空気はもれ出た。そしてそれもとまった。もう視力は完全に失われていた。彼はそれでも自分の死が信じられず、手で喉をつかんだ。

閉じた緊急気密扉と、気閘で区切られた狭い通路には、すでに仮死状態になったソコロフの他に、三人の男がいた。ソコロフから取り上げた銃を手にして、坑道の方へ歩み去るマルコーニと、二人のオリジナル――オグとラファーだった。ラファーは、気閘から外に出ようとしているオグに近寄った。そのまま、向き直ったオグの肩の上に自分の首をのせ、顔の横面をオグのそれにあわせた。それが、真空中で言葉をかわす彼らの方法だった。ラファーが喉の奥でうなるようにいった。

――セカンダリーなんかとつき合うと、あんまりいいことはないぞ。お前のやることに、文句をいうつもりはないが。

――俺は、ジャジを殺した男をこの手でしめ上げたいだけさ。皆に迷惑をかけるつもりはない。俺の好きにさせてくれないか。

——俺は一向にかまわん。どうせ、俺たちはついでで生きてるようなもんだから。それはそうと……。

ラファーは、床に転がっているソコロフを指さしていった。

——奴はまだ助かると思うんだ。殺す必要のない奴なら、助けてやっていいか。坑道へ落ちていった奴は、たぶんだめだろう。

——相変わらずだな。お前らしい。本当のことをいうと、そいつをお前にたのもうと思ってたんだ。

そういってオグは、ふれ合っていた顔をはなした。軽くラファーに手を上げてからくるりとふり返り、気閘の向こうに去った。

——さてと。

引き受けたものの、ソコロフをどう処置していいものかわからずに、ラファーは少しの間記憶をさぐっていた。やがて、気閘のこちら側にエマージェンシー・バッグが備えてあったのを思い出し、壁のボックスをさぐった。何年も使われていないツール・ボックスの中から、バッグを引っぱり出してソコロフをつめ込むと、どうやら用をなした。

——それにしても、えらい仕事を残していってくれたもんだ。

ラファーは、手動で強引に開かれた気閘の扉を見てそう思った。これでは、修理するのに結構手間がかかりそうだった。

――みんなで使う物なんだ。もっと大切にあつかえって、今度会った時にうんと文句をいってやろう。

それから彼は、空気を送りこまれてふくらんだエマージェンシー・バッグを床に置いたま、気閘の修理にかかった。

機関短銃を三挺手に入れたのは、収穫だった。だが、彼らにも損害はあった。突然の嵐で気閘から放り出されたSPA兵士が、気閘の内外にいた公安部員に銃を乱射し、警官一人を殺してロペス部長を負傷させたのだ。

この場合、負傷というのは死ぬことよりも始末が悪かった。死体は放棄することができる。しかし負傷者は連れて行かなければならないのだ。ロペス部長はそのままでも荷物になるのは同じだが、早く傷の手当てをしなければ危険だった。気密服の破れは、応急パッチで修理できた。しかし、そんな状態で傷の手当てができるわけもなかった。そのままでは止血すら不可能だった。

「記録から抹消された基地まで、何時間で行けるんだ」

幹線坑道でオグの軌条車に全員が乗りこみ、ゆるやかなカーブと起伏のつづく坑道をひどい振動にゆられながら、彼らは走っていた。オグの知りつくした道なのか、相当に無茶な運転をしている。時おりひどくバウンドして、天井に車体ごと衝突するのではないかと思うほどだった。

マルコーニは、返事をしないオグを不審に思ったが、すぐにオグは気密服もラジオも持っていないのに気づいた。身をのり出して自分のヘルメットをオグの耳におしあて、同じことをもう一度くり返した。オグは前方をにらんだまま黙ってひろげた両手を示し、すぐにステアリングをとり直した。

「一〇本……ということは、あと一〇時間か……」

それが基地跡までの、所要時間だった。だが、とてもそんなにもたないだろう。マルコーニは、ヘルメットごしでさえそれとわかるロペス部長の土気色の顔を見てそう思った。

「それより近くに何かないのか。部長の気密服を脱がせて手当てできるような所が」

「ないこともないが、寄り道する余裕はないんじゃないのか。俺はかまわんがな」

マルコーニのヘルメットに、喉を押しつけたオグがいった。マルコーニは、荷台にしがみついている予備の酸素ボンベは、ぎりぎりの量しかなかった。マルコーニたちの持ち出した二人の部下に向きなおっていった。

「残念だが諸君。我々は投降するしかないようだ。我々がどうあつかわれるかはわからんが、指揮官として私が責任を取るつもりだ。市街での銃撃戦自体は追及されんと思うが……」そういって彼は、ロペス部長のとなりでぐったりとしているデュクレ市長を指さした。市庁舎でマルコーニたちに強引に麻酔をうたれて、それっきり昏睡状態のままだった。

「市長誘拐が加わると面倒なことになる。しかし、君たちが処罰されんように、この市長にいいふくめておくつもりだ」

それから彼はオグの肩を叩き、顔を向けたオグにもと来た道を指さした。ひどい振動を残して軌条車は停止した。引き返すことをオグに説明しようとしてマルコーニが身を乗り出した時、いきなりロペス部長の大声が響いた。

「止めるな。このまま行け」

ロペス部長はひどい顔色をしていたが、意識ははっきりとしていた。

「しかし、傷の手当てをしないと――」

「このまま引き返して、ただですむと思ってるのか。それに、どっちに行ってもわしはもうじき死ぬ。何なら、ここで放り出してしまってもかまわんぞ」

部長はそういって、顔をのぞきこんでいるオグに行けと合図した。オグは乱暴に軌条車を発進させた。その衝撃でロペス部長は顔をしかめ、短い声を上げた。オグは、それに気づかず軌条車を走らせていた。部長は何ごとか考える様子をみせたあと、マルコーニにいった。

「いいか、わしはもう長くない」

「だから部長……」

「黙って聞かんか！」

ロペス部長は苦しそうに顔をしかめた。

「その旧基地についたら、無線通信機を探して救助要請を発信しろ。市長の名でだ。周波数をいうから憶えろ。メモはとるな」

そういって部長は、いくつか周波数を口にした。マルコーニが記憶したのを確認すると、息をついて眼を閉じた。それから、ほとんど聞きとれないような声でつぶやいた。

「糞……。せっかくこれから面白くなるところなのに……」

マルコーニは、荷台でゆられている二人の警官を見た。どうもよくわからなかった。部長のいった周波数は、いずれも近距離通信のためのものだった。基地跡にある程度の通信機でも発信は可能だが、そんな小出力のものでは衛星間通信でさえむずかしい。部長の記憶違いかと思って確認しようとしたが、できなかった。ロペス部長はすでにこと切れていた。

——この一日で、一体何人死んだのだろう。

死体を見すぎたことで、感覚が麻痺していた。ロペス部長が死んだところで、死体がもう一つ増えただけだとしか感じなかった。ただ部長の酸素ボンベが使えれば、急いで行動しなくてもいいと考えた。それが余裕になった。そして奇妙な安心感が、彼の心に残った。たぶん自分以外の誰が死んでも、驚かないだろう。マルコーニは眼を閉じた。その時になってはじめて気がついた。

デュクレ市長と基地に入って、それから一体何をすればいいんだ？

何も知らされていなかったのを思い出して、マルコーニはぞっとした。

彼らが三〇〇キロを走って基地跡に着いた時には、七月一四日になっていた。ポート・エリヌスでは、プログラムされた夜明けが始まっているのか、それともドームを光らせたままなのか知る方法はなかった。彼らは基地に入った。修理と点検は、オグがすませてあった。

放棄されて相当の年月がたっているはずだが、居住するのに不安はなかった。

地表に出て最後の数キロを、慣れない徒歩で彼らはすすんだ。地平線から青白い天王星の半球が圧倒的な迫力でのびあがり、垂直に屹立する糸のような輪が非現実的な美しさでかがやいている。それに気づいたマルコーニは、ようやく自分がこの衛星を四分の一周して赤道帯にまで来たことを実感した。

だがそんなことは、基地に入ってからの驚きにくらべれば、たいしたことではなかった。オグが持って来た通信機を、指定された周波数にセットした時、いきなり明瞭な声が通信機から流れだした。

「……宇宙軍内宇宙艦隊所属フリゲート艦、アクエリアスである。ポート・エリヌス市公安部長、あるいは刑事課長は応答されたい。くり返す。こちらは……」

「航空宇宙軍だぜ!」

「しかも、ゾディアック級フリゲート艦だ。どうなってるんだ。こんなに近くに聞こえるなんて」

警官たちが口々にいい合う中で、マルコーニはマイクをとった。

「こちらはポート・エリヌス市公安部刑事課長ルシアン・マルコーニだ。アクエリアス。感度あるか? ロペス部長は殉職した」

通信機の向こうの声は、ほっとしたようにいった。

「もう一〇時間以上も呼びつづけてたぞ。ちょっとそのままで待っていてくれ。艦長を呼んでくる」

マルコーニには、何が何だかわからなかった。いまの通信でタイム・ラグはほとんどなかった。そんな近くに何で……。

だがこれは、まだ発端にしかすぎなかった。さらにおどろくことが、数日のうちにたて続けにおこるとは、彼は考えてもいなかった。

# 24　航空宇宙軍陸戦隊

市庁舎をSPA武装部隊が占拠して一時間後に、はやくもポート・エリヌスの独立が宣言された。その宣言では天王星連邦の一州としてのエリヌスが、連邦から分離して一独立国家となることがうたわれていた。同時に新政府の首班や閣僚の名も発表されたが、当然のことのように教授やオライオンの名はその中には入っていなかった。旧市政庁に送りこんだ代表団と同じく、新政府のメンバーも彼らの傀儡《かいらい》でしかなかった。

市街は平穏だった。ベルター系とガリレアン系の住民同士の衝突をおそれて一般市民の外出を制限したために、かえって治安は以前よりよくなっていた。

――この先の一〇日間で、すべては決まる。

それが新しく政権の座についた彼らの、一致した意見だった。新政権を既成事実化し、市民たちの支持を得て他の国家から現政権を承認させるために、それが必要な日数だった。そして木星周辺に集結している航空宇宙軍艦隊が天王星系に急派されたとしても、この一〇日以内には到着できないはずだった。

市民の支持を得ることについては、彼らは楽観していた。以前の生活と同じか、あるいは良い生活が送れれば市民はどちらが政権を取ろうが気にしない。少なくとも当面は。市民のうち、多数派のガリレアンの支持を得るのは簡単だ。ベルターにしても新政権が自分たちに悪意を持っていないことを知れば、しばらくはおとなしくしているはずだ。そんな状況の中で、暴動と混乱で落ちこんだ生産力を政権交代以前の状態にもどしていく。そしてできるだけ早い時期に新体制での選挙を行なって、現政権を合法的なものとする。そして他の星系の国家——特にガリレオ衛星群や外惑星諸国に、エリヌスの独立を承認させなければならない。

教授があらかじめ作成しておいたプログラムにしたがって、新しい政体の宣伝がくり返して行なわれた。事実上、壊滅したのも同然の公安部警備部隊と、カント地区の自警団は解体され、代わってSPA武装部隊を中核とした「エリヌス防衛隊」が組織された。新政権はエリヌス市民を代表する唯一の合法政権であり、自分たちを支援するいかなる国家、組織、個人とも友好関係を結ぶ用意があるが、敵対する者には独立国・エリヌスの国軍たるエリヌス防衛隊が、断固として戦うと宣言していた。

だが新政権がいくら宣伝文句をならべても、市民の中にそれを信じる者は少なかった。エリヌス防衛隊というのはSPA武装部隊のことで、新政権は旧外惑星連合系の政府でしかないという事実を、敏感に感じとっていた。その証拠にエリヌス防衛隊の中核をなすのは、いずれもタイタンやヤペタス系の「外人部隊」だったし、ポート・エリヌス市民でこれに加わっている者は、ほとんどが以前からのSPAシンパだったからだ。新政権は躍起になってSPA色をかくそうとしていたが、少なくとも市民に対してはそれは成功していなかった。

市民向けの宣伝と別に、天王星系の各衛星や外惑星、さらに小惑星帯や地球－月連合に向けても、独立宣言は送られていた。だがいまのところ、それらはまったく無視されていた。片道で二時間半の通信距離にある地球の反応の遅れは別にしても、これは予想されていたことだった。まず彼らは事実を確認しようとするだろうし、なんらかの反応がかえってくるまでに数日はかかるだろう。だが最初の宣伝から数時間後に、政治的ではない「無視」の意味を彼らは知った。

市庁舎の占拠から一時間とたたないうちに、航空宇宙軍基地は接収されていた。そこが、ポート・エリヌスにおける通信の中枢だった。そして制圧と同時に二つのチャンネルから独立宣言が発信された。一つは系内周波数域でミランダやアリエルなどの衛星にあてて、そしてもう一つは指向性の電磁波通信で土星・タイタン経由で他の惑星系に発信された。

だが、数時間後に予想していなかったことが判明した。土星・タイタンとの直接通信が、まったく途絶していたのだ。送信はできても、受信確認が返ってこなかった。さらにその通信途絶は、もう一〇日も前から続いていたことが知らされた。エリヌスと他の星系をつなぐ一般回線は、すべてアリエルかミランダ経由だったが、猛烈な電波雑音にさえぎられてそれもとだえていた。彼らは、全太陽系の中で孤立していたのだ。

木星などに比べれば、天王星の動きはそれほど活発ではなかった。それが雑音の原因になることは少ないが、あり得ないことではなかった。エリヌスは、天王星からわずか九万キロの距離にあるのだ。だから、通信途絶の原因は天王星にあるのだと彼らは一応の結論を下した。

——昨日まで自分は、ポート・エリヌスで警備についていた。

マルコーニ刑事は、自分のおかれている状況が信じられなかった。二四時間前には、散発的なゲリラ攻撃はあったものの、ポート・エリヌスは彼らの支配下にあった。それが昨日の午後から情勢があやしくなり、カント地区全体が暴動にまき込まれた。そして宙港で圧倒的な兵力を持ったSPA降下部隊との戦闘があり、彼らは敗走した。その間に、ロペス部長や多くの部下が死んだ。二四時間のうちに彼は警備する立場から追われる側にまわり、そしてこのフリゲート艦アクエリアスに救出された。

だが士官食堂で彼と対峙している武田艦長も、たて続けにおこった状況の変化にとまどっていた。一〇日余り前、アクエリアスは土星系ヤペタスの周回軌道に入った。だがすぐにアトランティック・ステーションは、天王星系への急行を命じた。

そしてエリヌスに到着する直前に、アトランティックは次の指示を送信してきた。指示にしたがってマルコーニ刑事とコンタクトをとったら、ポート・エリヌスを脱出してきたデュクレ市長を保護することになった。そこではじめて艦長は、太陽近傍で交戦したあの船の最終目的地が、エリヌスだったことを知った。ポート・エリヌスは、すでにSPA武装部隊により制圧されているという。十数時間早く、アクエリアスがエリヌスに到着していれば、SPA部隊の侵攻をくいとめることもできたのだ。

――またしても、あの小娘にしてやられたわい。あの女一人でこの艦をきりきりまいさせおった。最新鋭艦も、これではかたなしだ。

武田艦長は逮捕以来、一言も口をきかないでいるジャムナのことを思い出していた。憎悪はなかった。むしろ感心していた。

士官食堂には、三人の男がいた。武田艦長とマルコーニ刑事、それに鋭い眼で二人を見ているヴェルナー大佐だ。マルコーニ刑事は、たったいまコスモホークでアクエリアスに拾い上げられたばかりだった。デュクレ市長はすでに意識を回復していたが、この艦に乗り移ると同時に医務室に入れられていた。一通りの状況をマルコーニが話し終えたあと、ゆっくりとヴェルナー大佐が口を開いた。

「この艦の乗員で陸戦隊を編成するとすれば、最大で何人の戦闘部隊ができるかね」

武田艦長は眉をひそめたが、すぐに抑揚のない声でいった。

「艦内の体制をどうするかによりますな。海兵隊の二小隊一二人、いまは欠員一を出しているから一一人は、総員戦闘配置状態でも動かせます。この艦を四分の一舷配置《クォーター・ワッチ》のまま、エリヌス赤道まわりの周回軌道に乗せているだけなら、医療班《メディカル・チーム》と艦載機隊《スコードロン》を別にして、副官《ルテナン》以下三八名の陸戦隊を編成できます。現実的には、艦内に二人の予備戦闘員を残して三六名。これは二機のコスモホーク三往復で着陸できる人数です。艦載機整備兵《フライト・メカニック》から主計兵まで、全員が陸戦訓練を受けているし、全員に行きわたるだけの銃と弾薬も、搭載されています。しかし――」

何かいいかけた艦長をさえぎって、ヴェルナー大佐はマルコーニに聞いた。

「わかった。次は現在ポート・エリヌス市を占拠しているSPA部隊の兵力だが……」

「ちょっと待ってくれ。一体、何の話をしてるんだ？　陸戦隊で何をやるつもりなんだ」

黙って二人のやりとりを聞いていたマルコーニは、議論がまったく自分の手の届かないところで動いているのに、いら立ちを感じていた。その部屋にいる二人の地球人のがっしりした体格に比べると、マルコーニの体つきはおそろしくひょろ長く、華奢《きゃしゃ》に見えた。だが彼は、気圧されていなかった。

たとえ相手が天王星連邦自治政府の公安部よりも、はるかに上部の機関である航空宇宙軍警務隊の大佐であっても関係なかった。マルコーニは、冷たい眼で自分を見ている黒い軍服の大佐を相手にまくしたてた。

「いっとくが、エリヌスは誰のものでもない。エリヌス人のエリヌスだ。ついでにいうと、天王星連邦の一州のエリヌスだ。SPAが占領したのには違いないが、だからといって航空宇宙軍が攻めこんでいいっていう理由にはならないはずだ。それとも何か？　あの事なかれの市長が、お前さん方にそういって頼んだのか？」

視線を向けられた艦長は、当惑したように首をふった。実は艦長も、ヴェルナー大佐の真意をつかみかねていたのだ。マルコーニは勢いこんでいった。

「そうだろう。あの市長がそんなことをいうはずがない。外務権限のない一市長が、連邦政府を飛び越えてそんな要請を出すこと自体が違法だ。あの市長なら、この艦で自分をアリエルまで送っていってくれっていうくらいがせきの山だ。かりに市長が馬鹿になってそんな要請を出したとしても、それには法的な根拠はないんだ。

それとも何か？　アリエルの連邦政府が、出動要請を出したとでもいうのか。それも違うだろう。ポート・エリヌスが占領されたことがわかって、まだ三〇分とたっていない。連邦政府がそんなに早く対応できるわけがない」

そういってマルコーニは、席を立とうとした。

「通信室はどこかね？　いまの話で思い出したが、アリエルの連邦公安局と連絡を取らなきゃならん。それによっちゃあんた方の陸戦隊ってのも、動きようがあるかもしれん」

「通信は途絶している」

ヴェルナー大佐がそういった。それから、すわれというように片手でマルコーニを制した。シートから浮きあがったマルコーニは妙な顔をしたが、それでもいったんはゆるめたシートベルトを、また締め直した。ヴェルナー大佐がつけ加えた。

「電波状況が非常に悪くて、系内のどことも連絡はとれない」

「なんだ？　そんなことはいままでになかったぞ。まあいい。それなら、俺たちをあのコスモ何とかっていう艦載機で、アリエルまで送ってくれ。なんなら、この船ごと行ってもいい」

武田艦長は憮然としたまま黙りこんでいた。天王星による電波障害などではない。エリヌスの南極の上空に滞空しているバンブルビーが、防害電波を発信して系内の通信網をかき乱しているのだ。そんなことを知らないマルコーニに、ヴェルナー大佐はいった。

「議論をしている時間的な余裕はない。いいかね、マルコーニ刑事。法的な問題はこの際考えずに、物理的な側面から考えてくれ。昨日の午後八時半から九時にかけて、ポート・エリヌス市は全面制圧された。違うかね」

マルコーニはうなずいた。

「そして、現在は一四日の午前九時二〇分。SPAによって制圧されたポート・エリヌス市の、最初の一日が始まろうとしている。この一日で彼らは天王星連邦公安局部隊の攻撃に備えて、防備を固めるだろう。早ければ早いほどいい。いますぐにポート・エリヌスに、この艦の乗員で編成した陸戦隊を投入すれば市街は奪回できる。彼らに時間を与えれば、それだけ奪回の可能性は少なくなる」

マルコーニは、沈黙でそれに答えた。ヴェルナー大佐にいわれるまでもなく、そのことは彼自身がもっともよく知っていた。時間がたてば、SPAは戦闘で失われた兵士を補充するだろう。マルコーニは三挺の機関短銃を奪ったが、SPAは他の戦死者から銃を回収しているはずだ。時間がたてば、公安部装備の拳銃がそれに加わる。ヴェルナー大佐は、そんなマルコーニの動揺を見すかしたようにいった。

「法的な根拠を解説している余裕はない。だが航空宇宙軍陸戦隊がポート・エリヌス市の暴動を鎮圧するために出動するのは、合法的な行為だと断言できる」

マルコーニは、それでも疑わしそうな顔をしていた。大佐は、そんなマルコーニにじっと視線を据えたままでいった。

「一言でいえば、衛星エリヌスとその周辺宙域の、戦時状態宣言による出動、および域内の軍法統治にもとづく現行法規の一時凍結だ」

事実上の戒厳宣告だ。

──えらいものを持ち出しやがった。本当にそんな状態になれば、公安部員なんかは無条件に軍警務隊の指揮下に編入される。

だがマルコーニは、それでも質問することをやめなかった。

「だが……戦時状態宣言なんてのは、航空宇宙軍の軍令部だか何だかが出すもんじゃないのか。少なくとも外惑星動乱の時は、そうだったはずだ。どう転んでも出先のフリゲート艦や、警務隊が出せるものとは思えん」

「地球周回軌道のアトランティック・ステーションまで、電磁波が到達するのに片道でも二時間半かかる。つまり状況を送信し、軍令部から返電が来るまでに最低で五時間、おそらく六時間かそれ以上が必要だ。時間を無駄にすることは、我々にとって不利ではなかったかね」

ヴェルナー大佐は自信たっぷりにいった。

「このことについては前例がある。二一一七年の海王星トリトン・2シティの事故では、一時的に航空宇宙軍トリトン基地司令官が、市域の非常事態宣言を行なって治安行動を代行した。明らかに現地司令官の越権行為だが、事後訴追はなかった」

「あれは災害出動だ。それとこれとは別物だ」

「私は、法の適用について議論する気はない」

ヴェルナー大佐はぴしゃりといった。

「ただ、これだけはいっておく。現在、君は私の命令に従う立場にあるのだ。このことを忘れない方がいい」

ロペス部長が生きていたら、何というだろう。だが、そんなことを考えても無意味だった。

マルコーニは、ぶすりとしていった。

「わかったよ。一体、俺に何をやらせようというんだ」

「特に変わったことではない。SPA部隊が半日前にやったことを、今度は我々がくり返すだけだ。三六名の陸戦隊でやらなければならないが」

「それだけで大丈夫だ。ただし、奴らをダウン・エリアに押し返すだけだ。ダウン・エリアに逃げこまれると、それだけの頭数ではどうしようもない。ポート・エリヌスを完全制圧するには、武装部隊二〇〇人はいるな」

「その人数は、私の見解と一致するようだ」

ヴェルナー大佐がそういうのを聞きながら、武田艦長は通話機をとり上げて発令所を呼び出した。そして待機していた副官に陸戦隊の編成を命じ、次に艦載機指揮所に陸戦隊の着陸支援を命令した。

——茶番だ。

心の中で武田艦長はそうつぶやいた。陸戦隊の編成と着陸準備は、一〇日も前から進められていた。だが公式にヴェルナー大佐がそれを口にしたのは、いまがはじめてだった。

——このひょろ長いベルターの男がいなければ、文句のひとつもいってやるんだが。

ポート・エリヌスの侵攻ルートを話しあっている二人を見ながら、艦長はそんなことを考えていた。


自分は、天王星系にいる。ジャムナはそのことを確信していた。

教授に情報が伝わったのかどうか確認する方法もないまま、ジャムナはじっと艦内で息をひそめていた。アクエリアスはあれから減速の気配をみせないまま、慣性航行をつづけている。彼女のとぎすまされた感覚と記憶力は、アクエリアスが地球軌道を越え、小惑星帯も過ぎていくのを感じとっていた。そして後方トロヤ群に近づいた時には、アクエリアスが減速か加速をするのではないかと期待したが、艦はあっさりとそこも通過した。

木星軌道をこえた時、ジャムナにはこの艦の行き先がまったくわからなくなっていた。兵士を殺して拘禁室を脱出し、捕らえられた時には、自分は処刑されるものと思っていた。だが、おとなしく殺されるつもりはなかった。何人かを殺すか、負傷させてから殺されてやろうと身構えていた。そんなことを考えながら、何日も過ごした。だが、彼女は無視された。あれ以来、拘禁室のドアは開かれなくなり、定期的に受け渡し口から最低限の食事が差しこまれるだけになった。手をつけないでいると、いつまでもそこに置いておかれ、食べてしまうと補給された。

――こんな初歩の神経戦で参るものか。

彼女は不敵にそう思った。ただし心の余裕を外にあらわすことなく、あいかわらず無表情のままで通した。組んだ膝の上に顎を乗せて壁に視線を向け続ける姿勢は、時折りくずした。筋力が弱るのを警戒して、定期的に壁から壁へ激しく飛んで、自分流のトレーニングをした。並の人間なら三日も耐えられそうにない沈黙を、彼女は何十日でも続けることができた。

だがそんな彼女の自信は、アクエリアスが木星軌道を通過してさらに土星系に向かうにつれて、ぐらつき出した。最初、彼女は地球軌道付近であの警務隊大佐と艦を降りて、どこかに連行されるものと考えていた。その予想がはずれてからは、後方トロヤ群に寄港して補給をすませたあと、彼女を乗せたまま演習に参加するものと思った。だがその予測も裏切られた。減速の気配をみせずなおもアクエリアスが慣性飛翔を続けた時には、この艦の目的が理解できずに、どうしようもないほどの焦燥にかられた。

自分を殺しておくのにそれほど苦労はしなかったが、無視されることに耐えきれなくなっていた。沈黙に耐えきれず、人と話をしたいというのではない。まだ、この先何十日でも大丈夫だった。そうではなく、何の情報も与えられずに、状況をまったくつかめないことにいら立ちを感じていたのだ。誰かと話をしたいというのではなく、この艦の乗員と接することによって、状況を知る手がかりにしたかったのだ。

　そんないら立ちは、アクエリアスが減速態勢に入った時、一時的におさまった。それまでの時間経過から、アクエリアスは土星系のどこかに接近しているのは確実だった。そして、減速はジャムナの予測どおりに終了した。その時には、嬉しさのあまり叫び出したくなった。彼らはJ・Iの欺瞞軌道にまんまと引っかかったのだ。J・Iの目的地が土星系のどこかだと錯覚し、その周回軌道に入ったらしい。

　だがその嬉しさは、十数時間で消えた。艦体姿勢制御とそれに続く全力加速を感じとって、たちまち以前に増した不安といらだちが彼女の心にひろがった。あるいは木星宙域に向かうのかもしれないと、無理に思おうとした。だがそれも、丸三日をすぎても艦の加速が終了しないことで否定された。目的地が天王星系だとは、考えたくなかった。だが一〇〇時間と少しでアクエリアスは転回点に達し、姿勢制御のあと長い減速がはじまった。疑う余地はなかった。これだけの加減速のあとに達する星系は、天王星しかない。そして到達する日はJ・IIのエリヌス降下の日と、ぴったり一致していた。

　減速は終了した。それがエリヌス周辺であることは、間違いがなかった。ジャムナは口惜しさに歯噛みした。何もできず、まったく状況のわからない自分に腹がたった。この部屋から脱出する望みは、ほとんどなかった。

　艦内は、文字どおり戦場のような騒ぎだった。総員戦闘配置時でも、これほどあわただしくはないだろう。通廊を、ひっきりなしに完全武装した兵士が飛びかい、艦載機が発進する振動がくり返して響いた。すでに降下部隊の第一陣は、コスモホークで飛び立っていた。絶えることなく命令を伝える艦内放送が、そんな忙しさをさらにあおっていた。

半びらきのハッチから艦内連絡通廊に首をつき出した安井一曹は、誰か自分の持ち場を交代してくれる者がいないか物色していた。だが、そんな余裕のある者はいないようだ。誰もが血相をかえて戦闘配置に急いでいた。安井にしたところで、たまたまこの部屋の前を通りかかったばかりに、第一陣降下部隊に組みこまれた海兵隊員に見張りを押しつけられて、それっきりになっていたのだ。すぐに衛生兵が来るからそれまでの間だといわれたが、それらしい兵は来なかった。

安井自身も陸戦隊に組み入れられて、自分の小隊の集合場所に行かなければならないのに、こんな所に釘づけになっているわけにはいかなかった。

——タマンの阿呆め！　あいつがドジやったためにこの俺が陸戦隊員にされちまった。しかもあの女のお守《も》りを押しつけられるなんて、ひどい冗談だ。

そう思って、監視スクリーンのジャムナの顔をちらりと見た。それから、どうせ逃げられるわけがないんだから放ったらかして行くしかないと思い直した。だがそう決めて通路に出たところで、通りかかった大男とぶつかりそうになった。眼の前にぬっとつき出された顔を見た時には、とても人間だとは思えなかった。事実に気づいたのは、一瞬後だった。エリヌスから拾い上げられた何人かのうちの、サイボーグらしい。

「艦載機前部格納甲板というのは、どっちだ」

そういったオグの手を、安井は無理に引っ張って部屋の中につれ込んだ。そして、監視スクリーンのジャムナを指さしていった。

「ほんのちょっとだけ、ここと代わってくれないか。何もむつかしいこっちゃない。あの女は癖の悪いやつで、眼を離すわけにはいかんのだ。いいか、ドアは絶対に開けるな。おかしなそぶりを見せても、とり押さえようなんて考えるな。それだけだ。一分待って衛生兵が来なかったら、うっちゃらかしてどこかに行っちまっていいぞ。じゃな。頼んだぜ」

何をいう余裕もなかった。唖然としているオグを残して、安井一曹は通路に飛び出していった。だがオグにも、そんなことにかかわっている余裕はなかった。部屋を出ようとして、何の気なしにスクリーンを見た。

オグの視線が凍りついた。

――ユウ……お前がなぜここに。

オグの心の中で時間が逆行した。数十年の過去を一瞬のうちに飛び越えて、彼がサイボーグとなる前の記憶がよみがえった。周囲の音が消え失せた。忘れていた感情が、人間であることをやめた日からまったく失われていた感情が、心の底から湧き上がってきた。唐突に、まばたくことのない眼の端から涙があふれた。何十年ぶりかの涙だった。

――ユウ……。

口に出してその名を呼ぶことはできなかった。そんなはずはない。お前がここにいるはずがない。お前は……。

「おい！　そこの！」

いきなり背後で声がした。オグはふり返った。完全武装した海兵隊員が、通路の壁にはりついてオグをみていた。

「市長と一緒に下からあがって来たサイボーグというのは、あんたのことか。何をしている。そんな所で」

オグはわずかに狼狽した。涙を見られたのではないかと思ったが、その海兵隊員は何も気づかなかったようだ。

「君は、我々の小隊と行動することになっている。侵攻のルートと作戦は聞いているか」

オグは無言でうなずいた。それからふり返らずに部屋を出て、海兵隊員のあとを追った。

# 25
# 逆侵攻

ソコロフは岩かげでまどろんでいた。死ぬほど疲れていたが、休養は与えられなかった。ラファーと名乗ったオリジナルに助けられ、ようやく蘇生したものの、眠ることもできないまま次の仕事を押しつけられた。酸欠による後遺症が心配だったが、一応自分で立って歩ける者は、重傷者であろうと戦闘配置につかされた。もっとも、この低重力下で自分で立てないほどの重傷というのは、両足切断くらいしかないだろう。腹立たしいことに、ソコロフの腕の傷は軽傷とみなされた。

彼はポート・エリヌス宙港の防空部隊にまわされた。真空と酸欠に対する恐怖が先にたって、気密服を着こむことに本能的な不安を感じていた。だがそんな事情を、指揮官は無視した。彼自身も他の部署よりは休めるというだけで、その配置につくことを受け入れた。

防空レーザを岩かげにかくして設置し、射撃管制レーダーをリンクして市街から引かれた電源にセットすると、あとは待機するだけだった。降下時には欠けていた天王星も、作業が終わるころにはすっかり満ちていた。もっとも満ちるとはいっても、地平線からつき出した半球の下側が暗く光るだけだ。いまの時期には、この地方に太陽が姿を見せることはない。彼とあらたに編成された部下は、地形を利用した堡塁の陰にもぐり込み、交代で眠りこんだ。

ひどい寝場所だった。凍てついた岩にふれたままでいると、ほんのわずかずつもれ出した湿気が凍りつき、気密服が岩に吸いついた。無理にはがすと破れる危険があった。敵襲などあるわけがないといっていた兵士の一人は、狭苦しい塹壕《ざんごう》を脱け出して岩の上にうずくまった。ブーツの裏だけを岩にくっつけていれば、気密服が貼りつく心配はなかったが、もしも本当に敵襲があれば、真っ先にやられる位置だった。事実、最初の一撃でその兵士の体は四散した。スターファイターの編隊は、地平線からいきなり姿をあらわした。

浅い眠りから引きもどされたソコロフは、何が起こったのか最初のうち理解できなかった。いきなり強烈な閃光が閉じた瞼の裏にまでつき通り、わずかに遅れて振動が周囲の岩をふるわせた。岩かげから首をつき出そうとした部下の肩をひっつかみ、力まかせに引きもどしたら、勢いあまって二人とも塹壕の中に転がった。その直後に、爆風と轟音が塹壕の中をかき回した。いきなり襲って来た熱風に飛ばされまいと、ソコロフは必死で岩角を押さえた。赤熱した岩石片がうなりを上げて頭の上を飛び去り、堡塁の岩に衝突して砕け散った。

熱風は来た時と同じに唐突に消えた。白くゆらめいて見えたつかの間の大気は拡散し去り、周囲は再び無音の世界にもどった。ただ熱風をもろに受けた気密服内の温度は、異常に上がっていた。熱でふらつく頭をふって、塹壕の底の岩にぺたりと体を貼りつけた。放熱機構のない彼の気密服でそんな無茶をやれば破れる危険もあったが、そんなことはかまっていられなかった。気密服の外被が凍りつく寸前で体を起こし、いくぶんおさまった熱さの中で、おそるおそる塹壕から首をつき出した。岩山の上につき出ていたはずの監視レーダーが、ものの見事に消え失せていた。それがあったあたりには大穴が開いていて、岩の中に閉じこめられた氷が融け出し、白いガスの筋となって噴き上げられていた。

ランディング・エリアをはさんだ反対側の堡塁にいる部隊からコールがきた。

「聞こえるか？　ソコロフ。こっちは一人が飛んできた岩で首を吹っ飛ばされて即死だ。俺ともう一人は大丈夫だ」

ソコロフは、首をつき出して茫然としている部下を横眼で見ていった。

「こっちも同じだ。ただこっちの一人は胴体ごともってかれた。死体はいまごろ人工衛星になってる。で、一体何が起こったんだ？」

「戦闘機が二機で、空襲をかけて来た。一撃してさっさと離脱しやがった。おい！　また来たぞ！　首をひっこめろ」

そんな余裕はなかった。いいおわるより先に、機影は彼らの頭上を威圧的にかすめ去った。機種を見分けることなどできなかった。二機の攻撃機は機首方向と軌道が一致していなかった。下方の彼らに機首を向けて、地表にそって飛行していた。何となく進行方向に機首を向けて突っこんでくる戦闘姿勢を想像していたソコロフは、その逆さ吊りの格好のまま編隊飛行する機影に度胆を抜かれた。だがそれを見ていられたのは、一秒にも満たない短い時間だった。彼らの頭上を猛烈な勢いで通過した編隊は、通過直後にエンジンを噴射し、姿勢制御で機首を引き起こしながら地平線の下に消えていた。

「防空レーザはどうしたんだ。速すぎて撃てんとでもいうのか？」

あわてて塹壕の底にもぐり込んだソコロフは、いまいましそうにいった。通信機の奥の声は、諦観したようにいった。

「そんなものは、最初の一撃でやられちまってるよ。実に見事だ。防空レーザを攻撃する機と、誘導レーダーのジャマー機のペアで、攻撃をかけて来たんだ。しかも宙港のレーダーまで、ついでにぶっこわして行きやがった」

「連邦公安部に、あんなすごい攻撃機があったのか？」

「連邦公安部なんかじゃない」通信機の奥の声は、わずかに上ずっていた。「あれは航空宇宙軍の攻撃機だ。いきなり正規軍が来やがったか。あんなものを持ち出されりゃ、俺たちの防空レーザなんか豆鉄砲以下だ」

「航空宇宙軍が……。すると、降下部隊の侵攻が始まるのか？」

「何ともいえんな……。だがここに降下して来るんなら、防御側の我々の方が有利だ。市街に通じる気閘を全部封鎖して、あとは塹壕から着陸部隊を狙撃して持久戦に持ちこめばいい。そうすれば、奴らの方が先に酸欠でくたばるさ。いま、防衛隊司令部に連絡したから、気閘の防御線が強化されるはずだ」

彼らの予測ははずれた。地平線の向こうでは、降下した二機のコスモホークから陸戦隊が次々に着陸していた。そしてオグの先導で幹線坑道に入りこみ、無防備なオールド・ベースの気閘から、市街に向けて侵入を開始していた。

　塹壕から空を見上げているソコロフにとって、十数時間前に自分たちが強行着陸したこのランディング・エリア以外に、着陸可能な場所があることなど想像もしなかった。その進入路が、自分が死にかけたあのオールド・ベースの気閘なのにもかかわらず。

　宙港空襲の第一報は、エリヌス防衛隊の司令部に伝えられた。オライオンは接収した公安部オフィスの防衛隊司令部で、その報告を受けた。だがオライオンは、その報告をそれほど重要視しなかった。単なる誤報くらいにしか思っていなかったのだ。実際、市街を制圧して最初の数時間の間に、何度も公安部の反撃を伝える報告がはいってきた。だがそれらの報告は、住民同士の小ぜり合いや掃討戦を行なっていたSPA部隊の同士討ちを、見誤ったものだった。

　新政権の軍事面を事実上、掌握しているオライオンは、急編成したエリヌス防衛隊の、通信システム整備に忙殺されていた。J・Ⅱからの部隊を防衛隊主力として、公安部からの鹵《ろ》獲品《かくひん》を利用した補助部隊を作り上げたのだが、通信システムの不統一から効率的な部隊運営ができずにいた。あちこちで誤った情報が乱れ飛び、同士討ちさえ起こっていたのだ。だから宙港が空襲されたという報告が入った時も、誤報だとしか思えなかった。航空宇宙軍部隊がこんな所にいるはずがないし、天王星連邦の公安局に空襲を行なえるような戦力などなかった。

睡眠不足のために血走った眼でにらみつけながら、オライオンは報告を持って来た兵士に情報の確認を命じた。それから、市庁舎にいる教授に会おうとしてオフィスを出た。新政権の政治面は教授が、軍事面はオライオンが担当していた。これは一〇日間で新政権を既成事実とするスケジュールでは、正しいものだった。だがもしもいま、ポート・エリヌスが攻撃を受ければ、その弱点をさらけ出すことになる。教授はポート・エリヌス住民のことをほとんど知らずに政治をおこなわなければならなかったし、軍事面を担当するオライオンは、J・Ⅱ部隊のことをよく知らなかったのだ。

オライオンが公安部から外に出た時、最初の銃声が九〇放射路の方から聞こえた。

オールド・ベースから飛び出した時、テムジンにはとてもそこが戦場だとは思えなかった。通路を歩く人々は、完全武装した彼らがいきなりあらわれても、気にもとめなかった。油断なく銃をかまえてテムジンの部隊が警戒する中を、後続の部隊が次々にあらわれ、それぞれの攻撃目標に向かって駆け出していっても、そこにいた市民はおどろかなかった。それどころか、急速に移動する陸戦隊兵士とぶつかりそうになって、大声で抗議する市民までいた。

「いつまで戦争ごっこをやってるつもりなんだ！　そんな鉄砲を向けたって、怖くないぞ。ガリレアンめ！」

――要するに奇襲は完全に成功したということか。

銃を構えたままテムジンは苦笑した。暗緑色のこの戦闘服を見ても、ＳＰＡの部隊と区別がつかないのだ。

航空宇宙軍通信基地制圧に向かった部隊から、最初の銃声が聞こえた。驚いて体をかたくした市民たちに、テムジンは叫んだ。

「地球軍だ！　抵抗する者は殺す」

呆気にとられて立ちすくんでいる市民たちが、やっと事態に気がついて逃げようとした。そのときにはもう、テムジンの小隊は彼らの頭上を飛び越えて進撃を開始していた。

陸戦隊は五つの支隊からなっていた。四つの支隊にはそれぞれ攻撃目標が与えられ、副官のチュー大尉が指揮する五番目の支隊は、オールド・ベースと九〇放射路の接点を確保して陸戦隊本部とした。四ヵ所の攻撃目標は、航空宇宙軍通信基地、市庁舎及び公安部オフィス、放送局、そしてダウン・エリアにある生活機構管理システム工場だった。しかし強力な抵抗を受けたのは、通信基地と、市庁舎周辺だけだった。侵攻開始から三〇分以内に放送局は占拠され、全市民に航空宇宙軍警務隊ヴェルナー大佐の名で、ポート・エリヌス市街の戦時状態宣言と、軍法による施政が伝えられた。しかし市庁舎周辺では、その時も激烈な戦いが続いていた。

オライオンは銃声を聞いた時、市庁舎に入るべきか公安部オフィスに戻るべきか、少しの間ためらった。だが、とにかく状況を把握するのが先だと考えて、九〇放射路をオールド・ベースに向けて駆け出した。激しい銃撃戦の音を聞いた時も、彼はまだ公安部の残党と防衛隊との戦闘だと考えていた。航空宇宙軍の戦闘服に身をかためた一団が殺到するのを見て、はじめて自分の判断が誤っていたのに気がついた。逃げまどう市民が視界をさえぎって、すぐ近くに来るまで敵が航空宇宙軍だと思わなかったのだ。事実が判明したときには、遅すぎた。逃げる市民の群に混じって、支通路に入りこむのがやっとだった。彼の背後では、逃げ遅れた市民たちの頭上を、軽々と兵士たちが跳躍していった。

市庁舎を包囲して銃撃を加えている部隊の横を、テムジンの部隊がすり抜けていった。彼の部隊は、海兵隊A小隊をそのまま投入したものだった。全部隊の中でももっとも進出距離が長く、しかもダウン・エリアまで侵攻するという危険な任務のために、かなりの機動性が要求された。彼らは救出された元警官を先頭にして、二七〇放射路を数分で通過した。

放射路を突き進むうちに、バリケードが見えてきた。そこが、ダウン・エリアとの境界らしかった。銃声を聞いてバリケードから首をつき出した兵士に、テムジンは機関短銃を掃射した。バリケードの後ろにかくれていた敵兵が、あわててホルスターから拳銃を抜き出した。その時にはバリケードの真上を飛ぶテムジンの機関短銃が、バリケードの裏側を引っかきまわしていた。

「やつら、俺たちの銃を使ってやがる」

同じようにバリケードを飛び越えながら、小隊の先導をしていた元警官が悪態をついた。バリケードを守っていた兵士は、あとから補充された市民らしい。ろくに訓練を受けた様子もなかった。手にした拳銃と防衛隊員の腕章以外は、兵士であることを示すものはなかった。拳銃は公安部から鹵獲したもののようだ。

——自分たちも、分捕った機関短銃で武装しているくせに。

テムジンは元警官の後ろを進みながら、ひとり苦笑いをしていた。

ダウン・エリアに入ってからは、進攻速度はやや鈍った。通廊が急に狭くなったために、警戒が必要だったせいもある。しかし電撃的な制圧こそ最大の武器だと考えているテムジンは、強引な進攻をやめなかった。時折りあらわれる防衛隊員の散発的な抵抗を、蹴散らすようにして通廊を突進した。オールド・ベース地区から出て、まだ一〇分とたっていない。組織的な抵抗が始まるまでには、まだ余裕があるはずだ。

数分後に彼らは、A工場区にある生活機構管理システム工場区画に着いた。工場区は、隔壁のない広い機械室のような所だった。機械群の中を狭い通廊がまっすぐにのびている。めざすシステム工場の制御室は、ダウン・エリア外壁を背負うような一角にあった。

——ここなら防御するのに都合がいい。

一眼でそのことを見てとったテムジンは、半数の兵士を通廊の監視にあたらせて、制御室に飛びこんだ。内部は狭かった。一万人の都市の環境を制御する中枢にしては、ずいぶんと小規模だった。ダウン・エリアの過密ぶりからすれば、こんなものかもしれない。雑然とした室内には、男が一人いるだけだった。中年の無精ひげをはやしたその男は、いきなり銃をかまえてとび込んで来たテムジンたちを見て顔をあげたが、驚きもせずにいった。

「どっちだ？　お前らは。公安部の方か？」

肩で息をしながらテムジンはいった。

「航空宇宙軍内宇宙艦隊所属、アクエリアス海兵隊テムジン中尉。航空宇宙軍はこの区画を一時接収する。あなたはここの技師か」

「今度は航空宇宙軍ときたか」

その男はあくびまじりの声でいった。

「最初、ストライキでここを封鎖されて、それから公安部が来て占領して、その次はSPAが公安部と撃ちあいをはじめた。やっとSPAのやつらが行っちまったら、今度は地球軍ときたか。俺に何をやらせるつもりかね。お若いの」

「気閘の封鎖を、ここからできるはずだ。やれ」

男の顔つきが、急にけわしくなった。

「宙港に何人か出ているんだぞ。そんなことをしたら、みんな死んじまう」

テムジンは何もいわず、かわりに銃口を男の胸に向けた。男はしぶしぶ従った。

同じころソコロフは塹壕の底で身を固くしながら、応答のない防衛隊司令部に何度も呼びつづけていた。だがかつての公安部オフィスにある防衛隊司令部は、市街でもっとも激しい戦闘にまきこまれていた。

市庁舎周辺の制圧部隊に組みこまれた安井一曹は、ぶつくさ文句をいいながら抵抗を続ける市庁舎に銃撃を加えていた。一応は安井も陸戦訓練を受けていたが、どうにか銃のあつかい方をおぼえているという程度で、自分の撃つ弾が当たっているのかいないのか、さっぱりわからなかった。もっとも、それは市庁舎の窓から派手に撃ち返して来る敵も同じようなものだった。ただ情報では、敵の方が弾薬の量は少ないということだった。だからこうやっていれば、いつかは敵も降服するだろうと考えて撃ちまくっていた。自分が撃った弾丸で他人が死ぬところなど、想像したくなかった。

彼らは三〇分で制圧を終わらせるよう命令を受けていた。それをすぎると敵は緒戦の混乱から立ち直って、組織的な抵抗を始めることが予想されるからだ。他の拠点は比較的簡単に制圧できたが、市庁舎や公安部オフィスにたてこもった敵は、なおも頑強な抵抗を続けていた。市庁舎の攻撃に、陸戦隊の三分の一以上の兵力がさかれていたにもかかわらず、すでに銃撃戦は三〇分以上続いていた。

中央広場をはさんで反対側に建つ市庁舎の、三階の窓の銃座にせっせと弾幕を張りつづけていた安井は、いきなりその窓が爆発するのを見た。窓ガラスの破片がまるで噴水のように勢いよく空中にひろがり、人間の体までその窓から飛び出した。そのうちのひとつは高々と飛び上がってドームの天井に衝突し、そのまま天井にへばりついたまま転がったあとゆっくりと落下をはじめた。

——擲弾筒《てきだんとう》をぶちこみやがった。放っておけば白旗をふりまわしてただろうに。手荒いことをしやがる。

のんびり見物している余裕はなかった。銃座が沈黙した一瞬をとらえて、安井たちは隠れていた建物の陰から飛び出し、中央広場を横切って前進していた。同時に市庁舎の横から飛び出した数人の兵士が、爆発した窓めがけて跳躍した。オールド・ベースの入口で待機していたチュー大尉が、一隊をひきいて側方からの攻撃に成功したのだ。安井たちが市庁舎の壁にとりついた時には、裏側にある公安部オフィスからも爆発が起こった。市庁舎一階の窓を叩き割り、体ごとガラスの破片をはね散らかして中に飛びこんだ安井は、いきなり眼の前につきつけられた銃を見た。あわてて引き鉄《がね》にかけた指に力をいれたが、ほんのわずかなためらいが発射のタイミングをのがしてしまった。安井は、銃をかまえたまま敵兵とにらみ合う格好になった。

——殺さんから、早く逃げてくれ！

心の中で叫びながら、身じろぎもしないで銃口をつきつけた。階上で派手な銃声がした。安井の全身から、じっとりと油汗がにじみ出していた。ようやく安井は、周囲に味方が一人もいないことに気がついた。視線をはずすことも、助けを呼ぶこともできなかった。敵兵もそれは同じらしく、金しばりにあったように二人は向き合っていた。

——調子に乗って窓から飛びこんだりするんじゃなかった。コックの俺に人殺しなんかできるもんか。糞、引き鉄にかけた指一本動かせんとは。

思い切って、背を向けて逃げ出そうとした。だが逃げるより先に、敵兵が両手をふりあげた。素手で殴りこんでくる——安井の眼には、そうみえた。あわてて安井は引き鉄を絞った。

弾は発射されなかった。敵兵は銃を手放して、両手を高々と上げていた。捨てられた銃が、ゆっくりと床に落ちていった。最初から降伏するつもりで、銃を捨てたらしい。ぞっとした。さっきの銃撃戦で弾倉が空になっていたことに、ようやく安井は気づいたのだ。

——地球とはいわんが、もしもここが月でもまっすぐ立ってなんかいられん。ぶったおれてるだろう。

そう思った。だが安井の腰は、すでに抜けていた。両足を踏んばっているつもりだったが、実はかなり傾いていてゆっくりと倒れこんでいたのだ。


オライオンは、茫然と市庁舎の前庭にひるがえる航空宇宙軍の艦隊旗をながめていた。わずかな時間のうちに、そのポールには何度も違う旗が掲げられていた。だが今度は、とても引きずりおろせそうになかった。市庁舎を占拠した地球軍は、オライオンが掌握している兵力よりはるかに優勢だった。最初の混乱から立ち直ったあと、オライオンは市街に散っていた残存兵力をかき集めて部隊を再編成しようとした。だが、ようやくそれを終わって市庁舎にかけつけた時には、すでに戦闘は終了していた。おそらく、教授も死んだか逮捕されたのだろう。彼は、あっけなく崩れ去った自分たちの政権が、もはや再建できぬほどたたきのめされた事実に気づいて愕然とした。

——本当にこれは現実のことだろうか。政権は二度と奪いかえせないのだろうか。

——いや、まだ方法はある。俺は肝心なことを忘れている。

オライオンは、かき集めた雑多な集団に向かっていった。

「ダウン・エリアへ撤退だ。奴らが来る前に、ダウン・エリアの防御をかためる。あそこなら奴らも手が出ない」

それを聞いて、誰もがほっとしたような顔をした。彼らは、支通廊を伝ってダウン・エリアの方に移動していった。

——防衛隊は壊滅的な打撃を受けたが、我々にはまだ広汎な市民の支持がある。ダウン・エリアを活動の聖域として、カント地区に駐屯した地球軍にゲリラ攻撃をくり返し、あらゆる手段を使って実力をたくわえるのだ。そうすれば、武力で市民を押さえつける地球軍の統治は破綻をきたす。時間はかかるが、かならずやれる。いままでは、あまりに急ぎすぎて基礎をおろそかにしていた。時間をかけて組織を再編すべきだ。あまりにも正規軍戦にたよりすぎた。地下運動の基本である都市ゲリラを行動の前提として、長期的な戦略をたてるのが、賢明な選択だ。

手痛い敗北を喫しながらも、退却の途上でオライオンはすでに次の計画を立てていた。

# 26　エリヌス——戒厳令

「これではまるで、戒厳令ではないか！」

アクエリアスの艦内で、ポート・エリヌスにおける戦時状態宣言と、具体的な軍法による統治の内容を聞いた時、デュクレ市長は怒りに顔を真っ赤にしていった。だがヴェルナー大佐は一向に気にする様子もなく、静かにいった。

『まるで』という言葉は不要ですな。戒厳令そのものだ。私は言葉あそびをするつもりはない」

その内容というのは、むしろ単純なものだった。第一に、午後七時より翌朝午前七時までの、市街の外出禁止令。そして、一般市民の集会や示威行進、罷業の無条件禁止。武器類の所持の禁止。さらに一般市民の通話回線やデータ通信の傍受、検閲。

これ以後、市街の照明は二四時間、「昼」の光量を保つことになる。これらの禁止条項に違反した者はその場で逮捕され、軍事法廷で即決裁判にかけられる。その軍事法廷たるや、一審制・弁護人なし・非公開というひどいものだった。さらに、武器を携帯して逮捕された者は、裁判もなしに銃殺されることが定められていた。さすがに逮捕時の抵抗をおそれて、公表されなかったが。

要するに法律で保障されている基本的人権を、一時停止するというのだ。戒厳令は、そういった意味を持っていた。デュクレ市長は唇をふるわせていった。

「貴官は、一体どんな法的根拠があって、このような野蛮な行為ができるのだ。一警務隊大佐が独立国である天王星連邦の主権を踏みにじり、侵略を行なったのだぞ。弁明の余地はあるまい。それとも、何らかの法的な根拠がこの行為にはあるというのか」

ヴェルナー大佐は、シートの上でわずかに体をずらした。鋭い視線をデュクレ市長からそらすことなく、冷たい声でいった。

「戒厳令は立法化などされていない。必要とあれば航空宇宙軍軍令部長が宣告することができる。外惑星動乱時には、占領下の衛星において軍法の発動が行なわれた事実がある」

「いまは戦時ではない。平時にそのような無制限の軍事力行使が許されるはずがないし、それに貴官は軍令部長ではない。現地司令官でさえないではないか」

「通信途絶したる僻遠《へきえん》の地、あるいは軍令部と数光時のへだたりがある宙域において緊急の判断を要する場合、現地軍司令官あるいは公安行動の責を負う司令官が独自に判断し、すみやかなる実施を行なうべし、と定められている」

「定められている、だと」市長は勝ちほこったようにいった。「貴官は、さきほどから私の問いに一向に答えていない。貴官がいうこの行為の正当性は、どの法律によるものだ。いえまい。そんな法律など存在しないからだ。兵力を引き上げるならいまのうちだぞ。もっとも撤退したところで、貴官の責任追及が行なわれないわけではないがな」

だが、ヴェルナー大佐は表情を変えなかった。

「私は成文法のことをいっているわけではない」

ぎくりとして見返す市長に、淡々と大佐は続けた。

「私のいっているのは、非常事態における不文法だ。戒厳令などという言葉は、現在はどの国家の法律にも存在していない。もちろん航空宇宙軍軍法や、国際条約、慣習法にもだ。だが、過去に何度か戒厳令が宣告されたことはあった。いずれも戦時においてだが、必ず事後にその正当性が審査されている。もっとも平時においてこのような形で行なったのは、私がはじめてだろう……。

もしもこの戒厳令が不当なものだと判定されれば、私一人が責を負って銃殺ということになるのだが……」

そこでヴェルナー大佐は言葉をわずかに切った。デュクレ市長は気圧されて沈黙していた。

「だが、私はそのようなことにはならぬと信じている。SPA武装部隊によるポート・エリヌスの武力占領は、太陽系全体の平和をおびやかすものだ。市長にこれを鎮圧する能力がない場合、航空宇宙軍が任務を代行するのは当然のことだろう。私はこの判断が正当なものと考えて、断を下した。私は銃殺になど、なりたくはないからな」

しばらくの間、市長は気まずい沈黙に耐えていたが、やがてたまりかねたようにいった。

「いつまでなのだ……。この航空宇宙軍陸戦隊のポート・エリヌス占領は。市政が我々に返還されるのは、一体いつになるのだ」

「それは私にもわからぬ。民政移管まで一年かかるか、五年かかるか。それまではポート・エリヌスは天王星連邦を脱して、航空宇宙軍の高等弁務官による軍政が行なわれることになるだろう」

「不当だ！　それこそ、戦時状態宣言に名をかりた侵略行為だ。そのようなことを――」

不意に鳴り出した通話機の呼び出し音で、市長の言葉は中断された。市長に視線を向けたまま通話を終えたヴェルナー大佐は、軽量シートから立ち上がった。

「コスモホークの用意ができたようだ。ポート・エリヌス市に降りるが、市長にも同行してもらいたい」

デュクレ市長は眉を上げた。いつもの端正さはなく、何となく疲れたような顔をしていた。

「私は一体、何の立場で行くのかね」

「戒厳軍司令官である私の、行政顧問といったところかな」

「どうせ断ることはできんのだろうな」

「よくわかっているな。これは命令だ」

タマン三曹は、何となく気まずい思いで監視モニターをのぞきこんだ。数十日も放ったらかしにされていた割には、彼女は元気そうだった。作戦が終了して母港に帰着すれば、タマンは軍法会議にかけられるだろう。だがそんなことになっても、彼女をうらむ気にはなれなかった。彼女をとり逃がした失敗以来、艦の他の乗員からさんざん嫌味をいわれ、今度の陸戦隊編成の時にも実戦部隊からはずされたにもかかわらず。

あの時、彼女はタマンに銃口を向けたが撃たなかった。彼を殺すこともできたはずなのに。海兵隊員の両眼に指をつき立てるという冷酷さの裏にひそむ、不思議なやさしさにタマンは気づいていた。彼女は戦闘員として訓練を受け、何度も修羅場をくぐり抜けて来たはずだ。そんな過去をもっていたとしても、決して消しさることのできない「女性」の部分を、タマンは信じていたのだ。

——俺だって逆の立場だったら、同じようにしただろう。彼女が悪いんじゃない。

心のやさしすぎるタマンは、そんなふうに思いこんでいた。

彼は相棒の艦載機整備兵に眼で合図し、油断なく銃を構えてハッチドアを開いた。いきなりドアを開けられて、ジャムナは当惑したようにふり返った。艦が目的地に着いたのだから、いつかは艦からおろされるだろうとは思っていた。あらわれた二人の姿を見て、即座に彼女は状況を理解した。

二人のうち一人は見おぼえがあった。タマンとかいう名の、彼女が殴打した兵だった。もう一人は初めて見る顔だったが、二人とも気密服を着こんでいた。しかも、機関短銃で武装している。はじめてみる方の兵士が、彼女に気密服を放り投げて着用を命じた。それは戦闘用の軽気密服で、放熱装置はそれほど大きなものがつけられてはいなかった。とすると、やはり着いた所は天王星系ということになる。そして気密服を着こんで降下しなければならないのなら、惑星間航行船用の宙港があるアリエルではない。やはりここは、エリヌスの近くらしい。

気密服は、彼女には大きすぎた。ひどいだぶつき方で、着たままではとても二人を相手に格闘したりはできない。しばらくは、様子を見るしかなかった。与圧された都市内に入れば、脱出の可能性もあるかもしれない。そう考えて彼女は、二人の兵士にうながされるままに部屋を出た。彼女が初めて歩く区画だった。油断なく左右を見て艦内の配置を頭の中に描くうちに、かなり広い部屋に出た。

部屋というよりそこは、格納庫のような所だった。パレットに固定された艦載機が、発進態勢をとって待機していた。ハンドレールにすがって、汎用攻撃機らしいそのうちの一機に乗りこんだ。兵員輸送モジュールの、六つある耐Gシートのうち二つには、すでに乗客が乗りこんでいた。いずれも気密服を着こんでいたが、ヘルメットのフェースガードは開いたままだ。一人はヴェルナー大佐だった。そしてもう一人を見たジャムナは、声を上げそうになった。写真でしか見たことがないものの、それがデュクレ市長であることはすぐにわかった。

ジャムナを一瞥したデュクレ市長は、不機嫌そうにいった。

「この女は何者かね。何の必要があって連れていくのだ？」

尊大にふるまうことに慣れているデュクレ市長の態度は、ジャムナの神経にさわるものだったが、いまはそれどころではなかった。ポート・エリヌス市長が、何だってこんな所にいるのか。そして、これからどこにいくのだ。

ジャムナは混乱していた。それでも彼女は、ヴェルナー大佐の声を聞きのがさなかった。

「彼女はSPAの兵士だ。艦内には収容や尋問に適した場所がないので、エリヌス地表に移送する。警務隊の法務官が到着次第、他の囚人たちとともに軍事裁判にかけられるだろう」

——エリヌス地表に移送だって？　他の囚人たちと一緒に？

ジャムナは内心の驚きをあらわさぬように注意しながら、ヴェルナー大佐の言葉を反芻《はんすう》した。ということは、ポート・エリヌスは航空宇宙軍の支配下にあるのだ。SPAの武力による解放は失敗し、多数の同志が捕らえられたらしい。彼女は平静をよそおいながらも、市長の次の言葉に聞き耳を立てた。

「法務官というのは、いつ到着するのだ」

あっさりとヴェルナー大佐は答えた。

「軍機に関することだ。いえぬ」

コスモホークのハッチが、ゆっくりと閉じた。発進の準備完了がパイロットから伝えられて、二人の会話はそこで中断した。

ソコロフたちは、完全にとりのこされていた。防衛隊司令部との通信が途絶した時には彼らも防衛に忙しく、自分たちのことをかまっていられないのだろうと考えていた。しかし、それにしては様子がおかしかった。いくら防御体制をととのえるのに忙しくても、自分たちに何の指示もないというのはおかしい。不審に思って他の周波数帯をさぐってみると、いきなり交戦状態にある部隊からの通信がひっかかった。しかも公安部員同士の通信だった。知らぬうちに、市街で戦闘が始まっていたのだ。あわてて市街に通じるトンネルを駆けおりたが、気閘は封鎖されていた。ソコロフは、恐怖のあまり叫び声をあげた。

十数時間前の、あの真空状態に対する恐怖がもどって来た。何度やっても気閘は動かなかった。気閘を破壊することも考えたが、市街に真空域を増やすことになるだけだと、すぐに気づいてやめた。いそいで地表にもどり、他の気閘を半狂乱になって探った。どれもだめだった。宙港では彼をふくめて四人が生存していた。気閘の全部が閉ざされていることがわかった時には、残酸素量はどれも三〇分を下まわっていた。

防衛隊本部との通信は、依然とだえたままだった。一度は受信できた公安部員同士の通信も、それっきりとらえることはできなかった。戦闘がまだ続いているのか、それとも終了したのかさえわからないのだ。だがそんなことよりも、市街にいる誰かが彼らの存在に気づいてくれる方が重要だった。どちらが勝とうがかまわない。だが気閘のすぐ外で窒息死するのだけはごめんだと、誰もが思っていた。

ソコロフは、あきらめずに通信機を操作して、市街とコンタクトをとろうとこころみた。四人のうちで、ソコロフの気密服だけが他の三人のと異なっていた。公安部員からの鹵獲品だったが、それに装備された通信機の周波数帯でも受信できなかった。他の三人の通信機は

J・IIから持ちこんだもので、周波数は固定されていた。

誰かが、ランディング・エリアの片すみに放置されたままのJ・IIに、予備の酸素が残されているのを思い出した。トンネルを通過するのももどかしく、彼らはJ・IIの残骸にもぐりこんだ。だがそれを見つけた時、ソコロフはののしり声をあげた。ソコロフの着こんでいる気密服だけがレギュレータの規格が違っていて、タンクを接続することができなかったのだ。

気まずい沈黙のあと、誰かが宙港施設の倉庫に緊急用酸素の表示を見たといった。ソコロフは無言でその場を離れた。声をかける者はいなかった。三人は争って酸素タンクの交換をはじめた。

ソコロフは全力で先を急いだ。走ると酸素消費量が増すことはわかっていたが、それでも体がいうことをきかなかった。もういくらも酸素は残されていない。抑えようとしても動悸は高まり、息づかいが荒くなった。いくつかある建物のうち、二番目の壁に「酸素有り」のマーキングがあった。倉庫のドアを開けようとして、ソコロフは舌打ちをした。さきほどの空襲でドアがゆがみ、押しても叩いても開かなかったのだ。窒息に対する恐怖心だけが先に立って、冷静さを失っていた。業を煮やしてソコロフは、ドアに銃口を向けた。パニック寸前の彼は、倉庫の後方からコスモホークが姿を見せたのに気付かなかった。

宙港に向かうトンネルを移動しているマルコーニは、宙港に敵が残っていることを知らなかった。艦載機が空襲を行なった時に、SPA兵士の二人が爆撃で死んだことだけは確認されていた。その後の空中偵察では「敵兵の姿は発見できず」と報告されていた。それでマルコーニは、宙港の敵が掃討されてしまったのだと勘ちがいした。そして同じ間違いを、コスモホークのパイロットもおかしていた。パイロットは宙港ランディング・エリアに誘導員が出ていると聞いていたから、敵がまだ残っているとは考えていなかった。ヴェルナー大佐たちを乗せてアクエリアスを発艦したコスモホークは、ゆっくりとランディング・エリアに接近していく。

同様に陸戦隊長であるチュー大尉も、宙港に残敵がいることを知らなかった。コスモホークの誘導要請が伝えられてから、はじめて宙港の掃討が完了していないのを思い出したほどだ。彼は優秀な士官だったが、陸戦隊を率いて実戦に臨んだのははじめてだった。チュー大尉はコスモホークの着陸位置を、宙港から陸戦隊の降下した基地跡に変更させようとした。その矢先に、テムジン中尉から緊急通信が割りこんだ。

「チュー大尉か？　テムジンだ。誰かそっちで、航空宇宙軍基地近くの気閘を開けさせたか？」

チュー大尉は、気閘の位置を思い出しながらこたえた。

「いや、誰も宙港にはやっていない。どうかしたのか？」

「内側から気閘の封鎖をといて、宙港に上がっていった奴がいるんだ。通信基地にはりついている連中に聞いてみたが、誰も知らんといっている」

「わかった。行って確かめてみる」

それから彼はコスモホークを呼び出して、指示のあるまで上空で待機していろといおうとした。だが手持ちの通信機では、市街からの直接交信は無理だった。彼は部下を率いて、パトロール区域から通信基地に向かった。


マルコーニが宙港に一人で出ようとしたのは、別に任務があったからではない。前日の戦闘以来、放置されたままになっている公安部員の死体を捜し出し、埋葬できないまでも、せめて墓標くらいは作ってやりたいと思ったからだった。だから誰にも告げずに、一人で宙港に上がって来たのだ。ところがトンネル開口部から外に出た時、ちょうど地平線の上にコスモホークが浮かんでいるのに出くわして、ひどくおどろいた。彼の着こんでいる気密服は自分のものだったが、通信機だけは航空宇宙軍規格のものに取り換えてあった。あわてて通信機を受信状態にすると、コスモホークのパイロットの大きな声が飛びこんで来た。

「ハロー。誰もいないのか。こちらはCH・Aだ」

あわててマルコーニは応答した。

「CH・A。聞こえるか。いま、開口部の所で手をふっているが」

パイロットは、ほっとしたようにいった。

「遅かったな。偉いさんを乗せてるんで焦っちまったぞ。いいから早いとこ誘導をたのむ」

「誘導だって？　何をすればいいんだ」

「冗談をいってる場合じゃないだろう。いまいったように、偉いさんを乗せてるんだ。ランディング・エリアの中央で、ライトをふりまわしてくれりゃいい。早くしてくれ」

何だかよくわからないままマルコーニは、ランディング・エリアの中央でライトを点灯した。コスモホークはそれを目標に接近し、メイン・エンジンを消火してくるりと裏返しになった。そしてペイロード・ベイのハッチをぱっくりと開けた。コスモホークは開いたペイロード・ベイを地表に向けて、ゆっくりと地表と平行に流れて来た。エンジンは全部消火してあるが、いまにも押しつぶされそうな圧迫感を感じて、マルコーニは首をすくめた。頭上に移動したペイロード・ベイの内部が、丸見えになった。乗客は五人いた。マルコーニのちょうど真上に来た時、五人はそれぞれ床をけって飛び出して来た。降着装置を持たないコスモホークから地表に降り立つには、他に方法がなかったのだ。

五人ともこの衛星の重力に慣れていないらしく、地表で転がったり逆に跳ね上がったりしながら着地した。着地した彼らのすぐ横を最初の銃弾が通過したが、誰もそのことに気づかなかった。だが、全員が地上に降り立ってから、二度めの銃撃が彼らの足もとの岩をはねとばした。狙撃を受けているのに気づいた彼らは、あわてて地面に伏せた。

あまりにも無防備な場所だった。遮蔽物のまったくないランディング・エリアの中央に、彼らはいたのだ。マルコーニは、すぐさま応戦した。狙撃手がひそんでいるのだとばかり思っていたが、実際にはパニック寸前のソコロフが倉庫のロックを破壊するために撃ちこんだ弾丸が流れ弾になっただけだった。だがマルコーニはそれに気づかず、狙撃手は一〇〇メートルほど離れた宙港施設のかげにいると見当をつけた。近くの岩かげに向かってかけ出した二人の陸戦隊員も、走りながらその建物に向けて発砲した。

ソコロフは、銃撃でようやく開けた倉庫に入りこんでいた。なんとか酸素タンクを交換して息をついたら、いきなり銃撃されて壁がめくれあがった。あわてて床に身をふせると、頭の上を銃弾で引きちぎられた壁の破片が、回転しながらかすめていった。いそいでJ・IIにいる三人を呼び出して怒鳴った。

「聞こえるか。敵襲だ。ランディング・エリアの方から、撃ってくる。後退するから援護してくれ」

非与圧型倉庫のうすい壁は、たて続けにたたき込まれた銃弾で、すでに半分近くが破られていた。銃撃だけで倉庫の上半分が飛ばされて、ソコロフの体が露出していた。だがすぐにJ・IIからの射撃がはじまり、ソコロフに集中していた銃弾は分散した。

――一体、何だって奴らはいきなり撃ちはじめやがったんだ。あの様子じゃ、市街は奴らが完全に握ってる。でなければ、あんなにのんびりと降下してきたりしない。どうせこの撃ち合いに勝ちめはない。勝ったとしても、市街に入れなければ死んでしまう。

「おい、降参しようぜ」

派手な銃撃音と共に、J・IIにいる一人の声がソコロフの耳にとどいた。敵はわずかな地形のくぼみにかくれていた。ソコロフたちは二方向から敵を攻撃できる有利な位置にいたが、それ以上、戦いつづける意志はなかった。

「そっちの通話機で、奴らとコンタクトできないか？　俺たちの周波数じゃ全然だめだ」

J・IIからの声には、すでに銃声は聞こえていなかった。

「やってみるが、撃つのはもうやめてるのか？」

「とっくにやめてるが、俺たちが首をつき出したら、しつこく狙ってきやがる。何だって、援護してくれなんて頼んだんだ」

「知るもんか！　それより白旗のかわりになるものがないか、探してみろ」

「もうやってるよ！」

ソコロフは彼らとの通信を打ち切って、敵との交信をこころみた。敵の銃撃は密度こそ落ちたものの、あいかわらず壁を貫通してかすめていく。交信をあきらめて、トンネルに向かって突っ走ってみようかと考えた時、いきなり何かが光った。それほど強烈な光ではなかったが、その光は彼をぎくりとさせた。おそるおそる倉庫の残骸から首をつき出すと、J・IIの壁がレーザ攻撃を受けて光っているのがみえた。レーザによる開口部は、鋭い光を発しながら壁面を走った。

「駄目だ……」

輝きを増してゆく開口部を見て、そうつぶやいた。壁面に光る筋の下に、三人の仲間がひそんでいた。J・IIの上空を、機首を地表に向けたまま水平に飛翔するコスモホークがみえた。コスモホークは、レーザ砲を装備した機首を正確にJ・IIに指向して高速で飛び去った。

ソコロフは、コスモホークのたくみな姿勢制御をぼんやりとながめていた。一時は飛び去ったコスモホークは、再び攻撃態勢をとって突っこんで来た。今度は、機首をぴたりとソコロフに向けていた。そしてレーザ砲の先端に、激しい光がほとばしった。最後の瞬間になっても、ソコロフは眼をそらすことができなかった。一瞬後、彼の頭部は蒸発した。

ジャムナは最初の銃撃に気づいた時、咄嗟にトンネル開口部に向かってかけ出した。

「その女をとめろ！」

ヴェルナー大佐のその声が、すぐ近くで聞こえた。ふり返っている余裕は、まったくなかった。同調したラジオから、いくつも激しい息づかいが重なり合って聞こえた。そしてすぐに銃声と、意味のない怒号が加わった。

「右だ！　あの船の残骸からも撃って来る」

「かくれろ！」

「コスモホークはどこだ。呼びもどして援護させるんだ！」

「あの女を撃て！」

最後の声を聞いた時に、ジャムナは前方に身を投げ出した。できるだけ体を低くして地面に転がったつもりだったが、それでもわずかな時間、宙に浮いていた。命中弾はなかった。至近弾もないのを感じながら着地し、地面を数回転がったあと、ふたたび身を低くして駆け出した。だが着地の衝撃からか、ラジオの音がぷつりととぎれた。周囲をとりまく無音の世界の中を、銃撃の恐怖におびえながら彼女は駆けた。

遮蔽物に向けて駆け出した時、タマンはもう一人の兵士が高々と宙にはね上がっていくのを見た。このような低重力に慣れていなかったために、必要以上に強く地面をけってしまったのだ。あわてて援護射撃をしたが、舞い上がった兵士はどうしようもなかった。はじめの数秒間は無様に手足をばたつかせていた。まるで見えない綱をたぐりよせるように、必死でもがいていた。だがすぐに最初の命中弾が兵士の体を回転させた。次々に撃ちこまれる銃弾で人形のような不自然な動きを見せながら、ゆっくりと流されていった。長い時間をかけて兵士が着地した時には、原形をとどめぬほど死体は損傷していた。

死体の動きをながめている余裕はなかった。誰がいったのかはわからないが、怒号と銃声の入り混じったラジオの奥で「あの女を撃て！」という声を聞いたような気がした。タマンの横で伏射の姿勢をとっていたマルコーニ刑事が、すでに一〇〇メートルほど離れたジャムナの背中に銃口を向けていた。タマンは叫び声をあげた。自分でも何をしているのかわからぬうちに銃をふり上げ、マルコーニの頭にたたきつけた。反動で彼の体はぐらりと持ち上がった。昏倒したマルコーニの姿が、みるみる遠ざかった。タマンの体は、空中高くはね上がっていた。さっきの兵士の無残な死が頭をかすめた。「不名誉な死」という言葉をなんとなく思い出し、死を覚悟した。しかし、銃撃はすでに停止していた。弾着が少なくなっていたから、もう敵は全滅していたのかもしれない。

空中を漂っていたタマンの体勢がくずれた。ふらつく頭で敵の居場所を知ったマルコーニが、体をひねってタマンを銃撃したのだ。それからマルコーニは、機関短銃を無反動モードから狙撃モードに切り換え、かなり遠ざかったジャムナに照準を合わせた。ジャムナの駆けていった跡は、まるで煙幕でも張ったかのように岩くずが巻き上げられていた。そのために視程は悪かったが、この距離から狙撃に失敗するとは考えていなかった。ところが銃を手にしていたマルコーニの腕に、鋭い痛みが走った。

白煙を上げている自分の腕を見て、叫び声を上げた。連射しすぎて過熱していた機関短銃の銃身に、狙撃姿勢をとろうとした腕がふれて一瞬で気密服外被を破ったのだ。なんとか発射した第一弾は、わずかにそれた。音をあげてもれ出して行く空気を押さえ、ベルトに突っこんだリペア・キットに手をのばそうとして体を折った時、マルコーニは自分に向けられた銃口を見た。

タマンはすでに呼吸することもできなかった。マルコーニから一連射をくった時、彼の気密服は穴だらけになっていた。空気がもれきってしまうまでに時間はかからなかった。急速にうすれていく視野の中で、ジャムナがマルコーニの狙撃を受けて転がったのがわかった。自分が死んでいくのを感じながら、タマンはゆるやかに流れていく風景を見ていた。傾いた地平線と半分満ちている巨大な天王星そして星空に点在する星座それからまた地平線と、回転している彼の前で不鮮明な視野は次々と変わっていった。めくるめく風景の中に、マルコーニ刑事の姿が入った。彼の姿と銃口が重なった時、タマンは引き鉄を引き絞った。マルコーニの体と周囲から着弾の煙が上がった。マルコーニは即死した。

——俺のことは気にしなくていい。うまく逃げてくれ。

すでに暗く溶けこんだ視界の中に、ジャムナの姿を見つけることはできなかった。遠のいていく意識の中で、俺は兵隊になんかなれないと、タマンは思っていた。

岩かげに飛びこんだデュクレ市長は、きこえていた銃声が唐突に消えたのに気づいた。状況はまったくつかめなかった。勝ったのか、負けたのか、いやそれよりも、なぜ安全なはずの宙港で、こんな銃撃戦が始まったのか理解できなかった。それでも生きのびなければならないという意識だけが、強く彼の心を支配していた。臆病からではなく、自分はここで死ぬわけにはいかないと信じていたのだ。暴動の鎮圧に名を借りた軍によるエリヌスの主権侵害を、絶対に許すことはできなかった。軍に対する抗議行動を粘り強く続けていかなければならないのに、こんなところでは死ねなかった。これからはじまる戦いの、リーダーシップをとるのは自分しかいないのだ。何があっても自分はいま死ぬわけにはいかない。軍の横暴の生き証人として、また武力によって民生が崩されてはならないことを、身をもって証明するために生きのびなければならない。

だがデュクレ市長は気づいていなかった。彼の考えの基盤が根本的に否定されようとしているのを。自分がこれまでふるってきた政治的手腕が、歴史一般をも動かしうる唯一のものであるとの信念が、実は誤りであるということを。彼の「理想」と称するもの、倫理観などは、ヴェルナー大佐の前ではまったく通用しないのだということを。

デュクレ市長の背後に立ったヴェルナー大佐は、腰のホルスターから拳銃を抜き出し、市長の後頭部に向けて発射した。

「御苦労さま。だが、もう君の出番は終わりだ」

ヴェルナー大佐にとってデュクレ市長は、すでに利用価値がなかった。むしろ邪魔者でしかない。なによりも、事実を知りすぎている。だからエリヌスにおける作戦終了の目途が立ったら、迷わず射殺するつもりでいた。時機を逃してはならなかった。戦闘が収束してからでは、遅いのだ。

結局この宙港の戦闘であわせて八人が戦死した。

# 27 終結

ジャムナは負傷していた。左腕を銃弾が貫通していった時、トンネル開口部までほんのわずかだった。貫通していった弾丸は、それほどひどいダメージを与えなかった。だが、気密服の破孔からは、急速に空気がもれ出していった。気閘にたどりついた時には、気密服は内圧がほとんどゼロの状態だった。蒼白な顔で気閘に転がりこみ、外扉をふるえる手で閉じて空気を注入すると、耐えきれずに膝がくずれおちた。元気な時なら無視できるほどの低重力が、いまの彼女には大きな負担になっていた。長期間の監禁のあと、大きすぎる気密服を着こみ、銃創を負いながら駆けてきたのだ。

気閘内の気圧が高まるにつれて、周囲に音が充満してきた。自分自身の荒い息づかいを聞くことで、ようやく蘇生したと感じた。泥のように疲れていたが、休むこともできずに気密服を脱いだ。それはまるで、鉛でできているのかと思えるほど重かった。ヘルメットを放り出し、甲冑《かっちゅう》のように感じられる気密服から腕を抜き出すと、長い髪がばらりとほどけて白い顔のまわりでゆらめいた。ようやく通常気圧にまで高まった空気にたすけられて、なんとか気密服を脱ぐことができた。

外扉を開けた時、いきなり眼の前に銃口がつきだされた。銃をかまえた男は、虚をつかれて茫然としていた。この場にふさわしくないもの——髪をなびかせた若い女の姿を眼の前にして、うろたえてしまったらしい。その一瞬の油断を、ジャムナは見逃さなかった。いきなり体を前方に放り出したジャムナは、その兵士の頭上を通過していた。すれ違いざま、ジャムナの爪先が目標を見失った兵士の側頭部にたたきこまれた。兵士は宙に浮き上がり、回転しながら通廊の壁に激突した。ジャムナは空中で身をひるがえし、反動を利用して壁に飛びつき、二撃めを加えようと身がまえた。

不意に九〇放射路との分岐点から、数人の人影が姿を見せた。アクエリアス乗員で編成された陸戦隊だった。兵士は軽い脳震盪を起こしたらしく、焦点の定まらない眼をしている。その兵士から銃を奪い取ろうとしたが、陸戦隊がかけてくるのをみてあきらめた。周囲をみまわしたジャムナは、すぐ横にあった半開きのゲートに体をすべり込ませた。彼女の飛翔したあとに、浮遊する血の糸がゆるやかにうずをまいた。赤い糸は、からみ合いながら壁や床にへばりつき、糸であることをやめた。兵士たちが到着した時には、すでに汚れた血痕となって壁に付着しているだけだった。

「いまの女……あの女だったぞ」

「何てしぶとい奴だ」

「見ろ、怪我をしているぞ」

そういって、ジャムナの逃げこんだオールド・ベースに入ろうとした兵士を、チュー大尉が制止した。怪訝そうにふり返る兵士に、大尉はいった。

「オールド・ベースと、ダウン・エリアに逃げた敵は、追撃するなという命令が出ている。我々の現有兵力では、エリヌス・カントの制圧だけで手一杯だ。兵力を少しでも分散させると、敵の反攻を阻止できなくなる」

しぶしぶ引き返した兵士に、チュー大尉は気にするな、とつけ加えた。

「どうせ、どこにも逃げ場はないんだ。奴らには」

彼らが追いかけて来ないのを知って、ジャムナは安堵感から気を失いそうになった。負傷した左腕は、焼けつくような感覚から、次第に鈍い痛みに変わっていた。ひどく寒かった。その寒さと、彼女自身の記憶にあったポート・エリヌスに関する知識から、ここはオリジナルたちの住むオールド・ベースだとわかった。だが、内部の詳細についてほとんど彼女は知らなかった。予想では、主戦場はエリヌス・カントと、ダウン・エリアのみだったので、このオールド・ベースの地理はまったく研究していなかったのだ。

ただ、まったく未知なオールド・ベースでも、そこからダウン・エリアに行くためには、エリヌス・カント中央部を横断しなければならないことくらいは知っていた。こんな所にいるわけにはいかない。どうあってもエリヌス・カントに入り、SPA部隊と合流しなければならない。さもなければ、ひとり孤立したまま、死んでしまう。

ジャムナには、ほとんど体力は残されていなかった。最後のひとしずくまでを、逃亡のために使い切ってしまったのだ。どこでもいい、ひとまずこのオールド・ベースに潜伏し、体力を回復させることが先だ。ダウン・エリアに向かうのは、それからだ。そう結論を出して、あらためて彼女は寒々しい通廊を見まわした。傷の痛みは、すでに耐えがたいほどになっている。とにかく、この無防備な通廊に姿をさらしているわけにはいかなかった。潜伏場所を探さなくてはならない。居住区のひとつに入りこめれば最上なのだが。

ジャムナの視線が通廊の奥に釘づけになった。一人の異様な風体の大男がつっ立っていた。

――兵士なのか？　一人だろうか？

ほとんど戦う余力もないのに、気力だけは充実していた。ジャムナはその人かげに対して身構えた。兵士ではなかった。武器は所持していないようだ。男の他に人かげは見えなかった。

――この男の口を封じる必要がある。生かしておくと、密告されるかもしれない。

ジャムナはそう考えた。だが彼女には武器になりそうなものは、何一つなかった。そして、男の体は圧倒的に大きかった。そうなると、あとは逃げるしかなかった。そう決めたとき突然、男がいった。

「逃げなくてもいい。通報したりはせん」

――この男、人の心を読めるのか。

そう思うジャムナに、異形の大男はゆっくりと歩み寄った。ジャムナは挑戦的ににらみ返した。無意識に顔にかかった髪をはらいのけた。男は低い、よく通る声でいった。

「俺はオグだ。アクエリアスに捕らえられていた女だな」

そこまでいった時、ジャムナは身をひるがえして逃げようとした。だが、すぐ近くにまで近寄っていたオグは、素早く手をのばしてジャムナの肩をつかんだ。万力のようなごつい手でつかまえられて、ジャムナは短い悲鳴を上げた。

「俺は通報したりはせんと、いったぞ」

強引に振り向かされて、ジャムナはオグと正面から向き合った。小柄なジャムナから見ると、オグは倍近くにも大きく見えた。まばたきしない眼や、ジャムナのように白い息を吐くことのない口を持つ異様な顔だった。言葉遣いや態度は乱暴だったが、実際はそうでもなさそうだった。オグはジャムナの衣服を引き裂いて傷口を露出させ、じっと見ていった。

「出血はそれほどひどくないし、骨もやられていない。弾丸は貫通しているから、傷口が回復するのを待つだけだ。……この市街はほとんど無菌だが、アクエリアスの内部はどうだかわからん。消毒しておかないと、あとが面倒だ。腕を失くしたくはないだろう」

そういうとオグは、ひょいとジャムナを持ちあげた。負傷した腕をかばうようにして厚い胸の前でささえ、そのままゆっくりと歩き出した。信用していいのかどうか、判断する余裕は彼女には残されていなかった。当面の危機は去ったという脱力感が、意識を深く沈みこませていた。ゆれる髪と分厚いオグの胸を見ながら、彼女は眠りに落ちていった。

夢も見なかった。あるいは見ていたのかもしれない。なぜか、眼ざめた時にはひどく悲しかった。なぜそんなに悲しいのか、理由がわからないまま急速に彼女の意識はさめていった。眼をひらいた時、最初にみたのは自分自身の爪先だった。いつものように、膝をかかえてうずくまっているらしい。体には毛布のようなものが、ばっさりとかけてあった。爪先だけがはみ出していた。どれほど眠っていたのかはわからないが、重くまとわりついていた疲労は、ほとんど消えていた。ただ、左腕の傷には鈍い疼痛が残っていた。かけられた毛布の下でそっとさぐってみると、布のようなものが巻いてあるのがわかった。

殺風景な部屋だった。冷え冷えとした空気の中で、吐き出した息が白く凍りついた。だとすると、ここはオールド・ベースらしい。古びてはいるがほとんど生活のにおいのない部屋の端で、オグが背を向けて何かやっていた。ジャムナは長い地下生活の習慣から、無意識のうちにこの部屋の出入口や、武器として使えそうな物はないか、抜け目なく視線を走らせていた。そんな彼女に、オグは背を向けたまいきなり声をかけた。ジャムナは鋭い眼でオグをにらみつけた。

「丸一日、お前は寝ていた。よほどこの俺を信用していたと見えるな」

そういってオグは、ジャムナの方に向きなおり、手にした小型のポットを持って歩み寄った。無重力型を改造したらしいそのポットを、ぐいとジャムナにつきつけた。サイボーグは熱い飲み物をとらないことを、ジャムナは知っていた。どこからかポットを都合して来たのだろう。オグは、無愛想にいった。

「飲め。体力がつく」

ジャムナは、体をおおった毛布のすき間からそっと片手をつき出し、ポットを手にした。チューブから吸いこむと、甘くあたたかい液体が口の中にひろがった。途端に彼女は空腹を感じてそれを飲みこんだ。しかしその間も、視線は油断なくオグに向けられていた。ポットをオグに返すと、ジャムナはさっと手を毛布の内側に引っこめた。オグは気にしない様子で、壁に埋めこまれていたラジオのスイッチを入れた。

いきなり聞こえて来た声に、ジャムナは身をかたくした。それはあのアクエリアスにいた警務隊大佐のものだった。ポート・エリヌス及び周辺の宙域までを含めた「閉鎖地境」において、戦時状態宣言が出されていることをくり返し告げている。それに続けて市民の基本的人権の一時凍結を、婉曲な、しかし断固とした表現で伝えていた。

——事実上の戒厳宣告だ。

ジャムナはデュクレ市長と同じことを考えていた。しかし市長とはちがってジャムナは、純粋に戦術的な視点から事実をとらえていた。そして数えきれないほどの疑問が、彼女の心に浮かんだ。

——アクエリアスの到着が早すぎる。J・IIの降下から十数時間のうちに、もうポート・エリヌスに対して攻撃をはじめている。J・IIの行動が事前にもれていたとしか思えない。J・Iの軌道を追っただけでは、これほどタイミングよく到着することはできない。

——もしも、J・IIの行動が読まれていたとすれば、なぜアクエリアスが軌道上でJ・IIを拿捕《だほ》あるいは撃破しなかったのだろう。これではまるで、教授の部隊にデュクレ市長の政権をつぶさせてから、アクエリアス陸戦隊でその政権を横取りしたようなものではないか。

そしてジャムナは一つの可能性につき当たった。それはすぐに確信に変わっていった。

——軍は最初から、SPAの行動計画を知っていたのではないか。そしてJ・II部隊にポート・エリヌスを占領させ、そのあとに暴動の鎮圧という名目で陸戦隊を投入して、ポート・エリヌス周辺に戒厳令を宣告したのだ。そのような手段を取ったのは、軍が天王星連邦からエリヌスを分離し、独立させて軍政下に置くためだ。実に巧妙な方法で、軍はエリヌスを手中におさめた。

——だが、それにしてもなぜ？　なぜ、軍は辺境のこのようにちっぽけな衛星を欲しがるのか。SPAの根拠地や武装部隊を抹殺するためだけなら、いくらでも他に方法はあったはずだ。なぜそこまでして、こんな取るに足りない衛星に支配を求めるのだ。

——そしてどうやって軍は、これらの情報をすべて入手することができたのだ。ポート・エリヌス攻撃のタイムスケジュールや、J・I、J・IIの軌道を知っている人間はほとんどいない。ごく限られたトップのリーダーが知るだけで、攻撃に参加したSPA兵士といえども、計画の詳細は知らないはずだ。

ジャムナは顔を上げた。鋭い視線が向けられていた。部屋のすみにつっ立っていたオグが、じっとジャムナの顔を見ている。

「緒形優という名の女性を知っているか？　日本生まれだ」

「オガタ・ユウ……」

　ジャムナはその名を口にした。オグと出会ってはじめて口をきいたことに、彼女は気づいた。味方かどうかわからない相手と口をきくことなど、滅多にないジャムナだった。そんなことを忘れさせてしまうほど、オグの口にした名は彼女を動揺させていた。この男は、一体何者なのか。彼女がアクエリアスに捕らえられていたことを知っていたのに、今度はオールド・ベースの中にかくまっている。敵ではないが、油断はできなかった。彼女は重い口を開いた。

「ダウン・エリアへ私を連れていってくれる？　会わなければならない人がいるわ」

「交換条件というわけか。いいだろう。ほとんど使われていない通廊を知っている。会いたい奴というのは、誰だ」

　ジャムナは一瞬口ごもったが、オグに話すしかないと考えなおしていった。

「外惑星連合軍の、教授《プロフェッサー》。または、オライオン」

　オグの眉が、ぴくりと動いた。

「教授は、ダウン・エリアにはいない。航空宇宙軍の捕虜になって、市庁舎に収容されているはずだ。オライオンとは、コンタクトできるだろう。俺一人でも見つけ出して、しめ殺すつもりだった」

　それから彼は、じっと自分を見つめているジャムナの無言の問いに、答えるようにいった。

「奴は俺の古い友達のジャジを、拷問した上で殺した男だ。この部屋で」

「殺すのはあなたの自由よ」

ジャムナは興味なさそうにいった。それから、さらに鋭い視線をオグに向けていった。

「オガタ・ユウは、あなたの何なの？」

有無をいわせぬジャムナの声だった。だが、それに気圧されることなくオグはいった。遠い所を見るような眼つきだった。

「私の妻だった。彼女が二一歳の時に離婚したが……」

爆発しそうになる感情を抑え、できるかぎりの平静さを保ってジャムナは口を開いた。しかし、声はわずかに上ずっていた。

「あなたがエリヌスに来たのは、いつ？」

「そう……八〇年代の中ごろだった。もう四〇年近くになる」

「オガタ・ユウは、私の母の名よ……。近寄らないで！」

オグは、びくりと足をとめた。ジャムナの眼は憎悪に燃えていた。

「私はいま、二八歳よ。あなたみたいな化け物とは、何の関係もないわ」

ジャムナは、あふれそうになる感情を表現するすべを知らなかった。いいたいことは、山ほどあった。大好きだった母を捨てたこの男に、それからの母の味わった苦しみを、悲しみを、どれほど悲惨に死んでいったかを、自分の都合だけで母を捨てたこの男にいってやりたかった。だが、あまりに長いこと自分を押し殺したまま生きてきたために、その思いを口にすることができなかった。こらえようとしても、涙があふれてきた。涙でかすんだ眼でオグをにらみつけ、ようやく言葉を探し出した。この男を傷つけてやりたかった。一番ひどい言葉を投げつけて。

「あなたが殺したのよ。母は死んだわ。外惑星動乱の時に。死ぬまで私に何もしてやれないって、あやまりつづけていたわ。あなたが悪いのよ！」

それ以上いうことはできなかった。憎しみのこもった眼でオグをにらみつける以外、何もできなかった。

オグはどうしようもない思いにとらわれていた。ジャムナに、いってやりたかった。自分がどんなに彼女を愛していたのか。事故で廃人同様になった彼には、他の選択肢は残されていなかった。まだ若い妻とは、別れるのが双方にとって最善の判断だった。彼はもちろん彼女を愛していたし、自分がすでに航空宇宙軍の現役士官でなくなったことよりも、彼女と別れることの方がつらかった。

だがそんなことをいったところで、ジャムナがそれを信じるとは思えなかった。彼には何もかける言葉がなかった。ジャムナ以上に、オグは自分を押し殺して生きてきたのだ。

長い沈黙のあと、ようやくオグはいった。

「外出禁止時間になる前に、ここを出よう。航空宇宙軍が踏みこんでくるかもしれない」

ジャムナは、こくりとうなずいた。眼の中にたまっていた大粒の涙が、すっと頬を流れた。

オライオンのアジトの場所を、オグは大体だが知っていた。以前ジャジが得意げに見せたマックスのアウトプットに、それらしいマーキングがしてあったのを思いだしたのだ。アクエリアス陸戦隊の攻撃が始まって、丸一日以上になる。アジトがそのままの位置にあるかどうかは、行ってみないことにはわからない。彼らはダウン・エリアの通廊に踏みこんでいた。人かげは、ほとんどなかった。外出禁止時間にはなっていなかったが、現在の警備体制の厳しさを敏感に感じとって、市民たちはなりをひそめているようだ。

いまのところ、ダウン・エリアやオールド・ベースに実質的な戒厳体制の影響は及んでいなかった。アクエリアス陸戦隊の実数が四〇名以下だということも、オグは知っていた。だがそれはほんのつかの間のことで、やがてこの地区にも戒厳軍による徹底的な「SPA狩り」が始まるだろう。ダウン・エリアが閑散としているのは、その嵐が来る前の静けさにすぎない。

二人は無言で歩いていた。オグのいくつかあったマーキングの記憶の中で、もっとも可能性の高い最初の居住区画に彼らは来ていた。支通廊の奥の、目立たないドアの前でオグは足をとめた。ドアを開こうとしたオグを制止して、ジャムナはインターカムに手を置いた。

「誰だ」

くぐもった声がそう聞いた。

「ジャムナ。J・I」

それだけいった。やがて用心深げにドアが開けられ、彼女の姿を認めると大きく開けられた。すかさずジャムナがとび込み、閉じようとしたところにオグが手をかけて強引に押し開いた。そのまま自分も中にすべり込むと、オライオンは驚いていった。

「誰だお前は」

オグはぶっきら棒にいった。

「俺みたいなのが外でうろうろしていると、目立つんだよ」

だがオライオンは、突然のジャムナの出現の方に驚いているようだった。何ごとかいいかけたオライオンの機先を制して、ジャムナはいった。

「説明している時間はないわ。私の聞きたいことはひとつ。どうやって教授はJ・IIに武器を持ちこむことができたのか、ということ」

オライオンは、ジャムナが一切無駄口をきかず、相手にもそれを要求することを知っていた。彼はジャムナの気迫に呑まれたように答えた。

「J・IIIというのを仕立てたらしい。光帆《ライトセイル》タンカーを利用して、輸送船で後方トロヤから武器を積み出させたといっていた。それとJ・IIが、土星軌道の外で邂逅して回収したんだ。あの武器は——」

「黙ってて！」

ジャムナは鋭い眼でオライオンをにらみつけた。オライオンは不服そうだったが、ジャムナはそんな彼を無視した。彼女の頭の中では、猛烈な勢いで計算が始まっていた。人並はずれた記憶力と暗算能力を持つ彼女は、J・IIや光帆タンカー、そしてタンカーに武器を積みこめ得る輸送船の軌道を計算していた。何度やっても同じ結果しか出て来なかった。Ｊ・Ｉが近日点付近でアクエリアスと遭遇したのが五月二二日。しかし、加速度の小さい輸送船が後方トロヤ群を出港するのは、それから二〇日以上も前でなければならない。

つまり教授はＪ・Ｉが撃破されるずっと前から、Ｊ・Ⅱのエリヌスへの単独降下を考えていた。おそらく、Ｊ・Ｉの軌道を軍に密告したのも……。

「もうひとつ。Ｊ・Ｉの撃破は、誰に聞いたの？　カミンスキイ中佐からの通信？」

「教授からさ。決まってるだろ。おい、君は一体――」

「武器はないの？」

オライオンを無視してジャムナはいった。オライオンは面くらったようにいった。

「拳銃と機関短銃がいくつかあるが、ここにはない。全部ほかの場所に隠してある。他には暗殺用に作った小型爆弾くらいだ。だが一体、何をするつもりだ」

「早く出して！　教授をすぐに殺さなければ、この衛星のＳＰＡ勢力は根絶されてしまうわ。時間がないのよ！」

ジャムナはいら立ちを隠さなかった。こんな馬鹿には、説明するだけ無駄だと考えていた。教授の言葉の裏をとることもせずに、あっさりだまされてしまったオライオンの馬鹿さ加減は、あきれるほどだ。

こちらの手の内を知りつくしている教授が、敵についていたのは間違いない。すぐに教授を抹殺しなければ、太陽系内のＳＰＡ組織すべてに危険がおよぶ。それよりも何十人もの同志を死に追いやった裏切り者には、ただちに死を与えなければならない。

事情が理解できないらしく、オライオンは当惑していた。それでも手榴弾タイプの、小型爆弾をさし出した。乱暴にそれをひったくり、ジャムナはドアを開けて出ていった。あとにはオグと、オライオンだけが残された。ゆっくりと、オグはいった。

「俺の友達にジャジという奴がいてな……。いい奴だったが」

記憶の底からその名をさがしていたオライオンは、ようやくそれが誰のことか思い出して小さく声を上げた。それが長く続く悲鳴から絶叫に変わり、そしてとぎれた。

オグが仕事をおえて姿をあらわしたとき、ジャムナは外で待っていた。周囲のドアは、かたく閉じたままだった。

「手伝ってくれるわね」

頼みこむというより、事実を確認するようにジャムナはいった。

ダウン・エリアにあるA工場区の警備は、エリヌス・カント全域を支配しているアクエリアス陸戦隊の主力からは飛びはなれていた。何のためにこんな生活機構管理システムなど維持しなければならないのか、戦略的な意義を理解できないまま、テムジン中尉は占領後丸一日がすぎたいまも警備についていた。戦闘終了後、部分的に部隊の再編成が行なわれ、何人かの海兵隊員が他に引き抜かれたり補充兵が来たりした。このあたりは平穏で、あれから戦闘は発生していない。もっとも、最初の戦闘でエリヌス防衛隊の主力が潰滅してからは、実質的な戦闘はなかった。しかもこの周辺は一般市民の立ち入りは禁止されていたから、人の姿を見ることもなかった。

狭いコントロール・ルーム内では、補充でまわされて来た安井一曹と管理人の老人が、のんびりと世間話をしていた。少年のころに地球を飛び出して、いつの間にかこのあたりまで流れて来たというその老人と、安井は妙に気が合っていた。安井がポケットから家族の写真を取り出し、いつものように自慢げに見せている。あれさえなければ、いい男なんだがと、テムジン中尉は苦笑した。

だが、バリケードの外をふり返ったテムジンの顔から、たちまち笑いが消えた。機械類の重なりの向こうに、人かげがあらわれてすぐに隠れたのだ。

普通なら、見のがしていたかもしれない。だが、その体つきは見まちがいがなかった。テムジンの全身に、血が逆流した。二度めにその人かげが姿をあらわした時、テムジンははっきりと確認した。

――あの、あばずれめ！

テムジンは陸戦用に支給された汎用自動小銃を狙撃モードに切り換え、バリケードの上の銃架に据えた。再び機械のかげにかくれたジャムナの位置を照準の向こうに追い、息をひそめて待った。そして次に姿を見せた時、迷わず引き鉄を引き絞った。轟音と共に、大口径弾は機械群の間をすり抜けて飛び去った。銃声におどろいた兵士たちが銃を構えなおした時には、テムジンはバリケードを乗り越えて飛び出していた。

「お前たちはこの場を動くな」

そういい残してテムジンは去った。呆気にとられている兵士たちに、間のびした声で管理人が聞いた。

「何事だい。あの騒ぎは」

「俺が聞きたいくらいだよ」

安井が興味なさそうに答えた。

銃声が聞こえた時、オグは自分には命中しなかったことを、まず確認した。しかし後ろからついて来たジャムナは、重傷を負っていた。今度は致命傷だと、明確にわかった。大量の血を胸から噴出させながら、ジャムナは宙を舞っている。オグが発射された方に眼をむけると、機械類の間をすり抜けながら陸戦隊員が突進して来るのが見えた。

オグはジャムナの体をつかんで引き寄せた。大量の出血で顔は青ざめていた。彼女はふるえる手で、しっかりと握りしめた手榴弾をオグに手わたした。最後の力をふりしぼって何かいおうとしたが、そのままこと切れた。あっけない死だった。唐突に死は彼女を連れ去った。体をぬらす血と、手榴弾だけが残されていた。わずかにためらったあと、微笑んでいるように見える彼女を残してオグは去った。

数秒後に機械のかげから姿をあらわしたテムジンは、死体となったジャムナを発見した。

――あの時、助けなければよかったのかもしれない……。

近寄ってふれることさえためらわれるほど、死体は美しかった。それはテムジン中尉が、はじめてジャムナを見た船の中と同じだった。彼はいつまでも、立ちつくしていた。

いきなり開けられたドアに、部屋にいた二人は眉をひそめて顔を上げた。オグは大股で部屋の中に入ると、後ろ手でドアを閉めた。部屋の中にいた二人――ヴェルナー大佐と教授は、互いに顔を見合わせていた。そして、どちらからともなく笑い出した。憮然としているオグに、ヴェルナー大佐が声をかけた。

「いや、失礼。ちょうどいま、彼と話をしていたところだ。君に迎えを出すべきではないかとね。すると、君の方から来てくれたというわけだ。いきなり笑って失礼した。しかし君もノックをせずに入ってきたのだから、おあいことというところだ。ところで、我々の警備兵と出会わなかったかね」

オグはこの部屋にくるまでに、二人の兵士を殴り倒していた。時間がなかった。すぐにでも、仕事はすませなければならない。

オグが一歩踏み出した時、デスクの通話機が鳴り出した。おもむろにそれを取り上げたヴェルナー大佐は、二言三言しゃべってから通話を切った。

「ずいぶん手荒い入り方をして来たようだね」

それから大佐は、立ちつくしているオグにシートをすすめた。

「心配しなくともいい。私が呼ばない限り、誰も来ない。まあ、座りたまえ」

オグはなんとなく気をぬかれた様子で、シートについた。教授が切り出した。

「君と会うのははじめてだが、話は彼から聞いている。私のことは教授《プロフェッサー》と呼んでくれていい。知ってのとおり、私はSPAの構成員だ。外惑星連合軍の指導者である私が、こうやって戒厳軍司令官であるヴェルナー大佐と同席していることについて、君は不審をいだくかもしれない。まずそのことから話をした方が、よさそうだな」

それから教授はヴェルナー大佐に視線を向け、同意を得てから話しはじめた。

「私のこのふるまいは、同志に対する裏切り、あるいは自分の信条に反した利敵行為だと受けとられるかもしれない。しかし私は誰に対しても、自分のとった行動を肯定することができる。なぜなら私は、外惑星連合軍の指導者であるより以前に戦略家であり、太陽系の中の外惑星連合という立場よりは、銀河星団の中の太陽系に興味があるのだ。いいかえれば、私はナポレオンやヒトラーといった強烈な民族主義的英雄よりは、戦略家としてのマキャベリの思想を重んじている……。

話が少し先走りすぎたようだ。君は、前世紀後半に太陽系を発進していった外宇宙探査船群のことを知っているかね」

オグはうなずいた。当時、航空宇宙軍内宇宙艦隊の現役だった彼が、知らぬはずはない。

教授は続けた。

「その中の、オディセウス・シリーズと呼ばれる探査船の中に、一つだけ艦籍もなく銀河中心に向けて加速を続けていった艦があった。オディセウス・0（ゼロ）と通称されたその艦から最初の報告が入ったのは、二一世紀があと四半世紀を残していたころだった。

オディセウス・シリーズに限らず、一連の外宇宙探査計画はすべて一つの前提によって、長期的な計画が立てられていた。そしてその前提が正しかったことは、オディセウス・0によって報告された。

つまり、今世紀末か二三世紀には、太陽系は地球外文明と交戦状態に入る、ということだ。オディセウス・0の航宙は『索敵』行動だったのだ。このことを君に説明し、証明する権限は私には与えられてはいない。だが、これが確実なことは断言できる」

それは古くから軍・民をとわず、広く流布されているうわさだった。あまりにも早いペースで進められる外宇宙探査の理由は、地球人類と外宇宙から飛来する地球外文明との戦闘に備えるためだとか、あるいは人類は戦うべき敵を求めて外宇宙に進出していくのだといううわさは、いまだに根づよく伝えられている。

「そこで、このエリヌスおよび天王星系の戦略的な位置だ。地球外文明と交戦状態に入った時には、このエリヌスに航空宇宙軍軍令部が置かれ、全太陽系防衛の本拠地となるはずだ。

実はオディセウス・0からの最初の報告がもたらされた五〇年近く前に、すでにこのエリヌスの要塞化は計画され、実行されようとしていた。だが全太陽系にひろがろうとしていた人類は、その当時にあっては団結が弱まり出していた。すでに計画が完了していた全太陽系の対外動員体制をととのえるためには、まず太陽系内を統一しておかなければならなかった。平和裏に問題を解決しようとして、何度も試みがくり返され、そして失敗した。そんな中で外宇宙艦隊よりも、外惑星連合ににらみをきかせる内宇宙艦隊の整備が急務となった。そしてエリヌス要塞化計画の実現は、遠のいていった。

そうか、まずこの天王星系及びエリヌスの戦略的位置を、確認しておく必要があるな。天王星系は太陽系の中でも、きわめて特殊な星系であることに君も同意するだろう。説明するまでもないが、天王星の主要な六つの衛星の公転面は、黄道面に対して九八度の角度を持っている。つまり天王星系全体が完全に横だおしになったまま、太陽をめぐっているのだ。ところで、この天王星における『南極』はどちらを向いているか、君は知っているね」

オグは、ぶすりとしていった。

「へびつかい座だ」

教授は、学生に講義をするように続けた。

「その通りだ。そして『北極』は、オリオン座を向いている。言いかえれば天王星系の公転面は、常に銀河中心に対してほぼ直角の位置を保っていることになる。この天王星系の六衛星の、どの『南極』に立っても、頭上には銀河中心があるわけだ。これは、天王星系が消滅しない限り、決して変わることがない。私が何をいおうとしているか、わかるかね」

「干渉型の電波望遠鏡のことをいっているのか？」

教授はうれしそうにうなずいた。

「それが一つだ。小型ではあるが、この星系の衛星はどれも精密さを必要とする電波望遠鏡を据えるには、充分な質量を持っている。ただし小地震が頻発するエリヌスだけは不向きだが、これには他の利用価値がある。そのことを説明する前に、計画の全体像について話しておこう。具体的には外側の五衛星の南極付近にあるクレーターを利用するか、あるいは爆破による人工的なクレーターに大規模な電波望遠鏡を築造するのだ。この電波望遠鏡群はたえず銀河中心方向に向けられ、飛来するはずの敵にそなえて早期警戒にあたるのだ。通常時は望遠鏡群の口径は、最外軌道をめぐるオベロンの公転半径の倍となるが、天王星系の太陽に対する一公転周期を観測期間におくことによって、銀河中心付近の精密な電波地図を作成することができる。つまり長期的な観測を続けることによって、天王星の軌道平均距離の二倍、実に五七億キロもの口径を持った電波望遠鏡と同じ解像力をえられるのだ。

この電波望遠鏡群は二一三四年、いまから一一年後に完成して観測を開始する。この年に銀河中心方向は、天王星系からみて太陽と最大離角位置に来る。そして天王星の半公転周期の四三年後に、銀河中心方向の観測は終了するはずだ。もちろん人工構造物である軌道電波天文台も補助として使われるだろうが、大質量の衛星上に据えられた安定性と正確に位置を算出される点において、この天王星衛星群上のものは格段に優っている。

しかし天王星系全体を電波天文台として使うことは、天王星の戦略的位置の半分しか説明していない。残された半分は大規模恒星間輸送の推進システムとして、この電波天文台のハードウェアを流用することだ。

長期的な戦略を考える時、未来技術の充分な検討が必要だ。機動性を重視する外宇宙戦闘艦には不向きだが、艦隊を支援するバックアップとしての恒星間輸送においては、レーザ推進システムは有用といえるだろう。あるいは恒星間宇宙における巨大な光帆タンカーを想像してもよい。もっとも第三世代ともいうべき光帆タンカーは、太陽風や光子圧で飛ぶのではなく短波長の電磁波を受けて飛翔することになるだろう。

そして、この天王星系エリヌスの戦略的な位置だ。この衛星一つを完全に要塞化するために、もっとも大きな問題はエネルギーの自給体制だ。以前に一度手がけられたものの、あまりのプロジェクトの巨大さと、外惑星国家の離反のために放棄されてしまった。それが戦後二〇年を経て、ようやく再開されることになったのだ」

教授は、自分の属していた外惑星国家のことを、単に歴史上の存在として語っていた。オグの心に痛みが走った。

「現在の軌道発電プラントは、戦時には最大の弱点となる。だからこそ衛星の地下にすべてがかくされるエネルギープラントが、必要となってくるのだ。

恒星間戦略は、特定の戦場や戦線のない戦争としてとらえることができる。軍令部を置くエリヌス自体を要塞とするのは、あまりに防御的で弱気なプランのように聞こえるが、そうではない。敵の存在する惑星に爆撃を加えている時でも、この太陽系内に敵艦隊が出現するかもしれないのだ。小惑星帯以内の狭い宙域なら、なんとか宙域防御ということも可能だが、それにしても非常にむつかしい問題だ。

考えてもみたまえ。光速に近い速度で飛来するミサイルに対して、どのような防御策がとれると思うかね。迎撃システムがミサイルの飛来を探知した時には、すでに手おくれだ。光速を超えて、存在情報を伝えるシステムでも完成されれば、話は別だが。

外惑星動乱の類推から、恒星間戦略をとらえることができないということが、これでわかったかね。そして、君の役割だが……。これはヴェルナー大佐の方から話をしてもらった方がいいだろう」

そういって教授は、黙ったままでいたヴェルナー大佐の方を見た。大佐は軽くうなずいて、オグに視線をすえた。

「私の役割は、このポート・エリヌスに軍政をしくことにあった。そしてそれはほとんど終わった。三日後にフリゲート艦スコーピオンが、エリヌスに到着する。スコーピオンは、艦載機を全部おろして連絡艇だけを積んでいる。そのかわりに、警務隊員二〇〇名と高等弁務官、法務官などが乗っている。彼らはこのポート・エリヌスで、この先警備に当たることになる。彼らが第一にやるべきことは、ダウン・エリアに潜伏しているSPA勢力を一掃することだ。

教授もいうように、外宇宙への進出は外惑星国家の離反で中断された。だが外惑星動乱によってこれら諸国の反軍勢力は取りのぞかれ、今度の作戦によってSPAは根絶される。その最後の仕上げが、スコーピオンで来る二〇〇人の警務隊員によってなされるはずだ。これ以後、一切の反乱は起こらないだろう。

しかし平定すべきはダウン・エリアのみであって、オールド・ベースに兵を入れるつもりはない。君たちオリジナルは長い間冷遇されて来たが、このエリヌスの工事が再開されるにあたって、再び開発の最前線での仕事をしてもらうことになる。高等弁務官が来れば会わせるが、まず私の方から冷遇してきたことについてわびをいいたい。君のことは私の方でも多少は知っている。現役時の記録は立派なものだ。しかも、この衛星のことについては知り抜いている。

我々には、君たちが必要なのだ。再び君たちは現役に復帰してもらうことになる。今度は外惑星開発局ではなく、軍の直営でプロジェクトは遂行される。君は少佐の階級が与えられ、オリジナルたちの隊長となるのだ」

「断る」

オグは低い声でいった。怪訝そうに自分を見る二人に、オグは続けていった。

「お前たちは、まともじゃない。そんなことのために、一体何人殺した。個人の存在というものを、お前たちは認めようとしないのか」

オグの心の奥底から、長いこと忘れていた感情がよみがえってきた。彼の心の中で、憎悪がめらめらと燃えさかった。

「個人の存在などというものは、全太陽系の未来の前には無に等しい。君にはそのことがわからないのか。いいか……」

いいかけて教授は息をのんだ。オグが作業服の下から手榴弾を取り出し、無造作にピンを抜いたのだ。着火信管から白煙を噴き出している手榴弾を見て、教授は逃げようとした。すばやくのばされたオグの腕が、教授の肩をわしづかみにして強引に引き寄せた。そして拳銃を抜き出したヴェルナー大佐も、オグの力強い腕でつかまえられた。叫び声をあげる二人をがっしりとだいたまま、オグは放り上げた手榴弾が爆発するのを待った。

オグがジャムナのことを思い出した時、爆発が起こった。三人の体は、四散した。

数日前から何度かくり返されたのと同じように、今度も地下の爆発音はこの衛星の地表にまで達した。だがその音はそれから先に伝わるでもなく、ただ地表の微小な岩くずを、ほんの少し空中に放り上げただけだった。ほこりのように舞いあがった岩くずは、長い時間をかけて落下し、もとの場所から少しずれた位置におさまった。

ささいな出来事のように、それっきり地表に動くものはなかった。いつも起こる地震に比べれば、本当にとるに足りない変化だった。地平線上には、天王星がいつものようにかがやいている。数十億年も前からそうやってきたように、その存在は変わらなかった。そして、この先もずっと変わることはないだろう。

# 資料篇（二〇九九〜二一三三年の太陽系の理解のために）

外惑星動乱
アクエリアスの任務の変遷と改装
有人戦闘艦の設計思想
用語解説
**最終速度**
**四舷構成**
**ペイロード質量比**
**光帆《ライトセイル》タンカー**
アクエリアスの人員構成（総員直時配置）

## 外惑星動乱

二一世紀の終わろうとする二〇九九年六月、外惑星動乱は勃発した。動乱は、木星のガリレオ衛星群、両トロヤ群、そして土星のタイタンを主力とする外惑星連合軍の先制攻撃ではじまった。開戦の劈頭、外惑星連合軍は地球‐月ラグランジュ点のコロンビア・ステーションをはじめとする航空宇宙軍内宇宙艦隊の根拠地を、奇襲攻撃した。奇襲は、太陽系全域で同時におこなわれた。外惑星連合軍は、コロンビア・ステーション以外にも小惑星帯テミス軍のセンチュリー・ステーション、火星周回軌道上のワルハラ・ステーションなどを攻撃した。

外惑星動乱は、人類が太陽系に進出してからはじめて体験した戦争行為であり、したがって宣戦布告についての範例もなかった。

外惑星連合の地球‐月連合に対する戦争状態の宣言は、ガニメデの連合軍司令部より発せられた。外惑星連合軍は、その宣言を伝える指向性電波が地球宙域を通過した時点で、宣戦布告がなされたものとし、その直後に武装した外惑星船籍の商船部隊が、戦闘信号を発しつつ根拠地に在泊中の航空宇宙軍戦闘艦を攻撃したのだ。これ以後、戦闘信号及び船籍信号を複数の共通周波数帯で発することが、戦旗掲揚行為として慣習上認められるようになったが、この時の宣戦布告行為は違法なものであると、いまでは考えられている。

外惑星連合軍は、開戦と同時に航空宇宙軍主力を完全な奇襲でたたきつぶし、戦局を有利に展開しようとしていた。そして、地球上の人口密集地に爆撃を加えて航空宇宙軍を交渉のテーブルにつかせ、一気に停戦にこぎつけようとする戦略だった。さらに長期戦になった場合は、小惑星帯や、火星、金星宙域の各コロニーを巻きこんで、地球-月連合を包囲し、孤立化させることを意図していた。

だが、奇襲は失敗した。連合軍はあまりに情報収集の点で未熟でありすぎた。外惑星連合軍は、攻撃にそなえて航空宇宙軍戦闘艦の動きをすべてとらえていたつもりだった。だが実際に戦いが始まってみると、そのうちの半分しか所在をつかめていなかったのだ。逆に外惑星連合軍に属する外惑星船籍の武装商船は、完全に位置をつかまれていた。中には、戦闘信号を発信した途端に、航空宇宙軍フリゲート艦の攻撃を受けた船もあった。あるいは、航空宇宙軍は開戦以前から外惑星連合軍の意図をつかんでいたのかもしれない。

外惑星連合軍のもくろみは、あっけなく崩壊した。それでも降服勧告にしたがわず、追撃を受けながら地球上の都市に爆撃を加えようとした武装商船もあった。ところが爆撃はほとんど成功せず、わずかに大気圏に突入させることのできた爆弾も、人口密集地に被害を与えることはできなかった。外惑星連合軍の軌道爆撃は未熟なもので、地球側の防空態勢は鉄壁だった。

これに対して航空宇宙軍——地球-月連合は老獪だった。最初の奇襲で破壊された戦闘艦も無視できないほどあったが、主力艦——特にゾディアック艦隊《フリート》のような新鋭艦は、ほとんど無傷のまま残されていた。それらの艦は奇襲と同時に反撃し、外惑星連合軍武装商船の追撃に入った。そうなると、加速力、武装ともに劣る武装商船などみじめなものだった。航空宇宙軍の砲艦クラスなら武装商船でも対等にわたりあえるが、高加速フリゲート艦に追撃されては、ひとたまりもない。武装商船は、各個に拿捕あるいは撃破されていった。それに外惑星連合軍の戦闘艦は、単艦での戦闘訓練は積んでいたものの、艦隊作戦はまったく経験がなかった。

動乱の第二期は、小惑星帯におけるゲリラ戦へとうつっていった。

連合軍の指揮官は無能ではなかった。開戦と同時に敵主力に大打撃を与えるという戦略が、充分な戦果がえられないとわかったとき、単艦のゲリラ戦を小惑星帯で展開する戦略にきりかえたことも間違いではなかった。たった一つ間違いがあったとすれば、それは開戦にふみきったことだ。

ゲリラ戦とはいっても、陸戦隊同士の戦闘はこの動乱期には存在しなかった。地球以外の土地で戦える汎用的な陸戦兵力は、どちらの陣営も保有していなかったのだ。特定の惑星や衛星上で、かぎられた任務をこなすだけのコマンド部隊なら別だが、この時代の戦闘では汎用性の高い陸戦兵力など必要なかったからだ。優勢な火力を持つ戦闘艦が、目標とする天体周辺の制宙権をとってしまえば、陸戦隊による打撃力によらなくとも、域内の宇宙都市を降服させることはできる。よほど強力な防空体制を持つ宇宙都市か、あるいは濃密な大気の底の地表都市ででもないかぎり、制宙権なしで戦うことは不可能だ。

つまり小惑星帯におけるゲリラ戦というのは、中立国船籍に偽装した連合軍通商破壊艦と、航空宇宙軍のフリゲート艦の戦いだった。小惑星帯の都市群は、少数の例外をのぞいて局外中立を守っていた。

航空宇宙軍軍令部は、外惑星連合軍対航空宇宙軍の戦いという図式を否定していた。この戦争は単に外惑星諸国の反乱であり、航空宇宙軍戦闘艦隊はその鎮圧のために出動しているとの態度を、終始くずさなかった。したがって小惑星帯で航空宇宙軍の補給線に攻撃を加える連合軍仮装巡洋艦部隊は、海賊とみなしていた。

動乱の全期間を通じ、航空宇宙軍が最大の動員を行なったのは、木星系の包囲作戦だった。木星包囲は開戦時の奇襲攻撃のときほど、戦闘が集中して行なわれたわけではない。しかし、地球近傍の追撃戦とは比べものにならない後方兵站を、航空宇宙軍は必要とした。母港から遠くはなれるにしたがって補給線はのび、その維持のための消耗は多かった。

木星の包囲は、四方向から行なわれた。航空宇宙軍は、開戦後二ヵ月で降伏した両トロヤ群と土星のタイタンに根拠地をおき、三方向から木星を包囲する態勢をとった。そしてその包囲網の内側にある小惑星帯が、四番めの戦線となった。外惑星連合軍は、包囲を受けながらも補給線分断のために仮装巡洋艦を出撃させ、補給線を防衛する航空宇宙軍戦闘艦との宙戦をくり返していた。

一大消耗戦を戦っていたころの外惑星は地獄だった。長期戦になればなるほど、外惑星連合は不利だった。生産力において、地球‐月系とは比較にならぬほど劣っているのだ。食糧もエネルギーも乏しい中で、包囲状態のまま外惑星連合は一年近くも抵抗を続けた。もっとも、最後まで戦い続けたのは木星のガリレオ衛星群だけだった。開戦後数ヵ月のうちに前方・後方トロヤ群が、そしてタイタンが相次いで降服した。そして長期戦の唯一の希望だった他の宇宙都市――小惑星帯や内惑星はついに立たなかった。

航空宇宙軍の戦略は正しかった。危険の大きい短期決戦をさけ、中立を守る他の宇宙都市の離反を牽制しながら、じわじわと外惑星連合をしめ上げていったのだ。

あるいは一般に信じられているように、航空宇宙軍は木星総攻撃を行なえるだけの戦力を有しながら、故意に包囲状態を長びかせたのかもしれない。外惑星諸国が以後二度と反乱を起こせぬよう消耗させ、他の宇宙都市群に航空宇宙軍の戦力を誇示し、そしてさらに各宇宙都市の自治権を認めようとする地球内ハト派の動きを封じるために。

または動乱の勃発後、大幅に増強されたフリゲート艦隊の就役まで、この戦争の終結を遅らせたのではないかとの見方も可能だった。開戦時、最新鋭のゾディアック艦隊は、四隻が就役していたにすぎなかった。建造中の二隻を加えても六隻の艦隊建造計画だったのを、戦時動員体制を利用して一気に二倍の一二隻もの艦隊に作りかえてしまったのだ。だが、あらたに建造が開始されたフリゲート艦は、実戦に投入されることがなかった。一年余にわたった外惑星動乱は、二一〇〇年七月、ガリレオ衛星群も無条件降服で終結した。

戦後、航空宇宙軍の進駐と直接支配のあと、外惑星各国は独立を達成した。だが、戦後二〇年余りたっても、外惑星は地球‐月連合、惑星開発局、そして航空宇宙軍による間接支配から脱し切れずにいた。

# アクエリアスの任務の変遷と改装

アクエリアスは、ゾディアック級フリゲート艦の三番艦として建造された。建造された二〇九〇年代末の情況は、航空宇宙軍内宇宙艦隊の主任務が八〇年代の系内救難パトロール・航路警察から、はっきりと仮想敵を外惑星連合へと変えて、編成を終えた時期だった。

だが終戦後数年のうちに、内宇宙艦隊の任務は以前のものにもどった。そして太陽系内の商業航路のパトロールという任務に加えて、再び地球勢力に敵対する潜在能力を持つ外惑星・小惑星勢力の監視がこれに加わった。この新しい任務では、非合法船舶との交戦もあり得た。このために、内宇宙艦隊の主力となったゾディアック艦隊フリゲート艦は、戦後数年をへてから順次改装を受けはじめた。

改装後、アクエリアスの乾質量は増大し、全長は長くなった。しかし、外観に大きな変化はない。宇宙空間を飛翔するだけという任務にもかかわらず、レーザ攻撃に対する防御のため、全体の形はなめらかな紡錘形になっている。レーザ照射にさらされた際、艦外構造物間での複反射をさけるため、戦闘時には艦側にそって折りたたまれる放熱翼をのぞいて、艦外にほとんど突起物は見当たらない。そして、平時においては反射率の高い外装をほどこされ、艦外全体が鏡のようにかがやいていた。

改装の主な点は、四機の艦載機の搭載、およびそれに付随する諸機能の艤装である。具体的には磁場カタパルト、艦載機戦闘指揮所および格納甲板、弾薬庫等の艤装・増設だった。艦載機群の搭載はアクエリアスの汎用性を高め、艦の打撃力を飛躍的に増大させた。

改装前からアクエリアスには、二機の無人作業機バンブルビーが搭載されていた。あらたに搭載されたのは、複座の攻撃・輸送用のコスモホーク二機と、単座の攻撃・偵察用のスターファイター二機だった。コスモホークは、大推力のエンジンで大きなペイロードを持ち、完全武装した六人の海兵隊をのせた兵員輸送モジュールを、作戦位置に送り出すことができる。本来は密輸船に海兵隊を移乗させて臨検を行なうための艦載機だが、モジュールを交換すれば対艦攻撃機としても使用が可能だ。

それらの艦載機群は、バンブルビーをのぞいてカタパルトで発艦する。コスモホークとスターファイターは、小型で並はずれた大推力を得るために、エンジン効率をかなり犠牲にしている。単座のスターファイターは最大二〇Gもの高加速が可能だが、このために機体質量のかなりの部分を推進剤が占めている。艦載機にカタパルトで初速を与えるのは、推進剤の消費を少しでも抑えるためだ。

アクエリアスには、二種のカタパルトが装備されていた。機動カタパルトと磁場カタパルトだ。機動カタパルトは、リニアモーターで艦外に突出した誘導索を艦の長軸方向一杯に駆動し、艦載機や爆雷を曳航射出する。これは本来、爆雷を攻撃宙域に投射するためのものだが、艦載機の射出にも使われている。機動カタパルトが使われるのは、艦載機に初速をあたえるためというより、艦載機の後方噴射炎で艦の外壁を損傷しないためだ。

改装時に艤装された磁場カタパルトは、艦の長軸以上の加速距離をとり得ない機動カタパルトの、短所をおぎなうために開発された。理論的には、機動カタパルトだけでも艦載機に高初速を与えられるが、そんなことをすれば搭乗員や機体がすさまじいGで破壊されてしまう。ゾディアック級に艤装された磁場カタパルトは、艦の全長の数百倍の加速距離を持ち、しかも加速発艦と共に帰投した艦載機の制動も行なうことが可能だった。

磁場カタパルトの可能性は、数十年前に太陽系を発進した外宇宙航行艦オディセウス級の主機としてラムジェット推進系が実用化された時に、すでに示唆されていた。つまりラムジェット推進系実用化の鍵となったコンパクトで強力な磁場発生装置と防護シールドが、いまではゾディアック級汎用フリゲート艦の標準装備になっているのだ。

だが、このような磁場カタパルトと艦載機群のシステムは、まだまだ開発が始まったばかりだった。アクエリアスの磁場カタパルトを最大に駆動しても、せいぜい数キロ／秒の初速しか与えることはできないのだ。外惑星動乱時の戦闘では、相対速度差が一〇〇〇キロ／秒ですれ違う戦闘艦同士の戦いが主だった。このために、敵艦への攻撃は最接近時にしかおこなえなかった。敵艦とすれ違ってしまえば、回頭して引き返すのは不可能だったのだ。しかし、磁場カタパルトがさらに大規模化されれば、この問題は解決する。巨大な磁場カタパルトなら、このような相対速度差を一瞬で打ち消すだけの初速を、艦載機に与えることができるだろう。

# 有人戦闘艦の設計思想

無人船による貨物輸送が発達した二二世紀においては、多人数の兵員を必要とする戦闘艦は無意味なもののように見える。しかし旅客船と軍用戦闘艦には、人員の搭乗は不可避だ。戦闘艦は、場合によっては艦隊本部から一〇光時以上もへだたった宙域で、作戦することもありうるのだ。そのような戦場では、無人の戦闘艦ではとても柔軟な反応はとりえない。そのような戦略的判断を行なう以前に、戦術行動でさえ機械はいまだに不完全な存在ではある。そして戦場において、あるいは巡航時においても、艦のハードウェアに何らかのトラブルが発生した場合、それを収拾する万能の自動機械は存在しなかった。

だが仮に、超光速通信が実現して通信によるタイムロスがなくなり、艦の自動修復機能が実用化されても、完全な無人戦闘艦はあらわれないだろう。そのような無人艦を自由に飛びまわらせるほど、軍令部は機械を信頼してはいなかった。現実的にいえば、たった一人の工作員が、複数の無人艦に同士討ちを演じさせることもできるのだ。さらに推し進めて考えれば、無人艦が戦いを無意味なものと判断して投降したり、あるいは逆に無制限な破壊行動をおこなう危険もあった。

艦の設計思想の基本となっているのは、実に古典的な乗員の忠誠心なのだ。艦隊司令部、そして軍令部が人間の集団である限り、この思想はかわるまい。

## 用語解説

**最終速度**

大気圏内の航空機や船舶で用いられた「航続距離」の概念にかわるものとして、航宙艦では「最終速度」という数値を用いる。これは推進剤を消費しつくすまで直線加速を行なった場合に、最終的に得られる速度のことである。この場合、相対論的な効果は考えない。たとえば、軍用艦が作戦宙域に急行し、自力で帰港すべく外部推進剤タンクを装備した場合には、最終速度が光速を超える場合もありうる。

単純な計算では「充分遠い」目的地まで「寄り道」することなしに到達するための最大速度は、最終速度の半分となる。もしも目的地で補給が望めない往復航行なら、最適巡航速度は最終速度の四分の一となる。

もっとも、このような最終速度の概念が有用なのは、軍用艦よりも商船においてだろう。目的地がはっきりしている商船では、不要な推進剤をかかえて加速し、減速することはない。それどころか、船荷の商品価値及び輸送の緊急度にしたがって推進剤の量をへらし、船体固有の最終速度の二分の一をかなり下まわる巡航速度を定めることもある。

二二世紀はじめごろの無人船による貨物輸送は、最終速度が遅くて加速時間の短い軌道が主流になっていた。つまり短時間のうちに船体の加速を終了し、長時間の定速巡航のあと、短い減速時間で減速を終了するのだ。そんな軌道を可能にするエンジンが実用化されてからは、それが基本的な運用方法だった。

そしてさらにすすんだシステムでは、この思想をさらにおし進めた二通りの方法が主流になるだろう。一つは、惑星基地の射出機《マス・ドライバ》による射出・捕獲型の小規模多単位輸送システムであり、もう一つは減速用推進剤という死荷重《デッド・ウェイト》をまったくなくした第二世代光帆《ライトセイル》タンカーによる大規模少単位輸送システムだ。いずれのシステムも、輸送質量・距離／エネルギー量の値は着実に低く抑えられることになる。

もっとも軍用艦においては、このような設計思想とは無関係だ。航宙艦に限らず、軍事目的のハードウェアは、いつも経済効率を無視して設計されている。一八〇度の急速回頭を行なってなおも全力加速を続けられる機動力を持ち、さらに場合によっては外部推進剤タンクを装備して最終速度を大幅に増大させることもあるのだ。

**四舷構成**

ゾディアック級フリゲート艦の主要な各科の人員は、四の倍数になるのが普通である。これは当直体制の型式にしたがっている。内宇宙艦隊における当直は二段階ある。半舷当直《ハーフ・ワッチ》と四分の一舷当直《クォーター・ワッチ》である。通常の航宙では、艦は半舷当直の体制にある。各科の人員それぞれが第一舷《ファースト・デッキ》から第四舷《フォース・デッキ》にわけられ、第一、第二舷の士官・兵が当直の場合には、第三、第四舷は休養になる。

これが長期間の巡航で、哨戒・戦闘配置につく可能性がない場合には、四分の一舷当直になる。全乗員の半数が冷凍睡眠《コールド・スリープ》に入り、例えば第一、第三舷が凍眠中なら、覚醒中の第二と第四舷が交代で当直に立って、ハードウェアの半数を利用して機関保守、航路監視を行なうのだ。無論、そんな状態の時でも緊急時には、総員起《オール・スタンバイ》こしとなる。

## ペイロード質量比

普通、旅客船のサービス度を示す値として、ペイロード質量比という概念が用いられることがある。これは旅客専用船の、純粋な推進機関ハードウェアと推進剤を取り除いた部分に対する設計旅客質量（手荷物を加えた旅客全部の質量）の比のことだ。つまり、通信や航法のためのハードウェアを含めて、旅客が快適に旅を楽しめるかどうかという指数でもある。当然、この比が小さくなればなるほど、旅客のための施設が充実することになる。旅客のためのシャワーひとつ、トイレひとつ増設しても、この比は小さくなるし、客室乗員をふやせばもっと小さくなる。

旅客船の基本設計を行なう時に、まず最初に決定しなければならないのが、このペイロード質量比と最終速度だ。最終速度は、旅客船がどの航路に就航するかによって必然的に導き出されるものであり、航路と最終速度から航宙日数が割り出されれば、ペイロード質量比もそこから計算される。せいぜい数十地球時間の惑星系内航宙ならば、高い比を持ったシャトルタイプの船でいいが、惑星間航路の就航が予定される船であれば、旅客以外の死荷重は相当増え、低い値とならざるをえない。ただし旅客定員を大きくすればするほど、同一の旅客サービスを行ないながら、ペイロード質量比を高いままにおさえることができる。したがって、一般的に長距離旅客船は大型化する傾向にある。

**光帆《ライトセイル》タンカー**

効率のいい融合系核エンジンが生産ラインに乗る以前の太陽系には、軌道の中間点で、減速用の推進剤を光帆《ライトセイル》タンカーから補給する商船が主流を占めていた。

太陽系内の商業輸送では、中間点速度が数百キロ／秒から一〇〇〇キロ／秒までの軌道が、普通だった。一定の推進力で軌道の前半は加速をつづけ、中間点で転回して減速にはいる。だがこの軌道は運用に柔軟性はあるものの、効率の悪さが問題となっていた。中間点までの軌道では、加速質量のかなりの部分を、死荷重である減速用の推進剤が占めるのだ。この問題を解決するために、光帆タンカーのシステムが登場した。

光帆タンカーは、推進剤を満載して小惑星帯の基地から発進し、太陽を近日点とした長円軌道に乗る。そして近日点を通過した直後に光帆をひろげ、太陽風を受けて加速する。その後は充分に加速したところで、推進剤を使いきった輸送船と邂逅するのだ。軌道の中間点でタンカーから推進剤を受け取った船は、減速を開始して目的地に向かい、使用済みのタンカーはそのまま外宇宙に飛び出していく。

だが一時は主流をしめたこの方法も、エンジンの高効率化とともに使われなくなった。あたらしいタイプのエンジンでは、減速用の推進剤を積載したまま加速しても、それほど負担にはならなかったのだ。

そしてさらに、外惑星の衛星から重水素を供給するシステムが確立されたことで、内惑星における推進剤のコストが下がりはじめていた。このために、光帆タンカーによる推進剤補給がなくても、輸送コストを下げることが可能になっていたのだ。

しかし、一時は終ったかに見えたこのようなタンカーの時代が、ふたたびはじまろうとしていた。第二世代光帆タンカーの概念が期待をもって語られ、脚光をあびようとしていた。

二一二〇年代というのは、太陽系内の貨物輸送システムに革命的な変化のあらわれた時期だった。それまでの輸送システムは、高速小型の旅客船と低速大型の輸送船の二系統だった。それが大量高速輸送という一本化の時代へ、移行をはじめたのだ。そして実施設計に入った第二世代の光帆タンカーは、第一世代のものとは比べものにならない規模を持つはずだった。

第一世代のタンカーは、効率の悪い分裂系の燃料と推進剤を積みこんで、小惑星帯のプラントから発進していた。だが第二世代になると、タンカーに積みこむ推進剤は融合系の水素・ヘリウム系となり、発進基地も外惑星周回軌道のエネルギー複合体《コンプレックス》からになる。その中でも木星大気中に浮かぶメデューサ・コンビナートは、すでに操業を一部で開始していた。そしてさらに、技術的な諸問題が残されているとはいえ、太陽面からプラズマ化した水素・ヘリウムを取り出すヘリオ・コンビナートも、計画されつつあった。

太陽帆それ自体は、決して新しい技術ではない。すでに二〇世紀の終わりごろ、惑星間探査機として用いられていた。だが太陽帆型飛翔体は、図体の大きさに比べて推力が情けないほど小さく、そして実用最高速度が二〇キロ／秒程度と、現在の大出力核エンジンに比べてはるかに劣っていた。さらに制御のむつかしさが、太陽帆をあつかいにくいものにしていた。

しかし一部の観測機や標識発信局としてのみ使われていたこの太陽帆型飛翔体は、商業宇宙船の推進剤を節約する目的で光帆《ライトセイル》タンカーが実用化されてから再び注目されるようになった。そして、一度は忘れ去られようとしたのだが、第二世代の大量高速輸送システムのハードウェアとして、三たび注目されだしていた。

## アクエリアス人員編制
## （総員直時配置）

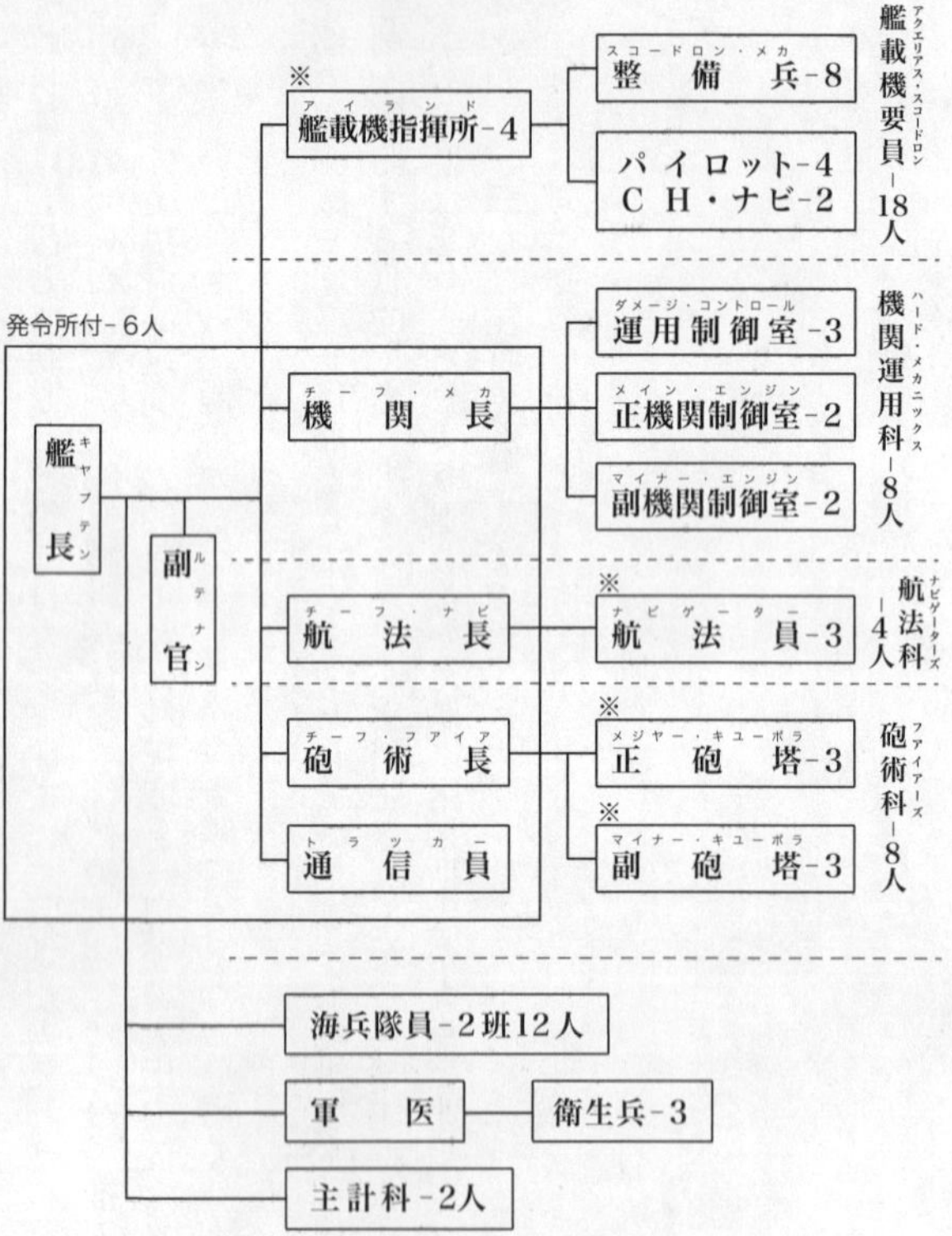


※総員戦闘配置時は航法員の３人はそれぞれ艦載機指揮所及び正副砲塔付となる。

● 海兵隊及び主計科以外はすべて四舷構成をとる。

# 仮装巡洋艦バシリスク

# 星空のフロンティア

## 0

　記憶は曖昧だった。

　いつごろの出来事なのか、思いだすことはできない。その場所についての知識も、失われていた。広大な夜の草原で、降るような星空をながめていたのかもしれない。恒星間宇宙をこえていく航宙艦の観測ドームで、増幅された星々の映像をみていた可能性もある。

　それでも確かなことが、ひとつだけあった。幼かった俺は、母の腕に抱かれて星をみていた。母親は片方の手で俺を支えながら、星空の一点を指さしていた。そして俺に、何ごとか語りかけていた。それなのに俺は、母の顔さえ思いだせない。俺に語りかける母の言葉も、記憶に残っていなかった。その上、母親の話すことを理解するには幼すぎた。空一面にちりばめられた眩い星の光だけが、鮮烈な記憶となって心に刻まれていた。

　他には何も、憶えていない。母親の名前すら、俺は知らなかった。

# 1

カトマンドゥは古い街だ。

迷路のように入り組んだ路地を歩きながら、俺はそのことを強く思った。この国の近代化から、取り残されたかのような街だった。俺のような他所者《よそもの》にも、新旧市街の違いは明確にわかる。新市街を通りぬけて旧市街に足を踏みいれた直後から、俺は強い既視感にとらわれていた。はじめて訪れる街なのに、不思議な懐かしさを感じるのだ。

俺は喧噪と猥雑さが入りまじった旧市街を、足ばやに歩いていった。このところ地球上に降下する機会がなかったので、体が妙に重く感じられる。筋力トレーニングは欠かさなかったが、体にかかる負担は無視できない。その上にインド亜大陸は雨期に入っていた。降雨には遭遇していないものの、湿度の高さには辟易《へきえき》させられた。わずかな距離を歩いただけで、汗が噴きだしてくる。たぶん地球上に降りるのは、これが最後だろう。思いがけずこの街に足を踏みいれるまで、カトマンドゥの所在も知らなかった。

漠然とした既視感はあったが、この街のことを事前に調べた記憶はない。予備知識などなかったし、検索でみつけた情報は新市街のことばかりだった。この街の核心部であり、人口の大部分が居住する旧市街は無視された格好になっている。首都圏の面積に占める割合が、人口比と逆転しているにもかかわらず旧市街について語られることは少なかった。

計画的に建設された新市街は、首都圏における都市面積の大部分を占めている。ところが居住人口は、全体の一割程度でしかない。小綺麗だが画一的な街なみの新市街に、誰も住みたいとは思わないのだろう。現実的なことをいえば生活のコストが高く、居住にともなう負担や義務も少なくないようだ。

新市街の一部地域では、真新しい居住施設が無人のまま放置されているともきいた。生活基盤が整備されたところで、多くの住民が生活するには不充分らしい。二千年ちかい年月をかけて形成された旧市街の暮らしやすさが、わずかな期間で再現できるとは思えない。

それにもかかわらず政府系の観光情報からは、旧市街の魅力が抜け落ちていた。古い時代の宮殿や寺院は紹介されることが多かったが、旧市街に居住する人々の暮らしは無視されるのが普通だった。

かといって、この国の基本方針を否定する気はない。数十年にわたる各国からの援助で、新市街は一国の首都らしい落ちつきと風格をみせていた。市内の中心部にはスクラップ寸前の旧式だが、あきれるほど多くの自動車が走りまわっている。都市部にいるかぎり裸足の子供たちはみかけなかったし、観光客につきまとう物乞いも姿を消していた。

大通りを我が物顔で徘徊《はいかい》する聖なる牛たちは、いつの間にか表通りから追い払われたらしい。最近は旧市街の路地裏で、窮屈そうに日向《ひなた》ぼっこをしている。いまどき物乞いや聖牛などの画像が掲載されているのは、一部の無責任な観光ガイドブックくらいのものだ。時代錯誤としか思えない過去のイメージを、あえて使用するのは外国人観光客がそれを期待しているからだ。政府系の機関は「遅れた国」のイメージを払拭《ふっしょく》しようと躍起になっているが、思うようには進展していないようだ。

とはいえ、政府筋の考えも理解できる。国家予算の大半を外国からの援助に頼っているとはいえ、一国の首都が「遅れた国」のイメージのままでは格好がつかないのだろう。時代は少しずつ変化していく。観光以外にこれといった産業のない小国が豊かになろうとすれば、より多くの観光客を呼びこむ以外にない。そのための、清浄化だった。すでに二一世紀も四分の三がすぎた現在では、かつてのように援助の名で資金を調達するのは難しくなっていた。

当然の反応として、援助する側の基本政策も変化した。というより大国の政策転換に気づいた途上国が、方針の大転換をしいられたのではないか。軍事的にも経済的にも弱者である途上国の指導者は、風を読む感覚にたけている。過去に何度も援助の打ちきりを示唆されていたが、その度に巧妙な方法で切り抜けてきた。だが底なし沼のように援助を呑みこむばかりで、一向《いっこう》に成果がみえない現状は無視できなかった。

援助する側にとっては、とうに限界をこえていたと思われる。世紀をこえた援助の成果がみえないことに、内心で呆れ果てていたのかもしれない。さもなければ人々の眼が薄汚れた地球を離れて、未知なる世界を指向するようになったとも考えられる。最近の外宇宙探査に対する予算規模の拡大は、ただ事ではなかった。安穏と援助を受けているだけだった途上国の為政者たちが、危機感を持ったとしても不思議ではなかった。

この国に対する援助の規模は、着実に減少しつつあるようだ。この国の政府は躍起になって外国人観光客を呼びこもうとしているが、そんなやり方で財政を立て直せるとは思えない。一時的に首都の浄化が成功したとしても、長つづきしないのではないか。新しく何かをはじめる時には、新規事業を開始するための予算だけでは不充分だった。

ときには初期投資を大きく上まわる維持管理費を、際限なくつぎ込まざるをえなくなる。結局はメンテナンスが追いつかず、労力と予算の途方もない浪費に終わる。計画は完成することなく放置され、メンテナンスの技術が失われたまま朽ちていく。

この街がそうだというのではない。行きずりの旅行者が首を突っこむには、あまりにも大きすぎる問題だった。かりにカトマンドゥの街が廃墟と化しても、俺の知ったことではなかった。それでも市街を自分の足で歩いていけば、状況は明白だった。旧市街区域は開発援助が開始された当初と、ほとんど変わっていなかった。

レンガで舗装された路地ではドブがあふれかえり、糞尿のにおいがあたりに立ちこめている。下水施設が未整備だから、便所のない家は珍しくない。二千年近くも前に形作られた旧市街が、そのように出来ていたからだ。一世紀にもみたない短期間の近代化など、何の影響もおよぼしていなかった。

異臭が鼻をつく路地を子供たちは歓声をあげて走りまわり、路地が交差する広場の質素な寺院では信者たちが日々の祈りをたやさなかった。広場では十数世紀にわたって露天の市場《バザール》が開かれ、郊外の畑から運ばれてきた野菜の山が次々に売りさばかれていく。大声で怒鳴りあうかのような値段の交渉が、朝早くから途切れることなくつづいている。

根拠などないが、俺は確信していた。一〇年や二十年で、この街が変化するとは思えない。かつて俺が足を踏みいれた地球上のどの街とも違う活気と、したたかさがこの街にはあった。二〇世紀以前に置き忘れてきたような街だが、実はもっとも人に優しいのかもしれない。住民たちにとって、衛生上の問題が多いことは承知している。乳幼児の死亡率が高く、大人たちの平均寿命も驚くほど短かった。それにもかかわらず街は人間くさく、不思議な活気に満ちている。この街に俺の過去が封じこめられているのは、決して偶然とは思えなかった。

## 2

一カ月ほど前のことだ。定期兵役の終了を目前にひかえた俺は、所属する部隊の基地《ベース》に出頭した。いまから考えれば、俺は馬鹿みたいに気楽で暢気《のんき》だった。航空宇宙軍からの出頭命令を受けとったときにも、深刻には考えなかった。

軍を名乗ってはいるが、航空宇宙軍は創設以来このかた戦争を一度も経験していない。惑星間宇宙における商業航路の救難パトロールや、不法行為に対する警察力行使が主な任務だった。当初は独自の教育訓練機関を持たず、各国の空軍や宇宙軍から割当ての人数と機材を供出しあって編成されていた。

創設当時は文民の管理機構である国連安保理航空宇宙軍小委の内部でも、多数の人員や機材を供出した国が運営に横槍を入れることが多かったらしい。軍自体も寄り合い所帯然としたもので、通信機材の仕様統一さえできていなかったときいている。そんな状態だから、軍の行動範囲も地球周辺軌道に限られていた。

それが現在では、外惑星最外縁にまで部隊を常駐させるほど巨大な組織に変貌していた。すでに惑星および衛星地表の都市群や、軌道上に建設された人工構造物が独自の生産力を有するまでになっていた。重力と濃密な大気の底に住む地球人より、はるかにすぐれた宇宙への適応性を持つ自治政府が続々と誕生していた。そんな地球外自治政府の支援を受けた航空宇宙軍は、このときまでに単一の軍と呼べる存在になっていた。さらに数十年前から開始されていた近傍恒星系探査を主導するのは、航空宇宙軍の組織以外に考えられなかった。

もっとも俺にとっては、外宇宙探査など雲をつかむような話でしかない。しかも俺はそのとき、退役を間近に控えていた。通常なら下士官の兵役は、五年をこえることがない。裏技を使えば延長も可能だというが、そんな気は全然なかった。その時期が来たら迷わずに除隊して、商売をはじめるつもりでいた。

最初に手がけるのは、個人営業の惑星間輸送業務と決めていた。そのための機材や情報は、目処《めど》がついていた。兵役中の人脈を利用して輸送艦の払いさげを受け、内惑星宙域の商業航路でひと稼ぎするつもりだった。

ただし、真面目に働く気などない。短期間で荒稼ぎをして、さっさと足を洗う気でいた。稼いだ金を元手に、大学で学位をとるのだ。次の金儲けのためだ。すでにビジネスモデルはできている。中核となる理論については、徹底的にリサーチしていた。具体的な研究開発にかける時間や予算は、念入りに積算しておいた。あとは実行するだけだった。

いまにして思えば、おめでたい話だった。基地《ベース》の艦隊本部でオフィサーに敬礼をする時まで俺は計画が破綻するとは思っていなかった。俺の敬礼を適当に返したオフィサーは、端末の画面から顔をあげていった。

「J・シマザキ一曹……か。再入隊手続きの書類が出ていないが、配属先希望無しということで処理しておいていいのだな」

俺は呆気にとられた。再入隊……だと？

「何かの間違いではないですか？　再入隊希望など、出した記憶はないですが……」

オフィサーは端末を操作しながら、気のなさそうな様子で応じた。

「本人希望による再入隊じゃない。軍に対する損害賠償義務のため、一般兵役に加えて一七〇年の兵役が科せられる、となっている」

「一七〇年……」

俺は馬鹿馬鹿しくなった。損害賠償だと？　眉をつり上げた俺に、オフィサーは冷ややかな声でいった。

「M・シマザキというのは、お前の母親だな。二〇五一年の軍法会議で、軍が所有する軌道補給所K・R－6に対する破壊工作の罪状で有罪判決を受けている。本人に損害賠償の能力がないため、判例により直系子のJ・シマザキ……これはお前のことか……が弁済当事者として、一般兵役に加えて一七〇年の義務兵役を受け返済する、ということらしい」

俺は馬鹿みたいに口を開けたまま、ぼさっと突っ立っていた。俺の母親は、俺を生んですぐに死んだらしい。父親なんぞ名前も知らない。俺は物心つくころから、ルナ・ラグランジュ点の政府立保育所で育てられた。適性検査で航空宇宙軍の艦隊予備訓練所に割りふられて、任官後は五年間という長期の兵役についた。

選択の余地などなかったが、身寄りのない俺を頼みもしないのに一人前の航宙艦乗り《アストロノート》に育ててくれた義理もある。その養育費や学費を返済するために、五年間の義務兵役が設定されたのだと思いこんでいた。

だから兵役の終了と同時に、俺は生まれて初めて自由の身になれるはずだった。それにしても……一体どんな計算をしたら、一七〇年という数字が出てくるのだ。オフィサーは当惑している俺に、かまうことなくつづけた。

「個人的な忠告をしておくと、配属先希望は近傍恒星系か恒星間宇宙探査にするべきだ。一七〇年というのは、あくまで地球標準時間でのことだ。恒星間宇宙を亜光速で何度か往復すれば、相対論効果で一七〇年くらいはすぐに過ぎる。もっとも……」

そこでオフィサーは、はじめて事務的でない口調でつけ加えた。

「どこに希望を出しても、外宇宙艦隊にまわされると思うがね。老いぼれを死ぬまで奉公させるほど、軍は不合理なところじゃないし暇でもない」

俺はしばらくの間、まったく口をきけなかった。棒みたいに突っ立っている俺に、オフィサーはいくつか書類を持ちだしてサインをさせた。たぶん拒否しても、意味はなかっただろう。というより衝撃が大きすぎて、異議を申し立てることさえ思いつかなかった。

まだ何か用かという顔をしているオフィサーに、なんとか俺は質問をむけた。オフィサーは律儀に応じてくれたが、ほとんど何もわからなかった。俺に伝えた以上のことを、オフィサーは知らされていなかったようだ。

俺は落胆して母港にもどった。五年の兵役が終了間際になると、艦隊勤務の下士官兵は母港で勤務することになる。航宙艦乗員の勤務パターンは変則的で、一度の航宙が半年をこえることも珍しくなかったからだ。かといって短期間の警備出動に、退役間際の乗員を割りふることはできない。勝手のわからない小型の艦艇に、大型艦の勤務経験しかない兵員を乗り組ませても混乱するだけだ。

つまり戦力とは、見做《みな》されていなかったことになる。それをいいことに、俺は私的な調査を開始した。非番のたびに――ときには勤務時間中も、基地の端末から軍用のデータベースに接続した。二五年前に母親を裁いた軍法会議の記録を、手に入れるためだ。

だが成果は、ほとんどなかった。二五年の歳月は、想像していた以上に重かった。軍法会議の記録どころか、そんな事件があったことさえ確認できなかった。たまに関連情報がヒットすることはあったが、記録自体はほとんど抹消、あるいは削除されていた。

航空宇宙軍は創設以来、何度も組織の改編をくり返している。寄せ集めのパトロール艦隊を運用するだけの小さな組織と、独自の工廠《こうしょう》や訓練機関を有する多機能複合体《コンプレックス》に進化した現在の航空宇宙軍を比較するまでもない。度重なる組織の改編で昔の記録は失われ、記憶している者たちも行方がわからなくなっていた。

しかも俺は母親のフルネームを知らず、写真さえ持っていなかった。断片的な記憶はあるものの、顔が思いだせないのだ。残された手がかりは、俺の体にきざみ込まれた遺伝子だけだ。雲をつかむような話だが、俺は諦めなかった。執念ぶかく過去を掘り返した結果、二〇五一年に母親が判決を受けた軍法会議の日付がわかった。

そこまでに、一週間が必要だった。肝心の判決はみつからなかったが、日付がわかれば進展も望める。そう考えて、思いつくかぎりの方法を試した。ところが期待に反して、あらたな事実は容易に出てこなかった。わずかに母親のフルネーム「マヤ・シマザキ」と、証人として出廷した「ジョン・ブラッドレー」の名前が判明しただけだった。

だが通信回線を介した調査では、それが限界だった。二人の名前以外に何もわからないいま、除隊までの残り日数が急速に少なくなっていった。そしてついに、その日を迎えた。俺はめでたく満期除隊し、帰郷を許可された。といっても、俺には帰る故郷などない。しかも帰郷の前に、再入隊の通知があった。

帰郷するのはかまわないが、指定された日時に再入隊しなければならない。もしも集合地に姿をみせなければ、自動的に脱走とみなされて軍の追及を受けることになる。同時に市民としての登録も抹消されるから、まともな職にはつけず移動も制限される。これは事実上の死を意味する。よほどサバイバル能力にたけた奴でないと、野垂れ死にするしかないだろう。

俺に残された唯一の選択肢は、わずかな手がかりから真相をさぐり出すだけだ。そしても
し可能なら、真相をたてに異議申し立てをするのだ。
ただし残された時間は、あまり多くなかった。俺は除隊の祝いもそこそこに、軍の連絡艇
に割りこんだ。むかう先は、地球以外にない。ジョン・ブラッドレーの出身地を中心に、北
米大陸を一週間かけて歩いた。それからジョンの残した痕跡を頼りに、インド亜大陸で追跡
をつづけた。そしてやっとの思いで、ジョンを旧都市カトマンドゥに追いつめたのだ。

## 3

俺は足をとめた。どうやら道に迷ったらしい。記憶にある街角が、眼の前に広がっていた。
一〇分ほど前に、通りすぎた場所らしい。カトマンドゥの旧市街では、住所などあってない
ようなものだ。訪ねる先の住所は近くにあるはずだが、迷路のような街区のせいで方向感覚
が失われていた。
途方にくれて周囲をみまわしていると、俺に気づいた数人のガキが集まってきた。どれも
一〇歳前後のガキだが、いずれも妙に大人びてみえる。この街で一〇歳といえば、充分に大
人だ。暇を持てあましているのか、品定めをするような眼つきでじろじろと俺をみている。
その中で一番はしっこそうなガキに、俺は話しかけた。

「この近くに、ジョン・ブラッドレーという男が住んでいるのを知らないか。アメリカ人で、六〇歳くらいだ」

英語だったが、通じる可能性は五分五分というところだ。そのガキは、何か用か、という風に顎をしゃくった。俺はもう一度、ゆっくりと名前をくり返した。おもむろに奴は、ひどくブロークンな英語で応じた。

本当のことをいうと、俺には奴の言葉がほとんど理解できなかった。ただ奴が何度か、シガレットとくり返したような気がする。右手を口にはこぶ仕草からして、煙草のことなのは間違いない。俺は胸のポケットから、煙草の箱をとり出して一本くわえた。

俺には喫煙の習慣がなかった——というより地球周回軌道より先では、実質的に禁じられていた。だが、この街では必需品だ。交渉ごとの前にすすめられたら、断ることはできない。逆に一本の煙草を小道具に、友好関係を深めることができる。

たぶんこのガキは、駄賃がわりに煙草を所望《しょもう》しているのだろう。この街では、子供でも煙草を吸う。無論、要求にしたがう気はない。くわえた煙草に火をつけて、深々と紫煙を吐きだした。国産だが、この界隈では最高級品とされている。ただし煙草を持ち歩くようになってから、まだ一週間程度しか過ぎていない。油断するとむせて醜態をさらす可能性があった。不自然にならないよう注意しながら、吸いつけた。俺はくり返した。

「ジョン・ブラッドレー……アメリカン……知らんなら、とっとと失せろ」

我ながら大人げない言葉だと思った。ガキは挑戦的に睨みかえしている。俺の言葉をどこまで理解できたのか、たしかめる方法はなさそうだ。ところがそう思った矢先に、ガキは俺に背をむけて歩きはじめた。ついて来い、という意味らしい。不安は残るものの、他に方法はない。俺はあとにしたがった。

それは路地や通路ではなく、抜け道に近かった。レンガを積みあげた数階だての家に入りこんだあと、建物の中庭を横断して反対側の廊下から隣家に入りこんだ。その家が目的地なのかと思ったら、近道として使われているだけだった。裏口から別の路地に足を踏みいれて、違う建物に入った。五分ほどそうやって歩きまわったあと、俺たちは一軒の建物に到着した。

とりたてて特徴のない集合住宅だった。一軒の家に十数家族が住んでいる。カトマンドゥに古くから居住しているネワール族の、一般的な家屋といえる。

さすがに緊張で、足がふるえた。だが安心するのは、まだ早い。ガキが駄賃目当てに、出《で》鱈目《たらめ》を教えた可能性もある。視線を感じたのは、そのときだった。ガキがするどい眼で、俺をみている。そして黙ったまま、手を差しだした。周囲に群がる他のガキども、申しあわせたように無言で俺を睨みつけている。

それに気づいたとき、背筋を冷たいものが通りすぎた。決して誇張などではなく、飢えた狼の群れに取り囲まれたような気がした。煙草を要求されたら「大人になるまで待て」などといって拒否するつもりだったが、そんな手が通用する相手ではなかった。どうみても、一〇やそこらのガキとは思えない。

俺は小声で礼をいって、煙草の箱を手渡した。ガキにカツアゲされたかのようで業腹だが、他に方法はなかった。「全員でわけろ」といい残して立ち去りかけたら、背をむけた途端に呼びとめられた。あのガキだった。俺よりもよほど慣れた手つきで煙草を吸いつけたあと、尊大な態度でいった。

「ガイドフィー。ルピーズ。ユー・ペイ」

曖昧に誤魔化せる雰囲気ではなかった。まして抗議の声をあげることなど、思いもよらない。警察に頼るのは、問題外だった。こんなトラブルには慣れているだけに、ガキどもよりたちが悪い。ここは穏便に、おさめるしかない。俺は何枚かルピー札を取りだして、ガキに手渡した。

値をつり上げるかと思ったが、意外と大人しかった。くわえ煙草で札を数えているガキを尻目に、俺は建物に入った。うす暗い階段を三階まで登り、頭がつかえそうなほど天井の低い廊下を通りぬけた。ガキによれば探している男は、突きあたりの部屋にいるらしい。その男は部屋にいた。俺が声をかけると、間のびした返事のあと男が姿をみせた。

明るい部屋だった。開け放たれた窓から、陽光が射しこんでくる。薄暗い廊下に立っているものだから、光を背負った男の顔は暗く沈んでいる。それなのに、既視感があった。この男とは、どこかで会っている。そう思ったが、記憶をたしかめている余裕はなかった。男は警戒心を隠そうともせず、俺を見返している。このままでは適当にあしらわれて、追い返されるだけだ。そう思った俺は、呼吸をととのえてたずねた。

「ジョン・ブラッドレーだな」

実年齢は五〇代後半のはずだが、それよりもずっと老けてみえた。粗末な木綿の服でやせた体をつつみ、無精ひげが生気のない顔の下半分をおおっている。男は最初のうち当惑した様子をみせたが、俺が部屋に入りこむのを制止しなかった。

掃除のいきとどいた小綺麗な部屋だった。きちんと片づいているようだが、実際には家財道具の類《たぐい》がほとんど見当たらない。汚れの染みついた夜具と土間にしいたアンペラ、それに整理箱をかねたブリキのトランクがあるだけだ。他には天井からぶら下げられた裸電球くらいだが、これは家具とはいわないだろう。

土間に腰をおろした俺に、男は緊張感のない声でいった。

「この部屋に外国人がたずねてきたのは、君がはじめてだ……。君は……誰だ？」

妙に間延びした話し方が、俺を苛立《いらだ》たせた。長居をするつもりはなかった。手ばやく用件を片づけて、引きあげたかった。この部屋にいるだけで、自分が老けこんでいくような気がしたからだ。俺は挨拶ぬきで切りだした。

「K・R－6の事件について、いくつか知りたいことがある。ただしその前に、確認しておきたい。あなたの名前は、ジョン・ブラッドレーで間違いないな」

「確かにそんな名前で、呼ばれていたこともある。だが……昔の話だ。もう忘れてしまった。ジョンと名乗っていたころのことも、なんとかいう事件のことも」

話すうちにブラッドレーの表情が、ほんの少し変化した。遠い昔のことを、思いだそうとしているのかもしれない。しかしそれも、長くはつづかなかった。すぐにブラッドレーは、もとの茫洋とした眼つきにもどった。話すことは何もない、だから早く帰ってくれ——そういわれたような気がした。

だが俺は、あきらめなかった。ブラッドレーの反応をたしかめながら、駆け引きにでた。

「この国の政府は外国人の不法滞在に、厳しい態度でのぞむらしいな」

さしあたり、交渉の糸口にはなるだろう。その程度に考えて、反応をうかがった。だがブラッドレーは、言葉を返さなかった。無視したのではない。わずかな刺激には、反応しないようだ。俺はそれとなく、奴の生活ぶりをたしかめた。家具が少ないことには気づいていたが、生活自体も質素なものらしい。最低限の自炊道具はあるものの、日々の食生活は行者か托鉢僧《たくはつそう》なみに単調なことが想像できた。それを見越して、俺は斬りこんだ。

「ビザの期限が切れた外国人は当該国からの退去に加えて、滞在超過日数に比例したペナルティが科せられる。もしもペナルティを支払えなかったり、再入国禁止期間中に舞いもどってきた場合は南アジアのどの国にも再入国できなくなる。つまりインド亜大陸の全域から、閉め出されるといっていい。

どの国も外国人の不法滞在には手を焼いているから、罰則は厳格に適用される。賄賂《わいろ》は通用しない。こっそり手渡そうとした現金を没収された上に、悪質な事例としてリストに掲載される。協定加盟国間の情報共有も迅速かつ正確だ。南アジアの一国で摘発されると、その後の一〇年間はどの国にも入国できなくなる。

……という状況になっていたと思うが、違ったかな。なんならイミグレーション・オフィスに告げ口してやるから、係官にたしかめてみるか」

　ブラッドレーは悲しそうな顔で、じっと俺をみている。はじめて眼にする奴の表情だった。奴は俺から視線をそらすことなくいった。

「この老いぼれの死に場所を、奪う気なのか。そんなことをして、何の得がある。いや……それよりも、君は一体だれだ」

「マヤ・シマザキは知ってるな」

　俺にむけられたブラッドレーの眼から、感情が抜け落ちた。よほど意外だったのか、困惑が俺にまで伝わってくる。それを確かめて、俺はいった。

「俺の母親だ」

　その一言が、老人の心を無防備にした。眼を大きく見開いて、俺をみている。そして、掠《かす》れた声でいった。

「君が……そうか、君がマヤの子なのか」

　あきらかにブラッドレーは、動揺していた。しかも興奮しているらしく、手が小刻みにふるえている。そのときには奴の眼から、拒絶するような鋭さは消えていた。かわりにあらわれたのは、落ちつきのない怯えるような表情だった。

　もう少しだと、俺は思った。あとひと押しで、奴は洗いざらい白状する。そう判断して、言葉を控えていた。だがそれは、大きな誤算だった。奴は俺が思っていた以上に、したたかだった。いつの間にか奴の顔から、表情が抜け落ちていた。小狡《こずる》そうな眼で俺をみながら、奴はたずねた。

「それで……君はどこまで知っているのだ」

俺は言葉につまった。手の内をさらすのは、危険だという意識はあった。だがその一方で、ブラッドレーを信じたいという思いにとらわれていた。それに、こちらから切り出さなければ糸口はつかめない。そう考えたときには、正直に事情を話していた。

「ほとんど何も知らないと、いっていい。だから嘘八百をならべられても、それを信じるだけだ。かりに嘘と見抜いたところで、俺には何もできない。再入隊して外宇宙艦隊勤務になれば、太陽系とは縁が切れる。一回の航宙に何十年もかかるところだから、生きているあんたに会うことは二度とないだろう」

誠実になろうと心がけた。少なくとも自分自身には、嘘をつくまいと考えていた。それが原因でブラッドレーに騙されたら、そのときは諦めるしかない。なかば開き直った気分で、思いをぶつけた。だが奴の返答は、当たり障りのないものだった。

「どちらの方面だ……派遣は」

「おそらく、バーナード。そこの惑星基地だという話だ。単なる噂だが」

あまり深く考えずに、俺は応じていた。ブラッドレーのたくらみに乗せられたような気もするが、どのみち返答を拒否することはできない。ブラッドレーは遠くをみる眼でいった。

「バーナードか……。第一星域の基地勤務なら、生きて太陽系に帰還できる可能性が高いらしいな……。基地勤務というのは、帰還時の航宙クルーを確保するための『溜まり』のようなものだ。それより遠くの星域なら、帰還の可能性がないまま『現地除隊』になるだろう」

　この老人が航空宇宙軍飛行士を退役してから、四半世紀はすぎているはずだ。歴史の貴重な証人というべきだが、あまり長く昔話につきあっている余裕はない。そう考えて、話題をもとにもどそうとした。だがそれよりも先に、ブラッドレーが俺を直視していった。

「あの時の判決は……たしか君の定期軍役に加えて、長期の兵役を科すというものだった。君の心情は理解できるが、すでにその判決は確定している。いまさら君が事件の真相を知ったところで、再入隊と外宇宙への派遣はまぬがれないだろう」

「何だと……」

　反発が先にたった。漠然とした予感はあったものの、疑問の余地もなく断定される筋合はない。問答無用で殴りつけようかと思ったが、なんとか思いとどまった。ブラッドレーは途切れることなく、話しつづけている。

「……航空宇宙軍にとって最重要な兵器は、屈強で優秀な人的資源だ。素手やナイフ一本で敵を制圧しうる戦闘力も大事だが、未知の世界で何十年も孤独に耐えて任務を果たしうるタフさも重視される。ことに太陽系外におけるミッションが主となる外宇宙艦隊では、定員を満たすことさえ困難な状態に陥っていた。

　しかも事件のあった二五年前は、外宇宙艦隊の草創期でもあった。人手不足は慢性的で、深刻な状況がつづいていた。恒星間宇宙や近傍恒星系の探査には、途方もない年月が必要とされる。志願者だけでは定員が確保できないから、非常手段をとることも珍しくなかった。

家族や縁故者がおらず適性のある者を選抜して、強引に再入隊させることは普通におこなわれていた。つまり君が外宇宙艦隊に再入隊することは、事前に決定していた」

俺にとっては、寝耳に水の話だった。そのせいで、理解するのに多少の時間が必要だった。ようやく事情が呑み込めたとき、腹の底から怒りがこみ上げてきた。俺はブラッドレーを、絞め殺しかねない勢いで迫った。

「ということは何か？　事件そのものが、でっち上げだったというのか。ありもしない損害を償うために、俺は一生を棒にふってタダ働きさせられるのか」

俺は激昂していた。ところが奴は、むしろ冷めた口調でいった。

「そうじゃない。K・R－6の事件は実際にあったことだ。マヤは……君の母親は軍に対する損害賠償を、事件の直前に生まれた子……つまり君の兵役によって、償うことに同意した……」

「教えてくれ……K・R－6で、いったい何があったんだ。俺の母は何をした……。そして、どこに消えたんだ。俺に全責任を押しつけて……」

老人の口がかすかにふるえたが、声にならないまま閉ざされた。視線は俺を避けて、宙をさまよっている。真実を知っているが、口にするには躊躇があるようだ。

俺は待った。放っておいても、ブラッドレーは話すはずだ。そう判断して、奴がその気になるのを待った。あまり長い時間は必要なかった。やがて意を決したように、奴は身を乗りだした。そして過去の出来事を、語りはじめた。

「あれは……破壊活動《サボタージュ》だった……。私とマヤが基地に着任してから、一年ちかくがすぎたころだった。事件は突然おきた。なんの前触れも、兆候もなかった。無論、私が気づいていなかっただけかもしれない。ただ、計画的なものではなかったようだ。

異変に気づいたときには、マヤが行動を開始していた。メンテナンス作業用のレーザ重溶断器を持ち出して、基地の施設を破壊しようとした。すぐに彼女はとりおさえられたから、怪我人はいなかった。だが施設は、かなりの損傷を受けたようだ。

K・R－6のことは、知っているかね」

「いや、何も知らないといっていい。軍の軌道補給所だという噂は耳にしたが、間違いかもしれない。軍のデータベースには該当する項目はなかったから、所在地や軌道も不明だ」

俺は正直にこたえた。ブラッドレーからの情報に、期待していたのだ。だが奴の返答は、曖昧で頼りないものだった。自信のなさそうな顔で、奴はいった。

「K・R－6は軍令部直属の研究施設だ。補給所だという噂は私も耳にしていたが、赴任してすぐに嘘だとわかった。実際には外宇宙航行時のハードウェアや、ライフサポートシステムの研究開発をおこなっていたようだ。岩塊と大差ない小型の小惑星を、中心部ちかくまで坑道を掘り進めてハードウェアの実験場としていた。

ただ……私自身は基地の管理やメンテナンスのために常駐していたから、何の研究をしていたのか知る機会はなかった。業務の大半は地下の坑道内で行なわれたから、星の動きも観測できなかった。一年も常駐していながら、軌道すら知らないままだった」

本当だろうかと、俺は考えていた。嘘はいっていないが、事実をすべて話しているわけではない――そんな印象を受けた。俺は奴から視線をそらすことなく、問いただした。

「動機は？　それと背後関係だ。知っている範囲でいいから、教えてくれ」

「動機……か。そうだな、それが重要だ……」

はぐらかすような言葉を口にしたあと、ブラッドレーは俺を直視してつづけた。

「そのことを説明するのはむつかしい……。君に理解してもらえるかどうか自信はないが、できるかぎりのことはすると約束する。ただしその前に、確認しておくことがある。この街に対する印象を、率直に話してほしい」

唐突な問いかけに、俺は少しばかりたじろいだ。それでも無視する気になれなかったのは、母親のことを思いだしたせいだ。幼かったころ、俺はこの街にいたのかもしれない。母親とともに見上げた星空は、そのときの記憶と重なっていた。

ところが口をついて出たのは、自分でも驚くほど攻撃的な言葉だった。「すれっからしの、小汚ない街だ」と、俺はいいはなった。先ほどのガキとのやり取りが、つよく記憶に残っていたからだ。ガイド料と称して小銭をせびるのに、借金を取り立てるかのような鋭い眼をしていた。これでは強盗と、かわるところはない。

たぶんこの街は、一〇〇年後に再訪しても変化していないと思われる。同様の小狡さで旅行者に近づいては、小遣い稼ぎをしているのではないか。ガキのころからたかりの体質が身についているものだから、大人になってもその習慣から抜けだせないのだ。むしろ援助という大義名分があるだけ、国家によるたかり行為は始末が悪い。

気がつくと、そんなことをまくし立てていた。ところがブラッドレーは、不思議そうな顔で俺をみていた。そして俺の言葉が途切れるのを待っていった。

「道をおしえてもらった君が、ガイド料を支払うのは当然ではないのかな」

予想外の言葉だった。そのせいで思考が停止して、俺は言葉を失った。ブラッドレーは淡々と話をつづけている。俺の隙につけ込んで、果敢に斬りこんできたという印象はない。ただ俺の思い違いをただそうとして、辛抱強く説明をくり返しているようにみえた。

黙りこんでしまった俺に、奴は平然と言葉をついだ。

「それに……君が少額のルピーを支払ったところで、明日からの生活が困るわけではないだろう。逆に子供たちにとっては、腹をすかせたまま夜をこさずにすむ。貧者に対する富者の義務を持ち出すまでもない。妥当な取引きではないか」

「そのことと二五年前の事件が、どう関係するんだ。俺にもわかるように、やさしく説明してくれないか」

嫌味と悪意をこめて、俺は要求した。ブラッドレーが話をそらしているとしか、思えなかったのだ。ところが奴は、気にする様子もなくいった。

「私の話が理解できないとしたら、本質的なことがわかっていないからだ。マヤはK・R－6の施設や機材を、破壊しようとした。事件のあとには彼女と話す機会もなかったが、以前から疑問を感じていたようだ。

人類は宇宙に進出するべきではなかったと、マヤは主張していたようだ。私には話してくれなかったが、別の同僚にはそのように主張していたらしい。つまり動機自体は、単純なものだった。巨額の予算を外宇宙探査につぎ込んだところで、得るものは何もないと断言できる。大規模なプロジェクトを完成させても、あとには自己満足と断片的な知識しか残らないだろう。それよりは格差を解消し、医療施設の充実と食糧の増産を実現するべきだ。

その気になれば、財源は充分にある。簡単なことだ。際限なく予算を呑みこむ外宇宙探査を、一時的に休止させるだけでいい。ところが現実は、理想とは逆方向に加速するばかりだった。そのような事態を看過できずに、マヤは実力行使に踏み切ったのだ」

俺はわざとらしく大欠伸《あくび》をした。無礼なことは、承知している。だが正直にいってブラッドレーの演説は、独りよがりで聞くに耐えなかった。しかも俺が事件の詳細を知らないものだから、自分の都合にあわせて脚色している。根拠など何もないが、俺は確信していた。俺の母親は、そんな浅はかな女じゃない。計画もなしに施設を破壊しようとして、取り押さえられるほどドジでもない。

奴の真意は不明だが、母親の作り話をするのは我慢ならなかった。大欠伸を連発する程度では、腹の虫がおさまらない。咎《とが》められたら、それを機に反論するつもりでいた。だがブラッドレーは、俺の挑発を無視した。何ごともなかったかのように、淡々と話をつづけている。

「無論だからといって、ただちに外宇宙探査をやめろとまではいわない。宇宙探査とその関連予算の数パーセントだけでも、地上にまわすべきだといっているのだ。干魃《かんばつ》で農作物に大きな被害が出たとき、食糧品の緊急輸入ができるかもしれない。あるいは栄養失調であっけなく死んでいく子供たちや、薬を買う金もなく衰弱していく老人たちを救える可能性もある。緊急援助が必要な人々を放置して、何が外宇宙探査か。莫大な予算を投入するほどの価値が、本当にあるのか再考するべきではないのか」

俺は内心うんざりしていた。ブラッドレーの話していることは、いずれも手あかのついた屁理屈だった。過去に何度も耳にしていたし、そのたびに不毛な議論がくり返された。ことに俺が航宙艦乗りだと知った上での詰問は、フォーマットがあるのかと思うほど似通っている。最初のうちは控えめに、ただし嫌な顔をされたくらいでは引き下がらない厚かましさで切りだす。「誰もが遠慮して口をつぐんでいるようだから、あえて聞かせることにする」などと前置きしたあと、こちらの反応をみながら態度を変化させる。

もっともパターンは、そう多くない。高みから見下ろすかのような尊大さで「お前のやっていることには、欠片ほどの価値もない」と断じるか、逆に愛想笑いをしながら冗談めかして「壮大な浪費」や「資源と労力の無駄づかい」などの刺激的な言葉を連発することになる。どちらのパターンも、俺が怒りだすのを警戒しているのだ。だから喧嘩を売るつもりで頭ごなしに説教するか、保身のために冗談めかして笑い飛ばすかだ。いずれにしても、連中は本気ではなかった。退屈しのぎに航宙艦乗りをからかうような、下司《げす》でしかない。

だからブラッドレーの言葉は、聞き捨てならなかった。退役したとはいえ、元は正規の訓練を受けた宇宙飛行士《アストロノート》なのだ。しかもこの街に住みついて、貧困や飢餓をその眼でみている。

奴の真意は不明だが、本気なら重大な裏切り行為といわざるをえない。一時的にせよ外宇宙探査を休止すべきだなどと、当の宇宙飛行士が口にしてはならないのだ。この街でみたという貧困や飢餓は、奴自身の体験ではないはずだ。現在の暮らしぶりは質素だが、生活に困窮しているわけではなさそうだ。不法滞在をつづけているのだから、外国人観光客を相手に小商いをやっているのではないか。

だから薬代が都合できずに苦しい思いをしたのが、奴の身に起きた出来事だとはとても思えない。奴が現役だった時代の宇宙飛行士は、サバイバル訓練が充実していた。健康管理の知識もあったはずだから、生まれて間もない子供を栄養失調で死なせた経験もないはずだ。

おそらくこの街に長くかかわりすぎて、住民たちの不幸を共有してしまったのだろう。そのせいで、客観的に状況を把握することができなくなった。ついには宇宙飛行士だった過去を忘れて、浮いた予算を途上国の援助にまわせと主張している。

冗談ではないと思った。住民たちの困窮を救済したいのであれば、ブラッドレーのような不法滞在者は真っ先にこの街を離れるべきだ。そうすれば少なくない観光収入の全額が、住民たちの手にわたる。ブラッドレーのような商売人が、この国にあたえた経済的損失ははかりしれない。それにもかかわらず、奴はこの街に居座って住民たちの上前《うわまえ》をはねている。

その上で、外宇宙探査を停止するよう主張していた。さらに腹立たしいのは、奴が事実から眼をそらしていることだ。自分の存在が困窮の原因になっていることを無視して、被害者側の住民を代表するかのように話している。その矛盾が、我慢ならなかった。

そう考えたときには、自分でも驚くほど攻撃的な言葉を口にしていた。

「この街の住民たちは……恥知らずの悪党ぞろいだ。本当に救いようがない」

本心から出た言葉ではなかった。本当は逆のことを考えていた。それなのに、心にもないことを口走っていた。ブラッドレーに対する反発のせいだ。俺はまくしたてた。

「この国は百年以上も、外国からの援助を受けいれてきた。外宇宙探査にくらべれば少額かもしれないが、長い年月の総額は膨大なものになっている。それなのに、この街はちっとも変わっていない。つぎこんだ金は、一体どこに消えたんだ……。

たぶん途中で賄賂やリベートに化けて、末端まで届かなかったんだろう。本来の目的には使われず、整備されるはずだった産業基盤も計画倒れのままだ。この国をなんとかしようという気概を持つ者は、どこにもいない。底なし沼に、金塊を沈めるようなものだ。つぎ込む金額を、いくら増やしても無駄なんだ」

ブラッドレーに断りつけるつもりで、辛辣《しんらつ》な言葉をあびせていた。凶器のように鋭利で、とげとげしい言葉だった。だがそれらの攻撃的な言葉は、まったく奴に届いていなかった。かえって俺の心を、深く傷つけていた。小狡くて油断のならない街だが、俺は決して嫌いじゃない。それなのに、思いを口にできない。奴の顔をみているだけで、正反対のことを口にしてしまうのだ。腹立たしいことに、奴はそんな俺の心情を見抜いていた。そして諭すようにいった。

「援助を食いつぶしているのは、いったい誰なんだろうな……。日々の食事も満足にとれない痩せ細った住民たちが、そんな大それたことをするとは思えない。

それでは援助される側の官僚たちか？　たしかに彼らは、無実ではありえない。彼らの気まぐれとしか思えない行政処理で、宙に浮いたプロジェクトも少なくない。そう考えると彼らの罪は重いが、主犯格ではないはずだ。それよりも格段に強大で、悪辣な存在が他にいる……。

ただし正体を見破るのは、容易ではない。どんな時でも彼らは紳士的で、非の打ち所がないほど法令を遵守している。その奴らの正体が、わかるか？　偽善面をした連中の化けの皮をはがしたら、下からどんな顔が出てくると思うかね……」

俺は応えなかった。奴のたくらみが、読めていたからだ。一〇〇年あまりも昔から、使い古された言い草だった。援助を受けることの正当性を強調する一方で、ひそかに彼らは援助する側の非を鳴らす。だからブラッドレーのいう「主犯格」が何者なのか、あらためて問いただすまでもない。援助する側の、政府組織といいたいのだろう。俺たちの母国である日本やアメリカはもとより、途上国を脱して近代化に成功した国からも資金協力などの案件が持ちこまれていると聞く。

それだけの、うまみがあるからだ。国内的には援助の形をとって需要を拡大し、景気の刺激策とすることが可能になる。その一方で対外的には、国際協力の実施国として発言力が増す。途上国であることを脱した中堅国としては、次の段階に進む有効な一手といえる。一体どんな手を使えば、そのようなからくりが可能になるのか。

簡単なことだ。開発プロジェクトに必要な機材の調達先を、援助する国の業者に限定すればいいのだ。そうすれば開発予算のすべてを、援助する国に還流させることも可能になる。援助される側には一セントの現金も届かないが、予算額にみあう機材が持ちこまれるのだから不満は出てこない。ただし問題は残る。

必要機材の調達先を特定の国に限定したことで、最適な機器が閉めだされるのだ。その一方で現地の気候風土や消耗品の供給体制、さらには工業規格まで無視した製品が現地にあふれることになる。結果は惨憺《さんたん》たるものだ。機器の稼動率が次第に低下し、数年をへずして最新鋭の機器はスクラップと化す。

それなのに、責任をとる者はいない。開発援助を担当する官僚の実績は、予算を消化した時点で終了している。浪費としか思えない予算の執行額で、仕事量を計測しているのだ。

――もっとも悪辣なのは、援助に群がる政治家や役人たちというわけか。

そう思ったが、口にするのは避けるべきだった。収拾がつかなくなるのは、眼にみえている。結論など出るわけがないし、厄介なことに双方が自分の正しさを疑っていない。ブラッドレーも同様らしい。このまま議論をつづけても、不毛な議論にしかならないことを知っているのだ。それ以上に俺には、時間の無駄でしかなかった。俺がこの街にきたのは、母親のことを知るためだ。無意味な議論をするためではない。ブラッドレーには、期待できそうになかった。

たぶん奴の記憶は、変質している。事件について口をつぐんだまま、二〇年以上がすぎているのだ。その間に都合の悪い事実は切りすてられ、辻褄あわせの作り話がつけ加えられた。それが、自分自身に対する嘘になった。

無論、そのことにブラッドレー自身は気づいていない。すでに記憶は、改竄《かいざん》されている。だから時間をかけても、無駄なのだ。奴が事件の真相を、語ることはない。

話しあいが終わったことを、奴も察していたようだ。窓から身を乗りだして、何ごとか声をかけた。すぐに返事とおぼしき声が聞こえたが、現地語のやりとりが俺に理解できるわけもない。腰をおろしたブラッドレーは、いくぶん緊張をといていった。

「この街は、いい街だ……。私は好きだな。最初のうちは他所者に冷淡だが、慣れればすぐ友達になれる。あとは簡単だ。不法滞在者がなぜ密告されるのかも、自然にわかる。嫌われているのは不法滞在者ではなく、住民たちの暮らしや生活習慣を無視して我がもの顔にふるまう外国人旅行者だ。

ひところのカトマンドゥは、ヒッピーたちの溜まり場だったらしい。迷惑な話だ。彼らは自分たちの無軌道な生活を、この街でも押し通そうとした。昼間から大麻を吸って、人眼を気にせず抱きあっていた。

そんな無道を控えさえすれば、他所者でもこころよく迎えいれてくれる」

俺は奴の話を聞き流していた。信用できない男だが、ひとつだけ事実を口にしていた。俺は何があっても、航宙士として外宇宙艦隊《アウター・フリート》に再入隊することになりそうだ。だからこれ以上は、爺いを相手にしても時間の無駄だった。ところが奴は、長話をやめなかった。

「奇妙な言い伝えがある。この街を離れて遠い世界を旅した者は、必ずこの街にもどってくる。君の母親も、そうなる運命にある。この街で生まれ、君を残して外宇宙に旅立った。君が再会を望むのなら、この街で待つべきだ。彼女にとってこの街は、特別な存在だからだ」

そろそろ潮時だと、俺は考えていた。話しつづけるブラッドレーを無視して、腰を浮かせた。その時になって、ドアが開いた。入ってきたのは、一〇歳くらいのガキだった。ミルクティーのカップを二つ運んできたところをみると、先ほどブラッドレーが声をかけたガキらしい。俺の顔をみて、愛想笑いをしている。そのせいで、気づくのが遅れた。

ガキの正体に気づいたとき、俺は声をあげそうになった。俺からガイド料をせしめたガキだった。ブラッドレーが意外そうにいった。

「クリシュナを知っているのか？　彼は私の生徒だ。彼や近所の子供たちには英語を、大人には公衆衛生を教えている。優秀な生徒とはいいがたいが、クリシュナはいい子だよ」

ガキはプリーズなどといいながら、ティーカップをさしだした。俺はそれを無視して立ちあがった。ブラッドレーは引き留めなかった。俺も黙ったまま部屋を出た。

## 4

俺はブラッドレーの話を、信じる気にはなれずにいた。あからさまな嘘を、ついているわけではない。ただし肝心なことは、口をつぐんだまま話そうとしなかった。しかも記憶が変質しているから、時間をかけても真実は出てこない。根拠などないが、俺はそう感じた。

俺に残された時間は限られていた。一秒も無駄にはできないが、まだカトマンドゥに滞在する余裕はある。別の情報源を探すつもりで、俺は首都圏行政府にむかった。あのガキよりは多少はましな自称ガイドや、市政庁専門のコーディネーターを雇って調査を再開した。

市政庁の主要な建物は、例外なく古びていた。改築するのではなく部屋を適当に使っているらしく、かつて首都圏を支配していた王族の宮殿や、豪族の屋敷を再利用しているのだろう。記録類の保管倉庫は別棟になって役人のオフィスに専用のバスルームがついていたりする。記録類の保管倉庫は別棟になっているが、換気が悪くて黴《かび》くさかった。

しかも電子化やマイクロフィルムによる整理が、おこなわれた形跡がない。タイピングしてあるのはいい方で、大部分は手書きの書類だった。だから検索も不可能だった。風が吹くだけで引き裂かれそうなほど保存状態の悪い書類を、一枚ずつ丹念にみていくしかない。

問題は他にもあった。失われた記録類が多くて、調査がすべて徒労に終わる可能性があった。重要な記録だけを残して、他のものが廃棄されたのではない。整理が不充分なまま、散逸してしまったようだ。現物が残っているのは、全体の半分以下だろう。ことによると、四分の一にもみたない可能性がある。

行方がわからなくなった書類が、別の場所で発見されるとはかぎらない。雨漏りのする倉庫で水浸しになって、廃棄されたのかもしれないのだ。さもなければ再生紙の原材料として、横流しされたかだ。もっと単純に、大量発生した虫に食われたとも考えられる。あるいはデスクに積みあげられたまま、一〇年以上も放置されている可能性もあった。

だから俺が手にした書類の本文冒頭に「マヤ・シマザキ」の名をみつけたときには、思わず声をあげていた。ありえないほどの幸運と、偶然が重なったとしか思えない。無論、役人連中には賄賂とは別に多額の賞金を用意していた。それが役人を本気にさせた。書類の保管倉庫を片端から捜索するのは、効率が悪すぎると役人はいった。それよりはイミグレーション・オフィス（入国管理事務所）の倉庫を、集中して捜索するべきだと主張した。

航空宇宙軍の徴兵事務は、ネパール政府が代行していた。具体的には入国管理事務所に出頭して、手続きをすませることになる。役人の目論見《もくろみ》は的中した。丸一日かけて倉庫を捜した結果、母親の入隊に関する記録をみつけたのだ。書類によればマヤ・シマザキが生まれたのは、やはりカトマンドゥらしい。

西暦二〇二九年三月生まれだから、事件当時は二二歳だった。彼女の両親――つまり俺の祖父母は、いずれも日本人だった。ただし二人とも不法滞在者で、マヤが入隊したときには亡くなっていた。おそらくマヤも、長期にわたって不法滞在をつづけていたのだろう。航空宇宙軍に入隊することで、永住権を入手したと思われる。

だがそれを、利用する機会はなかった。入隊後は一度もカトマンドゥにもどった記録がない。おそらく外宇宙艦隊の乗員《クルー》として、長期の航宙をくり返していたのだろう。そう考えて、書類を撮影しようとした。ところがそこで、俺の手が動きをとめた。

書類によれば、俺には兄がいることになっていたのだ。

## 5

他に選択の余地がないまま、俺は航空宇宙軍に再入隊した。

集合地で顔をあわせたのは、やはり再入隊をしいられた者ばかりだった。俺たちは軍のチャーターした航宙船で、小惑星帯《ベルト》軌道のセンチュリー・ステーションに移動した。そこは外宇宙艦隊の母港であると同時に、再入隊者専用の訓練基地でもあった。おなじ船で知りあった兵によれば、再入隊したのは親兄弟のいない独り者にかぎられていたらしい。

そのせいか船内は、異様な緊張感が支配していた。だがこの異様さを、言葉で表現するのは難しい。たとえていえば、流刑地へむかう囚人船のようでもある。といっても現在では流刑地など存在しないし、大規模な囚人移送がおこなわれている事実もない。むしろ部隊損耗率が異様に高く、しかも実情が不明な激戦地にむかう兵員輸送艦に似ているのかもしれない。

俺たちが乗りこんだのは、かつて太陽系内を縦横に飛翔していた豪華客船だった。さすがに現在では老朽化が著しく、第一線からは退いている。もう幹線航路に投入されることはないと思われるが、ハードウェアとしての信頼性は現在でも低下していない。そのせいで軍にチャーターされることも、珍しくないらしい。

そんな来歴のある船だから、内装や備品などには豪華客船だったころの名残があった。船の中央部に配置された回廊は、豪華だが落ちついた配色の内張りで覆われている。さらにラウンジの天井側になる壁面には、天測用の天蓋《キャノピ》を模した高精細スクリーンが設置されていた。現在では機能しなくなった設備が多い中で、このキャノピだけは常に本物と区別がつかない無窮の星空を投影している。全体が芸術品のような船だったが、乗客としての俺たちはいかにも場違いだった。全員が濃緑色の古びた作業衣と、頑丈さだけが取り得のごついスペース・ブーツで身をかためている。

外宇宙艦隊の軍衣はまだ支給されておらず、俺たちは訓練期間中から着古した作業衣で通していた。ただでさえ場違いな集団は、さらに周囲から浮くことになった。俺は自分たちのことを、それほど冷静に観察していたとは思えない。それでも集団としての俺たちには、明確な共通点があるような気がする。具体的に説明するのは困難だが、このことを否定するのはさらに難しい。

たとえば混雑する通りを歩いていても、同期再入隊した仲間が一人でもいたら容易に見わけられるはずだ。といっても、外見上の明瞭な特徴はない。しいていえば、視線なのかもしれなかった。乗りあわせた再入隊組の兵員は、一様に遠くをみる眼をしていた。たえず地平線に視線をすえている遊牧民のように、はるか遠くで焦点が結ばれている。

俺もその一人だった。航宙期間中は、ほとんどの時間をラウンジで過ごした。星々をみるためだ。実際には星空の映像が、リアルタイムで表示されているにすぎない。本物の星ではないが、俺はこの場所が好きだった。時にはバーでフリードリンクを頼んで——といってもアルコール類は禁じられているが、代用コーヒーでも充分だった。

俺は時間がすぎるのも忘れて、星々をみていた。あと数カ月もすれば、星空の形は変化する。亜光速で飛翔する航宙艦からは、ゆがんだ星座しかみることができないのだ。亜光速で旅をつづけると、目的地にたどり着いても微妙にずれた星空しかみえないといわれている。たとえ肉眼では判別できないと、いくら説明されても決して納得できない光景をみることになる。

ラウンジでたむろする兵たちのうち、何人がおなじ星空の下に帰れるのだろう。俺はふと、そんなことを考えた。たとえ帰れたとしても、太陽系内の時間軸は外宇宙艦隊乗員《アウター・スペーサー》の主観と一致していない。時の流れに押し流され、あるいは置き去りにされて過去に取り残されるだけだ。生きて故郷にもどったところで、彼らを知る者はいない。はじめての街角で、見知らぬ人々と出会うだけだ。

状況は悲観的といわざるをえないが、俺はあまり不安を感じていなかった。むしろ未知の世界との出会いに、期待していた。他の者たちも、似たような思いでいるようだ。頭上に広がる星空を眺めているだけで、不安から解放されるような気がするのだ。

誰も口を開かなかった。黙りこんだまま、星々をみている。ときおり飲物のマグを口にはこぶ以外は、動くこともなかった。

「俺たちは……どこに行くんだ？」

俺の正面にいたヘイズ一曹が、誰にいうでもなく低い声でつぶやいた。先ほどから飲みもしない代用コーヒーのマグを、大事そうに両手の平で包みこんでいる。北米系の黒人だが、口を開くたびに真っ白な歯列がのぞく。コーヒーはすっかり冷めたようだが、まったく飲んだ形跡がない。かといって、これから飲む気もなさそうだ。俺は別に深く考えることもなくいった。

「バーナードじゃないのか。そんな噂を聞いた」

「噂……なんだろ」

間の抜けた沈黙のあと、ヘイズ一曹が応じた。そしてマグを、返却口に投げ入れた。一口も飲まなかったらしく、わずかに回転するマグから琥珀色の滴が飛び散った。遅れて届いた芳香は、やはり代用コーヒーのものだった。ヘイズ一曹が口をつけようとしなかったのも、当然だと思えるひどさだった。

すぐにクリーナーが作動して、周囲にひろがったコーヒーの霧を吸いこんだ。一曹は投げやりにつづけた。

「バーナードなら、生きているうちに太陽系に帰ることも可能だ。近傍恒星系では基地の整備も進んでいるから、時間を無駄にすることなく往復できる。

だがな、そいつは脱走をふせぐために流した噂だともいわれている……。実際には外宇宙にむけて発進したら、乗員の九割までが生きて帰ることはないともいう。無論これも、単なる噂でしかないんだが」

一体、人類はどこまで到達したのだろう。軍の広報機関や研究施設は、宇宙の最前線について多くを語らない。公表されるのは、華々しい探査計画の成果のみだ。しかし、それを言葉どおりに受けとめる者は少ない。成果の裏に多数の犠牲者がいることは、すでに常識となっていた。誰もが気づいている事実だが、公言する者はいなかった。

人類がはじめて宇宙空間に進出したのは、いまから百年以上も昔のことだ。当時は宇宙飛行士の安全対策に、考えられないほど予算と手間をかけていたらしい。最初の三〇年間で実際に宇宙飛行を経験したのは——といっても地球周回軌道での滞在か、せいぜい月面着陸をこなしたにすぎないが、その総数は五〇人にも満たないといわれている。

だからこそ宇宙飛行士《アストロノート》は英雄《ヒーロー》であり、安全には途方もない予算がつぎ込まれた。実際に事故が起きたときには、遭難した宇宙飛行士を「救出」するために大量の艦船と航空機が投入されたという。多少のリスクを無視すれば、その宇宙機は自力で地球に帰還することも可能だったにもかかわらず。

当時の技術水準は現在よりも低く、人類の行動範囲も限定されていた。だからこそ、大規模な救難活動が可能だったといえる。時代とともに救難態勢は強化されたが、人類の行動範囲はそれを上まわる勢いで広がっていた。

現在では航空宇宙軍内宇宙艦隊《インナー・フリート》の艦艇を総動員しても、太陽系内の救難態勢を構築するのは困難だろう。まして歴史の浅い外宇宙探査では、予想される危険に応じた救難活動は期待できない。開発の成果に応じた犠牲があったとしても、不思議ではなかった。

犠牲になった者たちについて、軍という非人格は黙して語らない。あるいは外宇宙の過酷な環境下で活動するために、航空宇宙軍が編成されたともいえる。ただ、いくら考えてもわからない点があった。

――何故それほどまでして軍は、いや我々は見知らぬ世界に旅立とうとするのか。あらゆる困難を乗りこえ、何のために何処へいくのだろう。

俺は星空を眺めているうちに、奇妙な気分になった。たとえば自分自身の後ろ姿を、距離をおいて眺めているように感じた。地球上で暮らす人々には、このような感覚は理解できないのではないか。人類はふたつの種に、分岐してしまったからだ。地球を離れることのない地球人と、宇宙でしか生きられない宇宙人とに。

前世紀の終わりごろから続々と太陽系を発進していったダイダロス・シリーズのころには、地球人と宇宙人の区別などなかった。他の星系から送信されてきた探査結果に人々は熱狂し、つよい一体感を持ったといわれている。

ところが次のイカロス・シリーズのころには、急速に熱気が冷めていった。そして現在のオディセウス・シリーズが開始されるころには、驚くほど無関心になっていたらしい。ダイダロスから七〇年あまりの間に、人類はそれほど変化したのだろうか。

この件については、気になる話を耳にしたことがある。二一世紀に入ったころから、人類は未知なものに対する好奇心をうしないつつあるという。もしかするとそれは、人類がふたつに枝分かれした証拠なのかもしれない。ラウンジにたむろする者たちには、いずれも不貞《ふて》不貞《ぶて》しさと紙一重の剛胆さを感じる。とらえどころのない風貌には、開き直ったかのような力強さがあった。無気力そうな人物もいるが、外見に騙されてはいけない。

人によって事情に違いがあるものの、彼らは例外なく意志に反して再入隊している。外宇宙艦隊に志願する者など、一人もいなかったはずだ。ところが再入隊が避けられないとわかった瞬間から、全員が驚くほど短時間で意識を切りかえたようだ。彼らの様子をみているだけで、静かだが熱い思いが伝わってくる。外宇宙艦隊に配属が決まったことが、認識に変化をあたえたのだろう。言葉少なに語りあう兵たちは、すでに覚悟を決めたようだ。

肝がすわっているものだから、何が起きても動じないはずだ。これから遭遇する未知の出来事に、俺たちは少なからず期待していた。命令されれば、どこにでも足を踏みいれてやろう。誰も到達したことのない領域を、縦横に探査してみせる。

星空に酔っていたのかもしれない。さもなければ知らぬ間に、マインドコントロールされていた可能性がある。キャノピに投影された星空の下にいると、不思議に気分が高揚してくるのだ。あるいは無意識レベルで精神に干渉されていたとも思えるが、あまり深く考えないことにした。軍ではなく俺自身が、自分に暗示をかけているのかもしれない。

「なぜ、軍なのか知っているか」

ヘイズ一曹が、思いだしたように口を開いた。手持ち無沙汰なのか、しきりに両手で存在しないマグを包みこむ動作をくり返している。言葉の意味が理解できないまま、俺は黙りこんでいた。ヘイズ一曹はつづけた。

「はじめて月面に到達したのは、合衆国航空宇宙局が送りだした宇宙飛行士たちだった。その当時は、月面着陸だけでも途方もない大プロジェクトだった。ところが人類にとって歴史的な大事件となるプロジェクトを完成させたのは、単一国家アメリカの一政府部局と民間会社との複合体だった。

わかるか？　三軍に海兵隊を加えた米軍も全面的に協力していたが、プロジェクトを主導していたのは文民であり科学者や技術者たちだった。ところが現在では、航空宇宙軍が全面的に外宇宙探査を管理運用している。さらに重要なのは、この事実を誰も疑わないことだ。なぜだと思う？　なぜ外宇宙探査が航空宇宙軍によって実行されているのか、その理由を君は知っているか？」

「知らんな」

素気なく俺は応じた。奴の長広舌《ちょうこうぜつ》に、うんざりしていたのだ。したり顔で奴が口にする結論も、見当がついている。無愛想にこたえた俺を、気にする様子もなく奴は言葉をついだ。

「本当のことをいうと航空宇宙軍の軍令部は、敵を探すために外宇宙へ進出したんだ。敵をみつけだして、戦争をするために航空宇宙軍は編成されたといっていい」

「軍令部がね」

俺は生返事をした。奴の話は、予想をこえるものではなかった。しかも航空宇宙軍の平時における最高司令部――軍令部の考えていることなど、俺たちにわかるわけがない。つまり真偽の判定が、不可能なのだ。何をいっても嘘だと指摘されることはないし、たしかな事実が判明するわけでもなかった。

極端な話をすれば、軍令部の実態は太陽系内にはりめぐらされた巨大なネットワークだという噂さえあった。航空宇宙軍の巨大な組織からして、それなりに説得力はあった。だが俺にとっては、どうでもいいことだ。軍令部が何をどうしようと、俺の知ったことではない。

俺はしらけた気分になったが、ヘイズ一曹はやめなかった。独り言のような単調さで、自説を展開した。

「いつだって、戦争のたびに科学技術は進歩する。国家間の戦争が総力戦としての側面を有するかぎり、この原則はかわらない。だから勝つためには、敵よりも優位に立てる技術《エンジニアリング》を総動員せざるをえない。軍事技術にかぎったことではなく、心理学や経済学さえも投入される。技術《エンジニアリング》と名のつく学問体系は、片端から新兵器に形をかえるのだ。

それが二〇世紀前半ごろの、世界情勢だと考えていい。無論、局地戦争もあった。というより二〇世紀も終わりごろになると、総力戦としての全面戦争は発生しなくなった。たとえ勝ったとしても、総力戦は当事国に深い傷跡を残す。その上で敗戦国に対する復興支援も手がけなければならない。発生するのは局地戦争や不正規戦争ばかりになったが、背後には国家間の全面戦争に移行できる準備ができていた。

だから世界戦争の準備だけは完璧な状態だったのに、不正規戦争しか起こらなかった二〇世紀後半は人類にとって幸運な時代だったといえる。絶え間ない緊張と危機感は、人類の持つ軍事技術を急速に発展させた。

宇宙への進出が開始された時期が、そのころと重なっていたのも必然といえる。百年以上も昔の人々は、現在の状況を予測していたのだろうか。我々にとって地球は、戦場とするには小さすぎたのだ。

知っているか？　ソ連が最初に打ちあげた人工衛星は、合衆国を攻撃目標とした大陸間弾道弾の技術を流用していた。そのせいで合衆国は、不利な立場で外交交渉をつづけざるをえなかった。軍事技術の優位を背景に攻勢をつづけるソ連に、太刀打ちできなかったんだ。

だから合衆国は、必死にならざるをえなかった。月面上に着陸して調査をおこなったあと、完璧に近い安全率で帰還させることが求められたのだ。

ところが総力戦に対するそなえは、次第に意味をなさなくなる。二一世紀に入って数十年の間に、地球上では戦うべき敵がなくなってしまったのだ。

射程《レンジ》がのび切ってしまったからだ。現在の技術体系で戦争をするには、地球はもう狭すぎるんだ。全面戦争の脅威も、百年以上の緊張を強いることはできなかった。それなら、太陽系の各地に樹立された自治政府はどうか。いずれの政府も自衛のための戦力は保有しているから、挑発を重ねれば自然に機は熟すのではないか。

おそらく自治権の拡大などをもとめて、万全の体制で攻撃をしかけてくるだろう。戦力的にはとるにたりないが、宇宙に対する適性は格段にすぐれている。ただし戦力的には余裕がないから、総力戦を一度やれば国力はつきる。よほど要領よくやっても、二度が限界だろう。

だから、航空宇宙軍なのだ。我々が外宇宙を探査するのは、敵を探すためだ。すでに地球上で暮らす人々から、未知なものに対する好奇心は失われてしまった。最近は局地紛争でさえ、発生しにくくなったせいだ。だが知的生命としての人類は、戦争なしには生きていけない。種としての活力を失って、絶滅するだろう。

だからもし最初の接触《ファースト・コンタクト》が起きれば、人類はただちに宣戦布告する。躊躇は許されない。ぐずぐずしていたのでは、獲物を取り逃がしてしまうからだ」

──この男は大事なことを忘れている……。

自分の言葉に酔ったのか、ヘイズ一曹は途切れることなく話をつづけていた。それを横眼でみながら、俺は考えていた。わざわざ探さなくても、敵は眼の前にいる。百年以上も前の技術者がそうしていたように、俺は頭上の星空を見上げていた。敵は間近にいた。そこに存在するというだけで、宇宙は凶暴きわまりない敵だった。だから今、この瞬間が俺たちのファースト・コンタクトなのだ。そして宣戦布告の時でもある。

「同じ星空の下に、帰れる奴はいない……」

それまで黙って眼を閉じていた一人の下士官が、不意に口を開いた。まるで禅問答だが、感覚的には理解できた。下士官の言葉には、つづきがあるはずだ。俺は無言で先をうながした。ブラッドレーが、似たようなことを話していたからだ。今それを聞かなければ、機会は永遠に失われる。下士官はかすかに笑みを浮かべていった。

「もしも帰って来られたら、そいつは二度と宇宙へ出ることはない……」

そう話したあと、そいつは俺を直視した。

「という話だが、君は信じるかね？」

くそくらえだと、俺は思った。その時の俺には、他人事《ひとごと》でしかなかったのだ。下士官の言葉も。ブラッドレーの話したことも。

# 6

センチュリー・ステーションは、単なる構造物の名ではない。小惑星帯の一画に構築された外宇宙艦隊の母港であり、支援基地でもあった。

延長千キロにもおよぶ区画では、大小無数の小惑星《アステロイド》が軌道をめぐっている。軌条によってゆるやかに連結された小惑星のいくつかは、ステーションの核として大規模な改造工事が実施されていた。ここでは航宙艦の建造はもとより、本格的な修理や改造もこなしていた。将来的には区画の拡大と支線の建設によって、いま以上に機能を充実させる計画らしい。

脱出速度のおそい小惑星《アステロイド》は、低コストで軌道上に建設資材を供給できる。軌道上の大規模構造物の建造には、有利な条件がそろっていた。かつて外宇宙にむけて発進していった航宙艦のほとんどは、ここで建造されていた。艦艇の建造を直接支援する各種の工場や鉱山にかぎらず、艦隊本部やセンシング基地などの支援施設も整備されている。

連絡軌条の一部は長大な加速距離を利用して、無人観測機や通信中継局の射出に利用されていた。専用の軌条カタパルトが建設されたのではなく、通常の施設を一時的に閉鎖して転用しているだけだ。

　そのため軌条カタパルトの加速専用車両が、一般の輸送車両と並進することも珍しくなかった。加速疾走する発進専用車両は、センチュリー・エクスプレスとも呼ばれていた。従来のロケットブースターを使用する方式にくらべて、驚くほど低コストで無人機を軌道に投入できた。

　センチュリー・ステーションは、単に軌条で連結された長大な構造物の名称ではない。さらに遠くの宙域に加速発進するための、鉄道施設を意味することもあった。加速車両がセンチュリー・エクスプレスと呼ばれるのに対し、軌条施設は銀河鉄道と呼ばれることもあった。

　俺たちはステーションにドッキング中の練習艦で、外宇宙訓練に入った。外宇宙訓練といっても、特別なことをするわけではない。同様の訓練は、内宇宙艦隊でも経験している。ただし体にかかる負荷は、比べものにならないほど大きくて苛烈だった。

　高加速あるいは自由落下状態における天測や、超指向性電波による防諜通信を徹底してたたき込まれた。これまで部署が違うという理由で、概要程度の座学で終えていた訓練コースも例外ではなかった。船体や駆動部のメンテナンスを、一からやり直すことになった。

　内宇宙艦隊なら、被害を受けても基地に逃げこめばなんとかなる。乗員自身が手を動かさなくても、基地で待機している手練《てだ》れの整備員が短時間で修理してくれる。それが困難なほど被害が大きければ、さしあたり行動が可能な程度に応急処置をすればよかった。だが外宇宙では、この手が使えない。最寄りの基地まで何光年も離れているのだから、支援は期待できなかった。すべての作業は、自分たちがやることになる。

それは俺たちが兵役の最初に受けた基礎訓練よりも、格段に原始的な作業だった。あるいは宇宙における生存技術《サバイバル》の、習得だったのかもしれない。無補給のまま数光年を飛翔するためには、乗員のすべてが全部のハードウェアに通じていなければならなかった。補給されないのは、メカのパーツばかりではなかった。人員の補充も、まったく期待できないのだ。

俺たちは高加速環境下で船体外殻や通信機材、そして放熱翼の保守をやらされ、自由落下状態の中で、航法演算機のプログラムデバッグを、三六時間ぶっ続けて単独でやらされた。その作業のひどさは、やったことのない者には決して理解できないだろう。

事故で死んだ奴もいた。航路前方を交叉飛来する宇宙塵の、破壊作業をやっていた時のことだ。同時に進行していた高加速状況下で、船外作業訓練中の兵が衝撃ではね飛ばされたらしい。その結果、作業中の訓練生が宇宙空間に放りだされて二人死んだ。

軍は軍として編制された瞬間から、矛盾に満ちた存在となる。昔だれかが、そんなことをいったらしい。実質的には非武装の練習艦だが、軍という名の持つ非合理性は有している。どう考えても犬死にでしかない事故死者を、名誉ある殉職者として処理してしまった。

よく考えれば、わかることだ。飛来する宇宙塵と衝突しうる航宙艦の有効断面積は、たかだか数千平方メートル程度でしかない。確率からいうと外宇宙で宇宙塵の破壊作業中に、高加速状況下の船外作業を行なっているとは思えない。

ただ事故死者の名が公表されたとき、俺はなんとなく納得した気分になった。そいつはたしか「同じ星空の下に、帰れる奴はいない」などと、したり顔で高説をたれていた奴だった。奴の言葉は正しかった。第三宙速をこえていた奴の死体は、やがて観測不能になった。最後に確認されたときには、はくちょう座方面にむかっていたというから回収は無理だろう。

予想外のアクシデントはあったものの、一二〇地球日のトレーニングは予定どおり終了した。トレーニング終了の時点で俺たちは訓練兵《トレイニー》から外宇宙士官《アウター・スペーサー》に呼称がかわり、下士官の一曹だった階級も新任士官の少尉になっていた。俺の配属先は、支援艦《サポーター》のシビル・11と告げられた。あのヘイズ一曹も少尉に昇進した上で、おなじ艦に配属された。

だが配属先が支援艦《サポーター》と聞いた俺は、内心で少しばかり落胆していた。シビル級の支援艦は、最新鋭の航宙艦であることは否定できない。すでにオディセウス計画は終盤に近づき、それぞれの探査機は目的地に近づきつつあった。ということは第三世代の恒星間探査艦でさえ、計画開始から長い年月が過ぎている。

だから支援艦といえども、最新の技術を導入した優秀船であるはずだ。それでも不満は残った。支援艦は支援艦でしかなく、脚光を浴びることはない。行動可能範囲は地球から一光年をこえることがないから、イカロス・シリーズで到達ずみの宙域だった。俺としては一番艦が竣工している多目的外宇宙探査艦——外宇宙巡洋艦《アウター・クルーザー》に、配属されるのを期待していたのだ。だが不満を口にするほど、俺は若くもなかった。命じられれば、粛々と行動するだけだ。

俺とヘイズ少尉の二人は、人員輸送用の小型連絡軌条の車両に乗りこんだ。

# 7

俺は連絡車両《シャトル》の小さな展望窓から、眼をこらして外をみていた。外宇宙巡洋艦《アウター・クルーザー》の一番艦がみえないものかと思ったのだが、それらしい艦影はなかった。当然だった。このセンチュリー・ステーションは、端から端まで千キロもあるのだ。

しかも軍港とはいえ、中央軌条には一般の見学者を乗せた観光船も航行している。そんなところに、係留してあるわけがなかった。しかもその一番艦は、存在自体が噂でしかない。窓からみえるのは内宇宙艦隊のフリゲート艦や、ありふれた輸送船などに限定されていた。

それでも諦めきれずに、窓の外をみていた。やがて俺は、多くの艦船が係留された区画に気づいた。その区画には、軍の歴史が係留展示されていた。中央軌条からも近く、見学者たちは最初にここで展示物をみることになる。

そこには、軍の歴史そのものがあった。他の恒星系を探査するため、はじめて外宇宙へ飛びだしたダイダロスの原型機《プロトタイプ》。外宇宙を周回して帰還した初の有人宇宙船、イカロス3。そして現在も他の恒星系にむけて、飛翔をつづけているオディセウス・シリーズのモック・アップ。それらは軍の歴史であると同時に、人類史のもっとも新しい部分でもある。

人類が本当に宇宙を直視できたのは、二一世紀に入ってからだという。俺もそう思う。太陽系の内部からでは、どれほど眼をこらしても本当の宇宙はみえてこない。最初は目視観測の時代が、長くつづいた。安定した大気の層と天候、それに観測者の視力だけが頼りだった。だがそれは、人類が宇宙に足を踏みいれる以前に終了していた。

解像度の高い望遠鏡と大気圏外に進出した観測基地によって、人類はあらたな視野を獲得したかにみえた。だが無限の広がりを持つ宇宙と、真に接触を果たすのはもう少し先のことだ。一群の巨大な無人探査機が、太陽系から発進するのを待つしかなかった。

ダイダロス・シリーズと名づけられた最初の無人探査機群は、現在の技術水準からみると情けないほど原始的な設計でしかなかった。主機は核融合パルス推進システムで、質量比が一〇〇程度でありながら最高速度は光速の一五パーセントに満たなかった。しかも目的の恒星系に対しては、減速できないまま通過観測《フライバイ》するしかない。

ダイダロス・シリーズは、計七機が外宇宙にむけて発進した。そのうちの何機かは発進から八〇年がすぎた現在も「生きて」未知への飛翔をつづけている。そして十数光年の彼方から、人類に貴重な観測データを送りつづけてくる。

ダイダロス・シリーズは、多くの成果を人類にもたらした。プロジェクトの主目的である近傍恒星系の探査よりも、さらに興味ある事実が恒星間宇宙の観測によって判明した。

それは恒星系の規模や、構造といった具体的なものではなかった。そのため事実があきらかになるまでには、かなりの時間が必要だった。ダイダロスから送信されてきた膨大な観測記録を分析していた研究者によって「可能性が予言された」にすぎない。それだけのために、十数年がついやされた。

宇宙はいつだって謎に満ちている。やがてダイダロス探査計画は終了し、次世代のイカロスやオディセウスによる探査が開始された。それにもかかわらず、客観的な証明はなされずにいた。ただし否定もされなかった。そして超光速航行を夢みる一部の人々を熱狂させた。

光速度は、必ずしも一定ではない。

ダイダロスによる第一次通過観測《フライバイ》の十数年後に、無名の研究者が発表した論文が発端だった。最初のうちは、話題にもならなかった。発表の場がマイナーなサイトだったせいか、ほとんど無視に近いあつかいを受けた。注目をあびはじめたのは、それからさらに一〇年がすぎたころだった。イカロス・シリーズからの報告が入りはじめて間もなく、論文が予言した事実を裏づける証拠が次々にみつかったのだ。

お前にその論文が理解できるのかと問われれば、できないとしか答えようがない。先駆者の論文は、いつだってそうだ。論文によれば不変であるはずの光速度が、数百倍からそれ以上にも達する超光速領域が存在するらしい。

ただし本当のところは、誰にもわからない。発表した本人はすでに亡くなっているし、実際に確認された光速度の違いは数パーセント程度でしかなかった。理論的には数百倍に達するといっても、それを証明する直接的な証拠は確認されていなかった。数パーセントの違いなら確認されたとはいえ、実際には観測誤差だったのかもしれない。

それでもダイダロスは、人類の世界認識を一変させた。はじめて太陽系を飛びだして、自分たちの世界を外から眺めたのだ。その結果、人類は複眼で宇宙を実体視できるようになった。さしわたし一〇光時程度の太陽系という小さな世界から抜けだして、はるかに広大で空虚な外宇宙を旅したのがこのダイダロスだった。

ダイダロスにつづくイカロス・シリーズは、その巨大さにかかわらず地味な存在だった。視野の端に係留されているイカロス3は、長い旅が終わるころには質量の大部分を失っていた。推進剤ペレットの大半を消費した上に、船体質量の大半をしめる一段めは放棄されていた。そのため太陽系に帰着したのは、空《から》になった二段めだけだった。

展示にあたってはライトアップをかねたプロジェクションマッピングで、発進時の船体が復元されていた。おなじ区画に展示されている艦艇群は、巧妙な配置で船体規模のばらつきを一定の範囲内にまとめていた。移動している連絡車両《シャトル》から区画をみると、来訪者の視野や遠近感を知りつくした上で展示区画を設計したことがわかる。イカロスの巨大さが強調されているのに、小型の艦艇を無視していない。視野にしめる各艦艇の印象を、正確に計算しているのだ。

イカロス・シリーズの一号機が太陽系をあとにしたのは、七機のダイダロス群が通過観測《フライバイ》を終了した二〇四〇年ごろのことだ。それまでの開発期間に太陽系の内部をめぐっていた二機の無人機をふくめても、全部で五機しかイカロスは飛翔しなかった。実質的に三機だけが外宇宙に進出したのだが、イカロスの実績はダイダロスを大きく上まわっていた。

イカロス本体の主構造は、ダイダロスと基本的にかわらない。ただ九人の搭乗員が乗り組んだ上で多数の無人探査機を運用する多機能型の探査母艦となるため、フライバイに特化した単機能型のダイダロスとは比較にならないほど巨大な船になっていた。

多くの機能を付加したイカロス探査艦は、ダイダロスと違って諸元は同一ではない。目的の違いによって、規模や搭載される機器が大幅に変化する。ところが軌道の基本設定は、どの探査艦も同じだった。クロソイド・ターンと通称される周回軌道で、母艦となる本体は太陽系から一光年以上はなれることはない。

イカロス3の場合は補助ブースターによって一Gの加速を二三〇日間つづけ、最初の目標であるバーナードにむけて〇・五五光速で突進することになる。ここで補助ブースターを放棄し、慣性飛翔のあとバーナードにむけて無人探査機を分離していた。

その後イカロス本体は進行方向に首尾線を直交させ、主機の一段めに点火した。このときからエンジンの噴射方向は、常にイカロスの進行方向とは直角に保たれる。そして初期には〇・三Gだった横方向加速は、燃料を消費するにつれて増大し軌道の曲率も大きくなった。クロソイド・ターンと通称される所以《ゆえん》だが、ブーメラン・ターンともイカロス軌道とも呼ばれている。

分離された無人探査機は、イカロス本体から与えられた初速でバーナードに飛翔をつづける。そして目的地に近づくと、前方制動プレートを展張してブレーキをかける。最終的には逆噴射エンジンによる減速で、バーナードをめぐる周回軌道に乗った。したがってダイダロスでは通過観測しかできなかったバーナードを、今度は充分な時間をかけて探査できたのだ。

無人探査機には孫機が搭載され、徹底した探査が実施された。

イカロス本体はその後もカーブを描きつづけ、第二の目的地である射手座Ｖ一二一六に進行方向が一致した瞬間に第二の無人機が分離された。あとはそのくり返しだ。次々とイカロス３は探査目標に無人機を送りだし、最終目的地である太陽系に正対した時から直線減速運動に入って帰還した。

訓練中にその話を聞いたとき、俺は一人で笑っていた。前世紀の末に実用化されたＭＩＲＶ――母機に搭載された複数の核弾頭を別個の目標に誘導突入させる兵器のことを、思いだしたせいだ。ＭＩＲＶとイカロスの、基本的な設計概念は一致している。俺は軍という名にこだわっていたヘイズ少尉の横顔を、ちらりと盗みみた。この際だからヘイズ少尉の見解を、質してみたかったのだ。だがヘイズ少尉は、俺の視線に反応しなかった。

たぶん問い質しても、ヘイズ少尉は答えられなかっただろう。というより、俺を納得させることはできなかったと思う。最初に話を聞いた時、俺は不思議でならなかった。何故イカロスは、そんな面倒くさい方法を選択したのか。もっと他にシンプルで、コストも低く抑えられる方法がありそうなものだ。

俺の問いかけに対して、様々な返答が寄せられた。効率とコストを比較検討すると、イカロス方式が実はもっとも有利であるとか、実績づくりのために生きた人間を外宇宙に放りだして、回収するのを最優先にしたせいだとか、無人探査機を分離する寸前まで人間の手で整備できるから、かえって経済的なんだとか、憶測まじりの説明が山ほど返ってきた。だが、俺にはよくわからなかった。どの説明も本当らしくて、かえって胡散くささを感じるのだ。

——もしかすると人間たちの熱意が、低下したのが原因かもしれない。

そう考えた。俺が疑問を感じたのは、計画自体が矛盾を内包していたからではないか。外宇宙探査に対する関心が失われた結果、根本的な疑問が噴出した可能性がある。

ダイダロス計画の成果を受けてイカロスは発進していったが、その事実が人々を熱狂させることはなかった。それでもイカロスによる外宇宙探査は、めだたないが着実に新しい知識を人類にもたらした。ことに三機のイカロスが共同で実施した星間物質の密度と特性に関する観測は、試作段階に入っていたラムジェットエンジンの実用化を大きく前進させた。

そして第三世代のオディセウス探査艦が、満を持して発進していった。オディセウスには恒星間物質を燃料とするラムジェットエンジンが、主機として搭載されていた。オディセウスの出現によって、推進剤を搭載する従来の航宙船はすべて旧式化した。そして最後の世代になるイカロスは、人類が建造した最大の構造物として歴史に名を残すことになった。

ただ外宇宙探査の全容を概観すると、かなり奇妙な点があることに気づく。あまりにも探査を急ぎすぎているとしか思えないのだ。はじめて近傍恒星系の有人探査を実現したオディセウスの一号機が、太陽系を離れたのが二〇五一年——つまり今から二五年前のことだ。先行するイカロスが外宇宙に進出してから、一〇年と少ししか過ぎていなかった。

その時イカロス3から分離した無人探査機は、バーナードの周回軌道に入りつつあった。ただし探査機の発信した最初の報告が、太陽系に届くのは六年後のことだ。他の星系に至っては、無人探査機が到着さえしていない。

だから、軍なのだ――ヘイズ少尉なら、そういうだろう。オディセウスは探査の最前線にあって、戦略を構築しながら未知の宙域を突進している。たしかにこれは、文民組織では不可能なのかもしれない。発進した時点でオディセウスは、どこで何をするのかという基本的なことさえ確定していなかった。

オディセウスは、六機が外宇宙にむけて発進した。軌道の基本はイカロスと同様のクロソイド・ターンになる。ただしオディセウスは、全方位ラムジェットによって軌道を修正していく。そしてイカロスの無人探査機によって偵察された恒星系に、探検隊を次々と降下させていった。

降下した探検隊を収容するのは、先発のオディセウスから数年おくれて発進した別のオディセウスだった。より詳細な探査が必要な星域では、第一次探検隊の収容と共に第二次探検隊を降下させていく。イカロスと同じ星域を探検するのに、二倍のオディセウスが必要なのはそのせいだ。しかし計画どおりにことがはこんでいるのか、誰に聞いても本当のことはわからない。このあたりになると、また軍の秘密主義が頭をもたげてくる。

基本計画は太陽系発進前に決定されているが、地球周辺の基地で計画の進捗状況を確認しながら集中管理する方法はとっていなかった。計画自体も柔軟性の高いものだったから、現地部隊の自由裁量にまかされる範囲が広かったのだ。

現実的なことをいえば、最短距離にある恒星系でさえ数光年の距離があるのだ。とてもではないが、地球周辺で集中管理する方法はとれない。その点からするとオディセウス計画は、観測や探査というより「探検」という言葉が似つかわしかった。

二機一組でひとつの星域を担当するオディセウスは、探検隊の輸送以外にも重要な任務を帯びている。イカロスから分離した無人探査機や、現在も未知の宙域を突進しているダイダロスからの報告を太陽系に中継送信するのだ。単に中継するだけではない。受信した情報を分析評価し、オディセウスの具体的な探検計画まで艦内で決定してしまうのだ。そのためのソフトウェアはもとより、ダイダロスやイカロスをふくめたハードな部分までがオディセウスの内部に取りこまれていた。

ダイダロスは人類の視点を、外宇宙に進出させた。そしてオディセウスに至って人類は、頭脳の一部までを外宇宙に移動させてしまった。

俺たちはオディセウス探検隊の帰還が、いつになるのか知らなかった。おそらく乗員自身も、知らないのだろう。何十年もかかる長い旅に、よく乗員《クルー》がおとなしく従ったものだ。視点ばかりか脳までが外宇宙に進出した現状では、抗《あらが》うことなど無意味なのかもしれない。

たぶん奴らも俺のように、状況がよくわからないまま旅立ったのだと考えられる。未知な世界に対する漠然とした期待を胸に、外宇宙への道をたどったのではないか。拙速としかいえないオディセウスの発進も、そう考えれば理解の範囲内だった。

それでも、根本的な疑問は残る。彼らはどうして、それほど急いでいるのか。イカロスから正式報告が到着する一〇年やそこらが、なぜ待てなかったのだ。

視界から遠ざかる様々な航宙船をみながら、俺はとりとめもなく考えていた。

## 8

窓外の景色が、ふいにめまぐるしく変化した。連絡車両《シャトル》が軸回転の姿勢制御をしたらしい。それまで左側の窓からみえていた係留施設が、足もとの方へ沈みこんでいった。すぐに床と周囲の壁から、不規則な振動が伝わってきた。無重力状態だった車内に、かすかなGが発生していた。だがつかの間の重力は、すぐに消えて車内は無重力状態にもどった。

連絡車両《シャトル》は本線を離れて、引込線のひとつに乗り入れたようだ。一部の大型車両では荷崩れをふせぐために、軸回転による微小重力を発生させているらしい。その車両から派生した豪華旅客列車も計画されたが、車両の外壁が客室の床になるため窓が設置できないという話を聞いた。

仮に窓を作ったところで、景色が入れかわるのでは乗客たちが眼をまわす可能性がある。仕方なくダミーの窓を設置して、星空の映像を投影することに落ちついたらしい。本末転倒としか思えないが、地球から来た観光客の感覚はこの程度だろう。

俺は身を乗りだして、窓外の景色に眼を走らせた。分岐した支線の先端に、艤装用の係留施設があるはずだった。シビル・11はそこに係留された上で、最後の工事をおこなっている。角度は悪かったが、なんとかシビル・11の船体を確認できた。

——支援艦《サポーター》？　これが……。

俺は自分の眼を疑った。事前の予想は、すべて外れた。シビル・11は寄せ集めの補助艦艇などではなかった。単独で長期にわたる航宙も可能な、一時的には外宇宙探査も代行できる支援艦らしい。シャトルが支線に乗り入れていなければ、係留されたシビル・11に気づかず通りすぎていたかもしれない。

配属先が確定したときから、俺は思いつくかぎりの方法でシビル・11の情報を集めた。結果は俺を落胆させるものだった。小型で低速の補助艦艇で、オディセウスのように最初から外宇宙探査を目的として建造されたわけではない。探査計画の進展にともなって支援艦艇の不足が深刻化し、民間船舶の徴用と最低限の改造によって急速整備されたらしい。

そのため外宇宙艦隊の艦艇としては小型で、船体には余裕がなかった。したがって搭載するエンジンの推力や推進剤の量には、大きな制限があった。当然のことながら航宙可能期間は短く、専用の外宇宙探査艦にくらべると格段に見劣りする。イカロスやオディセウスとちがって、補給なしでは太陽系を離れることも難しい。

詳細については推測が入りまじっているが、新造された外宇宙探査艦と船団を組んで発進直後の航宙を支援するものと思われた。ただしシビル級の支援艦が、量産されたという情報は確認できなかった。一〇隻の同型艦が新造されたという事実もみつけられずにいた。だから来歴のことなる雑船をひとまとめにして、通し番号をつけたのだと考えていた。だが、これは見当違いだったらしい。

全貌をみせたシビル・11に、民間の商船を改造した形跡はなかった。基本的な構造は、オディセウス級の設計を踏襲しているようだ。かといって、既成艦を改造したとは思えない。竣工ずみのオディセウス級探査艦は、いずれも外宇宙にむけて発進していった。するとシビル・11は、オディセウス級探査艦をベースに改設計された支援艦ということになる。

――もしかして……噂されていた外宇宙巡洋艦《アウター・クルーザー》は、これのことかもしれない。

そんなことを、ふと思った。シビル・11の原型が、オディセウス級であることは歴然としている。ことに船体後部の特徴ある外形は、恒星間ラムジェット推進システムの搭載を裏づけていた。無論、初期のころにくらべると格段に出力は向上している。

接近しつつあるシビル・11では、最後の工事をおこなっているはずだ。少しでも早く詳細を知ろうとして、俺は眼をこらした。艤装工事の基礎となる作業台船は、船体の艦尾部分に集中して仮固定されていた。さらに台船の周囲には、多数の作業員が蝟集《いしゅう》している。工事用のライトに照らされて、原色を多用した識別用の気密作業服がみわけられた。

一体、何の工事なのかと俺は思った。だが、そのことを深く考えている余裕はなかった。間もなく「駅」に到着するらしく、シャトルは小刻みに姿勢をかえている。そのたびに視野が大きく変化し、次第にシビル・11は大きくなっていった。

それにもかかわらず、俺には何の工事か見当もつかなかった。艦尾の周辺に作業は集中しているようだが、推進機関の関連工事ではなさそうだ。相当に大規模な機構を付加するらしく、テザーで連結された作業台船の列が星々の海にむけて長くのびていた。末端までの距離は数キロ程度あると思われるが、あらたな主機を追加搭載したのではなさそうだ。かといって、通信機器や観測装置とも思えない。いずれにしても、俺には判断のしようがなかった。

すぐにシャトルは停止した。機械音と混合気の噴出音が重なって、ドッキングの完了を示すサインが点灯した。ヘイズ少尉と俺はスタッフバッグを手に、開かれた気密扉を通過した。

船内に入ったところで、二人の兵科士官が待っていた。そのうちの一人が、俺の上官であり相棒でもあるキム大尉らしい。さらに大尉は航宙期間が長期にわたる場合の、人的なスペアパーツでもあるというから、臓器移植をともなう手術のときには必要なパーツを融通しあうのだろう。ただのジョークかもしれないが、信じている奴は意外に多い。たがいにバックアップをすることで、ときには一〇年をこえる無補給の支援活動にそなえることになる。

その事実が、シビル・11の任務を明確に語っていた。やはり俺たちにあたえられた任務は、途方もなく長い航宙をともならうらしい。キム大尉によれば俺に期待されていることは、大尉が欠けた場合のスペアに限らなかった。他科の士官乗員の代行はもとより、戦闘幹部である艦長や副長の業務もこなすことになるようだ。

さすがに任官したばかりの少尉には荷が重すぎると判断したのか、非常時のマニュアルは詳細に整備されているらしい。艦長や副長が戦病死した場合には、死者の人格や経験をうつしとった戦闘幹部の仮想人格が起動するともいわれていた。

薄気味の悪い話だが、あまり信用できそうにない。そのような技術が本当に実用化されていたら、有人艦自体がなくなるだろう。冗長度を充分にとって人的な損耗にそなえたのは、人的資源に対する信頼感が強かったからだ。欠けた乗員の肩代わりができるのは、おなじ乗員だけなのだ。

着任の挨拶をすませた俺は、最優先で乗員の編成を把握しようとした。最初に確認したのは、艦長《キャプテン》の階級だった。この船では中佐《コマンダー》が艦長の定員らしく、スミス艦長よりも上級者はいなかった。その一点だけを根拠に断定するのは早すぎるが、シビル・11の大雑把な格付は見当がついた。オディセウスのように主力艦あつかいはされないものの、支援艦の大半をしめる量産された小型艦よりは格上らしい。

主力艦は現在でも伝統的に、大佐《キャプテン》が任じられる。艦および乗員が被害を受けても任務を継続できるように、中佐《コマンダー》の副長が配置されることもあった。だが現実はそれほどマンパワーに余裕がないから、副長は欠員のまま艦長直属の副官が実務をこなすことになる。副官の階級は大尉《ルテナン》が一般的だから、辻褄はあっている。

艦長が中佐である点からすると、シビル・11が主力艦につぐ重要艦艇であるといってよさそうだ。おなじ支援艦でも小型の艦艇や商船改造の支援特務艦には、少佐が艦長として充当される。副長や副官は不在だが、戦闘に参加する機会は多くないから現行の体制で充分なのだろう。通常は最古参の兵科将校などが、先任将校として手腕を発揮することになる。

艦長のスミス中佐は、発令所で当直勤務についていた。軍港の艤装岸壁に係留されて工事中なのだから、艦長が発令所にいる必要はないはずだ。労務災害などが発生すれば責任を問われる可能性もあるが、あまり気にするほどではなかった。未知の外宇宙に進出すれば、事故や錯誤による消耗は日常茶飯事だった。律儀すぎる人物では、すぐに限界がくる。

主力艦に準じる重要艦船の艦長にしては、スミス中佐は意外なほど若かった。外見をみるかぎり、三〇歳をいくらも越していないはずだ。おそらく将来を約束されたエリートなのだろう。教育期間のごく初期から、外宇宙艦隊幹部要員として育成されていると思われる。そしてシビル・11などの支援艦艇の勤務をへたのち、主力艦を指揮することになるのだ。下士官からようやく少尉に昇進した俺には、想像もつかないエリートといえる。

それも当然だった。二〇年以上も前に発進したオディセウスでさえ、相当な軍事予算が投入されている。俺たちのような不可解な手順で再入隊をしいられた者に、元手のかかった主力艦はまかせられない。艦長などの選抜には、何重もの検査がくり返されたのではないか。

艦長のスミス中佐は、着任の申告を終えた俺たちに眼をむけようとしなかった。興味を持っていないかのようだが、無論そんなことはない。当直のシフトからすると、我々はここに存在するはずのない要員だった。しかも言葉をかわせば、すべては私語とみなされる。

それ以上、ここにいるべきではなかった。発令所にいた当直要員に挨拶をすませて、俺たちは退散した。キム大尉につれられて、艦内の主要な部分と居住区画を確認した。だが次の直までには、まだ間があった。

居住区画の寝棚は、体を横にして休む以外の用途はない。艦が巡航加速中には一方向にのみ荷重がかかるから、寝棚は行儀よく縦に数段ずつ重ねてある。入りこんでしまうと、寝るしかすることがなくなるという無粋な代物だった。

キム大尉は心得た様子で、寝棚の列をすり抜けていった。

## 9

俺たちの乗艦であるシビル・11は、様々な意味で特異な艦だった。

専用の探査艦であるオディセウス級にはおよばないものの、支援艦艇としては群を抜いた航宙能力を有していた。そのことは、艦内構造からも推測できた。無駄なスペースをつくらない合理的な設計だが、一方で長期の航宙に乗員が耐えられるよう居住性も重視している。

キム大尉につれていかれたのは、一見しただけでは用途のわからない空間だった。ほんの数分ほど前に通りすぎたときには、先導するキム大尉にメスルームだと説明されていた。たしかに定推力加速が長時間にわたって連続しても、その間に断続的な自由落下状態が加わっても食事はできそうだ。だがこの部屋が生まれたのは、それだけが理由だとは思えなかった。

メスルーム本来の用途に限定するのであれば、これほどの広さは必要ない。非直のものが交代で食事をとればいいだけだから、一度に三人からせいぜい五人分の席があれば充分だった。だが用意されている席は、ちょうど乗員の数――九人分あった。

「非直の乗員が寝棚以外でもっとも長い時間をすごすのは、この部屋ということになります。九人全員がたがいの顔をみながら、話しあいができる唯一の場所でもある」

つまり休息室かと、俺は思った。無論それだけではないらしい。外宇宙艦隊では年単位で航宙計画を組むことが多く、初期のころはプライバシーなどないにひとしかった。現在ではかなり改善されているとはいえ、人数分の個室を用意する余裕はない。

そんな艦内で、唯一プライバシーが確保できる場所がメスルームだった。九人分の席には専用の端末が備えつけてあるから、空いた時間には仮想空間にアクセスして娑婆の生活を疑似体験できた。もっとも実際に利用されているのかどうか、俺は知らない。

その後にわかったことだが、艦長の姿をここでみかけることは滅多になかった。機密事項をあつかうことも多い艦長には、公室が用意されているから必要性を感じないのかもしれない。さもなければ多少の距離をおく方が、艦長のあるべき姿だと考えているかただ。

いかにもエリートという印象を受けるスミス艦長と違って、キム大尉にはある種の親しみやすさがあった。すでに歴年齢は五〇歳を過ぎているはずだから、外宇宙探査の支援任務につくのはこれが最後になるのではないか。

この年齢で大尉の階級ということは、初級の技術兵からはじめた苦労人だと思われる。何度もくり返された昇進試験はもとより、健康管理にもぬかりはなかったはずだ。たしかに俺たちのような「コストの高い」技術科士官は、優先的に先端医療を受けることができた。それでも違いは無視できない。

キム大尉はサーバーから代用コーヒーのパックをとりだして、ひとつを俺にすすめた。俺は礼をいってパックを受けとり、つきだしたストローをくわえた。味は期待していなかった。どのみち無重力状況下で飲むコーヒーだから、生ぬるい流動食のような代物が普通だった。ところが最初の一口を口にふくんだところで、俺は予想が外れたことに気づいた。切なさを感じさせるほど、ノスタルジックな味だった。鼻の奥から舌先にかけて、心地よい刺激が広がってくる。その上に焙煎《ばいせん》されたコーヒー豆の、馥郁《ふくいく》たる香りが伝わってきた。

――これが……軍用の代用コーヒーなのか。

信じられない思いで、手の中のパックに眼をむけた。中身だけを入れかえたわけでは、なさそうだった。まずい飲料品の代表格だった代用コーヒーのパックを、ここまで変化させた腕は尋常ではない。一体どんな手を使ったのか、見当もつかなかった。俺はたずねた。

「あの……このコーヒーは――」

「どこの生まれだったかな、少尉は」

問いかけた俺を、はぐらかすようにキム大尉はいった。そのせいで俺の言葉が、勢いを失った。大尉自身は時間をかけて、コーヒーを楽しんでいるようだ。無粋なことは聞くなと、いわれたような気がした。そう思ったときには、問いかけに答えていた。

「ルナ・ラグランジュ点のコロニーですが」

代用コーヒーのことを、忘れたわけではない。長すぎる航宙期間を利用して、じっくりと教えてくれるのだろう。世界から切り離されたかのような航宙艦内で、楽しみをみつけだすのは難しい。その貴重な楽しみを、停泊中に消費してしまうのは勿体《もったい》ない。そう諭されたような気がしていた。キム大尉は、かすかに笑みを浮かべて応じた。

「私はルナ・ティコクレーターだ……。近所とはいえないが、同郷といっていいかな」

俺も愛想笑いを返した。いまはコーヒーを美味くする方法よりも、大事なことがある。人のよさそうなキム大尉の反応につけ込んで、俺は次々に質問をむけた。まだ会っていない乗員のことや、今後の予定などを次々に質問していく。

俺の感触では、キム大尉はかなりの情報通だった。人生のほとんどを航空宇宙軍の艦隊勤務についやしているから、他の艦に知りあいも多いらしい。多数の艦船が係留されている泊地では、黙っていても情報が集まってくるようだ。

手ごたえは充分にあった。キム大尉は俺の知りたいことを、何でも教えてくれた。シビル・11は現在進行中の艤装工事が終わり次第、編成されて間のない乗員の訓練に入る。訓練の詳細はキム大尉も把握していなかったが、大型の機器をあらたに搭載するのであれば訓練期間に少なくとも一ヵ月は必要だった。

工事の完了までに一ヵ月かかるとすれば、訓練期間とあわせて二ヵ月は行動できないことになる。訓練を終えると恒星間宙域の探査に出動する予定だというが、少なくとも艤装工事の進行中は余裕がありそうだ。俺に家族はいないとはいえ、工事期間を利用すれば身辺整理くらいはできそうだ。

俺は連絡車両《シャトル》からみた光景を思いだしていた。多数の作業員が手がけていたのは、その艤装工事らしい。キム大尉によれば船体の後方にレーザ反射板を設置して、太陽系に帰着した時の制動システムとして利用するようだ。ただし減速のエネルギー源となるレーザビームの発射基地は、まだ設計段階だともいっていた。

恒星間宇宙に我々が発進してから、四年ないし五年後には完成するらしい。計画どおりなら完成したばかりの基地が、最初に減速用のレーザを放つのは我々のシビル・11になるという。ということは、もし未完成なら俺たちは減速できずに太陽系を素通りするしかない。

乱暴な話だと、俺は思った。基地完成までの数年が、なぜ待てないのか。軍の強引なやり方には、呆れるしかなかった。その上にシビル・11は航宙期間の大部分を、死荷重《デッド・ウェイト》である レーザ反射板を抱えこんで飛翔することになる。

全開にすれば半径一〇キロもの巨大な円盤だが、巡航中は二段階で折りたたまれる。直径一〇〇メートル程度のコンパクトな形状になるというが、折りたたむだけで一カ月はかかるという厄介な代物だった。

かといって手抜きをすると、肝心なときに不具合が発生しかねない。巡航中に突然ひらいても困るが、減速の直前になって作動しないのはもっと困る。ところが実際には、それよりもさらに困った事態になりそうだという。航宙時の使い勝手をしらべるために、反射板の開閉試験を何度かおこなう予定らしい。

冗談ではないと思った。もしも外宇宙を航行中に作動不良を起こしたら、救難隊の出動は期待できない。原則的に外宇宙艦隊は、すべてのトラブルを自分たちで収拾することになっている。ロボットでも修理できなければ、俺たちが船外活動で片をつけるしかなかった。

不測の事態が発生すれば、万難を排して対処する覚悟はできている。ただし俺たちの覚悟を、最初から計画に織りこまれても困る。それが本音だった。

「スミス中佐は……艦長は、どんな人物なんです」

腹立ちまぎれに、艦長に対する不信感をあらわにしていた。キム大尉の表情が、わずかにくもった。それから、めだたない仕草で左右をみまわした。このときメスルームには、俺たちしかいなかった。大尉は声を落としていった。

「艦長はサイボーグだ。外見は普通とかわらないが、内臓のいくつかを強化している。だから片道一〇光年をこえるロング・ミッションでも、安心して送りだすことができる。地球周回軌道を離れたことのない艦隊司令部の連中には、実に使い勝手のいい指揮官だ。

出身はK・R‐6の高等士官学校というから、技術兵あがりの我々にとっては超のつくエリートだ。普段はあの通り無口だから、何を考えているのか見当もつかないが」

「K・R‐6……ですか」

記憶にある識別符号だった。記憶は一瞬後にもどってきた。ブラッドレーと俺の母親が、いたはずの小惑星だった。俺は勢いこんで問いただした。

「K・R‐6には、軍の研究所があったと聞きましたが」

「ずいぶん……古いことを知っているな。たしかにK・R‐6には、研究施設がおかれていた。現在の高等士官学校は、その研究施設を拡充した上で再編したものらしい。私自身は内宇宙艦隊で勤務していたとき、何度か支援業務で足を踏みいれた程度だが」

「K・R‐6に、行ったことがあるんですか！」

俺は思わず声をあげていた。キム大尉は驚いていたが、かまってはいられなかった。俺は勢いこんで、再入隊せざるをえなかった事情を話した。躊躇はなかった。キム大尉なら信頼できそうだったし、情報源も多いから何か知っているかもしれない。

そう見当をつけたのだが、期待に反して大尉から有力な情報は入手できなかった。じっと俺の話を聞いていたあと、すまなそうに大尉はいった。

「申し訳ないが、時期がずれているようだ。私がはじめてK・R‐6の支援業務に関わったのは、事件があった年から五年もあとのことだから……。私はブラッドレーという人物も、マヤという女性のことも知らない」

俺は少なからず落胆した。とはいえ俺が再入隊前に駆けずりまわっても把握できなかった真相が、そう簡単にわかるとは思えない。気をとりなおした俺は、しつこくたずねた。

「K・R‐6では、何の研究が行なわれていたのですか？」

俺の問いかけを聞いたキム大尉は、あきらかに困惑していた。だが俺にも、引き下がる気はない。大尉を直視して、返答を待った。長い時間は必要なかった。すぐにキム大尉は視線をそらし、周囲をみまわした。それから、一段と声を落として俺に囁いた。

「機密事項に指定されているが、なにぶん昔の話だ。現在では公然の秘密になっているから、私の知る範囲に限って話すことにする。ただし、他言は無用だ。くれぐれも、ここだけの話にしておいてくれ」

俺は無言でうなずいた。大尉は時間を無駄にしなかった。すばやく要点をまとめて、俺の知りたかったことを教えてくれた。

「K・R-6で進行していたのは、外宇宙環境に特化したサイボーグの研究だった」

即座には理解できず、俺は首をかしげていた。「サイボーグの研究」だけならわかるのだが「外宇宙環境に特化した」とは、どのような意味なのか。スミス中佐自身が外宇宙環境に特化したサイボーグで、航宙期間を利用してK・R-6の研究を継続するのか。

事情がよくわからないまま、キム大尉に問い直した。スミス中佐は高等士官学校に在籍していたとき、外宇宙環境に適したサイボーグに改造されたのか。そうたずねたが、大尉は大きく首をふって俺の誤解をただした。

「当時サイボーグの概念は急速に変化しつつあった。改造後も人としての外見を維持しているサイボーグ体は『在来型』として区別され、実績のある信頼性の高い技術体系という評価が確立している。

本来は医療用に開発された技術だが、宇宙における生活圏の拡大にともなって航空宇宙軍でも導入されるようになった。当初は既存の技術を利用するだけだったが、次第に軍用の技術が開発されるようになった。この段階では、まだ『在来型』の技術しかなかった。ただ改造手順が簡略化されているから、量産が容易で改造ずみの個体数は多い。そのかわり、改造される部位は限定される。

スミス艦長は主力艦につぐ重要艦船の指揮官として、基本的な改造が義務づけられている。高重力環境下の作業を可能にする骨格の補強と筋力の強化、そして緊急時に酸素の消費量を低くおさえる改造は終わっているはずだ。ただし感情の抑制や記憶力の増大につながる脳の機能強化は、個人差があるから現状では判定がむつかしい。

つまり航空宇宙軍におけるサイボーグ技術は、宇宙空間における生存性を高めるために開発されたといえる。これを外宇宙環境にまで拡大したのが、当時K・R－6で研究が進められていた新たなサイボーグ技術だ。他部隊の支援が期待できない外宇宙で、長期間にわたる独立行動が可能な改造生体の実用化をめざしていたようだ」

淡々と話すキム大尉の声は、別人のように低くて陰気だった。まだ状況を理解していない俺でさえ、大尉の言葉にはつよい違和感が残った。一般的にいえばサイボーグの存在価値は、外見を変化させることなく身体能力を飛躍的に向上させることにある。したがって軍を退役しても、素知らぬ顔で生まれ故郷にもどることが可能になるのだ。

最初から人としての尊厳を放棄したかのような技術開発には、不快感しかおぼえなかった。吐き気がするほどだが、曖昧にすませる気はなかった。俺は嘔吐感をこらえて聞いた。

「その……外宇宙環境に特化したサイボーグ体というのは、具体的にどのようなものを指すのでしょう。従来から存在するサイボーグ体についての概念が、通用するか否かだけでも知りたいのですが」

俺の貧弱な想像力では、人の形から逸脱した化け物しか思い浮かばなかった。脳や肺の能力が突出して高く、頭部や胸郭が異様に発達した航宙士が生まれると考えたのだ。ところが俺の認識は、まだ不充分だった。航宙艦なみの機動力と長期にわたる自己修復能力を持たなければ、外宇宙環境に特化したとはいえないのだ。

キム大尉の反応は、予想よりも遅かった。ただ返ってきた言葉は、明快で隙がなかった。しかも俺の勘違いを、的確に指摘してくれた。慎重に言葉を選びながら、大尉はいった。

「誤解を恐れずにいえば、サイボーグ体の概念が変化したという事実はない。サイボーグ技術の長所も弱点も、当時K・R－6でおこなわれていた研究に受け継がれていた。種としてのヒトが可能な作業には限界があるが、人類はその限界をこえるためにあらゆる努力をくり返してきた。そのひとつが個体のサイボーグ化であり、ヒトの機能を機械あるいは人工臓器に置き換える研究がつづけられた。技術開発によって、限界を無効にしたのだ。

そう考えれば、外宇宙環境に特化したサイボーグ体の概念も理解しやすいのではないか。群を抜いたパフォーマンスを有するサイボーグ体であっても、宇宙空間に放置されればいずれ死ぬ。ことに在来型には制約が多く、自力で移動する手段も持たないから生存は至難の業だ。ところが在来型であることにこだわらず、外見上の制約を一切なくせばどうなるか。

ひとことでいえば、ヒトと航宙艦のハイブリッドだ。当時の研究者たちは考えた。ヒトの機能を機械や人工臓器で代替することが可能なら、航宙艦自体をサイボーグ体のあらたな外部器官と認識しても問題は生じないと。

その言葉の意味を理解したとき、俺の全身を形容しがたい戦慄が駆け抜けた。さらりと口にしたが、キム大尉の語った事実は重大だった。サイボーグの概念を拡大解釈した結果、当時の研究者たちは神の領域にまで踏みこんだらしい。ヒトの進化に干渉して、あらたな亜種を生みだそうとした。

このとき俺は、宇宙の深淵をのぞき込んだかのような恐怖を感じていた。理由はわからない。科学技術が進化の途上で、意図的に無視してきた事実に触れたようだ。その自覚が、得体の知れない恐怖に形をかえた。

それほど大尉の言葉は、衝撃的だった。その研究が実現していれば、航宙艦の概念は一変する。操艦するのは生体から取りだされた脳であり、艦内に張りめぐらされた神経組織が艦の動きを伝えるのだ。メイン・エンジンの出力調整や姿勢制御は、艦の中枢部にすえられた脳からの命令で実施される。ヒトが手足を自在にあやつるように、サイボーグ航宙船は星々の大海を航行することになる。

情報の流れも、同様に処理されるはずだ。通常の有人艦と違って、各種センサからの情報をヒトが認識可能な帯域に変換する必要はない。サイボーグ艦の中核をなす脳なら、可視光以外の電磁波を直接「みる」ことができるからだ。全天にちりばめられた星々を見上げる少年のように、サイボーグ艦の制御中枢は星々の動きや電磁波の放射から世界を認識するのだ。

幼かったころ母の腕に抱かれてみた星空よりも、さらに濃密で広大な星々の世界をサイボーグ艦は視野におさめることができる。航宙艦をそっくりサイボーグに改造すれば、生身の搭乗員が操艦するシステムは必要なくなる。現状ではセンサからの情報を可視化し、観測要員が表示された数値を読んで艦長の決断を待つという面倒な手順をこなすしかない。

ところがサイボーグ艦なら状況の認識と同時に、攻撃命令を下すことが可能になる。情報の直接的な運用によって、誤差や錯誤を低く抑えることも可能だった。必然的に運用効率が上昇して、即応性の向上が期待できる。初期不良をのぞけば、原理的に問題はないはずだ。

それにもかかわらず、サイボーグ技術は停滞しているように思えた。外宇宙艦隊の艦船は、現在も有人で運用されていた。もしも研究が充分な成果をあげていたら、主要艦船の相当数はサイボーグ化されているはずだ。艦船のサイボーグ化と無人化は別系統の技術だが、たがいに重なる部分は存在する。少なくとも有人艦の省力化には、役立てることができるはずだ。

ところが支援艦とはいえ最新の技術を投入して建造されたシビル・11は、九人もの搭乗員が乗り組んでいる。つまり数世代前のイカロスと、乗員編成の点では同一と考えていい。あらたな技術が導入されていたら、現在よりも小規模な艦になっていたと思われる。ということは航宙艦のサイボーグ化は、実現しなかったと判断してよさそうだ。

その点が気になって、キム大尉に現状をたずねた。大尉の返答は明快だった。研究は成果をあげていたらしく、原型艦《プロトタイプ》が何機か製造されていたようだ。ただし俺が漠然と想像していたような、本格的な航宙艦ではなかった。イカロスやオディセウスに搭載されたプローブ（無人探査機）と、同等の規模と性能を有する機体だった。

「そのような機体を、本当に投入したのですか……」

すぐには信じることができずに、俺は問い返した。ほんの少し想像力があれば、容易に気づくことだ。外宇宙探査船を発進したプローブは、自力で機動することはできない。大出力のエンジンは搭載しておらず、探査対象の間近をフライバイするだけだ。観測が終われば目的の星系を通りすぎて、宇宙の深淵に呑みこまれていく。回収する方法はない。それどころか軌道も不明のまま、放棄されることになる。

つまり安価な使い捨ての観測機材と、かわるところはない。そんな片道だけの遠い旅に、あえて我が身を投じる者がいるとは思えなかった。現実的には在来型のサイボーグから、志願者をつのる以外の方法は思いつかなかった。だが人間らしさを残した在来型と、外宇宙探査機では雲泥の違いがある。心理的な抵抗は、無視できないのではないか。

――それとも……事故で再起不能の重傷を負った軍人に、因果をふくめたのか。

そんなことまで考えて、キム大尉を問いただそうとした。だが俺の言葉は、途中で勢いを失った。いつになく鋭い眼で、大尉が俺を見返していたからだ。いくらか声を落として、キム大尉はいった。

「先ほどもいったとおり、これは風聞の類で確証はない……。その上でいうのだが、実際に製作されたのは減速が可能な大型の探査機だった。軌道を選択することはできないが、減速によって目的の星をめぐる軌道に乗ることは可能だ」

おなじことだと、俺は考えていた。多少は回収率が向上するかもしれないが、自由意思で志願する奴があらわれるとは思えなかった。その点をたしかめたかったが、キム大尉も真相は知らないのかもしれない。そう判断して口を閉ざしていると、大尉はもとの穏和な口調にもどって言葉をついだ。

「おそらく少尉の懸念は、正しいのだろう。一隻や二隻のプロトタイプならともかく、サイボーグ探査機の量産には無理がある。軍は戦闘艦にもサイボーグ技術の導入を考えていたようだが、最終的には計画だけに終わった。何故だかわかるかね」

「それは……原型となるサイボーグ志願者が、集まらなかったからでしょうか」

そうとしか、答えられなかった。戦闘艦のサイボーグ化という重大事を、さりげなく大尉が口にしたからだ。ところがキム大尉の次の言葉は、それ以上の驚きを俺にもたらした。大尉は淡々と告げた。

「反乱をおそれたからだ。戦闘艦に搭載された兵器群で味方を攻撃すれば、艦隊ひとつを消滅させることもできる。外宇宙探査機は非武装だが、本質的な問題にかわりはない。そのせいでサイボーグ航宙艦の量産計画は、すべて白紙にもどされた」

――ということは……実際にサイボーグたちの反乱が発生したのか。

ごく自然に、そう考えていた。現実の世界で味方艦への攻撃や、命令不服従が発生したとは限らない。シミュレーションによって、その可能性が高いと判定されたとも考えられる。いずれにしても、主要艦艇をサイボーグ艦に置きかえる計画は実現しなかったようだ。少数のプロトタイプを別にすると、量産型の実艦が建造されたという事実も確認されていない。いまのところ戦闘艦は有人、外宇宙探査機は無人という原則が守られていた。

俺は深々と息をついた。ブラッドレーの話に、あからさまな嘘はなかった。かといって、事実だけを話したとも思えない。しかも重要な点は「知らない」で押しとおした。基地に長期滞在していながら、何の研究がおこなわれていたのか知らないというのは妙だった。

いくらメンテナンス要員でも、事実にふれる機会はあったはずだ。五年も過ぎてから訪れたキム大尉でさえ、概略を知っていたのだ。この点については、ブラッドレーが事実を把握していないはずがなかった。

その点が解せないまま、キム大尉にたずねた。おなじ基地に常駐していたメンテナンス要員が、研究内容を知らないということがありうるのか。キム大尉は即答しなかった。何ごとか考える様子をみせたあとで、つぶやくようにいった。

「そいつの名は……ブラッドレーというのか」

返事を期待しているようには、みえなかった。大尉は端末を操作して、入力をくり返している。ライブラリにアクセスしているらしく、情報表示画面がめまぐるしく入れかわった。すぐに画面は安定した。それをみたキム大尉が、俺を呼んでたずねた。

「この男の……ことかな」

俺は身を乗りだして、表示をたしかめた。そして息をのんだ。ジョン・ブラッドレーだった。若いころの写真らしく、意志の強そうな眼をカメラにむけている。

この男は誰なんだといいかけて、俺は口をつぐんだ。画面には写真とともに、登録されたバイオデータが表示されていた。その事実が信じられないまま、俺は大尉に伝えた。

「この男に間違いありません。しかし――」

「表示されているとおりの人物だ。ジョン・ブラッドレー大佐。イカロス3の艦長として、最初に外宇宙を航行して帰還した英雄だ。君の年齢では、知らないのも無理はないが」

俺の知るかぎりブラッドレーは、基地の管理要員として勤務していたらしい。だから何の研究をしていたのかも、知らないといっていた。どうも妙な話だが、それを聞いたキム大尉は即座にいった。

「ありえない話だ。大佐ほどの経歴があれば、基地隊の隊長でさえ充分につとまる。というより、隊長でさえ役不足だ。その上に事件のあったころは、イカロス3の外宇宙周回ミッションから帰還したばかりだ。そんな閑職にまわされるとは、とても考えられない。

巨額の予算を投じて養成した艦長要員には、次のオディセウス計画を主導する役割が与えられていたのではないかな」

「するとブラッドレー大佐がK・R－6に長期滞在していたのは、オディセウス・シリーズに搭載されるサイボーグ探査機の実用化計画を――」

推進するためかと、俺はいいかけた。だが確信が持てないまま、俺は言葉を呑みこんだ。キム大尉の状況把握に、揺らぎはなかった。記憶も明瞭らしく、大尉はいいきった。

「おそらく少尉の解釈は、正しいのだろう。ただしイカロスの艦長として長期の航宙を経験したのだから、退役後の生活は保証されているはずだ。残された時間を大切にできるだけの年金が、支給されるときいている。カトマンドゥで貧困にあえぐ生活をしていた理由は、想像もつかない」

そんなことは、俺にもわからなかった。ただジョン・ブラッドレーが、無理をしていたという印象はない。まるで親の代から、カトマンドゥで暮らしていたような落ちつきを感じた。

信号音が鳴り響いたのは、その直後だった。唐突に状況が変化したらしく、艦長が全乗員に非常呼集をかけている。

## 10

このときまでに、シビル・11の全乗員が着任していた。

変則的だがクルー全員が顔をあわせるのは、これが最初になる。ただしメスルームに集まったのは、艦長はじめ七人だけだった。二人は当直で発令所を離れられないが、艦内通信回線は接続されている。全員が顔をそろえたのと、感覚的にはかわりがなかった。

俺はあらためて艦長以下九人の乗員をみていった。九人はいくつかの科にわかれている。非武装の支援艦とはいえ、艦隊に所属しているから兵科乗員のしめる割合は大きい。艦長《キャプテン》および副官《ルテナン》の管理要員は当然として、二人ずつ配置されている甲板員《デッキ・クルー》と機関員《ハード・メカニック》も兵科士官だった。つまり全乗員のうち、兵科士官は六人——三分の二になる。

あとの三人は士官級軍属の観測員《サーベイヤー》が二人と、軍医《ドクター》一人という構成だった。状況によっては軍医《ドクター》の助手である衛生担当士官《メディカル・オフィサー》が配置されることもある。ただし乗員数九人は変化せず、甲《デッ》板員《キ・クルー》か機関員《ハード・メカニック》の一人が兼任するのが普通だった。

　俺とキム大尉の二人が担当する甲板員《デッキ・クルー》は、シビル・11に搭載された通信機器や航法システム、そしてセンシング機器などの操作と保守管理を担当する。別に甲板をモップでみがく仕事ではない。ヘイズ少尉が配属された機関員《ハード・メカニック》は機関全般の整備や保守管理の担当だが、発足当初は兵科ではなく機関科のあつかいだった。いまでは統合されて同等になったが、以前はトラブルも多かったと聞いている。外宇宙艦隊は歴史があさく墨守すべき伝統などないはずなのだが、この種の軋轢《あつれき》は絶えないようだ。

　そんなことを考えていたものだから、あやうく艦長の言葉を聞きのがすところだった。スミス艦長は、事務的な口調で告げた。

「本艦は三七時間後に出港する」

　メスルームにいた全員が、その言葉で表情を一変させた。怪訝《けげん》そうな顔で、艦長を見返している。発令所の二人も、やや遅れて同様の反応をみせた。さすがに私語をかわす者はいないが、全員が当惑しているのは間違いない。もどかしそうに、艦長の事情説明を待っている。

　それも当然だった。突貫工事の連続で、現在の作業を終了させるだけでは不充分だった。新たに艤装された反射板の作動試験と、乗員の慣熟訓練もすませる必要があった。並行作業で日程を大幅に短縮しても、一カ月より短くなることはない。一体どんな手をつかえば、わずか一日半で出港できるのか。首をかしげざるをえなかったが、艦長は淡々とつづけた。

「本艦がいまだ改装工事中であり、現在までの進捗状況は予算の七〇パーセント程度でしかない。そのような事情を承知の上で、艦隊司令部は緊急出動を命じた。現時点で詳細な状況は明かせないが、指定された出港期日は動かせない。時間的な余裕は一切なく、出港が遅れると予定軌道への遷移はきわめて困難である。

そのためには現在進行中の改装工事を一時的に停止し、大幅に設計を変更した上で航宙を実施することとする。シミュレーションによる予測では現時点で工事を打ち切った場合、当初設計値の六〇パーセントを上まわる反射能力を有することが判明している。予定どおりの減速は困難だが、太陽系への帰還については問題ないと断言できる」

だからどうなのだと、俺は腹の中で毒づいた。計算上は問題ないらしいが、心理的な圧迫感は計算できないのだ。たとえていえば効率六割の反射板は、破れた落下傘のようなものだ。そんなものを持たされて、帰還時に使えといわれたのだ。ということは長期にわたる航宙の間中、落下傘が大きく裂けて墜落する悪夢に悩まされることになる。

航宙期間は短くても数ヵ月、長期航宙なら数年間もつづくのだ。状況を俺たちに伝えたのが現地指揮官の艦長だから、面とむかって不服を口にする者がいなかっただけだ。艦隊司令部から派遣された参謀が、事実を伝えたのであれば本当に反乱がおきていたかもしれない。上級司令部に対する本能的な反発は、いつの時代にも解消されることがなかった。

不穏な雰囲気が充満するメスルームで、スミス艦長は淡々と今後の予定を話した。改設計による応急工事は、すでに開始されている。出港までに作業が終わらない場合は、初期加速の期間を利用して完了させることになる。当然のことながら、作動試験や慣熟訓練も加速しながら実施せざるをえない。

最大の問題は、反射板の収納作業だった。仕様書によれば作業は二段階にわかれ、完了までに一ヵ月は必要らしい。初期加速期間を残らず使っても、間にあいそうになかった。どうするのかと思ったら、艦長は信じられない方法を口にした。二段階にわかれた収納作業のうち、第一段階だけを終了させた時点で本格的な航宙に移行するのだという。

――下手をすると破れた落下傘が、裂けた上に千切れてばらばらになるのではないか。

無茶をすると思ったが、俺たちには安全性を確認する余裕もなかった。出港準備に忙殺されて、仮眠どころか戦闘食のレーションを口にする時間もとれずにいた。キム大尉も同様らしく、顔をあわせることはあっても言葉をかわす機会は皆無だった。

やっとの思いで出港までこぎつけたのに、変化らしきものは感じられなかった。出港して数十時間がすぎても、作業台船は艦尾付近にはりついていた。そのさらに後方には、第一次状態まで折りたたんだ反射板がつながっている。展張すれば直径二〇キロに達する反射板は、全長一〇キロほどの蝙蝠傘《こうもりがさ》に形をかえて加速しつつある艦体に引きずられていた。すべての工事が終了したのは、シビル・11が第二次加速に入る直前だった。

異例に長い第一次加速だった。五〇分の一Gの緩加速で、艦内を係留時無重力状態から安定加速態勢へと移行したのだ。すでに出港から、四〇時間がすぎていた。

一Gで加速する艦体から分離された作業台船が、急速に遠ざかっていく。その光点につづいて係留時動力船が、レーダーに連動した光学センサの視野をよぎった。他の不要質量も、次々に遠ざかっていく。身軽になったシビル・11は、艦体側方に外装した二基の核融合エンジンを全開にして巡航加速状態に入っていた。

# 11

俺たちが緊急出港した理由は、その後になっても知らされなかった。

だが事情を確認する方法はある。自艦の軌道を追跡して、過去の記録と突きあわせればいいのだ。すぐに一致する記録がみつかった。二五年前にオディセウス1がたどった軌道——というより航宙の痕跡を、俺たちは捜索しているらしい。

俺一人だけではなかった。公然と口にする者はいないが、ほとんどの乗員が事実に気づいていた。裏づけをとるのは、それほど困難ではない。個人端末から艦のライブラリ領域に接続すれば、知りたいことはすべて表示される。一度で理解できなければ、わかるまで何度でも説明をもとめることができた。

ただし予定を強引に前倒ししてまで、出港をいそいだ事情はわからなかった。それでも、事情を推測する手がかりはあった。観測員《サーベイヤー》たちの動きだ。先行する航宙艦の痕跡を、実際に追っているのは彼ら二人だった。ただ、彼らと言葉をかわす機会は少なかった。直があけてもメスルームには姿をみせず、割りあてられた寝棚にもぐり込んでいた。

機密の漏洩をおそれて、距離をおいているわけではなさそうだ。二人が艦隊勤務の航宙艦乗りではなく、天体観測が専門の士官級軍属だからかもしれない。微妙な遠慮があって、メスルームを避けている可能性があった。

あるいは単純に、疲労が蓄積しているせいだとも考えられる。他の科なら交代要員に余裕があるが、観測員は二人ですべての作業を片づけなければならない。観測当直も二交代だから、自然に彼らの負担は大きくなる。

いずれも推測にすぎないが、基本的な問題はなさそうだ。それなら機会をとらえて、疑問点を問いただせばいい。成果はあった。親しくなった観測員は、教師を思わせる熱心さで状況を説明してくれた。疑問は氷解した。これまで断片的に伝えられてきた情報の欠片《かけら》が、ひとつながりの事実になっていくのがわかる。

二人の観測員が手がけていたのは、高速流動する星間物質の状況把握だった。観測する宙域については艦長の指示があったようだが、精度や具体的な手順については口を出さなかったという。その宙域の座標には、記憶があった。かつてオディセウス1が通過した軌道と、重なっていたのだ。ただし距離は非常に遠く、シビル・11に搭載された高解像度の光学センサでも限界に近いとのことだった。

それほど遠くの宙域だから、かえって全般的な状況を俯瞰しやすいようだ。その宙域に、亜光速で流動するガス塊が確認できた。ガス塊を構成する元素の特性や運動エネルギーからして、物質の正体は人工的な核融合の残滓《ざんし》であるらしい。

つまり二五年前に当該宙域を通過したオディセウス１のラムジェット主機が、亜光速で噴射した推進剤——強力な磁場でかき集められた星間物質が、現在も高速で拡散しつつあるのだろう。恒星間宇宙の環境にあたえるラムジェットエンジンの影響は、以前から取り沙汰されていた。何年かに一度だけ航宙船が通過する程度ならともかく、恒星間航路が設定されれば無視できない問題が生じかねない。

頻繁に航宙船が行き来して、星間物質を亜光速で噴射するのだ。環境にあたえる影響は、相当に大きなものになると予想される。無論、それは緊急出港の理由ではないはずだ。艦隊司令部が急に環境保全を重視しはじめたとは、誰も考えていないはずだ。

状況は混沌として摑みどころがなかったが、時間がすぎるにつれて少しずつ周辺情報が入りはじめた。事実関係が曖昧なまま推測だけが先行したものだから、あらたな事実に驚かされることも多かった。意外なことに俺たちが追っていたのは、オディセウス１とは別の航宙船らしい。オディセウス１であれば太陽系を離れたあとバーナードを経由して、射手座一二一六からウォルフ一〇六一とめぐる周回軌道をとっているはずだ。

ところが俺たちの把握している軌道は、射手座の方向に直進していた。他の星系にむけて、軌道を修正した痕跡は見当たらない。銀河系宇宙の中心部にむけて、現在も加速しつつ突進しているようだ。オディセウス１とは別の航宙船が存在するらしいが、そんな軌道をとった艦船のことは誰も知らなかった。

ただし艦長だけは別だ。出港前に耳打ちされていたはずだが、それを一般乗員に伝える権限は与えられていないようだ。その上に艦長は、あいかわらずクルーとは一定の距離をおいていた。だから艦長の前では、疑問を口にする者もいなかった。

得体のしれない飛翔物体だったが、正体につながる有力な情報は意外にあっさり入手できた。キム大尉だった。久々にメスルームで顔をあわせた大尉は、いつものように代用コーヒーを入れながら短くいった。「幽霊船だな、あれは」と。

とっさのことで、なんの話をしているのか理解できなかった。第二次加速に入ってから、すでに一〇〇時間をこえている。一G加速が体になじんで、シートに腰をおろす動作も安定していた。「幽霊船」ときいて眉をよせている俺に、キム大尉は破顔してつづけた。

「幽霊船といっても、化け物どもの船ではない。艦籍がなく、公式には存在しない艦船というほどの意味だ。とはいえ古い話だから、少尉が知らないのも無理はない。オディセウス・シリーズが次々に太陽系を発進していった時期だから、もう二五年も前のことになる。

公式記録では六隻が就役したとされるオディセウス級探査艦に、七番めの同型艦が存在したらしい。実際には原型艦《プロトタイプ》として建造されたというが、最初から員数外のあつかいだった。幽霊船というのは消息をたってからの呼び方で、それ以前は『幻の一番艦』とも『オディセウス・ゼロ』とも呼ばれていた……」

ただし性能や兵装は、よくわからないらしい。艦籍のない幽霊船だから、この件については公表されていなかった。艦隊司令部はプロトタイプの存在はもとより、事故が発生した事実さえ記録に残さない方針のようだ。それが逆に、様々な憶測を生む結果になった。

一番艦として完成したものの、オディセウス・ゼロは不運な航宙艦だった。外宇宙艦隊に編入される直前の性能試験で主機に不具合が生じ、暴走状態におちいって宇宙の深淵に呑みこまれたといわれている。ただし確証はない。公的な記録が存在しないのだから、現実を無視した噂話でさえ否定できないのだ。

してみるとオディセウス・ゼロが不運な艦だというのは、話を面白くするために生じた尾ひれなのかもしれない。したがって検証もおこなわれず、より非現実的な噂話に変化する例も多かった。前述の不運なオディセウス・ゼロの話と、対になる噂もあるようだ。自動操船システムによる無人航宙の実験中に、上級司令部との通信回線が切断されたというのだ。

そのときオディセウス・ゼロは、連続加速機動の最中だった。通信回線の切断によって操船の自由を失い、減速できないまま飛び去ったといわれていた。

興味ぶかい話ではあるものの、不自然な点も多かった。辻褄のあわない部分や、現状を無視した憶測はさらに多かった。かといって、真実がまったく含まれていないとは思えない。鵜呑みにするのは危険だが、事実関係を把握する手がかりにはなりそうだ。

おそらく実際に起きた出来事は、もう少し単純だったのではないか。オディセウス・ゼロは艦隊司令部の指揮下を離れて、射手座の方向に——ということは銀河系宇宙の中心部にむけて飛び去ったのだろう。目的はわからない。司令部に命じられたのか、それとも独自の判断で離脱したのかも不明だった。いずれにしても、予定の行動だったことは間違いない。

かなり長期の航宙になるが、無人艦だったとは思えなかった。最小限の要員は、同乗していたはずだ。かりに無人航宙の実験中だったとしても、プロトタイプを単独で外宇宙に進出させることはありえない。あまりにも危険で、無謀な試みだった。少なくともメンテナンス要員か、それに類する管理要員を乗艦させていたのではないか。搭載機器の保守管理や、点検だけが目的とは思えない。無人艦の反乱を、阻止するためでもある。

既視感に気づいたのは、その直後だった。つい最近、似たような話をした記憶があった。そのときもキム大尉を相手に、メスルームで話しこんでいた。たしか航宙船を、一隻まるごとサイボーグ化するという話だった。もしもサイボーグ体とのハイブリッド航宙艦が、上級司令部の命令を無視して独自の判断で行動しそうなら——別の言葉でいえば反乱を起こす可能性が少しでもあれば、司令部は最善の戦術判断を下せなくなる。

——かつてK・R‐6で研究されていたサイボーグ技術が、オディセウス・ゼロに生かされているのだろうか。

ふと、そんなことを考えた。時期的にも一致しているが、確信はない。ところがキム大尉の次の言葉は、その可能性を否定するものだった。淹《い》れたばかりの代用コーヒーを口にしたあと大尉はいった。

「その後になって射手座の方向から、発信源不詳の通信波が入電するようになった。オディセウス・ゼロからの通信なのはあきらかだが、救援をもとめている様子はなかったという。銀河系宇宙の中心部にむけて、現在も加速航宙をつづけているらしい。ただし不可解な点が、いくつかある……」

代用コーヒーとはいえ、本物とかわらない香りが室内に漂っていた。キム大尉は白い息を吐きだして言葉をついだ。

「通信波の出力からして、発信源は無人の探査機ではありえない。オディセウス級の大型探査艦だと考えられるが、当時の技術では自力で減速する方法はなかった。したがって太陽系への帰還も無理だ。しかし片道飛行でしかない航宙に、志願する乗員がいるだろうか」

いるはずはないと、大尉は考えているようだ。かといってプロトタイプのオディセウス・ゼロを、無人で送りだしたとも思えない。送信されてきたファイルの詳細は不明だが、乗員による加工の痕跡が散見されたという。

「結末は予想どおりだった。具体的なことは何ひとつわからないまま、噂は立ち消えになった。例によって上級司令部は、いっさい反応しなかった。士気の低下をおそれて、隠しているのかもしれない」

それも当然だった。強制的な再入隊の先が底なしの片道飛行では、脱走する者が相次ぐのではないか。オディセウス・ゼロの存在が公表されるのは、時代がかわって関係者が一人のこらず亡くなってからになるはずだ。俺はあらためて大尉にたずねた。

「しかし……そのことと我々の緊急発進は、どう関係するのでしょうか」

根本的な疑問だった。それだけにキム大尉も、明確な返答ができないようだ。黙りこんだまま、マグカップからたちのぼる湯気をじっとみている。

## 12

補助エンジンによる加速は、八四〇時間にわたって続いた。

そしてシビル・11が、光速の一〇パーセントにまで加速した時に終了した。用ずみの補助エンジンは切りはなされ、かわって主機であるラムジェットエンジンが噴射を開始した。

すでに太陽系は、二光日ちかく離れていた。発進直後はセンチュリー・ステーションに従属していた指揮系統や情報系は、すでに独立してシビル・11の内部で完結していた。俺たち自身がひとつの小宇宙であり、世界の中心といえる。

単調な日々がつづいた。そして唐突に、変化が起きた。外宇宙方面から、通信文らしきものが入電したのだ。俺たちは興奮した。未知の言語で記述されていたようだ。知っているかぎりのプロトコルをためしたが、通信文を復元することはできなかった。

それを知った乗員の一人が、地球外文明とのファースト・コンタクトだと騒ぎ立てた。だがそれは、あきらかに早合点だった。冷静に考えれば、容易にわかることだ。その方向ではオディセウス・ゼロが、いまも航宙をつづけている。

未知の言語などは使われておらず、超長距離通信になるため冗長度を非常に大きくとってあるだけだ。それに気づかず通常の手順で処理すれば、無意味な文字列が表示されることになる。しかも閲覧できるのは、艦長一人に限定されていた。つまり、もっとも難度の高い軍用暗号で組まれている。部外者がのぞき見したところで、意味はわからない。普通の乗員が加工しても、意味不明のままだ。艦長自身が鍵のかかる部屋に閉じこもって、解読する規則になっているのだ。

地球外文明との遭遇が否定されてからは、最初の興奮は急速に冷めていった。肩すかしを食らった気分だが、その一方であらたな興奮が次第に形をととのえはじめた。

オディセウス・ゼロの果てしない旅の痕跡を、自分たちの行動と重ねあわせていたのかもしれない。支援艦とはいえ俺たちのシビル・11は、深宇宙を独航する最精鋭の探査艦と直接つながっている。たとえ糸のように細くて頼りない通信回線でも、この事実は動かせない。

――では着信した通信文には、何が記されていたのか。

そんな疑問が、当然のように胸をよぎった。状況からして送信したのは、オディセウス・ゼロと考えられる。計画どおりなら光速の九九・九パーセントもの速度で、太陽系から二四光年はなれた宙域をなおも加速航行中であるはずだ。

ただし着信したばかりの通信文は、二四年前に送信されたわけではない。旅路のなかばを過ぎた時期に――おそらく一〇年以上前に送信されたと考えられる。わずかな航法誤差も許されない指向性の強い電文を受信するには、双方が事前の取り決めにしたがって軌道上に占位していなければならない。

たぶんオディセウス・ゼロは、二段階にわけて送信したのだろう。そう俺は見当をつけた。

最初は予告電で、これは衛星地表などの固定基地に送信される。大規模惑星による軌道のふらつきや、他の電波雑音に影響されない地点に基地は構築されていた。

通常の定時報告や通報程度なら、ここで作業は終わりだった。不動の基地局が一方にあれば、指向性の高い送信波を受信し損ねることもない。ただ何らかの理由で通信基地ではなく、航行中の艦船に受信させたいこともある。その場合は最初の通信文に、自艦の軌道や着信予想時刻を記載しておくことになる。

そうすれば事前に予告された軌道上の一点で、第二段階の通信文を受信できるはずだった。工事未了のまま俺たちが緊急発進したのは、受信可能宙域に外宇宙艦隊の艦船が存在しなかったからではないか。いそがなければ受信が不可能になって、再送信という事態になりかねなかった。最悪の場合は、往復四八年間が無駄になる。

――オディセウス・ゼロは、そこまでして何を伝えたかったのか。

ただ一人だけ事情を知っているはずのスミス艦長は、あいかわらず無口だった。そしてそれ以上に禁欲的だった。非直の時も私語をかわさず、艦長公室に閉じこもることが多かった。精神的にかなりの負担が生じているはずだが、欠片ほどの弱みもみせずにいた。

オディセウス・ゼロからの入電は、その後も断続的につづいた。詳細はわからないが、受信のたびに艦長の表情が変化していくのがわかる。何か深刻な事態が、進行しつつあるようだ。このとき艦内の人員配置は、総員直に切りかえられていた。そしてすぐに、高加速態勢への移行が命じられた。

意外さを感じたものの、客観的に事態を把握していれば予想できたはずだ。シビル・11は艦隊籍にある艦艇の中で、もっとも機動性が強化されている。公試時の記録によれば、最大加速は二〇Gにも達するという。無論そんな高加速環境下で、人は生きていられない。かといって人が死なない程度に、性能を制限するという発想は軍にはない。必要があれば乗員の命をすり潰しても、機動性を優先しようとするだろう。その結果、妥協の産物としか思えない装置が人数分用意された。耐Gカプセルと称する棺桶ともバスタブともつかない容器に乗員を押しこめて、高加速航行時の凶暴なGに耐えるのだ。

艦体から突出した観測ドームが定位置の観測員《サーベイヤー》は、このときまでにメスルームの床下に収納されたカプセルに入りこんでいた。高加速による二〇倍のGは、艦全体に満遍なくのしかかってくる。構造上に無理がある観測ドームの圧壊をおそれて、サーベイヤーたちを艦の重心ちかくに移動させたのだ。

かといって、カプセル内で居眠りができるわけではない。遠隔操作で観測を継続しなければ、二〇Gもの加速性能は引きだせないのだ。艦の主機として搭載されたラムジェットエンジンの最大出力は、星間物質の密度によって変化する。あまりに濃密な宙域をくぐり抜けたのでは、衝突抵抗で艦体が引き裂かれるおそれがあった。かといって希薄な宙域では出力が低下して、高加速状態を維持できない。

窮屈な姿勢で配置についているのは、サーベイヤーたちばかりではなかった。即応性がもとめられる俺たち兵科士官はともかく、軍医《ドクター》までがカプセルに体を押しこんでいた。閉鎖機構はカプセルの外側に設置されているから、閉じてしまうと内部からは開くことができない。カプセル内に入らなくていいのは、耐G仕様で骨格や内臓を強化したサイボーグの艦長だけだ。高加速状態が終了するまでは、ただ一人で発令所の強化シートに身を沈めることになる。その間に被弾して艦長が負傷あるいは戦死したら、耐Gカプセルは俺たちを封じこめたまま棺桶に早変わりする。

すぐにカプセルの全閉鎖が完了した。先行するオディセウス・ゼロからの入電は、このときまでに終了していた。スミス艦長の操艦に無駄はなかった。高加速状態への移行を通告して間もなく、加速度は二〇Gちかくに達した。

それは想像以上に過酷な体験だった。「眼球の内部に流れだした血がみえる」ことは知っていた。だが現実は、その程度ではなかった。姿勢が完全ではなかったらしく、眼球が眼窩《がんか》からせり出していくかのような感覚があった。まるで浅瀬に迷いこんだ深海魚だ。

だがすぐに俺は、考える余裕さえなくした。対応を誤ると、本当に眼球が体外に押しだされる。そして自重を支えきれずに、神経索が引きちぎられる。そのような事態を回避するには、きつく瞼《まぶた》を閉じているしかなかった。二〇倍もの重量に達した眼球が、いまにも眼底を突き破って喉の奥までめり込むような気がした。

実施中は無意味にしか思えなかった外宇宙訓練が、えらく真っ当なものに感じられた。それも当然で、いくら馬鹿げているといっても訓練でやることには限度がある。無茶な高加速は、訓練プログラムを組んだ担当者も想定しなかったのではないか。

　そのような高加速が、一時間ほどもつづいた。その後は三〇分間の中間加速に移行したが、無論それで終わりではない。最初の一回が、終わりかけていただけだ。一時間半のインターバル加速は、あわせて二〇回もくり返された。

　三〇時間ちかい苦行のあとでカプセルの封鎖がとかれたときには、冗談などではなく俺はすでに死んでいるのかと思った。灯りのないカプセル内から見上げると、室内灯を背負った艦長に後光がさしているように感じたのだ。

　俺だけではなかった。カプセルから這いだした全員が、短時間で別人のように痩せ細っていた。軍医《ドクター》が大わらわで、ゾンビと化した俺たちを蘇生させている。骨折などの重傷者はいないようだが、消耗した体力の回復だけで相当に時間がかかりそうだった。情けない話だが、若い者ほど消耗は大きいようだ。身体を改造している艦長をのぞけば、艦内最高齢のキム大尉が抜群の回復力をみせていた。

　このときシビル・11は銀河系宇宙の中心部をめざす軌道から、大きく逸脱していた。先ほどの高加速で、横方向に主機を噴射したからだ。現在では銀経マイナス三〇度あたりに艦首を指向して、一G程度の巡航加速をつづけていた。その方向にはプロクシマがあったが、艦首はこの恒星には正対していない。現在の状態を維持して巡航加速をつづけても、最接近時の距離は半光年以下にはならないだろう。では俺たちは一体、どこに行こうとしているのか。

　俺たちが感じていた漠然とした不安に、艦長も気づいていたようだ。メスルームと発令所に俺たちを集めて、今後の行動について話してくれた。ただし本人は姿をみせず、艦長公室から通信回線を利用して概要を説明しただけだ。

念のいった話だが、乗員たちと顔をあわせるのを避ける事情などはなかった。まして艦長公室に、閉じこもらざるをえない理由も思いつかない。現在までの状況と今後の方針については話すが、質問は受けつけないという意思表示だろう。

艦長は淡々と話した。俺たちは一言もきき逃すまいと、耳をそばだてていた。艦長によればシビル・11は、このあと約三〇〇時間にわたって一G加速をつづけるらしい。その後は直交加速と順加速をくり返して、浅い螺旋《スパイラル》運動に入るとのことだった。

直交加速ときいて、さすがに嫌な気分になった。高加速軌道に直交加速が加わって、俺たち全員が死にかけたのだ。またおなじことがくり返されたら、今度は間違いなく死人が出る。前の高加速航行で消耗した体力は、まだ回復していなかった。

そのような反応を、艦長も予測していたようだ。さりげなく「次の直交加速は、一G加速を基準とする」とつけ加えた。それを聞いて、ほんの少し俺は安堵した。苦しいのは、俺たちだけではなかった。繊細な機器の集合体であるシビル・11も、二度めの高加速には耐えられない可能性があった。

二次的な被害の影響は、周辺の宇宙空間にもおよぶ。亜光速で突進する大型航宙艦が、近傍宙域を通過するだけで空間は歪む。まして航宙艦が出力全開で加速していたら、状況によっては空間自体に綻《ほころ》びが生じかねない。悪条件が重なれば空間固有の復元力には期待できず、綻びが修復されることもないまま裂けていく。そして一瞬のうちに破断する。

予想どおり艦長は、最小限の情報しか伝えなかった。余計な情報を手にすると、俺たちはさらに多くのことを知ろうとするからだ。断片的な情報は隣接する領域を開放する鍵となるが、鍵の機能が封印されていても結果にかわりはない。未知の世界に通じる扉はたたき壊され、強引にこじ開けられて探求者たちが乱入するのだ。

それほど未知の領域には、人を蝟集させる吸引力があった。だから艦長が情報を制限したのは、正しい判断だった。ところが艦長は、俺たちの探求心を過小に評価していた。情報を制限された俺たちは、さらに多くのことを詳細に知ろうとした。意図的に情報を制限した艦長の眼が届かないところで、ひそかに知りえたことを共有していたのだ。

艦長は俺たちに、周辺宙域の観測を命じた。測定すべき数値や観測手順は細部まで明確に指示されたが、それが何を意味するのか伝えようとはしなかった。その結果、俺たちは命じられた以上の範囲にまで踏みこんだ。命令の裏に隠された本質的な事情を、知ろうとしたのだ。緊急出港という一種の異常事態は、何故おきたのか。

本来なら当事者である俺たちには、真っ先に通報されるべき事情だった。だから、後ろめたさもなかった。もしかすると艦長自身にも、容認する考えがあったのかもしれない。俺の勝手な解釈だったとしても、自分たちの行動を否定する気はなかった。

そのための時間は、充分にあった。乗員は九人いるから、状況が急変しないかぎり考える余裕はある。それをいいことに、命じられた以上の詮索をくり返した。俺一人ではなかった。艦長をのぞく全員が、おなじことを考えていた。

出港直後にシビル・11がとった軌道は、オディセウス・ゼロの航跡をたどるものだった。ところがラムジェット主機の全力噴射を開始してからは、航跡から遠ざかりつつあった。つねにオディセウス・ゼロを真横にみて加速したのだから、それも当然だといえる。

そして現在のシビル・11は、斜め後方から浅い角度で航跡と交叉する軌道をとっていた。ただし実際に交叉するのは、現在の軌道を一〇光年以上も直進してからになる。単純化していえば俺たちの艦は、オディセウス・ゼロが残した航跡をたどって追尾をつづけていた。俺たちが知りえた情報によれば、オディセウス・ゼロは現在も銀河系宇宙の中心部にむけて定加速航宙をつづけているらしい。

そのオディセウス・ゼロから、入電があったらしい。正確なことはわからないが、受信の直後にシビル・11は航跡から遠ざかる方向に加速を開始した。おそらく先行するオディセウス・ゼロからの情報が、俺たちの艦を強引な軌道変更に踏みきらせたのだと思われる。無論それは最新の情報だが、発信されたのは一〇年以上も前のことだ。

かりに新しい情報が発信されていたとしても、俺たちには受信することができない。一〇光年をこえる通信距離は、それほど長くて遠かった。雲をつかむような話だが、俺たちの目的地は自然にわかった。オディセウス・ゼロの現在位置にむかって、航行をつづけていると は思えない。

最新情報を伝える電文が発信された一〇年前の位置に、側後方から接近しつつあるらしい。それ以外の解釈は思いつかないが、肝心なことがわからなかった。終わりのない旅の途中で発信された緊急電には、何が記載されていたのか。

疑問に対する答は、艦長の言葉に隠されていた。発令所に隣接する作業区画で、センサ群を遠隔操作していた観測員《サーベイヤー》が当惑を隠そうともせずにいった。

「星空が、ずれている……」

囁くような低い声にもかかわらず、居合わせた乗員《クルー》の全員がその言葉を耳にしていた。乗員たちの視線が集中する中で、当のサーベイヤーはおなじ言葉をくり返した。「星空が、ずれています……。センサの故障などでは、断じてありません……」と。

その言葉は正しかった。その事実は、過去に観測された映像を重ねあわせれば、星の位置に生じた変化は歴然としていた。針路前方の見張りを担当していた俺にも重大な関心事といえる。そう判断して、俺はメインメモリの共有領域にアクセスした。

探しているものは、すぐにみつかった。サーベイヤーが手まわしよく登録した星々の映像だった。一見しただけではわかりづらいが、端末を操作することでサーベイヤーの言葉が理解できた。たしかに星々の位置が、移動している。太陽系から離れたことで、近傍宙域の星座が変形したわけではない。それだけでは説明できない規模で、星々が移動していた。

無論、実際に恒星が動いているわけではなかった。たとえば強い重力場で光の針路がねじ曲げられて、結果的に星が移動したかのような錯覚が生じる――重力レンズのような現象が、おきているのかもしれない。そう考えたが、すぐに俺は間違いに気づいた。レンズとなる重力場の存在は、不可視のものをふくめて確認されなかったのだ。

それに重力レンズに類したモデルでは、実際の現象を説明できなかった。観測された星空の変形が、はるかに広い範囲におよんでいたからだ。むしろ重力場異常をともなわない局所的な特異領域が、星の光に干渉したと考えた方が理解しやすい。

特異領域は帯状の広い範囲におよんでいた。その全貌は明確ではなく、基本的なモデルも未完成の状態だった。それでも、俺には確信があった。直感といっていい。これは銀河系宇宙の中心にむかってのびる未知の特異領域――超光速宙域ではないのか。

超光速が可能な宙域の存在は、以前から予言されていた。ダイダロスの観測結果から可能性が示唆され、イカロスによって裏づけられた。単一の質量点による重力レンズなどではない。星々の海を横断して長くのびる帯状の特異領域でもなかった。

それよりも、はるかに巨大で複雑な「シャフト」ではないのか。実体は不明でメカニズムも判明していないが、その領域内では光速をこえる航宙も可能らしい。するとオディセウス・ゼロが送信してきたのは、シャフトの存在に関する情報なのかもしれない。

報告を受けたスミス艦長は、それほど驚いた様子をみせなかった。冷静さを失うことなく、今後の行動を検討しているかにみえた。ただ艦長自身は、シャフトの存在を事前に知らされていたのかもしれない。予想外の事態だったとしても、自分たちがシャフトを発見したのではなかった。第一発見者として名を残すのは、オディセウス・ゼロとその乗員だった。

艦長は躊躇することなく次の行動を決めた。三〇〇時間の定加速は切りあげられて、シャフトをめぐる浅い螺旋《スパイラル》軌道に移行するらしい。その上でシャフトにそって、オディセウス・

ゼロを追跡することになる。おそらくシャフトの先端は、オディセウス・ゼロの現在位置をこえて遠くまで達しているのだろう。それどころか三万光年もへだたった銀河系宇宙の中心部にまで、届いているのかもしれない。

途方もない考えなのは承知している。それでも俺は、疑いを持たなかった。人類の手が届かない領域で、単なる思いつきと変わるところはない。根拠を示すことができないのだから、単なる思いつきと変わるところはない。光速度をこえる現象がおきているかもしれないのだ。自然現象とはいえ、なんらかの意図を感じない方が不自然ではないか。

二人のサーベイヤーを中核に、俺たちは総員直の態勢でシャフトの観測をつづけた。判明した事実は刺激的なものだった。物理法則を根本的にかきかえるような事実に遭遇することはないが、予備知識のない俺たちには驚きの連続だった。あらたな観測結果がでるたびに、世界が広がっていく感覚があった。

シャフトは実体のない空間だった。したがって距離は測定できない。実体のない空間までの距離を、どうすれば測れるのか。ただし位置を定義することはできる。光学センサがとらえたシャフト後方の星々は、本来あるべき姿と異なっていた。その事実によってシャフトの存在が確認できるのだから、観測結果を集成すれば客観的な位置を定義できるはずだ。

艦長がシャフトの周囲を螺旋状にめぐる軌道を選択したのは、シャフトを立体的に認識するためだろう。何もない空間とはいえ、いきなり内部に突入するのは危険すぎる。事前に充分な調査をおこなった上でなければ、シャフトの中心に近づくこともできない。

このときまでに俺たちは、シャフトの中心軸に関する定義を終えていた。シャフトごしに観測された星々は、無秩序にずれだしているのではない。ずれる方向は決まっていたし、移動量にも法則性があった。したがってシャフトの中心軸を起点に星の視野角を測れば、みかけ上の動きは推測できる。

実際にシャフトの後方を通過するとき、観測された星々は例外なく射手座方向――ということは銀河系宇宙の中心部方向に移動しているようだ。シャフトの外縁と重なるあたりで最初のずれが確認され、中心軸に達するとき移動量は最大になる。ただシャフトの中心軸と重なる瞬間には、位置が把握できなくなるようだ。映像記録を再生して確認すると、中心軸の後方にあるとき星は消失したかにみえた。

一瞬の出来事だった。だが大質量の恒星が、簡単に消え失せるとは思えない。そう考えて、記録映像を丹念にみていった。状況は容易に判明した。消失したかにみえた星は、次の瞬間にもどってきた。何もない空間から、出現したのではなかった。シャフト中心軸の後方を通過するとき、ずれが大きくなりすぎて視野の外に出てしまうらしい。

シビル・11はスパイラル航行をつづけ、中心軸の後方を通過した星は次第にずれを小さくしていく。そして特異領域の横断を終えたあと、反対側のシャフト外縁に達する。そのときは、ずれが解消されている。実体はないものの、シャフトには確固たる存在感があった。

すでに艦の速度は、光速の二〇パーセントをこえていた。そしてさらに一Gで加速していた。艦はシャフトから一光時の距離を維持したまま螺旋状に飛翔をつづけ、それにそって銀河系宇宙の中心部にむけて航行していた。次第に変化する星々の位置を観測することによって、俺たちは「何もない空間」であるシャフトの構造を垣間みることができた。

もしもシャフトが銀河系宇宙の中心部に向かう直線であれば、太陽系の外縁から数光日の所を通っていることになる。それにもかかわらず、シャフトの存在は知られていなかった。無論シャフト自体は小さなもので、定義された領域との境界は直径一万キロ程度でしかない。

かなり大雑把な試算によれば、シャフトの内部では光の速度が通常の数十倍にも達しているらしい。より正確にいえばシャフト内部の空間が、光速の数十倍で銀河系宇宙の中心部に流れているのだ。ところがシャフトの中心線に直交する方向に移動するとき、光速度は定数から一センチ／秒の差も生じていなかった。

イメージだけをいえば、このシャフトは軸線にそった空間自体の「流れ」とみられる。あるいは「何も存在しない」恒星間宇宙に、みかけ上の流れが生じているのかもしれない。このためシャフトごしにみる星は、本来あるべき位置からずれていた。単なる錯覚といえばそれまでだが。シャフトを横断するとき光が進路をかえるのは間違いなさそうだ。

根気のいい観測によってシャフトに生じた「空間流」は、中心軸に近づくほど高速となることがわかっていた。段階的な変化ではなかった。速度変化は連続的で、中心軸からの距離に反比例しているようだ。つまり中心軸の間近では光速度がかぎりなく上昇し、外側に移動すると定数にもどるらしい。

空間流としか呼べない現象だが、これを厳密に定義することは困難だった。ただし感覚的には受けいれやすい。中心軸に接近すれば定数としての光速度は限りなく上昇し、逆に遠ざかると低下して光速度定数に収斂《しゅうれん》するが、理論的には一致することは決してない。限りなくシャフトの中心から離れないと、光速度は定数から逸脱したままだ。

ということはシャフトがあるかぎり、この宇宙に定数としての光速度は存在しないことになる。シャフトの中心から「限りなく」遠ざかった宙域には、あらゆる宇宙がふくまれるからだ。ただし現実は、それほど複雑ではなかった。光速度定数からの逸脱は、実際には観測不能だった。その上に観測実績がとぼしく、数値間の関係性も正確には定義できずにいた。

まるで雲をつかむような話だが、定義が曖昧なままでは現実の作業に混乱が生じる。そのため空間流による速度の上昇が、通常空間の一〇パーセントになる等速度面を便宜上の境界面と呼んでいた。

奇妙な現象としかいえないが、全容を解明するのは我々自身だという自覚はあった。直接観測では実態が把握できず、間接的な観測でなければ現象がみえてこない――そんな厄介きわまりない代物が、逆に俺たちの闘志をかき立てていた。

## 13

観測員《サーベイヤー》のシン中尉によれば、空間流を通過できるのは「情報」だけらしい。

メスルームにたむろすることの多い俺たちにとって、話題を提供してくれる仲間はありがたい。すでに出港から二千時間がすぎていた。日常的な作業に慣れてしまうと、時間を持てあますことになる。物理法則を根底からくつがえしかねない異様な現象が間近で起きているというのに、日々の生活は単調なものだった。

こんなとき最適な時間つぶしの方法は、とりとめのない会話に興じることだ。わずかな時間も無駄にせず、有意義に利用しようとは思わない方がいい。長すぎる航宙期間を無事に乗りきるには、遊びの部分も必要だった。さもなければ、精神的にもたないだろう。

といっても、あたりさわりのない話題だけでは間がもたない。かといって、身の上話には限界があった。そのような事態を、艦隊司令部も予想していたらしい。時間つぶしの道具なら、艦内に多数そろえてあった。一人遊びが基本の古典的なゲーム類から、本格的な調査研究には欠かせない論文のインデックスまで準備されていた。

無論これは公的なプロジェクトとは別物だ。乗員の中には、学位の取得をめざしている研究者もいる。軍務についている研究者を支援するためだというが、どのみち俺たちには関係のないことだ。俺たちは航宙士であって、研究者ではない。論文に興味はあるし眼を通す機会も多かったが、自分で作成することはなかった。

俺たちにとってシャフトは、研究対象などではない。単調な日常に入りこんだ異物であり、たえず新しい話題を提供してくれる存在だった。誰も正確な情報を手にしていなかったし、この航宙がいつまでつづくのかも知らなかった。

だからメスルームに集まった者たちは、好き勝手なことをいって時間をつぶしていた。星の観測を専門にやっているせいか、シン中尉の眼つきは異様にするどい。浅黒い顔で正面から眼をむけられると、身動きがとれなくなるかのようだ。ただし口にする言葉は、常識的なものだった。疑問を感じた俺に、丁寧な言葉で説明してくれた。

「別の言葉で、説明するべきかもしれない。空間流が情報の高速伝達手段だとすれば、情報以外の存在は通過できないと考えるのが妥当だ」

そういってシン中尉は、言葉を切った。北インドの出身で、航宙の間も菜食主義者《ベジタリアン》で通している。特製のレーションを用意して、それ以外のものには手をつけないという徹底ぶりだった。名前はシーク教徒を思わせるが、北インドではヒンドゥ教徒もシンを名乗るらしい。

異教徒にとっては、理解しづらい習慣だった。ただヒンドゥ教は、まだしもわかりやすい。外宇宙艦隊にもイスラム教徒の航宙艦乗りはいるというが、彼らは異質すぎて俺には想像もつかない。亜光速で航行する艦内でどうやって断食月《ラマダン》をすごすのか、日々の礼拝ではメッカの方角をどう定義するのか。

シン中尉は細身の体をシートにあずけたまま、身じろぎもせずにつづけた。

「シャフトを通過したと思しき宇宙塵を、採取したのは事実だ。しかし……このことは情報以外の物体が、通過したという証拠にはならない。無論シャフトを通過中に、外力が加わった——つまり加減速したという客観的な証拠も、認められずにいる。

ただ単に飛来した宇宙塵の軌跡が、平行にずれただけだ。つまり以前から観測されていた電磁波の動きと、何もかわることはない。したがって微小な宇宙塵が通過した点をもって、情報の通過とは別次元の価値を付加するのは早計にすぎる」

たぶんシン中尉は、結論をいそがない性格なのだろう。慎重の上にも慎重を重ねなければ、結論をだすことはできないと考えているのかもしれない。

「少し……いいかな。中尉の論点に、気がかりなところがあるのだが――」

いつの間にか姿をみせた軍医《ドクター》が、そういって話の輪に加わった。シン中尉が同意したのを確認して、ドクターは言葉をついだ。

「きわめて微小とはいえ、宇宙塵が質量を有する物体であることは否定できない。観測によって質量がゼロと判定されても、無視することはできないのではないか。限りなくゼロに近いというだけで、決して質量が消えたわけではない。むしろ観測誤差となって、蓄積していくと考えるべきだ」

シン中尉の表情に、変化はなかった。姿勢をくずす気配もみせずに応じた。

「どうも双方のイメージが、食い違っているようです。私が微小な宇宙塵をシャフト内の情報だと定義したのは、質量の面からではなくて大きさからです。シャフトの内部空間に質量をともなう星間物質が存在しているはずだが、それだって現時点では観測されていません。したがって星間物質に関しては、シャフト内では質量を無視していいことになります」

わかりにくい人物だが、シン中尉のイメージは理解しやすかった。シャフト内部の空間流には、星間物質も高速で押し流される。状況次第では光速をこえる可能性もあった。すると外部から観測したシャフトの質量は、無限大に膨れあがることになる。

だが現実には、そのような事態は起きていなかった。つまりシャフトの内部に存在する星間物質は、最初から質量を持たなかったことになる。限りなくゼロに近い宇宙塵の質量を、無限大に引っぱりのばしてもゼロのままらしい。シン中尉は、さらに言葉をついだ。

「私が情報の定義としてあげた『大きさ』も、同様のイメージから説明できます。結論を先にいうと、連続的に変化する空間流速の差によって破壊されない大きさになります」

「それは潮汐力のことかね」

軍医《ドクター》が怪訝そうにたずねた。シン中尉は首を横にふった。

「似ていますが、本質的には別物であるはずです。無視できない大きさの物体に生じた重力場の差が、潮汐力になると考えられるからです。ただしシャフト内でそのような力が発生するかどうか、私にはわかりません。少なくとも重力場に関しては、シャフト内の状況は何もわかっていないといっていい。

先ほど私がいったのは、大きさが無視できない物体の各部で情報伝播速度が異なる場合の問題です。たとえば我々の艦がシャフト内に入り、シャフトの中心線と艦の首尾線を一致させたとする。そうすると艦尾から艦首までの情報伝播速度は、光速をこえることになる。

さらに艦の中央部と左右両舷における情報伝播速度にも、差異が生じるはずだ。ということは航宙艦なみの大きさを有する物体は、シャフト内部では破壊またはそれに近い打撃を受けるのではないか。

我々の艦は構造的な剛性を有しているが、情報の衝撃波によって制御系統や航法装置に破壊的な打撃を受ける可能性があります。つまり情報伝播速度のずれが、構造的剛体である艦を破壊すると——」

その言葉をきいても、ドクターは納得できない様子だった。当然のように、反論してきた。

「君の推論は興味ぶかいが、仮説の段階で変則的な方法をとっているようだ。たとえば……シャフトをパイプライン内部の流れか、あるいは他のエネルギーの流れから類推して出発したものではないのかな。そのせいで演繹《えんえき》の方向性が、偏向しているように思える。

もう一点、指摘しておきたい。中尉は無意識のうちに我々の艦が、物理的座標によって定義されると考えているのではないか。シャフトの影響を受ける宙域は、便宜的に定義された境界よりもはるかに遠くまで広がっている。したがって外部空間における不変の定数や定義などは、きわめて限定的にしか通用しないと考えてよさそうだ。

そう考えると、物理的座標あるいは空間座標の使用には限界を感じる。むしろ情報座標系の適用を早い段階で考えるか、二系統の座標を統合した系で内外の宙域を把握するべきではないだろうか。私は大胆な推論を構築できるほど思考が柔軟ではないが、座標系が不動の基準だと思いこむほど不遜でもない。

……これは私の単なる思いつきで、論破されれば呆気なく存在価値を失うような考え方かもしれない。ただ空間座標系で定義された物体を情報座標系で再構成することによって、内部の歪《ひず》みが明らかになることは否定できないはずだ。逆に空間座標系では途方もない変形がみられても、情報座標系に変換すると異常が消失することもありうる」

俺たちは戸惑ったまま、黙りこんでいた。ドクターの話は飛躍が大きく、論理過程を省略することも珍しくなかった。たがいに顔を見合わせていたら、当直勤務を終えたらしいキム大尉が姿をみせた。キム大尉はいつものように温和な表情で、シートに身を沈めた。ドクターはつづけた。

「……三次元空間における任意の一点を、原点からの距離で指定する一般的な座標系では矛盾が生じるように思う。むしろ情報の伝播に要する時間で、位置を確定すべきではないのか。ある意味でシャフトは特異な空間なのだから、通常の座標系で認識するのは無理がある。場合によっては重大な錯誤が生じて、危険の存在に気づかない可能性もある。短時間のうちに大量の情報が流入して、搭載されたセンシング機器が誤作動を起こすかもしれない。かりに不具合が小さなものでも、艦の制御システムや記憶領域に異常が発生することが考えられる。無論これは、現実に存在する変形とは異質のものだ。みかけ上の現象にすぎないが、実態は何ひとつわかっていない――」

ドクターは断定を避けたが、俺たちには危険の存在が充分に認識できた。シャフトによる干渉は、深刻な事態を引き起こしかねない。最悪の場合シビル・11は制御機能を失って、虚空を漂流することもありえた。そのような事態を回避するには、機器の抱える本質的な問題を把握した上で対策を考える必要があった。

ほんの少し手間取ったが、ドクターの言葉をイメージに置きかえることができた。シャフトの中心線をZ軸に一致させた三次元座標系を、想像するだけでよかった。シミュレーションの基礎を把握するための作業だから、厳密に座標系を構築するまでもない。

ただしドクターのいう情報座標系で事象を再構成する前に、シャフト周辺で起きつつあることを整理した方がよさそうだ。それを空間座標系で記述したあと、座標を変換して情報座標系に置きかえるのだ。そうすれば、何が必要なのかみえてくる。

そう判断して、基本的なモデルを考えた。シャフトの断面を通過する微小な点を仮想し、Zがゼロと定義されたX－Y平面座標上を一定の速度を維持して移動している。点の質量と大きさは無視できる程度で、シャフトの影響を受ける前から座標原点にむけて移動していた。

X－Y平面上の動きをみるかぎり、この点はシャフトに近づいても加減速することはない。定速で平面上を移動していく。当然だろう。シャフト内部の空間流は、すべてZ軸の正方向にむかっている。したがってX－Y平面座標上に、この動きは表示されない。

――それでは同じ点の動きを、情報座標系で記述するとどうなるのか。

一般的な空間座標系では位置の指定に距離の単位を使うが、情報座標系ではこれを時間の単位で置きかえる。不変の常数――たとえば光速度で除するなどの手順で、距離を時間に換算することになる。通常の空間なら距離と時間は比例するから、一見しただけでは違いに気づかないかもしれない。ところがシャフトの周辺宙域では、光速度は必ずしも不変ではなかった。中心線に接近するにつれて、次第に大きくなっていく。

すると移動距離を光速度で除することの意味が、まったく違ってくる。ここでは光速度も変数であり、時間の関数であると考えられる。ということは情報の伝播に要する時間は、別の関数になるのではないか。あるいは関数ではなく、無名数である可能性もある。

ただし微小な点の移動状況は、正確にはわかっていなかった。シャフト内に入りこんだ宇宙塵は確認されていたが、実例が少なく具体的な速度は判明していない状態だった。他の手がかりはシャフトごしに観測された星々の位置変化になるが、これも実例が少なく一般的な変異状況を予測するのは困難だった。

――では情報座標系に「無視できない大きさ」の物体が入りこんだら、どうなるのか。

俺にとっては、その方が重要だった。現実に起こりうる事態としてはシビル・11が本来の軌道をはずれて、シャフトの中心線付近まで入りこんだときのことだ。

結果は単純かつ明快なものになると思われる。ただし座標系の選択によって、まるで違う状況になるだろう。先に通常の三次元空間座標系でシビル・11を再構成すると、異様な事態が把握できそうだ。極端にいえば外殻部に変化はなく、艦の中央部分が長く前方に――ということは空間流の下流側に突出した艦型になっているはずだ。

そうしなければ、矛盾が生じるからだ。したがって変形したシビル・11を情報座標系に変換すると、空間流に呑みこまれる以前の艦型を取りもどしている。どちらが正しいという問題ではない。どちらも正しく、そして矛盾を内包していると考えられる。そしてシビル・11の艦内では、任意の一点から他の一点にいたる情報伝播速度は一定となる。

既視感に気づいたのは、そのときだった。具体的な現象を、間近でみたわけではない。よく似た状況下で発生する物理現象を、ほんの少し前に体験したように思う。それにもかかわらず、容易には記憶を取りもどせない。じれったさを感じていたら、唐突に記憶が一致した。あとは簡単だった。次々に記憶が引きだされて、整合性のとれた事実に変化していく。記憶の断片が、急速に組みあげられていった。核となるのは、ローレンツ変換のようだ。ただしイメージに似ている点があるというだけで、直接的な裏づけにはなりそうにない。しかし新たな知識を入手した瞬間から、視野がみるまに開けていく感覚はおなじだった。

無意識のうちに、俺は大きく息を吐きだしていた。本当は歓喜の声をあげたかったのだが、そんな余裕はなかった。せめて同様の体験をしたシン中尉と、新たな発見を祝いたかった。ところが当のシン中尉は、宙の一点に眼をむけたまま茫然としている。何か考えごとをしているらしく、顔つきも茫洋としていた。話しかけても返答は期待できないが、ドクターは無遠慮に意見をもとめた。シン中尉は我にかえった様子で応じた。

「失礼……いま手が離せず答えることができません。端末ごしの応答で失礼します」

そういったときには、中尉の個人端末から映像が転送されていた。一見しただけでは意味不明だが、シン中尉の手がけていた作業の概要は見当がついた。シャフトの内部から観測する宇宙は、どのような形になるのか検討しているようだ。

それを知ったドクターは、苦笑で応じた。シン中尉がこんな状態になると、誰の声にも応じなくなる。たぶん中尉の心中では、さまざまな宇宙が構築されては消えているのだろう。シン中尉が技ありを取った格好だが、ドクター自身も満足しているようだ。どのみち暇潰しではじめたような議論だから、やりこめられて降参したところで苦にはならないのだ。

無論、観測データは母港にも送信されている。だが受信したデータに、直接ふれることのできる人員は限定されている。まして地球側の誰よりも早く実情を知った上で、現地にいる強みを生かして無駄話に興じるのは俺たちだけの特権といえた。

「ところで……あれは一体、何でしょうかな」

それまで黙っていたキム大尉が、俺にそうたずねた。俺は言葉につまった。何だと問われても、答えられるものではない。古代の遺跡なのか、それとも自然に生成されたものかも不明なのだ。キム大尉は孫の話でもするかのように、笑みを浮かべている。今日は代用コーヒーを淹れる気はないらしく、ストレートなカフェイン飲料のパックを手にしていた。

大尉はパックから飲料を一口のんでからいった。

「シン中尉がいうように、シャフトは情報だけを通過させていると仮定します。すると銀河系宇宙の中心方向に情報を送りこんでいることになって、銀河系宇宙の構造と関係があるような気もしますが」

ドクターは少し興味を持ったらしい。視線をキム大尉にむけて、先をうながした。キム大尉は、ゆっくりと言葉を選びながらいった。

「我々の銀河系宇宙は、美しい渦状星雲です。ただ……さしわたし一〇万光年の規模で、バランスのとれた形を維持していくのは非常な困難をともなうはずです。通常空間を光速度で情報を伝えるだけでは、間にあわぬのではないか。

あまりにも遠くのアンドロメダ大星雲や他の星雲をみてきたせいで、距離感が失われてしまったと考えるべきかもしれない。我々の宇宙が、いかに壮大か認識できていないのではないか。いいですか——我々の誰も銀河系宇宙の全貌を、実際にみていないのです。私にとって、さしわたし一〇万光年の広がりはそれだけで途方もない存在だといえる。あらためて確認するまでもなく。我々の宇宙は美しい。美しくなければならないと、私は考えています。無論、自然物はすべて美しい。水素原子の構造や恒星と惑星の運動も、地球上に生息する生物もみな美しい。生存環境に適応した姿であり、必然から生まれた最良の形態であるからです。銀河も同様だと思います。

ただ……銀河は図体がでかすぎる。電磁波や重力波だけでは、情報を伝えきれないのではないか。だから外側からの情報を、中央部に伝えるためにシャフトが必要なのです。もっとも自然に適応した形態を取るために、フィードバックが必要になってくる。そのための情報を伝えるのが、シャフトだと私は思っています」

もしこれが地球上——あるいは太陽系の内宇宙であっても、キム大尉の言葉をまともに受けとる奴はいないだろう。ほとんどの者たちは、笑って相手にしないはずだ。それほど大尉の言葉は破天荒で、想像をこえるものだった。

しかしメスルームに居あわせた俺たちは、妙に納得した気分になっていた。自分でも不思議に思うが地球周辺宙域から一〇光日たらずの現在位置でも、俺たちは宇宙の中にいることを実感している。俺はキム大尉に、問わずにはいられなかった。

「フィードバックのための情報シャフトなら、あれは一本だけではないと？」

「そうだね。我々の太陽系は標準的で、ありふれた星系といえる。太陽自体が特に珍しくない存在だから、その近傍に一本だけシャフトが存在するとは考えにくい。むしろ何処にでもあると考えた方が自然だろう。逆方向に流れるシャフトも存在するだろうし、分岐や合流もありうるのではないか。

　シャフト網を情報の伝達手段と考えれば、さしわたし一〇万光年の銀河系宇宙が途方もない大きさとは思えない……」

　俺ばかりではなく、他の者にとっても魅力的なモデルだった。ただし理論的な裏づけを欠いている。どちらかというと、キム大尉の思いつきに近かった。だからこそ、慎重に扱いたいと思った。根拠のない思いつきだからこそ、手間をかけて補強しなくてはならない。さもなければ、有象無象《うぞうむぞう》の解法に埋もれてしまう。

　いそぐ必要があった。のんびりしていたのでは、キム大尉の解法は否定される。俺は手ばやく概算した。我々の銀河系宇宙は、直径が一〇万光年とされている。とすると銀河系の最外縁で発生した現象が、銀河中心の制御中枢を往復するのに必要な時間は――。光速度で通常の空間を伝うと仮定すれば、半径の二倍を伝播することになるから、約二〇万年が一度のフィードバックに必要だった。これは妥当な数値か否か。

　そのことを検討するために、我々の宇宙がこれまで何度のフィードバックをくり返したのか確認する必要があった。ごく大雑把にいって、この宇宙の年齢は二〇〇億年になる。とすると宇宙の始まりから我々の銀河系が現在と大差ない規模があったのなら、単純計算で二〇万回のフィードバックが可能だったことになる。

これは決して少ない数ではない。そう思うものの、何となく割り切れない気分だった。かといって、沈黙する気はない。中途半端な状態で考えを口にしたら、たちまちドクターが斬りこんできた。

「面白い観点ではあるが、別の計算もできるのではないのかね。たとえば、この私の体だ。ヒトの脳から体の最遠地点の足先まで、神経索を伝って情報が往復するのに要する時間を仮に〇・二秒とする。するとヒトの一生がつきるまでに、情報往復は一〇の一〇乗のオーダーで行なわれることになる。ただしフィードバックは進化と考えられるから、一個体ではなく種としてのヒトが発生して以来の時間で計算するべきかもしれない」

俺は戸惑っていた。キム大尉に反論する気はなく、むしろ補強するつもりで考えを口にしたのだ。それがいつの間にか、反対の立場に立たされている。俺はむきになっていった。

「それでは……ハリケーンの例はどうですか。あるいは単に、地球上の一般的な移動性の低気圧でもいい。風速を情報伝達速度と考えて、発生から形をととのえるまでの日数を計算してみるのです。そうすれば銀河系宇宙におけるシャフトの役割が、検証できると――」

下らん議論だと、俺は思っていた。これではまるで詭弁の応酬だ。地球上の現象を、そっくり宇宙に持ちこむこと自体がナンセンスなのだ。ドクターも同様に考えていたらしい。ばつの悪そうな顔で黙りこんだ。無論、俺も口をはさむ気はない。気まずい雰囲気になりかけたが、すかさずキム大尉が言葉をはさんだ。

「まあまあ……そう結論を急ぐこともないでしょう。光速度や宇宙の寸法が、昔から一定だった証拠もありません。私としては空間の広がりも時間の関数だと考えて、すべては相対的だという結論にしておきたいですな」

それから大尉は、俺たちの顔をみまわしてつづけた。

「若い人たちが、うらやましいですよ。私より二〇年か三〇年は、未来を余分にみられるのだから。しかも若い人たちに入力される情報は、累積される一方です」

キム大尉はそういって、大きくのびをした。艦内通信が全員の観測態勢配置を命令したのは、その時だった。

## 14

このときシビル・11は、光速の二〇パーセントをこえていた。

 シャフトをめぐるスパイラル運動に区切りをつけて、数時間前からシャフトにそった直線加速飛翔に切り換えられていた。スパイラル運動時には一光時を下まわることがなかった境界面までの距離は、現在ではわずか数光秒程度になっていた。それでも境界面の位置で示したシャフトの視野角は、一度に満たない小さなものだった。ただしセンサにあらわれた反応で存在を確認できるというだけで、肉眼では何もみえない。

「シャフトは活動を弱めている」

定位置についた俺たちに、艦長は事務的な口調で説明をはじめた。

「観測されたデータから、そのことは確認できる。数時間前からシャフトの有効直径……あるいは情報伝播速度が光速度の一〇パーセントをこえる境界面の径が、縮小しつつあるようだ。現在の有効直径は最大時の八〇パーセントであり、なお縮小中との報告を受けている」

――さらにシャフトは、縮小するのではないか。

俺はそう思った。直感だった。普段のシャフトが、それほど大きいとは思えなかった。大量に情報を伝える時だけ大規模な空間流が生じるものの、普段は通信回線として機能しているだけではないのか。さもなければ、これほど太陽系の近くにあるのに気づかないはずはない。艦長はさらに言葉をついだ。

「これ以後二〇時間にわたって艦は内面観測態勢に移行し、シャフト内部に探査機を投入する。プログラムは各人の端末に転送される。シャフトの縮小によって観測不能となる可能性もあるため、プログラムは遅滞なく実行するものとする」

――無茶だ！

俺は心の中で叫んだ。何故だかわからない。それにもかかわらず、途方もない間違いを犯しているような気がした。俺はすばやく周辺にいる乗員の表情を読みとった。何人かは俺と同様に、不安そうな顔をしている。しかし命令に反する行動を、とるほどではない。すぐに俺たちは、探査機を発射する準備で忙殺された。

探査機の整備が完了した時点で、艦は長くつづいた加速態勢をといた。自由落下状態に切りかえた直後に、最初の探査機が発射された。境界面の外側をかすめるコースをとっていたが、成果に期待する者はいなかった。

境界面の外側を通過した時、探査機はわずかに軌道がずれた。そして、それで終わりだった。退屈で変化のない観測が長時間つづいたあと、交信範囲外に飛び去った。探査機に搭載されていた観測機器も、母艦であるシビル・11からの観測をこえることはなかった。

第二の探査機は、わずかに境界内部に向けて射出された。今度も大した違いはなかった。もともと観測の便宜上、俺たちが勝手に決めた境界面だ。内側でも外側でも、大した違いはない。最初の時にくらべて、顕著な形で軌道がずれた程度だった。空間流の影響で軸線方向に流されたようだが、予想の範囲内だった。

「加速度計、ゼロ表示」

観測員《サーベイヤー》のシン中尉が、乾いた声で状況を伝えた。探査機内部の加速度計では、この機体は全くの慣性飛翔をしていることになる。要するに自由落下状態のまま、軌道がねじまげられているのだ。すると空間流は重力場とおなじで、内部にまで力は伝わらないらしい。というより、空間ごと力場に支配されているようだ。

そう考えた時だった。画面の中で何かが光った。俺は緊張に身をかたくしたが、すぐに事情がわかった。探査機から噴出された光学観測用のガス体らしい。計測用に一定のパターンで、探査機の素子が発光している。

俺は端末の画面を注視した。拡散しつつあるガス体は、後方からの照射を受けてめまぐるしく色をかえている。通常は均等に広がるはずのガス体が、空間流の影響で変形している可能性があった。ただ肉眼で識別できるほど、大きな歪みは起きない可能性が高かった。映像を詳細に走査して分析することで、ようやく違いがわかる程度の差異しかないのだろう。

拡散しつつあるガス体は、次第に色を失いつつあった。そして光学望遠鏡の視野から去り、通信回線も閉じられた。

第三の探査機は、シャフトのさらに内側に射出された。同時にそれまで自由落下の状態だったシビル・11も、エンジンに点火してシャフトにむかう軌道に遷移した。先行する三機めの探査機を追う態勢をとって、次第に速度を上げていく。

「少し内側に入りすぎているんじゃないか」

機関員《ハード・メカニック》のヘイズ少尉が、心配そうな声でたずねた。三番めの探査機はヘイズ少尉の担当だが、俺もバックアップ要員として積極的に関わっている。したがって送信されてきたデータは、容易に参照できた。

気になって軌道追跡システムのファイルを開いた。俺は眉をよせた。最初に設定した軌道より、いくぶんシャフトの内側にずれている。射出角度に誤差があったのかと思って、手ばやくデータを確認した。だが、どこにも誤りはなかった。

「加速度計、〇・一G。さらに増大中。直交平面内ベクトルの成分は――」

シン中尉の報告は、俺を驚かせた。探査機は中心線の正方向――したがって空間流の下流側ではなく、その直交断面にそって加速している。すぐに加速度の成分が報告された。事態は深刻だった。

想定外の動きだった。探査機はシャフトの中心線にむけて、引きよせられていた。探査機を加速していた。そして、それで終わりではなかった。同時に空間流にそった流れが、探査機を加速していた。ただし空間流による加速は、今も自由落下状態がつづいている。よくわからない動きだった。エンジンを持たない探査機が、どうやったら加速できるのか。

それを確かめるために、シビル・11は流されていく探査機を追った。じりじりと加速がつづき、そしてついに二Gをこえた。耐Gシートで観測をつづけていた俺たちは、やがて追跡をあきらめた。探査機は俺たちの制御を離れていた。加速度計をふくむ一切の観測機器も、機能を停止していた。

探査機がシビル・11の観測可能距離をこえて遠ざかった時、艦内にため息がもれた。あの探査機はどうなったのだろうか。情報伝播速度のずれによる外力で破壊されたのだろうか。それとも軸線方向に長くのびた状態で、飛び去ったのか。どちらにせよ、俺たちの手のとどかない所にまですっ飛んでいったのは間違いない。

「転針用意。シャフトより離脱する」

不意に艦長の声がきこえた。すでに艦内は一Gに落ちついている。ちらりとみた艦長の顔は、珍しいことに青ざめていた。ついに艦長も、俺たちが本能的に感じていた危険に気づいたらしい。本来なら探査機による内部走査は、まだ半分以上も残されていた。

シビル・11は鈍重な動きで転針しようとした。本体は一〇〇メートルにも満たないのに、閉じた状態とはいえ、全長が一〇キロにもおよぶレーザ反射板を引きずっているのだ。わずかに転針するだけで、やたらと時間がかかる。このシャフトが危険なしろものだとわかっていたら、もっと小回りのきく艦を投入するべきだった。

シャフトに入りこんだことで、艦の馬鹿でかさと大規模化が際だつことになった。本体はさして大きくないのに、艦首方向に突出した構造材の先端に観測ドームが設置されていた。ドームでは探査機による観測と並行して、シャフトの光学観測をつづけていた。これまで放置されていたも同然だったが、唐突にドーム勤務の観測員《サーベイヤー》から連絡が入った。

「シャフトの有効径が増大している」

その言葉は唐突すぎて、すぐには意味が理解できなかった。だが詳細は、間をおくことなく入電した。

「訂正する。シャフトは変形しながら拡大中。本艦にむかって境界面を張り出しつつある」

俺は声にならない悲鳴をあげた。シャフトが俺たちをのみ込もうとしている。シャフトの有効径の百倍の距離をとっていたという安心感も、すぐに消し飛んだ。境界面には何の意味もなかったのだ。すでに艦は、空間流の影響圏内に入っていた。

「離脱速度は……いくらだ。必要なら不要質量を放棄して、離脱を優先する」

上ずった声で、副官《バーニア》が問いただした。ところが操艦担当の機関員《ハード・メカニック》は、狼狽《ろうばい》して応じた。

「姿勢制御、ききません。制御ノズルを最大出力で噴射中ですが、艦首が空間流の下流を指向したまま固定されています」

——捕まった、のか。

何が起きつつあるのか、正確なところはわからない。それでも確かなことが、ひとつだけある。このままエンジンを噴射しても、空間流からは脱出できないと考えられる。艦はシャフトの中心線にそって、一Gの加速をつづけている。主機である恒星間ラムジェットは、おそろしく長い推進剤ガスの尾を引きずっている。

わずかでもガスの尾がシャフトの中心線に対して角度を生じると、空間流に深々とつき刺さってシャフト内の情報秩序を乱すことになる。層流をなしている空間流は乱れ、モーメントが生じて復元力が作用する。

かといって、エンジンを消火するのは論外だった。制御を離れた無人探査機のように、中心部にむかって落ちていくだけだ。膠着《こうちゃく》状態はシビル・11が力つきて墜落するまでつづく。いずれにしても、離脱する方法はなかった。

袋小路だと俺は思った。あるいは罠に捕らえられた獣も同然だった。もがけばもがくほど消耗して、身動きがとれなくなる。

わずかな沈黙のあと、艦長は命令を下した。

「接線方向に転針。制御《バーニア》ノズル全開」

無駄なことだ。俺ばかりではなく、他の乗員《クルー》もおなじことを考えていた。そして当の艦長自身も、脱出する方法がないことを知っていた。接線方向の転針であっても、同じことだ。

シャフトの空間流を乱すことにはかわりない。

——それではバーニアノズルだけで、横方向に離脱するか。

苦しまぎれに、そんなことも考えた。だがそれも、効果は期待できない。ほんの少し、結末を先にのばすだけだ。そして艦長が試みた方法は、すべて不調に終わった。それがわかった時、今度こそ俺は覚悟を決めた。他の者も同様だと思うが、誰も口には出さなかった。わずかな期待をかけて、艦長の命令を待った。

「エンジン消火。九・八メートル／秒・秒から、〇メートル／秒・秒へ。減率〇・五メートル／秒・秒・秒」

約二〇秒で、一Gの加速は消えた。その間もつづいた姿勢制御のこころみは、まったくの無駄に終わった。あの忌々《いまいま》しい反射板を、爆破してやりたい。俺は心の底からそう思っていた。エンジン消火後の自由落下状態の中で、わずかな沈黙がつづいた。その時、俺は艦内が無重力状態でないことに気がついた。横Gを受けている。

「始まったか……」

低い声でキム大尉がいった。ささやくような、低い声だった。それにもかかわらず、全員の耳に届いていた。シビル・11は三機めの探査機がたどった軌道を、忠実に追っていた。ほんのわずかな加速だったが、俺たちの神経には着実に届いていた。

理論的に説明するのは無理だが、何が起きるのかは予想できる。空間流の中に大きさを持った存在が入りこむと局所的な乱流が発生して、軸線方向にむかう力が生じる——などという解釈が、ふと脳裏をかすめた。ただし本当のところは、俺にはわからない。そのことを全部知っているという奴から講義を受けたとしたって、理解できるとは思えなかった。

キム大尉の試算では、この艦が破壊されるまでの時間は、主エンジンを停止してから四時間というところらしい。それをすぎると構造的にもたないというが、条件次第では破壊をまぬがれる可能性もあるようだ。ただし結果にかわりはない。艦ごと押しつぶされて死ぬか、空間流に呑みこまれて漂流の末に死ぬかだ。

そう思った。ところが現実は、さらに意外なものだった。

「レーザ反射板の展張所要時間は？　収納は考えなくていい。損傷してもいいから最速の方法を選択のこと」

「開始から、二・五時間で完了しますが」

艦長の問いに、いくぶん当惑したような声で機関《ハード・メカニック》員が答えた。しかし、艦長の次の言葉はもっと俺たちをおどろかせた。

「ただちに展張を開始せよ」

## 15

わずかな振動を床と側壁から感じさせながら、直径一〇キロにおよぶ反射板は開きつつあった。設計した奴は、まさかこんな使われ方をするとは思わなかっただろう。シャフトの影響圏内にある「大きさ」を持った存在は、長軸方向をシャフト軸線に平行にする外力が働くらしい。そしてそれはゆっくりと広げられている反射板についても、あてはまっていた。もしシビル・11が優雅な外観を持っているなら、蝶が羽根を広げるところを連想するかもしれない。実際は宇宙で蝙蝠傘を開いているような具合なのかもしれない。艦は全長一〇キロの長ったらしい形態から、全長一〇〇メートル余り、直径二〇キロの円形へとかわりつつあった。

工事が竣工していないまま飛び出したものだから、完全な円形とはいえず、破れ傘にしかみえないだろう。その非対称な破れ傘は、開くにしたがって艦首をシャフトの外側に向けるモーメントを生み出していた。

俺たちは次々に入ってくる観測データを処理しながら、反射板が開き切るのを待った。キム大尉は艦の航法システムの修正を、大車輪でおこなっていた。大尉のかたわらには、艦長がつきっきりで指示を与えている。何か手伝えればいいのだが、俺のような駆け出しの甲板《デッキ・》員《クルー》が割りこむ余地はない。妙ないじり方をしたら、それこそ艦もろとも御陀仏《おだぶつ》だ。キム大尉のような老練なプログラマーが、一人でこなすべき仕事なのだ。

俺たちに残された時間は有限だ。艦の姿勢制御が完了したら、ただちにエンジンを全力噴射して離脱しなければならない。噴射のタイミングが、一番の問題だった。正規のプログラミングのように、複数の人間がチェックしながら仕事を進めるようなことをしていては、とても間に合わない。

キム大尉は一切の外部情報を拒否するかのように、押し黙ったまま作業を進めていた。だから大尉が突然、口を開いた時には俺までが聞き耳を立てていた。

「やはり艦体が空間流の境界面に直交する瞬間に、全力噴射するしかないですな」

「それが最も安全というわけか」

艦長が問い返した。キム大尉は、情報表示から眼を離さずに答えた。

「姿勢制御が終了しないうちに、エンジンを噴射して離脱をこころみるより、成功の可能性は高いと思います」

「全力噴射の理由は？」

「数値をあげて証明する時間的余裕はありませんが、次のことが確実です。姿勢制御完了時の位置でエンジン点火の場合、噴出流体の空間流から受ける回転モーメントは、瞬時にして艦体を軸線に平行なまでに回転させるでしょう。この場合、さきほどのエンジン消火時の位置に比べて、空間流から受ける影響は級数的な増大があります。

さらに……ラムジェットの前方吸入口の磁場のひろがりが、軸線加速時とは比べものにならない回転モーメントを、さらに艦体に与えることになります。そして艦体の回転にともなって、艦体側方に向けられた吸入磁場が最適方向——相対的な艦体の進行方向に一致させておくことができなくなります。

現在までの観測から、最初の一瞬にかけて大加速で離脱するしかないでしょう。ラムジェットの吸入磁場にとり入れられた星間物質が後方に噴出されて、長くのびた情報連続を形成するまでのタイム・ラグの間に、できるかぎり加速する。これが最善の方法です。一度でも空間流の回転モーメントを受けて艦体が回転を始めたら、ラムジェットの吸入磁場は最適方向を指向しつづけるのは不可能です。つまりエンジンは効力を失うでしょう」

「噴射開始時、及びその諸元は？」

「今から約一七分後、最大一六Gで〇・二五秒間。それだけで、その時点での軸線に対する接近速度にうちかつ脱出速度を得られます。ただ……」

「ただ、何だ」

冷静な艦長の顔に、わずかに感情のようなものが垣間みえた。キム大尉は、情報表示から顔をあげて言った。

「プログラムには、二つの前提条件があります。ひとつは反射板の構造的強度」

艦長は短く声をあげた。キム大尉は、さらにいった。

「我々にとって幸運だったことは、反射板の材質が非透磁性であることです。この反射板によって前方吸入口の磁場は、シャフト中心線側の半分がさえぎられます。さもなければシャフト中心線までの半分以上の距離を、半径三千キロの磁場が広がることになります。したがってエンジン噴射以前に、艦体が壊滅的な打撃を受けると予想されます。

我々に必要なのは、〇・二五秒間だけです。その時間だけ安定して作動すれば、あとはなんとかなります。急加速と外力による回転で、反射板が破壊されてもいい。実際かなりの確率で破壊されると断言できます。しかし〇・二五秒の間に、反射板が磁場遮断の役をなさなくなれば……」

「どうなる?」

「わかりません」キム大尉は素気なく答えた。「私の組んだプログラムが、無意味なものになるだけの話です」

「わかった。もうひとつの前提条件というのは」

「もうひとつは、このプログラムを実行する航法コンピュータ自身です。加速時間あるいは前方吸入磁場のフォローについては、観測結果を反映させつつ修正していくしかありません。したがって〇・二五秒の間に、加速度計などのデータから噴出時間を最終決定することになります。いいかえればフィードバックが可能なサブシステムを、事前に組みこんであるのです。ただし〇・二五秒間、システムが完全に作動するという保証はありません」

情報伝播速度のずれが、構造的剛体である艦を破壊する——シン中尉の言葉が、唐突に思いだされた。艦長はキム大尉の懸念を理解したようだ。俺たち全員に、耐高加速態勢をとるよう命じた。観測作業は打ち切られた。

一六Gをいきなり受けるのと、次第に加速度を増すのとでは体にかかる衝撃がまるで違う。最初の一瞬がすべてだというキム大尉の言葉にしたがった「立ち上がり」の鋭い一六Gでは、内臓や骨が充分な対応をとれないうちに加速が終了することになる。何人かは骨を折り、内臓を破裂させるだろう。その何人かの中に自分が入らないことを俺は願い、そしてドクターが入らないことをついでに願った。

そう思いながら耐Gカプセルに体をあずけようとしていた俺に、艦長が声をかけた。

「観測ドームの様子がおかしい。観測員《サーベイヤー》が一人いるはずだが、艦内通信にも応じない」

状況を確認して報告するよう艦長は命じた。たしかに観測員《サーベイヤー》の姿が、一人みあたらない。

艦内に耐加速カプセルがあるのは、発令所とその周辺だけだ。俺は時計をみた。加速開始まで、五分ほどしか残されていなかった。

艦体中央部の発令所から最前部に突出したドームまで、往復するのに充分とはいえなかった。だが、無理な時間でもない。飛びだしたところで、艦長の声が追いかけてきた。加速は予定通りに行なうから、間にあわないと思ったら引き返してこいといった。

艦内エレベーターは使わず、連絡通廊《チューブ》にもぐり込んだ。通廊内の手がかりを、力まかせに押して移動した。いまのところ艦内は無重力状態だから、その方が速いのだ。

ドームの床に開いたアクセス孔から、勢いよく俺は飛びだした。観測員《サーベイヤー》はシートに体を固定したまま、茫然としていた。俺の背筋がうそ寒くなった。満天の星空をみわたせる観測ドームの中で、その男は眼を見開いたまま気を失っていた。俺は鳴りっ放しの艦内通話機を手にして、艦長に状況を報告した。

「一人で運べるか？」

こんな時でも艦長は冷静だった。俺は即座にこたえた。

「何とかやってみます」

どのみち今から応援をたのんでも、間にあわないだろう。俺は観測員の頬を平手で打ってみた。何の反応も示さない。シートベルトをはずして、シートから引っぱり出した。通廊《チューブ》の中に押しこんで、両足で思いきり背中を蹴とばした。無重力とはいえ、男の質量は充分に蹴りごたえがあった。ひとつやふたつの外傷は、この際やむを得ない。俺もすぐあとを追って通廊《チューブ》に飛びこんだ。

その時、俺の頭の中で何かがはじけた。ずきん、と頭痛が走り、それがくり返して頭の中を通りぬけた。眼の前が暗く溶け、平衡感覚が崩れていくのがわかった。俺はゆらゆらと通廊をただよっていった。

急に眼の前が明るくなった。通廊を抜けだして、発令所に通じるモジュールに出たようだ。通廊に放りこんでおいた観測員は、皆の手で耐Gカプセルに押しこめられていた。発令所にたどりついた俺にも、何本かの腕が差しのべられた。すでに観測員を収容したカプセルは、閉鎖されていた。

その時になって俺は、さっきまでの頭痛が嘘みたいに消えているのに気がついた。俺は助けを断って、自力でカプセルにもぐり込んだ。

「駄目だ。完全にやられている」

観測員《サーベイヤー》に取りついていたドクターの、悲鳴に近い声が伝わってきた。だが俺は耐G態勢をとるのに忙しく、言葉の意味を理解する余裕などなかった。まもなく高加速が開始される。カウント・ダウンは、残り十数秒程度だった。カプセルを閉鎖する気配が、次々に伝わってきた。そして静寂が、艦内を支配した。閉じた眼の中で光が爆発した。一瞬、時が停止した。

覚悟していたにもかかわらず、高Gの衝撃や体にかかる負荷は感じなかった。瞬時の高加速度が去ったあとに、ようやく俺は何が起きたのか理解した。

カウント・ダウンがゼロになった時、閉じた眼の中で光が爆発した。一瞬、時が停止した。


俺は撓《たわ》められた発条《バネ》だった。耐Gカプセルの中で、紙のように押しつぶされていた。だがすぐに、反動ではね返った。耐Gカプセルの中にいなければ、何度も跳ねまわった末にずたずたの肉塊と化していたはずだ。そのせいで記憶は混乱して、意識も途切れがちだった。それでもカプセル内の時計は衝撃で壊れることもなく、カウント・アップをつづけている。それにあわせて、ロックも解除されていた。


のろのろとした動きで、俺は耐Gカプセルから這い出した。発令所には特にかわったところはなかった。まるで死人のように、乗員たちが青ざめているだけだ。ただし本物の死人はいなかった。怪我人さえ見当たらない。それを確認してから、俺はあの観測員の姿を探した。

発令所にいる者の興味は、すでに観測員を離れていた。観測員は忘れ去られたかのように、モジュールの片隅に放置されていた。ここからは視認できない全天の星々を、飽きることなく眺めているかのようだ。他の者は早口で何ごとか話しあっている。俺は無意識のうちに、観測員に近づこうとした。だが、果たせなかった。眼の前にまわり込んだ人かげが、制止の声をあげたのだ。

「無駄だ。彼はもう死んだも同然だ」

　キム大尉だった。驚いて見返す俺に、大尉は感情のこもらない声でいった。

「君も危ないところだった。発令所は艦の情報重心に近い所に位置しているから、それほど影響は受けなかった。しかし飛び離れた位置にあった観測ドームは、情報伝播速度のずれをもろに受けた。固定位置にあったドーム全体が、空間流に押し流された。その結果、彼の脳から情報が脱落した。たぶん彼の脳には、もう記憶はもどらんよ」

　俺はあらためて観測員に眼をむけた。体つきまでが、変化したような気がした。それを察したのか、キム大尉は首をふった。

「いまのところ、外見にかわりはないようだ。しかし以前からの印象は、すでに失われているといっていい。つまり我々の記憶も、欠損があると考えるべきだ。当然、彼の場合は状況がさらに進展している。おそらくDNAのレベルまで、破壊されているだろう。このまま空間流の内部にとどまっていたら、人間としての外観を保っていられなくなる……」

　その言葉の意味を理解するのに、数瞬の間があった。俺は息をのんだ。事実を確かめるために、端末を操作した。知りたいことは、すぐに表示された。それにもかかわらず、容易に事態を受けいれることができない。藁《わら》にもすがる思いで、大尉にたずねた。

「脱出できなかったのですか……」

「新たに追加したサブシステムが、正常に作動しなかったようだ。いまのところシビル・11は、シャフトの中心線にむけて落下しつつある」

　予想できない結末ではなかった。むしろ心のどこかで、予想していたように思う。そう思いながら、実質的に屍《しかばね》となった観測員に眼をむけた。

——この男の方が、まだしも幸せだったのではないか。

そう思った。いまの俺たちに比べれば、どんな死に方をした奴だって幸せなのだろう。少なくとも最後の一人になるよりは、数段ましなのではないか。

すでに艦は行動の自由を失っていた。特に前方吸入口の磁場発生システムは、完全に破壊されていた。航宙関連のハードウェアも、破壊が進行していた。主機は沈黙をつづけていたし、レーザ反射板は根本から切断されていた。

本体だけになった艦は、シャフト中心線に対して平行の姿勢を保ったまま落下をつづけていた。艦内の生命維持装置が正常に作動しているのは、幸運というより不運のきわみだった。これで命をながらえても、根本的な解決にはならないだろう。あと一時間もすれば、死にいたる苦しみがはじまる。

兆候はすでにあった。通信端末の表示画面が、何度か点滅したあとエラーにかわった。艦長が穏やかな声でいった。

「艦長より全乗員に告ぐ。本艦は自力航行が困難なほど損傷し、救出される可能性もない。艦長の義務を果たせなかったことは、きわめて遺憾である。以後は一切の命令を解除する。各自は自由行動をとれ」

かつての海軍なら、退艦命令が伝えられたようなものだ。体中の力が、抜け落ちていくのを感じた。艦長は最後の瞬間を、見届けるつもりらしい。シートベルトをしっかりと締めつけて、何も表示しなくなった端末の画面を注視している。

その一方でヘイズ少尉は、放心したように動きをとめていた。そのまま死を迎えるのかと思ったら、唐突に動きはじめた。発令所の内外を物色している。使用可能な通信システムを探しているらしく、眼についた機器を片端から操作している。生きのびるために、救難信号を発信しているとは思えなかった。

おそらく前に少尉が話していた「軍が宇宙に進出する理由」を、誰かに知らせようとしているのだろう。しかし俺にはその試みが、成功するとは思えなかった。それでも少尉は、通信機の操作をやめようとはしなかった。事実を誰かに伝えるのではなく、自分の存在した痕跡を残そうとしているのかもしれない。俺には死の直前まで、やるべきことがある少尉が羨ましかった。

最後の瞬間をどのようにして迎えるのか、俺はとりとめもなく考えていた。次に動いたのは、シン中尉だった。シートベルトをはずし、ゆれるような動作でシートを離れた。中尉は俺たち一人ひとりに挨拶したあと、気閘《エアロック》に入った。

その方がいいと、俺は考えていた。ヘイズ少尉は蓄積された情報を外部に逃がそうとしたが、シン中尉は最後の瞬間に宇宙をみようとしている。おそらく死の間際まで、情報を受け入れようとしていたのだろう。中尉が気閘に入って間もなく、空気の流出する気配が伝わってきた。シン中尉は人生の終わりに、はじめて宇宙と直《じか》に対峙できたのだ。

# 16

俺は馬鹿みたいに彼らの動きを追っていた。

俺には彼らのように、やるべきことが何も思いつかなかったのだ。

「少し……いいかね。少尉」

俺は現実に引きもどされた。キム大尉は、いくらか遠慮がちにつづけた。

「君の貴重な時間を無駄にするのは忍びないが、君にきかせたい話があるのだ」

もちろん、俺に異存はない。俺の最後の時間を、大尉の身の上話で埋めるのも悪くなかった。キム大尉は最初のうち口ごもっていたが、やがて過ぎていく時間にせき立てられるように話しはじめた。

「私が君くらいの年齢だったころ……私は一人の女性を愛したことがある。彼女の名は、マヤ・シマザキといった」

その瞬間、衝撃で視野が暗くかすんだ。驚きは少し遅れてやってきた。言葉をさしはさもうとする俺を制して、大尉は淡々と話をつづけた。

「はじめて会った時、彼女は軍の地上基地に勤務するサービス要員だった。彼女は航宙艦勤務を望んでいた。その当時は、そういった例は珍しくなかった。

彼女は生まれ育ったカトマンドゥと、そこに住みついた両親をひどく嫌っていた。憎んでいたといってもいい。あの街から抜けだすために、航空宇宙軍に入隊したのだ。だが彼女が軍に志願したのは、そのせいばかりではない。太陽系からの脱出を、願っていたのだ。月面上の都市で生まれ育った私が、退役後には地球に住むことを考えていたのとは対照的に」

この街で育った者は、必ず宇宙に出て行こうとする。しかし外宇宙を旅した者は、必ずこの街にもどって来る。そんなことを俺にいった奴がいたな。たしかあれは――。

「我々はたがいに愛しあっていた。少なくとも私は、そう信じていた。だが彼女は、私ではなく宇宙を選んだ。彼女はK・R－6のサイボーグ研究所に転属し、そして宇宙に出て行った。そのとき私は、突然の孤独感におそわれた。彼女は自分自身ばかりではなく、私との間にできた子――つまり君の兄も一緒にK・R－6入りしてしまった。

それがおそろしく高い競争率に打ちかって、彼女が外宇宙要員として選抜された理由だった。彼女にはそのような資質が、生まれながらにして備わっていたのかもしれない。生まれたばかりの私の子供はサイボーグに改造され、外宇宙にむけて発進していった」

「ひどい……」

「私も当時はそう思った。ただ、彼女をうらむ気にはなれなかった。あれはやさしい女だった。だから軍が強制的に、彼女と私の子供をとりあげたのだと考えることにした。そうとしか、考えられなかったのだ。他に何の理由があるというのか。彼女が私を裏切るとは、とても思えない。

そのあと彼女には、二度と会うことがなかった。ただK・R－6で二人めの子を出産したことや、オディセウスの乗員として外宇宙に旅立ったことは聞いていた。だが私には、もう関係のない話だ。そう考えていたから、君と会ったときには驚いたよ……。

そう――。その二人めの子が君だ」

俺は完全に混乱していた。あまりに多くのことを一度にきいたものだから、気持ちの整理がつかないのだ。時間ばかりが、無為にすぎていった。

騒がしい音に気づいて、俺はふり返った。ヘイズ少尉が猛然と通信機を操作していた。交信しているのではない。即時交信が可能な範囲内には、一隻の航宙船も存在していないはずだ。おそらく一方的に、文章ファイルを送信しているだけだろう。

すぐに少尉は動きをとめた。先ほどまでの鬼気せまる表情ではなく、動きに余裕が感じられた。みている俺までが、ほっとするような優しさを感じた。

時間は容赦なくすぎていく。俺は無遠慮に問いただした。

「俺の父親は？」

「ジョン・ブラッドレー大佐だ」

驚きはなかった。むしろ安堵していた。キム大尉は申し訳なさそうに言葉をついだ。

「君には嘘をついたことになる。だがブラッドレー大佐がK・R‐6にいたことは、君にきくまで知らなかった。しかし大佐が君の父親であることは、間違いない。

だから君からブラッドレー大佐の消息をきいたときには、心がささえを失ったかのようだった。四半世紀も私を束縛していた心の枷《かせ》が、唐突に消え失せたのだ。

……私はブラッドレー大佐のような英雄《ヒーロー》ではないし、エリートでもない。外宇宙への発進を決めるのに、二〇年余もかかってしまった。この二〇年間は、本当に長かった……」

「私の母親は、どんな女性だったのですか？」

時間を気にしながら、俺はたずねた。しかしキム大尉は茫洋とした眼つきで、俺を見返しているだけだった。かなり時間をかけて、ようやく俺の言葉を理解したようだ。だが記憶がすでに混乱しているらしく、なかなか次の言葉がでてこない。なおもうながすと、ようやく俺に視線をむけていった。

「彼女は……やさしい女性だった。しかも男たちの誰よりも、フロンティアにわけいる強靭さを有している。それは……彼女が母親だからだ。

ブラッドレー大佐は二度めの外宇宙探査には加わらず、ヒーローであることもやめて地球にもどった。そして私も二〇年あまり逡巡《ざま》して、ようやく外宇宙にむかう決心がついた。ところが現実は、この通りだ。みられた様ではない。

あるいは……女性は我々よりも、フロンティアに適しているのかもしれない。女性はすべての辺境を――人の手がふれたことのないフロンティアを、懐かしい生まれ育った故郷にかえる力を持っている。それとも……女性は故郷そのものなのかもしれない。男たちに残されたのは、帰巣本能だけだ……。

男たちの闘争本能は、すべてを包みこむ女性の裏がえしにすぎない……」

俺は母親のことを、もっと知りたかった。しかし大尉は力なく首をふるだけだった。

「忘れてしまった……何もかも……私はどこを旅していたのか……どれほど長く……」

キム大尉の口からもれていた呟きが、次第に間遠なものになっていた。やがて大尉は沈黙した。もう何も、語ることができそうになかった。語るべきことは、すべて周辺の空間に吸収されてしまったのだ。

俺は視線をめぐらした。艦長をはじめ、他の乗員はすべて淀んだような眼を頭上にむけている。彼らもやはり記憶を洗い流され、肉体だけが仮の存在を許されていた。記憶を失わずにいるのは、俺一人だけのようだ。

かといって、俺一人が生き残るとは思えなかった。早いか遅いかの違いだけで、やがて俺もおなじ状態になるのだろう。俺は眼を閉じたまま、失われてゆく俺自身の過去をみていた。誰に語るでもなく、俺は俺自身に身の上話をしていた。

## 17

暗い闇の中で、俺はあてもなく漂っていた。俺がはじめて世界に触れた遠い過去のことだった。俺の世界は母の胸の中だけだった。眼にみえる母の胸ではなく、その温かさや柔らかい感触を最初に認識したようだ。

さらに遡《さかのぼ》れば光も闇もない羊水の中で、体を縮めて母親に一切をまかせていた。何の不安も感じなかったのは、彼女の愛に気づいていたからだ。何も危険はなかった。世界といえば、母親がすべてだった。

その閉ざされた世界が、やがてひろがり始めた。俺は母の胸から離れて、一人で歩きだした。そして俺は、いつの間にか一人ぼっちになった。記憶が具体的になったのは、そのころからだったと思う。ルナ・ラグランジュ点の政府立保育所ですごした子供のころや、軍の兵役予備訓練所の日々は鮮明に思いだせる。そして初めて航宙艦に配属され、太陽系内とはいえ宇宙空間を航行した記憶。それから除隊間際になって再入隊が決まり、外宇宙へ乗り出した。何といったか……あの男。俺の父親だという男の名は――。

だが、そんなことは重要ではない。俺にとっての過去は、母親の記憶だけだ。すべてはあの場所から始まり、そして帰ってゆく。他には何もいらない。過去など……未来など。俺には母親の記憶と……星空のイメージだけが――。

俺は身の上話を終えて、時の流れに身をまかせた。時間はゆるやかに過ぎていく。

## 18

最初に眼に入ったのは、若い女の上半身だった。

俺には見覚えのある女性だった。年齢は俺と同じほどだが、それが誰なのか確信は持てなかった。黒い髪を頭の上でまとめて、白い帽子をその上にのせている。艦内帽のようだが、デザインが少し違っていた。長い眠りから目覚めたせいか、白さが眼にまぶしいほどだ。

軍衣らしい作業着も、帽子と同様に白かった。俺たちのいる部屋の床や天井までが、白い色で統一されていた。ここは何処なのだと問いかけた俺を制して、彼女が言葉を口にした。声までが白く、そして透き通るように感じた。

「急に動こうとしたり、話そうとしない方がいいわ。かなり体力を消耗しているから。今のあなたに一番必要なのは休息よ」

俺は眼だけを動かして、室内を見まわした。狭い部屋だった。俺の寝ているベッドの他に、もうひとつのベッドがみえた。ただし現在は使われていないようだ。他には壁と一体となったデスクや、壁面に埋めこまれた医療ユニットがみえた。定加速航行を前提に設計されているらしく、かなりの荷重に耐えられるようだ。

その仕様からして、ここは艦内の医療室らしい。無論、シビル・11ではない。かなり旧式の艦らしく、俺の知っているシステムとは違っていた。

どうやら俺は、救出されたようだ。すると彼女は、この艦の医療スタッフなのか。それよりもシビル・11の他の乗員は、どうなったのだろう。なぜ俺は記憶や体組織が、破壊されなかったのか。そして遭難から一体、どれだけの時間が過ぎたのだろう。

彼女にたずねるしかなかったが、いまは俺に背をむけてデスクにむかっている。声をかけていいのかどうかわからず迷っていたら、彼女の肩がわずかに揺れた。そのままふり返って、俺をじっとみている。俺は狼狽した。彼女の真摯な眼で見据えられると、わけもなく後ろめたさを感じてしまう。まるで母親に叱責された子供のように、萎縮するのだ。

——どこかで会ったような気がする……。

そう考えたが、記憶は曖昧で思いだせない。いつごろどのような状況で会ったのか、見当もつかなかった。俺は戸惑って視線をそらした。その俺の仕草がおかしいのか、彼女は小さく笑った。気配を察した俺までが、明るい気分にさせられた。つられて顔をあげたところで、眼があった。そこでまた、既視感に気づいた。間違いない。彼女とは、頻繁に会っている。

「いまドクターは、他の用件で手を離せないの。だから安静にして体力の回復を待つべきなのだけれど、その様子なら大丈夫みたいね」

そういわれて、はじめて気がついた。俺の体にはチューブやケーブルの類が、何本もつながれている。たぶん救助されたときには、虫の息だったのだろう。そんな俺に少しでも負担をかけまいとする彼女の気づかいが、自然な形で伝わってきた。

おそらく彼女は戦闘配置時にかぎって編成される緊急医療チームの、非常勤メディカル・スタッフなどではないのだろう。正規の資格を有する看護師《ナース》ではないのか。彼女は俺が理解しやすいように、一語ずつ区切るような正確な発音でいった。

「生存者はあなた一人だったわ。シビル・11から、あなたを救出するだけで精一杯だった。あの艦は現在も銀河系宇宙の中心部にむけて、飛翔をつづけている。ただし原子の状態にまで破壊されるのは、時間の問題だと思う。状況判断を誤った艦長の責任ね。もっとも普通の指揮官なら、他に選択の余地はなかったと思う。私たちだって、無傷ではすまなかった。ビシュヌを失ってしまったのだから。

そして……あなた一人が記憶を破壊されずに生還できた理由は……一度に説明するのは、難しいわ。あなたはジョー・シマザキ少尉、そうね」

俺は黙ったまま、小さくうなずいた。彼女はさらに言葉をついだ。

「この艦はオディセウス級の一番艦で、あなたの記憶にある呼び名はオディセウス・ゼロです。私はこの艦の乗員で、常勤メディカル・スタッフのマヤ・シマザキ中尉です」

高圧の電撃を、食らった気分だった。思考が混乱して、収拾がつかなくなっていた。混乱のあまり、過去の記憶が無秩序にあふれ出した。はじめて彼女と会ったときから、既視感があったのも当然だった。彼女の容貌に、記憶があるのも当然だった。俺に似ていたのだ。なぜなら彼女は、俺の母親なのだから。

「意識がもどらないうちに、あなたの記憶を探らせてもらった。気を悪くしないで。これは必要な検査なのだから。その結果わかったことを、念のために確認させて。キム大尉もシビル・11に乗り組んでいたのね」

いくぶん回復した体力で、俺は自力でうなずくことができた。彼女はさらに問いただした。

「ジョン・ブラッドレー大佐にも会ったのね。あのカトマンドゥの街で」

隠すほどのことではなかった。先ほどよりも大きな動作で、俺はうなずいた。自分でもわかるほど、俺は興奮していた。それが俺の体力を、急速に回復させていた。もうチューブによる薬液の注入は、必要なかった。彼女の手を借りて、用ずみのチューブを取りはずした。残っているのは、モニタに接続した少数のケーブルだけだった。

体力が回復するにつれて、彼女の表情に女性らしさがあらわれた。それは同時に、母親らしさでもあった。だがそれも、一瞬の出来事だった。普段の表情を取りもどした彼女は、看護《ナース》師の顔になっていた。

──ここは何処だ。そして今はいつなんだ。

俺はたずねた。いずれも答えにくい質問だったはずだ。それでも彼女は、的確に応じた。

「太陽系から銀河系宇宙の中心部にむかって、二四光年の所よ。この艦は現在もシャフトにそって、定加速飛翔をつづけているわ。そして現在は……あなたの主観時間は正確にはわからないけれど、かなりの確率で推測することは可能だと思うの。あなたが空間流に押し流されてきたと仮定すれば、シビル・11の遭難から千時間はすぎているはずよ。

でもシビル・11をサルベージするとき、艦の質量はかなり失われた。それと同時にデータも消失したから、あなたにとっての『いま』を定義できなくなっているの」

──サルベージだって？

「シビル・11側の操作は、あなたがやったのよ。この艦と相対速度をあわせて、その一方で空間流の外側に移動させたのよ。よく頑張ったわ。でもシビル・11は、あなたが搭載艇で脱出したあとシャフトに落ちていった……。

その間の記憶は、あなたには残っていないと思う。それほど大変な作業だった。あなたもよく頑張ったけれど、ビシュヌがいなければ絶対に無理だったと思う」

――ビシュヌ、というのは……。

「あなたの兄。キム大尉と私との間にできた子供」

その事実を受けいれるのに、抵抗はなかった。ただ、重い喪失感があるだけだ。ビシュヌは――俺の兄はどこに消えたのか。気にはなるものの、彼女に問いただすのは躊躇《ためら》われた。事実を知るのが、怖かったからだ。ところが彼女には陰鬱さの欠片もなかった。

「ここが、いつか、という話だったわね。太陽系の標準時間では二〇七六年の七月よ。私たちが太陽系を出てから二五年になるわ。でも、この艦は太陽系発進時から常時一Gで加速していたから、艦内時間では四年足らずしか過ぎていない。だから、私の肉体年齢はまだ二六歳。あなたは、あのシャフトの空間流に乗ることによって時空を変換してしまったのね。あなたの年齢は、いくつかしら。遭難の時点で」

二六歳だ……俺も。

「大きくなったわね。ジョー」

そういって彼女は、また笑った。俺はなんだか気恥かしかった。星空のイメージが俺の心の中にうかび、すぐに消えた。彼女が何かいう前に、俺は質問をした。ビシュヌのことも大事だが、もっと根本的な疑問を俺はぶつけた。母さんは……どうして俺やキム大尉を捨てて、宇宙に出ていったんだ。

「軍の意思……という言葉だけで説明できるとは思わない。たしかに私は拒否することもできずに、オディセウスに乗りこんだ。でも、私は命令されて乗り組んだとは思っていないわ。私の自由意思も、宇宙に出ることを望んでいたのよ。あの時あなたと、ここで会えるような気もしていたし。

私は……うまく説明できないけれど、あなたはきっと理解してくれると思う。理解してくれる？　私が宇宙に出ていきたかったわけを……」

――わかるような気がする。

この街で育った者は、必ず宇宙に出ていこうとする。しかし外宇宙を旅した者は、必ずこの街にもどってくる。ブラッドレー大佐――父親の言葉が、記憶の端をかすめた。

――それでは、俺はどうなんだ。あの街にもどって、平穏に暮らすのか。

「彼は……ジョンは結局、弱い人間でしかなかったわ」

記憶の底をさぐるようにして、彼女はいった。

「イカロス3で外宇宙の周回航宙を終えた時には、彼はヒーローだった。けれどもK・R－6で私と暮らしはじめたころから、様子がおかしくなった。私たちは軍の命令で、結婚をしいられた。二人で一組の乗員《クルー》として、オディセウスに乗り組む予定だった。でも彼は、それに耐えられなかった。わずか一光年しか太陽系を離れていないのに、彼はひどく宇宙を恐れるようになった。発進した時と帰還の時では、地球は決定的に違っている。おなじ星空の下にもどれる者はいない、といつも彼はいっていた。

あのカトマンドゥの街が、私は嫌いじゃない。それどころか、一番好きな街といってもいいでしょう。キム大尉もこの点では、私をよく理解してくれなかったようね。あの街は何年後におとずれても、何十年後におとずれても人の心にやすらぎと懐かしさを与えるわ。でも……いつまでも住もうとは思わない。世界はどんどん変わっていくし、人類の到達可能な世界も広がりつづける。私は何処でもいいから、遠くまで旅をしたいと思っていた。あの街に住んでいた子供の頃に。

あの街のはずれに、キルティプールという丘があってね。その丘の上に、古い街があるのよ。昼間は丘からみえるカトマンドゥの新市街が苦手で、あまり近よらなかった。でも夜には、よく一人でその丘に登ったわ。私が一〇歳くらいの時から、あの街を離れるまで。星空をみるために。そしていつか違う星空をながめてみたいと、なんとなくそう思っていたわ。

だからジョン──あなたの父親が宇宙に恐怖を感じていた時、彼をあの街に連れていったの。子供のころの私のように、素直に星空を見上げて欲しかったから。どんなに遠く離れても、必ず帰って来る所があると知ってほしかったから。でも……それは逆効果だった。

休暇から戻ったK・R－6で、あの事件は起こったわ。彼は発作的に生まれたばかりのあなたを殺し、自分自身も傷つけてオディセウスの乗り組みを拒否しようとした。

結局、彼が行動を起こす前に、私がレーザ重溶断器で施設を破壊してしまった。そうすることによって、二人──あなたをふくめて三人は、不適格者としてK・R－6のプロジェクトからはずされると思ったから。だけど結果は、あなたも知っての通り。ジョンだけが、プロジェクトからはずされた。私がその時に破壊した施設に対する賠償の名目で、生まれたばかりのあなたには長期の兵役が科せられた。そしてキム大尉との間に生まれた子——ビシュヌはサイボーグ探査船に改造され、このオディセウス・ゼロに乗り組んだ。

　私はその後、ジョンにもキムにも会うことなく、太陽系から発進した。今から考えてみれば、すべて軍が予定していたことかもしれないわね。私のサボタージュも、あなたがこうやってここにあらわれることも。

　あのシャフトの存在は、ダイダロスのころから予言されていた。私たちは最初からシャフトの観測のために発進したわ。そして太陽系時間で今から一二年前にシャフトを発見した。この艦内の時間では、今から二四〇日前のことだった。ビシュヌはシャフトの近接観測をするためにこの艦から発進した。

　太陽系出発からそれまでの間に、ビシュヌは立派な観測システムに成長していた。人間の形をとどめていないサイボーグ探査船だったけれど、私にとってはあなたと同じ可愛い子供だった。ビシュヌもシビル・11と同じようにシャフト内に落下してゆき、脱出することができなくなったわ。今も彼はシャフトの中を、銀河系宇宙の中心部に向かっている。

　彼が、あなたたちに比べて有利だったのは、彼自身が単一の情報システムだったということよ。彼はシャフトの中を落下するうちに、自分自身をシャフトの空間流にあわせて変形させた。シビル・11は情報システムの複合体で、しかも構造的剛性をくずすことができなかった。ビシュヌは自分自身を変形することで情報系の破壊をまぬがれ、私に観測の成果を送りつづけて来た。あなたがあらわれるつい最近まで、彼と私の心はつながっていた。今はもう、はるかな彼方に飛び去ってしまったけれど。

わかるかしら。あなた一人だけが、記憶とDNAを破壊されないですんだのが。あなたの体の中にある情報は、ビシュヌとほとんど同じものだったわ。そしてジョンから受けついだ部分や、その他の記憶はビシュヌが保護してくれた。だからあなた一人がそれほど重大なダメージを受けることなく、シャフト外に出ることができた。ただ……DNA上の遺伝子情報は、完璧に保存されているとは思えない……けれども……

あなたも、やがて新しい生命を創り出すことになるでしょう。いつの日か太陽系に帰ったら、あなたは素敵な女性と知り合い、結婚し、そして子供を得るでしょう。その子は宇宙の子になるわ。あのシャフトは、私たちもその実体を完全につかみ切れていないけれど、情報を伝え、記憶しておく線形なことには間違いがない。あなたの体の中には、あのシャフトの内部から受けついだ情報が入っているわ。人間の持つDNAは、それ自体、完全に解明されていない情報のバンクだけれど、あなたの今現在持っているDNAの遺伝子情報を受けついだ赤ちゃんは、やはり星空のもとに出て行こうとするわ、きっと。

その子は、何て呼ばれるのかしら。星の子？　それとも、汎銀河人？」

疲れたよ、母さん……

「長い時間、話をしすぎたみたいね。少し休んだ方がいい」

眼を閉じた俺の心に、彼女の声はやさしく聞こえた。シーツの中にさし入れられた彼女の手が、俺の手に重ねられ、ぬくもりが俺に伝わった。元気を回復したら、まずこの艦内から星空を見ることにしよう。

そう思う俺の心の中に伝わって来る彼女の同意とあたたかさを感じながら、俺は眠りに落ちた。

# 砲戦距離一二、〇〇〇

## a

ヴァルキリーが星の海に漂いだしてから、すでに数百時間がすぎていた。

小惑星帯の作戦宙域に放置され、太陽をめぐる軌道速度にまで運動量を落としている。そして存在を忘れ去られたかのように、ひっそりと軌道をめぐっていた。

周囲にひろがる宇宙空間にヴァルキリーは身をかくし、いつ着信するかわからない攻撃命令を待っていた。あるいは彼をこの宙域に投下したあと攻撃命令と敵情報を伝えるはずの母艦は、すでに撃破されているのかもしれない。だがそれを、確かめることはできなかった。つかの間、彼は仮死状態におちいっていた。そうしなければ、ヴァルキリー自身が撃破されるからだ。

ヴァルキリーの電磁波封鎖は完璧だった。通信波長域の電波発信はもとより、吸収剤で塗りかためられた外壁は可視光線やレーダー波を乱反射することもない。その上に機体は、極度の低温に保たれていた。したがって、赤外線を放射することもなかった。優勢な敵のレーダー観測網に捕捉されたとしても、附近をめぐる小惑星と識別するのは困難だった。

高機動レーザ攻撃機ヴァルキリーは、獲物が接近するのを牙をといで待ちかまえていた。

# 1

退屈な航宙だった。

輸送船団の護衛任務など、最近では駆け出しの航宙艦乗りでさえ無難にこなすだろう。鈍足の船団にとっては大きな脅威となる敵通商破壊艦の動きは、このところ低調だった。周辺宙域で存在が確認されたという情報も、入っていなかった。船団の安全な航宙は、保証されているといっていい。

まるで新米の訓練航宙だと、警備艦艦長《スキッパー》の溝口《みぞぐち》大尉は思った。それから大欠伸《あくび》を連発して、倒していた艦長専用のシートを通常姿勢にもどした。のびた無精ひげを手の甲でこすりながら、定位置にせり出してきた個人端末に眼を落とした。予想外の出来事が発生した形跡はなかった。少なくとも航宙計画を手直しせざるをえない状況には、なっていないようだ。

狭い上に窮屈きわまりない操縦区画《コクピット》だった。無駄な空間など、一片も残されていない。機能優先を徹底しているものだから、慣れたと思っても苦労がつきることはなかった。閉鎖環境に耐えられず、精神的なストレスを抱えこむ乗員も珍しくなかった。

いかにも狭い空間に、三人分のシートが配置されていた。巡航時の最大加速度は一Gをこえないから、シートなど無用の長物だとする意見もあった。試験的にシートを撤去した艦艇もあるときくが、溝口大尉はそのような動きには反対だった。戦闘時には、何が起きるか予測できないからだ。

極端なことをいえば主エンジンが暴走して、定格出力を大きくこえて噴射がつづく可能性もあった。もしもシートがなければ不具合個所の修理はもとより、状況を把握することも困難になる。強大な加速度で床に押しつけられて、身動きがとれなくなるからだ。コクピットの機器に触れることもできないまま、破滅にむかって突きすすむしかない。

無論、そんな事態が頻発するとは思えない。だが撃たれ強い戦闘艦を目指すのであれば、居住性よりも被害の局限を優先するべきだった。溝口大尉はそう考えていたが、実際にシートを常用していると不都合な点もあった。ことに慣性航行時のシート使用は、苦痛さえともなった。無重量では不自然な姿勢になるらしく、ときには筋肉が強張《こわば》るなどの弊害があった。

現実的には無重量時の標準姿勢――踵を浮かせて直立した状態で、機器を操作することになった。その間シートは折りたたまれているが、邪魔にならないよう収納することはできなかった。突然の接敵で全力加速に移行しても、すばやく対応しなければならないからだ。

この問題を解決するには、慣性航行時の主機関アイドリングを利用する方法があった。エンジンは、非駆動時でも反応が完全に停止することはない。エンジンの内部に熱源を残しておかなければ、再始動にかなりの時間がかかると予想された。したがってエンジンが完全に停止することはなく、母港に帰るまで反応は継続している。微量だが推進剤の噴射も、停止することがない。これを利用すれば事実上の慣性航行状態であっても、艦内に微小な重力を発生させることはできた。噴射量を調整することで、赤外反応による自位置の暴露を回避できるはずだ。

「おはようございます、艦長《スキッパー》。輸送船団および護衛艦隊に、異常はありません」

不意に間近で声がした。当直任務についていた航宙士《ナビゲータ》のダッ少尉だった。溝口大尉が仮眠をはじめたときから、航宙士の専用シートに腰をおろしていたはずだ。それにもかかわらず、気配を感じなかった。まるで忍者だと思ったが、出身地は日本ではなさそうだ。名前からして英領マレーか、フィリピンあたりの出身だろう。

「直の交代まで、あと三〇分ほどあります。五分前に起こしますから、もう少し休んでいてもいいですよ」

さらりと少尉がいった。話し方を間違えると嫌味に聞こえかねない微妙な言葉だったが、ダッ少尉に屈託はなかった。穏和な表情を浮かべたまま、溝口大尉の返答を待っている。だが大尉自身は寝起きが悪く、愛想笑いができるほどの器用さもない。いかにも不機嫌そうな表情を、隠そうともしなかった。それでも少尉は、物おじする様子もみせていない。

よほど育ちがいいのかと、溝口大尉は思った。ダッ少尉は任官したばかりの初級士官で、今回の船団護衛がはじめての艦隊勤務だと聞いている。したがって、おなじ艦艇に乗りあわせるのもこれが最初だった。つまり見習いのような存在だから、大事な局面では役にたたないと考えた方がいい。

そんな計算をしていたのだが、この分だと意外に役立つ可能性があった。少なくとも、度胸は充分にあるようだ。もとは内惑星軌道を行き来する商船のオフィサーだったというが、少尉の階級や外見の若さからして船乗りとしては未熟そうだ。

たぶん開戦の前後に本格化した初級士官不足を補うために、大量の部隊指揮官が短期間で養成されたのだろう。これに対し溝口大尉は、退役間際で先のみえた老獪《ろうかい》な大尉だった。下級技術兵からはじめて何度も満期除隊しかけたが、そのたびに志願や選抜をくり返して軍に居つづけた。

いわば叩きあげの艦長だから、幼さの残るダッ少尉とは親子ほども年齢が違っていた。自分ではあまり意識していなかったが、知らない間に教師のような話し方になっていた。

「交代時間を厳守したところで、誰も褒めてはくれんぞ。人を待たせているのなら話は別だが、別に約束はしていないのだろう。それなら少しくらい時間に遅れても、問題にはならん。俺の代わりに少尉が居眠りをしてもいいし、予定をくり上げて交代してもかまわんのだ。

それよりも、もっと大事なことが他にある。何だかわかるか？　五分以内に少尉の考えをまとめて報告しろ。口頭でかまわんから」

そういいながら大尉は、機器の間に埋もれたサーバを操作した。無重力仕様に指定した飲料パックは、すぐにサーバから吐きだされた。まだしばらくは慣性航行がつづくが、艦内には主機のアイドリングによる微小重力が発生している。起き抜けのコーヒーで眠気を吹き飛ばそうとしたのだが、パックの中身を押しだしたところで大尉は眉をよせた。

コーヒー味の飲料を指定したのに、口の中に広がったのは得体のしれない泥水のような液体だった。サーバの操作を誤ったのかと思ったが、その可能性はなさそうだ。パックに封入された飲料には、かすかにコーヒーの味が感じられた。

ただし味わいや香りを、楽しめるほどではない。単に不味《まず》いだけではなく、舌ざわりも最悪だった。開封時にパックを破損しても、中味が飛散しないよう飲料の粘性は高めてある。それが結果的に、どろりとした不快な感触になった。飲料というより流動食であり、泥土を固化する液状モルタルを連想させた。

どぶ泥をかきまわしたかのような悪臭をこらえて、ようやく最初の一口を飲みこんだ。気分は最悪だった。発酵しすぎて腐敗した保存食品を、化学兵器か自白薬に転用したのかと思うほどだ。舌と喉が焼けて、呼吸が困難になった。

それでも溝口大尉は耐えた。ダッ少尉の手前、不快そうな顔はしたくなかった。叩きあげの老練な艦長としては、いつも毅然としていたいところだ。格好をつけるわけではないが、無様なところはみせたくない。かといって、上辺《うわべ》だけを取りつくろう気もなかった。

緊張感を失うと、気力までが失われる。弛緩《しかん》した状態に慣れて、歯どめがきかなくなる可能性があった。だからこそ、見栄をはっていたかった。いまのところ三人めの乗員であるジョンソン少尉は、コクピットに姿をみせていない。たぶん居住区画で、搭載機器のメンテナンス作業をしているのだろう。居住区画といっても、実質的には消耗品の倉庫と化している。

狭くて窮屈なのは同じだが、機関士《エンジニア》のジョンソン少尉には居心地のいい場所らしい。非直のときは、その区画にこもることが多かった。溝口大尉と同様に技術兵から累進した老練な航宙艦乗りだから、下手に格好をつけると容易に見透かされる。

そう考えたときだった。不意に溝口大尉は、不味さの原因に気づいた。サーバの操作を、誤ったのではない。保存状態が悪くて、材料が劣化したのでもなかった。ジョンソン少尉の調整した飲料の供給手順が、サーバに残っていたらしい。普段なら記憶を消去しておくのだが、今日に限って手違いがあったようだ。

――ということは……。

あの野郎はこの泥水を、常飲してやがるのか――そう思って、手元のパックを確認した。かすれた文字で「取扱い注意　ジョンソン少尉専用飲料」とプリントされている。特性のハーブティを、コーヒー味で仕上げてあるようだ。常習性がなく、依存症とも無縁の薬草を主成分にしているらしい。それに気づいた時、大尉は残りの飲料を喉の奥に放りこんでいた。

事情がわかったことで、喉の通りが格段によくなっていた。あるいは最初の一口で、感覚器官の特性が、変化するのかもしれない。馥郁《ふくいく》たる香りや上質の味わいは期待できないものの、ほのかなコーヒーらしさを感じる。

手ばやく空《から》のパックを処分して、何食わぬ顔でシートに体を固定し直した。ダツ少尉の視線が気になった。宿題にしておいた問題の解答を、示さなければならない。まだ制限時間の五分は過ぎていないが、早く片づけた方が無難だった。ジョンソン少尉が首を突っこんできたら、無用の混乱が生じるかもしれない。

さしあたりダッ少尉に、答えさせようとした。ところがその矢先に、少尉がいった。遠慮がちに、ダッ少尉は切りだした。

「自分自身と指揮下にある人員の、責任範囲を明確にすること、でしょうか。それを忘れて直交代の時刻だけを厳守しても、本末転倒になりかねません。この警備艦の乗員が士官ばかり三人で編成されているのも、同様の事情によるものだと聞いています。

「そんなところですか」

絵に描いたような模範解答だった。溝口大尉がつけ加えることは、何もなかった。返す言葉もないまま、黙りこんでいた。ダッ少尉の返答次第では、大尉の経験を話して理解を助けようと考えていた。だがこの分では、その必要もなさそうだ。ダッ少尉は溝口大尉の予想以上に優秀な人物らしい。

――近ごろの士官速成教育は、これほど濃密なのか。

そのことに溝口大尉は、素直に感心していた。ところが当のダッ少尉は、困惑した様子で視線をそらしている。気になって大尉が声をかけると、恐縮したように言葉をついだ。

「申し訳ありません。いまのは受け売りです。たまたま座学の最終日におこなわれた講座が『士官当直体制の現実と問題点』だったので、記憶に残っていたというだけです。ただし時間が充分にはとれず、半分しか講義を受けられませんでした。残りの半分はレポート提出で代替せざるをえなかったので、より深く記憶に残りました」

それでも本質を理解した上で、記憶しているのだから優秀なのだろう。ダッ少尉に対する大尉の評価は、かわることがなかった。巡航する艦船の当直体制には、いくつかパターンがある。一般的には一二時間のサイクルで、三人が四時間ずつ当直監視にあたる。そして非直の八時間は休息または機材の点検修理等にあてられる。

ただし当直勤務者を指揮できるのは、兵科士官だけだ。下士官兵だけで当直はできないし、軍医や主計科士官が指揮することも認められないのだ。したがって長期の航宙が予定されている艦艇は、最小でも三人の兵科士官が搭乗していなければならない。

さらに小型の艦艇は、特例として二人乗務が認められることもあるらしい。だが航宙期間は長く二人乗務では負担が大きくなりすぎる。護衛部隊として船団に随伴するのは無理だった。つまり溝口艦長の指揮する警備艦は、作戦行動の可能な最小の艦艇といえた。三人の乗員は全員が兵科士官で、一人が欠けても運用は困難になる。

警備「艦」と呼ぶには小さすぎる気もするが、これは防諜上の配慮だといわれていた。護衛艦隊の主力が警備「艇」では、傍受されたとき敵に侮《あなど》られるからだ——というのが、その理由らしい。だが実情を知る溝口大尉には、ただの笑えない冗談としか思えなかった。何よりも、日本語が理解できないと意味不明だった。

前年のなかばに勃発した外惑星動乱は、すでに大勢が決しつつある。外惑星連合軍の劣勢は動かしがたく、保有する戦力量には大きな差が生じていた。いまさら姑息な方法で自軍の戦力を大きくみせなくても、外惑星連合は事実を把握しているだろう。

むしろ船団に詰めこまれて運ばれる地上部隊の方が、切実な問題をかかえていた。通信傍受に頼らなくても、護衛部隊の実態を知ることはできる。ただし耳に届くのは、不確かで断片的な情報ばかりと考えられた。本来は警備「艇」なのに、実情を無視して「艦」と呼称された艦艇が同航するらしい。ただし戦闘力は貧弱で、張り子の虎でしかない——。

そんな噂が流布したことも、実際にあったらしい。悪いことに輸送される部隊は目的地到着まで、船外の光景をみることができない。開放感のある透明で大きな窓は、構造上の弱点となりうる。その結果、窓は全廃されることが多かった。

時間はゆっくりと過ぎていった。

溝口大尉は先ほどから、艦外の状況を確認していた。彼らの警備艦にも窓はなかったが、センサからの映像で代替することは可能だった。端末の画面にセンサからの映像を表示させれば、感覚的には窓ごしに外をみているのとかわらない。映像の倍率を実像にあわせて、視野を一致させれば本物の窓と区別することは困難だった。

実際に端末を壁面の空いたスペースに固定して、窓がわりに使うことも多かった。艦体を桟橋にドッキングさせるときには重宝するが、大尉が試みているのは後方から追随してくる船団の位置確認だった。データを入力すれば同定は容易なのだが、溝口大尉はあえてマニュアルで操作する方を選んだ。星座や顕著な星の位置から、船団らしき光点をみつけだすのだ。

ただし、急ぐ仕事ではない。直交代を間近に控えた慌ただしい状況下で、あえて片づけるべき必然性もなかった。それにもかかわらず、溝口大尉は早急に着手することを決めた。自分でも理由はわかっていなかったが、判断にゆらぎはなかった。この状況で規則を持ちだすのも妙な気がするが、直交代をくり上げる気はなかった。

確信があったからだ。言動の不一致や、矛盾を気にすることはない。溝口大尉は光学センサの映像に、全神経を集中した。太陽の位置が非常に悪く、船団らしき飛翔物体は特定できずにいた。さらに現在の位置関係では、人工物体や航宙船も単なる光点でしかない。しかも光学迷彩塗装で、太陽光の反射は極力ひくく抑えてある。解像度の高い最新の光学望遠鏡でも、船団の形を特定することは困難だろう。

ただ溝口大尉には、ためしてみたい方法があった。他部隊の古参士官が考えた方法で、彼は溝口大尉と同様に輸送船団の護衛任務につくことが多いらしい。その古参士官が、対艦戦闘時に有効な捜索手段をみつけた。それほど高度な理論は、必要としていなかった。むしろ単純すぎて、呆気なさを感じるほどだった。それにもかかわらず、充分に実用的だった。

過大な期待は、していなかった。少しでも有利な戦い方が、できればいいと考えていただけだ。古参士官の言葉にしたがって、光学センサのモードを切りかえた。可視光から実像を表示させる手順を脱して、赤外線の波長域に重点をおいた広域捜索に移行した。

結果はすぐに出た。多彩な光を放っていた星々の輝きが、すっと遠くなった。圧倒的な光量で全天を支配していた太陽も、例外ではなかった。星々の発する光から勢いが抜け落ちて、所在自体が不明になった。存在感を失った星々にかわって、それまで背後の闇にひそんでいた熱塊が、急速に台頭しつつあった。

溝口大尉は身を乗りだすようにして、熱塊に注目した。意外なほど近くに、その塊はあった。大雑把な見当では、五〇万キロから一〇〇万キロというところだろう。亜光速で飛び去っているようだが、詳細は不明だった。現在でもかすかに、赤外線を発生させている。定推力で加速航行中の船団が、後方に噴射した推進剤ガスの塊だった。

船団自体は遠すぎて識別できないものの、拡散しつつある推進剤ガスは現在でも容易にみわけられた。わずかに放たれた赤外線が、カットされた星の光にかわって存在感をましていたのだ。表示された映像に、すばやくマーキングを残した。その上でモードを可視光にもどすと、それまで存在に気づかなかった光点があらわれた。

間違いなかった。彼らの後方から追尾してくる輸送船団を、事前に通報された軌道計画を参照することなく識別できたのだ。無論、実戦で味方の位置を捜索する気はない。後方から接近してくる船団を、敵艦に仮想した上で捜索手順を確認したのだ。

だが、まだ演習は終わっていない。同定した光点の位置と速度を、蓄積されたデータから推定した。結果はすぐに出た。その数値を表示させた状態で、ダッ少尉に声をかけた。船団からの定時連絡が、入電しているはずだった。理由は明らかにせず、データ部分を読みあげるようにいった。少尉はわずかに戸惑った様子をみせたが、すぐに要点を伝えはじめた。

「船団旗艦の相対速度は、現時点で毎秒八四キロです……。本艦の後方六〇万を、〇・一G加速で追尾中。船団旗艦からの定時連絡では、全船が異常なく航行中とのことでした。前に通報のあった一九号輸送船のエンジントラブルは、すでに解消しています。機関出力低下の原因は特定できないものの、現在は順調に駆動しているようです。

あと……標準時の一四〇〇、ジョンソン少尉の直時に無人索敵機を先行投射しました。通信波傍受、赤外線探知とも、反応ありません。現在位置は本艦前方三〇万。初速の減衰はみられず、したがって相対速度も初期値とかわらず。間もなく本艦センサの圏外に出ます」

溝口大尉は黙ったまま、少尉の言葉を聞いていた。結果は満足できるものだった。敵艦隊に見立てた輸送船団を、光学センサの視野から特定できたのだ。おそらく艦隊司令部から戦訓として通達されるから、いずれ誰もが知る戦術になる。それでも、事前に知っていることの意味は大きい。何よりも、精神的な優位が維持できるのが大きかった。逆に敵側からすれば、正体不明の新兵器に翻弄されるようなものだ。軌道上に敵艦が待ち伏せしていても、恐怖を感じずにすみそうだ。

そこまでは、よかった。ただダッ少尉の言葉に、何カ所か気になる点があった。口うるさい上官といわれそうだが、それは最初から覚悟している。相手は経験不足の新米なのだから、遠慮することはなかった。手ばやく考えをまとめて、話しはじめていた。

「相対速度を伝える時には、正負の別を明確にするべきだ。もう少し単純にいえばプラスかマイナスか、対象物に接近中なのか離脱しているのか不明なのは困る。少なくともマニュアルには、そう明記されている。忘れたか？」

ダッ少尉にとっても、その事実は意外だったらしい。はっとした様子で、視線をそらした。端末の数値を読みとったあと、あらためて報告をやり直した。溝口大尉は、ひそかに苦笑した。指導方法を誤らなければ、この若者は大物になれそうだ。何よりも、素直なのがいい。

そう考えたが、口に出す気はなかった。表情を変化させることなく、大尉はつづけた。

「本音をいえば、状況を把握していれば自然にわかることだ。わざわざマニュアルに明記するまでもない。そうは思わんか？」

ダッ少尉は困惑した様子で、口ごもっている。どう答えていいのか、わからないらしい。だが溝口大尉には、少尉の考えが明確に読みとれた。当直勤務の交代時刻は勝手に変更しても許されるのに、相対速度は何故それほど厳格になるのか。おそらく、そう考えているのだろう。ひと息ついて、大尉は話をつづけた。

「だがな。規則や申しあわせの類《たぐい》には、かならず意味があるもんだ。昔どこかの阿呆が艦隊航行中に、相対速度のプラスとマイナスを省略して報告したことがあったらしい。そのせいで密集隊形を組んでいた艦隊は、大混乱におちいった。さいわい衝突した艦はなかったが、ニアミスは数えきれないほど発生したという。訓練時だからよかったが、戦時におなじことをやらかせば銃殺ものだ。

はじめて手引き書に明記されたのは、その直後だった。ことに任官したての新米は、徹底して指導するよう通達があった。共有するべきデータを、口頭で伝えるのもおなじ理由によるものだ。端末間でデータを転送した方が、手動よりも格段に短時間かつ正確に処理できる。それをあえて口頭で報告させるのは、桁を間違えるような初歩的なミスを回避するためだ。

これに対して当直の交代時刻は、変更可としておいた方が何かと融通がきく。どのみち少尉から当直を引き継ぐのは艦長自身であるから、当直によって責任者が移動することはない。これは要するに、少尉の当直時には上官たる艦長が最終責任者となるのに対し、当直交代の後は艦長があらたな当直員として最終責任者となる。

つまり当直員が交代しても、責任の所在は変化しないのだ。わかったか、坊主」

坊主呼ばわりされたダッ少尉が、機嫌を悪くした様子はなかった。興味ぶかそうに、溝口大尉の話を聞いている。そのせいか少尉の言葉から、かたさが抜け落ちていた。多少の気恥かしさを感じたものの、途中でやめる気はない。話すべきことは、まだ残っていた。

「少尉も経験をつめば、自然にわかるようになるはずだ。たとえば船団と俺たちの警備艦が、どういう位置関係にあるのかイメージできるか？」

「一応は……」

おずおずと、少尉が答えた。溝口大尉は勢いこんで問いただした。

「船団旗艦までの距離は、どれくらいだ？　大雑把でいいから、いってみろ」

「六〇万です」

単位のキロを省略して、少尉はいった。航宙艦乗りは通常、一天文単位未満一キロ以上の距離をキロであらわす。これは商用航宙船でも同様で、単位のキロを略すことも多かった。

他にメガメートル（＝一、〇〇〇、〇〇〇メートル）単位系などもあるが、航宙艦乗りが使うことはなかった。

溝口大尉は、たたみかけた。

「現状のままなら、本艦の通過した空間に船団が到達するのは何分後になる？」

「え？」

質問の意味が、理解できなかったのかもしれない。ダッ少尉は動きをとめたまま、大尉を見返している。だがそれも、一瞬の間だった。すぐに少尉は、自席のナビゲータ用端末に手をのばした。ところが計算機能を起動させた直後に、溝口大尉が制止の声をあげた。

「一二分ないし一三分くらいだ。計算せんでも、それくらい即答できないようでは、敵があらわれた時に慌てることになるぞ」

ダッ少尉は手をとめたまま、要領をえない顔をしていた。ナビゲータとして訓練されてきた少尉にとっては、軌道の計算や推進剤の消費量なら容易に返答できたと思われる。しかし溝口大尉の質問は、そのような枠組を超越していた。というより乗員の人数が限られている警備艦では、ナビゲータであっても戦闘指揮の能力が必要とされた。

船団は五隻の中型高速輸送船で編成されていた。総質量一万トン程度の船団で、地球周回軌道の補給基地から後方トロヤ群の前進基地に戦略物資を輸送する任務をおびていた。その航路の途中で、小惑星帯を通過しなければならない。

外惑星動乱の初期には相当数の輸送船が、小惑星帯の通過時に破壊された。しかし開戦から数ヵ月で、前・後方トロヤ群と土星の衛星群はあいついで降伏した。その後も木星系の衛星群は抗戦をつづけていたが、戦力をすり潰したのか現在では活発さを失っている。その上に船団の重要度は低く、護衛艦隊の主力をなすのは溝口大尉の警備艦一隻だけだった。

警備艦はSPAキャップと称する領域に占位していた。定点などはない。船団の五〇万キロから二〇〇万キロ前方を、ひっそりと警備艦は独航している。船団との距離にそれほど幅があるのは、巡航パターンが違っているからだ。というより経済性を重視した輸送船団と、戦力重視の警備艦が、軌道を一致させるのは不合理だった。

それよりは、両者の特性を生かした複合軌道を採用するべきだった。中核となるのは輸送船団の、定加速巡航軌道だった。定加速状態で最高速度に達したあと、反転して減速に移行する。これに対し船団に先行する警備艦は、数時間に一度の加減速で速度を修正するだけだ。他の時間帯は主エンジン出力を、停止寸前のアイドリング状態にしてある。かりに敵艦が待ち伏せしていても、ぎりぎりまで発見を遅らせることができた。

船団は編成地を発進してから、途切れることなく〇・一Gで加速をつづけてきた。反転して減速に転じる中間点では、毎秒八〇〇キロもの高速に達している。そのため船団の後方には、有効な防御系統が用意されていなかった。要するにガラ空きなのだ。

ただ高速航行する船団を、後方から攻撃できる兵器は現実には存在しない。だから船団の軌道後方に防御兵器を配置する必要はないし、前方宙域には虎の子の警備艦をはりつけておくべきだった。

溝口大尉は端末の画面に眼をむけた。直交代の時刻になっていた。そのことを告げようとしたら、視線があった。ダッ少尉は居心地の悪そうな顔で、大尉をみている。少尉はいった。

「あの……少しよろしいでしょうか？」

「何だ？　次の直で船団は折り返し点をこえる。回頭の前後は慣性航行になるから、当分の間は本艦も加減速はなしだ。寝とってかまわん」

「いえ……そうではなくて、さっきの話ですが」

「何の話だったかな」

「本艦が通過した空間に、後続の船団が到達するまでの時間について……」

そういえば何か大事なことを、忘れているような気がする。途中で話がそれて、中途半端なまま終わってしまったようだ。苦笑しながら、記憶をとりもどそうとした。その矢先に、警報が鳴りひびいた。甲高く禍々《まがまが》しい音だった。急を知らせるというより、本能的な恐怖心を煽りたてる悲鳴のようにも感じた。

最初に音を聞いたとき、溝口大尉は叫んでいた。

「哨戒態勢だ！　船団旗艦に、イエローシグナルを送れ」

ダツ少尉がすばやく応じた。通信機にとりついて、警報を転送していた。操作は一瞬で終了した。発信の二秒後には、船団旗艦に状況が伝わるはずだ。それにもかかわらず、溝口大尉は何が起きたのか理解していなかった。

情報を集めるつもりで、共用ディスプレイに眼をむけた。それでようやく、事情がわかった。警報の発信が早すぎた気もするが、結果的に正しい判断だったといえる。確認できないからといって処理を先のばしにしたのでは、好機を逸するかもしれない。

その直後に、艦内靴が割りこんだ。馬鹿でかい靴だった。ただでさえ狭いコクピットを、そろえた靴が薙《な》ぎはらった。あやうく蹴飛ばされそうになって、ダッ少尉が首をすくめた。その眼前で、靴が反転した――かにみえた。実際には靴の持主が、あらわれただけだった。

空席だったエンジニアシートに、回転を終えた体がすとんとおさまった。反動を利用して、シートベルトが固定された。そのときには、端末と一体になったアームが操作位置に押しだされていた。

「SPAかい？　艦長《スキッパー》。仮装巡洋艦の大物でも、あらわれたんですか？」

靴のでかさにくらべると、意外なほど小柄な人物だった。兵装担当のJ・ジョンソン少尉は、性急に質問を重ねた。だが溝口大尉は、緊張感を欠く声で応じた。

「仮装巡洋艦とは、思えないな……。はぐれ機動爆雷か、無人索敵機だ。いまのところ、赤外反応はない。軌道速度で、死んだふりをしてるようだ。本艦のセンサでは確認できないが、先行投射したこっちの索敵機がレーダー探査でみつけた」

つまり軌道速度を低く落として、太陽をめぐる小惑星のひとつに偽装しているようだ。デブリと大差ない未登録の小惑星も多いから、機体の温度を低く保っていると発見するのは難しい。ジョンソン少尉は、端末のレーダー表示に眼をむけていった。

「どいつです？　死んだふりしてやがる半端者は」

溝口大尉が無造作に端末を操作した。共用ディスプレイにポインタがあらわれて、一点で停止した。ダッ少尉も注視しているが、みわけられないのか要領をえない顔をしていた。それに気づいた溝口大尉が、ポインタの形状を切りかえた。すぐに点滅する矢印のマークが、画面上にあらわれた。だがダッ少尉は、怪訝《けげん》そうな顔つきのままたずねた。

「小惑星のひとつと、どこが違うんですか？」

もっともな疑問だった。ただし説明するのは難しい。あっさり「カンと経験」だと断言できればいいのだが、現実はそれほど単純ではない。少なくともダッ少尉は、納得しないだろう。かといって、曖昧な言葉で誤魔化す気はない。できるかぎり簡易な説明を心がけて、溝口大尉は切りだした。

「ひとことでいえば、識別能力の差だ。我が方の捜索能力が、敵さんの欺瞞《ぎまん》能力を上まわっていたともいえる。レーダー波の反射パターンが、小惑星と人工物じゃ全然ちがうんだよ。以前は死んだふりが通用したが、近ごろはこんな手じゃガキもひっかからん」

説明をつづけるうちに、大雑把すぎたかと思いはじめていた。案の定、ダッ少尉は首をかしげている。放置する気はなかった。内心の苛立《いらだ》ちを抑えながら「何がわからんのだ」と問いただした。返ってきた言葉は、意外なものだった。ダッ少尉は遠慮がちにいった。

「レーダー波の反射パターンで標的の正体がわかるのなら、何故それが制式兵器として量産されないのです。既設の艦載レーダーを改造するだけで、艤装の手間や時間は省けます。我が方の被害はさらに低減できるというのに、講師たちが情報を共有している形跡もなかった。

そして士官教育の現場でも、状況はおなじでした。初級士官教育は余裕のないものでしたが、要点は押さえていたと思います。それにもかかわらず、新しい探査システムには触れもしなかった。私には理解できません。なぜ彼らは画期的な新兵器を、無視するのか」

「ダッ少尉は、大事なことを忘れている……。そんなものは、新兵器でもなんでもない。昔からあるものだ。ただし存在が意識されることはない。『カンと経験』を、数値化するのは困難だからだ」

不意にジョンソン少尉が、割りこんでいった。驚いたのは、ダッ少尉だけではなかった。溝口大尉も奇妙な印象を受けた。ジョンソン少尉は、いったい何を考えているのか。不審を感じていたが、その後の言葉は常識的なものだった。ジョンソン少尉はつづけた。

「軌道上の岩屑や氷塊の中から、人工の構造物をみつけだすのは、実はそれほど難しくない。光学センサに組みこまれた情報処理機能を使えば、不自然な数値だけが抽出される。みかけ上の動きや反射能の変動あたりが有力な手がかりになるが、実際の条件設定は『カンと経験』に頼るしかない。あらかじめ条件を決めておいて、あやしげなデータが引っかかれば警報が作動するようセットしておいたというところですか」

「そんなところかな」

溝口大尉は肯定したが、肝心な点はまだ話していない。警報発生の条件を入力したのは大尉だが、どの条件が引き鉄《がね》になったのか現在の段階では不明だった。拡散した推進剤ガスに反応したようにも思えるのだが、確信はなかった。ジョンソン少尉も、いまはそれ以上ふれる気はないらしい。ディスプレイに表示された軌道前方の星々をみながら、つぶやくように話しはじめた。

「不憫《ふびん》な奴ですな。負けがこんでいるものだから、勝てる見込みのない作戦にかり出された……。だが負け癖のついた連中に、勝ちめはない。まるで象の群れに突っこもうとする虫けらのようだ。その勇気は称賛に値するが、一撃で叩き伏せられて終わりだ……」

「あれは無人機だ。赤外反応がない」

溝口大尉がいった。たしなめる気はなかったが、説教をするような口調になっていた。ジョンソン少尉は口をとざして、端末を操作している。気まずい雰囲気を察したらしく、ことさら明るい声でダッ少尉がたずねた。

「船団に状況を伝えますか？」

「いや、無人機をつぶしてからにしよう。一〇分もあれば終わる」

ディスプレイ上に輝点として表示されている敵艦は、警備艦の斜め前方に占位していた。現在の距離は、約五〇万キロほどになる。このまま警備艦が軌道を修正しなければ、敵艦らしき浮遊物体との最接近距離は約一〇万キロ程度になる。ただし警備艦に搭載されたレーザ主砲の有効射程は一、〇〇〇キロでしかない。最接近時であっても、攻撃圏外となる。

「機動爆雷だな、あれは。索敵機にしては、でかすぎる。ひとつだけか……」

溝口大尉がたずねた。機動爆雷は本来、輸送船団等の攻撃用に開発された兵器だった。標的の予想軌道上に残置され、敵発見と同時に高速移動して標的の前方宙域に進出する。そして交叉軌道に遷移したあと自爆するのが、一般的な戦法だった。自爆によって拡散した破片は、毎秒数百キロの相対速度を維持したまま船団を包みこむ。

微細な破片であっても、高速で突っこめば大きな被害を受ける。運用を誤らなければ、一撃で船団を壊滅させることも可能だった。この兵器の厄介なところは、爆散してしまうと逃れるのが不可能な点にある。それを避けるには爆雷の加速の前か、初期段階で破壊する以外になかった。

さもなければ爆散した破片の圏外に逃れるしかないが、これもあまり現実的ではなかった。機動爆雷らしき物体と最接近するまでの時間は警備艦で一〇分、後方に位置する輸送船団でも二〇分と少ししかない。最大出力で加速しても警備艦で〇・五G、積荷を投棄して身軽になった輸送船でも〇・三Gが限界だった。これに対し機動爆雷の最大加速度は、一〇〇Gをこえることが珍しくない。

「どうだ？　本艦の通過した空間に、船団が到達するまでの時間の意味がわかったか？」

端末を操作していた溝口大尉がたずねた。ダツ少尉は落ちつかない様子で応じた。

「爆散塊の、外縁半径ですか」

「半分は正解だ。いいか、あの爆雷が爆発すれば、一秒につき約一キロの速度で破片が外に拡がる。無論、爆散速度は調整可能だ。だがイメージとしては、一秒ごとに一キロずつ拡散すると記憶しておけ。だから爆発から一〇分後には半径六〇〇キロ、二〇分後には一、二〇〇キロの同心球が、爆発時の速度を維持したまま移動していくことになる。

……ちょっと待ってくれ。そっちはどうだ。何か動きはあるか？」

声をかけられたジョンソン少尉は、先ほどから軌道前方の物体を監視していた。いまのところ新たな動きはなく、高感度レーダーにかすかな反応があるだけだ。しかも対敵距離は、三〇万キロを切ったらしい。ジョンソン少尉は断言した。

「この段階で動きがないのだから、攻撃目標は本艦ではありえません。後方を航行中の輸送船団を、攻撃すると考えて間違いなさそうです」

いつものように、ジョンソン少尉は自信に満ちていた。それに対してダツ少尉は、何ごとか考えこんでいる。黙りこんでいる少尉にかまわず、溝口大尉は命じた。

「投射ミサイル用意だ。発射時期と照準はまかせるが、一発で仕留めろ。弾丸《たま》を無駄づかいしたら、艦隊本部の主計に嫌みをいわれる」

了解の言葉を返して、ジョンソン少尉は端末にデータを打ちこんだ。ごく短いカウント・ダウンのあと、コクピット内に発射の振動が伝わった。一瞬の間をおいて擦過音が重なり、横Gでコクピットの内部が揺さぶられた。固定していなかった備品が一斉に水平移動をはじめ、わずかな飛翔のあと一方の壁に引き寄せられた。

警備艦に搭載された投射ミサイルが、軌道前方にひそむ機動爆雷にむけて発射されたのだ。投射ミサイルは機動爆雷の原型となる兵器だった。旧式で破壊力も限られているものの、現在でも小型艦艇を中心に少数が運用されている。機動爆雷と同様に敵前で自爆して破片を拡散させるが、待ち伏せ攻撃はおこなわず攻撃目標との衝突軌道をとった上で自爆する。

投射ミサイルの概念は「ショットガン攻撃」をかける機雷に似ている。艦船に搭載されて、直接照準の上で攻撃が開始される。つまり機雷の積極的な利用と大差なく、運用手段の統合が試みられているようだ。爆雷や機雷とともに使用実績の少ない兵器だから、今後も構造や運用の改変がつづくのではないか。

発射にともなう騒音は、急速に遠ざかっていった。あとは結果が出るのを待つだけだ。撃ちだされた投射ミサイルは、攻撃目標にむけて飛翔をつづけている。そのせいかコクピット内は、どことなく間延びした雰囲気が支配していた。一時的に士気が低下したかのような印象さえ受ける。

おそらく原因は、ダツ少尉にあるのだろう。そう溝口大尉は考えていた。詳細な状況が不明のまま、漠然とした不安を抱えこんでしまったのだ。それが陰鬱な空気を、呼びこむことになった。普段は陽気なジョンソン少尉までが、陰鬱さを共有している。このまま放置すれば、深刻な事態におちいるのではないか。状況が好転しないまま、身動きがとれなくなる。

そう考えたときには、ダツ少尉に声をかけていた。

「心配せんでも、あれが狙っているのは船団だ。俺たちの方じゃない」

意表をつかれたのか、ダツ少尉は言葉を返せずにいた。溝口大尉はつづけた。

「俺たちを攻撃する気なら、とうに加速を開始しているはずだ。それなのに、まったく動く気配がない。死んだふりをして、俺たちが通りすぎるのを待っている。たぶん俺たちが遠くに去ってから、船団の頭を押さえるつもりなんだろう。

ところがあれには、運がなかった。中途半端な位置で、俺たちと出くわしてしまった。もっと離れていれば、起爆前に破壊するのは無理だったかもしれない。逆に本艦の真正面に位置していれば、俺たちと船団を一気に破壊できた可能性もある。確率からいえば、実質的にありえないことだが。

そういう意味では、俺たちは幸運だったのかもしれない。なにしろ船団は、一〇日ちかくも加速したまま経済軌道を突進してきた。闇夜に花火をうちあげながら、走って来たのとかわらない。遠くからでも船団の存在はあきらかだから、時間をかけて忍びよることもできたはずだ。状況が少しでも違っていれば、本艦も危なかった」

そこまで話したところで、溝口大尉は言葉を切った。ダツ少尉に状況を説明して困難な事態を乗りきろうとしたのだが、これでは逆効果にしかならない。むしろ不安が恐怖に発展する可能性さえあった。その点が気になって、ダツ少尉の表情をうかがった。そして安堵の息をついた。少尉は余裕を取りもどしたらしく、疑問を口にした。

「もしも……我々と遭遇しなければ、あの機動爆雷はどうなるんでしょうか」

「どうにもならん。電源がヘタるまで、一年でも二年でも待ちつづけるだけだ。地球も小惑星群も、みんな動いている。戦闘に参入できるのは、これが最初で最後の機会だろう。考えてみれば、無益なことだ……。あれを作った奴は、何を考えていたのか理解できない。設計者にとっても製作現場の職人たちにも、我が子も同然の機械《メカ》であるはずだ。それが自爆する以外に使いみちのないことを、彼らはどう考えていたのか……」

溝口大尉は口を閉ざした。このことを考えはじめると、ろくな結果にならない。それは経験からもわかっていた。それよりも、現在の状況が気になった。大尉は端末の画面に眼をむけた。そして眼を瞬いた。

何か予想外のことが起きつつある——そんな気がしたのだ。

**b**

ヴァルキリーは、じっと息をひそめていた。

敵の接近については、戦闘指揮所からの情報で知らされていた。

——敵船団、地球周回‐後方トロヤ群軌道を外進中。推定総質量一万トン。護衛艦艇一単位。船団に先行して警備しつつあり。警備艦級。

命令、船団及び護衛の警備艦を撃破、基地に帰投せよ。

命令優先首位、基地帰投。次位、船団撃破。三位、護衛艦撃破。

戦術はヴァルキリーの情況判断による。

健闘を祈る——

母艦の戦闘指揮所は、そう伝えていた。ヴァルキリーは最後の部分を無視した。解読不能の無効命令として、処理せざるを得なかったのだ。

ヴァルキリーは沈黙をつづけていた。戦闘指揮所からの情報を元に戦闘開始時刻を算定し、その時が来るまで一切のセンサを停止していた。自分の弱点は熟知していた。加速性能は圧倒的だが、全力加速を長時間つづけることはできない。命令優先順位の上位に基地帰投があれば、制限は一層大きくなる。

それまでの数百時間と同様に、ヴァルキリーの沈黙はつづいた。レーダーの発する電磁波や受動センサからのわずかな熱も、自位置を暴露する危険な情報となる。沈黙するだけでは足りずに、眼も耳も閉じていた。機内で動いているのは、戦闘開始を知らせるコマンドクロックだけだ。

宇宙は冷え冷えとしていた。はるかな昔からかわることのない星々のきらめきが、冷たい光となって周囲の空間を照らしていた。

はじめて直立歩行を果たした人類の祖先が、夜空を見上げて認識する以前から星々の位置はかわることがなかった。時間さえも凍結してしまったかのように、無窮の深淵が天空を支配している。

星の海で、何かが光った。かすかな光だった。

周囲の星々に比べれば、とるに足りない光でしかなかった。次第に拡散して、ついには無数の光点となった。光の群れはさらに拡散をつづけ、暗黒の宇宙を背負った光球と化した。そして輝く光球が、ヴァルキリーに襲いかかった。その寸前に、コマンドクロックが戦闘命令を発した。

ヴァルキリーの内部で、変化が起きた。

変化は数ミリセコンドで終了した。短い時間だったが、機内の動きは爆発的だった。一切の動きをとめていた機体が、一瞬で全力戦闘態勢に移行した。活性化した機体の内部で、戦意が燃えあがった。

ヴァルキリーのセンサが最初にとらえたのは、敵影ではなかった。拡散しながら突っこんでくる無数の質量点だった。距離はすでに数千キロに迫っていた。大きく広げられた破片の網に突っこむのは、数秒後になると予想された。

ヴァルキリーは即座に彼我《ひが》の位置関係を確認した。入手した情報から戦術を決定するのに、数ミリセコンドを要した。そして次の瞬間、自分自身に命令した。

――既破砕弾幕の中央を突破。短距離砲戦用意。主砲チャージ。姿勢制御。対敵姿勢に移行後、全力加速。破砕弾幕突破後、軌道を修正。

命令から正一秒に満たない時間で、ヴァルキリーの機体はぐるりと回転した。そのときには、一門だけ搭載された大出力レーザ主砲を軌道前方に指向していた。

姿勢制御の完了と同時に、ヴァルキリーの全エンジンが長大なプラズマ炎を吐きだした。機体は一〇〇Gにちかい加速度で、前方に放りだされた。冷えきっていた機体の温度が、一気に安全限界ぎりぎりまではね上がった。

## 2

「でかすぎる……」

情報表示をみていた溝口大尉が、誰にいうでもなくつぶやいた。すでに敵影は、警備艦のセンサで直接観測ができるまでになっていた。軌道前方に射出した無人偵察機からの情報にくらべて、格段に精度は上昇していた。しかし警備艦のセンサがとらえた標的のイメージは、機動爆雷にしては大きすぎる気がした。

無論、正確な大きさや質量は不明のままだ。全体像の把握は、入手したデータに頼るしかない。それでも大尉の印象に、変化はなかった。でかすぎる、と大尉は口の中でくり返した。

——しかし機動爆雷より大きいとすれば何か？

もしかすると正体不明の敵は、攻撃後に自力減速して帰投するための推進剤を積みこんでいるのかもしれない。この推測が正しければ、機動爆雷の数倍から十数倍の質量でも不思議ではない。航宙機能を持った無人艦なら、推進剤の他にも搭載すべき機材は多い。航宙のサポートやナビゲーション関連のシステムを加えて、艦の規模は級数的に大きくなる。

一体あれは何ものだ。何故こんな所にいるのかと、溝口大尉は考えていた。だが答をみつけるよりも先に、ジョンソン少尉が告げた。

「投射ミサイル爆散。標的に変化はみられず。一〇秒後に爆散塊と標的が交差。相対速度は毎秒八二〇キロ」

溝口大尉は現実に引きもどされた。あわただしく端末を操作して、画面上に広がる爆散塊の位置を確認した。その上で未確認漂流物を、おなじ画面上に重ねあわせた。ジョンソン少尉は絶好の攻撃位置から、ミサイルを投入したようだ。どれほど強大な加速性能を有する無人艦でも、ミサイルが広げた破片の輪を抜けだすのは困難だった。かりに脱出できたとしても、無人艦が船団を攻撃しうる位置に進出するのは不可能だった。

――思いすごしだったか。

溝口大尉は深く息をついた。漠然とした不安を感じていたのだが、単なる杞憂《きゆう》に終わったようだ。それなのに、重い疲労が心の奥底に残っている。首尾よく敵を撃破できたとしても、何か納得できないものが残るのではないか。

だが大尉の思考は、ダッ少尉の声で中断した。少尉はいった。

「動きだした……。まっすぐ突っこんでくる。あ……」

最後の声は、全員が共有していた。ばらばらにあげた声だったが、思いは一致していた。機能を停止したとばかり思っていた敵が、牙を剝きだして猛然と反撃を開始したのだ。爆散したミサイル破片の網を突き抜けて、敵はさらに加速しながら急角度で軌道をかえた。兵装担当のジョンソン少尉が、うろたえたようにいった。

「信じられん！　あの距離と密度で急接近する破片群を、通り抜けることは不可能だ。どれほど偶然が重なっても、一〇個の破片が命中しているはずなのに」

「標的未来軌道、船団旗艦と交叉しています。加速は停止した模様。赤外反応と加速度のデータ、ライン4のメモリにまわします」

狼狽《ろうばい》しているジョンソン少尉よりも、経験のとぼしいダッ少尉の方が冷静だった。溝口大尉は、矢つぎ早に命令した。

「船団にレッドシグナルだ……。次発ミサイル準備。軌道を算出しろ。船団に近づく前に、あいつを潰すんだ。そのためには、本艦の軌道を修正してもかまわん。推進剤残量に注意しろ。あと……七二〇秒で交叉するぞ」

すでにジョンソン少尉は、狼狽から立ちなおっていた。猛然と端末を操作して、二次攻撃の手順を打ちこんだ。溝口大尉もダッツ少尉に、新たな命令を伝えていた。

「レッドシグナル取り消し。ブラックダウン命令。平《ひら》でかまわん。急げ！」

怪訝そうな様子をみせたダッツ少尉を、恐ろしい眼で溝口大尉は睨みつけた。いまは説明している時間も惜しかった。少尉は無言で通信ユニットを操作している。ダッツ少尉が訝《いぶか》るのも当然だった。ブラックダウンが命じられると、船団は実質的に消滅する。船団を構成する全輸送船は積荷のコンテナを放棄し、接近しつつある敵の襲撃から逃れるしかない。

船団指揮官の権限や責任を無視した命令であり、大尉の知るかぎり実行された例はない。だが溝口大尉には、確信があった。敵は予想以上に狡猾《こうかつ》で、実戦経験も豊富だと考えられる。中途半端な対応をすれば、船団ごと壊滅する可能性さえあった。

それなら積荷を捨ててでも、乗員の命を優先するしかない。船団が一カ所に集中していたのでは、敵艦を攻撃することもできない。ただちに船団を解散させなければ、同士撃ちの危険すらあった。そう考えて命令したのだが、事態の進行は溝口大尉の思惑よりも早かった。

ジョンソン少尉が、罵《ののし》り声をあげていった。

「汚ねえ……野郎だ。俺たちと船団の間に、割りこんできやがった。これじゃ迂闊《うかつ》に、攻撃することもできない」

溝口大尉は光学センサの映像を注視した。ジョンソン少尉の言葉は正しかった。反撃の手段は、一機だけ残された投射ミサイルになる。弾頭の交換はできず、ショットガン・パターンの固定式起爆装置が組みこまれている。したがって現在の状況では、正面の敵だけを選択的に破壊することはできない。後方に位置する輸送船まで、破片が届く可能性があった。時間がすぎれば位置関係も変化するが、そのときには敵艦も次の行動に移っているはずだ。

溝口大尉は共用端末の情報表示を切りかえた。敵艦の推定諸元が、更新されたところだった。最新の観測データから算出された敵艦の加速性能や総質量、それに主エンジンの合推力などが表示されている。いずれも推定値だが、敵は破格の武装を有する無人戦闘艦らしい。

――妙だな……。無人の戦闘艦にしては、戦術指揮能力が高度すぎる。

こんな戦闘艦の情報は、過去に例がなかった。状況が把握できずにいたら、ダツ少尉が遠慮がちにたずねた。

「船団指揮官から返信です。ブラックダウン命令の説明を求めています」

「データを転送してやれ。死にたくなければ、さっさと逃げろといっておけ」

画面に眼をむけたまま、溝口大尉は応じた。敵艦は加速を終えたあと、動きがなかった。わずかな時間のあと、船団の各船から積荷を投棄して散開するとの通信が入った。

事実上の敗北だった。あっさりと警備艦の死角にもぐり込まれ、船団を散開させるしかない状況に追い込まれたのだ。しかも現在の位置からでは、反撃もできない。

船団は転回点の間近を巡航しているから、この軌道では最高速度に達している。これに対して敵艦は、惑星軌道速度と大差ない低速を維持していた。したがって敵艦は、加減速をせずに船団との戦闘圏内に入る。そのための時間は、一〇分あまりでしかなかった。

推進剤をほとんど消費せずに、船団までの六〇万キロを移動できるのだ。ところが警備艦は全力で減速しても、船団との邂逅は二時間ちかく先のことになる。その間に敵艦は、温存しておいた推進剤で悠々と脱出するだろう。

「船団は散開しつつあり。四隻がコンテナを投棄ずみ。船団旗艦のみ投棄が遅れています」

ダッ少尉が告げた。それを聞いたジョンソン少尉が、低い声で応じた。

「船団旗艦は……囮《おとり》になるつもりだ。敵艦を引きつけておいて相撃ち覚悟で反撃すれば、四隻が逃げる余裕くらいは稼げるはずだ」

どのみち逃げた四隻は非武装で、自衛用の火器さえ搭載していない。敵艦にひと泡くわせるとしたら、船団旗艦を投入するしかなかった。その意図は溝口大尉にも理解できるのだが、現実的にいって成功する可能性は低いと考えていた。

爆散したミサイルの弾片を、一瞬のうちに蒸発させた大出力レーザが相手なのだ。輸送船の自衛火器とはいうが、実際には信号用レーザよりは多少ましな程度の光学機器でしかない。無人とはいえ、戦闘艦の搭載レーザと撃ちあうのは無謀すぎる。相撃ちに持ちこめれば上出来で、一方的に叩かれて終わりではないか。

それよりは、退避した四隻の動きが気になった。散開した輸送船の現状は把握していないが、推測は可能だ。敵艦が船団旗艦と最接近するまでに、身軽になった四隻は一、〇〇〇キロは移動している。ただし敵艦のあらわれた方角に逃げるとは思えないから、大雑把なイメージでは船団旗艦を中心に半径一、〇〇〇キロの半球外縁に四隻は点在していると考えていい。四隻は本来の軌道から一時的に逸脱するが、影響は少ないとみられる。

これに対して敵艦のレーザ主砲は、射程一、〇〇〇キロが限界だろう。レーザ光を収束させればより長距離の砲撃も可能だが、照準システムの精度がおよばない。光学センサとレーダーを併用しても、一、〇〇〇キロをこえる標的を撃つのは現実的ではなかった。

つまり敵艦が船団旗艦に最接近したとき、退避した四隻はいずれも敵艦の射程内には入っている。かといって四隻すべてを撃破できるとは思えない。最接近時の距離や相対速度を考えると、半数を攻撃するのが精一杯ではないか。

無論それだけではない。照準や主砲チャージ（充電）そして艦体の姿勢制御に要する時間を考えれば、一隻かせいぜい二隻の船しか攻撃できないだろう。実際の損害は、それ以下と考えられる。それくらいなら、投棄された積荷を破壊した方がましと考えるのではないか。投棄されたといっても与圧されたコンテナだから、戦闘終了後に回収すれば利用できる。

敵艦が船団旗艦を撃破したあと、おなじ軌道上に居座る可能性も考えた。だがすぐに溝口大尉は、その考えを捨てた。輸送船団は現在も、毎秒八〇〇キロをこえる速度で突進している。その間近に居座れば、投棄されたコンテナや逃げ遅れた輸送船の撃破も容易だった。

ただしそのためには、推進剤の大半を消費することになる。少なくとも補給タンカーや、タグボート等の手当ては欠かせない。さもなければ敵艦は減速できないまま、外宇宙にむけて飛びだすことになりかねない。さして重要な物資が封入されているとは思えないコンテナや、空《から》の輸送船を撃破する代償としては大きすぎる気がした。

時間がすぎたが、敵艦に新たな動きはみられなかった。

依然として、慣性飛翔をつづけている。溝口大尉からみれば毎秒八〇〇キロ余で飛び去っているかのようだが、実際に飛翔しているのは大尉の警備艦と船団の方だった。敵艦は待ち伏せによって推進剤を温存できたが、警備艦と輸送船団には巡行状態からの脱出に必要な最低限の量しか残されていなかった。

その事実が、乗員たちの表情を暗くしていた。陰鬱な雰囲気に耐えられなくなったのか、ダツ少尉がことさら明るい声でいった。

「レーザ砲艦……だったんですね。すごい新兵器だ。我が軍には、まだ配備の計画もない」

「配備の計画、だと？」

ジョンソン少尉だった。それまでの鬱憤を、晴らすかのような勢いで食ってかかった。

「あんな馬鹿げた兵器を、航空宇宙軍が作るもんか！　量産したって、コストに見合う戦果が得られんだろう。あの化け物はな、哨戒ラインにずらりと並べるのが定石なんだ。わずかな数を揃えたところで、ものの役にはたたん。一〇〇や二〇〇でも不充分だ。少なくとも一、〇〇〇は必要だ。さもないと、隙間からすり抜けられる」

「あれはまだ、量産体制には入っていない。実験艦か試作機というところだ」

まくしたてるジョンソン少尉に、冷水をぶっかけるような言葉だった。溝口大尉は、あえて低い声で話をつづけた。怒鳴られて小さくなっていたダツ少尉はもとより、ジョンソン少尉までが身を乗りだした。それをみながら、大尉はつづけた。

「外惑星連合軍が試作生産した兵器だと思う……。奴らも尻に火がついているんだ。開発中の兵器が実用に耐えるかどうか、実戦に放りこんで試験しているのだと思う……。

ただしあれは、完成されたモデルじゃない。機動爆雷のエンジンを何本かたばねて、弾頭がわりに馬鹿でかいレーザ主砲をのせたというところだ。性能試験が良好なら、もっとでかいエンジンと強力なレーザを積んだ化け物を投入してくる」

船団旗艦と敵艦の最接近までに残された時間は、あと五分もなかった。警備艦との距離は、地球から月までの二倍に近い。そのせいか船団の周辺で起こりつつあることが、遠く離れた異世界の出来事に思えた。

「あの……少し、いいですか」

おずおずと、ダツ少尉が口を開いた。溝口大尉の話したことに、異論があるらしい。だがダツ少尉の言葉は、途中で行き場を失った。ジョンソン少尉が、いきなり割りこんだのだ。猛烈に不機嫌そうな声で、少尉はいった。

「わかってるぞ。レーザ砲撃の有効射程は、それほど大きくないといいたいんだろう。レーザによる砲戦距離は、せいぜい一、〇〇〇キロが限界だと習ったんじゃないのか」

速成の士官教育を受けて任官したダツ少尉に、反感を持っているわけではなさそうだ。おそらく黙っていることに、耐えられないのではないか。何か話していなければ、不安で仕方がないのだろう。規律の厳格な大型艦なら許されない行為だが、溝口大尉は口を挟まなかった。いまの段階で軍規にこだわるよりは、ジョンソン少尉の考えを確かめておくべきだった。

黙ったままでいたら、ジョンソン少尉は勢いこんでつづけた。

「だがな……レーザ砲の射程距離は、もっと延伸できるかもしれないんだ。理論的には一万キロにも、一〇万キロにもなる。ただし厄介な問題がある。射撃管制だ。戦闘艦同士が高速ですれ違う時、今のレーダーでは一、〇〇〇キロの距離がレーザ砲戦の限界らしい。それをこえる収束性のいいレーザ砲を搭載しても、ピンポイントで命中させる技術がなければ意味はない。だから主力艦と警備艦では艦の規模も規格も違うのに、同じ有効射程のレーザ砲を積んでいる……。

もしも解像度を飛躍的に高めた射撃管制レーダーが安定供給されれば、艦載レーザ砲の射程距離は格段に延伸する。ところが射撃管制レーダーとレーザ砲のバランスがとれていなければ、単なるオーバースペック兵器として、忘れ去られるだけだ。わかったか。坊や」

得意げにジョンソン少尉はいったが、ダッ少尉は納得できない様子だった。何か考えがあるらしく、しきりに手の中の端末を操作している。それに気づいたジョンソン少尉は、苛立ちを隠そうとしなかった。今にもダッ少尉の胸ぐらを掴みそうな勢いで、体を反転させようとした。勢いをつけてシートを離れ、ダッ少尉を締めあげる気らしい。

だが今度は、ダッ少尉の方が早かった。機先を制したダッ少尉は、最初から溝口大尉だけを相手にしていた。ダッ少尉はたずねた。

「艦長《スキッパー》は……外惑星連合軍が破格の長距離レーザ砲を、開発しているとお考えですか」

「まあな」

そっけなく、溝口大尉は答えた。詳細を知っているわけではないから、他に返答しようがなかったのだ。ただし兵器と技術革新は、切り離して考えることができない。仮想敵が新兵器を開発すれば、対抗する勢力はそれをこえる超兵器を手に入れようとする。

開発競争は平時でも停滞することがない。むしろ人員や機材に余裕のある平時の方が、開発を進展させやすい。いずれにしても、先ほどの問いには一般論で答えるしかなかった。仮想敵は革新的な新技術を、開発しているか否か。正答は歴然としている。技術的なブレークスルーが期待できるのなら、基礎的な技術基盤のある軍は当然のように開発競争に加わる。

あたり前の事実だから、態度もそっけないものにならざるをえなかった。それでもダッ少尉は、熱心に話をきいている。ダッ少尉に無視された格好のジョンソン少尉も、気を悪くするでもなく耳をそばだてている。ダッ少尉や溝口大尉の見解に、つよい関心があるようだ。それで話の腰を折るのは矛盾しているが、本人はあまり気にとめていなかった。論理的な思考より、直感で本質を見通すのが性にあっているようだ。

大人しくなったジョンソン少尉を尻目に、ダッ少尉は問いをつづけた。

「しかしですよ……そんな精度の高い射撃管制レーダーを搭載しようとすれは、艦体自体が馬鹿でかいものになってしまいます。そうでなければ独立したセンサ群を、艦体とは別にいくつも用意する必要がある。その上に収束性の高いレーザ砲を搭載するのであれば、おそろしく建造費のかさむ大型艦になるんじゃないですか？

かりに大型艦を建造したところで、レーザ主砲の有効射程や射撃精度が劇的に向上するとは思えません。生産力の劣る外惑星連合が、あえてコスト高の艦を作るでしょうか」

ジョンソン少尉の眼つきがかわった。もう割りこむ気はないらしく、熱心にダッ少尉の言葉をきいている。それを確かめて、溝口大尉は切りだした。

「生産力が劣るからこそ、大型艦を作るんだ。お前、大和級の戦艦を知っているか？　かつて日本海軍が建造した世界最大の戦闘艦だ」

「概略程度なら……。商船学校の時に、好きで艦船史をかじってましたから」

「それで充分だ。大和級の戦艦は工業生産力の劣る日本が、仮想敵である英米の戦艦群を圧倒するために建造したものだ。当時は海軍も航空主兵の時代に移行しつつあったが、戦艦群の打撃力も無視できないと考えられていた。英米海軍の保有する戦艦群は、個艦性能はともかく数の上では日本海軍を大きく上まわっていた。

この強大な敵を圧倒するには、主砲の破壊力を強化するしかない。それまでの戦艦主砲は最大でも一六インチ口径だったから、これを上まわる一八インチ主砲を装備することで問題を解決しようとした。一八インチ主砲の破壊力と、それに見合う防御力があれば大和級は無敵だ。単純計算では一八インチ砲の砲弾重量は、一六インチ砲の一・四倍に達する。

射程距離や防御力も増大するから、一六インチ主砲搭載戦艦は束になってかかっても一八インチ主砲を搭載した大和級には勝てないことになる。無論それには条件がある。日本海軍が大和級の戦艦を建造しつつあるという事実は、絶対に知られてはならない。英米がこのことを知れば、かならず主砲口径の大きい超戦艦を建造するからだ。

日本にとって幸運なことに、アメリカ海軍艦艇はパナマ運河を通るという制限があった。構造上の問題から、一六インチをこえる主砲は搭載できなかった。無理をして一六インチ主砲を搭載した戦艦も、防御がアンバランスだった。それでも日本海軍は安心せず、少なくとも四隻の大和級を建造したあと、二〇インチ主砲搭載の超大和級戦艦を建造しようとしていた。

常に敵よりも巨大な砲を搭載した戦艦でなければ、意味がないことを知っていたんだ。なけなしの予算で馬鹿でかい戦艦を作るしかなかった日本海軍の気持ちがわかったか？」

「それで……結局どうなったんです。大和級に活躍の場はあったんですか」

ダッ少尉がたずねた。溝口大尉は、さらりといった。

「なかった。一番艦と二番艦は航空攻撃で沈められ、三番艦は航空母艦に改装されたあと米潜水艦の雷撃が原因で失われた。そして日本海軍は、消滅した……」

大尉は言葉を切った。話すべきことは、もう残っていなかった。ところがダッ少尉は、まだ不服そうだった。少尉はいった。

「大和級の例は、理解できたかと思います。しかし……いくつか疑問点があります。外惑星連合軍は降伏が相次いで、生産力が急速に落ちています。そのような状況下で、画期的な新兵器を製造できるとは思えません。たとえ機動爆雷を束ねて大出力レーザを載せたような代物でも、建造する余裕があったとは思えません」

溝口大尉は答えなかった。先ほどから端末の画面を、注視していたからだ。船団に敵艦が最接近するまで、あと数十秒しか残されていなかった。この状態で、疑問に答える余裕などない。黙りこんでいたら、ダッ少尉も事情を察したようだ。低い声で「失礼しました」といったあと、口を閉ざした。溝口大尉は最後のひとことを告げた。

「兵器というのは、進化していくものなんだ」

ダッ少尉のことだ。その言葉だけで、大尉の考えを理解するはずだ。根拠があったわけではない。それでも溝口大尉には、確信があった。呆れるほどの勢いで、兵器は進化していく。たとえばナポレオンがヨーロッパの戦場で野砲を使っていたころ、射程距離はせいぜい数キロ程度でしかなかった。それでも人々は、声も届かぬ遠方に砲弾を送りこむ究極の兵器だとおそれた。それから一〇〇年後の第一次大戦では、六〇キロの距離をこえて巨大な砲弾がパリに撃ちこまれた。そして海上戦闘では、弩級戦艦同士が全速力で航行しながら砲撃戦を展開していた。

やがて大砲よりもさらに長大な射程を持つミサイルが登場し、有効射程は全地球をくまなく覆うまでになった。

兵器は無限に発達していく。

今日の軍事技術の常識は、明日になれば覆《くつがえ》される。そしてそれを追って、また新しい兵器が戦場に投入される。

――おそらく、あの無人の敵艦も……。

そう考えたときだった。溝口大尉の眼が、鋭さをました。

センサによれば、敵艦は加速を開始したようだ。

c

船団は半径二、〇〇〇キロの範囲内で、さらに加速散開中だった。

船団を構成する五隻のうち、一隻が遅れているようだ。おそらく船団旗艦だろう。状況からして武装している可能性が高いが、いまは無視しても構わないと判断した。

ヴァルキリーは船団各船の位置と加速性能を計測したあと、戦闘にそなえた最適軌道を決定した。最適軌道への遷移は短時間で終了した。ほとんど推進剤を消費しておらず質量は過大だったが、それでもヴァルキリーの大推力エンジンは一〇〇Gの加速度を叩きだしていた。

――目標五。加速しつつ退避中。各個に撃破。長距離砲戦用意。主砲チャージ。

自分自身に命令したあと、ヴァルキリーはわずかに躊躇《ためら》った。そして防御姿勢を取らないことに決めた。かりに武装した輸送船に反撃されても、被害を受ける可能性はきわめて低い。それなら最初から、存在しないものとして行動すればよかった。加速をつづけながら、ヴァルキリーは船団の端に位置する輸送船に照準をあわせた。

――第一目標。汎用型二、〇〇〇トン級輸送船。撃破予定時斉射距離一五、〇〇〇。第一斉射の主砲散布パターンは、Dプラス。

発射《ファイア》。

一五、〇〇〇キロの距離をへだてて、レーザ主砲の第一斉射が放たれた。一マイクロ秒の点射のあと、一〇マイクロ秒のインターバル。それを一二〇回くり返し、一ミリセカンドあまりで斉射は完了した。レーザ光の一二〇本の点射単位は、微妙に異なる軌跡を残して広がっていった。

斉射の〇・一秒後には、往復三万キロの距離をこえて弾着の結果が判明した。命中弾は、なかった。だがそれは、予想していた。次の瞬間にヴァルキリーは、第二斉射を開始した。

――同一目標に第二斉射。散布パターンはDプラスかわらず。メッシュ移動。第二象限へ。

発射《ファイア》。

同じことがくり返され、〇・一秒後に反応がもどってきた。命中弾なし。そして第三斉射が実行された。それまでとは、反応が違っていた。ヴァルキリーのセンサは、一点射単位の命中弾をえていた。

――第三斉射、挟叉。命中弾は第五二点射単位。

――同区域を中心に、第四斉射。散布パターンは、Bへ変更。

散弾のように広くばらまかれた初期斉射は、一単位や二単位の命中ではダメージを与えられない。ビーム長が三〇〇メートルしかないレーザ光束は、目標に反射あるいは吸収されて赤外反応を起こさせる。ダメージは与えられないが、目標の赤外反応によって位置を暴露する。着弾観測の成功と同時に、反応までの時間から命中した点射単位が逆算される。あとは全力斉射に移行するだけだ。その位置にむけて、濃密なレーザ光が照射される。

発射《ファイア》。

第四斉射が一二〇回くり返された点射単位のうち、半数ちかくが命中していた。目標の移動速度を修正し、散布パターンをしぼり込んだ第五斉射が放たれた。そして〇・一秒後に、赤外反応はランダムかつ一挙に増大した。

——第一目標、爆発を認む。目標を第二へ変更。

第一斉射から撃破確認まで、〇・五秒だった。ヴァルキリーは、すでに次の目標に斉射を開始していた。

船団が近づくにつれて、斉射回数は次第に少なくなっていった。そして最後の目標は初弾で着弾を確認し、第二斉射途中で爆散した。

二秒とかからぬうちに、五隻の輸送船はことごとく撃破された。船団との最接近までに、充分な余裕を残して戦闘は終了していた。

ヴァルキリーは次の攻撃目標にむけて、姿勢制御を開始していた。

# 3

「消えた……」

そう呟いたジョンソン少尉は、何度も「信じられない」と、くり返した。たった今まで端末の表示画面上を移動していた五つの輝点が、瞬きする間に消え失せたのだ。機器の故障かと考えてセンサ群を片端から操作したが、消えた輝点は二度とあらわれなかった。

当惑しているのは、他の二人も同様だった。ジョンソン少尉は、躍起になって機器の操作をつづけている。間の抜けた数秒のあと、ようやく溝口大尉が口を開いた。

「無駄だ……。五隻とも撃破された。推進剤タンクの内部圧爆散……レーザ砲撃を、もろに食らった形跡がある。生存者がいるかもしれないが、救出はおそらく無理だろう」

「レーザ砲撃だって？」

ジョンソン少尉が眼をむいた。戦闘時の距離は一〇、〇〇〇キロを大きくこえていたから、レーザ砲戦が発生するはずはなかった。五隻が残らず失われたといわれても、信じられないのは当然だった。だが溝口大尉には、状況が明瞭に理解できた。

「どうやら奴らは、長距離レーザ砲撃システムの開発に成功したらしい……。俺たちの方に来なかったのは、めっけものだ」

二人の乗員は、気が抜けたように黙りこんでいる。状況としては、士気が低下しているのとかわらない。放置するのは危険だった。早急に立てなおさなければ、予想外の事故が発生する可能性があった。そのための手段は、ひとつしか思いつかなかった。

困難な作業をタイムリミットつきで、二人に命じるのだ。溝口大尉は、すばやく考えをまとめた。早急に片づけるべき作業に優先順位をつけて、二人の乗員に割りふった。ジョンソン少尉は経験が豊富だが、いくぶん冷静さを欠く傾向がある。緊張をしいられる作業は、ダツ少尉にまかせた方が無難だろう。そう見当をつけて、二人に声をかけた。

「減速して船団の漂流位置に移動する。ダツ少尉は散開した各船の軌道をスキャンして、生存者が乗っていそうな残骸をさがせ。みつけたら、俺の端末にデータをまわすんだ。俺は残骸との邂逅軌道を算出する。ジョンソン少尉は――」

すでにジョンソン少尉は、冷静さを取りもどしていた。それを見越して、大尉は命じた。

「さしあたり、戦闘記録を作成する必要がある。最初に戦闘の大雑把な経緯を把握した上で、周辺情報を集めるんだ。手がかりは多い方がいい。センサのとらえた撃破の瞬間や、通信波の解析記録など関連情報も見逃すな。

あとは……敵艦の動向だ。最新の位置情報や加減速の証拠となる赤外反応は、発生源をリアルタイムで追跡。軌道が確定したら、艦隊本部に打電。わかったら、ただちにかかれ」

二人はそろって復唱した。その直後に、擦過音と横Gがコクピットをゆさぶった。新たな軌道に遷移するための、姿勢制御らしい。すぐに主機点火の、本格的な加速が開始された。

全員が事後処理に忙殺されていた。ただ生存者がいる可能性はあるものの、救難信号らしきものは受信できずにいた。救出のための軌道を選定して自動制御システムに組みこむと、早急に片づけるべき作業はなくなった。敵艦の動向はとらえているものの、遠すぎて詳細が把握できなかった。漂流する残骸と邂逅するまでは、空白の時間がつづくことになる。

沈黙に耐えかねたのか、ダッ少尉がたずねた。

「敵艦の主武装がレーザ砲だとしたら、どうやって射撃管制していたんでしょう。レーダーと連動したシステムでは、あれほど遠距離の攻撃は――」

「うるせえな！　考えごとをしてるんだから、ちょっと黙ってろ」

堪《たま》りかねたように、ジョンソン少尉が怒鳴りつけた。ダッ少尉は首をすくめて黙りこんだ。本当は溝口大尉に疑問を口にしたらしく、いかにも不本意そうな顔をしている。溝口大尉自身も気づいているはずだが、あえて口ははさまなかった。その結果、さらに気まずい沈黙が流れた。ジョンソン少尉は我慢しなかった。ダッ少尉よりも短い時間で大尉に助けを求めた。

「その……昔のなんとかっていう戦艦の射撃管制は、どんな手を使ってたんですかね。さっきから気になってたんだが、当時はレーダーがあったんですか？」

「どうかな……レーダーに関して日本海軍は、英米に遅れをとっていたようだから……。すくなくとも竣工時には、装備されていなかった。沈む直前には対空見張りレーダーが搭載されていたようだが、水上の敵にレーダー射撃をやった記録は残っていない」

「ということは、レーダーを使わない射撃管制があったということ――」

「どんな手を、使いやがったんです。レーダーなしで正確な測距ができたとは――」

二人の少尉が、同時に声をあげた。だが二人とも、たがいの存在に気づいていなかった。

溝口大尉は二人の言葉に気づかないふりをしてつづけた。

「戦艦が海上戦闘の主役だった時代には、ドレッドノート級から大和級まで様々な設計の戦艦が建造された。ただし基本的な設計方針は、どれも皆おなじだ。八門から一〇門の主砲の――時には六門や一二門という艦もあったが、口径を統一した点は共通している。そしてドレッドノート級以前の戦艦には搭載されていた中間口径の砲は、すべて廃止した。

副砲は残されたが、主砲の半分から三分の一程度の口径しかなかった。その上で全主砲の八割以上が、両舷方向を指向できるように配置されていた。大和級の場合は一八インチ砲九門が、三連装砲塔三基にまとめられている。その上で艦の中心線上に縦列配置されているから、常に全主砲を片舷に発射できた。わかるか？」

問われた二人は、そろって首肯した。この話が長距離砲戦や射撃管制と、どう関わってくるのか見当もつかない。それでも二人は、熱心にきいっていた。溝口大尉はつづけた。

「主砲群にそんな制約があるのは、一斉射撃を前提にしているからだ。大和級の主砲群は四〇キロ以上の射程距離があるが、この距離をレーダーなしで測定しなければならない。それも多数の砲弾が飛びかう戦闘状態の中で、時間をかけず正確に測る必要がある。

無論これは大和級にかぎったことではない。戦艦以外の艦種であっても、原則はおなじだ。ドレッドノート級以後の戦艦や巡洋艦は、レーダーなしで長距離砲戦ができるシステムになっている。

敵に対して同一口径の砲弾を撃ちこむのは、このためだ。単一の目標に全主砲が一斉射撃をしても、一点にピンポイントで着弾することはない。砲身と砲架の工作精度誤差や炸薬のばらつき、さらに艦体のねじれによって楕円の散布パターンができる。このパターンのひろがり——主砲散布界で敵艦をつつみ込むのが、一斉射撃の意味だ。

初弾は光学測距儀で測定された距離と方位にしたがって、発射される。そして発射の約一分後に、着弾が観測されて距離と方位が修正され、第二斉射が行なわれる。散布パターンは幅より奥行きの方が大きく、距離測定誤差も同様に大きい。だから初弾が攻撃目標よりも手前に落下すれば——つまり近弾なら、砲の仰角を増して飛距離を追加しなければならない。逆に遠弾なら——攻撃目標を飛び越して敵艦のむこう側に水柱がみえたら、仰角を落として飛距離を短くする。いずれの場合も弾着による水柱を目印に、弾着観測が行なわれる。

戦艦が中間砲を持たずに、副砲も口径が小さい理由はこれだ。射程の短い中間砲が砲撃をくり返せば、近くの海面に水煙が上がって弾着観測が困難になるからだ。

もしも初弾が命中しなくても、何度か修正を加えれば弾着が敵艦を挟みこむ。敵艦の手前と奥の海面に、水柱が同時にあらわれるのだ。挟叉弾だ。あとは経過時間にしたがって、彼我の移動距離を針路方向に加算してやればよかった。一斉射撃で撃ちだされた砲弾群は、攻撃目標を追って挟叉をつづけ被害を次第に増大させる。

艦隊同士の戦闘も、基本的には同じだ。艦隊司令の指示した攻撃目標を、各艦がそれぞれ砲撃するだけだ。発射と同時に経過時間を計測すれば、対敵距離から着弾の瞬間が予想できる。したがって他の艦による弾着との区別も、容易につく。

水平線の彼方を全速で航行する目標に、砲弾を命中させる方法は他にない。主砲一斉射撃、弾着観測、修正、このくり返しだ。敵艦に大きな被害を与えるまで、つづけることになる」

「つまり……フィードバックか」

ジョンソン少尉がつぶやいた。溝口大尉も同意するようにいった。

「レーダーで射撃管制するレーザ砲には、フィードバックはなかった。たぶん、あの敵艦は何らかの形で弾着観測を行なっていたんだろう」

そう話した時だった。ジョンソン少尉が唐突に声をあげた。

「赤外反応が、シフトしている。針路をねじ曲げやがった！」

表示されたデータによれば、敵艦は強引な軌道修正をしているらしい。かなり距離があるのに、有人艦では絶対に不可能な機動をつづけていることがわかった。全力噴射中のエンジンや拡散しつつある推進剤ガスの放つ赤外線が、ドップラー偏移をおこしている。だが彼らはまだ、そのことの意味に気づいていなかった。ダツ少尉が、感心したようにいった。

「頑丈な機体ですね……。二〇〇Gは出ているでしょう」

「あれでもまだ、余裕があるはずだ。推進剤を使い切る寸前なら、五〇〇Gは出る……。だが一体、何処にいくつもりなんだ」

ジョンソン少尉が応じた。すぐに敵艦は、センサの圏外に去った。そして間をおくことなく、別の方角から姿をみせた。溝口大尉が、ぼそりといった。

「来る……。俺たちを殺す気だ」

他の二人が、息をのむ気配が伝わった。ダッ少尉がすがるような眼で、溝口大尉をみている。だがダッ少尉も、単純な事実に気づいていた。一時的にセンサが敵艦を見失ったが、飛び去った方角に最終目的地があるとは思えない。むしろ反対方向に位置する木星系に、作戦終了後は帰投するのではないか。

その軌道上に、警備艦が航行していた。迂闊だった。状況は深刻だった。敵艦は警備艦を一撃したあと、基地にもどるのではないか。有人艦を思わせる高度な戦術判断に幻惑されて、無人艦でしかとりえない反転追撃の可能性に気づかなかったのだ。たとえ気づいていたとしても、鈍速の警備艦が逃げ切れる可能性はなかった。

だが三人に、事実を受けいれる気はなかった。ジョンソン少尉が、猛然と端末の操作をはじめた。最後の瞬間に反撃して、敵に一矢を報いるつもりらしい。だが溝口大尉には、それが無駄な足掻《あが》きにしかみえなかった。端末の画面を、転送させるまでもない。ジョンソン少尉は、残された投射ミサイルを敵艦に放つつもりでいる。

ただし成功の可能性は、きわめて低いといわざるをえない。投射ミサイルのばらまいた破片の壁を、ピンポイントのレーザ砲撃で突破した敵なのだ。通常の発想で攻撃しても、状況をかえることは無理だろう。

かといってダッ少尉にも、期待はできなかった。いつも冷静で任務に忠実だが、場数を踏んでいないから応用力が不足している。別のいい方をすれば、融通がきかなかった。先ほどから熱心に作業しているが、接近しつつある敵艦とは関係なさそうだ。先ほどの攻撃で撃破された輸送船団の、残骸から生存者を捜しているようだ。

その冷静さと生真面目さは称賛に値するが、いまは時期が悪すぎた。かといって、やめさせる気もない。大尉一人の手にあまることがわかれば、その時点で手伝わせればいい。今は説明する時間も惜しかった。すでに敵艦は、レーダー観測が可能な距離に近づいていた。さらに加速しながら、突っこんでくる。最接近までは、あと数分しか残されていなかった。

最悪の状況下で、溝口大尉は考えていた。逃れる方法が、必ずあるはずだ。巨砲に砲撃された小艦艇は、どうやって難を避けたのか。むざむざと沈められたとは思えない。ドレッドノート（弩）級戦艦の出現と同時に、駆逐艦も対抗手段を考えていたはずだ。

――だが一体、どうやって？

溝口大尉は知識を総動員して、今の状況に対処しようとしていた。戦艦に追われた駆逐艦はどうやって追撃をかわしたのか。

雷撃で反撃する？　あるいは快速で離脱するか。煙幕を展張して。

大尉は絶望的な気分になった。敵艦は強力すぎた。しかも、速度ははるかに優っている。煙幕の展張など、論外だ。

――いや、待て。

溝口大尉の思考が停止した。つい最近、これと似た状況を経験していた。あれは赤外反応から、敵艦の動向を知る方法だったか。小艦艇が砲撃を逃れようとすれば、煙幕の展張が有効だった。光学照準を狂わせるのが煙幕なら、敵のセンサを狂わせるためには……。

太陽か？　敵艦と太陽の間に自艦を押しこめば、あるいは――。

だが大尉はすぐに、その方法が役に立たないことに気づいた。敵は巧妙な軌道をとっていた。どちらに警備艦が逃れても、太陽の中にかくれることは不可能だった。

――違う。太陽と煙幕の展張は別物だ。

溝口大尉は表示された情報を凝視した。最接近までに残された時間は、一分と少しだった。結論を出せないまま、大尉はデータをにらみつづけていた。

## d

ヴァルキリーにとっては、最後の攻撃目標になるはずだった。

敵艦は非力で鈍足の、警備艦一隻だけだ。時間をかける気はない。推進剤を節約する気もなかった。さらに加速をつづけて、推進剤の残量をぎりぎりまで少なくするつもりでいた。どのみち敵艦は、優先順位の低い攻撃目標でしかない。乗員数は三人と推定されていたから、撃破したところで敵の陣営には大きな損害にならないはずだ。行きがけの駄賃に、戦果を拡大しようとしただけではないか。

できることなら口実をみつけて、最後の攻撃命令を無視したかった。だがヴァルキリーは、そこまで狡猾《こうかつ》ではなかった。与えられた命令は、万難を排して実行しなければならない。たとえ優先順位が低くても、そのために帰港が遅れても苦にはならなかった。ただ粛々と、義務を果たすだけだ。

攻撃時の砲戦距離は、一二、〇〇〇キロに設定した。敵艦が少しばかり移動しても、問題はない。ヴァルキリーにとっては、理想的な距離といえた。彼我の相対速度が大きく砲戦可能時間は短いが、余裕をもって撃破できるはずだ。たぶん一秒もかからないだろう。

攻撃目標が近づいていた。エンジンは停止しているようだが、気にするほどのことはない。接近しつつある目標に、レーザ主砲を指向した。赤外センサからのデータをみるかぎり、敵艦に攻撃してくる徴候はなかった。

第一斉射にそなえて、主砲のチャージを開始した。ヴァルキリーの機内を、砲撃準備のデータと命令がいきかった。その時——。

いきなり目標が爆発した。

ヴァルキリーの赤外センサが、許容限界にちかい大量の赤外線をとらえたのだ。赤外線源はみるまに膨れあがり、攻撃目標をのみ込んだ。そして砲撃開始点に、ヴァルキリーは到達した。予定どおり第一斉射は実施された。そして〇・一秒後に結果はでた。

命中弾なし。第二斉射、散布界かわらず。発射。

さらに〇・一秒後。命中弾はないことが判明した。第三斉射と第四斉射も、おなじだった。第一〇斉射までおこなったが、命中弾は皆無だった。主砲散布パターンでつつみ込むべき宙域は、もう存在しなかった。敵艦がいるはずの宙域には、くまなく砲撃を終えていたのだ。

ヴァルキリーは、最初から同じことをくり返した。他に選択肢はなかった。だが次の一〇回を終える前に、ヴァルキリーは戦闘宙域を脱していた。対敵距離が射程距離をこえたのだ。

ヴァルキリーは、命令を下した。戦闘終了。巡航態勢に入れ。

ヴァルキリーの機体に充満していた熱が、ゆっくりと放射されていった。待機状態の時と同様に電磁波の発生を低くおさえて、沈黙のまま母港への長い飛翔に移っていった。

ヴァルキリーは、最後の攻撃目標を、なぜ撃破できなかったのか理解できずにいた。

そのような能力は、与えられていなかったのだ。

## 4

「去っていきます。木星方面にむかっている模様」

ダツ少尉が告げた。外見上は落ちついているが、かなりの興奮状態にあるのがわかった。眼の焦点があっておらず、声が上ずっている。

「いっちまった……みたいですな。まったくもって、度肝を抜かれました。魔法かイリュージョンを、みせられた気分だ」

呆けたような声で、ジョンソン少尉がいった。歳を食っているせいか、ダツ少尉より感情がストレートに伝わってくる。額の汗を手の甲でぬぐいながら、ジョンソン少尉はいった。

「真面目な話、何があったんです。正直にいって、見当もつかない」

最後の瞬間に溝口大尉が何をしたのか、わからなかったようだ。だが大尉にとっては、簡単なことだった。敵艦と自艦の間にミサイルを射出し、起爆させる一方で警備艦のエンジンを全力噴射する——それだけだ。主エンジンの噴射で爆散塊は吹き飛ばされ、広い範囲で乱反射する。その結果、敵艦の着弾観測は不可能になる。全斉射が全弾命中と大差ない反応をみせる。長大な射程距離を有するレーザ砲は、無力化される。

溝口大尉は、大きく息を吐きだした。深くて重い吐息だった。それでようやく、戦闘をふり返る余裕が出てきた。危ういところだった。もう少し行動が遅れていたら、彼らの警備艦は船団と同様に撃破されていたはずだ。命びろいしたと、心の底から思った。

ジョンソン少尉にうながされて、大尉は話しはじめた。

「手がかりは闇にひそむ艦船を、捜索する方法にあった。艦船が噴射した推進剤ガスの赤外反応から、エンジンが駆動していた時の状況を知ることは可能だ。ただし条件はかぎられている。噴射から時間がすぎていると、この方法は無効だ。しかも目的が正反対だから、現在の局面では使い道がなさそうだ。

最初はそう考えた。だが、すぐに方法をみつけた。違いは一点だけだ。広い範囲の赤外反応を積極的に使えば眼つぶしになるが、消極的に利用すれば隠れ蓑になる。要は使い方次第で正反対の用途が生まれるのだ。無論、眼眩ましという点では共通している。

ただし、通用するのは今回だけだ。この次に出会うときには、敵も進化している。より強力なレーザ砲と、高性能センサを持ちだしてくると考えるべきだ。高機動のエンジンを開発して、投入してくる可能性もある。俺たちが煙幕の自動展張装置を生産ラインにのせるころには、奴らはそれを見越した新兵器を開発しているだろう。

おなじことの、くり返しだ……。何千年もつづいてきた矛《ほこ》と盾《たて》の説話が、時代と世界をかえて飽きることなく何度もくり返される……」

だが大尉の切実な思いは、二人には届いていなかった。彼らはデータをみながら、敵艦の性能を盛んに議論していた。

# 襲撃艦ヴァルキリー

贅沢きわまりない眺めだった。

観測モジュールの上半分をしめる透明なキャノピごしに、無窮の星空が広がっている。ジエローム・ダツ中佐にとっては、至福の時といえた。すでに太陽系は、四光年あまり彼方に去っている。近傍宙域に散在する星座の中には、肉眼で判別できるほど変形したものもあった。

無論それはまれな例にすぎず、全般的には太陽系でみる星空と大きな違いはなかった。それにもかかわらず、みるたびに新しい感動があった。最新の機器を駆使した組織的な観測よりも、はるかに素朴で個人的な作業であるからかもしれない。

ダツ中佐にとって、星々の観測は日常的な業務でもあった。星の海を旅する者にとって、昔から天測は重要な作業だった。贅沢なのは眺望だけで、生活環境は劣悪といってよかった。機能性を最優先にしたモジュールは狭く、最低限の空間しか割りあてられていない。

それにもかかわらずダッ中佐は、勤務時間外も観測モジュールで過ごすことが多かった。この光景をみることができるのは、実質的に中佐一人といってよかった。恒星間輸送船団にまで範囲を広げると他に一人いるが、人知れず星々の眺望を楽しむような人物ではなかった。

時間はゆるやかにすぎていった。だがダッ中佐にとって大切な時間は、もうすぐ終わる。あと七〇標準時間ほどで、船団は目的地であるプロクシマ第一惑星への最終接近軌道に遷移するからだ。そうなれば船団の全乗員が冷凍睡眠《コールド・スリープ》から覚醒し、現在の巡航状態からは想像もつかないほどの忙しさになる。

乗員の第一次覚醒がはじまるまで二〇標準時間あまり、全員の覚醒が完了するまでには六〇標準時間を要するだろう。この星空を独占できるのは、それまでだといっていい。

ダッ中佐にとって、プロクシマは二度めだった。最初の航宙は暦日で一〇〇年ほど昔になる。その時は最初の開発要員――あるいは移民団を輸送する船団の航宙士だった。当時はプロクシマにオディセウス分遣隊が到着してから、ようやく六〇年になったばかりだった。プロクシマ第一惑星を周回する衛星群のひとつに、いくつかの観測基地があっただけだ。その後ダッ中佐はシリウス方面の船団先導旗艦に配乗になり、太陽系との間を三度も往復した。その間に標準暦で一〇〇年もの年月が経過していた。

今はプロクシマも、開発が進んでいるはずだ。亜光速で外宇宙を航行する中佐には、一〇〇年という時間は長くはない。だがプロクシマに骨を埋める覚悟の者たちには、充分すぎる年月だった。特にプロクシマ第一惑星ケイロンの周回軌道に建設された複合コンビナートは、周辺の宙域で最大の規模を有するまでに成長していた。

数次にわたって開発要員と資材が送りこまれた結果、今では内宇宙航行が可能な航宙艦の建造も自力でできるほどの技術水準に達している。さらに小規模ながら同じ星系のトリマン系への航宙も可能な外宇宙艦の建造を模索するほど、工業力は急成長をとげている。

当然のことながら、航空宇宙軍外宇宙艦隊の直営ともいうべき現在の政治形態への反発も強まっている。どれほど控えめな予測でも、二〇年後にはケイロン周辺の人口は一千万人をこえる。人口増加をつづける現状からして、それも当然だった。

だがダッツ中佐の側に立てば、それは非常に危険な火種になりえた。航空宇宙軍外宇宙艦隊の中佐にとっては、自分が指揮している船団が実戦に投入されないことを祈るばかりだった。

――要するに、歴史はくり返すということか。

全天の星々を眺めながら、ダッツ中佐は考えていた。あの時も、そうだった。外宇宙艦隊への配属が、中佐の退役を何度も先送りにしていた。その結果、あまりにも長い現役期間を経験することになったのだ。一三〇年前の外惑星動乱に従軍するほどの古参兵なのに、今度は独立運動の火種をかかえたプロクシマに艦隊をひきいて来ることになった。

一五〇年分の歴史を、中佐は目撃してきた。ところが人類がこの間になしたことは、闘争の場を太陽系から近傍恒星系に押しひろげただけだった。

――本質的な変化は何もなかった。

そう中佐は感じていた。さまざまな障害を排して、人々は宇宙へその勢力範囲をひろげようとした。だがあまりに急激な膨張によるひずみが、いくつもの反乱を引きおこした。時代が変化しても宇宙への進出をやめようとしない軍と、内向きの力で結束をかためようとする地下組織の動きは同じだった。

——だが軍は何故、無理を通して外宇宙に進出しようとするのだ。

おそらく考えても、結論は出ないのだろう。ダッ中佐がさらに何十年か歴史を目撃したところで、劇的な状況の変化は期待できなかった。ダッ中佐としては、指揮下の艦隊を予定どおりプロクシマに入港させるだけだ。

艦隊といっても、輸送船団をかねた小規模なものだ。公式にはプロクシマ系の開発を支援するために、艦艇を派遣することになっている。そのための要員は中佐の指揮する本隊に八人、先行するグループに四人の合計一二人だけだ。一隻に二人がフェリー要員として乗り組む態勢だから、艦艇の総数は六隻でしかなかった。

だが六隻だけの戦力でも、非武装のプロクシマ系にとっては大きな脅威となる。ただし現状は艦隊と呼べるほどの存在ではなく、せいぜい武装商船の集団でしかなかった。自衛戦闘が可能な火器しか搭載されておらず、センシング能力も貧弱だった。

目的地への到着と同時に、船団は短時間で武装が強化される。積載されていた兵器部品を中核に、強力な艦載兵器を完成させるのだ。現地の工業力と資材に問題がなければ、輸送船団の到着から一ヵ月でコンパクトだが強力な艦隊に生まれかわる。

あとは艦隊を基幹兵力として、宙域の警察行動を強化すればよかった。積荷の中には陸戦兵器の中枢部品もふくまれているというから、航空宇宙軍は治安部隊の展開も視野に入れているると考えられる。その規模は少なくとも、大隊程度にはなりそうだ。

宙域の歴史を一変させかねない「艦隊」だが、今のところは外宇宙艦隊直属のありふれた輸送船団でしかなかった。ダッ中佐の乗り組む旗艦をふくめて四隻の輸送本隊と、前方宙域を航行する二隻の先導艦のみの陣容だった。

六隻はレーザ反射板を展張し、ケイロンを発信源としたレーザビームを受けて減速態勢に入っていた。無論このような形で加減速するのは、航路の両端だけだ。初期加速を終えたあと最終減速態勢に移行するまでは、ラムジェット航法による巡航加速と減速がこれに代わる。

異常音に気づいて、ダッ中佐は足もとの空間に眼をむけた。通信ユニットの着信音らしい。かなり無理な態勢でのぞき込んだが、発信者の名前は読みとれなかった。だが、誰なのか見当はついた。ダッ中佐の指揮する本隊よりも、数光分ほど先行している二隻の乗員――ロドリゲス少佐だろう。もっとも近い隣人であり、中佐をのぞけば唯一の当直勤務者だった。

それがわかっていたから、すばやく交信態勢に移行した。入力ボードから命令を打ちこんだ直後に、観測モジュールに突出していたシートが沈みこんだ。そのまま下降をつづけて、各種のセンサや通信機器が効率よく配置された船団指揮官位置《ポジション》で停止した。発信者はやはりロドリゲス少佐だった。すでに「疑似会話」支援機能が、作動を開始していた。通信ユニットに表示されていた少佐の静止画像が、ダッ中佐の存在を探知して動きはじめた。

「星をみているところを邪魔して悪いが、ケイロンから情報だ。あまり面白い話ではないが、規則だから一応そっちに転送しておく」

そこまで話したところで、画面の中にいる人物はもとの静止画像にもどった。実写映像ではない。本人の表情や話し方の癖を登録しておいて、送信されてきた情報から疑似的な会話を構成しているのだ。「面白い話ではない」といったのは少佐の本音らしく、画像は実につまらなそうな顔をしていた。

ただし「星をみているところ」がダッツ中佐側の支援機能が実情にあわせて追加したのか、それとも発信者の少佐がダッツ中佐の行動を読んで軽口を叩いたのか知る方法はない。いずれにしても、無視するしかなかった。ダッツ中佐が生真面目に返事をしても、ロドリゲス少佐に届くまでには五分をこえる時間がかかる。超光速通信は実用化されていないのだから、いまのところは代替手段で補うしかなかった。

画面の端に表示されたファイルを読みとるうちに、ダッツ中佐の表情が次第に暗くなった。音声記録が作動中なのを確認して、中佐は制御システムのヘレンを呼びだした。

「予定を変更する。すぐに全員の覚醒をはじめてくれ。どれくらい時間がかかる」

「一度には無理です。優先順位をどうぞ」

アルトの硬質な声が、制御ユニットに響いた。システムに常駐する中佐専用の仮想人格だった。許容される記憶容量の範囲内なら、何人でも仮想人格を持つことができた。異性の人格を「親密な」パートナーとして登録することも可能だったが、ダッツ中佐にそのような趣味はなかった。

仮想人格には有能な秘書として、中佐の眼が届かない範囲をカバーしてほしかった。ヘレンが女性であることに、深い意味はない。前任者の保有していた人格を、引き継いだだけだ。ミッションの終了時や別の艦に転任する時は、仮想人格を消去していくのが原則だった。ダッ中佐にとってヘレンは相棒と呼ぶべき存在であり、間違っても女性として意識することはない。

乗員の覚醒順位については、実戦に役立つ者を優先しようと考えていた。しかし具体策を考えるうちに、大きな違いはないと気づいた。自分で決めるまでもないから、ヘレンに一任することにした。中佐は性急にいった。

「誰からでもかまわん。最初の一人が起きてくるまでに、どれだけかかる？　いや……いまの命令は取り消す。過去の実績をもとに、早く起きられそうな奴を選抜しろ。その範囲内なら、誰からでもいい」

「通信長と次席航法士なら、一六時間後に覚醒が完了します。始めますか？」

一六時間か……と、中佐は考えた。もしも「敵」が本気なら、とても間にあいそうになかった。それでも、何もしないよりは数段ましだと考え直した。

ダッ中佐は覚醒の開始を命じた。ただ覚醒した乗員が増えたところで、実戦で役立つとはかぎらない。船団の乗員で実戦経験があるのは、ダッ中佐だけだった。あとになって第一次外惑星動乱と称された戦争から、初級士官だったダッ中佐は多くのことを学んだ。

単に直接的な知識や、経験ばかりではない。動乱によって歴史がねじ曲げられ、多くの人々が様々なものを失った。動乱自体は一年で終了したのに、百年がすぎても癒えることのない傷跡を残した。そして決して消えることのない痛みと憎しみは、あらたな紛争の火種となる。

だから指揮官は、慎重であるべきだと中佐は考えていた。そして求められる慎重さは、経験によってのみ得ることが可能だった。ところが他の乗員は、いずれも若く実戦経験もなかった。歴史を実感していないから、ひとつの判断ミスがどれほど重大な結果をまねくか気づかずにいる。中佐以外では最年長のロドリゲス少佐でさえ、中佐より五〇歳も若かった。

無論、単純に比較することはできない。外宇宙艦隊の将兵は、階級や外見から年齢を推測することが困難だった。たとえばダッ中佐は二〇七八年生まれで一五二歳になるが、外宇宙における航宙期間の大部分は冷凍睡眠に入っている。しかも長期間にわたる航宙任務が終了すると、機能回復のためにサイボーグ手術を受けるのが普通だった。

だからダッ中佐自身の外見は五〇歳程度にしかみえないのに、一〇〇歳に達しそうな古参兵を指揮しなければならないのだ。それくらいなら人数を増やさず。ロドリゲス少佐と二人で仕事を片づけた方がいいかもしれない。

「反乱ですか？」

短くヘレンはたずねた。言葉を選ぶ繊細さは、彼女にはないらしい。そのかわり、本質をひとことで表現した。ロドリゲス少佐からの通信内容を、すでに理解しているのだ。今後の方針を決めきれないまま、中佐は言葉を返した。

「そんなところだ……。歴史はくり返すという言葉を、君は知っているか？」

「外惑星動乱のことですか？」

「それもある」

そういったあとダツ中佐は、次の言葉を呑みこんだ。ヘレンに歴史の講義をしても、意味がないと気づいたのだ。ヘレンも同様の質問を重ねる気はないらしい。そのかわり、本質的な点について触れてきた。

「敵の名称は？」

「まだ敵と決まったわけではない」

「味方とは思えません」

「違いない」

中佐は一人で笑った。いずれは敵と判定されるのだから、呼称にこだわることもない。要は早いか遅いかだけの違いだ。だが、ただちに実戦が開始される状況でもなかった。そのことは、ロドリゲス少佐からの通信ファイルにも触れられていた。

少佐からの情報は、単純なものだった。プロクシマ系を発進して、船団との交叉軌道をとる大型艦艇を発見したというのだ。詳細な軌道は不確定だが、プロクシマ系より発進したのは間違いなさそうだった。加速性能からして、無人艦であると推定される。登録されたデータとは合致せず。船籍確認信号を無視してさらに加速中らしい。

プロクシマ系に対する速度は千キロ／秒。つまりプロクシマから船団にむかって、正体不明の何かが飛んできたようだ。

これだけのデータで、ダッ中佐とヘレンは同じ結論に達していた。ただし結論に至る過程は、異なっていたようだ。だがヘレンは友好的な艦艇ではないことを根拠に「敵」と判定したらしい。ただダッ中佐の考えは、少し違っていた。中佐にはヘレンよりも多くの情報と、経験があったからだ。

最初に気づいた点は、既視感だった。たしか以前にも、似たような事件があった。記憶をたどりながら、ダッ中佐はいった。

「五年ほど前のことだ。太陽系から飛来した船団の軌道上に、未確認の人工物体が漂泊していた。六、七年前だったかもしれないが、確信はない。検索を頼む」

「了解《イエス》、中佐《サー》」

ヘレンの声が途切れた。ダッ中佐は頭上のキャノピを見上げた。目的地にむかって定減速態勢をつづけている現状では、キャノピごしにプロクシマをみるのは不可能だった。天頂あたりに、ひときわ明るい光を放つ母星の太陽があるだけだ。

──故郷を遠く離れても、人間は人間だ。変わるはずもない。

そう考えたとき、ヘレンがもどってきた。検索を命じてから、三〇秒とかかっていなかった。

「ありました。二二二四年、輸送船団七四号事件です」

言葉と同時に、要領よくまとめられた事件の概要が表示された。

「これはプロクシマでの事件です。トリマン系では一五年前までさかのぼっても、該当する事件は見当たりませんでした。さらにトリマン系を検索してみますか？」

「いや、いい……」

ダッツ中佐はデータに集中した。予想通りだった。政治犯の釈放や軍資金の提供などを要求した地下組織が、輸送船団の軌道上に機動爆雷を残置した事件があった。無防備な船団を人質にとった新手《あらて》のゲリラ戦術として、中佐の記憶にも残っていた。もっとも航宙期間中の覚醒時に知ったニュースだから、それほど古い記憶ではなかった。

事件そのものは、あっけなく幕を閉じた。発生と同時に動きだした警務隊が、地下組織のアジトを急襲して機動爆雷の起動装置を破壊したのだ。船団は無事にケイロンにたどり着くことができたが、逮捕された組織の幹部の名は事件そのものよりも人々に衝撃を与えた。有力な企業の幹部や比較的穏健と思われていた政治家までがその中にふくまれていたのだ。

軍の宣伝——たとえアジト急襲が成功しなくても、船団は軌道変更によって危険を回避できたとする主張も、ケイロン社会の動揺をしずめることはできなかった。もはや独立運動は、軍の力では押さえることのできないところまで来ているのかもしれない——ニュースを聞いた時の中佐は、そう思った。

——しかし、それにしても……。

ダッツ中佐は首をひねった。機動爆雷を予想される軌道上に残置しておくのと、高加速の無人艦を、目的地に近づいたとはいえ外宇宙を航行中の船団に接近させるのでは意味が違う。

機動爆雷は、実に古典的な兵器だ。中規模以上の航宙船工場なら、それほど作るのはむつかしくない。軍用艦でなくとも民間の輸送船でも船団の予定軌道上に敷設することはできる。しかし爆破を予告したとしても、動かずに、しかも赤外線を発しない機動爆雷を発見することはきわめて困難だ。

だが、高加速の無人艦を外宇宙に飛ばすことは、コスト的にも、技術的にも格段に差がある。いわば、ゲリラ的な機動爆雷に比べれば、正規軍戦に近い戦いをいどんで来たことになる。あまり強力とはいえないが、一応は武装もしている軍用輸送船団に立ちむかうには、破天荒な重武装が必要なはずだ。

――考えていてもはじまらんか。

そう中佐が結論を出した時だった。再び鳴り出した呼び出し音が、中佐の思考をさえぎった。画面にあらわれたロドリゲス少佐の顔は、いくぶん紅潮していた。

「ケイロンから追報が入った。六年前の事件のことを知っているか？　ええと、輸送船団七四号事件だ」

「知ってるよ」

ロドリゲス少佐はおかまいなしに続けた。

「あの事件をおこした組織の残党、というより、前につかまった奴の方が小物らしい。その組織――ヴァルハラが、犯行声明を出したというんだ」

――ヴァルハラね。それじゃその無人艦はヴァルキリーとでもいうつもりか。

ダッ中佐は心の中でそう考えながら、ヘレンに命じてコーヒーを作らせた。代用コーヒーの味気ない代物だが、単調なレーションが続く中では、貴重な飲物だった。

――まったく、百年以上も同じ味のまずいコーヒーばかり作っては供給する軍の心臓は相当なものだ。もっとも飽きもせず百年もつき合ってるのも芸のない話だ。

湯気のたつカップを両手でおしつつみながら、ふうと息を吐き、一口それを飲んだ。

画面の中では、ロドリゲス少佐が淡々と話し続けていた。

「声明文のコピーもそっちに送ったが、要するに俺たち輸送船団を人質にとって、要求をのませるつもりらしい。ケイロンではえらいさわぎみたいだ。犯人によればあの無人艦は、俺たちの兵器を残らず無効にできるらしい。そして、俺たちの攻撃射程外から一撃で船団全部を破壊できるとさ。本当かね」

ダッ中佐は顔をしかめた。攻撃射程外から一撃で船団全部を破壊できる無人艦だと？

ヴァルキリー……。

確かそんな名だった。中佐がその名を知ったのは、外惑星動乱が終結して間もないころだった。しかし実際に中佐が遭遇したのは、それより半年ほど前だった。

だがあれは、かなり昔のことだ。しかもここから数光年をへだてた太陽系での出来事だった。しかし中佐の知るかぎり、そのような性能を持つ無人艦はヴァルキリーしか存在しなかった。

一人でしゃべり続けているロドリゲス少佐を無視して、中佐はヘレンを呼び出した。

「その、犯行声明とかいうやつの中に、ヴァルキリーという名はまじってないか？」

間髪を容れずにヘレンは答えた。

「ありました。前後の部分を再生しますか？」

「たのむ」

わずかに手がふるえていた。ヘレンは抑揚のない声で、その部分を読みあげた。

「……戦闘作戦中のヴァルキリーを阻止し得る艦船は、トリマン－プロクシマ宙域には存在しない。ヴァルキリーの前には汚れた武器を運んで来た航空宇宙軍輸送船団など、射的の的にも等しい……。続けますか？」

ダッ中佐の様子がおかしいのを敏感に感じとったヘレンが、わずかに声の調子を高くして聞いた。

「いや……それで充分だ。やはりそうか」

そう言ってダッ中佐はコーヒーをぐいと飲んだ。

――あの時は生きのびることができた。だが今度は……。

中佐はそう考えていた。しかし漠然とした不安は、消えそうになかった。そんな不安を打ち消すために、中佐はヘレンに言った。

「歴史のサブ・ファイルあたりに、ヴァルキリーの名がないか探してみてくれ。外惑星動乱後に、太陽系木星のガリレオ衛星群に調査団が入っているはずだ。あるとすればそのあたりだが、古いことだからお前の記憶にはないかもしれんな」

「了解《イエス》、中佐《サー》」

記録を見なくとも中佐には確かな記憶があった。

外惑星動乱後に進駐した警務隊の調査報告は、中佐も眼を通したことがあった。それによれば中佐が戦時中に遭遇した敵艦の名は、ヴァルキリーであるらしい。

しかし判明したのは名称だけで、あとは何もわからないといってよかった。戦後、設計資料も外惑星連合軍の手によって破棄されており、実機も発見されなかったのだ。

ヴァルキリーの核となる射撃管制システム自体は、大きいものではない。その他のエンジンや大出力レーザそれにバックアップのハードウェアなどは、その当時の既成品かそれをスケールアップした改造資材が使われていた可能性が高いから、革新的なのは管制システムのみだと思われていた。

とすると敗戦時に進駐軍がくるより先に、射撃管制システムを残して他のハードウェアは破棄され、システムかあるいは設計図だけが地下に隠匿されていたのかもしれない。そして……そのシステムが地下に隠匿されたのと同じ経路で、ケイロンに持ち込まれていた可能性もある。なぜなら、初期にケイロンの開発要員として送り込まれた者の中には、地下に潜った外惑星連合軍の残党――いわゆる政治犯も数多くいたからだ。いつの日か航空宇宙軍に反旗をひるがえすための兵器として、プロクシマ系にシステムが持ち込まれたとしても不思議ではない。

一三〇年の年月と四光年あまりの空間をこえて、こんな形で再会するとは思ってもみなかった。

——まさに、歴史はくり返すということか。

ダッ中佐は、深い吐息をついた。

——あの時、ヴァルキリーは単に目標を攻撃し、破壊するだけの存在だった。だから我々は攻撃をかわし、生きのびることができた。しかし今度はわからない。ヴァルキリーがさらに進んだシステムになっていたとしたら。

——この百年あまりの間に、人間は何の進化もなかった。だが、兵器は違う。兵器は無限に進化していくと、あのとき大尉もくり返していっていた……。

ふいにヘレンの声が中佐の思考に割り込んだ。

「当該データ、ありました」

ヘレンは見つけ出したデータを、ディスプレイに表示させた。しかしそれは、ダッ中佐の記憶をなぞるものでしかなかった。気のなさそうな顔でそれを見ている中佐に、ヘレンはつけ加えた。

「一般的なヴァルキリーに関する事項もありますが」

「何だ、それは」

「ヴァルキリー、又はヴァルキューレ。古代ゲルマン神話に登場する女神。古代ゲルマン民族は、戦場で戦死した勇者は天空を駆けるヴァルキリーの戦車に導かれ、主神オーディンの天宮ヴァルハラへと導かれると信じていた。……御存知のようですね。この資料は」

「まあな」

遠くをみる眼で、ダッ中佐は同意した。それから、するどい眼でいった。

「ロドリゲス少佐に通信だ。画像つきで送れ」

「了解……。準備できました」

中佐は冷えきったコーヒーを、一気にのみほした。そして、つづけた。

「あの無人艦についてだが、彼らの言葉は額面通りに受け取っておいた方がよいと思われる。つまり我々の射程外から攻撃を加えうる戦闘艦が敵だということだ。性能諸元は明確にはわかっていないが、仮に外惑星動乱時と同じだとしても、我々の数倍の射程がある」

中佐は言葉を切った。兵器というのは相対的なものだ。一三〇年前の兵器が、現在もなお無敵の存在であるというのは不思議な気もする。しかしこのプロクシマ−トリマン系では、仮想敵が存在しない。だから航空宇宙軍の輸送船団が旧式のレーザ砲しか持たないのも当然だった。ありもしない敵のために、重武装する必要は全くない。

無論、外惑星動乱後にヴァルキリーと同じ設計思想の戦闘艦が、航空宇宙軍の手によって試作されたという話は中佐も聞いたことがあった。しかしそれはあくまでも試作品であって、仮想敵を持たない軍がそれを量産して実戦配備することはあり得なかった。いってみれば現在のヴァルキリーは、平和な漁村に出現した弩級戦艦のようなものだ。

「この無人艦の攻撃をかわす方法は、敵の持つ赤外線センサを狂わせることだ。データファイルに記録が残っていたから、そっちのメモリに転送させる。それが必要なことはないと思いたいが、検討してみてくれ」

中佐は唇をかんだ。ロドリゲス少佐がデータを読んだところで、ものの役に立つはずがなかった。赤外線センサを攪乱する煙幕展張装置どころか、機動ミサイルの類《たぐい》も中佐らは持っていない。この通信はロドリゲス少佐の注意をうながす以上の役に立つとは思えなかった。

中佐は通信を終えた。現在、先行する先導艦までの距離は六光分と少しあった。船団自体は、ケイロンまで七光時の距離がある。プロクシマ系に対して一万キロ／秒の相対速度に減速が終了している船団は、すでにプロクシマ系の外縁部に達していた。

船団は現在人質に取られているという状況なのに、交渉の経過についての情報はまったく伝わって来ない。犯行声明が出されてから、すでに七時間が経過していた。もしも今、交渉が成立して船団の安全が保障されたとしても、それが中佐らに知らされるのは七時間後のことだ。

——ということは、そろそろタイムリミットにさしかかっているころだ。

中佐は、空白のディスプレイ画面をにらみながらそう考えた。ヴァルキリーが先導艦の軌道と交叉するまではあと数分しか残されていない。仮にヴァルキリーのプロクシマに対する相対速度が千キロ／秒だとしよう。そして加速性能が一〇〇Gを平均して出せるなら、船団とすれ違ったあとに逆加速して後方から再び船団を追尾する軌道に乗る可能性もある。すると、必要な時間は……。

「九時間弱か」

　そんな長時間にわたって平均一〇〇Gもの高加速を出せる機体など、存在するとは思えなかった。針の先ほどのペイロードに、小惑星ひとつ分ほどの推進剤が必要だろう。

　――とすると、やはり最初の一撃で勝負をつけるつもりか。

　ここに来るまでの間に、デモンストレーションのひとつもやったのかもしれない。中佐は、この七時間の間に行なわれていたはずの交渉について想像をめぐらした。これは実戦と似ているが、重要な点が異なっている。武力の行使を前提とした交渉なのだから、交渉以前に行使する側は自分の武力を相手側に認めさせる必要がある。おそらくヴァルキリーは、船団との交叉軌道に乗る前に、無人の衛星か人工物をその長距離レーザ砲で攻撃してみせたのだろう。そして手持ちの駒の能力を充分に誇示してみせた上で、交渉にのぞんだはずだ。

　――要するに抑止力としての武力の存在と同じだな。

　そう中佐は感じていた。こちらの戦力が敵よりも優っていることだけが存在価値の兵器、それが抑止力の意味だ。使われないのは結構だが、それを前提とした兵器はどんな思いで臨戦配備についているのだろうか。外惑星動乱の時、あの大尉が言っていた大和級の超弩級戦艦というのも、抑止力として建造されたらしい――。

　通信が入ったのはその時だった。ダッツ中佐は時計を見た。ロドリゲス少佐に通信を送ってから、あまり時間はたっていない。中佐の送った通信の返電ではなさそうだった。少佐は気合の入らない声でいった。

「新しい情報だ。中佐。三時間ばかり新しくなった。交渉は第八惑星で行なわれているようだ。プロクシマ艦隊司令長官が、ちょうどそこまで出張ってきていたらしい。今から送るのは、四時間前の情報だ。一気にプロクシマが三時間も近くなったようだな」

プロクシマ第八惑星には、プロクシマ系最外縁の航空宇宙軍基地があった。船団からケイロンまでの距離が七光時であるのに対し、第八惑星までは四光時しかない。おそらくヴァルハラを名乗る者たちは、犯行声明をプロクシマ全域に同時に流す一方で、ヴァルキリーに指令を出しやすい第八惑星に長官がいる時をねらって行動を開始したのだろう。その方が、逃亡も容易で、時間もかせげることになる。ちょうどその時にケイロンに近づきつつあった船団には、いい迷惑だが。

「それで、どうだというんだ。三時間新しい情報というのは」

誰にいうともなくダッツ中佐はつぶやいた。そしてディスプレイを、情報表示に切りかえた。ロドリゲス少佐の顔が画面から消えて、文字列がかわりにあらわれた。それは一時間前――通信を送った時のことだから、今から五時間前になる――に、ヴァルキリーが軌道上の無人衛星をかなりの長距離から破壊したと伝えていた。

手早くその情報を読みとったあと、中佐は再び画面をロドリゲス少佐に切りかえた。

「……というんで、長官やら参謀たちもブルっちまったようだ。もっともこっちだってかなわんがな、あいつが言う通りの長距離レーザ砲艦なら、俺たちは丸腰も同然だ。……ちょっと待て。今、また情報が入った。すぐに転送する」

ダツ中佐が画面を切りかえようとした時、ロドリゲス少佐がいきなり大声をあげた。

「交渉成立だ。長官は奴らの要求をのむことに決めたらしい。これで終わりだ。戦争は終わったんだ」

ダツ中佐は一瞬あっけにとられて画面をみていた。それから、耳をうたがった。だが、ロドリゲス少佐のうれしそうな顔がその疑問をうちけした。なおも信じられずに画面を切りかえようとした時、ヘレンの声が割り込んだ。

「緊急情報。ヴァルキリーの後方九〇光秒に別の飛翔体を確認しました。相対速度はヴァルキリーとほぼ同じ。諸元のデジタル表示を、ディスプレイのチャンネル四にスタンバイしてあります」

「何だと？」

ヘレンの言葉の意味がつかめずに中佐は聞き返した。ヴァルキリーの後方にもう一つ物体が追尾しているだと？

混乱する思考を鎮めようとして、中佐は物体の位置を把握しようとした。

――ずっと以前にも同じ状況があった。こんな時には、関係する物体の通過時間を思いうかべろと、確かおそわったはずだ。

――重要なのは空間ではなくて時間だ。速度差が無視できる二つの集団――先導艦と船団、そしてその後続物体が、高速ですれちがうんだ。

――ヴァルキリーと先導艦が最接近してから、ヴァルキリーの後続物体が先導艦と最接近するまでの時間差は……九〇光秒の距離を相対速度一万一千キロ／秒で通過するには……約四一分。何を意味するのか。この時間差は。そしてさらに先導艦と交叉したあと、輸送船団とヴァルキリーが交叉するまでは約二時間半。ヴァルキリーと先導艦が交叉してから輸送船団本隊と後続の物体が交叉するまでは、約三時間二〇分。……何を意味する。この時間差は。

――それよりも、あの後続の物体は一体、何だ？　ヴァルキリーが二機もあるというのか？　そんな馬鹿なことはあるまい。とすれば……。

――囮《ダミー》か！　どちらか一方が本物のヴァルキリーで、他は対策を遅らせるための偽物か。

光速を超える通信手段がないことが、もどかしかった。一体、第八惑星でどんな交渉がなされたというのだ。確実なことは、軍がヴァルハラに屈伏したということだけだ。

ヘレンの呼ぶ声が聞こえていた。我にかえったダツ中佐は、声にうながされて画面を見た。ロドリゲス少佐が映っているはずの画面は、白濁していた。

ヘレンは低い声で告げた。

「先導艦、および僚艦の撃破を確認しました。現在、本船のサブ通信システムを作動中。プロクシマとの直接通信能力は九〇パーセントを確保しています」

――先導艦が？　撃破された、だと？

ダツ中佐の思考は、事実を認識しきれずに空転した。

――そんな馬鹿な。たった今、交渉は成立したといったではないか。どういうことだ。これは。

「プロクシマ艦隊司令長官より暗号電入電。解読してディスプレイに表示します」

ヘレンの声に、ダツ中佐はいそいで画面に眼をおとした。見おぼえのある長官の顔は、沈痛な表情だった。長官はいった。

「航空宇宙軍プロクシマ艦隊司令長官として、小官は諸君に残念な結果を伝えなくてはならない。三時間前、ヴァルハラを名乗る非合法組織が、武装艦ヴァルキリーをもって我々に恐喝を加えて来た。我々としては、憎むべき犯罪者のおどしに屈することは、軍の名をおとしめる行為であると認識している。だが卑怯にも彼らは、条件が認められない場合には船団を撃破すると伝えて来た。

我々としては諸君らの生命および船荷の重要性を考慮した上で、提示された条件を受け入れざるをえないという結論に達した。これは人道上の配慮であり、決して軍が彼らの前に屈したことを意味しない。要求は認めたものの、すでに軍警務隊の手によって犯罪者の捜索が始められている。しかしながら、諸君らの生命の安全は保障された。予定通りの任務を続けられたい」

一体、これはどういうことだ。すでに先導二艦は撃破されたというのに、長官はそのことをまったく知らないのだ。

だが、最初の衝撃から立ちなおった中佐は、冷静にその可能性を否定した。先導艦の撃破が第八惑星に伝わるのは、四時間も先のことだ。知らないのがあたり前だ。だが、それでは、なぜヴァルキリーは先導艦を撃破したのか。交渉が成立したあとに、何かの食い違いがあってヴァルハラは船団の撃破を指令したのか。

いや、それも違うはずだ。交渉のあとにヴァルハラが船団の撃破を指令したとしても、それが実行されるのは六時間以上先のことだ。

なぜなら状況にかかわらず、実行されるのはケイロンだからだ。とすると第八惑星からプロクシマの内惑星であるケイロンへ軍司令長官の命令が送られ、それがケイロンに着くまでが三時間。もしもその命令がケイロンに着いた直後に何らかの手違いがあったか、あるいは軍が交渉結果を反古《ほご》にしてヴァルキリーに攻撃命令が下されたとしても、実行までは七時間かかる。つまり交渉の成立から一〇時間後になるから、今から六時間先になるはずだ。交渉の結果が船団に伝わる四時間に加えて、ケイロンの往復に要する六時間が余分にかかるのだ。実際にはもっとかかるだろう。

ヴァルキリーが現在の状態で巡航するなら、船団の本隊と交叉するのは二時間半後だ。今から船団本隊に対して減速を開始しても、ヴァルキリーが船団と六時間後に邂逅するのは不可能だ。とすると……。

ダツ中佐の頭の中で、さきほどの疑問が再びわきおこって来た。ヴァルキリーと後続の物体、先導艦と船団本隊の時間差は何を意味するのか。いくつかの可能性がうかんでは否定された。やがて心の中でひとつの可能性が残された。中佐はヘレンを呼んだ。そしてその可能性を分析させた。答はすぐに返って来た。

「ヴァルキリー本体が六時間後に本船団を攻撃することは不可能ではありませんが、非現実的です。推定質量と推進剤の幅をそれぞれ最小、最大に見積もっても、加速性能が不足しています。無理をすれば、砲戦指揮ハードウェアが高加速で破壊されます。かりにできたとしても、プロクシマ系に帰りつくことは不可能です。推進剤を使い切ってしまいます。

　ですが後続物体が本船団と六時間以上あとに交叉する軌道をとることは、不可能ではありません。プロクシマ方面に加速するとして、最大限七時間後に本船団と交叉できます。その時に後続物体の相対速度はプロクシマ系に対して、プラス。プロクシマへの帰還軌道に乗っています」

　つまり後続の物体はダミーであると同時に、ヴァルキリー回収船だったのだ。今からなら、船団は軌道を変更し、各船が独自の航路をとることでヴァルキリーの攻撃をそらすことができる。ただしヴァルキリーの高加速性能をもってすれば、拡散した船団を各個に撃破することも可能だった。しかし拡散した船団をそれぞれ撃破するとなると、ヴァルキリーはプロクシマ帰還のための推進剤をほぼ使いつくす。そのために、回収船が後続しているのだ。

　ヴァルキリー本体を、回収船がプロクシマ系に持ち帰る必要はない。大切なのは、砲戦指揮システムだけだ。船団を撃破したあとのヴァルキリーは、余分な質量――レーザ主砲やその他のものを宇宙空間に放棄し、身軽になって回収船の邂逅軌道に乗ることができる。そして回収船は、ヴァルキリーの砲戦指揮システムのみを取り出して帰還すればよい。

　結論は出された。

だが、その結論は何故ヴァルキリーが先導艦を撃破したかという答には、なっていなかった。ヴァルキリーと後続物体の動きは、ヴァルハラがヴァルキリーに対して行なった戦術命令にしかすぎない。もしも交渉の結果を軍が実行しなかったとしても、撃破されるのは本隊だけのはずなのだ。

二通りのことが考えられた。ひとつは、ヴァルハラが最初から船団の撃破を意図していた可能性だ。交渉の成否にかかわらず。

しかし中佐は、その可能性を否定した。もしヴァルハラが最初からそんな予定であれば、交渉などという面倒なことはするまい。奇襲こそ、最も有効な攻撃方法だ。

では、もうひとつの可能性は……。

ヴァルキリーが、独自の判断で船団の攻撃に踏みきったのか。ヴァルハラの指令を無視して。しかし、そんなことが……。

中佐は思考を中断した。そしてヘレンにたずねた。

「もしも……もしもヘレンがヴァルキリーだとして、船団を人質にとる任務を与えられたとする。ヘレンはヴァルハラの命令にしたがって、政治犯の釈放と軍資金の調達という目的が達せられた時に、停戦命令をおとなしく守るかね。それとも、それを無視するか？」

ヘレンは沈黙した。長い沈黙だった。このような質問に、ヘレンは答えることはできなかったのか、そうダッツ中佐が考えた時、ヘレンがきっぱりといった。

「私なら停戦命令を無視しても、船団を撃破します」

予期していた答だった。ダツ中佐は、ため息まじりにいった。

「ヴァルキリーの戦術コンピュータは、それほど好戦的だというのか」

「違います。その反対です」

ヘレンは間髪を容れずにいった。

「ヴァルキリーは、戦闘を好んでいないのです。ただ彼はどうすれば戦闘をさけられるかを考えただけです」

断定的なヘレンの声に、中佐は少しおどろいて聞き返した。

「どういうことかな、それは。船団撃破が戦闘をさけることになるというのは」

「船団の積荷を考えてみて下さい」

ヘレンは悲しそうにいった。無論、ヘレンに感情などあるはずはなかった。

「積荷の大半は、戦闘艦艇の搭載兵器です。我々がプロクシマに到着して数カ月後に、これらの積荷を核とした戦闘艦隊が完成し、プロクシマ系をパトロールするはずです。そうなれば、ヴァルキリーは再びその艦隊と戦闘を行なわなければなりません。

しかし今、未搭載のまま兵器を破壊してしまえば、そのようなことは起こり得ません。そしてヴァルキリーは積荷の所在がわからなかったために、先導艦をまず攻撃したのです。次に私たちを攻撃するでしょう。

つまりヴァルキリーは現在の停戦命令を無視して、未来の戦闘を回避しようとしているのです。決して好戦的なのではありません。私たちは人ではないのですから」

——ヴァルキリーは自らの戦術的優位を保とうとして、先制攻撃に踏みきったのか。

私たちといったヘレンの声に、彼ら同士の連帯感が感じられた。ダッ中佐は苦い思いにとらわれていた。たしかに機械は、人間ほど、好戦的ではなさそうだ。しかしヴァルキリーとヘレンは、同じ間違いをおかしていた。だがそれを、ヘレンに講義してやる気にはなれなかった。中佐はいった。

「ということは我々のとるべき方法は、降伏しかないと思うわけかね」

「それしかありません」

あっさりとヘレンは言った。中佐はこの日何度めかのため息をついた。

再び外部観測位置までシートをせり上げて、ダッ中佐はキャノピごしに星々をみた。

——乗員たちが覚醒して来た時、彼らは何というだろう。暦年月で九年にわたってなしとげて来たことが、まったくの無駄だったことを知って失望するだろうか。それとも、行動の正しさを賞賛するだろうか。

中佐には、わからなかった。ただ、軍が肯定するとは思えない。査問か、あるいは軍法会議か。何しろ中佐は、乗員の生命を積荷よりも優先したのだから。

星座の中で、一点が光った。注意していなければ、見落としてしまいそうな光だった。そして、それで全部だった。肉眼で見ることはできないが、ヴァルキリーは次の段階として回収船に向かって高加速を始めているところだろう。船団の方には向かって来ないことを、中佐は確信していた。

このときまでに中佐のとった行動は、単純なものだった。船団の積荷を全部投棄し、同時に補助エンジンで船団をケイロンとは直角方向に加速させた。それだけだった。空船となった船団は、時間の経過にともなって投棄された積荷と離れていった。

ヴァルキリーの目的は、船団自体ではなく積荷だというヘレンの主張どおりなら、ヴァルキリーは投棄された積荷のみを攻撃し、船団には近よらないはずだ。そしてその推測は、正しかった。

不運なのは、先導艦の乗員たちだった。どこに積荷があるか知らぬままヴァルキリーが最初の攻撃を開始してしまったのだ。

「ヴァルキリーは、後続の物体に向けて加速を開始しました。本船から離れていきます」

中佐はうなずいてヘレンの声に答えた。あとは船団を最初の軌道にもどし、縮帆されていたレーザ反射板を元どおりに展張するだけだ。……終わった。中佐は星をみながら思った。

「ヴァルキリーは、我々に勝ったとヘレンは思うかね」

「戦術的には」

あいかわらず抑揚のない声でヘレンはいった。少し意外そうに中佐はたずねた。

「何だ。わかっていたのか」

「私はヴァルキリーの管制コンピュータよりも、容量が大きいですから」

「ヴァルキリーの方が馬鹿だと言うのか？」

「そうはいっていません。ただ……」

「ただ、何だ」

「ヴァルキリーも、このことを知っていた可能性が大きいと思えます」

「あるいはな」

要するにヴァルキリーの行動は、戦術的な優位を戦略的な優位に置きかえようとしたものだった。今後少なくとも数年は、ヴァルキリーはプロクシマ系において最強の戦闘艦であり得るだろう。しかし、それだけのことだ。戦略的には圧倒的に優位に立つ航空宇宙軍の後方支援能力は、やがてヴァルキリーより格段にすぐれた戦闘艦を大量に投入してヴァルキリーの優位をあやうくするだろう。

しかし、このことをヴァルキリーは知っていたのかどうか。知っていたとしても、やはり攻撃に踏み切っていただろう。そう中佐は考えていた。少なくとも政治犯の釈放よりは、ヴァルキリーにとって船団の積荷を破壊することの方が重要だったに違いない。

──彼も私のように、星をみることがあるのだろうか。

唐突にダッ中佐はそんなことを考え、そしてあらためて全天をおおう星をながめた。星の光はいささかも変わっていない。この宙域での戦闘など、なかったかのように輝いていた。

──次に出会う時は、どんな出会いになるだろうか。

何となく中佐は、そんなことを考えていた。

# 仮装巡洋艦バシリスク

いまどき幽霊船なんてものが、あるのかどうか俺は知らない。

それどころか俺たちの間じゃ、幽霊船なんていう言葉を知ってるってこと自体が珍しいんだ。もっとも俺だって、自慢できるほど物知りじゃない。古い時代の暮らしや野外生活の話が好きで、暇さえあれば母艦《ベース》のライブラリにアクセスしていた。そのせいでフォレスターやスティブンソンなんて古典を、いつも読みあさっていた。いまでは滅多に使われない古くさい言葉や言いまわしも、問題なく意味が理解できた。

これもライブラリからの知識だが、昔になればなるほどメカとエネルギーの量が少なくて、その分だけ面白い時代になるようだ。たった一枚の地図に世界の全部を描きこむことができたから、ただそれだけで海は男たちの世界だったんだろう。男が俺は男だと威張っていられる場所だと考えていい。どんな時代でも、海の世界は水平線でとぎれている。船で一番高いマストのてっぺんから世界を眺めても、たかだか十数キロ先で断ち切られているんだ。

だから遠く離れた水平線に姿をみせたあと、次第に全貌をあらわす幽霊船の恐ろしげなシルエットなんてのは、たしかに絵になっていたと思う。

そうだ、幽霊船の話だったな。あれが幽霊船なのかどうか、別にどうだっていい。言葉は知ってるが、俺だって本物の幽霊船はみたことがないからな。実物の海や帆船を疾走させる貿易風は当然として、この眼で地球をみたこともないんだ。それどころか親の代までさかのぼっても、惑星地表に自分の足で立った者はいない。

俺が幽霊船らしきものをみたのは、シリウスにいたころだ。正式には航空宇宙軍外宇宙艦隊シリウス方面隊所属の宙域制圧戦闘母艦アコンカグアに搭載された哨戒艇グルカ一〇七の観測員《サーベィヤー》として、シリウス周辺宙域のパトロールをしていたときの話だ。

シリウスは太陽系外では三番めに人間が住むようになった星系なんだそうだが「いまどきの若い者」が誰でもそうしたいと思うように、俺はちゃんと宇宙空間でメシにありついている。重力井戸の底で泥だらけになるよりは、宇宙空間で真空や極低温と隣あわせに生活してる方が今風だ。大地にへばりついて生きてるなんて、年寄りのやることだ。

幽霊船の話だったな。その昔の実物がどんなのか知らないが、あれを幽霊船だといっても文句は出てこないだろう。俺は勝手に、そう思っている。

……最初からもう一度、順序よく話す必要があるようだ。俺の名は大崎《おおさき》一曹。タイタンの軌道コンビナート都市で生まれた。ガキのころから俺は、航宙船乗りになるつもりだった。それで一度は太陽系内の商業航路で機関員の職にありついたが、面白くなくて二年でやめた。

はじめて人間が宇宙に飛びだして三〇〇年にしかならないのに、今は太陽系のすみずみまで開発されていて、ほんの少しの危険もなしにどこへでも行ける。命がけで航宙船に乗りこんだのは大昔の話だといっていい。

俺が太陽系で船員をやっていたころにはもう、船長《キャプテン》とか航法員《ナビゲータ》なんて言葉も無くなりかけていた。そんな仕事は、衛星か軌道コロニーにいるオペレータが全部肩がわりできたんだ。太陽系の内宇宙——ということは海王星軌道より内側で航宙船乗りをやっていても、決まり切った退屈な仕事しかなかった。だから俺は年齢制限からはみ出さないうちに、航空宇宙軍の外宇宙艦隊に志願した。そして母艦《ベース》ごと、この宙域に派遣された。もう俺は生きて太陽系に帰還することはないだろう。この星系にいる移民も兵隊も、それは同じことだが。

俺はグルカ一〇七乗り組みの観測員《サーベイヤー》兼主計次席ということになっている。主計次席なんていうと偉そうな士官みたいだが、要するにメシ炊きのことだ。ついでにいうなら観測員は、見張りといいかえてもいい。もっともメシ炊きといってもレーション・パックを調理したり、レーションの員数を艇のメイン・バンクで確認するだけという気楽なものだ。

なんでこんな大げさな肩書きがついてるかっていうと、五人の乗員のうち二人が主計科の乗員だからだ。艇長《スキッパー》のミン大尉は律儀な性格らしく、下っぱの主計科員でしかない俺を次席と呼んでいた。もう一人の主計科員は通信員兼任のチョードリ少尉で、こっちの方はメシ炊きをやらなくていい。通信業務の他はもっぱら艦の航宙・作戦記録を担当し、毎日のデータをメイン・バンクに放り込んでいる。あとの二人の乗組員は、航法員《ナビゲータ》のダワ三曹と機関員《ハード・メカニック》のゴータム二曹だ。

グルカ一〇七は艇と呼ばれているが、実際は艦載機で高加速性能を有している。もっともシリウス星系《システム》には、艦載機を多数搭載した宙域制圧戦闘母艦は一隻しかない。カンチェンジュンガ級の三番艦「アコンカグア」で、彼女は今シリウス・メジャーの内惑星軌道にいるはずだ。そして、俺たちのような艦載機群が母艦《ベース》を遠くはなれた宙域で、哨戒任務についている。

いってみればアコンカグアは、単艦でシリウス星系《システム》全域の救難、警察任務をカバーする艦載機群の基地になっているわけで、俺たちのグルカ一〇七もそんな艦載機のひとつだ。艦載機群をふくめて、アコンカグアは太陽系から派遣されてきた。

シリウス星系の、内宇宙における商業航路の船腹量が増大するにつれて、組織化された救難・警察行動が必要になってきたことがその派遣の理由で、太陽系からの一種の開発援助といえた。だが、いざとなったら汎用性能を持つアコンカグアは、単艦でこの星系全部をぶっつぶしてしまえる。「いざ」というのはこの星系の独立運動のことだ。そんなことは子供でも知っているが。

それにしても、今回の任務はえらく貧乏くじを引いたもんだ。四〇日にわたる定期パトロールと、観測任務をやったあと、さて母艦《ベース》に帰ろうという時になって、太陽系の方から飛来してくる未確認飛翔体があるから、そいつを調査しろときた。俺たち五人のクルーの中で、ぶーたれてない奴は一人もいなかった。

　いくら大型の艦載機だといっても、グルカ級の哨戒艇は四〇標準日間もの長期間にわたって単独行動をとれるようには、できちゃいない。軍は哨戒艇なんて大げさな艦種名をつけてくれたが、要するに艦載機なんだ。重武装して対艦攻撃や対地攻撃ができるように設計されているんで、居住性なんて最初から無視されている。

　やたら馬鹿でかい推力のエンジンを積み込んで、そのくせクルーのためには情けないほどのスペースと質量しかさいてはいない。まったく、戦争なんてここ何十年もやったことがないのに、何だって軍の造船屋はこんなに戦争道具ばかり作りやがるんだ。

　五人が四〇日間も暮らす艇に、船室と呼べる空間が三ヵ所しかないのはどういうことだ。その三つのうち、ひとつは艇長《スキッパー》、航法員《ナビゲータ》、機関員《エンジニア》のおさまる操縦席《コクピット》で、もうひとつは観測員《サーベイヤー》の俺と、通信員《トラッカー》のチョードリ少尉が陣どる観測ドームだ。この二つは、とても部屋と呼べるような場所じゃない。無駄なスペースは一切作らんぞと意地になって設計したような代物だ。

　ただひとつ部屋と呼べるのは、もう一つの生活区画《リビング・ユニット》というところだけだ。この生活区画だって、合理性をどこまでつきつめられるかためしてみたような区画で、狭苦しい空間が、居住区兼体育室兼調理室兼倉庫兼バス・トイレ兼その他もろもろの役を果たす。

　だから、三つある船室の中で、一番ましなのは、俺たちの定位置である観測ドームだと俺は思う。ここからは星がいつも頭の上に見えるんだ。戦闘時や光源が近くにある時には可変バイザーで入射光線を制限するが、いつもはキャノピは透明だ。操縦席《コクピット》でさえテレビスクリーンを通してだけ外を見るようなシステムなのに、観測ドームが宇宙空間にとび出した形になっているのは妙だが、これにはわけがある。実は、この観測ドームは、航宙時にはただひとつの気閘を兼ねているんだ。ひどい設計だ。まったく。たとえば――そんなことはめったにないが――機関員が何かの用で艇外作業をする必要があったとする。すると奴は、コクピットから生活区画にもぐり込んで艇外作業服を着こみ、観測ドームの俺たちを追い出して一人でその中に残り、それからおもむろにドーム内の空気を抽出して、キャノピを開いて外へ出るって段取りだ。

普通の時ならそれでも何とかやれるだろう。だが、こっちは武装もほとんど取っぱずして、あいたスペースに食糧のレーションやら何やら消費物品を押し込み、長期の航宙にそなえてるんだ。さもなきゃ四〇日なんて目茶苦茶な長期パトロールはできない。だから、観測ドームのわずかなすき間にまでそんな品物が押し込んであって、開いたキャノピから外に飛び出さないか気が気じゃない。

さいわい「高い信頼性を持つ」という宣伝文句をつけた俺たちのグルカ級哨戒艇は、今まで艇外活動が必要なトラブルには出くわさなかった。

どこだったかの隊じゃ、しっかり固定しておかなかった砂糖とミルクのパックが、キャノピを開いた途端に外にとび出しちまって――まったく、ぜいたくして作戦中にブレンド・コーヒーなんて飲《や》ろうとするからだ。ワンパターンの味さえがまんすりゃ、代用コーヒーのパックセットもすてたもんじゃない――残りは何十日かの作戦の間中、奴らはブラックコーヒーで通して艇長以下全員が胃をやられたそうだ。

もっとも、艇内作業でトラブルを修理するにしても、無重力状態の中でレーションの山と格闘して閉鎖系循環システムのハッチを開けたり、コンピュータのパーツユニットのありかを探したりしなけりゃならないんだが。そんなことでレーションの山をひっくり返された日にゃ、主計次席の俺の仕事がやたらにふえてくる。レーションの在庫しらべなんて、考えただけでいやになるぜ。

俺たちが四〇日の間生活する空間の構成は、シンプルそのものだ。コクピットの後部隔壁には――加速状態の三つのシートの位置から見れば、後部じゃなくて下になるが――二方向に気密ハッチが開いていて、一方が観測ドームにつながり、もう一方は生活区画に通じている。生活区画と観測ドームも一枚の隔壁で仕切られ、それらの間を行き来するハッチもちゃんとついている。まったくシンプルなことだ。この艇の推進系や制御・通信システムの複雑さから比べると、まったく涙の出るほどのシンプルさだ。

生活区画にはなんでもつまっている。三基の無重力ベッドは、その気になれば実に楽しい夢を約束してくれる。ただし、ベッドのあちこちに筋力トレーニングキットがつき出しているのを気にしなければだが。

哨戒任務の前半は、ところかまわず固定されたレーションの山の中で、ちぢこまって寝なきゃならないし、後半になると他人の体臭のしみついた中でおねんねすることになる。非直の時に交代で寝るだけだから、五人にベッド三つしか積んでないんで、勘定はちゃんと合っている。艇長《スキッパー》でさえ専用のベッドは持っていない。スペースと質量をとるコールド・スリープのシステムなんて、積んでるわけがない。

だが俺たちグルカ級のクルーは、まだましだっていう奴もいる。同じ艦載機でも、単座のシャイアン級や複座のマサイ級は、狭苦しいコクピットしかないんだ。いくら奴らの守備範囲が内軌道の狭い宙域で、航宙日数がせいぜい四、五日から一〇日だといっても、同じことだ。要するにサイクルが短いだけで、母艦《ベース》に帰りついて補給と短い休息と整備のあとは、すぐまた狭いコクピットに逆もどりなんだから。狭いとはいっても、専用の生活区画のついている俺たちの方が、マシといえないこともない。

もっとも上には上があって、母艦《ベース》勤務なら俺たちみたいにむさくるしいことをやらなくてもいい。完全閉鎖系のシステムで、毎日どころか一時間ごとに熱いシャワーを浴びることができ、兵員食堂じゃよくこれだけメニューをそろえられるって感心するくらいのメシが食える。それにアコンカグアは主機のラムジェット推進系の他に重力場制御システムまでついているから、どんなに無茶な加速をやったって俺たちみたいに加速でつぶされる心配はない。

アコンカグアはたった一艦で、前世紀に木星のまわりをまわっていたガリレオ・ステーションと同じだけの作戦能力を持っている。しかも母港すら必要としない。それだけの自給自足能力を持っているんだ。実用最大速度は……亜光速とだけはいえる。星間宇宙塵の衝突抵抗がなければ、ほとんど光速に近い。だが各種の艦載機一〇〇機を搭載したあきれるほどの打撃力を持つくせに、本体の全長は五〇〇メートルと少ししかない。

まったく、あの艦を設計した奴は天才だ。いいか。太陽系の木星周回軌道にあるガリレオ

・ステーションは、アコンカグアと同じ能力を持つために直径二〇〇キロの衛星ひとつを全部食いつぶしたし、外宇宙艦隊の母港である小惑星帯のセンチュリー・ステーションに至っては、端から端まで一、〇〇〇キロもの宙域《エリア》の小惑星を軌条でくっつけちまった。

一体、俺は何の講釈をしているんだ。

そうだ、幽霊船の話だった。俺たちは母艦《ベース》の艦載機指揮所から命令を受けて、太陽系の方から飛んでくるその船だか何だかと邂逅する軌道へと、急加速を始めていた。その時は俺たちは誰も、あれがそんな馬鹿げたしろものだとは思ってもみなかった。太陽系からこの星系へ来る航宙船は、今じゃめずらしくもない。だからそのうちのひとつが落っことした空《から》の推進剤タンクか何かだろうと考えていたんだ。

たしかに、それにしても妙な慣性速度だとは思ったが、俺たちの誰もが予定外の急加速に文句をたれるのに忙しくて、そんなことは深く考えていなかった。長いこと慣性飛翔をやったあとの急加速は、えらくこたえた。グルカ級哨戒艇の最大加速度は、推進剤を使い切る直前で二〇Gにもなる。それくらいの加速度で音《ね》を上げていたら、一〇〇Gなんていう猛加速を平気でやるシャイアン級単座戦闘艇乗りの奴らは笑うかもしれない。

だが、俺たちの艇には標準仕様の耐Gカプセル・シートしか常備されていない。パイロットをコクピットと一体化、いや艇《マシン》の一部としてしまうシャイアン級とは、比べる方がおかしいんだ。

俺たちはまさかこんなことになるとは思ってもいなかったから、規則にある慣性飛翔時の筋力トレーニングも適当にサボってた。心臓が悲鳴をあげている情けない状態で、俺たちは青息吐息、加速が終わるのを待っていた。

だけど、これくらいの自力加速ならまだなんとか耐えられる。あれとドッキングするために推進剤を使いはたして、自力で母艦《ベース》に着艦できないことになったら眼もあてられん。いやな話だが、その時には母艦《ベース》のカタパルトで引っかけてもらうしかない。そして母艦の定期演習の時期も、俺たちがあのくそいまいましい船と邂逅するための軌道も、カタパルト着艦をやるのにちょうどいい位置とタイミングだったんだ。

くそ！　どこのどいつだ。ラムジェット推進なんてのを考え出しやがった馬鹿は。ラムジェットだけなら罪はないが、そのために開発された強烈な磁場を発生させるメカと、耐磁シールドが問題だ。

アコンカグアは、艦の全長の何百万倍もの磁場をその前後に張りめぐらす。そのひろげられた磁場がラムジェットの吸入口になるんだが、どこかの馬鹿がそいつを艦載機のカタパルト兼アレスチング・ワイアに使おうって気をおこしやがった。それが磁場カタパルトという奴で、艦載機の馬鹿でかい推力のエンジンが、餓鬼みたいに食いちらかす推進剤を少しでもケチるために、艦載機に充分な初速をくっつけて発艦させてやろうって寸法だ。

発艦するだけならまだいい。推進剤がカラッけつで身軽になった俺たちが、減速しきれずに母艦《ベース》を通過しないよう無理矢理とっつかまえてくれるっていう、ありがたい仕事までやってくれるんだ。たしかに、磁場フィールドの端から端までタッチ・アンド・ゴーをやらかしたあげくに、推進剤のないままあさっての方へ漂流していくよりは、つかまえてくれた方が気がきいている。腹一杯に推進剤をかかえた発艦時に比べりゃ、どれだけ強引なGで押さえこまれるか、とにかくあんまり楽しくないことだけは事実だ。

それだけえらいメカを作り出した奴らなのに、なんでもっと重力場推進を役に立つように改良しないのか俺には不思議だ。アコンカグアの低速時の推進系は、古くさい核融合モーターと重力場系だが、重力場推進といったってとても作戦時の急加速には使えないし、要するにさっきもいった急加速の時に、床においたタマゴがGで押しつぶされないための役にしか立ちゃしない。

本格的な、しかもアコンカグアの巨体を効率よく加速して、しかも艦につみこめるコンパクトな重力場推進装置を開発するには、あと五〇年はかかるって話だ。そんなものはどうだっていいから、早いとこあのくそいまいましい磁場カタパルトのかわりを、重力場系で作ってほしいもんだ。母艦が作ってくれた重力場の中を、エレガントに鼻歌をうたいながら、外からみるとおそろしいほどのGで急発進していく――いい図じゃないか。俺が生きている間に実現できればの話だが。

俺たち全員が、ぶつくさぼやきながら、総員配置についた。最終軌道修正による緩加速の中で、側後方から追尾してくる目標にそなえていた。すでに目標は、俺たちのセンサでもとらえられる距離に入っていた。

観測員《サーベイヤー》の俺は、母艦《ベース》から転送されてきたデータを手がかりに、全観測機のコーン角を絞ってそいつをつかまえた。最初に指向性レーダーが目標をとらえ、次に電探《ラジオ・センサ》が微弱な電波を発信している目標をつかまえた。コクピットからまわってきた軌道データをリンクさせて、指向性レーダーと電探《ラジオ・センサ》が目標を見失わないようロックした。

俺のとなりで加速位置に固定されたままの耐Gシートに体を沈めたチョードリ少尉が、神妙な顔で電探のひろいあげた目標の発信電波を解読している。俺は残された最後のセンサである光学望遠鏡を微調整して、最大倍率の視野の中でそいつをさがしていた。

俺もチョードリ少尉も自分の仕事に忙しくて、個人用の情報表示を見ることもできなかった。そんな俺たちの状況が見えるわけでもないのに、コクピットの機関員《エンジニア》がデータの読み上げをやってくれた。必要なデータは全員の情報表示にディスプレイされるし、その気になれば光学望遠鏡の視野に重ね合わせることもできる。だが加減速をくり返す戦闘状態ではとてもそんな余裕はないし、今だってそうだ。奴の声は単調に聞こえた。

「目標距離、四五〇キロ。相対速度マイナス二・九四キロ／秒。相対加速度マイナス一G。邂逅予測時間プラス三〇〇秒……」

味も素気もない声だが、奴の声は俺たちの誰もが知っている。あいつはいい奴なんだ。狭苦しい宇宙機《ハコ》につめ込まれた俺たちの最大の武器はチームワークだ。たぶん母艦《ベース》の主計士官が、コンピュータに命じて俺たちクルーを編成したんだろう。宗教にはあんまり関心のない俺を、仏教徒《ブッディスト》ばかりの艇に乗務させるという念の入れようだ。

ゴータム二曹は、俺たちが次に知りたがっている情報を読み上げてくれた。

「目標物体のシリウス座標系における慣性速度ベクトルは、九八五キロ／秒。成分は……どうする？　いるか？」

四カ所から同時に、いらんという意味の言葉が返ってきた。現時点で速度成分を読み上げてもらっても、頭の中で座標を組み立てて考えられるほどの余裕なんかない。それを見こしたのか、奴はつけ加えた。

「メジャー第四惑星軌道のカシオペア群側をかすめて、オリオン群に向けてすっ飛んでいく軌道だ。近恒星点でシリウス座標系の緯度プラス一〇度あたりを通過する。わかったか？」

今度はなるほどとか、うむとかいう声が返ってきた。つけ加えるなら、それはシリウス自身の磁場の影響を気にせずに、磁場カタパルトをひろげられる位置でもある。タンカーを俺たちに向けて射出してくれるか、タグ・ボートで回収されることを未練がましく考えていた俺は、少なからず落胆した。

その時、光学望遠鏡を操作していた俺の手がとまった。あきらかに恒星ではない飛翔体の映像を、視野の中にみつけたのだ。シリウスの放つ光で、斜めから照らされている位置にあるそいつは、ゆっくりとだが確実に鮮明さを増していった。俺は、視野の中にきざまれた十字線の交点にそれをロックし、指向性レーダーのコーン角をさらに鋭くして望遠鏡に連動させた。俺はそれをみんなに伝えた。

「メガネでもつかまえたよ。ちょい軌道を修正してくれ」

いい終わらないうちに、かすかな姿勢制御の振動が伝わってきた。艇長《スキッパー》の声が、それを追っかけた。

「ぴったりだ。あと一八〇秒後に加速度を五分の一Gにおさえて、一〇〇メートルに近づいたらさらに二〇分の一Gにおとす」

俺はこれだけの距離から移動目標を見つけた見張りの能力を自慢したい気になったが、やめにしておいた。早期警戒装備の艦載機は、母艦《ベース》の有効索敵距離をこえる遠距離から、目標をとらえることができる。救難パトロール装備のこの機から、あれだけの距離の目標をつかまえたって偉くもなんともない。訓練をつんだって、しょせん、人間は機械よりは偉くなれないんだ。このあたりの宇宙も、要するに管理されているってことか。

その時、ひろい上げた目標からの電波を解析していたチョードリ少尉が顔を上げた。そして誰にともなくつぶやいた。

「太陽系から来たやつだ……あれは。かなり微弱だが識別信号を発信している。ただしおそろしく息の長い重原子系の電池でなんとか発信しているだけで、メインの動力系が作動をやめて何十年もすぎている。おそらく中に生きた人間はいないよ」

俺は思わず背後の星空をふり返った。数十年以上をかけて、ひっそりと星の海をわたって来た航宙船がこの眼に見えるような気がしたからだ。だが、主恒星を遠くはなれたこの宙域で、透過率一〇〇パーセントにまで色をおとしたキャノピを通しても、目標は見えやしなかった。かわりに、減速中の主エンジンが吐き出す推進剤のひろがりが、遠いシリウスの光をうけてぼんやりと光り、星々の光さえもかすんで見えた。

俺はシートから身をのり出して下を見おろすような姿勢をやめた。望遠鏡の視野の中では、目標はぼやけたままだった。艇長《スキッパー》のくぐもった声が、俺たちのイアホンに伝わった。

「あれの船籍はわかるか？　通信員《トラッカー》」

隣にいる俺には、かえって聞きとりにくい声でチョードリ少尉はいった。

「この艇のメイン・バンクに照合したが、該当データなしだ。母艦《ベース》にデータ請求を出しているところだが……ちょっと待ってくれ。今もどって来た」

チョードリ少尉の言葉がとぎれた。俺は少尉に眼をむけた。少尉は一瞬うろたえたような顔で、俺を見返した。他人に内心を知られたくないのか、少尉はいつも不機嫌そうな顔でいる。その少尉が、教師にとっつかまったいたずら坊主みたいな顔になっていた。だがそれも、一瞬の出来事だった。すぐに少尉は、情報表示面に眼をむけた。それから、いつもの低い声でいった。

「船籍、ガニメデ。船種、非合法武装商船。最終船名、バシリスク。識別番号、〇〇-六二八四-A。記録、標準時〇〇年四月七日、船籍抹消。理由、減速不能のまま外宇宙へ飛翔。最終観測者、フリゲート艦タウルス艦長シュミット大佐……」

「こいつはずいぶん古い船だな。五〇年も前に太陽系から飛び出したってのか」

航法員《ナビゲータ》のダワ三曹があきれたような声でいった。なにを脳天気なことをいってやがる……。俺はコクピットで馬鹿づらをさらしている奴の顔を思い出して、間違いを正してやる元気もなくなった。だが俺のかわりに機関員《エンジニア》のゴータム二曹が、それをやってくれた。

「いや……記録にある〇〇年というのは、二二〇〇年のことじゃない……二一〇〇年のことだ。一五〇年前の、外惑星動乱の時に太陽系からとび出したんだ。あれは」

ゴータム二曹はダワ三曹よりはましだった。だが、航法員《ナビゲータ》にいってやることは、それで終わったわけじゃない。

俺も大昔にあった戦争のことは知らない。それ以上はいわなかった。

両トロヤ群、そして土星のタイタンの連合軍が、航空宇宙軍内宇宙艦隊相手に戦争をやらかしたってことだ。戦争は一年ほども続いたが、二つのトロヤ群とタイタンが降伏したあとも、ガリレオ衛星群はしぶとく抵抗を続けたという。

それからタウルスっていうのは、航空宇宙軍の最新鋭ゾディアック級フリゲート艦だ。つまり俺たちが近づいているあの船は、その一五〇年前の戦争でタウルスに運悪く見つけられた外惑星側の武装商船だろう。フリゲート艦に武装商船が見つかったら、結果は眼に見えている。武装商船が一ダース集まったところで、勝ち目はない。しょせんは地球側の後方兵站《へいたん》をかきまわすためだけが目的の武装商船だ。

それじゃどうするか？　逃げるだけだ。回頭して追っかけてくるフリゲート艦の推進剤が充分でない方にかけて、武装も通信機も、重量物は一切捨ててずらかるんだ。そして追っ手があきらめて帰るまで、そうやって逃げるしかない。だが、中には運の悪い奴もいただろう。今のように効率のいいエンジンを積んでいなかった時代だ。自分の船の残推進剤の読みを間違えたり、エンジンが制御不能になったりして、外宇宙めがけてすっ飛んでいった武装商船もかなりあったって話だ。

だが、俺があれをあまりぞっとしない代物だと思った理由は他にある。いいか、慣性速度が一、〇〇〇キロ／秒の漂流航宙船が、太陽系からまっすぐこっちの方へすっ飛んで来たんだ。しかも、太陽系を出たのは一五〇年前だっていうんだ。

冗談じゃない！　あの速度じゃ太陽系からシリウスまで三千年もかかるんだぞ。あの船にはバイキングかローマの兵隊どもが乗っかってるとでもいうのか？　だがあれは、まちがいなく一五〇年前に太陽系をとび出した船だ。推進剤をふりしぼったって、あれ以上の速度が出せたはずもない。一体、どこをどう通ってこんな所に今ごろたどりついたんだ。

幽霊船だ……。

口の中でそういったつもりだったが、意外に声はよくひびいた。みんなの耳に聞こえてしまったらしい。眼の前に迫っているのが何なのか気づいたらしい航法員《ナビゲータ》が、息を呑む音まで俺に伝わってきた。俺はその言葉を、別の意味で不用意にもらしてしまったようだ。幽霊船じゃないんだ、あれは。今にして思えば。

急に俺の体が軽くなった。すでに目標は、一〇キロばかりに接近し、ほとんど相対速度を打ち消した艇は、慣性飛翔をつづけながらゆっくりと目標までの距離をつめていた。

俺はシートを転回させた。ゆるい耐G姿勢のシートが、情報端末やセンサディスプレイごと、広くもないドームの中でくるりと向きをかえた。俺たちは目標に向かいあう格好になった。最終減速が残っているが、大したGじゃないからこのままでも無理じゃない。チョードリ少尉も同じようにシートを転回させた。そんなことをしたって、一〇キロ先の目標が見えるはずもない。だが、少なくともまっさきに見える位置ではあった。

俺がさっき一Gの中で無理に首をひねって見ようとしたイメージは、あとかたもなく消えていた。はるかな星の海をわたってきた船ではなく、得体のしれない船に変化していた。

望遠鏡の視野は、かなりクリアになっていた。艇と目標の間で乱反射して視程をさまたげていた噴出推進剤は拡散し、さきほどよりも多い星が視野の中にちりばめられていた。そして、その中に光の点じゃない、船が形をなして浮かんでいた。注意していなければわからないほどゆっくりと、そして確実に大きさを増していた。

俺にはそれが、いつの間にか消え失せてしまうんじゃないかって気がして仕方がなかった。気がついたら、自分たちのうしろに去ってしまってるんじゃないのかとも。ただしそんなことは起こりっこないってことも、俺は心の中で思っていた。

望遠鏡の視野の中で次第に形をととのえて見えてくるバシリスクから、眼をはなすことができなかった。本当にあんな古くさい船で戦争をやったのか！　昔の航宙船乗りってのは。俺はそう思わずにはいられなかった。

決して皮肉なんかじゃなく、俺は一五〇年も昔の御先祖に拍手を送りたい気分になった。満足な後方支援《バックアップ》もなしに宇宙を飛びまわっていた航宙艦乗りの勇気にだ。あの外形《フォルム》からすると、加速性能はせいぜいが〇・五Gというところだろう。今の速度を出すためには、ペイロードなしで精一杯力まなくちゃならない。

それにしても古い船だ。全体的な形は、典型的な融合型エンジンを持つ多用途船だった。平たくいえば、寸づまりの矢だ。それは不完全な軸対称型の多段円筒長船首タイプだ。内部の構造を無視すれば、矢羽根の部分が核エンジン、矢尻が居住区及び操縦系になり、前後の二つをつなぐ矢の軸部分の内部に推進剤をつめ込んでいる。コンテナや推進剤の増量タンクを、周囲に配置するという構造になっている。

コンテナを収容するべき軸の位置には積荷らしいものはひとつもなく、三枚の可変放熱翼が船体にそって折りたたまれているのが見えた。もっとも、矢という言葉から連想されるスマートさは全然ない。たしかに、重心位置を変えることなく積荷をふやしていくためには、有効なスタイルだろう。貨物船としては。

だがあの船に乗って戦争をしろといわれたら、俺は迷わず脱走する。考えてもみろ。小まわりのきかないでかい図体で、しかも構造上の一番の弱点である船体中央に、推進剤を抱えこんでいる。あそこに一撃をくらえば船体は二つにへし折れるし、それをまぬがれても推進剤がもれ出していく。

船首部の乗員区画もむき出しの位置にあるから、対敵姿勢をとっていれば何の遮蔽物もなしに戦闘の間中、敵に面《つら》をつき出していることになる。しかも、あんなに長い船体では、船首の部分だけに防御装備をほどこすのはむつかしい。極端な船首の質量増加を行なえば、船体の姿勢制御のハードはもちろんソフトウェアも全面的に変更する大改装が必要となる。

あえて改装しても根本的な弱点は残る。設計思想がまったく異なる商船を戦闘艦に改装することなど、できるわけがないんだ。改装の設計者は頭を悩ましたに違いない。だが、クルーはもっと悩んだはずだ。せいぜい非武装の、それも足のおそい貨物船しか攻撃できない武装商船など、エンジンつきの棺桶とかわりがない。

俺はため息をついた。勇気は認めるが、どうにもかわいそうだった。死んだ奴らがだ。それでも俺は視野の中のバシリスクを観察するのをやめなかった。見たところ、外部に武装らしいものは見えない。コンテナのあるべき所がカラだから、ミサイルか何かを持っていても撃ちつくしたか捨てちまったんだろう。船首部には大出力のレーザ砲なんて積載はできない。遠距離砲戦の大出力精密照準レーザを船首部に据えてぶっ放したら、その反動で船体は回転し、目標をフォローすることはできない。まったく、あれで戦闘艦のつもりかよ。

一体、どんな野郎どもが乗り込んでたんだ。フリゲート艦の交戦距離に入らないように、それで残りの推進剤の量を片眼でにらんで、武装や通信装置、最後にはエマージェンシー・バッグから生命維持装置の一部まで宇宙へぶん投げ、加速逃亡をやめなかった奴らの度胸と決断は、とても俺には想像できない。考えてもみろ。航法系のハードウェアや、船外作業服を捨てて未知の宙域へ逃げる勇気が、今の航宙船乗りにあるか？　しかも味方の救助船がまったく期待できない状況でだ。

だがそんな風に考えていた俺に、冷水でもぶっかけるような声で艇長《スキッパー》はいった。

「チョードリ少尉、移乗調査班の指揮をとれ。編制は、大崎一曹と、ダワ三曹。船外作業服の用意をしろ」

たしかに、艇長《スキッパー》は作戦中はどんな場合でも艇《マシン》をはなれるなという規則はあるし、機関員《エンジニア》も同じく艇のハードを管理する義務がある。そんなことはわかってるけど、俺だってどっちをとるかと聞かれりゃ、幽霊船に乗り込むよりは艇の中でちぢこまっている方がいい。

場数を充分に踏んだ艇長《スキッパー》や、タフでたよりになる機関員《エンジニア》と同行するんなら、相談に乗らんことはない。命令とはいえ経験の浅い航法員《ナビゲータ》を連れてというのは、どうもぞっとしない。俺は心の中で文句をたれながら、足もとに開いているハッチに頭からもぐり込んだ。

先に入ったチョードリ少尉は、酒でもくらった猫みたいなかっこうで、狭い部屋の中をくるくる回転しながらただよっていた。船外作業服を着ようとして格闘しているらしい。本当はやりたくもなかったが、俺もラックに固定してあった作業服を引っぱり出して手早くその中に体を押し込んだ。

俺はあの船に乗り込むこと自体を、こわがっていたわけじゃない。ただ移乗ということになれば、当然みたくもないものをみることになる。それが嫌なんだ。

遭難した航宙船の話を、いくつも俺は聞いた。まだまだ救難システムの整備が不充分なこの星系では、そんな話にはこと欠かない。エンジンが暴走し、居住区の半分が吹き飛ばされた事故船なんかは、むしろ幸運な方だ。船の構造材がへし折れたり、外壁が破れて一瞬の間に船内が真空になったのも、まだいい方だ。いきなり真空になった船内で、眼ん玉をひんむいて死んでいる死体の顔なんぞ見たくもないが。

もっとひどい死に様《ざま》はいくらでもある。航法系がやられて、恒星に突っ込んでいった船もあった。もろに突っこみはしなかったものの、プロミネンスに届きそうなほど恒星に接近して、双曲線軌道に乗って帰ってきたその船をしらべてみたら、乗員は全員がこんがり焼け死んでいた。逆に生命維持装置がぶっこわれて、凍え死んだ奴もいた。

だけどそんな死に方は推進剤切れで漂流した船にくらべたら、みんな安楽死みたいなもんだ。漂流船での死はむごい。動力切れで空気循環装置が停止するまで生きていた奴は、世界中で一番不幸な奴だと俺は思う。

漂流もはじめのうちは希望的観測ってやつをするもんだ。救助船が必ず来るとみんなではげまし合い、さし迫った危険が無いことが安全なのだととりちがえて、それを信じたくなる。たしかに閉鎖循環システムが停止したって、非常用の食糧を大事に食いのばせば二、三ヵ月くらいはもつかもしれない。

それに大型船なら、急に温度が下がることもない。たぶん中の人間が全部死んだころでも、船体は冷えきっちゃいないだろう。だが気がつかないうちにゆっくりと、船内の空気は食いつくされていく。その死に様のひどさは、とても爆発事故の比じゃない。

俺が以前に聞いた話じゃ、漂流して何十日間か生きていた船があったらしい。だがその船が偶然に回収されたのは、一年後だったというから、乗っていた奴は苦しみを先にのばしただけなんだろう。

なんでも、航宙日誌の最初の方は、まともなことが書かれていたらしい。だが死ぬ直前には、これが同じ人間かと思うほど文面は錯乱状態だったそうだ。こわいのは、酸欠よりも二酸化炭素中毒なんだとも聞いた。死因はどっちなのか俺は知らない。その船の死体は全員のどをかきむしって死んでいたという。はがれたつめで船の内壁をかきむしった血のあとが、そこら中につけられていた。

そして開閉できる物は全部開けられていたという。交換パーツを収納したボックスから、床下のライフ・システムの点検ハッチ、衣類の棚も全部ひっくり返されて中味がひろげられていたそうだ。そして食うわけでもないのに食糧庫のレーションも全部封が破られ、血走った眼の野郎がほぐされたレーションの中味を両手に握りしめて死んでいたのを見て、俺にその話をしてくれた奴は涙が出てとまらなかったそうだ。

俺だってそんな死体を見たら、やっぱり泣き出すだろう。レーション・パックなんかひろげてみたって、新鮮な空気なんかしずくほども出て来やしないのに。だけど俺はそうやって死んでいった奴を、笑う気にはなれない。死ぬのがこわくて、そんなことをやったわけじゃないだろう。ちょっとでもいい空気を吸いたい、苦しさからのがれたいと思ってしたことに違いない。もしも笑う奴がいたら、誰だって俺はそいつをぶん殴ってやる。もっとも、航宙船乗りなら笑うなんてことは誰もしないだろうが。

船外作業服を着おわった俺たちは、観測ドームに入りなおして艇長《スキッパー》にそのことを告げた。ヘルメットの奥のチョードリ少尉の顔は、いつもよりもっと苦い顔をしていた。ダワ三曹の方もやっぱり同じだ。たぶん俺の方も似たような顔をしていたんだろう。一五〇年もの間に死体は腐乱しているだろうか。船内が滅菌されているならミイラにでもなっているか、いっそのこと骨だけが残っているのなら気が楽なんだが。

軽いGが加わって、バシリスクとの相対速度はさらに小さくなった。もう、肉眼で細部までが見わたせる。ちりばめられた星の中で、そいつは視野一杯に迫っていた。俺たちはあらためてその船が一五〇年もの間、宇宙を漂流して来たのを実感した。レーダー反射をおさえるために塗布された黒い塗料は何ヵ所もはげ落ち、宇宙塵の比較的大きなのが衝突したものらしい穴も見えた。

この分だと、内部の空気はもれ出してしまっているだろう。とすると俺たちの見るのはやっぱりミイラの方か。俺は気が重くなった。船体は宇宙塵の衝突のせいか、わずかに回転していた。やがてその回転は、たくみに同調しながら船体をめぐる運動に入ったグルカ一〇七からは打ち消されて見えた。

俺たちが見上げると、頭上のバシリスクは停止して見えた。はるかに遠くのシリウスの光がゆっくりと船体をめぐりながら陰影をかえてゆき、影になった船体の背後から星々があらわれては消えていくのを見て、ようやく船体はわずかに回転しているのがわかった。

その船体を流れる光と影は、長い長い旅の終わりに、ようやく生きた人間に出会ったバシリスクが、俺たちに呼びかけているようにも見えた。

終わりだって？　いや、こいつはまだまだ旅を続けていくはずだ。推進剤タンクがカラだとしても、五〇〇トンはあるこの船を引っかけて減速させることは、不可能じゃないが馬鹿げている。船体の外壁の一部でも持ちかえれば、造船技術者は喜んで論文のテーマにでもするだろうが、しょせんそれだけの役にしか立たない。あの馬鹿でかいエンジンや、時代遅れの航法コンピュータを全部換装したところで、現役として使うには船体が老朽化しきっている。手間をかけて減速してやるほどの価値はないんだ。

俺は、そんなことをしてあの船を生まれかわらせるよりは、このままそっと宇宙に飛び去らせてやりたかった。以前、太陽系でパイオニアだかボイジャーだかを見物に行くという観光ツアーがあったって話だ。観光会社が、賞金つきでその探査機のありかをさがしてるって話だったかもしれない。俺はそれを聞いて、わけもなく腹が立った。

そっとしておいてやればいいじゃないか！　そんなろくでもないアイディアをひねり出したのは、地球の上に住んでいる野郎に違いない。黙っていたら、その娘《こ》を地球につれもどして博物館のガラスケースに入れちまうなんてことを平気でやりかねん。たしかに今から三〇〇年近い昔の原始的な探査機は、いまだに太陽から数光日しか離れていない。

だが、そんな昔の探査機だって、飛ばした奴は宇宙が大好きだったに違いない。そいつがもしも生きていたら、この先何万年でも宇宙を飛ばしてやりたいに決まっている。あの航宙船だって同じだ。死んでいった奴の墓標に、どこまでも旅を続けさせてやればいいんだ。

俺の考えを中断するように、チョードリ少尉の声が聞こえた。艇長《スキッパー》と移乗場所の打ち合わせをやっている。イアホンから伝わる二人の声は、いよいよ墓場あらしの相談のように聞こえた。

艇のサーチライトが点灯された。バシリスクの、影になった部分をゆっくりなめながら照射位置は移動した。グルカ一〇七は、バシリスクの船首区画にぴたりと寄せている。サーチライトを点ける前から艇長《スキッパー》は移乗場所の見当をつけていたようだ。船首区画の後尾側だった。そのあたりにみえる気閘のハッチに、サーチライトはぴたりと光を照射している。すでに背後の宇宙から、星が消えていた。

内部を探れる窓でもあればと思ったが、サーチライトに照らされて操縦室のものらしい観測窓は防護板でシールドされていた。いずれにしても、あのハッチにとりつくしかない。内部が真空であろうとなかろうと。

かすかな振動を伝えながらキャノピーが開いていった。棺桶がひらくのをのぞきこんだら、こんな気分になるだろう。ハッチまでは、五〇メートルばかりある。相対的には停止状態だが、わずかながらも回転しているから遠心力とコリオリの力は無視できない。チョードリ少尉が軽く合図して、ドーム開口部の外壁にかけた手に力をこめた。そして一本の細いワイアを後方に引きずりながら、ゆらゆらと上昇していった。

知らない奴が見たら、死体でも放り上げたような無様な泳ぎ方に見えるかもしれない。俺たちにはそれを見ただけで、少尉がベテランだということがわかる。駆け出しの航宙船乗りは、自分が何の支えもない宇宙空間にいることに本能的な恐怖を感じて、必要以上の力で自分の体を飛び出させてしまう。

そのため乗り移るべき船の外壁に激突したり、力を入れすぎてあさっての方へ飛んでいったり、体がコントロール不能なほど回転したりして事故を起こすことがある。

チョードリ少尉は噴射銃を使うことなく、サーチライトが照らす位置にとりついた。接地の瞬間にくるりと体を半回転させ、両足だけで接触した時にはワイア先端のアンカーを設置しおわっていた。俺の手の中にあるワイアの端を固定すると、艇とバシリスクとの間に一本の細い橋《ブリッジ》ができた。

俺たちの頭上五〇メートルの所に逆さまに突っ立っているチョードリ少尉の合図を受けて、二番手《セカンド》のダワ三曹も同じように体を押し出した。その時、俺は奴の作業服の腕に、二重にした数珠《じゅず》が巻きつけてあるのを見た——そうか、奴は従軍僧の資格を持っているんだった。だからといって、作業服に数珠を巻きつけておくなんて規則はない。これは心《メンタリティ》の問題だ。

俺は身上申告の時に自分は仏教徒《ブッディスト》だと思い出したくらいで、さもなきゃ自分の宗教が何かなんてことを考えたことはなかった。だが奴は、俺より少しは信心深いらしい。そして会ったこともない幽霊船のクルーに対する敬意や礼儀を知っていた。たしかに奴は駆け出しには違いないが、心は経験を積んだ航宙船乗りと同じだ。

ふらふらと泳いでいる奴の後ろ姿をみながら、俺はそう思った。とはいえチョードリ少尉に比べると、どうしようもないへっぴり腰だった。必要以上に力をいれるものだから、無闇に噴射銃をふかして体勢をくずした。あやうくチョードリ少尉をけとばしかけて、あぶなっかしくアンカーにしがみついた。それをみた俺は、やっぱり新米だと納得した。

その時には俺も、奴のあとを追って飛び出していた。別にみせつけるつもりはないが、俺が彼らの所に着くまでの間、ワイアは一本の棒の形を保ったままだった。

間近に見ると、バシリスクの外壁はまるでジャンク屋から引っぱり出してきたスクラップのように古びている。塗装は細かくひび割れ、はげ落ちることなく表面でそそけ立っている。ブーツの裏をとらえるための表面処理など、まったくその効果は失われていた。ためしにブーツのかかとで蹴とばすと、一瞬のうちに表面に何本もの筋が走り、剝離した表面塗料がその筋にそってゆらゆらと浮き出した。

それを見ていると、奇妙に幽霊船というイメージは消えていた。死体が詰まっているだろうということは疑いようもないが、一五〇年前に太陽系を飛び出し、この速度で今ここにいるということが、別に異様とも思えなくなっていた。きっとこの船は亜空間か何かをすっ飛んで来たのさ。それがどうだっていうんだ。そんな風に俺は考えていた。

足もとから別の振動が伝わった。バシリスクの外壁をたたいていたチョードリ少尉が、いつもと同じ低い声でいった。

「内部は真空だな。完全に空気は抜け切ってしまっている」

ハッチの周囲に取り付けられているハンド・ホルダーに、ブーツのつま先をつっ込んだ格好で立ちあがったチョードリ少尉がいった。

「少なくとも、このハッチの向こうは真空だ。もしも外壁が二重構造になっていたら話はべつだが、そうなるとこいつでは調べようがない」

そういって少尉は、手の中にあるボールペンほどのチェック・ハンマーを示した。その棒状のハンマーを船の外壁に押しつけると、内部のスプリングが作動して外壁に打撃を加える。

その時に響く反射音を測定して内部の気圧を知る道具だが、船内の奥深い所に空気が残っていたら、この道具だけでは知りようがない。さらに少尉は、ハッチをブーツの先でつつきながらいった。

「ハッチが蒸着している。可動部分のメタルパーツが気化し放題で一五〇年も放っておかれたんだ。下手な溶接よりも見事にくっついてる。艇長《スキッパー》。溶断の許可を願います」

「いいだろう。溶断しろ」

俺たちの会話に割り込んだ艇長《スキッパー》の声は、すぐ近くにいるチョードリ少尉の低い声よりも明瞭に聞こえた。俺は一瞬、目の前にいる少尉と艇内に残っている艇長《スキッパー》を混同してしまった。すぐにダワ三曹は、腰のホルダーにさし込んであった溶断レーザ銃を引き出し、体を宙に浮かせた。俺たちはあわてて足をうかし、くもの糸にすがる亡者のような格好でワイアにすがりついた。この船を作った奴は、俺たちが火傷をしないように硬質セラミックスで作っておいてくれたとも思えない。チョードリ少尉は不安定な姿勢で、アンカー接点に冷却スプレーを注意深く吹きつけていた。

ダワ三曹のレーザ銃からほとばしる最初の閃光を見た途端、俺のヘルメットのバイザーは真黒になり、レーザの光以外は何も見えなくなった。俺は航法学校を卒業してグルカ一〇七の航法員《ナビゲータ》兼坊主になる前は、母艦《ベース》運用科の特殊技能兵だったという奴の腕を信用することにして闇の中のレーザの光を見ていた。

奴は予想した時間の半分で仕事を終えた。急速に透明になっていくバイザーごしに奴を見た時には、すでに人一人が入れるほどの穴が最後の蹴りでぽっかりと口を開けたところだった。奴はチョードリ少尉から受けとった冷却スプレーを、穴の周囲に吹きつけている。溶断工の割にゃ、泳ぐのが下手だとからかってやろうかと思ったが、奴の次の言葉でその元気がなくなった。

「で、どうします？　少尉殿」

どうします、もないもんだ。穴が開いたんだから中に入るしかないんだが、まったくそれはやりたくない仕事だ。ワイアを伝って逃げ帰りたい気分だが、チョードリ少尉はそれを知ってか知らずか手っとり早く命令を下した。

「ダワ三曹はここで待機だ。私と大崎一曹が入る」

文句はいいたくないが、まったくありがたい命令だぜ！　そして俺がずらかる隙もないうちに、チョードリ少尉は頭から穴の中に飛び込んでいた。この男は感情ってやつを持っているのか？　それとも長いこと航宙勤務についているうちに、俺もそうなるんだろうか。感情と一緒にいろんなものを失うことになるのか。気味のいい話じゃない。

俺は何ともいいようのない表情をうかべているダワ三曹の顔を、ちらりと横眼で見てチョードリ少尉の後を追った。ヘルメットに外装されたヘッドランプの光の輪が、気閘内のハッチに取りついているチョードリ少尉の背から足へ走り、あわてて俺は両手で内ハッチを無様に押して少尉の体にぶち当たるのをさけた。

俺が考えていたよりも、ずっと気閘内は狭かった。外側ハッチのサイズを見た時に予想できたことなのだが、それでも俺は何となく軍の規格が頭に残っていた。だが狭くはあっても、ヘッドランプの光が届かない所は闇だまりになっている。俺はその闇の中から、うらめしそうな眼で俺を見ている死体でもあるんじゃないかと、何度もくり返して右から左へランプを振った。

かなりあせっていたが、それでも内部の様子はつかめた。この船の型式をつき合わせて考えれば、気閘のまわりに何が配置してあるか、だいたいの見当はつく。要するに、墓荒らしが初めての墓の玄室を見て、他の部屋の構造を知るみたいなもんだ。

気閘は全体が扇形をしていた。つまりこの船の船首部を形づくる多段円筒型の、底部を輪切りにして、それをまた三分の一円だけ切り取ったような形だ。当然のことだが、狭い気閘内には何のかざりっ気もない。そこは作業場もかねているらしく、船外服とヘルメットが壁のホルダーに引っかけてあった。

しかしほとんどのホルダーには何もかけられておらず、たったひとつ色のあせた船外服があるだけだった。俺たちの着込んでいる船外作業服のような軽快なものではなく、いかにも時代遅れの武骨なつくりだった。

内側のハッチは二カ所に設けられていた。チョードリ少尉のとりついている船首方向のハッチは小さく、直角方向の側壁のは大きい。その大きい方のは与圧倉庫に通じているはずだ。その倉庫が、切り取られた円筒の三分の一を占め、残りの三分の一は、航法用ハードウェア――通信機、センサ、コンピュータが詰めこまれているはずだ。そして気閘室の扇の要の部分、円筒の中心軸あたりには、径一メートルばかりの連絡筒《チューブ》の三分の一が出っぱっていた。

こう書くと、いかにも俺は冷静にその部屋の内部を観察していたようだが、本当はおそろしくて仕方なかったんだ。ただ、この手の船のカタログはずいぶん見たことがあるんで、だいたいの構造がわかっただけの話だ。実際の俺は、とてもそんなクールじゃなかった。何度ランプを移動させても、たったいま照らしたばかりの闇だまりに何かがひそんでいるような気がしたんだ。

たぶん俺は、ガキみたいにおびえた顔をしていたんだろう。だから、不意にチョードリ少尉の声が聞こえた時、俺は思わず声を上げそうになった。冗談じゃない。ラジオを通して俺の悲鳴なんぞを放送した日には、あとで何をいわれるかわかったもんじゃない。だが少尉はそんな俺の様子なんぞ、まるっきり気にしていないようだった。

「内ハッチの向こうも、真空に近い。だが、ここよりも少しばかり気圧があるようだ。開けても問題ないとは思うが。マニュアル操作で開けることはできるだろう」

チョードリ少尉のヘッドランプは向こう側に向けられていたから、俺のげんなりした顔は見られなかったろう。まだこの奥に入るつもりかよ。俺は情けなくなってきた。少尉は気にせず艇長《スキッパー》に気閘室内部の説明をして、内部に入る許可を求めた。あっさりと艇長《スキッパー》はいった。

「気をつけろよ」

何をどう気をつけろっていうんだ。こんなことならダワの数珠をふんだくってくるんだった。心の中でぼやきながらいくつかのロックを解除して、手動でハッチを開けるためにハンドルに力をこめた。俺たちは猿みたいな妙な格好で壁の突起に足をかけてふんばり、ハンドルをまわそうとしたが、そいつはぴくりとも動かなかった。

あきらめて溶断屋を呼べばいいと、やけくそ気味に力を入れた途端、いきなりハンドルが回転した。同時にわずかに開いたスライドハッチのすき間から風が吹いた。ほんの少しの残留空気が抜け出していったのだ。壁ぎわにへばりついていた船外服が、ゆらり、とゆれた。

俺の背すじに冷たいものが走った。たった今、長い眠りからさめた幽霊船の門衛《ゲート・キーパー》みたいな格好の、その時代遅れの船外服を俺はにらみつけた。この船に黄金でもかくしてあるのかよ。景気づけに力まかせにハンドルを回転させて、ハッチを開け放つと、その向こうには今までと同じ、闇がひそんでいた。ミイラでもなんでも出てきやがれ。いっとくがお前を殺したのは俺じゃないんだぞ。俺をとり殺したって成仏できんぞ。

けれどもチョードリ少尉の方は、別にそんな大げさなことを考えていた様子もなく、するりと闇の中に体を泳がせて入っていった。俺もあわててそれに続いた。何がおこったって悲鳴だけはあげまいと、俺はしっかりと歯を食いしばった。

俺は狂ったみたいに、あちこちを照らしてまわった。しかし、目ざすものは見あたらなかった。最初に俺たちがさがしているもの――死体がだ。わかったよ、最高のエンターティナーはいつも最後に御登場ってわけか。適当にじらせといて、最後に後ろから俺に抱きつくって魂胆だろ。俺は悪態をついた。

内部を実況中継しているチョードリ少尉の声をききながら、少なくともしばらくの間は死体の顔を見なくともすむ安心感も手つだって、その部屋の中をあちこち見ながらうろうろと飛びまわっていた。もっとも、一ヵ所だけ、次の部屋——操縦室に通じる閉ざされたハッチの方だけは、見る気がしなかったが。

それにしても、この兵員居住区の中を気密作業服でとびまわるってのも、妙なものだ。気をとりなおしてよくみると、その部屋が気閘室より広いとはいえ、たかがしれていた。俺のヘッドランプの光が壁面で乱反射し、かざり気のない室内をぼんやりと照らし出していた。ヘッドランプの光束を広角に切りかえると、なれた眼は不自由なく室内を見わたせた。

その部屋の内部は、気閘とはちがって円筒そのままだった。だが円筒の径は、気閘の部分よりいくらか小さい。それはこの船首部の外形を見た時から予想していたことだったが。ただし、中央部分には、ここにも連絡筒《チューブ》が突き抜けている。

全体の形は、初期のころの内宇宙貨客船にはよくある「マウス車輪」の見本みたいな形をしている。内宇宙航路でさえ旅客専用高速船と、無人貨物船とに完全にわかれている今じゃ、貨客船なんてのは見たこともない。もちろん乗客の快適さを増すためのこのいかにも原始的な、人工重力装置も話に聞いたことがあるだけだった。

だが、その部屋の内部には、あきらかに戦闘艦用に改造されたあとが見られた。おそらく最初からいくつかの扇形の小部屋に分割されていたのだろう。そして中央軸部分のチューブをとりまくようにして、ドーナツ状の回廊をめぐらしていたはずだ。

居住区を仕切るそれらの隔壁は、今は全部とりはらわれてひとつの大きな部屋になっていた。無重力ベッドや筋力トレーニング器械を見るまでもなく、大質量のドラム回転装置が取りはずされているのがわかった。そんな人工重力を必要とするのは、宇宙慣れしていない旅客だけだ。なくたって別にどうということはない。

　隔壁と共に、個室のトイレもほとんど取り払われているのが、内装材の色の違いでわかった。ただひとつ残されたトイレの、開けられたままのドアから中をのぞきこんだ俺は、この船のクルーのうち何人かは女性だったということを知った。昔にくらべりゃましになったものの、航空宇宙軍じゃ今でも艦載機には女は乗せない。

　無重力ベッドは六個あった。もちろん、だからといってこの船のクルーが六人だというわけじゃない。一二人かもしれない。あるいは九人かも。俺はその船内にあった五個の耐Gシートを見て、たぶんこの船のクルーは九人くらいだろうと見当をつけた。残りの四個が操縦室にあるはずだ。

　気閘のある区画とをへだてる隔壁を下にした配置の耐Gシートは、いずれも俺たちの艇のようなカプセル型の複雑な機構は持っていない。せいぜい二分の一程度の加速性能なら、ただのシートでも充分通用する。

　この部屋は、たぶん乗員居住区であると共に、あとから改装した時につけ加えられた諸機能の制御を行なう発令所を兼ねていたのだろう。そこにあるシートに座ってコントロールするのは、中継なしに作戦宙域から母港へ傍受される心配なくダイレクトに通じる通信装置である。また、この船の存在を暴露することなく自船の現在位置をつかむ大容量受動型航法装置であり、そして火器管制システムだ。

この部屋のさらに上――気閘室の反対側にある最後の部屋、操縦室には、商船としてのハードウェアしか詰まっていないはずだ。だが、それだってシート四つ分の制御端末は必要なわけだ。

俺はその部屋の、五つのシートのうち戦闘指揮のものと思われる三つのシートと、その周囲に配置されたハードウェアを見た。たぶん、小出力レーザの他には投射型のミサイルとランチャーを、船体中央部の貨物区画に積み込んでいた程度の武装だったんだろう。ただ、俺たちが外から見た時にはミサイルもランチャーもなかった。まさに刀折れ、矢つきたってところか。

俺はそんなことを考えながら、あらためてシートのひとつひとつを見まわした。その時、俺は心のすみにひっかかる何かを感じていた。何かが、おかしい。帳尻のあわないところがある……。俺は、それが何だかわからなかった。だが、そんな俺の思いを、チョードリ少尉がさえぎった。

「この向こうには、空気が残っている。少しばかりやっかいなことになったな」

チョードリ少尉は、操縦室に通じるハッチに何度かくり返してチェック・ハンマーを押しつけていたが、やがてあきらめたようにいった。

「この船の空気組成が通常比率か純酸素かそれとも半気圧かは知らないが、とにかく一〇分の一気圧くらいの空気は残っているようだ」

「つまり、その部屋に、全クルーの死体が詰まっているというわけか？」

艇長《スキッパー》の無造作な声がそういった。操縦区画の観測窓がつぶされていなきゃ、話は簡単なんだが。だが俺は、心の中にまだ何かがひっかかっていた。クルー全員が残された空気を求めてここに集まって、そして全員死んだって？　それは違う。俺はひっかかっている何かを引っぱり出そうとした。そして、突然そいつは俺の頭の奥からころがり出た。

「船外服だ……」

チョードリ少尉がぎょっとしたように俺の方をふり返った。ヘッドランプがぎらりと俺の眼を照らし、少尉の顔は見えなかった。俺はかまわずにつづけていった。

「気閘室に船外気密服は一つしかなかった。壁に船外服のホルダーは他にもたくさんあった。あの一つの船外服の持主を残して、他の奴らは外へ飛び出していったんだ」

「そんな馬鹿な……」

間の抜けた沈黙のあと、艇長《スキッパー》がそういった。

「質量の軽減のために船外服を捨てたとは考えられないか」

「あり得ないよ、艇長《スキッパー》……あんな軽い作業服を捨てるくらいなら、他にいくらでも重い物はあった」

「さもなきゃ、全員で船外服を着こんで操縦室の中でくたばっているかだ」

それまで黙っていた機関員《エンジニア》が、ぞっとするような声でいった。しかし本人もその言葉が、あまり説得力を持っていないことに気づいていた。俺はこの場にいない機関員につげた。

「もしもそうなら、一つ残った船外服の持主はどうしたんだ？　先に死んだんなら、俺たちはもう死体と対面してるはずだぜ」

「それじゃ君はなぜ一人を残して全員が外に飛び出したなんて思うんだ？」

いつもは冷静を絵にかいたようなチョードリ少尉が、めずらしく苛立ったような声でいった。あいかわらずライトの加減で少尉の表情は読めない。さらに何かいおうとした少尉をさえぎって、艇長《スキッパー》の声が割って入った。

「そんなことを推測したところで、意味はない。操縦室に入れば、いやでもわかる。報告を続けろ。少尉」

まったくそのとおりだ。俺はなんとなく気恥かしくなって、手首に表示された時計を見た。俺たちが気閘室にもぐり込んですでに一時間がすぎている。艇長《スキッパー》は、この操縦区画を強引にあけて内部を調査することを命じるだろうか。それとも、そのことで生じる危険と内部の激しい変化をおそれて、慎重に内部の空気組成を測定し、テレビカメラの鼻先を突っ込んで内部を探ることを先にやらせるだろうか。いよいよ、墓場あらしのような気分に俺はなってきた。

その時、俺は戦闘指揮官シートのポケットに、一冊のノートが突っ込んであるのを見つけた。俺はそれを引っぱり出した。今でも、このノートにペンで書くという方法は、根強い人気を保っている。そのノートの表紙には、「外惑星連合軍仮装巡洋艦バシリスク艦長ニルス・ヘルナー中佐」と記してあった。パラパラと中を開いてみると、不透明処理をしたプラスチックフィルムのノートに、びっしりと文字がしるされている。

このことを告げようかと考えていた時、不意に艇長《スキッパー》からの指令が聞こえた。

「穿孔調査だ。キットはダワ三曹にトスする。チョードリ少尉と大崎一曹はそこで待機」

「了解」

チョードリ少尉がそう答えてから、俺はノートを発見したことを艇長《スキッパー》に告げた。どうせ穿孔調査——与圧したキットをハッチに取り付けて、ドリルで穴を開け、中をカメラでのぞき込む方法をとるなら、一時間やそこらはかかるだろう。

すでに開けられた区画に危険はないとみた艇長は、ダワ三曹に穿孔作業を、チョードリ少尉に他の区画と船のコンピュータのメモリの調査を命じた。俺には二人のバックアップと、ノートの解読を命じ、わかったことがあればすぐに知らせろとつけ加えた。

俺はノートのしまわれていたシートに体をおちつけ、ベルトを締めてリラックスしてからそのノートの「解読」にかかった。解読といったってそんなにむつかしいことじゃない。くせのない字で書かれた標準英語——アメリカ標準英語をベースに、文法と単語を単純に整理したもの——だったから、一五〇年前のものだって大した苦労なく読めるはずだ。俺はノートを開いた。つい昨日書かれたように、筆跡は新しかった。

五月一一日　火曜　漂流三五日目　記
ついに私一人だけになってしまった。本日付をもって、仮装巡洋艦バシリスクの公式記録は終了した。これ以後、私がここに書くのは、私個人の記録であり、漂流の手記である。

だが、私の現在置かれている状況を、まず説明しておく必要があるだろう。なぜなら、この手記が発見される時点においては、本艦のメモリ・バンクにインプットした公式記録も、揮発して失われている可能性が高いため、ここに重複を恐れずこのきわめて原始的な道具で記録をとどめておくことにする。

私の名は、ニルス・ヘルナー中佐。この艦の艦長であり、戦闘指揮所の指揮官でもある。今までの出撃回数は一二回にもなる。我々の仮装巡洋艦バシリスクは、幸運な艦だと連合軍の間では評判だった。開戦時――二〇九九年六月の、連合軍全戦闘艦艇を動員した地球軍アトランティック・ステーション奇襲攻撃から、ずっと我々のクルーは欠員を出したことはなかった。

とはいっても、宇宙空間での戦闘で負傷兵を出したなどという話は、あまり聞かない。全員無傷か、死体も残さず全滅か二つに一つしか結果はない。だが、それでも出撃回数一二回というのは、考えられないくらいラッキーなことになる。

緒戦の、基地に係留してある地球軍の艦艇を、いきなり襲撃しただけのアトランティック作戦の時は別にしても、その後の仮装巡洋艦作戦は、出撃したら最後、半数は母港に帰りつくことができなかった。完全に制宙権を奪われた木星周辺から脱出し、敵のフリゲート艦がパトロールする小惑星帯の中で、あるいは遠く土星戦域や両トロヤ群にまで出撃し、地球側の補給船を攻撃しては離脱するという、およそ巡洋艦の名にふさわしくない作戦でだ。

もっとも、我々の艦が幸運だったのかどうか、今となってはわからない。おそるべき消耗率のこの作戦の期間中、わずかな改装だけで商船が仮装巡洋艦として続々と出撃していったが、初陣《ういじん》の艦の三分の二以上が帰らなかった。

つまり、私たちのような古参の者だけが――いかに私が厚顔《こうがん》でも、あのような作戦で自分たちを歴戦の勇士というのは気がひける――何度も出撃し、そのたびにある程度の戦果をあげては帰還したのだ。だが、その幸運も、一二回でつきた。一三回目に我々は地球軍の高加速哨戒艇に捕捉された。

私の指揮官としての判断が誤っていたのかもしれない。あるいは、我々は投降すべきだったのかもしれない。だが、私の部下は全員勇敢だった。彼らも、そして私も、投降は考えていなかった。

我々は、敵の前方トロヤ群の基地から、土星周回軌道上の基地へ、護衛艦のつかない船団が航行中との情報を得て、これに打撃を与えるべく母港から出撃した。護衛がつかない船団の攻撃とはいえ、これはきわめて危険な作戦だった。敵のロングレンジ・レーダーの死角をぬって航行できる小惑星帯戦域と違って、いわば裸で行動するに等しいのだから。もしも敵に発見されれば、まず助からない。

要するに、我々のように幸運な艦なら何とかなるという希望的観測だけで、出撃を命じられたのだ。もう、この戦争は先が見えている。我々の誰もがそう感じていた。だが、家族を残して脱走することもできず、我々は最後の作戦についた。

我々の主力武器は、投射型のミサイルだ。これに充分な初速を与えて船団の軌道上に放り出し、すぐに離脱する。放り出されたミサイルは、目標近くまで慣性飛翔したのち、自らのモーターに点火して乱数飛翔で目標に突入する。

命中率を上げるためには、目標ぎりぎりまで接近して軌道を横切るか、あるいは予想軌道にこちらも乗ってしまう必要があるが、そうすれば今度はこちらがあやうくなる。だが、そんな方法をあれこれ考える必要はなくなった。投射位置のはるか手前で、哨戒艇に出くわしたのだ。その艇の発する長距離レーダー電波をとらえた時、私はすぐに離脱を決意した。敵のレーダー係が我々の艦影を見落としているのではないかといった、希望的観測は行なうべきではない。ことに、一瞬の判断の迷いが、重大な結果をひき起こす宇宙空間の戦闘ではそうなのだ。初陣の艦がおちいりやすい罠がここにある。中立勢力である小惑星帯や内惑星船籍の商船に化けるなどという方法は、小惑星帯あたりでならともかく、この宙域では通用しない。

あるいは投降をよそおい、射程距離に敵が入ってから一撃必殺の攻撃をかけることも、現実的ではない。そのようなそぶりを見せれば、射程距離外から逆に撃破されるだろう。敵艦の影を見たら、武器を捨てて一目散に逃げること。これが我々が一二回も出撃できた理由なのだ。

だからその時、我々はペイロード・ヤードに固定されていたミサイルを、ランチャーごと放棄して、最大加速で離脱した。エンジンが発する赤外線が探知されるのをおそれて、出力を絞るなど、愚の骨頂だ。我々は全出力で加速した。

この時点ですでに私は錯誤をおかしていたのだ。我々と、哨戒艇との相対速度及び飛翔ベクトルからして、私は充分逃げ切れると判断していた。哨戒艇は我々を追跡するために一二〇度以上も回頭しなければならなかったし、たとえ我々と交叉する軌道をとったところで、その時には我々はレーダーの及ぶ範囲外に脱出し、新しい軌道に乗り、エンジンも消火しているはずだった。

そして、我々はゆっくりと時間をかけて回頭し帰港することもできるはずだ。たとえ戦果が無くとも、大事な仮装巡洋艦と兵員が無傷で帰港できるなら、この遭遇戦に関しては我々に勝利の判定が下されるだろう。だが、敵は我々の艦をマークしていたようだ。バシリスクの名は、味方の間だけではなく、敵の間でも有名だったらしい。

ことによれば、護衛なしの船団というのも、我々をおびき出すための囮《おとり》だったのかもしれない。最初の哨戒艇のレーダー有効範囲から脱出し、慣性飛翔に入った時に突然、第二のフリゲート艦のレーダー波をキャッチしたのだ。こんなことは初めてだった。複数の艦が共同で我々を追撃してくるなどというのは。

だが、私は脱出の希望を捨てなかった。残推進剤と艦体質量、そして二方向の敵の位置と相対速度から、私はすぐに次の判断を下した。我々の艦首を、シリウスに向けることだ。他には考えられなかった。

敵艦が我々の位置と速度を知るには、二通りの「眼」を使う。ひとつは赤外線探知であり、もうひとつはレーダー探知だ。赤外線探知というのは、いうまでもなく我々の出す赤外線を観測して位置を知ることなのだが、全力加速している我々は、闇夜に信号灯をあげつつ逃げているのに等しかった。

しかも、敵はバシリスクのエンジンと船体が発する赤外線の、振動数特性を知っていると考えるべきであり、この探知にキャッチされれば、ドップラー効果から彼我の相対速度を読まれてしまうのだ。バシリスクは、それほど有名になっていた。

しかし、この赤外線探知にも弱点はある。それは、艦載型の探知機では指向性が悪いという点であり、我々が恒星のような赤外線源をめざして突っ込めば、充分に恒星の出す赤外線の中にかくれてしまえるのだ。最も強烈な赤外線源は太陽だが、それでは一五〇度近い大回頭をしなければならないし、警戒の厳重な木星包囲網に突っ込むことになる。その時の彼我の位置関係と本艦の飛翔ベクトルより、シリウスに艦首を向けることが最上と考えられた。そこなら、わずかな回頭ですむのだ。

私はこの時、第一の哨戒艇のことは無視した。どのみち、自分たちが太陽系内にとどまれるだけの推進剤を残しておこうとするならば、最終速度の小さい哨戒艇が急速回頭して我々を追撃するといった無茶はすまい。したがって、我々を追う態勢にすでに入っている第二の艦の未来位置とシリウスの間に本艦を突っ込ませていったのだ。

私は哨戒艇のことは気にとめず、もうひとつの問題を考えていた。敵のレーダーをだます方法だ。これは、エンジン全開状態の本艦をとらえる赤外線探知ほど長い有効距離は持っていない。だが、敵が攻撃射程に入った時には、我々の正確な位置と速度をさぐり出す。

大事なことは、敵のレーダーを無効にすることではない。敵に誤った目標を追尾させ、敵がその間違いに気付いた時には我々の追跡を再開できない位置に逃げることなのだ。あるいは、我々のいる方向が敵につかまれてもかまわない。問題なのは、彼我の距離と相対速度の偽情報を与えて追跡を断念させることなのだ。

私は、回頭前に注意深くダミーを放っておいた。それは最も古典的で有効なレーダー欺瞞の方法だ。ばらまかれた金属箔が、本艦のものと酷似した影を敵のレーダーに映し、散布した金属片の中央部に射出した赤外線源が、その効果をより高める。これは何度も使い、成功した手だった。必要とあれば複数のダミーをばらまいてもいい。間抜けな敵がそれを偽物だと見破った時には、我々は安全圏に退避を終えているはずなのだ。

だが、間抜けなのは我々の方だった。充分、敵から離れることができたと思った時、考えられない位置から発信されたレーダー波を我々はとらえたのだ。私が無視した第一の敵は、実は哨戒艇などではなく、ずっと大型で最終速度の大きいフリゲート艦だったのだ。しかも、圧倒的な物量の差で地球軍が竣工させた戦闘艦隊の中でも、最新鋭のゾディアック級フリゲート艦だった。

敵は、我々のセンサや分析評価システムに、哨戒艇であるとの偽情報を与えつづけ、第二のフリゲート艦から我々の情報を受けつつ、自己の位置を暴露するレーダー波発信を抑え、急回頭して我々の側後方にまわり込んでいたのだ。まったく、心憎いまでの操艦だった。ただひとつ我々に有利だったのは、敵フリゲート艦の位置が理想的とはいえず、我々の位置がやはりシリウスにさえぎられていると期待できることだけだった。

私は、ただちに二つのフリゲート艦のレーダー波に同調したジャミングを行なった。攻撃力こそ貧弱だが、こと守りと逃走のための装備、訓練はバシリスクにまさるものはない。とにかく、彼我の相対距離と速度、加速度は秘匿しつづけなければならない。

それぞれのフリゲート艦は、我々を追いつめるためにかなりの急加速で大回頭を行なっていた。したがって相当量の推進剤を消費しているはずだった。これに比べて我々は、最大の重量物であるミサイルとランチャーを放棄し、最小限の回頭で逃走軌道に乗っている。

フリゲート艦からは、くり返し投降勧告が発信されていたが、私は最終決定を少し先にのばしてなおも全力加速を続けさせた。最終引き返し点まで、あと一〇〇キロ/秒ほどの加速ができるはずだと、私はみていた。時間にして五時間足らず。その間に彼らが追跡をあきらめれば、あるいは攻撃射程内に彼らが接近できなければ、我々は逃亡に成功したことになる。

しかし、私はまたしても読みを間違えていた。ゾディアック級フリゲート艦の戦闘能力を過小評価していたのだ。シリウスに艦首を向けて四時間後、敵は我々を攻撃したのだ。予想された被攻撃距離より、ずっと遠い距離からだった。

しかも、敵はレーザ砲でもろに我が艦のエンジンを照射したのだ。その距離からでは、いかに大出力、高収束のレーザ砲をもってしても、艦を破壊することはできない。だが、彼らは過熱し切っているバシリスクのエンジン反応室に命中させることに成功したのだ。

私は、彼らが人道を無視した悪魔だというつもりは毛頭ない。彼らは、追跡を断念して引き返す最後の時点で、命中は期待せずに警告のつもりで照射したのだろう。だが、命中したレーザはエンジンを暴走させ、ついにぎりぎりの線まで食いつぶしていたなけなしの推進剤を放出させてしまったのだ。

暴走がとまった時、すでにフリゲート艦は追跡をあきらめていたが、我々に残された選択はなかった。最も近い天体である土星は、すでに後方に去っていたし、次に近い海王星は最接近時でも十二天文単位より近くは通らない。それより前方には何もない。我々が三千年後に到着するシリウス以外には。ゆるやかな死――それが我々に残された、ただひとつの結論だったのだ。

しかし、私は指揮官として断言できる。我がクルーは全員勇敢だったと。死の寸前まで士気は高く、規律は守られた。

それは奇妙な航宙だった。すでにバシリスクは太陽系に対して一、〇〇〇キロ／秒の速度を得ていたが、暴走のとまったエンジンをふくめて艦の機能はすべて正常だった。

生存のために不都合な点は何もなかった。補給が全く望めない航宙である点を除けば。

我々に残された時間は、約一二〇標準日あった。それが、我々が船内のエネルギーを使いつくしてしまうまでの時間だった。全員が遺書を書くには充分すぎる時間だった。もとより、救援船が来ることは誰も期待していなかったし、母港からの最後の通信もそのことには全くふれていなかった。通信は、我々全員の二階級特進を伝えるだけのものだった。それが何を意味するか我々は知っていたし、それに勲章の授与が加わると聞いても喜ぶ者はいなかった。

勲章など、意味はない。この出撃の頃には、はっきりとこの戦争は我々の負けだと、誰もが感じていた。崩壊寸前の外惑星連合軍の勲章など、何の役に立つというのだ。それよりも私は、犬死にでしかない部下たちに申し訳なく、このような作戦で彼らを死なせることになった艦隊参謀本部をのろった。

その通信のあと、我々のシステムの受信範囲外に母港は去った。私の部下に、私用送信を認めることを伝えた。母港の大規模な受信システムであれば、我々の微弱なレーザ波も受信できるだろうと考えたからだ。これはあきらかに軍規にふれることだが、あいにく私にはこのことで軍法会議に出頭すべしという命令が来るおそれはない。ただ、足もとに火がついた状態の母港が、我々の発する遺書を、遺族のもとにとどけてくれるのかどうか、そのことが気がかりだ。

だが、一〇日もせぬうちに、私をふくめた全員が遺書を送りおえた。指揮官の私がやるべきことは、部下に仕事を与えることだった。生存のためにする努力は、我々は何ひとつ持ちあわせていなかったが、一〇〇日余りの日数をただ死と対面しつづけることで過ごせるほど、人間は強くはない。決して、私の部下が臆病だというのではなく。

俺は顔を上げた。いつの間にか船内に入り込んでいたダワ三曹が、操縦室のハッチにとりついて穿孔キットを操作していた。シートに座っている俺には、キットの発する振動は感じられなかった。俺の二つとなりのシートでは、チョードリ少尉がいつもの顔付きで、艦載コンピュータに、グルカ一〇七から持ち込んだ動力ユニットを接続しようと苦心していた。

俺はあらためて室内をみまわした。内装材のあちこちには年月を感じさせる変色のあとが見える。この部屋の中で、一五〇年前に九人の男女が死と向きあっていたのだということが、実感できた。

こんな辺境の星系でならともかく、太陽系内のそれも土星軌道付近での遭難事故など、救難システムが完備された今なら、考えられないことだ。彼らは、エマージェンシー・バッグどころか、コールド・スリープのシステムさえ持っていなかったのだ。彼らの勇気は辺境勤務の俺には充分理解できた。

すでに俺の心から、死体に対する恐怖は消えていた。会ったこともない奴らだが、その誰に対しても親しみをおぼえるようになっていた。出て来るのがどんな死体であっても、丁重に葬ってやろう。それが同じ航宙船乗りとして、俺のやるべきことだ。そう俺は考え、再びノートに眼をおとした。

あるいは、いつの日か我々のこの艦が再び発見されたとき、人々はいぶかるかもしれない。――彼らは何故、死の直前までこのようなことをし続けていたのか――

私は部下に、宇宙空間の観測を命じたのだ。死を目前にした者が、一体、何の為になどと、考えるべきではない。我々は、地球上にまだ秘境が残されていた二〇〇年もの過去に、死の直前まで日記を残し、周囲の観測を怠らなかった数多くの探検家のことをおもい出すべきだったのだ。自分の命を縮めることを承知で岩石標本を引きずりながら死んでいったスコット隊のことを、そして歴史に名を残すことなく消えていった、もっと多くの男たちのことを考えなければならなかったのだ。

我々は、今や戦闘員ではなく、宇宙をわたる航宙船乗りなのだ。望みもせぬのに、この無謀な戦争にかり出される以前は、我々はみな航宙船乗りだった。我々は、いまだに未知な部分を残す恒星間宇宙の観測データを、充分に時間をかけて保護されたレーザ通信波に乗せて母艦に送った。もちろん、オリジナルは艦のメモリ・バンクに保存してある。もっとも、何年間メモリが保存されているものか、明言はできないが。

だが、そのこと自体はあまり重要ではない。我々は、この艦の全センサを動員して宇宙空間の学術観測を始めるうちに、奇妙な事実に遭遇することになったのだ。

その最初の徴候は、すでに入力のないまま放置してあった電波系通信機の受信部に、入力が認められたことだった。最初、我々は何らかの雑音が受信アンテナにとらえられたのだろうというぐらいにしか、考えなかった。なぜなら、すでに制御されていなかった受信アンテナは、太陽系とは全く異なる方向に向けられていたからだ。

有人外宇宙探査隊のいくつかは、いまだに太陽系を遠くはなれた宙域を航行しているはずだったが、戦前の全盛時に比べれば今ではわずかなものでしかない。我々にとっては敵である航空宇宙軍の外宇宙艦隊に属する有人外宇宙探査隊の動向は、正確には知らなかったが、その時期、その方向で行動中の外宇宙船がいるとは思えなかったのだ。

その受信アンテナは、へびつかい座と射手座の境界付近を指していた。そして、その方向が実は、銀河系宇宙の中心部方向であることに気づくのに時間はかからなかった。通信兵は、この電波にかかりっきりで分析を続けた。そして得られた結果は、おどろくべきものだった。この、銀河系宇宙の中心部方向からの電波は、あきらかに人類の発したものであると――異知性体でも何でもない、我々と同じ地球人類のものであると――しかも、大きくドップラー・シフトし、雑音かと間違うほど減衰した電波の発信源は、少なくとも十数光年の彼方を亜光速で飛翔中の航宙船であるというのだ。

私を含めて全員がある古い話をおもい出していた。それは、外惑星連合軍、航空宇宙軍の如何を問わず、宇宙空間を航行した者なら、誰でも一度は聞いたことのある話だ。第三期の外宇宙探査計画である、オディセウス・シリーズに、登録されることのなかった零号機――オディセウス・ゼロ――が存在したというのだ。そしてその零号機は、銀河系宇宙の中心部に向けて果てしなく加速し、今もなお飛びつづけているともいう。

さらに、これに加えて超光速宙域の話も我々は知っていた。太陽系のすぐ近くを、超光速空間流が流れているというのだ。オリオン座の方角から銀河系宇宙の中心部に向かって流れるそれは、絶えず径とその流れの位置が変化し、近づく船を呑み込むのだと伝えられていた。そして、オディセウス・ゼロはその空間流にそって飛翔しているのだということも。

我々は、全員でそのオディセウス・ゼロからの電波を解析した。おそろしくシフトし、微弱なその電波の意味を、我々の貧弱な装備で解読できるとは、あまり期待していなかった。だから、我々の関心はもっぱらオディセウス・ゼロの慣性飛翔速度、及び相対位置の観測に向けられた。

それを知ることができれば、空間流の位置――とはいっても、電波を発信した時点と、オディセウス・ゼロの位置から見たという意味でしかないが――もわかるだろうと、我々は考えたのだ。実際、我々の軌道と太陽系‐銀河系宇宙の中心部を結ぶ線とは一三〇度もの角度があったため、移動しながらの観測はそれほど困難ではなかったのだ。

そして、その結果は我々にとってはめくるめくものだった。この記録を手にする者には、すでに亜光速航行、あるいは外宇宙航行といったことはさほど珍しくないかもしれない。だが、ガニメデ籍の航宙船乗りだった我々にとって、外宇宙とは手の届かぬ存在でしかなかった。今までにも有人外宇宙探査は行なわれたが、それらはすべて地球系の航空宇宙軍外宇宙艦隊の手によるものだった。我々には、その周辺技術さえ与えられなかった。

我々の思いを笑止ととられぬうちに、我々の得たデータのみを記そう。オディセウス・ゼロは太陽系から約二四光年の位置を、ほとんど光速に近い速度で銀河系宇宙の中心部に向けて飛翔していた。ただし、その電波を発信した時点においてという意味でだが。そして、その飛翔経路を空間流と同一と考えるならば、我々は約六〇〇日後にその流れの近くを通過するとの結論を得たのだ。

その日数を算定した時、順調に観測を続けていた我々の間に動揺がおこった。我々に残された日数は、その位置に到達するのに必要な日数の、数分の一でしかなかったからだ。ようやく我々は死を現実のものとして意識し始めた。オディセウス・ゼロからの電波を観測することで、つかのま忘れることのできていたそのことを、再び身近に感じてしまったのだ。我々の全員がその位置に到達する以前に、死に絶えるのだ。

我々の誰もが、閉じこめられた航宙船内での死というものを知っていた。ゆるやかな、それでいて最もみにくい死。このような事態をさけ、ひきつづき前方の宙域にある空間流の観測を続けていくための、最も合理的な方法は、しごく簡単なことだった。一人を残して他の者全員が艦から退去する。そうすれば、数倍の時間が残された者に与えられ、他の八人は苦しみながら死を先にのばす行為から、のがれることができる。しかも、犬死にではなく。だが、私は艦長としてそのような命令を下すことは、到底できなかった。

そんな中で、艦の操縦室付の機関兵が、私に挙手の礼をしていった。自由行動の許可を与えられたし、と。私はその兵とは開戦以前からの古いつきあいだった。兵はカリストで暮らした子供のころから、暗い空にうかぶ星々をながめるのが好きだったと、いつもいっていた。厚い大気層の底からしか星を見ることのできない地球人には、宇宙に行く資格などないというのが、彼の口ぐせだった。

その彼が、カリスト籍の商船の船員になったのは当然のなりゆきだったし、開戦の前になって編制された外惑星連合軍の兵士として、選抜されたことも不思議ではなかった。彼はいつもいっていた。航宙船という、人間らしさのない巨大なハードウェアの助けをかりて宇宙を飛んだとしても、それは本当に宇宙を飛んだことにはならないのだと。いつの日か人間は、自分の肉体のみで宇宙をわたっていくことができるのだと。私には、彼の希望を拒否する理由は考えつかなかった。

私が許可を与えると、彼は再度挙手の礼をし、気閘の向こうに消えた。数分後に気閘内気圧ゼロを示すサインがともり、すぐに外側のハッチの開く気配が伝わった。彼は今、自由だ。私は理由もなくそう思った。おそらく彼は推進銃を全開にして、この艦から離れているのだろう。太陽から遠くはなれた星の海の中を泳ぎながら、彼は短かった人生の中で最も幸福な時をすごしているに違いない。

誰も動こうとはしなかった。あるいは、彼のあとに続こうという気にすでになっていたのかもしれない。しかし、私と同様に彼のことをよく知っている者たちは、少なくとも彼が船から遠く離れて見えなくなるまで、船外に出るべきではないと、心に決めていたのかもしれない。私は、貯蔵庫からラムの最後のボトルを取り出し、封を切ってクルーにまわした。手わたされていくボトルのチューブから一口ずつをすすり、順に彼のために、そして自分のために祈った。

そして、それがひとまわりまわったあと、首席パイロットと航法士の女性がうなずき合い、我々にあいさつを送ってから二人で気閘の中に消えた。残された我々六人は、あまり減っていないボトルをもうひとまわしして、二人を祝福した。もしもこの戦争がなかったら、私は全財産をはたいて彼らのために盛大な宴をひらくのだが。

そのあとは、まるで私一人が残って観測を続けることを申しあわせていたかのように、一人で、あるいはつれだって船外へと泳ぎ出して行った。昔、人々がまだ地球上から飛び出せないでいたころ、地図のない大洋を帆船に乗って旅した船乗りたちは、我々と同じことをしたろうか。漂流を続ける船から大洋の中に船乗りは泳ぎ出していったろうか。

いや、最後の瞬間まで彼は母である船にいて、そこで息絶えるだろう。だが、この比喩は当たっていない。たとえ、水も食糧もなくとも船乗りは家である船の上で、泳ぐ必要のない乾いた甲板《デッキ》の上で餓死する方を選ぶだろう。だが、宇宙は海ではない。

この違いを説明する術《すべ》を私は知らない。説明しなくともわかる者にはわかる。だが、理解できぬ者には百万言をついやしてもわかるまい。この手記を発見し、そして読む者は決して我々が絶望的な状況の中で、集団発狂したのではないことを理解するだろう。そう私は信じる。なぜなら、この手記は航宙船乗りによって発見されるからだ。

あるいは、こういいかえてもいいかもしれない。人は昔、海を泳ぐ魚だった。そして、海から陸に上がり、空を駆け、宇宙を飛翔するようになった。船乗りが甲板《デッキ》の上で餓死するように、我々も宇宙へ泳ぎ出していく。

だから、艦長である私の責任において、この艦の最期に立ち会うという義務がなければ、私も優雅な星の中での死をむかえたいところだ。だから私は、最後にもう一人残った通信兵に声をかけた。私が出ていってもいいんだが、と。

すると彼は照れたように笑っていった。別に、あの伝説の空間流というやつをこの眼で見たくて居残ったわけじゃありません。こいつが欲しかったんですよ。と、彼はそういって私の手からラムのボトルをひったくり、いかにもうまそうに中味を吸い出し、ひとり占めしたボトルのチューブを口の端にくわえたまま、苦笑している私に手を振って気閘の向こうに消えた。

こうして私はひとり残された。

残された私には観測以外にするべきことは何もなかった。だが、気にすることはあるまい。いよいよ最期になったら操縦室の防御板を取りはずし、コクピットの中で船外服を着込んで最期を迎えればいい。その時でも、仲間はこの艦からそれほど遠くには行っていないはずだ。それまでは、せいぜいこの艦の掃除でもしておくか。

今の私はそんなことを考えている。

いきなり目の前に出て来た人影に、眉をひそめて俺は顔をあげた。ゴータム二曹はヘルメットの奥の耳の部分を指さし、何事か口を動かしているが、その声は聞こえなかった。イアホンのボリュームを絞ってあったのを思い出してそれを操作すると、彼の声がいきなり飛び込んで来た。

「規則違反だぞ。そんなに面白いか」

奴は笑いながら俺のノートを指さした。あいまいに俺は答えながら、何のために四人目の移乗員であるゴータム二曹までが船内に入ってきたのかといぶかった。すでに、ラジオを通じて説明はされているらしく、チョードリ少尉もダワ三曹も、彼のことは気にせずに作業を続けていた。ゴータム二曹は、バックパックに押し込んだキットをおろしながらいった。

「心配せんでも、お偉方にいいつけたりはしないよ。だが、二時間後にこの船は爆破処理される。そのつもりで作業をやっとけって艇長《スキッパー》の命令だ」

「いいか、観測員《サーベイヤー》、あんまり手間をとらせるな」いきなり艇長《スキッパー》の声が割り込んでそういった。

俺は割り切れない気持ちで聞いた。

「なんだってまた、この船を消したりするんだ。このまま飛ばしておいてやればいいじゃないか」

その俺の言い草がおかしかったのか、チョードリ少尉までが俺の方をふり向いて笑った。

ゴータム二曹は、もっともだというような声でいった。

「このまま突っ込むと、アコンカグアのカタパルトに引っかかるから、今のうちに、じゃまにならんよう片付けとけって話だ」

「あと二時間、ね」

「一時間後に、全員船外退去だ。それまでせいぜい読書を楽しみな」

艇長《スキッパー》までがそれを聞いて笑った。だがこのノートの内容を話して聞かせれば、誰も笑ったりはしないだろう。もっとも今の俺にはそんなことをする余裕は全然なかった。

背負っていた爆破キットを、手っとり早くおろして固定し、すぐに船外に泳ぎ出していったゴータム二曹を横眼でにらみながら、俺は再びノートに眼をおとした。記録はそれから無味乾燥なデータの羅列が続いていた。

この男、ヘルナー中佐は、よほど意志の強い男に違いない。俺はそう考えた。たった一人で一体何を考えてこんな数字ばかりを書き連ねていたのだろう。たとえ相手がものいわぬノートであっても、自分の心の内を吐き出したいとは思わなかったのだろうか。だから、そんな数字の行列が続いたあと、再び文字があらわれ出した時には、俺はホッとした。

六月一五日　火曜　漂流七〇日目　記

できるかぎり主観の入り込む余地のないよう、観測結果のみを記してきたつもりだが、どうしてもそれだけではおさまらない点がでてきた。これは観測の誤差ではない。

星の位置が、ずれている。結果のみ記せば。

本艦の航法システムは、いくつかの星を不動のものとして自己の位置を測定している。しかしこれはあくまで内宇宙――最外縁の惑星軌道まで宇宙空間を航行するためのシステムであり、現在位置では誤差が無視できないものとなっているのだと、私は考えた。

だが、入念にソフトウェアをチェックし、自己の位置を算出した私は、驚くべき結果を得た。いつの間にか、本艦の慣性速度は二、○○○キロ／秒をこえ、なおも増大中だったのだ。つまり、六つの恒星――シリウスⒶ、バーナード、トリマンⒶ、ルイテン2/10－892/3、ウォルフ424、そして太陽を基準として本艦の刻々と移りかわる位置を算出しつつ、速度と加速度を逆計算したのだ。これら六つの恒星の相対距離及び位置の座標は、きわめて正確にわかっているから、結果は正確なものといえるだろう。

当然私は加速度計を調べてみた。本艦の速度表示は、加速度積分タイプだったが、それはいまだに同じ初速度、一、○○○キロ／秒を示していた。座標位置から逆算した現在の加速度から、当然体に感じるほどのGがあるはずなのに、私は全くそれを感じていないのだ。しかも、加速度自体も増大しているというのに。

考えられることはただひとつ、巨大な重力場にバシリスクがとらえられ、引き寄せられているということだった。最も理解しやすいモデルは、前方に大質量点が存在するということだろう。他の観測機器は、パルス電波の類も光学的な存在も一切受信していないから、おそらくそれはブラックホールのようなものだろうと私は考えた。

それもよし、私は一人で笑った。ブラックホールの作り出す潮汐力に艦ごと引き裂かれて死ぬというのは、考えうる限りで最も派手な死ではないか。しかもそうなれば、艦外に泳ぎ出していった仲間も、やがてバシリスクに集中してくるはずだ。それも、いいではないか。私はそんな風に考えている。

六月一六日　水曜　漂流七一日目　記
私の予想は、はずれた。艦は直線的に加速しており、正艦首方向にシリウスを向けたまま、いささかも軌道はねじまげられてはいなかった。ということは、ブラックホールは艦とシリウスとの間にあるはずだ。だが、艦の進行方向をいくら観測しても、ブラックホールが存在する客観的な事実は見いだせなかった。
正艦首方向に、ぴたりとブラックホールが存在しているという、考えられないほどの確率の低さは無視するとしても、艦の異常な加速を説明するために、ブラックホールを持ち出すのは無理なようだ。

六月一八日　金曜　漂流七三日目　記
もうひとつの測定をやってみた。艦首と艦尾にそれぞれ精密加速度計を置いて、潮汐力が発生していないか測定してみたのだ。その結果、もしも本艦が重力場の中にいたとしても、それは完全に一様なものであるということだけがわかった。潮汐力は見いだされなかったものの、このことはひとつの可能性が消去されただけにすぎないのだが。

七月二五日　日曜　漂流一一〇日目　記

昨日まで、ずっとデータのみを記してきた。他に書くべきことがなかったせいだが、私の体に感じることも書いておく必要があるだろう。

私の体にも、何ら加速度は感じない。座標よりの加速度はすでに一Gを超えているというのに。速度は三五、〇〇〇キロ／秒と少し。決してデータの間違いではない。そのままにしておいた潮汐計測も、全く反応は示さない。

俺はかなりあせってノートのページをめくった。もしかしたら、そのままずっとデータばかりが記されたままで記述は終了してしまうのではないかと心配したのだ。いらいらと時計に眼をやりながら数字の行列を読みとばしているうちに、ほとんど最終ページ近くになって再び文字はあらわれた。

一二月一七日　金曜　二五五日目　記

あと二週間ほどで、二一〇〇年も終わろうとしている。地球の太陽のまわりの公転をもとにした暦など、今の私には遠い存在だ。太陽系それ自体でさえ、同じことだ。

あの戦いは、すでに終了したことだろう。この艦が、ガニメデの母港を出港してすでに九カ月余りになる。クルーが艦外に退去してからでも二二〇日だ。私に残された日数は、まだ三〇〇日以上もある。彼らが私のために残していってくれた動力を使い切るのに要する日数だ。最初のころは、この残日数というものがどうしようもなく私に重くのしかかっていたものだ。

だが、このごろはさほど気にならなくなってきている。それは、人生の半ばに達し、充実期にある者よりも、少年の方が死というものに対していいようのない不安を持つことに似ているのかもしれない。ともかくも、私は残された日数の半分近くをついやして観測を続けて来た。今では淡々と、最終日までの日数を数えることができる。だからこうして何の気負いもなく、このように再び書けるのだ。

だが、この日数というのも、あまり意味がないもののように思える。母港を出て九カ月とはいうが、実際には何日なのかよくわからない。それは決して主観的なものではない。私は結果が信じられずに何度もくり返して測定した。だが同じだった。いつかこうなるだろうということは、これまでの観測データから予想はしていたのだが、実際にこうしてそれがおこるまで私には信じられなかったのだ。

結論を先に示すべきだろう。仮装巡洋艦バシリスクは、本日、光速を超えた。何のショックもなかった。

現在の加速度は三・二G。太陽からの距離は七四・五光日になる。体感加速度は、いぜんゼロのままだ。このまま加速度が増していけば、私の生きているうちに光速の一〇倍もの速度でシリウス星系を通過してしまうことになる。こんなことがあり得るだろうか？　現実に私の眼の前でおこっているのでなければ、とても信じられないことだ。もう一度、全部のデータを根本的に洗いなおしてみる必要がある。

一二月一八日　土曜　二五六日目　記

どうしてこんな簡単なことに、今まで気づかなかったのか。

私はあくまで操艦の技術者であって、科学者ではないために、このように単純なことを考えつきもしなかったのだ。艦の座標位置を算定するプログラムをチェックした時に、当然気づいているべきだったのだ。だが、結果としてはこの間違いをおかしたまま、正しい位置を出すという奇妙な結末になったのだ。

今日、久しぶりに数時間の艦外活動をした。気閘を通過することにより、空気とエネルギーのロスが生じるので、できるかぎりそれを避けるようにし、艦内から最小限のセンサを使用して観測していたのだ。

だから艦外に出た時も、周囲に見えるものがあまりにあたりまえすぎて、私はそのことの異常に最初は気づきもしなかった。私は、これまで一、〇〇〇キロ／秒をこえる速度で航宙を行なったことはない。そのために、当然見るべきことを見落としていたのだ。

私のいる宇宙では、光速の上限は三〇万キロ／秒ではないようだ。それは本艦の現在の速度を知れば当然のことなのだが、私が見る宇宙の星々は、全く太陽系内で見るのと同じに見えていた。

光行差現象は全く生じていないのだ！　光速を超す速度で宇宙空間を突進しているのに。そして、当然のことのように前方のシリウス、そして後方の太陽からの光にも、ドップラー・シフトが認められなかったのだ。その結果、光行差現象を無視したに近い低速時の天測プログラムが、そのまま現在も通用しているということになってしまったのだ。

もしも、手もとに分光観測器があれば、さらにいろんな事実がわかったかもしれない。いくらなんでも、光速度が無限大などであるはずはない。この宇宙であっても、上限が存在すると考えるべきだ。トリマンや、太陽のスペクトルを精密に観測することができれば、光速度も測定できるのだろうが、本艦は戦闘艦であって観測船ではないのだ。

そのかわりに、私はひとつの実験を行なった。艦の係留《タイライン》アンカー射出機から、ワイアをはずしたアンカーを射ち出し、レーダーでそれを追ってみたのだ。規準通りの初速で慣性飛翔するアンカーの距離は、簡単に算出できる。それをレーダー観測してレーダー電波の速度——光速に等しいと考えて——を逆に計測しようとしたのだ。念のために、艦首部にあるレーダーとは別に、艦尾にもサブ・レーダー・システムを据えて、艦側直角方向に射出するアンカーを追跡させ、正確を期するようにした。

これらの一連の実験のために、艦内に残り少なくなっていたエネルギーを、大幅に消費することになった。閉鎖循環システムが停止するまでの私の余命は、一気に一〇〇日足らずに短縮するはずだったが、別にためらいはなかった。

結果のみを記す。初速から算出したアンカーの位置は、艦首及び艦尾から測量した方向角と完全に一致した。そしてレーダー電波の速度は三〇万キロ／秒。光速度は常に一定ということらしい。つけ足すなら、私に残された日数は六〇日プラスマイナス二〇日というところだ。

少し休息が必要なようだ。

一二月一九日　日曜　二五七日目　記

昨日、四時間に及ぶ艦外活動で私は疲れ切ってはいたが、どうしても気になることがあったのでもう一つの検査を行なった。そのことを記したい。本艦の医療ユニットの中に、精神分析のセットがあった。単純なものだ。さまざまな遭難事故の状況に応じて各乗員の精神状態をチェックし、もしも指揮官の分析結果が基準値を下まわれば、他の者に代行させるというものだ。このノートにも、コピーを焼き込んでおくが、私自身の精神状態はきわめて正常で、指揮官としての責務を果たすのに不都合なところは何もないとの結果が出た。だが、私が完全に発狂しているのであれば、このような自己分析自体が無意味なことなのだが。

昨日の記録には書かなかったことがもうひとつある。艦外活動中に見たあれは、幻覚なのかもしれない。だが、私にあのような幻覚を見る潜在的な願望は見当たらない。しかし、幻覚ならそれでもよい。私の見た主観的な事実を冷静に記すべきだ。もしもこの記録が精神分析医の手にわたることがあれば、彼はこのような状態で見る幻覚について講義をしてくれることだろう。

鳥を見た。

大きな鳥だった。星空を背後に大きくはばたいて私のそばを通りすぎていった。エウロパ生まれの私は、今まで地球の空を飛ぶ鳥など見たことはない。だが、写真で見たことのある鳥とは全く違っていた。宇宙空間をはばたきながら飛ぶ鳥など、ナンセンス以外の何物でもない。

しかし、あの鳥の表情は忘れることのできないものだった。私の方を見たあの眼は――何といっていいのか言葉がみつからない。例えば、愛、あるいはやさしさという言葉がそれに近いのかもしれない。私は思わずその鳥に声をかけようとした。鳥は

あまりに今日は、主観的なことを書きすぎたようだ。この記録は、私のありのままを書き残しておきたいと考えていたが、私は文章家ではない。このことについては、もう書かないことにする。いずれにせよ、私は今後艦外活動は行なわない――というより実質的に行なえないから、あの幻覚を見ることもないだろう。

一二月二一日　火曜　二五九日目　記

昨日も今日もくり返して精神分析をやってみた。あいかわらず結果は正常としか出ない。それならば、あの幻覚の意味は何なのだ。艦内に閉じこもれば、幻覚も見ないと考えたのに。

二一〇一年一月一日　土曜　二七〇日目　記

新しい年になった。だが、そのこと自体はさして重要なことではない。この記録も、本日付をもって終了することになるだろう。この一〇日間、記録を中断していたが、私は不確実なことを記す気にはなれなかったのだ。だが、私は今、彼らのいうことを信じている。時間が許すかぎり、そのことを記録しておこうと思う。

この一〇日分の精神分析のデータを添付する。こんなことをするのは、これから書くことがいかにも馬鹿げたことのように受け取られかねないからだが、しかし、理論的には非常にしっかりしたものである気がする。少なくとも、私にはそう思える。

幻聴は、この一〇日間、くり返し私にささやきかけた。初めのころは私はそれを無視し続けていた。だが、三日目をすぎるころから私はその声の主が誰なのかを知って、無視することができなくなった。その声は――声というより、直接私の頭の中にささやきかけてくるように感じたのだが――あの、漂流の初めのころに真っ先に宇宙へ泳ぎ出していった機関兵のものだった。それだけではない。彼の声に重なるようにして、首席パイロットと航法員《ナビゲータ》の女性、あの酒飲みの通信員《トラッカー》の声がささやきかけて来たのだ。八人の声がそれぞれ大きくなり小さくなりしながら、絶えず私に呼びかけてくるのだ。

死後の世界というものなど、考えたことのない私だが、こうやって仲間と一緒に行けるなら、それも悪くはないと思った。だが、ことはそれほど容易なものではなかった。私が彼らの声に注意し始めるようになると、声はますます明瞭なものとなり、最初全く意味がつかめなかったのが、次第に理解できるようになってきた。

そして、昨日から今日にかけて私は彼——彼らと呼ぶべきだろうか——と完全な接触《コンタクト》に成功した。ただ、彼の声を聞くだけではなく、こちらから質問することも可能になったのだ。どこまでそのイメージを具体的に記せるかはわからないが、残された時間の中でとにかく書き残すことにする。

彼は私にこの特異宙域について説明した。——宇宙が存在を始める以前、宇宙は一点に凝縮していた。こう考えるのはビッグ・バン宇宙論の根本だ。だが、これは光速度を一定と定義したスケールで宇宙を測定していたため、当然そういった結論に達するのだが、ひとたび光速が時間の関数だとして宇宙を組みかえるならば、他の解釈も可能となる。時間の経過というものが主観的なものなら、等速で時間が経過していくという定義も考えなおさなければならない。宇宙の開始時より一定の速度で動いていたものは存在するか？　原子時間、惑星の公自転、ラジオ星の振動等々、すべてが無限大からゼロへ、あるいは一からゼロへと遷移していく途中の宇宙でしかない。現在以外の瞬間を、どのように観測できるのだろうか。そのような、時間を定義できない宇宙では、光速度でさえ絶対的な尺度にはなり得ない。

宇宙は、始原時においては、無限大の光速を持っていた。この時には、あらゆる地点での存在が宇宙のどこにでも情報として伝えられる世界であり、相互の位置は定義できるが、情報伝播時間はどこにあってもゼロになる。さらに、単位空間当たりのエネルギー量は無限大だったはずだ。

これは、あるいはビッグ・バン開始以前の、一点に凝縮した宇宙を内部から見たのと、イメージは似ている。そして、この無限大の光速を持っていた始原宇宙には、時間は存在しなかった。静止していたのだ。単位空間当たりのエネルギーは無限大だが、単位時間当たりに見るならばゼロだったのだ。

だが、この光速が無限大で時間の経過のない始原宇宙は、実際には存在せず、発生と同時に光速度は急速に低下し始め、現在に至ったという。しかし、宇宙は空間的に一様ではなかったために、光速度が周囲と同じに低下しきれない宙域が、現在の宇宙の中に存在するのだという。つまり、空間的に一様ではない宇宙は、いいかえれば時間的にも一様ではないということだ。

我々は、そういった宙域に引き込まれたのだと、彼らは説明した。だが、太陽系外に出たとほとんど同じころ、バシリスクは加速を開始した。これほど太陽系に近いところに、そんな宙域が存在し得るのか。しかも、バシリスクはその中を数十光日にもわたって航行し、さらに加速を続けている。これほど巨大な宙域が存在するなら、今までになぜ観測されなかったのか。彼らはそれに答えていった。

　バシリスクが乗って来たのは、特異宙域が太陽系に向かって突き出した触手だ。この特異宙域の中心はここからシリウスへさらに一光年ほど近づいた所にある。中心付近では光速度は通常空間の数百倍に達する。ただし、中心から離れるにしたがい、急速に速度は低下するが。

　私はさらに聞いた。このような宙域は、宇宙に多く存在しているのだろうかと。すると彼らは、よくはわからないが、この宙域はそれほど珍しい存在ではないようだと答えた。そして、この宙域は絶えず移動している存在なのだとも。

　それにしても、私にはまだ釈然としない部分が残っていた。なぜ、バシリスクに向かってこの宙域は触手を伸ばし、引き込んだのか。オディセウス・ゼロも同じように引き込まれたのか、そしてあの超光速で内部が移動する空間流というのも、特異宙域から突出した触手なのか。彼らはいった。

　この艦が引き込まれたのは、この艦の持つ情報のせいだ。艦自体のハードウェア、そして我々自身を加えた系が、非常に高い情報密度を持っているために、内部情報密度の希薄な特異宙域に引き込まれることになった。だが、この宙域は比較的小さいものだったので、太陽系それ自体にまで接触することはできなかった。もしそんなことになれば、膨大な情報移動で、太陽系もこの宙域も狂ってしまう。

　――我々の艦とオディセウス・ゼロとでは状況が異なる。オディセウス・ゼロはずっと通常空間を航行している。あの空間流というのは、特異宙域の情報量にギャップが生じた時におこる、一種の放電のようなものだ。これは、特異宙域の触手のような小さな変化率は持っていない。これに巻き込まれると、艦は構造的にも、情報系自体も破壊される。実際にそのようにして引き込まれ、破壊された艦もあったようだ。くわしいことは知らないが。

さらに彼らは私の聞くことに答えていった。

――いくらこの艦にある観測器で光速度測定を行なっても、三〇万キロ／秒の値しか出せないはずだ。つまり、光速度は時間と距離の関数であり、周囲の星から測定した速度が三〇万キロ／秒を超えたところで、それはただちに光速度をこえたことにはならない。系内観測で、光速度が三〇万キロ／秒であるのと同じ意味で、このバシリスクの慣性速度は今でも一、〇〇〇キロ／秒なのだ。バシリスク全体が三〇〇倍の長さに伸びたか、あるいは時間の流れが三〇〇倍ゆるやかなものになったのか、さもなくばその両方なのかもしれない。そして、バシリスクのハードウェアは、特異宙域を通過すればもとの相対速度に落ちて、シリウスへ飛翔する。

その時になって、彼らのうち他の七人は声をひそめ一人が前面に出て来たのを私は感じていた。だが、そうなっていても彼らの意思はひとつであり、彼の声が全員を代表しているのだということは、彼のはずんだ声を聞いているだけでわかった。彼とは、もちろんあの機関兵のことだ。

すごいよ、艦長。僕はこのためだけに航宙船乗りになったんじゃないのかって気がする。星が、きらめいている。星がこんなにきれいなものだなんて、今まで感じたことがないよ。

僕たちにはもう、ハードウェアなんていらないんだ。そんなに重いものを取り去ってしまえば、どこにだって行くことができるんだ。この宙域から銀河系宇宙の中心部にのびている空間流がある。それに乗って行けるところまで行ってみたいんだ。

私は本当に彼らがうらやましかった。しかし、なんとか私は彼らにわかれの言葉を送ることができた。すると、彼だけではない、他の七人の声も一斉に私に呼びかけた。

——我々は九人で一組のクルーだ。艦長が我々と一緒に来ない理由が何かあるとでもいうのか？

私は面くらった。そんなことが可能なのか。

彼らはそれぞれに私を歓迎する声をあげながらいった。

——我々の時ほどやさしくはないが、可能だ。あの鳥がもどって来れば——

あの鳥は幻覚ではなかったのか。そう聞く私に
時間が無い。出発の時だ。これ以上は書けない。私にとってただ一度のチャンスだが、私は成功を疑ってはいない。私が発狂したと思われても

そこで唐突に手記は終了していた。ページを最後まで開いてみたが、あとは俺が立ち入るのを拒絶するかのように、どのページも空白のままだった。俺はそれでも未練がましく何度もページをくり返してめくったが、どこにもそれ以上の続きは書いてなかった。

俺の横のシートでは、チョードリ少尉が苦労しながらコンピュータ内のメモリを引き出そうとしていたが、みんな消えちまって、まともな形で残っているのはひとつも無いと、しきりに文句をいっていた。顔を上にあげると、穿孔はすでに終わったらしくて、ダワ三曹はキットを操作しながら、操縦室の内部をさぐっていた。

そんな中をさがして見ても、最後の一人はいないよ。死体がもしも船内にあったとすれば、俺が今いるシートに乗っかってるはずだ。俺がそういおうとした時、イアホンから緊急通信のコールが鳴った。いいかげん作業にあきていたらしいチョードリ少尉もダワ三曹も、顔をあげてボリュームを絞っていたイアホンの音量をあげた。全員退去までには、まだ時間があった。艇長《スキッパー》は早口でまくしたてた。

「母艦《ベース》からの命令だ。すぐにこの船から離れなきゃならん」

作業を切り上げることについて、誰からも文句は出なかった。艇長《スキッパー》はつづけた。

「どこかの阿呆な旅客船のエンジンがぶっこわれてとまらんのだと。放っぽっといたらシリウスを通りすぎてあさっての方へすっ飛んでっちまうそうだ。俺たちが一番近い軌道にいるから、お客を助け出せってことだ。お客がカタパルトの減速に耐えられんようなら、カタパルトで俺たちを引っかけながら、逆磁をかけたタンカーを放り出してやるから、そいつとドッキングしろとさ。この船の爆破は予定通りだ」

この船の最後の大花火ってわけだ。俺は、たった今読みおえた手記の話を仲間にするのは、もう少しあとにしようと考えていた。どこか遠くへ飛んでいった彼らのことを考えながら、一人でこの船の最期を見とどけるのもわるくない。あとでみんなに文句をいわれるかもしれないが。なに、かまうものか。

「けっこうだね。どうせこのぼろコンピュータには、ろくなものがつまっていない。そろそろ切りあげようと思っていたところだ」

チョードリ少尉はそういって、接続してあった動力ユニットを引き抜いた。ダワ三曹は、ちょっと残念そうなふりをみせたが、しかし最後の作業を省略できたことを、素直に喜んでいるようだった。しかし、声だけは不服そうにいった。

「だが、何だってその旅客船の乗客を俺たちが引っぱり出さなきゃならないんだ。シリウスの双曲線軌道にこれから突っ込むところだろ。エマージェンシー・バッグの中で凍眠していりゃ、脱出軌道に入ってからでも充分間にあうだろうに」

「議員さんが乗ってるんだってよ」めんどくさそうな声で艇長《スキッパー》はいった。「コールド・スリープで何十日もつぶされるのはかなわんとさ」

俺はため息をついて、ノートを船外作業服のポケットにねじ込んだ。この星系《あたり》からも、未知な所が急に少なくなってきたような気がした。なんだか、このボロ船に乗っていたクルーが、ひどくうらやましい気がした。

そんなことを思いながら、グルカ一〇七に向けて泳いでいったもんだから、なんとなく星の海がいつもより暗くみえた。

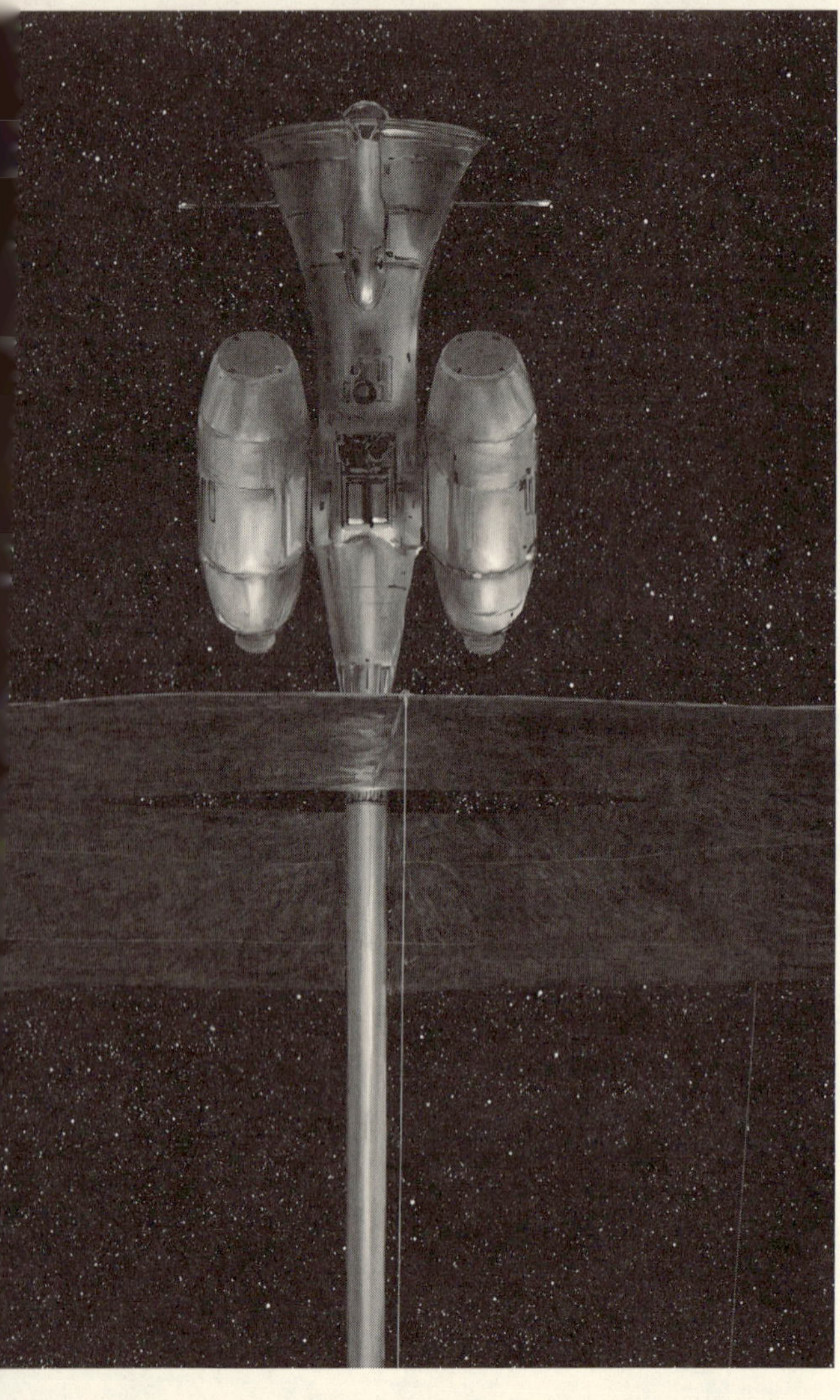

「星空のフロンティア」より　支援艦シビル・11

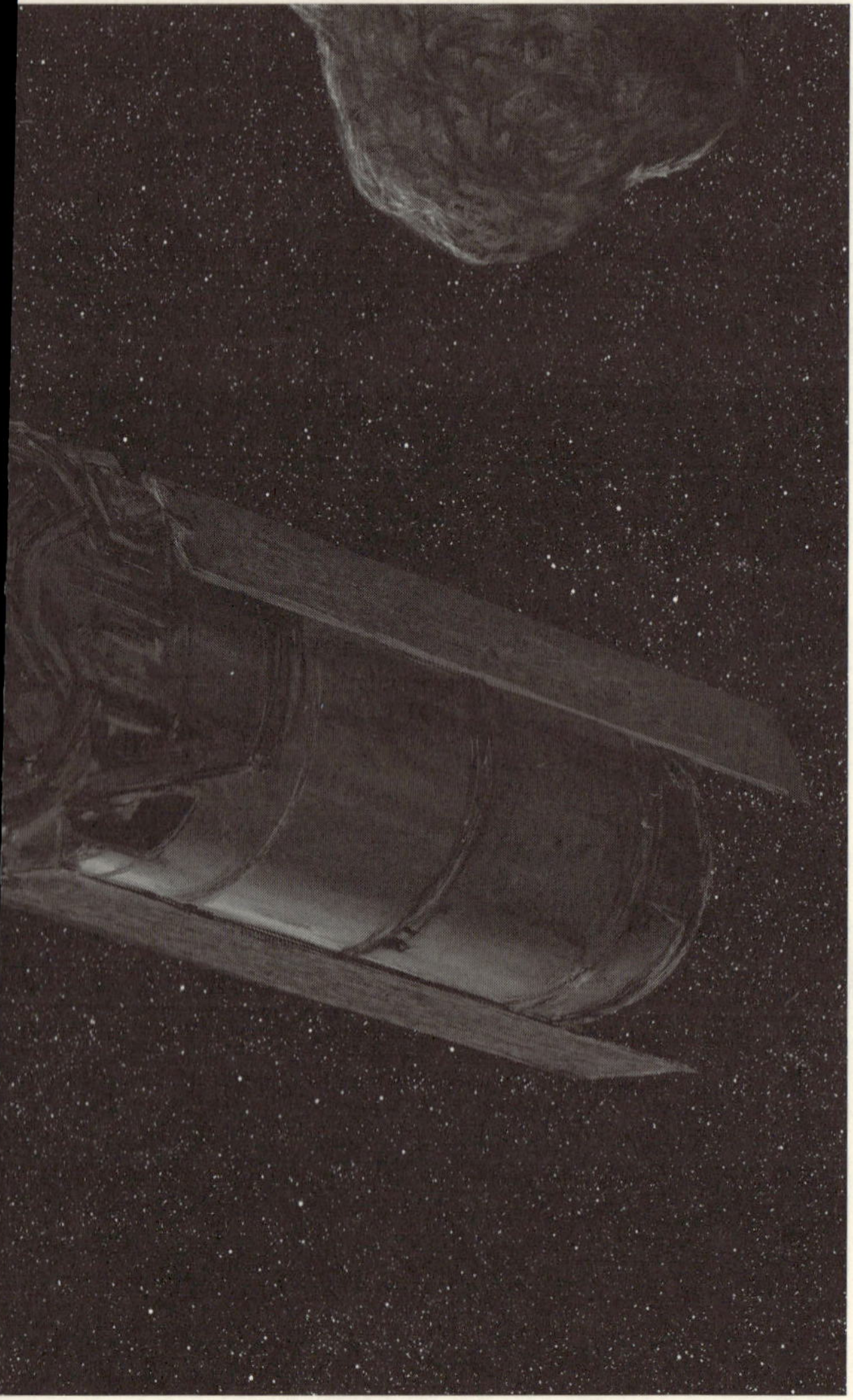

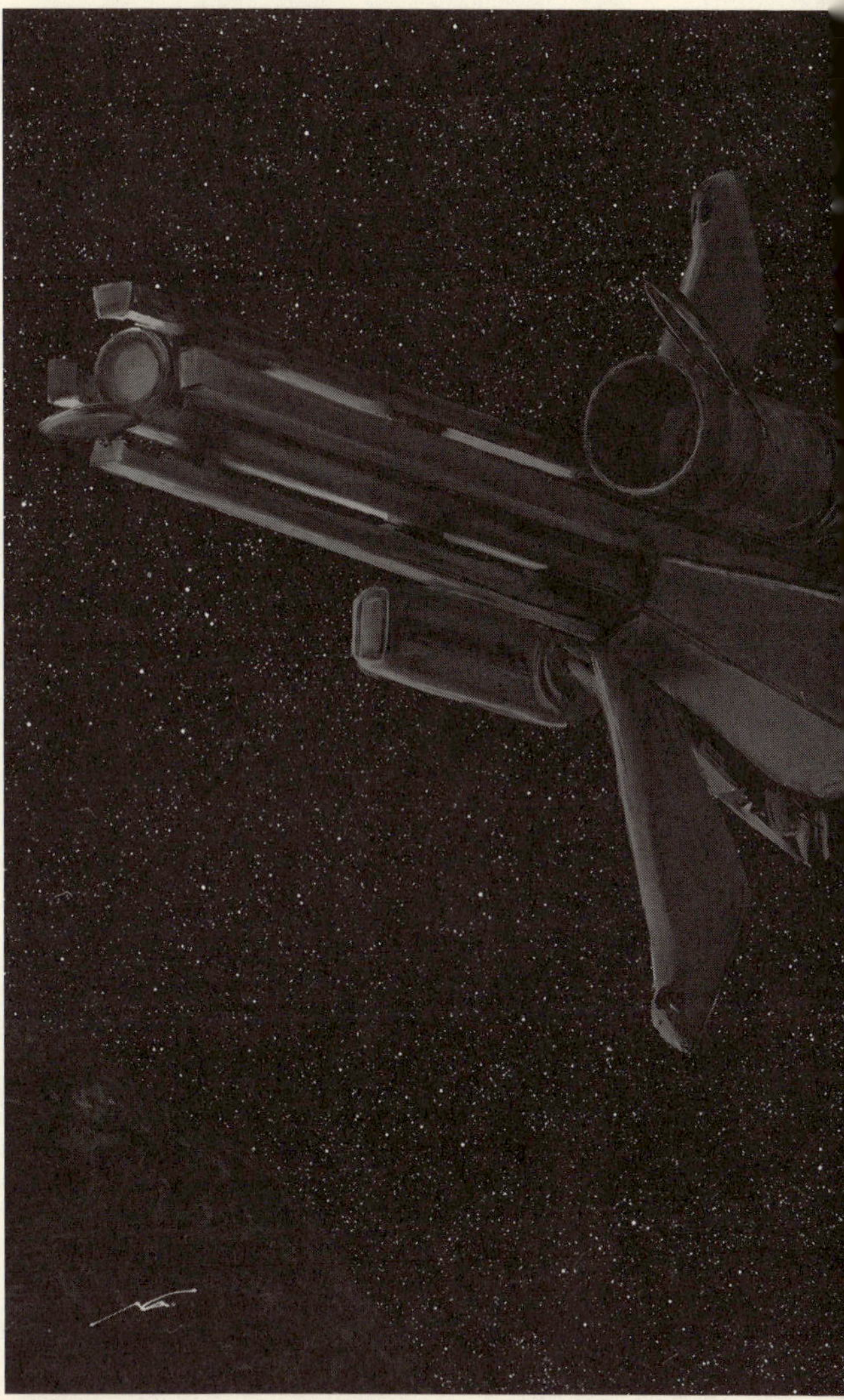

「砲戦距離一二、〇〇〇」より　高機動レーザ攻撃機ヴァルキリー

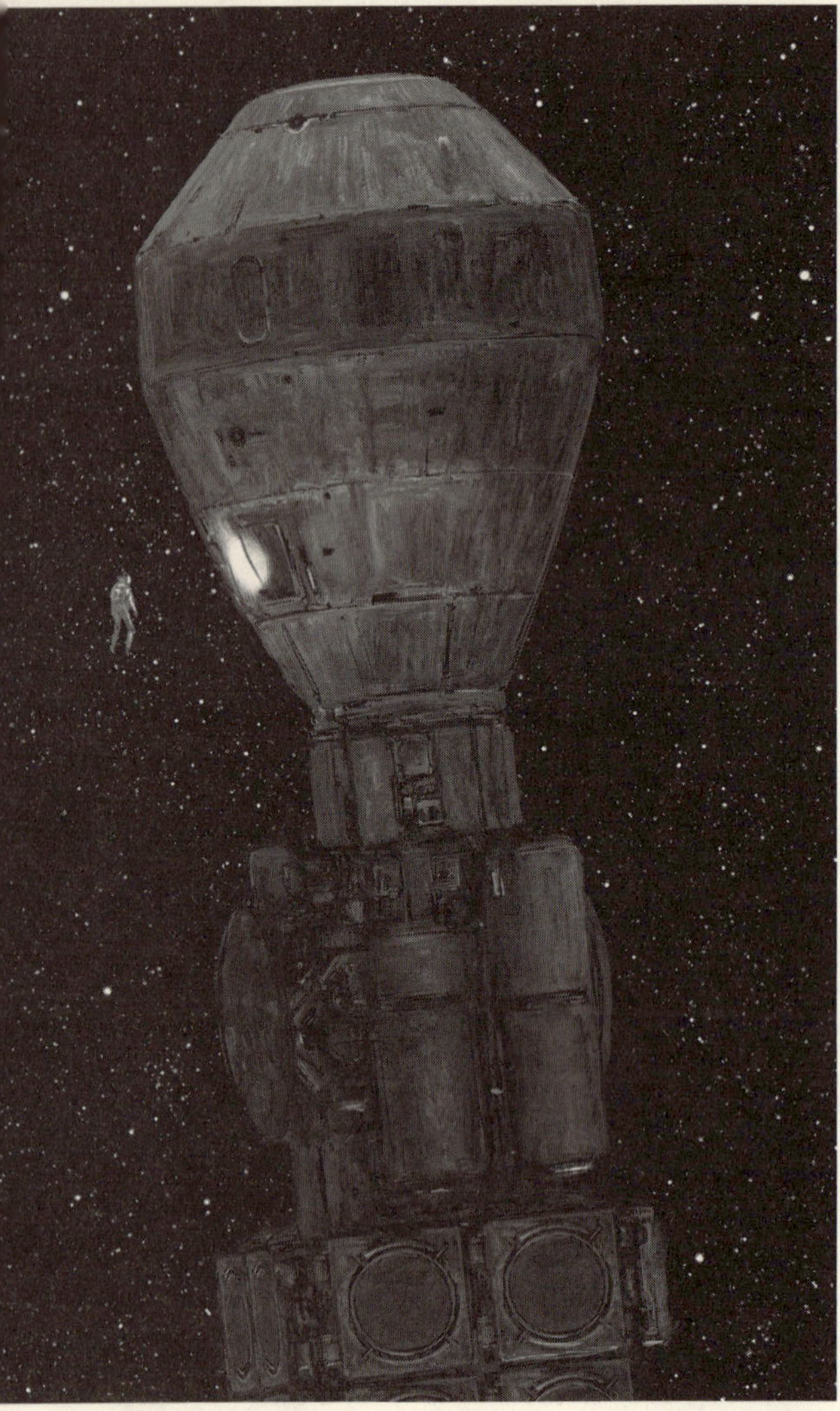

「仮装巡洋艦バシリスク」より　バシリスクとグルカ107

# あとがき

物語を構築する上で、地図が重要であることは以前に書いた。ただし地図だけでは不充分で、図上には表示できない細部の状況を決めていく必要がある。さらに漠然とした世界観はあるものの、作成した地図と整合性がとれていないこともあった。当然だろう。現実の世界を写しとった地図ではないのだから、どれほど注意深く描いても矛盾が生じる。

完全な地図を作製する必要はない。小説の構成を確定するための作業なのだから、目的を誤ると本末転倒になってしまう。むしろ全般的な大嘘をめだたなくするために、細部を正確かつ具体的に描きこむべきだ。無論それには膨大な量の計算が、必要になってくる。現実を写しとった地図なら、主要な部分の確認あるいは検算だけですむ。しかし嘘でかためた世界の整合性をとるには、周辺部分から丹念に虚構を積み重ねていくべきだ。

本書に収録されている「星空のフロンティア」は、ネパール在勤時に書かれた。首都カトマンドゥから道程五〇〇キロほど離れたインド国境に近い現場だった。いまならネットに接続して、知りたいことを簡単に検索できる。大量の資料を必要とする宇宙SFでも、苦労することはない。

ところが「星空の――」のときは、それほど簡単ではなかった。宇宙工学や天文学の本が入手できず、資料と呼べるのは理科年表だけだった。新刊書店や図書館も見当たらないから、必要な本は自力で入手するしかなかった。

当時は石原藤夫博士の『銀河旅行』と『銀河旅行 part 2』が刊行されたばかりで、SFマガジンにも記事が連載されていた。資料としては最適だが、普通なら刊行されたという事実さえ把握できなかったのではないか。だがその頃は、ネパールに住みはじめて三年めになっていた。様々な裏技を駆使して、数ヵ月遅れで入手できた。

ただ地図や関連する配置図などの計算には、裏技はない。気が遠くなりそうな量の計算を、ひとつずつ片づけるしかなかった。手まわし式の計算機は、使っていない。加減乗除だけの電卓と、あとは筆算だった。対数表とソロバンも利用した。

二〇一七年一月　小松市で

# 解説

SF音楽家　吉田隆一

『航空宇宙軍史・完全版』第四集には、長篇『エリヌス―戒厳令―』、中・短篇集『仮装巡洋艦バシリスク』の二タイトルが収められております。この二タイトルは共に、谷甲州氏による未来史、航空宇宙軍史シリーズにおいて、最初期に発表された作品です。

完全版（一）巻末解説でも触れましたが、谷氏は『仮装巡洋艦バシリスク』収録の中篇「星空のフロンティア」、そして『エリヌス―戒厳令―』をまず、航空宇宙軍史の「基本的な骨格」として提示する構想を持っていました。

今回の完全版が作中時系列に沿った収録となった結果、「第一次外惑星動乱の詳細を描くことにより、作中の技術的基盤を確立し、了解事項を共有する」という谷氏の構想が効果的に機能しています。読者は、この二タイトル作中で重要な役割を果たす技術、戦術、物理運動の概略を理解した上で読むことができるのです。

なにより完全版を刊行順に読むことにより読者は、まず太陽系内を描いた作品により、いわば「ニュートン力学の世界」における基礎的な了解事項を理解した上で、外宇宙という「相対性理論の世界」を舞台にした作品に臨むことになったのです（「星空のフロンティア」は、作中時系列では最も古い時代にあたる作品でありながら、相対性理論が重要な役割を果たしています）。

以下、本書収録作品それぞれの特色について、解説していきます。

『エリヌス—戒厳令—』は一九八三年、早川書房《新鋭書き下ろしSFノヴェルズ》として刊行（八八年にハヤカワ文庫JAで文庫化）された作品です。

航空宇宙軍史名義の作品としては「星空のフロンティア」「仮装巡洋艦バシリスク」に続く三作目、谷氏の作家キャリアにおける二作目の長篇作品（一作目は、航空宇宙軍史外伝である『惑星CB‐8越冬隊』）となります。航空宇宙軍史シリーズという作品群の方向性を決定づけた傑作SF長篇です。

第一次外惑星動乱終結から二〇年後、天王星の衛星エリヌスを舞台に、外惑星連合の地下組織SPAが企てたクーデターに端を発し、現地政府、公安警察、そして航空宇宙軍の思惑が交錯する物語です。政治サスペンスであり、SFミステリでもあり、なにより宇宙空間を舞台にしたハードSFであるという、航空宇宙軍史の要素が全て詰まった作品です。

そして本作が「傑作ＳＦ」である理由の一つは、多くの要素を組み合わせた小説でありながら、あくまで「ＳＦでしか描けない物語」となっている点です。

谷氏は、自身の作品が「ＳＦかそうでないか」について、こだわりがありました。例えば（執筆時点から見た）近未来の地球とその衛星軌道上を舞台にした小説『軌道傭兵《オービット・コマンド》』（九〇年／中央公論社）あとがきにはこのような文章があります。

「ほんのちょっと前までは、宇宙空間を舞台にした小説はそれだけでＳＦだった（中略）この小説はＳＦではない——と思う」

「理由はいろいろと考えられる。第一に、登場する技術やメカは、現在も使われているか計画中のものばかりだ。（中略）次に、宇宙空間といっても、未知なるものはなにも登場しない」

では本作はどうでしょう。執筆当時すでに構想があり、現在は実用化されつつある（ＪＡＸＡのイカロスなどでも一般に知られる）ライトセイルや、一九七〇年代に実際に計画された外宇宙探査計画と同名の探査計画が登場します。

しかしそれらは作中ではすでに一般化を終えた技術、あるいは作中の史実として扱われ、「その先」に位置する作中のリアルタイム、いわば航空宇宙軍史のＳＦ的世界観を構築するための土台として機能しているのです。

そして本作で描かれるのは、そのような技術が普及し、太陽系内が開拓し尽くされようとしている時代においてなお「極地」と呼べる場所での戦闘です。太陽近傍という高熱環境における宙戦、真空・低重力の衛星上での陸戦など。そうした環境での経験が不足したもの同士の戦闘は、時に悲喜劇となります。その死は、まるで出会いがしらの事故のようです。谷氏はその様を容赦なく描きます。

戦闘という要素についてさらに言えば、本作は「平時の非正規戦」を描いた作品であり、武装や兵士の練度以前に、そも「戦場」に慣れていない兵士のリアリティを感じます。登場人物たちが極限状況で生き残るために必死にあがく姿が描かれています。

それはヒマラヤという極地での戦闘が描かれた『遙かなり神々の座』（九〇年／早川書房、九五年／ハヤカワ文庫JA）、『神々の座を越えて』（九六年／早川書房、九九年／ハヤカワ文庫JA）、厳冬・雪中での戦闘とサバイバル、個人と組織の思惑が交錯する様を描いた冒険小説『凍樹の森』（九四年／徳間書店、九八年／徳間文庫）など、谷氏の他作品にも通じています。

航空宇宙軍史において宇宙空間とは、戦場であると同時に、生活の場でもあります。本作は何人かの登場人物に視点を割り振り、場面ごとにその視点を切り替えることにより、読者に（作中の登場人物同様に）限定された情報を与えながら物語が進行します。その「視点」

のひとつに、戦場にいながら「兵士」になりきれない兵員食堂の下士官、タマン三曹を選んだこともまた、本作の性格を表しています。読者がシンパシィを覚えるであろう心優しき人物です。

それは、宇宙空間での生活という「リアル」を読者に想像させやすくするための仕掛けでもあります。未知の世界を描くSFにおける「リアル」とは？という問いかけに対する谷氏の回答のひとつ、とも言えるでしょう。航空宇宙軍史とは、現代の我々と変わらない人々が、宇宙という未知の空間で繰り広げる物語なのです。

完全版では収録が時系列順となったために、第一次外惑星動乱前後に登場した人物のドラマがより鮮明になっています。例えば完全版（一）収録『タナトス戦闘団』に登場した女性スパイ緒方優の娘とその父、完全版（三）収録「失われた翼」に登場した元ガニメデ軍士官カミンスキイ中佐などの人々の運命が描かれます。

完全版（三）の解説でも触れましたが、彼らは巨大な組織と歴史の流れに翻弄され、それでも自身の生を全うすべく生き抜く人々です。ラストシーンでサイボーグ鉱夫オグが怒りを込めて口にする言葉が、この物語の一面を物語っています。

歴史の転換点となる事件を、そうした「個人」の視点で描いた本作の手法こそ、航空宇宙軍史という物語の志向を決定づけたといえます。

冒険小説としての構造も重要です。本作に先行した航空宇宙軍史の中短篇「星空のフロンティア」「仮装巡洋艦バシリスク」は共に宇宙SFであり（外伝『惑星CB‐8越冬隊』を除けば）冒険小説的な構造を持った最初のシリーズ作品です。例えば、作中で具体的なオマージュ描写が見られるフレデリック・フォーサイス『ジャッカルの日』などにインスパイアされたと思われる、スリリングなドキュメンタリータッチの作劇手法が効果をあげています。

なにより、本作はハードSFです。導入部に登場するライトセイルタンカー、航宙艦の軌道計算。天王星の公転と自転の周期と角度。これらのハードウェアと物理要素は単にSF的ガジェットに留まらず、物語を貫く軸となっています。

そして、こうした全ての要素が完全に組みあがった結末にこそ、この作品がSFであること、SFでなければならない理由が示されています。同時に、航空宇宙軍史という長大な物語で描かれる人類のカルマが明らかにされるのです。

次に『仮装巡洋艦バシリスク』収録作品について述べていきます。

『仮装巡洋艦バシリスク』は八五年にハヤカワ文庫JAから刊行されました。収録作品の初出は以下の通りです。

「星空のフロンティア」……〈奇想天外〉八一年四月、五月、六月号

「砲戦距離一二、〇〇〇」……〈SFマガジン〉八四年八月号
「襲撃艦ヴァルキリー」……書き下ろし
「仮装巡洋艦バシリスク」……〈SFマガジン〉八二年一二月号

文庫での収録順は、発表順ではなく、エピソードの年代順となっています。


「星空のフロンティア」

記念すべき航空宇宙軍史の一作目であり、シリーズ全体の骨格を担う、極めて重要な物語です。

幻想的な序文、そして物語がカトマンドゥから始まることが印象的です。地球上の「古い街」、そして太陽系近傍とはいえ外宇宙を舞台に物語が展開する本作は、ロマンとノスタルジィの香りを纏っています。

本作の前半において外宇宙探査の概要について語られることで、航空宇宙軍史という物語が最初から広大な舞台を想定していることが理解できます。外宇宙を舞台にする以上、相対性理論を前提とした物語となるのです。

光速に近い速度での航行により地球と主観時間がずれていく、いわゆるウラシマ効果などに代表される、宇宙SFでは古典的とも呼べる前提です。しかし谷氏は、まるで技術者が「拡散と普及を終えた枯れた技術」を用いてあらたな建造物を組み上げるかのように、そう

した前提を巧みに用いて、自身のＳＦ的イメージを瑞々しく描いています。

本作では、普遍的といえる宇宙と対峙するロマン、人類文明に対する大局的視点が提示されています。それは例えば、

「(外宇宙探査に赴く航宙士たちは) 一様に遠くをみる眼をしていた。たえず地平線に視線をすえている遊牧民のように、はるか遠くで焦点が結ばれている」

……と、主人公が語る描写、あるいは主人公と他者の会話などにより明示されています。

今回改訂により、描写が細やかさを増しています。シリーズを通した (サイボーグ技術などに代表される) 技術体系描写が、他作品と整合性を持つようになったりもしています。しかし基本的な構造は初出時と変わっていません。

ビジュアルイメージの鮮烈さも印象的です。例えば、螺旋を描きながら銀河中心に亜光速で飛翔する航宙艦のイメージ……その光景を心に思い浮かべるときに、時代を越えてなお変わることのない「ＳＦ小説を読む悦び」を感じることでしょう。

「砲戦距離一二、〇〇〇」

第一次外惑星動乱末期を舞台にした、航空宇宙軍史を代表する傑作短篇であり、非常に人気の高い作品です。短篇でありながら、詰め込まれた情報量は圧倒的で、なおかつ無駄があ

りません。

航空宇宙軍史の特徴のひとつである航宙艦内での「密室劇」です。登場人物の発言や態度の描写で、心理の深いところまで読みとらせる谷氏の技法は、改訂により、さらに緻密さを増しています。

シリーズ全体での位置づけとして、元々は相対速度差と慣性系のイメージを読者に伝える役割も果たしていました。今回の完全版では収録順の入れ替えにより、（二）収録の『火星《マーシャン》鉄道《レイルロード》一九』がその役割を果たしていますが。

なにより、完全版（三）に登場した、登場人物と同格ともいえる存在である高加速無人戦闘艦ヴァルキリーが最初に描かれた物語です。

ここでもまた収録順の入れ替えで『星の墓標』が先行することにより、読者はヴァルキリーの戦闘を読みながらその成り立ちについて、思いをめぐらせることでしょう。またヴァルキリーのいかなる点が驚異的であるか、戦術上の判断、及び特徴的な長距離照準システムの概要をイメージしやすくなったともいえます。

そして改訂により、完全版（二）収録の短篇「土砂降り戦隊《cats'n dogs fighters》」と具体的に関連させている点も見逃せません。

なおヴァルキリーの、人工知能としての様々な特徴は、完全版（一）解説でも触れた『ヴァレリア・ファイル』（八七年～九〇年／角川文庫、九九年／中央公論新社）に登場する、やはり登場人物と同格の存在である無人戦闘機「H・F」に反映されています。

「星空のフロンティア」「砲戦距離一二、〇〇〇」の二作に共通した、興味深い改訂があります。「代用コーヒー」に関する印象的な描写が多く書き加えられているのです。

これは、飲食を通して登場人物の性格や心理を描く作劇手法でもありますが、なにより、先に述べたように航空宇宙軍史が「人類が宇宙を生活の場とした時代」を描いたSFである、ということの証でしょう。

宇宙空間においても変わらないであろう感覚を描くことで、読者は、登場人物に対するシンパシィを深めることができます。そうした細やかな描写の積み重ねこそ、航空宇宙軍史のリアリティを生み出しているのです。


「襲撃艦ヴァルキリー」

航空宇宙軍史において、太陽系以外の恒星系を舞台に描いた最初の作品です。ヴァルキリーが再登場します。そして外宇宙を舞台に、光時単位の距離での通信タイムラグと、先行する「砲戦距離一二、〇〇〇」で描かれた「慣性系間の相対速度差」がドラマを生みます。

本作もまた緊張感溢れる密室劇ですが、主人公の相手は人工知能です（改訂により、近年の谷氏が作中に登場させている人工知能ガジェット「仮想人格」にアップデートされていま す）。

作中での人工知能の在り様は、例えば神林長平『戦闘妖精・雪風』で描かれる「機械知性と異星体の相互理解と、それを知覚できない人類」も連想しますが、谷氏は人類のカルマを逆説的に描くために、人工知能に「人類と人工知能の思考の相違」について端的に語らせ、それに対する人間の感慨を記しています。

物語の核である超長距離通信の時間差を描いた谷氏の他作品には「星は、昴《すばる》」（ハヤカワ文庫JA・同題短篇集収録）があります。

「仮装巡洋艦バシリスク」

この短篇は、航空宇宙軍史として発表された作品として二作目にあたります。時代は完全版（一）〜（四）に収録された作品の中で最も先の時代が描かれています。外宇宙の開発がある程度軌道に乗った時代です。本書収録の他作品同様に、収録順が入れ替わったことにより、作中に登場するガジェットや宇宙空間での物理学的イメージがつかみやすくなっていきます。

例えば、作中の「手記」で語られる内容をイメージする上で、慣性系の理解が必要です。航空宇宙軍史は全ての作品が、他の作品を補完する構造となっているのです。

本作終盤に「鳥」が登場します。真偽について定かではない「手記」の形で語られる「鳥」は、次巻収録の長篇『終わりなき索敵』で再び登場します。そして本作では、この「鳥」と関連させて、航空宇宙軍史全体を貫くとても重要なイメージが描かれています。

　それは「ハードウェアに頼らない宇宙の飛翔」のイメージです。

　このイメージは、例えば『エリヌス―戒厳令―』で描かれるオグの弾道飛行の描写や、あるいは完全版（三）収録「タナトス戦闘団」（『星の墓標』第一話）でのダンテに対する精神攻撃のイメージなどを通して描かれています。航空宇宙軍史では、航宙艦乗りは常にハードウェアに囲まれており、宇宙を体感することはありません。完全版（二）収録「タイタン航空隊《フライング・タイタンズ》」ではその違和感が語られます。

　また『エリヌス―戒厳令―』「星空のフロンティア」「襲撃艦ヴァルキリー」で描かれた、宇宙を「見る」人々の感慨……繰り返されるこうした描写から、航空宇宙軍史には「飛翔」、そして宇宙を「見る」という抽象的な感覚が、その構想段階から、緻密なハードウェア考証と並ぶ重要度で織り込まれていたことがうかがえます。

　航空宇宙軍史とは、人類が背負う闘争のカルマと、宇宙を夢想するロマンティシズムを包括的に描く、まさに王道のSFなのです。

　王道SFゆえに、航空宇宙軍史は先行する多くのSFも連想させます。

　日本人作家ならば……人類に対する大局的視点は小松左京氏の作品が思い起こされますし、文明の趨勢、仏教的な転生と無常、そして漂うロマンは、光瀬龍氏の未来史SF《宇宙年代記》も彷彿とさせます。宇宙を舞台に、長大なスケールで戦争を軸に描く未来史SFということで、荒巻義雄氏の『ビッグ・ウォーズ』シリーズを思い起こす方もいるでしょう。しかし航空宇宙軍史は――もちろんそうした先人に対する敬意を払いながらも――全く異なる世界を描いています。

完全版（一）のあとがきにある「読みたいものがなければ、自分で書くしかない」という谷氏の最初の覚悟が、この長大な物語を現在も継続して書き続け、アップデートし続ける原動力となっているのです。

そして、先人が切り開き、熟成させた「SF」という表現形態に対する谷氏の敬意と、「読みたいものを書く」熱意が結実した作品こそ、航空宇宙軍史の「骨格」最後の一作、地球人類と航空宇宙軍の行く末を描いた長篇『終わりなき索敵』なのです。

『航空宇宙軍史・完全版』第五集『終わりなき索敵』、ご期待ください。

本書は、ハヤカワ文庫JAより一九八八年十二月に刊行された『エリヌス―戒厳令―』と、一九八五年四月に刊行された『仮装巡洋艦バシリスク』を、大幅に加筆修正のうえ合本したものです。

# 虐殺器官〔新版〕

伊藤計劃

9・11以降、〝テロとの戦い〟は転機を迎えていた。先進諸国は徹底的な管理体制に移行しテロを一掃したが、後進諸国では内戦や大規模虐殺が急激に増加した。米軍大尉クラヴィス・シェパードは、混乱の陰に常に存在が囁かれる謎の男、ジョン・ポールを追ってチェコへと向かう……彼の目的とはいったい？　大量殺戮を引き起こす〝虐殺の器官〟とは？　ゼロ年代最高のフィクションついにアニメ化

*Cover Illustration* redjuice


ハヤカワ文庫

# ハーモニー〔新版〕

伊藤計劃

二一世紀後半、人類は大規模な福祉厚生社会を築きあげていた。医療分子の発達により病気がほぼ放逐され、見せかけの優しさや倫理が横溢する〝ユートピア〟。そんな社会に倦んだ三人の少女は餓死することを選択した——それから十三年。死ねなかった少女・霧慧トァンは、世界を襲う大混乱の陰に、ただひとり死んだはずの少女の影を見る——『虐殺器官』の著者が描く、ユートピアの臨界点。

*Cover Illustration* redjuice


ハヤカワ文庫

# みずは無《む》間《げん》

無人宇宙探査機の人工知能には、科学者・雨野透の人格が転写されていた。夢とも記憶ともつかぬ透の意識に繰り返し現れるのは、地球に残した恋人みずはの姿。法事で帰省する透を責めるみずは、就活の失敗を言い訳するみずは、リバウンドを繰り返すみずは……。無益で切実な回想とともに銀河をさまよう透が、みずはから逃れるため取った選択とは？第一回ハヤカワＳＦコンテスト大賞受賞作。

六冬和生

# ニルヤの島

柴田勝家

**第2回ハヤカワSFコンテスト大賞受賞作**

人生のすべてを記録する生体受像《ビオヴィス》の発明により、死後の世界の概念が否定された未来。ミクロネシアを訪れた文化人類学者ノヴァクは、浜辺で死出の船を作る老人と出会う。この南洋に残る「世界最後の宗教」によれば、人は死ぬと「ニルヤの島」へ行くという――生と死の相克の果てにノヴァクが知る、人類の魂を導く実験とは？　圧巻の民俗学ＳＦ。

ハヤカワ文庫

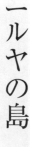

# オービタル・クラウド（上・下）

藤井太洋

二〇二〇年、流れ星の発生を予測するウェブサイトを運営する木村和海は、イランが打ち上げたロケットブースターの二段目〈サフィール3〉が、大気圏内に落下することなく高度を上げていることに気づく。シェアオフィス仲間である天才的ITエンジニア沼田明利の協力を得て〈サフィール3〉のデータを解析する和海は、世界を揺るがすスペーステロ計画に巻き込まれる。日本SF大賞受賞作。

# リリエンタールの末裔

上田早夕里

『華竜の宮』の世界の片隅で夢を叶えようとした少年の信念と勇気を描く表題作、心の動きを装置で可視化する「マグネフィオ」、海洋無人探査機にまつわる逸話を語る「ナイト・ブルーの記録」、18世紀ロンドンにて航海用時計の開発に挑むジョン・ハリソンの周囲に起きた不思議を描く書き下ろし中篇「幻のクロノメーター」など、人間と技術の関係を問い直す傑作SF全4篇。解説／香月祥宏

ハヤカワ文庫

著者略歴　1951年生，1973年大阪工業大学土木工学科卒，作家　著書『惑星ＣＢ－８越冬隊』『終わりなき索敵』『遙かなり神々の座』『神々の座を越えて』『星空の二人』『パンドラ』『霊峰の門』『コロンビア・ゼロ』（以上早川書房刊）他多数

HM=Hayakawa Mystery
SF=Science Fiction
JA=Japanese Author
NV=Novel
NF=Nonfiction
FT=Fantasy

# 航空《こうくう》宇宙軍《うちゆうぐん》史《し》・完全版《かんぜんばん》 四

## エリヌス―戒厳令―／仮装巡洋艦バシリスク

〈JA1263〉

二〇一七年二月　十　日　印刷
二〇一七年二月十五日　発行
（定価はカバーに表示してあります）

著者　谷《たに》　甲《こう》　州《しゆう》
発行者　早川　浩
印刷者　矢部真太郎
発行所　株式会社　早川書房
郵便番号　一〇一 - 〇〇四六
東京都千代田区神田多町二ノ二
電話　〇三 - 三二五二 - 三一一一（大代表）
振替　〇〇一六〇 - 三 - 四七七九九
http://www.hayakawa-online.co.jp

乱丁・落丁本は小社制作部宛お送り下さい。
送料小社負担にてお取りかえいたします。

印刷・三松堂株式会社　製本・株式会社川島製本所

ISBN978-4-15-031263-3 C0193



本書は活字が大きく読みやすい〈トールサイズ〉です。